NARRATORI MODERNI

Dello stesso autore in edizione Garzanti:

Il volo delle cicogne
I fiumi di porpora
Il concilio di pietra
L'impero dei lupi
La linea nera
Il giuramento
Miserere
L'istinto del sangue
Amnesia
Il respiro della cenere
Il rituale del male
L'inganno delle tenebre
La maledizione delle ombre
L'ultima caccia
L'altare della paura
La maschera di marmo

JEAN-CHRISTOPHE GRANGÉ

KARMA ROSSO SANGUE

Traduzione di
DORIANA COMERLATI

Garzanti

Prima edizione: ottobre 2024

Traduzione dal francese di
Doriana Comerlati

Titolo originale dell'opera:
Rouge karma

ISBN 978-88-11-01162-0

Printed in Italy

www.garzanti.it

KARMA ROSSO SANGUE

I
I RIBELLI

1.

Hervé Jouhandeau spuntò dalla fitta foschia stringendo nella mano una pietra del selciato come fosse un discobolo. In quei momenti non temeva di paragonarsi agli atleti dell'antichità.

Gli occhi annebbiati dalle lacrime, vide, a meno di cento metri di distanza, il muro dei CRS, i poliziotti antisommossa della Compagnie républicaine de sécurité. Caschi speciali, giubbotti allacciati, scudi che sembrano coperchi della pattumiera...

Fermatosi tra i fumi dei lacrimogeni, inarcò la schiena, arcuò il braccio e piazzò la pietra nell'incavo della spalla. Un vero eroe dello stadio.

«Forza, Hervé!»

«Fagliela vedere!»

«Mira agli occhi!»

Solo sulla strada cosparsa di immondizie, il ragazzo risplendeva. Era l'erede di una lunga serie di insurrezioni. 1789, 1832, 1848. La Comune... I francesi avevano la rivolta nel sangue, la loro storia si dipanava sotto il segno della rivendicazione e della violenza. E Hervé era il loro nuovo eroe!

Distese lentamente il braccio, fino a raggiungere la massima estensione. *Beccatevi questo.* Si sentiva leggero come il cubo di porfido stretto nella mano, potente come gli «urrà» che risuonavano alle sue spalle, minaccioso come il fragore che riempiva rue de Lyon.

Un secondo dopo gli parve di udire lo schiocco del suo proiettile su un casco. Aveva mirato giusto. Un pallonetto che aveva scavalcato le prime file facendo atterrare più lontano il proiettile, sulla testa di un poliziotto anonimo.

Ahah! La violenza senza un motivo preciso. L'oscura soddisfazione di spaccare tutto, così, per il gusto di farlo. E l'esultanza infantile dopo aver fatto centro, come nel tirassegno delle sagre paesane, quando devi far cadere una pila di barattoli tirando una palla... Dietro lo acclamavano. Si sentì gonfio d'orgoglio. Due mesi prima, nel marzo 1968, l'artista newyorkese Andy Warhol aveva scritto: «In futuro, ognuno avrà diritto a quindici minuti di celebrità». Non dubitava che il suo quarto d'ora fosse arrivato.

Per un attimo rimase così, immobile nell'aria soffocante, carica di vapori tossici. Sul terreno, pietre divelte dal selciato, rottami in fiamme, pozze d'acqua: tutto faceva pensare alla fine del mondo. *This is the end, beautiful friend...* come dice la canzone dei Doors.

La reazione non si fece attendere. Sotto i *plop* dei lanciapatate e il sibilo delle granate, Hervé girò sui tacchi e raggiunse di corsa l'ammasso di macerie, cassette e grate di ferro che sbarrava la strada. Scalò la barricata, non senza sbucciarsi un ginocchio, e ruzzolò dall'altro lato. Applausi...

Scoppiava dal caldo sotto lo strato di maglioni che si era infilato per attutire le manganellate. Esaltazione. Non aveva più le idee molto chiare. Dove si trovava? Che giorno era? Dall'inizio del mese le pagine del calendario volavano via nell'alternarsi di manifestazioni, scioperi, assemblee generali... difficile ritrovarsi.

Ah sì. Era il 24 maggio 1968 ed era stato organizzato per le diciannove un nuovo raduno alla gare de Lyon. Non si sapeva bene da chi. Forse i ragazzi del 22 Marzo, o l'Unione nazionale degli studenti di Francia (UNEF), oppure i marxisti-leninisti (ML)... Il pretesto stavolta era il divieto di soggiorno inflitto a Daniel Cohn-Bendit che, dopo un inizio clamoroso alla testa dell'insurrezione, era andato a ritemprarsi in Germania. Correva voce che il suo viaggio fosse stato finanziato da «Paris-Match» in cambio di qualche foto. Mah...

Le autorità ne avevano approfittato per dichiararlo *persona non gradita* sul territorio francese. Pessima idea. Quel colpo basso aveva riattizzato il fuoco. Per ottenere il suo rientro in Francia si era immediatamente deciso di indire una nuova manifestazione, con stuoli di operai e persino stelle del cinema. Ma perché riunirsi alla gare de Lyon? Mistero.

Alle otto della stessa sera, per casualità o come offensiva strategica, de Gaulle era intervenuto sui media, ascoltato dai manifestanti sotto la torre dell'Orologio. Con voce malferma, tono monocorde e parole da vinto, il Generale aveva proposto un referendum per stabilire se dovesse restare al potere. La risposta dei convenuti era stata immediata: fazzoletti alla mano avevano strillato «Addio de Gaulle!».

Poi c'era stato un momento di indecisione. Nessuno aveva molta familiarità con i quartieri della riva destra del fiume. Si discuteva se sfilare lì nella zona o raggiungere il Quartiere latino, o anche tornarsene a casa. Sarebbe stato logico – e saggio – disperdersi, ma da qualche settimana a Parigi nessuno conosceva più la saggezza. I buoni vecchi istinti avevano ripreso il sopravvento.

La folla si era riversata in rue de Lyon scandendo a pieni polmoni: «DE GAULLE DI-MIS-SIO-NI!», «COHN-BENDIT IN FRANCIA!», «SIAMO TUTTI EBREI TEDESCHI!».

Hervé marciava in testa al corteo. Non avrebbe saputo dire in quanti erano quella sera, ma c'era un sacco di gente che gridava all'unisono. Forse diecimila, ventimila, trentamila persone... Una marea di teste, striscioni, slogan che si muoveva verso la Bastiglia con la lentezza incandescente di una colata di lava.

Dopo appena cinquecento metri, all'incrocio fra rue de Lyon e avenue Daumesnil, la marcia trionfale era stata bloccata dalle guardie mobili: impossibile avanzare o indietreggiare.

In lontananza, in piazza della Bastiglia, furgoni, autopompe, bulldozer... Le forze dell'ordine non ci avrebbero messo molto ad avere la meglio sui manifestanti, eppure il morale era alto. I ragazzi non erano per niente impressionati. Senza pensarci un attimo, armati di pale, piccozze e picconi scovati chissà dove, avevano fatto saltare le prime pietre del pavé, rovesciato automobili, ammucchiato cassette. I sacchi di immondizie, sparsi ovunque a Parigi da quando i netturbini erano in sciopero, alimentavano i bracieri. *Alle barricate, compagni!* Da parte loro, le guardie mobili attendevano gli ordini per reagire.

Allora, d'impulso, Hervé aveva dato il via alle danze...

I primi feriti batterono in ritirata: facce fracassate, ossa rotte. Un ragazzo gemeva: «L'occhio... l'occhio...». Un altro sputava sangue. Hervé alzò lo sguardo. Sui tetti, alcuni manifestanti svellevano camini, rimuovevano tegole... Davanti, dai binari ferroviari, i CRS sparavano a raffica per dissuadere chiunque dall'avanzare, non solo lacrimogeni ma anche granate. Sì, quella sera, da entrambe le parti, si voleva far scorrere il sangue...

«Sono fuori di testa!»

Trivard sembrava terrorizzato. Era il suo migliore amico, un tipo alto e magro con una testa di capelli neri e ricci. Quando sgranava gli occhi pareva volerli buttare fuori dalle orbite. Era sempre bardato di un montgomery che gli andava largo. Non capiva niente delle rivendicazioni degli studenti e di quelle degli operai aveva solo una vaga nozione.

«Stavolta ci siamo. Qui si fa sul serio!»

Era stato Desmortiers a parlare, l'intellettuale del trio, un piccoletto tracagnotto in giacca mimetica con naso da pugile e grandi occhi azzurri esaltati. La sua era una voce dolce, ma quel che diceva era quantomeno brutale. Aveva la testa imbottita di teorie leniniste, trotzkiste, maoiste e situazioniste, collezionava i manifesti stampati dall'Atelier Populaire des Beaux-Arts e passava i pomeriggi alle assemblee generali che si tenevano nel grande anfiteatro della Sorbona. Nessuno ci capiva un'acca di ciò che diceva, lui per primo.

Hervé scosse la testa, spossato. La sua foga si era già esaurita. *Che squadra...* Tre coglioni che, spinti da un vago alibi politico, andavano lì a lanciare blocchetti di pavé... come se si trattasse di un tiro al bersaglio del luna park.

«Cosa facciamo?» domandò Trivard, che si ostinava a pensare che Hervé fosse il loro capo.

«Bisogna tornare sulla riva sinistra!» rispose Desmortiers.

«Ma siamo intrappolati!» gemette Trivard.

Per qualsiasi futile motivo, spalancava le braccia disegnando con le maniche a raglan delle grandi ali di pipistrello. Hervé pensò alla soluzione più semplice: tornarsene a casa e buonanotte a tutti.

In quel preciso istante tutto si accese di rosso.

«Caricano!»

Il grido rimbalzò lungo la barricata come un'eco amplificata.

«CARICANO!»

Le forze dell'ordine avevano preso l'abitudine di lanciare un bengala rosso prima di passare all'offensiva. Panico generale. Tutti gli studenti arretrarono in massa. Hervé era sempre affascinato dal cambiamento radicale che interveniva quando, nel breve spazio di quel sibilo, gli eroi dell'attimo prima si trasformavano in fuggitivi intimoriti. In quello sbandamento c'era qualcosa di rivoltante. Era quella la rivoluzione?

Invece di accodarsi agli altri, Hervé scalò la barricata e si distese sul ventre. Voleva assistere all'assalto. Caschi dai riflessi porpora, mimetiche dal taglio morbido, manganelli in pugno, gli assalitori avanzavano rapidi, facendo tremare il terreno e i nervi. Quello sì che era uno spettacolo!

Hervé aveva imparato a riconoscerli: le forze di polizia, in tenuta Z, giubbotto kaki e pantaloni con la piega perfetta; i gendarmi mobili, vestiti di blu marino dalla testa ai piedi; i CRS, con occhiali da aviatore e scudi troppo pesanti.

Non poteva fare a meno di trovarli magnifici. Tutti i soldati del mondo avevano dovuto provare quell'ebbrezza. Quei poliziotti appartenevano alla leggenda dei veterani napoleonici, dei fanti francesi della prima guerra mondiale…

«Vieni o no?» urlò Trivard.

Aggiustatosi la bandana sul naso, Hervé li raggiunse e insieme si diressero verso la gare de Lyon.

«No, di qua!» ordinò Hervé.

Prendendo rue Lacuée, sulla sinistra, si poteva aggirare piazza della Bastiglia attraverso il bacino dell'Arsenale. Hervé conosceva a memoria il quartiere. Era cresciuto con la nonna a porte de Vincennes e ogni giovedì prendeva l'86 per recarsi al cinema Lux-Bastille a godersi un film.

Poco dopo, ritrovati l'oscurità e il silenzio, scesero al porto dell'Arsenale, costeggiarono le barche ormeggiate lungo la banchina e si sedettero sfiniti e senza fiato vicino all'acqua, i piedi penzolanti nel vuoto. Non parlavano più, gli bastava respirare mentre sprofondavano in una strana malinconia.

Lo sciabordio contro gli scafi e il cigolio delle sartie sembravano appartenere a un altro mondo. Da lontano giungeva smorzato il rumore degli scontri, come il mormorio di un sogno.

Hervé si lasciò cadere all'indietro sulle pietre umide, chiuse gli occhi e si accese una Disque Bleu. Sfumata l'eccitazione della battaglia, percepiva chiaramente la vacuità di tutto quel circo. Quegli avvenimenti, ne era certo, avrebbero impresso nella Storia il ricordo di una farsa gigantesca.

2.

Tutto era cominciato un anno prima con una protesta degli studenti dell'università di Nanterre. Motivo: la regola che vietava ai ragazzi di accedere ai dormitori delle ragazze. Questa modesta «grande causa» avrebbe aperto la strada alle future rivendicazioni del Maggio '68.

Marzo 1968. Durante una manifestazione contro la guerra del Vietnam un commando di ragazzini manda in frantumi le vetrine della sede dell'American Express. I vandali vengono arrestati. Niente di più normale. Ma uno degli oppositori si trova a Nanterre, ed ecco che in segno di contestazione una manciata di studenti occupa la torre amministrativa dell'ateneo e fonda il Movimento del 22 Marzo, la cui guida è assunta da uno con la lingua lunga e piuttosto simpatico: Daniel Cohn-Bendit.

«Liberate i nostri compagni!» questa la parola d'ordine. Primo passo di una logica che sarebbe diventata ricorrente: rompere tutto, okay, ma senza subirne le conseguenze.

Le autorità ci avevano passato sopra un colpo di spugna, facendo uscire dal carcere gli arrestati e dimenticando l'occupazione della torre. Ma gli «arrabbiati» non erano soddisfatti. Graffiti sui muri, interruzioni delle lezioni, un gran sbraitare a colpi di megafono... Hervé mordeva il freno. Gli dava un enorme fastidio quell'accanirsi a turbare l'ordine senza essere animati da una reale rivendicazione, e sempre con l'intima convinzione di essere dei «rivoluzionari». *Soprassediamo.*

Esasperato, all'inizio di maggio il rettore aveva chiuso l'università. *Cosa?* I rivoltosi non potevano tollerare un simile abuso di potere. Gli stessi che ostacolavano il normale funzionamento dell'ateneo non sopportavano l'idea che quell'attività venisse interrotta. Si ritrovavano privati del loro campo giochi!

In quattro e quattr'otto, si erano spostati alla Sorbona per dare voce alle loro rimostranze nel cortile d'onore. Non li aveva ascoltati nessuno, ma nel tardo pomeriggio il rettore, molto meno paziente del suo omologo di Nanterre, aveva chiesto l'intervento della polizia per cacciare quei piccoli idioti.

Espulsione. Controllo dei documenti. In contemporanea, nel quartiere uscivano da scuola gli studenti delle superiori. Alla vista dell'operazione di polizia, aveva preso vita un movimento spontaneo, scandito dallo stesso ritornello: «Liberate i nostri compagni!».

Battaglie accanite, strade disselciate (per la prima volta), automobili date alle fiamme. Le forze dell'ordine erano state sopraffatte da quell'improvvisa violenza e avevano chiamato rinforzi. Gli scontri si erano prolungati fino a notte fonda, con feriti da entrambe le parti e una serie di arresti.

Il fuoco era stato appiccato, bastava soltanto alimentarlo. E infatti, il 6 maggio, la convocazione di Daniel Cohn-Bendit e di alcuni suoi compagni davanti alla commissione disciplinare della Sorbona per il caos provocato a Nanterre aveva suscitato un nuovo scandalo, con conseguenti manifestazioni e scontri.

Gli insorti non si arrendevano. Il 10 maggio venivano sottoposti a giudizio quelli arrestati una settimana prima. Anche se per la maggior parte venivano rilasciati, alcuni di loro erano condannati a pene severe: due mesi di carcere. Bastava per far scendere di nuovo tutti in strada. La Sorbona era chiusa? Chiudiamo il quartiere!

Ci si sparpagliava, si innalzavano barricate. Hervé era catturato da quel vortice. Il suo ricordo: la strana esaltazione che aveva provato nello sfasciare tutto in rue Le Goff e rue Gay-Lussac, in un clima di guerra e insieme di giubilo. Certo, si vedevano delle facce insanguinate, qualche compagno era ferito, ma su tutto prevalevano la gioia e il sentimento di festa...

Quella notte Hervé rischiò di farsi arrestare. Scappò a gambe levate, scalò le barricate, proseguì la corsa e riuscì a svignarsela imboccando rue Saint-Jacques. L'indomani i dintorni della Sorbona offrivano un sinistro spettacolo di devastazione. Gli insorti erano soddisfatti. Nessuno si ricordava che quella violenza aveva avuto come origine la condanna di alcuni elementi che già in precedenza avevano messo a soqquadro il quartiere.

Hervé non capiva quella reazione a catena. Si lasciava trasportare e basta, tanto più che gli studenti e la popolazione stavano vivendo una curiosa luna di miele. La folla sosteneva le rivendicazioni dei giovani, anche se nessuno sapeva quali fossero.

Altra sorpresa: riguardo a quegli «eventi», i media si soffermavano soltanto sulla violenza dei CRS. Non una parola sul fatto che erano gli studenti a cercare la rissa. Silenzio anche sui danni causati dai contestatori. C'era una specie di tacito accordo per dimostrare che, qualunque cosa facessero, i ragazzi erano innocenti e bisognava lasciarli continuare.

Il problema di Hervé era la sua formazione di storico. Aveva studiato le insurrezioni del passato e capito che rovesciare un potere comportava beccarsi delle pallottole vere, farsi arrestare, torturare, giustiziare. E se si era arrivati a quel punto voleva dire che non si aveva più scelta, che si pativa la fame, che l'oppressione era diventata intollerabile.

Ecco perché era pronto a lanciare qualche blocchetto di pavé, ma non intendeva certo paragonarsi alle vittime della Comune, e ancora meno invocare la presa di potere castrista o la rivoluzione culturale cinese. Era scandaloso porre sullo stesso piano le risse di boulevard Saint-Michel e tragedie che avevano causato migliaia di morti.

L'11 maggio, di ritorno da un viaggio in Afghanistan, il primo ministro Georges Pompidou aveva tempestivamente preso provvedimenti volti ad allentare la tensione – riapertura della Sorbona, liberazione degli studenti arrestati –, ma era troppo tardi. Gli operai erano già in sciopero e avevano occupato le fabbriche, e qualche giorno dopo impiegati, funzionari e liberi professionisti si erano uniti a loro. La

Francia era paralizzata e, cosa peggiore di tutte, era scomparsa la benzina!

Hervé trovava più legittima la lotta dei lavoratori, ma a essere onesti neanche quella lo interessava. Quelle storie di aumenti, ore lavorative e sindacati lo lasciavano del tutto indifferente. E sotto questo aspetto non si scostava molto dai figli di papà che, presi da una febbre populista, pretendevano di difendere gli operai ma avrebbero avuto qualche problema ad andare a colazione con loro.

In quel periodo di caos a Hervé piaceva gironzolare in città. Se si voleva ridere, valeva la pena fare un salto alla Sorbona, dove si raggiungevano picchi di comicità involontaria. Da quando era stata riaperta, vigeva l'«autogestione». La vita dell'ateneo era organizzata da comitati, commissioni, assemblee generali... Vi avevano sede un'infermeria, un asilo nido, un servizio d'ordine... Ci si occupava anche dei pasti, si facevano collette, provviste...

Ma soprattutto si militava.

Nel cortile d'onore, piccole postazioni proponevano volantini, giornali e dibattiti. Maoisti, trotzkisti, marxisti-leninisti, situazionisti, anarchici... c'erano tutti. Hervé se la spassava. Se i fatti – manifestazioni, risse – erano un po' indigesti, la salsa che li condiva – pensieri, teorie, commenti – era assolutamente impossibile da mandare giù.

Ignorava quale corso di studi seguissero quei militanti, ma una cosa era certa: non quello di Storia. Altrimenti come avrebbero potuto ispirarsi a Lenin, le cui mani erano lorde di sangue? A Che Guevara, di cui, a dispetto del suo eroico destino, si raccontava avesse il grilletto facile? Alla rivoluzione culturale cinese, di cui nessuno, ma proprio nessuno, conosceva la reale natura?

«Be', andiamo?»

Desmortiers si era rimesso in piedi. Cominciava a sentirsi stufo di quella tregua in riva all'acqua, lui, l'esaltato, il fanatico che moriva dalla voglia di battersi.

«Dove andiamo?» domandò Trivard accendendosi una Gauloise.

«Riva sinistra. Là la tensione dev'essere alle stelle.»

Si erano appena avviati in direzione di quai Henri-IV quando un gruppo di insorti armati di spranghe di ferro e fionde li superò correndo verso boulevard Bourdon.

«Cosa succede?» urlò Desmortiers.

«Tutti alla Borsa! Il capitalismo è finito!»

Desmortiers, con la sua faccia da pugile alle prime armi, parve ricevere un colpo: lo shock dell'evidenza. Trivard, invece, si prese la testa fra le mani.

La Borsa... si disse Hervé. *Perché no?*

3.

A prima vista, Hervé Jouhandeau traeva in inganno. Alto, sottile, biondo, a ventidue anni il suo aspetto ricordava quello di un personaggio dei fumetti allora alla moda, il «Grand Duduche», però senza gli occhiali. Era carino, ma troppo asciutto, emaciato. Lui detestava la propria faccia. Meno male che le labbra alla Mick Jagger gli conferivano – secondo lui – una certa sensualità.

Hervé era un vero Lord Brummell. Per lui la cura dell'abbigliamento era una questione di vita o di morte. Baudelaire diceva che un dandy che si rispetti deve dormire davanti allo specchio. Secondo Hervé, non doveva dormire affatto. L'eleganza si annidava in ogni piega della giacca, ma anche in ogni singolo attimo. Non si doveva mai abbassare la guardia.

Eppure, il suo guardaroba comprendeva una semplice giacca di velluto a coste, qualche camicia Oxford, dei jeans logori, un paio di Clarks comprate a Londra… Contavano soprattutto i dettagli – un anello, un foulard annodato… –, destinati a essere notati dagli esperti, dagli sguardi allenati e acuti del campus.

Il campus… Gli incerti delle iscrizioni l'avevano esiliato alla nuova facoltà di Nanterre, lui che abitava a porte de Vincennes. Si sobbarcava ogni mattina un viaggio interminabile sulla linea 1 della metropolitana (conosceva le stazioni a memoria) e arrivava distrutto a destinazione: LA FOLIE, COMPLESSO UNIVERSITARIO.

All'epoca Paris X era qualcosa di speciale. I suoi edifici, costruiti in fretta e furia su un terreno abbandonato dall'esercito, sorgevano non lontano dalla più grande bidonville della regione parigina. Paradossalmente, quella Brasilia in miniatura, in piena zona sinistrata, accoglieva tutta la gioventù dorata dell'Ovest parigino.

Di origini modeste, Hervé faticava a integrarsi con quei rampolli di ricchi, tutti iscritti alle facoltà di Legge o Economia, mentre lui seguiva corsi di Storia e Filosofia. Disprezzava quegli sbarbatelli in mocassini, ma segretamente li invidiava.

Riassumiamo. Hervé Jouhandeau era dunque uno spilungone pelle e ossa che passava la vita sul metrò e si portava sulle spalle, come un sommozzatore la sua bombola di ossigeno, il carico di un doppio corso di Scienze umane. *Ci siamo?*

Era completamente falso.

O, almeno, non del tutto esatto.

Per Hervé, gli studi erano solo un hobby, o magari un lavoro forzato, comunque qualcosa che non lo appassionava. Nonostante conseguisse risultati brillanti, su quell'universo – professori, studenti, corsi – posava uno sguardo indifferente, per non dire sprezzante.

Senza alcun dubbio era un cervellone, forse addirittura un genio. La sua acuta intelligenza lo rendeva singolare, diverso, persino un tantino mostruoso. La sua mente superiore non aveva niente da spartire con quella degli altri studenti, che entravano in agitazione di fronte alla più piccola novità come la pallina di un fischietto quando ci soffi dentro, né con quella dei professori, che al contrario apparivano pietrificati, polverosi e ammuffiti.

Ma cosa, allora, lo faceva carburare?

Le ragazze.

La sua particolarità era la passione amorosa. Non che fosse un playboy dei campus o un seduttore dei dormitori. Era piuttosto un cercatore d'oro, un esploratore di terre sconosciute. Hervé dava la caccia al grande amore, al bello, al vero, dentro alessandrini e lettere miniate...

Nel 1968, in un periodo in cui tutti i maschi della sua età avevano un vulcano nelle mutande, la cosa era proprio comica. Ma si è come si è, malgrado i numerosi fiaschi, Hervé non demordeva. Diciamolo chiaro e tondo: non gliene andava mai bene una. Eppure quei fallimenti, invece di sconfortarlo, lo galvanizzavano, rafforzavano la sua smania di ricerca. Un *conquistador* dell'amore...

Be', a volte qualche dubbio lo sfiorava. Soprattutto quando pensava ai seduttori, quelli veri, quelli che facevano cadere le ragazze ai loro piedi. Erano perlopiù stupidi, superficiali, volgari. Perché piacevano alle ragazze, allora? E lui, perché si ostinava a tentare di essere come loro?

Senza scordare l'idea implicita: per essere attratte da simili idioti, nemmeno le ragazze dovevano essere granché sveglie. Si trovava in un circolo vizioso da cui non sapeva uscire: lui, il grande cervello, il genio, aspirava a diventare un cretino per conquistare ragazze che non ne valevano la pena.

Allora?

Allora niente.

Voleva il suo posto al sole. Lo bramava, lo immaginava, lo scolpiva a forza di scenari immaginari. Non si faceva scrupoli a restare un intero pomeriggio a fantasticare ascoltando sul giradischi *Whiter Shade of Pale* dei Procol Harum o *Nights in White Satin* dei Moody Blues. Che problema c'era? Si abbandonava ai suoi deliri, ed era bello, grandioso. La felicità nella malinconia, era questo il suo credo.

Ogni volta che usciva da un locale o da una festa, con le pive nel sacco e umiliato, si domandava dove fosse la leggerezza della gioventù, la sua disinvoltura, il suo ottimismo. Una sera, in boulevard Saint-Germain, dopo l'ennesima caccia infruttuosa era scoppiato a piangere. Quella notte, nel buio di un androne, aveva veramente pensato di farla finita...

L'indomani era di nuovo in pista.

Certo, aveva provato le sostanze disinibitorie di rigore: alcol, hashish... I risultati erano stati spaventosi. Non reggeva l'alcol. Quanto all'hashish, gli procurava solo malessere e nausee. In ogni caso, gli mancava l'essenziale: la leggerezza. Era un personaggio tragico, non poteva farci niente.

La sua ancora di salvezza, la forza che gli aveva sempre evitato il peggio, era la musica. L'epoca in cui viveva non era né politica né disincantata: era rock. Ma quale rock? C'erano il rock vero e quello falso, il buono e il pessimo, l'anglosassone e il francese. Dimenticate gli yé-yé, la colonna sonora di *Salut les copains* e altre buffonate. Scartate anche i Beatles e i Beach Boys, con le loro voci effeminate.

Hervé ascoltava rock vero, ruvido: Rolling Stones, Kinks, Yardbirds e altri... Chitarre sature, riff sincopati, distorsioni che ti facevano torcere le budella, ecco cosa lo appagava.

Quando la nonna gli aveva comprato un giradischi Teppaz aveva adagiato il disco sul supporto di gomma con la solennità di un officiante religioso. Sentiva ancora i crepitii del vinile prima dell'inizio della riproduzione. Tremante, era rimasto a fissare il tondo nero che girava...

E, all'improvviso, il riff.

All Day and All of the Night dei Kinks.

Hervé non aveva mai provato qualcosa del genere. Piacere, sì, certo, pelle d'oca, ma questo era diverso. Era il suono di un mondo nuovo, un mondo in cui il peso della sua età, il disagio e l'angoscia si trasformavano in puro godimento. Aveva trovato l'antidoto. Quel diluvio sonoro racchiudeva un potere che mutava in una colata di forza, piacere e allegria tutto ciò che lo indeboliva o lo feriva (collera, timidezza, inquietudine). L'emozione che gli dilagava dentro gli contorceva il corpo, ne faceva trasudare le sofferenze, lo innalzava verso un'illuminazione incandescente.

Finita la canzone, l'aveva rimessa, e poi ancora, più e più volte. Era come una droga, un'oasi nel deserto, una donna nella notte... Hervé si abbeverava agli accordi di quella chitarra aspra, lancinante, orgasmica, che ti graffiava piacevolmente l'anima, alla voce trascinata e nasale di Ray Davies, alla batteria che ti spaccava le costole...

Facessero pure i suoi compagni la rivoluzione e le ragazze gli sputassero in faccia, la sua vera vita era sul piatto del giradischi, dove ruotava un mondo in ebollizione, un pianeta a sé stante. Ma vi rendete conto? Quello stesso anno erano uscite *All Day and All of the Night* e *You Really Got Me* dei Kinks. L'anno successivo i Rolling Stones avrebbero registrato *(I Can't Get No) Satisfaction.*

La Storia si sarebbe ricordata di quei veri eventi.

Quanto agli altri, permettetemi di ridere...

4.

Il terzetto raggiunse rue Saint-Antoine, che poco dopo diventò rue de Rivoli. C'erano immondizie e rottami dappertutto. Nemmeno una finestra illuminata. Tirava un'aria da coprifuoco, si respirava la paura, come in tempo di guerra.

Di tanto in tanto, quella calma innaturale era interrotta da fragori improvvisi: furgoni che risalivano la via a sirene spiegate, compagni che cantavano a squarciagola con gli striscioni sottobraccio.

Giunti in place du Châtelet, scorsero i segni di un nuovo scontro a qualche centinaio di metri da loro. Odore di bruciato, ombre cinesi, incendi qua e là: la battaglia infuriava nei pressi del Louvre.

Accelerarono automaticamente il passo, come se là ci fosse bisogno di loro, subito. Gli studenti avevano già eretto una barricata all'incrocio fra rue de Rivoli e rue de l'Amiral de Coligny. Schierati davanti a loro, i poliziotti bloccavano la strada e si spingevano fino al cortile del Louvre.

Scena ormai familiare. Gli insorti facevano la catena per trasportare pavé e altri detriti e rafforzare il loro sbarramento. Alcuni strappavano le grate dal marciapiede. Si distinguevano le giacche di velluto, i giacconi e i giubbotti che brillavano alla luce delle fiamme e dei lampioni. Più in là, a sinistra, le strisce arancioni delle cerate dei CRS. Dietro di loro, i camion con idrante e i bulldozer pronti a passare all'attacco...

Hervé sospirò. Non c'era verso di ritrovare un minimo di interesse. Invece Desmortiers e Trivard stavano già aiutando i compagni. Aggirò la barricata, passò sotto i portici di rue de Rivoli e raggiunse rue de l'Oratoire. Si sedette a terra con la schiena contro la ringhiera, all'ombra della statua dell'ammiraglio de Coligny, si accese un'altra Disque Bleu e riprese la fantasticheria iniziata al bacino dell'Arsenale.

Hervé era fatto così... Parigi stava per bruciare, la fine del mondo si avvicinava e lui fumava tutto tranquillo, gli occhi persi nel vuoto, ai piedi di un barbuto con la gorgiera che aveva sempre scambiato per Enrico IV.

In fondo, era quello che preferiva: trovarsi un angolino appartato e sognare a occhi aperti con i suoni lontani della battaglia sullo sfondo. Era una sensazione che gli riportava alla mente un piacevole ricordo d'infanzia, quando si addormentava nella sua cameretta mentre la nonna cenava in cucina con le vicine. Assaporava quel cicaleccio smorzato, quelle voci che lo cullavano accompagnandolo fino al sonno.

Quella sera voleva concentrarsi sugli obiettivi del momento.

Le ragazze erano tre.

Le aveva conosciute durante l'arroventata sera del 10 maggio e poi riviste nel corso delle manifestazioni e assemblee generali. Senza tirarla troppo per le lunghe: Hervé si era innamorato di tutte e tre. Meglio troppo che troppo poco.

La prima, Suzanne, era piena di passione, una vera *pasionaria*. Sempre in cima alle barricate, pronta a lanciare il suo blocchetto di pietra e disposta a farsi saltare le corde vocali con i suoi slogan «CRS = SS!» e «La bellezza è nella strada!», Suzanne era violenta, impetuosa, pericolosa. Timone tutto a sinistra! E i poliziotti non dovevano fare altro che comportarsi bene...

La seconda, Cécile, era più seria, quadrata come il motivo del tessuto del suo kilt, brillante come la spilla da balia che lo completava. A Hervé piaceva discutere con lei, un'oasi di intelligenza in un deserto di scempiaggini. Il suo viso tondo, sormontato da uno chignon ancora più tondo, le dava l'aria di una bambola russa in grado di citare tranquillamente Michelet o Saint-Simon...

La terza, ah, la terza... Nicole era la principessa del trio. Capelli rossi, ricca, buddhista, era a capo di un piccolo regno molto potente il cui re era suo padre, brillante chirurgo all'Hôtel-Dieu. Qualsiasi cosa facesse o dicesse, era sorretta da quel gigante. Quanto al resto, non si curava dei ragazzi che impazzivano per lei e si degnava di fare un po' di politica, anche se sognava soprattutto di Oriente e spiritualità.

«Cosa combini? Ti stavamo cercando dappertutto!»

Aveva davanti Desmortiers, scuro in volto.

«Cosa succede?» borbottò gettando il mozzicone.

«Come, cosa succede? Andiamo alla Borsa, Cristo santo!»

Ancora una volta Hervé esitò. Poteva rientrare a piedi, così avrebbe avuto tutto il tempo di riflettere sulle tre amate, su come comportarsi con loro, su come fare la sua dichiarazione d'amore…

Desmortiers gli assestò un calcio amichevole, per incitarlo a mettersi in piedi.

«Su, sbrigati!» esclamò. «Andiamo! I CRS arretrano. Dobbiamo filare!»

5.

Risalirono rue de l'Oratoire e imboccarono rue Saint-Honoré. Il silenzio e l'oscurità del quartiere si richiusero nuovamente su di loro. Lungo i giardini del Palais-Royal incrociarono qualche poliziotto, non CRS né guardie mobili, ma semplici piantoni sotto i portici male illuminati. Era ovvio che nella zona avevano sede un sacco di ministeri e uffici amministrativi. Vi si respirava un'aria antica, si immaginavano deputati inamidati, leggi e decreti discussi fino allo sfinimento...

«Di là!»

Trivard teneva sempre in tasca una piantina di Parigi. Nessuno dei tre conosceva l'arrondissement, neanche lo stesso Hervé, che pure aveva percorso spesso i Grands Boulevards a caccia di film dell'orrore.

In rue des Petits-Champs svoltarono a sinistra, poi tornarono sui propri passi. Trivard non si orientava. Eh già, la loro rivoluzione era una roba strana... Ricordava più Groucho che Karl Marx.

Ma Hervé era rapito da quel quartiere che ti riportava indietro di un secolo, con le sue gallerie coperte e i caffè vecchio stile. Con un po' d'immaginazione si tornava all'epoca di Flaubert e Maupassant, quella dei teatri lirici e dei cappelli a cilindro... Ormai era solo un ricordo polveroso, ma al tempo stesso aveva un che di confortante, di caldo. *Vuole che le chiami una carrozza?*

Rue Vivienne. Non un'anima. Neanche una luce. Due settimane prima stavano tutti alle finestre, scendevano a offrire panini agli studenti. Ora non più. I cittadini erano stufi, arcistufi – le barzellette più corte sono le migliori.

«Ci siamo!»

Al disopra delle vie silenziose risuonava un nuovo clamore. Affrettarono il passo, sentendo l'adrenalina che tornava a scorrere nelle vene. Sbucarono in rue du Quatre Septembre e ricevettero una magnifica conferma della loro supremazia: quella sera il Grande Capitale sarebbe stato spazzato via dall'impeto studentesco.

Migliaia di manifestanti circondavano la Borsa di Parigi che, con il suo peristilio, ricordava un tempio greco. Hervé immaginò dei pagani scatenati pronti a rovesciare le statue dei loro idoli.

Però non ci credeva, neanche in quel momento.

Era giovane, certo, e non aveva molte esperienze all'attivo, ma aveva studiato abbastanza la storia da sapere che tutto ciò era fumo negli occhi. L'uomo non si batte mai per gli altri, e neppure per una causa superiore: vuole semplicemente la sua fetta della torta. Sogni pure quanto vuole di cambiare il mondo, non può cambiare sé stesso. È capitalista nel profondo del suo essere: il meglio per lui, le briciole per gli altri. Lo sapevano tutti. Allora che senso aveva quell'ipocrisia di sinistra?

Si tuffò nella mischia insieme a Trivard e Desmortiers. Le voci al megafono si perdevano nel baccano, la folla ondeggiava, spinta in avanti e poi indietro come una potente risacca. Tutti avevano gli occhi piantati su quel dannato edificio che li provocava con tutta la sua maestà, grandiosità e autorità.

A furia di gomitate, i tre approdarono ai cancelli presidiati da marcantoni, i servizi d'ordine dell'UNEF o dello PSU (Partito socialista unificato).

All'improvviso tutti si accalcano. Hervé ha una paura da farsela sotto. Impossibile uscire da quella ressa. Creperanno soffocati, schiacciati contro le sbarre. Un'altra spintonata a destra, poi a sinistra, poi in avanti. La compagine degli energumeni salta. Si scalano i cancelli. Si applaude. Hervé inciampa, si rialza. L'inferriata cede. Gli assalitori salgono i gradini del tempio.

Su in cima, alcuni teppisti con il casco usano una trave come un ariete contro le porte sigillate. Stavolta ci siamo. È un assedio del medioevo, un assalto dell'antichità. Il clamore si mischia agli scricchiolii dei cardini. Hervé ha l'impressione di essere trascinato via da un terremoto, da un vulcano che si risveglia.

D'un tratto, si ritrova all'interno di palazzo Brongniart. Ci si sparpaglia. Nel vasto atrio il rumore dei passi viene amplificato. Gli intrusi corrono sotto le volte, urlano, brulicano ovunque, spaccano, deturpano...

Hervé ha perso Trivard e Desmortiers, che probabilmente stanno già correndo verso il cuore del reattore: la sala della corbeille, dove vengono negoziati i titoli, dove ogni giorno il denaro zampilla come un geyser. Volano carte, si scaraventano in giro sedie. Sacrilegio. Profanazione. Eresia. Il tempio sarà fatto a pezzi, il dio denaro abbattuto.

Hervé resta immobile, affascinato. Pensa ai capolavori epici di Jacques-Louis David, Nicolas Poussin, Jean-Léon Gérôme e Frank Frazetta. Stesso caos, stessa miriade di elementi, stessa bellezza.

Si ribaltano i tavoli. Si strappano i pannelli. Si ammucchiano sedie, scrivanie, carte... Il fuoco. Alla sua destra, le cabine telefoniche cominciano a sciogliersi sotto l'attacco delle fiamme.

Atterrito, Hervé indietreggia. Uscire da lì. Fuggire da quella cieca violenza. Sui muri del V arrondissement aveva letto: «La rivoluzione dev'essere una festa». Brutta notizia: la festa è finita. Ormai non ci sono altro che tracce di odio e pulsioni assassine.

Gira sui tacchi e fugge nella notte.

6.

«Cosa sono?»
«Motoseghe.»
«Per far che?»
«Segare alberi.»
«Alberi?»
«Sì. Bisogna far fuori un bel po' di platani su boulevard Saint-Michel, capisci?»

Jean-Louis Mersch osservò i cinque balordi che gli stavano intorno. Studenti non più di quanto lo fosse lui. Ancora meno operai. Vere canaglie, devastatori opportunisti che avevano trovato rifugio alla Sorbona e domandavano solo una cosa: scontrarsi con i poliziotti, rubare beni di consumo, prendersela comoda.

Il loro capo, Jean-Louis, trentaquattro anni, aveva cercato i migliori soci per il suo progetto di «destabilizzazione radicale del potere». Aveva preso contatti con i servizi d'ordine dell'UNEF. Troppo gentili. Era passato ai Katanga, scalmanati sballati dal mattino alla sera che avrebbero dovuto proteggere la Sorbona e invece si accontentavano di spillare denaro ai ragazzini. Troppo idioti.

Aveva allora scovato i Cabili, KBL per gli intimi. Si facevano chiamare così perché il loro capo si vantava di aver fatto la guerra d'Algeria, il che stupiva molto Mersch, visto che lui l'aveva fatta davvero!

L'attività dei Cabili si riduceva al traffico di hashish e altre sostanze nei corridoi della Sorbona. Jean-Louis ci aveva messo poco a capire che poteva usarli per i suoi piani in cambio di soldi. Ne aveva approfittato per farsi rifornire di certe pillole che loro sgraffignavano nell'infermeria «popolare» della Sorbona.

«Bisogna farla finita con il Vecchio Mondo», decretò. «Non solo con le sue idee, anche con i suoi fondamenti, i suoi simboli. Occorre distruggere tutto per ricostruire meglio.»

Gli altri ridacchiarono. Uno sputò per terra, un altro si accese una sigaretta, un terzo schioccò le dita. Se ne fregavano altamente della politica.

Si trovavano in un angolo buio di rue des Fossés Saint-Jacques, dove Mersch aveva parcheggiato un furgoncino Citroën 2 CV rubato. Piuttosto rischioso, ma ogni motosega pesava dodici chili. Era fuori questione attraversare il V arrondissement con in braccio degli affari del genere.

Ne impugnò una sulla piattaforma del veicolo e la espose alla luce di un lampione.

«Stihl Contra, sei cavalli di potenza. Settemila giri al minuto. Catena con denti trituratori. Questo arnese taglia una quercia centenaria in meno di sette minuti.»

I casseur si chinarono per osservare meglio quel prodigio.

«A noi servono armi», sbottò uno di loro, «armi vere. Non siamo boscaioli.»

«Un po' di pazienza, arriveranno», mentì Jean-Louis.

Sentiva la Colt .45 sulla schiena, senza proiettile in canna. Un odore di polvere da sparo gli punse le narici. Allucinazione olfattiva. Gli capitava spesso... e le anfetamine di cui si era fatto non miglioravano la situazione.

«Puoi procurartele?» insistette uno dei tizi.

«Ti dico che ci sto lavorando. Ma se si oltrepassa questa linea non si potrà più fare marcia indietro.»

«La retromarcia è roba da checche.»

I suoi compagni ridacchiarono. Jean-Louis sospirò e ficcò la prima motosega fra le braccia di uno di loro. Un'altra in quella del secondo. Cinque in tutto. I conti tornavano.

«Adesso», ordinò, «filate in rue Saint-Jacques e girate a destra in rue de l'Abbé de l'Épée. In boulevard Saint-Michel tagliate tutti gli alberi che si trovano a portata del vostro attrezzo. Abbiate però l'accortezza di non beccarvi un tronco sul muso.»

Altre risate. Probabilmente anche i Cabili avevano abusato di cannabis e anfetamine quella sera. La precisione militare sarebbe stata per un'altra volta.

«Su, sparite. Fate il maggior casino possibile.»

I cinque filarono via. Una volta scomparsi alla vista, Jean-Louis si mise in cammino. Prima di raggiungere le truppe, voleva fare una ricognizione del «suo» territorio: aveva finito per credere che tutta quella gazzarra fosse opera sua.

Attraversò rue Saint-Jacques e imboccò rue Malebranche, giusto di fronte. Sotto il giubbotto di pelle nascondeva una radio a tracolla sintonizzata sulla frequenza della polizia, un «talismano» grazie al quale poteva conoscere con esattezza i movimenti dei CRS e di altre guardie mobili. La battaglia infuriava in place Edmond Rostand e anche più in là, in place de la Sorbonne. Altri scontri avevano luogo dall'altro lato del quartiere, all'angolo fra rue des Écoles e rue Saint-Jacques.

Sgattaiolò nell'ombra del sottopassaggio, mento affondato nel bavero, orecchio teso verso il crepitio della radio. Costeggiava i muri come un cane, anzi, l'ombra di un cane.

In rue Le Goff, il frastuono si fece assordante. Mersch sorrise: la battaglia aveva raggiunto un grado di intensità senza precedenti. Gli studenti, gli operai, i teppisti volevano veramente distruggere la città, e gli sbirri, allo stremo e in preda alla tensione, non avrebbero tardato a ricorrere alle armi. Proprio quello che sperava. Una carneficina in piena regola.

Foulard sul naso, azzardò un'occhiata in rue Soufflot. Blocchetti di pavé e bottiglie Molotov sfrecciavano nell'aria puzzolente. Scazzottate in ogni angolo. Studenti a terra privi di sensi. Poliziotti che picchiavano senza tregua. Era uno scenario disgustoso, d'accordo, ma era anche il prezzo da pagare affinché si verificasse una vera svolta.

Estrasse un paio di granate da sotto il giubbotto e ne lanciò una sulla polizia e un'altra sugli studenti. Niente favoritismi. Granate F1, contenenti TNT: grande potenza di scoppio, niente schegge. Distruggevano i timpani, e capitava che staccassero una mano o una testa.

Poi si mise a correre, attraversò rue Soufflot e si infilò tra le camionette antisommossa, incrociando uomini con il casco e qualche barella. Nessuno gli badò.

Al confronto rue Victor Cousin pareva un luogo protetto, ma dopo pochi passi, dietro a place de la Sorbonne, incappò in gruppi di riservisti che affilavano le armi in attesa di prendere d'assalto boulevard Saint-Michel.

Jean-Louis ebbe appena il tempo di ripararsi in un androne della Sorbona, che da quando era in atto l'occupazione studentesca restava aperta giorno e notte. D'un tratto si ritrovò in un corridoio di marmo immerso nella penombra. I lampadari, ancora accesi, diffondevano una luce tenue, un poco più viva di quella dei ceri.

Ceri... Aveva l'impressione di essere in una cattedrale disseminata di spazzatura. Merda. Non aveva frequentato molte scuole e i luoghi di cultura lo opprimevano, ma vedere la Sorbona in quello stato gli dava la nausea.

Corridoio. Dei ragazzi sonnecchiavano sulle panche; dovevano avere il sonno davvero pesante. Per terra, ovunque, cartacce, indumenti, cassette della frutta. I muri erano tappezzati di manifesti con i ritratti di vari criminali – il Che, Ho Chi-minh – o di dittatori manipolatori, tipo Mao. *Luridi bastardi*...

Si era procurato le piantine della Sorbona e le aveva imparate a memoria. Ora, sapeva, stava percorrendo la galleria Jean Gerson, a fianco della cappella. Una volta in fondo, avrebbe ripreso rue Saint-Jacques. Doveva assicurarsi che anche là si scatenasse un putiferio.

Arrivato alla porta numero 54 (ignorava la ragione di quel numero), si trovò faccia a faccia con il ritratto di Lenin, chissà perché affisso proprio là. «Il popolo non ha bisogno di libertà, perché la libertà è una delle forme della dittatura borghese.» Si sentì percorrere da un brivido. Si disse che lui non era migliore di un fanatico di quella risma. Era quello il prezzo da pagare affinché le cose cambiassero veramente.

Gli scontri imperversavano ovunque. C'erano poliziotti che correvano avanti e indietro, collegando i due punti nevralgici della guerra notturna. Dall'altro lato della strada, mentre fischiavano le granate e volavano pietre del pavé, il liceo Louis-le-Grand e il Collège de France ostentavano un'indifferenza adamantina. *I ragazzi sono ragazzi…*

Stava scendendo verso rue des Écoles quando una voce prese a ronzare sotto il giubbotto.

Fece scivolare la mano verso la radio e aumentò il volume: «EMERGENZA! EMERGENZA! INCENDIO AL COMMISSARIATO! SIAMO INTRAPPOLATI! BRUCEREMO VIVI!».

Erano gli agenti del commissariato principale del V arrondissement, rue de la Montagne Sainte-Geneviève.

Un barbecue di piedipiatti.

Diavolo, quello non se lo poteva perdere.

7.

Impossibile raggiungere place du Panthéon. Ripercorse rue Saint-Jacques, ma scoprì che anche rue des Écoles era bloccata. Prese a destra la stretta arteria che costeggiava i giardini di place Marcelin Berthelot. Risalendo lungo la facciata del Collège de France, raggiunse poco dopo il vicolo Chartière, che portava chissà dove ma incrociava rue du Cimetière Saint-Benoist, sbarrata da una transenna.

Mersch la scavalcò senza difficoltà; be', quasi. Soffocava sotto il giubbotto, la radio gli pendeva dal collo come la campana di una vacca e la pistola gli s'infilava fra le chiappe. Atterrò più o meno intero dall'altro lato. In fondo al vicoletto il tumulto risuonava come dentro a una bottiglia. Jean-Louis aveva l'impressione di correre in un acquario.

Giunto alla fine della strada senza uscita, si arrampicò su una grondaia e raggiunse il tetto di zinco, dove aveva solo da fare lo slalom fra i comignoli e le antenne della televisione. Che problema c'era? Parigi era sua.

Avendo in mente la mappa della città, trovò la stradina che cercava – rue de Lanneau – e scese lungo una vite canadese che cresceva sul muro. Una vite canadese! In quel minuscolo vicolo pedonale si era immersi in pieno nel XVII secolo. Ora doveva proseguire fino a rue de la Montagne Sainte-Geneviève, e questa, invece, risaliva al XIII secolo.

Vide infine il commissariato. Un linciaggio in piena regola. Dopo aver incendiato la facciata, gli assalitori bombardavano con i sassi le vie d'uscita per impedire agli sbirri di mettersi in salvo. E neanche un mezzo della polizia, neanche un agente a soccorrerli.

«Che cazzo fate, porca puttana?» urlò a quella gentaglia.

Gli risposero delle risate, poi delle battutacce che intendevano essere divertenti, tipo «spiedini di piedipiatti» o «polli arrosto». Mersch osservava le sagome dei contestatori, nero su rosso, che lanciavano i loro proiettili e ridevano a crepapelle mentre gli altri all'interno bruciavano vivi.

Mersch aveva un asso nella manica, sebbene qualcuno l'avrebbe piuttosto definito un punto debole. Non conosceva l'esitazione: prendeva decisioni sull'istante e non le rimpiangeva mai. Sangue, okay. Carne cotta, no.

Dal primo piano filtrava della luce, segno che i poliziotti si erano rifugiati lassù. Mersch girò intorno al falò fino a raggiungere l'edificio dietro. Androne. Ingresso. Scala. Salì direttamente al secondo piano e aprì la finestrella che fungeva da uscita d'emergenza nella tromba delle scale.

La finestra affacciava sul tetto del commissariato. Uno spiovente ricoperto di tela catramata che non ci avrebbe messo molto a fondere. Lucernari. Senza un attimo di esitazione, Mersch saltò, cadde in ginocchio e, facendo presa sul colmo, strisciò fino al primo lucernario. Il catrame era già rovente. I poliziotti all'interno tentavano di rompere il vetro, ma era blindato e la finestra era bloccata dall'esterno. I poveretti erano prigionieri della loro stessa roccaforte.

Assicurandosi di evitare le pietre che attraversavano la notte come meteoriti, Mersch cominciò a colpire con il tallone il lucchetto che bloccava il telaio.

Finalmente il chiavistello saltò. Mersch afferrò il telaio e lo sollevò. Il fumo fuoriuscì e subito dopo spuntarono le teste dei poliziotti spaventati, ai quali Mersch tese la mano. Uno, due, tre, quattro sbirri oltrepassarono così lo stretto passaggio, tossendo, piangendo, gemendo.

«Grazie, amico», fece uno di loro. «Ti dobbiamo un favore, e uno grosso. Chi sei?»

«Nessuno.»

«Che vuoi dire?»

Mersch gli diede una pacca sulla spalla.

«Lascia perdere», gli disse con un sorriso mentre staccava la radio dalla cinghia e la tendeva al poliziotto imbrattato di nero come uno spazzacamino. «Con questa puoi contattare il comando locale. È già sulla frequenza giusta. Fai mandare un'autopompa e i vigili spegneranno il fuoco e spazzeranno via quegli imbecilli là sotto.»

Non aveva ancora terminato la frase e già spariva fra i vapori scuri che avvolgevano il tetto, lasciando di stucco il poliziotto che sgranò gli occhi lucidi come le palline di un flipper.

8.

«Cosa le è successo?»

Dopo il suo numero da equilibrista, Jean-Louis si era precipitato in rue Monge. Nei pressi delle Arènes de Lutèce aveva individuato un caffè ancora aperto. Un miracolo.

I vetri del locale erano stati oscurati con le coperte e, per chissà quale stranezza del suo cervello, a Jean-Louis era venuto in mente il film *La traversata di Parigi*, dove Jean Gabin, in una bettola clandestina, declama la sua storica invettiva. «Poveri bastardi...»

«Torna dal Quartiere latino?»

Il proprietario osservava la faccia annerita dell'avventore.

«Sono rimasto invischiato nella manifestazione, sì», rispose Jean-Louis senza sbilanciarsi.

«Be', figliolo, l'hanno conciata proprio bene. La situazione è arroventata?»

«Non più del solito», tagliò corto lui.

«Be', figliolo», ripeté il barista, poco ispirato. «Desidera bere qualcosa?»

«Un whisky.»

«Al banco?»

«No, mi metto laggiù, su una panca. Dov'è il bagno?»

«In fondo a sinistra.»

Mersch attraversò la sala deserta, scivolando sulla segatura sparsa sul pavimento. Si osservò nello specchio sopra il lavandino. Né bello né brutto, però speciale, un tumulto di lineamenti, rughe e muscoli sovrastati dai riccioli che gli cadevano sugli occhi. Da solo, il suo sguardo era già un caparbio rifiuto. *Circolate, non c'è niente da vedere...*

Con la barba di qualche giorno, colletto alzato, Mersch aveva sempre l'aria di uno che è appena uscito di prigione ed è pronto a ritornarci. Proprio una faccia da canaglia, ambigua, inquietante – ma singolarmente seducente, lui lo sapeva.

D'un tratto vomitò nel lavandino. Oh, non granché. Non mangiava da... Da quanto tempo? Un po' d'acqua sulle palpebre, gli zigomi, le gengive. Quei dannati colpi di caldo lo tenevano in vita. Era così anche nello uadi...

Si stava ancora riprendendo quando un'improvvisa ondata di ricordi gli mise di nuovo in subbuglio lo stomaco. Villaggi in fiamme, bambini con le teste sfondate dai proiettili, operazioni «svuota testicoli», elettrodi impiantati in fondo alla gola per «farli aderire meglio»... *Tutta un'epoca.* Si bagnò di nuovo il viso, come se il terrore si potesse lavare via con l'acqua tiepida...

Tornò barcollante nella sala e individuò il tavolo dove lo attendeva il suo whisky. Lo buttò giù d'un sorso, rabbrividì e subito tese i muscoli per dominare il tremito. Si aspettava una nuova raffica di flashback della guerra, sciabolate che gli avrebbero fatto rizzare i peli.

Fu sua madre a uscire dal cilindro della memoria.

Mersch non aveva ricordi d'infanzia. I ricordi sono roba da femminucce. Diciamo che aveva una madre. Speciale, la madre. Ossessionata da Dio, membro di un'associazione di beneficenza cattolica, amava così tanto gli altri (a cominciare da Dio) che non si affezionava mai a nessuno. Il suo cuore era secco e tagliente quanto una selce. La sua benevolenza, disincarnata, era astratta, agghiacciante.

Dio abbia pietà di lei: tutto ciò era colpa di un uomo. Un bastardo, amante occasionale, che ci aveva messo così tanto impegno a torturarla da distruggerne l'anima nel giro di pochi anni, se non addirittura mesi. Dopo il parto si era dileguato lasciando a Jean-Louis un cognome, nella stessa maniera in cui si piazza un'etichetta su un articolo invenduto.

JL, come lo chiamavano, non sapeva niente di suo padre. Argomento tabù, argomento chiuso. Un giorno gli era sembrato di capire che facesse il poliziotto. Un'altra volta, che fosse un mago. Ma quando si arrischiava a porre una domanda gli rispondevano che era morto. O internato. O molto lontano. Non aveva più insistito.

Era stato spedito prestissimo in collegio. I gesuiti avevano abbassato la retta grazie ai servizi resi da sua madre al Signore. Aveva concluso gli studi in un posto di campagna, di cui aveva dimenticato il nome.

Cosa ricordava di quel luogo? Non molto. L'odore di pietra fredda, di legno ammuffito, forse. Una sorta di brutalità nei materiali, un'intimità organica che aderiva alla pelle come un indumento bagnato. Il fine settimana preferiva non tornare a Parigi, meglio restare nel dormitorio vuoto piuttosto che sorbirsi i canti religiosi di sua madre e fare la questua in strada, quell'umiliazione costante...

«Un altro, per favore!»

Aveva ancora la gola piena di cenere. Sapore di fuliggine, acre...

Vuotò il bicchiere tutto d'un fiato.

Dopo la maturità, il servizio militare. Un po' particolare, quest'ultimo: cinque anni a ingoiare fuoco e sabbia sulle catene dell'Atlante, sull'Aurès, in Cabilia. Si era forgiato l'anima a colpi di MAS 36. Se mai aveva nutrito illusioni sulla natura umana, quegli anni le avevano definitivamente spazzate via.

Circolava un detto a proposito di quell'epoca: «Se racconti l'Algeria, vuol dire che non ci sei stato». Né fatti eroici né bei momenti, soltanto bassezza morale, declinata in tutte le sue forme. Assolutamente nulla da salvare, anche se Jean-Louis aveva racimolato qualche medaglia.

Quelle ormai le aveva perse, ma era impossibile scrollarsi di dosso i luridi ricordi che gli erano rimasti appiccicati. Come quel tizio nella piana di Meskiana che passava con l'autoblindo sui corpi dei prigionieri stesi a terra. O quell'altro, a palazzo Klein, nella Casbah bassa, che obbligava i suoi uomini – ragazzi di vent'anni – a stuprare le prigioniere per «rendere più tenera la carne». Per i maschi c'era un altro sistema. Si ricorreva a Moumousse, un pastore tedesco di sessanta chili. I soldati più dotati di senso dell'umorismo lo soprannominavano «sergente» e gli facevano il saluto militare prima che si facesse i detenuti.

Altro cenno al barista.

«Lasci la bottiglia, grazie.»

La bottiglia...

Nel campo di Ksar Ettir, vicino ad Ain Oulmène, un sergente faceva sedere il prigioniero, nudo, sul collo di una bottiglia, poi lo spingeva giù premendolo sulle spalle finché il vetro non andava in frantumi nell'ano.

Da quelle terre infuocate Jean-Louis era tornato senza gusto per la vita né speranza. O, meglio, disgustato e disperato. Tuttavia, a sorpresa, si era appassionato alla politica, in particolare al socialismo. Lui che odiava gli uomini presi individualmente, ora aspirava a salvarli collettivamente. E la sola soluzione – non ci pioveva – era la sinistra. Il futuro della Francia, anzi, del mondo. Ma attenzione: una sinistra ponderata, ragionevole. Quella dell'equilibrio, della stabilità.

Aveva avuto quella rivelazione nel corso di un congresso in cui aveva preso la parola Pierre Mendès France. Era lui, soltanto lui, l'uomo in grado di guidare la Francia. PMF rappresentava l'antipolitica, la rettitudine incarnata, un modello di franchezza e integrità...

Oggi il progetto di Mersch era semplice: far cadere de Gaulle e mettere sul trono Mendès France. Mitterrand? Bastava ricordare il suo passato al servizio di Vichy o il suo ridicolo falso attentato dell'Observatoire per scartarlo.

Fin dalle prime manifestazioni, Mersch si era quindi lanciato in un programma di destabilizzazione radicale, impartendo un rapido addestramento agli studenti che avevano scelto di combattere, istigando gli animi per aggravare sempre più le cose, suggerendo strategie d'attacco e prodigando consigli tecnici. Mersch era un soldato e quei giovani sprovveduti poteva trasformarli in macchine per uccidere.

Ma bisognava fare in fretta. Come di nuovo dice Lenin: «Il tempo non aspetta». De Gaulle avrebbe ancora potuto organizzarsi e Pompidou instaurare una trattativa con i sindacati. *Stasera o mai.* Esasperati dalla violenza degli scontri, l'indomani i francesi avrebbero preteso un nuovo governo. Allora si sarebbero scelti i socialisti e Mendès, uomo d'onore, uomo di pace, avrebbe preso in mano la situazione.

Un altro whisky. Sommato alle anfetamine, cominciava a essere un po' troppo... Ma in amore e in guerra tutto è permesso: senza l'aiuto di uno stimolante, nessuno scenderebbe mai sul campo di battaglia... Pensò che forse avrebbe dovuto lasciare arrostire gli sbirri: di sicuro la cosa avrebbe attirato l'attenzione!

Un'occhiata all'orologio: mezzanotte passata. S'infilò in tasca la bottiglia e uscì.

Ritorno alla casella inferno, come nel gioco della campana.

9.

I KBL non avevano scioperato.

Boulevard Saint-Michel era bloccato dagli alberi abbattuti, come se vi fosse passato un cataclisma. Jean-Louis ridacchiò sotto il foulard. È vero che la percezione e la capacità di analisi erano parecchio alterate dall'alcol, ma non serviva essere un genio per capire che quella sera si era oltrepassato il limite.

In place Edmond Rostand gli scontri non si attenuavano. Da dove si trovava, poteva avere una chiara idea dei progressi compiuti dai suoi «allievi». Al ronzio delle motoseghe che pervadeva la notte facevano da contrappunto i rumori secchi e ostinati dei picconi e delle zappe. *Avanti, miei prodi, proseguite!* Dal canto loro i poliziotti continuavano a lanciare granate. Jean-Louis aveva mostrato ai marmocchi come neutralizzarle spingendole in una pozza d'acqua per poi coprirle con il coperchio di un bidone della spazzatura.

C'era acqua dappertutto. Come gigantesche scope, i camion con idrante spazzavano con l'acqua il boulevard. I fiotti disperdevano il branco, ma subito gli studenti si raggruppavano e ripartivano all'attacco, mirando con la fionda agli autisti. Socchiudendo gli occhi, Jean-Louis scorse dei lampi, più giù, in rue de Médicis: inondati, i quadri elettrici crepitavano, esplodevano. La corrente doveva saltare nei quartieri eleganti…

Si parlava sempre dei lanci di pietre ma era il fuoco a costituire l'arma più efficace, a delimitare il terreno dell'apocalisse. Le Molotov continuavano a fioccare, spandendo a terra il loro odore di benzina bruciata: bicchierini di vodka ben ghiacciata che si rovesciavano sull'asfalto disegnando lunghe scie roventi...

Avvicinati ancora. Era già coperto di scorie, i capelli impiastricciati da miasmi di gomma fusa, gli occhi come fari. Vuotò la bottiglia e avanzò. Sbronzo, irresistibilmente attratto da quel focolaio di violenza, percepiva qualcosa di intimo, un *pas de deux* funesto che ogni rivoltoso danzava con la morte.

Alla fine degli anni Cinquanta, nel campo di Ksar Ettir, aveva avuto una peritonite. L'unica cosa di cui si ricordava al riguardo era un tubo di drenaggio inserito nel fianco da cui scolavano rivoli di pus. Quel mese di maggio lo faceva ripensare a quella trasudazione ributtante: odio e furore si riversavano nelle strade come la materia fetida fuoriuscita da una piaga infetta.

In rue de Médicis, lungo le inferriate del Luxembourg, una granata gli atterrò accanto. Ebbe appena il tempo di gettarsi a terra e raggomitolarsi su sé stesso. L'esplosione fece vibrare il terreno, ma nessun rilascio di gas. Anche questo era un segno. Non ci si limitava più a far lacrimare gli studenti: ora l'intenzione era sfondargli i timpani, mozzargli le mani...

Mersch si tirò in piedi. Feriti che si contorcevano, facce annerite dai grandi occhi bianchi che ricordavano le fotografie di Hiroshima. Chi avrebbe curato questi ragazzi? Alcuni studenti di Medicina avevano organizzato un servizio di emergenza, ma dalla Sorbona non c'era possibilità di accesso a rue de Médicis, situata dall'altra parte di place Edmond Rostand.

Ed ecco sopraggiungere, proveniente dal lato del teatro dell'Odéon, un furgoncino Citroën con una croce rossa dipinta sulle portiere. Dopo un'inversione a U, il veicolo si collocò a marcia indietro il più possibile vicino ai feriti.

Jean-Louis si precipitò verso i due tipi in camice bianco che uscivano dal retro.

«Posso aiutarvi?»

Gli infermieri non risposero. Avevano già afferrato per le spalle uno studente esanime e lo stavano trascinando sul terreno zuppo d'acqua.

Jean-Louis s'insospettì. Quei tizi con i capelli a spazzola avevano superato la trentina e la loro stazza non aveva niente a che vedere con gli studenti esili come un grissino che frequentavano i corsi. Per non parlare delle loro facce...

Gli tornò in mente la voce che correva sulle false ambulanze. Si raccontava che gli uomini del SAC, la polizia segreta di de Gaulle, si servissero di quello stratagemma per rapire studenti e portarli in rue de Solférino per sottoporli a un bel pestaggio.

«Lasciate che vi aiuti», insistette Mersch.

«Vattene.»

«Cosa?»

«Ti ho detto di andartene!»

I due lasciarono lo studente a terra e si raddrizzarono. Lanciando uno sguardo all'interno del furgone, JL riconobbe nello specchietto retrovisore l'autista, Pierre Santoni, già membro dell'organizzazione paramilitare OAS, ex magnaccia e poliziotto corrotto, da anni affiliato al SAC.

Quando la Luger fece capolino dal camice di uno degli agenti, Mersch impugnava già la sua .45. Abbrancò con la sinistra l'energumeno più vicino e lo spinse verso il compagno armato. Breve lotta. Con entrambi i pugni stretti sul calcio della pistola, Mersch sparò in faccia all'uomo rimasto allo scoperto mentre l'altro trovava riparo dietro il furgone.

Mersch si lanciò a terra. Distese il braccio, gomito appoggiato sul selciato, e prese di mira le gambe. L'uomo crollò, sbattendo la testa a pochi centimetri da Jean-Louis, che premette il grilletto una, due volte, schermandosi con la mano destra per non ricevere in faccia frammenti di ossa o cervello.

Mentre si rialzava la Citroën partì a tutta velocità, con le porte posteriori che sbattevano. Mersch mirò alla nuca di Santoni, ma un getto d'acqua lo accecò. Fece appena in tempo a rinfoderare la pistola che un rumore di gente che arrivava di corsa lo fece voltare. Non vide altro che un battaglione di CRS che gli piombava addosso. Alzò il braccio prima di beccarsi un colpo di manganello sulla mascella.

Si raggomitolò sul terreno fradicio, proteggendosi con le braccia testa e fianchi. Pensava ai due cadaveri lì vicino.

Mentre incassava i colpi, strisciava e si allontanava dai corpi. Pazienza prendersi una lavata di capo, ma un'accusa di omicidio, quella proprio no.

Finalmente, approfittando di una tregua, riuscì a infilare la mano sotto il giubbotto ed esibì il tesserino di ispettore di polizia.

I CRS restarono di sasso.

«Sei... sei un poliziotto?» chiese uno dei tipi con gli occhiali da aviatore.

«Secondo te, furbone?»

Mersch si rialzò, barcollante, e si asciugò la fronte insanguinata.

«Toglietevi dai piedi prima che vi denunci per aggressione a un pubblico ufficiale nell'espletamento delle sue funzioni.»

Gli uomini si allontanarono senza farselo dire due volte. Mersch si addossò alla ringhiera dei giardini. L'eco dei colpi gli risuonava in tutto il corpo. Il sangue gli imbrattava il viso, palpitava in gola.

Osservò i cadaveri immersi nella pozza color magenta.

Aveva ammazzato due uomini.

L'Algeria ricominciava.

10.

«Ti ho cercata per tutta la sera!»

«Non stavo bene. Sono rimasta a casa.»

«Come hai potuto perdertelo? È stato ancora più incredibile del 10 maggio!»

Nicole Bernard estrasse dal pacchetto una Gauloise Filtro e si prese il tempo di accenderla. Cécile le dava sui nervi con i suoi rimproveri. Quel sabato 25 maggio, di buon mattino, le due ragazze stavano risalendo rue de Vaugirard. Il sapore amaro, e assolutamente paradisiaco, della prima boccata le fece chiudere gli occhi.

Vero, si era persa quella che il notiziario radiofonico del mattino aveva già battezzato la «seconda notte delle barricate». Non era stata ammalata, ma era impossibile dire la verità a Cécile. Aveva dedicato parte della notte a preparare la conferenza del mattino, come una brava scolara.

A modo suo, Nicole era una delle star di quel maggio. Una delle rare ragazze ad avere voce in capitolo. Ventitré anni, una laurea in Filosofia, origini borghesi che nascondeva accuratamente, una spavalderia che coltivava ancora più accuratamente. Da quando era iniziata l'occupazione della facoltà, aveva intensificato gli interventi «storici» durante le assemblee generali della Sorbona. La sua fama si era diffusa in ogni angolo dell'ateneo. Ed ecco, ultima consacrazione, un comitato d'occupazione le aveva proposto di intervenire quella mattina per presiedere un dibattito su un tema di sua scelta. Non c'erano dubbi: stava entrando nella Storia.

Il giorno prima, nella sua camera, aveva rivisto gli appunti e provato il discorso come per l'orale della maturità. Nel frattempo sua madre le preparava dei panini e il padre guardava il generale de Gaulle alla televisione. *Ti saluto, rivoluzionaria.*

Nicole riprese a camminare e lanciò una frecciata a Cécile. Non intendeva lasciarsi mettere i piedi in testa.

«Non ho bisogno di essere in strada per captare lo *Zeitgeist*», disse.

«Cosa?»

«Lo *Zeitgeist.* Lo spirito del tempo.»

«Non te la caverai con delle piroette in tedesco», ribatté Cécile alzando le spalle.

«E tu hai di nuovo il rossetto sbavato.»

Subito Cécile si portò la mano alla bocca, prima di capire che Nicole la stava prendendo in giro.

«Stupida!» la rimbeccò, assestandole una gomitata.

Se ne uscirono in una risata che faceva pensare a una pietra che rimbalza sulla superficie dell'acqua.

Nicole rivolse un breve sguardo all'amica. Capelli scuri, piccola di statura e un po' pienotta, Cécile si vestiva come sua madre, sfoggiando uno chignon tipo meringa. Ma il suo aspetto ingannava: sotto un'apparenza banale, si celava una mente straordinaria. Storica, filosofa, Cécile aveva tutte le carte in regola per diplomarsi all'ENA, l'École nationale d'administration.

«Hai notizie di Suzanne?» domandò Nicole.

«No. Starà ancora dormendo. Ieri era alla manifestazione.»

Decisamente... Di solito le tre ragazze erano sempre insieme. Suzanne, Cécile e Nicole si erano conosciute sui banchi della Sorbona il primo anno di Filosofia e non si erano più lasciate.

All'incrocio di rue de Rennes apparvero i primi segni delle battaglie del giorno prima. Auto ribaltate o disposte a quinconce. Blocchetti di pavé divelti dal selciato. Rottami carbonizzati. Aleggiava ancora un odore fetido, di gas lacrimogeno, gomma bruciata... Lungo il Luxembourg, i danni erano ancora peggiori. Carcasse annerite sbarravano la strada, in mezzo a frammenti di vetro, bandiere lacerate e macerie.

I primi giorni Nicole contemplava orgogliosa questo genere di spettacolo, leggendovi i segni concreti della rivoluzione in atto, dell'annientamento del sistema. Ma quella mattina...

Anche l'espressione dei passanti era cambiata. Apparivano costernati, e furiosi. Gli studenti si erano spinti troppo in là, e troppo a lungo. La gente ne aveva piene le tasche e voleva ritornare alla vita di prima, in un mondo che forse era cambiato, ma non troppo.

Cécile emise un fischio.

«Hanno avuto la mano pesante!»

In boulevard Saint-Michel giacevano a terra numerosi platani. Nicole era senza parole. Perché distruggere quegli alberi centenari? Uno spreco. Un sacrilegio. E soprattutto un atto totalmente inutile...

È la rovina, mormorò fra sé varcando l'ingresso della Sorbona. Ma il suo umore cambiò di colpo davanti alle bancarelle di fortuna che occupavano il cortile d'onore: malgrado la pioggia, quello che lei chiamava «il bazar delle utopie» palpitava già di prima mattina.

Le tettoie di plastica e i teloni stesi a protezione dei banchetti accentuavano l'impressione di un mercato di frutta e verdura. Nicole amava quel posto: vi si respirava una passione, una vivacità, un entusiasmo unici. Certo, era tutto un po' caotico, ma l'importante era l'energia. Tutti quegli studenti, che mischiavano teorie con conoscenze approssimative e frammenti di storia, mostravano una spontaneità e un coinvolgimento che la colpivano profondamente.

«È ora, carissima.»

Nicole sobbalzò. Di lì a pochi minuti avrebbe dovuto prendere la parola nel grande anfiteatro, catturare l'interesse dell'uditorio – ammesso che ci fosse gente in sala – con la sola forza dei suoi brevi appunti.

«Aspetta, ho bisogno di un'altra sigaretta.»

Le due ragazze si rifugiarono sotto la galleria attorno al cortile d'onore e si sedettero su una panchina. Un fiammifero e due Gauloises crepitarono nell'aria grigia.

«Qual è il tema della conferenza?»

Aspirata una boccata così potente da scorticarle la gola, Nicole declamò: «Liberare il pensiero, pensare la libertà».
Passò una frazione di secondo.
«Brava!» sussurrò Cécile.

11.

Nicole era fortunata: aveva i capelli rossi.

Un rosso tenue, vicino al miele, al cognac. I genitori lo definivano *auburn*, ramato, ma Nicole detestava quella parola. Faceva americano, imperialista. Per contro, un amico di suo padre, psicanalista lacaniano, le aveva descritto l'arancione come il colore del tepore familiare, dell'utero, ma anche di una certa maturità. Aveva aggiunto che l'arancione è connesso al sole, un simbolo maschile che rinvia al padre. Il sole che tramonta simboleggiava allora l'uomo al termine della sua vita…

Anche se sospettava che il tipo volesse andare a letto con lei, quella valanga di simboli le aveva fatto piacere. *L'uomo al termine della sua vita…* Ahahah! Da parte sua, lei preferiva evocare il rosso dei suoi capelli con questa citazione di Victor Hugo: «La mia anima ha più fuoco di quanto voi abbiate cenere».

La sua pettinatura? Con la riga in mezzo, ovviamente. Due bande di capelli che, in morbide onde, le scendevano sulle spalle. Il suo aspetto oscillava fra un'icona russa e una figura medievale, fra una Vergine dorata e quella tratta da un libro d'ore…

Circa il suo viso, si parlava della Venere di Botticelli: stesso ovale, stesso pallore, stesse sopracciglia evanescenti… Il volto bianco e allungato incorniciato da un'aureola color seppia faceva anche pensare a un cammeo intagliato in una pietra fine, o perlomeno era ciò che le piaceva dire a sé stessa.

Aveva un corpo filiforme, quasi androgino, che poteva infilarsi senza problemi in qualsiasi tunica indiana, cosa che non le andava molto a genio. Quanto a seno, ce l'aveva piatto come un'asse da stiro. Sì, nei tardi anni Sessanta andavano di moda le ragazze longilinee e magre come sardine, ma lei avrebbe preferito essere più sexy.

Nicole aveva avuto un'infanzia piuttosto normale e aveva trascorso nelle scuole cattoliche anni impeccabili come le pieghe della sua gonna. Si era svegliata durante l'adolescenza, cominciando a leggere, a riflettere e... a scalpitare. Una vita del genere non era possibile!

Eppure i suoi genitori erano di tipo moderno: il papà era un asso della chirurgia ortopedica, la mamma gestiva una fiorente gioielleria. Entrambi con un passato nella Resistenza, si erano conosciuti all'interno di una rete di combattenti e sposati alla fine della guerra. La loro unica figlia, Nicole, nata poco tempo dopo, simboleggiava ai loro occhi la vittoria, la promessa di una vita nuova, lontano dagli orrori del passato.

Negli anni Sessanta, tuttavia, essere una giovane donna era come trovarsi a percorrere una sorta di via crucis fondata su mutandine di cotone (che grattavano) e paura del lupo (guai a restare incinta prima del matrimonio). Progetti per il futuro? Hai voglia di scherzare. Se si frequentava l'università era per trovare un marito; quanto ad andare a lavorare, se ne sarebbe riparlato dopo aver messo al mondo due o tre marmocchi: i doveri coniugali avevano la priorità assoluta.

Nicole aveva idee diverse. Terminato il liceo con ottimi risultati, aveva scelto di completare la sua formazione alla facoltà di Filosofia, mossa dal desiderio di riflettere sul mondo e sui modi di cambiarlo. Suo padre aveva alzato gli occhi al cielo e sua madre si era stretta nelle spalle: l'importante era che non si perdesse nessuna delle sue serate danzanti...

La ragazza si era iscritta all'UNEF, avvicinandosi agli anarchici e ai trotzkisti e partecipando a operazioni sotto copertura all'ateneo di Nanterre. In seguito aveva aderito alla JCR (Gioventù comunista rivoluzionaria) ed era entrata a fare parte dei Comitati Vietnam.

Nicole stava bene nella propria pelle: le avversità le si addicevano. Per le grandi battaglie c'erano l'imperialismo americano, il colonialismo, lo sfruttamento dell'uomo sull'uomo, il letargo gaullista... Per le scaramucce, c'era il movimento Occident: i fascisti del caffè Relais Odéon.

Ogni mattina, quando usciva per recarsi all'università, sua madre le bisbigliava: «Non hai l'aria felice, cara». E lei rispondeva, a denti stretti: «Lo spero bene». Tre anni prima, i Rolling Stones avevano infiammato l'etere con *(I Can't Get No) Satisfaction.* Aveva capito allora di avere contratto un virus – la frustrazione – che era universale. Le cose dovevano cambiare!

Nel febbraio 1968 si recò con la JCR a Berlino Ovest per assistere al Congresso internazionale per il Vietnam, un gigantesco raduno di tutti i gruppi gauchisti d'Europa. Venti ore di pullman per mutare irreversibilmente un destino. Al di là della guerra del Vietnam e della lotta contro l'onnipotenza americana, ciò che prendeva vita ai quattro angoli del mondo era una profonda volontà di cambiamento. E lei sarebbe stata della partita.

Sì, era fortunata ad avere i capelli rossi: era il colore della sua epoca, quello della rivoluzione, ma anche dello psichedelismo, del buddhismo... Lei era il legame che connetteva tutti quei punti di ancoraggio... Era...

Buttò via il mozzicone.

«Andiamo», disse, completamente rinfrancata.

12.

Il palco del grande anfiteatro era sovrastato da un enorme affresco. Nicole non l'aveva mai visto da così vicino. *Il bosco sacro*, opera di un tale Pierre Puvis de Chavannes, rappresentava una «vergine laica», che probabilmente incarnava la Sorbona, circondata da personaggi simboleggianti le discipline insegnate nell'ateneo. Quel giorno, si disse Nicole, la vergine era lei. E in quel momento si rammentò con un fremito che in effetti non era mai andata a letto con nessuno…

Pensa ad altro.

Dalla sua postazione dietro la cattedra, osservò l'emiciclo che si apriva dinanzi a lei.

Era sicura che a quell'ora ci sarebbe stata poca gente, soprattutto dopo i fatti della notte prima. Si sbagliava. In realtà, dopo i tafferugli venivano tutti a dormire lì. I banchi erano occupati da studenti che perlopiù russavano ancora, mentre altri si apprestavano a fare colazione: salame, prosciutto, baguette… Uno spettacolo non molto gradevole. Mangiavano con i gomiti appoggiati allo schienale davanti a loro, coprendo di briciole i compagni che sonnecchiavano in basso.

Nicole percepì un odore tremendo: selvatico, molto simile a quello del serraglio del Jardin des Plantes dove andava da bambina. *L'odore dell'uomo, compagno!*

Tuffò una mano nella bisaccia militare che le serviva da borsa e ne estrasse gli appunti, gesto di cui subito si pentì, sentendosi come una scolara che avesse diligentemente fatto i compiti a casa.

Prese la parola un tipo dai capelli arruffati, forse il responsabile di qualche comitato d'azione.

«Stamattina, l'animatrice del dibattito sarà Nicole Renard», comunicò.

«Bernard», corresse lei.

Ci fu qualche fischio di apprezzamento nella sala.

«Sì, ok, scusa», fece il tipo grattandosi la zazzera. «Comunque, studia Lettere e...»

«Filosofia.»

«Vabbè, ok, chissenefrega, ci parlerà di...» Si chinò sul foglio che aveva in mano e si grattò di nuovo la testa. «Liberare il pensiero, pensare la libertà.»

L'annuncio fu accolto da qualche applauso isolato. Anche da qualche risatina. Dalle file dei banchi spuntavano delle teste. *Cosa ci racconterà, questa sbarbina?*

Nicole si aggiustò la sciarpa. Aveva optato per una camicia bianca, una giacca di velluto e dei jeans, aggiungendo come sola nota originale una sciarpa indiana in lino viola che ricordava la stola di un prete. *Un altro errore.*

«La cosa che conta prima di tutto», esordì, «è liberare la parola e l'energia che per troppo tempo sono state alienate dalla società borghese.»

Era piuttosto fiera di queste parole di introduzione. Si aspettava degli urrà, degli applausi. Invece, nessuna reazione. La grande sala era fredda, come morta.

Riprese fiato ed espose l'idea che le stava a cuore, l'idea di una «spontaneità creatrice» repressa, soffocata da secoli di oppressione. Bisognava affrancare gli animi, motivare la creazione...

Risuonò una voce. «Pensiero d'élite! Gli operai se ne infischiano delle parole, vogliono soldi!»

«Gli operai sono meglio di così», replicò lei cogliendo la palla al balzo. «Bisogna finirla di considerarli semplici strumenti di produzione. Hanno anche loro il diritto di pensare, esprimersi, farsi una cultura!»

Fischi, applausi.

«Da tre settimane», riprese Nicole, «i muri parlano, la strada si batte. Occorre continuare! Disfarsi delle inibizioni! Spingere ogni classe sociale a parlare! L'operaio deve ritrovare la propria voce...»

«L'operaio se ne frega!»

Inorridita, Nicole si fece piccola piccola. Quel pubblico, fatto di studenti assonnati, proletari stralunati, emarginati cui non importava niente di quei discorsi, cercava solo di divertirsi a sue spese.

«Ascoltatemi! Esprimo questa idea senza il minimo disprezzo, senza un'ombra di commiserazione...»

«Cazzate!»

«Non è questione di trasmettere cultura all'operaio ma far sì che l'operaio stesso produca la propria di cultura!»

Le rispose una pernacchia.

Sentiva il sudore colarle sul collo. A parlare di proletariato non si sentiva molto a suo agio. Ragazza per bene di boulevard des Invalides, sognava una società nuova, regole inedite o – al contrario – molto antiche, ma non possedeva alcuna esperienza sul campo, non conosceva la realtà.

Abbassò gli occhi sugli appunti. Aveva perso il filo e stropicciava i fogli con le dita tremanti.

«Bisogna porsi le domande vere...» proseguì navigando a vista.

«Già. Quando si mangia?»

Risate.

D'un tratto, Nicole vide materializzarsi il capellone dell'inizio.

«Chiudete quelle boccacce, Cristo!» urlò il tipo. «Lasciatela parlare! Altrimenti faccio sgomberare la sala!»

Breve silenzio.

«Per il momento, prevale la violenza...» riprese Nicole con voce più grave e calma, approfittando della tregua.

«Sì! Tutti in strada!»

«CRS = SS! CRS = SS!»

Una cacofonia di urrà, brava!, fischi. Quell'anfiteatro era occupato da un branco di bruti, punto e basta. Lei parlava al vento.

«Ascoltate!» gridò tuttavia. «La violenza è un'impasse, ma

è necessaria. È come quando si forza una porta. Passato il primo shock, sopravviene qualcosa di nuovo, fluido e naturale... Un'aria nuova, un...»

«Sono solo chiacchiere da intellettuale!»

«Volete qualcosa di concreto? Perfetto. Il nemico è l'ordine borghese con i suoi valori autoritari: il matrimonio, la famiglia, il lavoro, la repressione sessuale... Questo modello va totalmente rivisto. A cominciare dall'educazione fondata sulla paura. L'oppressione è sempre presente, con il maestro di scuola, il professore, il maresciallo, il parroco, il padrone, il...»

«Ha ragione! Buttiamo nel cesso l'autorità!»

«Propongo di eliminare il matrimonio, che altro non è che la riproduzione del girone infernale dell'autorità nel focolare domestico!» intervenne Nicole, resa più ardita da quel supporto inaspettato.

«Sì! Basta con il matrimonio! Soltanto scopate!»

«Sesso di gruppo!»

«Fanculo!»

Nicole si alzò.

«È finita con le disuguaglianze sociali, l'educazione selettiva, la cultura per gli uni a scapito degli altri!» dichiarò. «La creatività è la vera matrice della rivoluzione!»

Il vocio s'intensificava. Erano d'accordo o no? Impossibile saperlo. Si inserivano altre conversazioni, dei rumori si mischiavano al caos generale. Nicole era sull'orlo del pianto.

Con una voce che ormai non riusciva più a dominare, fece un altro tentativo.

«Svegliatevi, compagni! Stiamo vivendo un momento storico! Ci siamo impadroniti della Sorbona, gli operai occupano le fabbriche: abbiamo in mano il nostro destino!»

Vide passare dall'uno all'altro un panino, poi un pezzo di baguette, una fetta di prosciutto... Era in corso una lotta per il cibo, come alla mensa. Quei «rivoluzionari» erano solo dei bambini, in attesa del servizio militare...

«Smettiamo di sognarla, la nostra vita!» si sgolò. «Viviamo il nostro sogno!»

Si rese conto di avere parafrasato uno dei manifesti più famosi di quel mese di maggio.

«Sesso! Sesso! Sesso!»

Nicole picchiò i pugni sul tavolo. «Il sesso non è altro che strumento liberatorio che…» gridò.

«Sesso di gruppo!»

«Ogni liberazione nascerà spontanea!»

«Nudi!»

«Fanculo!»

Le parole fioccavano da ogni dove, fra le fette di salame e i pezzi di pane che volavano come coriandoli. *La rivoluzione è una festa.*

«Scopare!»

Nicole si lasciò ricadere sulla sedia, gli appunti sparsi tutt'intorno. Si prese la testa fra le mani mentre la cagnara aumentava sempre più, sommergendola, schiacciandola, annullandola. Lei era ormai soltanto un rifiuto di quella grande primavera, in attesa di essere raccattato da una spazzatrice stradale…

13.

Il Petit Suisse si ostinava ad aprire ogni mattina.

Malgrado la strada sottosopra, le barricate crollate, il frastuono delle squadre addette allo sgombero, il caffè, situato all'angolo fra rue Corneille e rue de Vaugirard, teneva duro.

Seduta a un tavolino all'aperto, Nicole osservava con gli occhi arrossati le ruspe che radunavano gli ultimi detriti in rue de Médicis e i cantonieri che lanciavano rottami in grandi cassoni. Un vero fiasco! Avrebbe dovuto prepararsi a un dibattito spontaneo e mettere in conto la possibilità di un'accoglienza sfavorevole, anche da parte dei suoi compagni. È risaputo: la rivoluzione divora i propri figli.

«Non prendertela», le sussurrò Cécile, girando il cucchiaino nel caffè. «Sono solo dei poveri cretini.»

Nicole si stava mordicchiando nervosa il labbro inferiore e non reagì.

«Tutto perché siamo delle ragazze», aggiunse l'amica con aria convinta. «Simone de Beauvoir l'ha detto con parole chiare: "L'umanità è maschile e l'uomo definisce la donna non in quanto tale ma in relazione a sé stesso; non è considerata un essere autonomo". Il potere maschile non è pronto ad ascoltare le donne.»

Aveva ragione. Quella mattina Nicole si sentiva sconfitta in partenza. Persino nel bel mezzo della rivolta bisognava sobbarcarsi quel genere di pregiudizi...

Pensò alle combattenti del Viet Minh che imbracciavano le mitragliatrici nelle risaie, alle contadine che dirigevano i kolchoz in Unione Sovietica... In qualche caso la rivoluzione aveva liberato le donne, ma la Francia non era che una nazione piccolo-borghese dai valori reazionari.

Si era figurata l'ondata studentesca come un movimento sublime, dipinto nello stile del realismo socialista, ma doveva giocoforza riconoscere che si trattava in realtà di una banda di giovani idioti, volgari e immaturi. E sarebbe andata ancora peggio se avesse dovuto parlare davanti a un pubblico di operai.

Aveva ragione suo padre, lui che amava tanto commentare i fatti senza lesinare il sarcasmo. Quando gli illustrava il loro programma sociale e politico lui si limitava a rispondere: «Come no, aspetta e spera!». E quando lei parlava del dovere di migliorare le condizioni di vita degli operai e liberare la loro creatività, lui ribatteva con un sorriso beffardo: «Non si annaffiano le dune».

Non si annaffiano le dune... Nicole aveva appena avuto un esempio impietoso dell'inutilità, anzi dell'assurdità, delle sue speranze politico-epiche. Lei aspettava sempre il «Gran Giornale», che avrebbe scandito la fine di un'epoca, e un «futuro radioso», ma i suoi discorsi erano solo aria fritta.

Riprese la Gauloise dal posacenere e tirò una boccata a labbra strette, come se volesse strappar via il filtro.

«Non dici più niente. Stai bene?» domandò Cécile.

«Sto bene.»

«Dimentica questa storia. Sono dei cazzoni.»

«Sono i nostri compagni di battaglia.»

«Sì, delle mezze seghe.»

Nicole aveva sentito parlare di un altro movimento negli Stati Uniti, a San Francisco per la precisione, che aveva giocato la partita in modo diverso. Niente manifestazioni né violenze. L'estate prima, duecentomila giovani provenienti da tutto il mondo erano affluiti nel quartiere di Haight-Ashbury e avevano imposto nuove regole di vita: musica, amore, uso di stupefacenti...

Per qualche mese cibo, cure mediche, alloggi... tutto era diventato gratuito. I giovani avevano potuto dedicarsi alle cose essenziali: libertà, desiderio, amicizia... Una canzone di Scott McKenzie aveva immortalato quella parentesi incantata:

If you're going to San Francisco,
Be sure to wear some flowers in your hair.
If you're going to San Francisco,
Summertime will be a love-in there.

Non si era cercato di rovesciare il potere, si era semplicemente lasciato diffondere l'amore...

«A cosa pensi?» chiese Cécile.

Nicole riemerse dai suoi pensieri.

«Il movimento hippy, ti dice qualcosa?»

«Intendi quei tipi della square du Vert-Galant?»

Bisognava cambiare l'uomo. Risolvere il problema alla radice. Operare una mutazione intima, profonda, dentro di sé. Nicole si riprometteva di esaminare con maggior serietà quel movimento pacifista, leggere libri, articoli, testimonianze. Un altro modo di fare la rivoluzione.

Quei tipi non facevano politica? Tanto meglio!

14.

«Cosa si fa? Andiamo all'assemblea generale della JCR?»

«Ah no, i trotzkisti non li sopporto.»

«Credo che anche l'UJCML abbia indetto qualcosa...»

«Dei maoisti! Ancora peggio!»

Trivard alzò le braccia infilate nel suo montgomery.

«E chi sopporti allora?»

«Forse gli IS», rispose Desmortiers con espressione incerta. «Almeno si sporcano le mani. Non sono dei teorici del cazzo!»

«Perché? Credi forse che i CLER facciano solo chiacchiere?»

«Sicuro, e anche i LEA, i PSU, i MAU, i FER!»

Trivard scosse la testa.

«In tal caso, andiamo al comitato del CVN...»

Assistendo a questo scambio di acronimi dei compagni, a Hervé veniva in mente quello delle figurine Panini di quand'era bambino. Sembrava proprio un mattino dopo la sbornia. La sera prima avevano finito per rientrare all'ovile, a piedi naturalmente. Hervé aveva avuto tutto il tempo di digerire i suoi terrori, tanto più che aveva avuto diversi crampi ed era stato costretto a fare delle pause sulle panchine pubbliche. La visione apocalittica di palazzo Brongniart si era come dissolta con la camminata e lui era crollato sul letto con la testa vuota.

Il mattino, dopo il caffellatte preparato dalla nonna e la prima Disque Bleu – quella dopo la colazione, la migliore della giornata – gli era tornato tutto in mente.

Gli scontri intermittenti, i fuochi, le facce insanguinate. Il palazzo della Borsa era stato l'apogeo. Si avvicinava la fine, di sicuro.

Sarebbe rimasto volentieri a letto ma, spinto dal senso del dovere o, piuttosto, da un automatismo da pecorone, si era infilato le Clarks e i suoi passi l'avevano guidato alla Sorbona.

«E tu, cosa ne pensi?»

Come sempre, Trivard si affidava a Hervé, cui apparentemente spettava l'ultima parola.

«Arrangiatevi», fece lui. «Comunque, è tutto finito.»

«Cioè?» domandò Desmortiers, allungando il collo da pugile.

«Avete letto i giornali, no? I parigini ne hanno piene le scatole delle nostre stronzate!»

Né Desmortiers né Trivard si aspettavano quel colpo basso. Si lasciarono cadere sulla panchina accanto a lui. Erano in boulevard Saint-Michel, all'altezza di rue Royer-Collard. Il paesaggio era tutt'altro che incoraggiante: alberi abbattuti, auto ribaltate, pavé disselciati... Gli atlanti e le cariatidi delle facciate parevano indifferenti a quelle stigmate, conseguenza dei gesti sconsiderati degli umani. Domani, tutto sarebbe stato dimenticato...

«Se a Parigi è finita», disse Desmortiers, «andrò a militare nelle campagne!»

«Ah sì? E come farai?»

«Parlerò alle masse contadine. Spiegherò loro i vantaggi del collettivismo, la gestione comune delle terre.»

«E come le convincerai?»

«Ho un po' di materiale. Diapositive.»

«Di che genere?»

«Immagini delle comuni popolari, in Albania.»

Hervé e Trivard scoppiarono a ridere e Desmortiers, sconfitto, li imitò.

In quell'istante passarono dei camion pieni zeppi di agenti antisommossa. I tre smisero di ridere. Normalmente la comparsa del nemico scatenava la stessa reazione sui due fronti: si incassava la testa nelle spalle, si assumeva un'espressione da duri, si serravano i pugni... Ma oggi erano tutti stanchi morti. Erano tutti stufi.

«Presto rientreranno a casa loro», mormorò Hervé.

«A casa loro», ripeté Trivard, «cosa vuoi dire?»

«Questi uomini vengono da Strasburgo e Montpellier. Li hanno spediti qui per beccarsi delle pietre in faccia. Hanno un solo desiderio: tornare nelle loro province, e dimenticarci.»

Desmortiers si alzò di colpo e si piantò davanti a Hervé, gambe divaricate. Con la sua giacca militare, sembrava un guerrigliero pronto a entrare in azione.

«Stai dalla parte dei CRS, adesso?» domandò, come se sputasse l'orecchio di un nemico strappato a morsi.

Hervé si accese un'altra sigaretta.

«Non sto dalla parte di nessuno. Dico soltanto che quei tizi fanno solo il loro lavoro e che questo lavoro consiste nel farsi spaccare il muso da giovani idioti che cazzeggiano all'università aspettando di entrare nell'azienda di papà.»

«Non hai capito niente della nostra lotta.»

«Certo che portare a casa un misero stipendio per farsi picchiare e vivere in una caserma nella periferia di Limoges è meno intrigante che proclamarsi leninista o maoista. Ma, se rifletti un attimo, scoprirai che gli oppressi, o in ogni caso le vittime della situazione, non sempre sono quelli che crediamo noi.»

Desmortiers odiava questo genere di ragionamenti contorti. Quanto a Trivard, non aveva opinioni. Voleva solo evitare una lite.

«Torniamo alla Sorbona!» implorò per mettere tutti d'accordo. «Ci saranno pure un'assemblea generale o un dibattito!»

«Andateci voi», replicò Hervé alzandosi. «Io ho altro da fare.»

«Cosa?»

«Questioni personali.»

Trivard e Desmortiers si scambiarono un'occhiata: erano parole bizzarre in quel frangente rivoluzionario. Ma Hervé era uno scocciatore, un guastafeste.

Per darci un taglio, Hervé li gratificò di un saluto alla Lucky Luke, indice orientato verso la tempia, e girò sui tacchi.

Hervé non mentiva: aveva sul serio altre cose a cui pensare

quel mattino. Durante una pseudo-conferenza disastrosa nel grande anfiteatro, aveva ottenuto una splendida conferma, e cioè che la sua preferita fra le tre fate delle barricate era senz'ombra di dubbio Nicole Bernard.

15.

Per i novellini, rue Soufflot conduce dritto a place du Panthéon, maestosa, imperiale. Ma per i conoscitori, dietro al mausoleo la via nasconde il groviglio delle stradine del quartiere Mouffetard dove si può trovare di tutto, basta frugare un po'...

Girando da sinistra intorno al monumento, Hervé imboccò rue Clovis e la seguì fino a rue Descartes, in direzione di place de la Contrescarpe. Il giovane intratteneva con la capitale un rapporto... organico. Gli piaceva sentire sotto le dita la pietra delle facciate, come annerite dalla polvere di cannone, la lamiera opaca delle vetture parcheggiate, il legno tiepido dei portoni...

Concentriamoci. Dunque, quella mattina l'amore l'aveva di nuovo afferrato per la collottola. La cosa gli era familiare ma, accidenti, nella bufera di quel maggio si aspettava che Cupido l'avrebbe lasciato in pace.

E invece no, niente riposo per i valorosi!

Occupato ad architettare l'ennesima strategia, non aveva veramente seguito il dibattito fallimentare svoltosi nell'anfiteatro. Aveva scorto Cécile in prima fila sui gradini, ma di Suzanne Girardon nessuna traccia. Probabilmente dormiva ancora, dopo la notte trascorsa a prendere parte agli scontri. Gli era balenata l'idea di comprare dei croissant e andare a suonare alla sua porta di buon mattino.

«Due franchi per le banane!»

Manifestazione o no, sciopero o no, rue Mouffetard, «la Mouffe», come veniva chiamata, era sempre in piena attività. Frutta, verdura, pesce, carne, salumi traboccavano dai banchi, sfidando la capitale senza benzina né vetrine. Operai e impiegati avevano abbassato le serrande, gli studenti fracassavano tutto, ma la terra... la terra non scioperava.

Mani in tasca, testa fra le nuvole, Hervé scese lemme lemme la via lastricata cosparsa di foglie d'insalata e frutta marcia, schivando le vecchiette con la borsa della spesa, sorridendo alle fruttivendole.

Bene. Avrebbe dovuto prima sorbirsi una buona mezz'ora di commenti trionfalistici a proposito della manifestazione della sera prima, seguiti da almeno altrettanta teoria maoista. Solo allora si sarebbe potuto passare alle cose serie, ma, attenzione, con delicatezza, e senza correre.

Bisognava giocarsela bene: non doveva assolutamente far la figura di uno che ti fa il filo, né mostrarsi innamorato perso. Suzanne tollerava solo i contestatori puri. Inoltre si era assegnata una missione: proteggere Nicole dagli individui del suo genere. Lui vedeva la ragazza rossa come una musa ispiratrice, una santa Genoveffa. Era fuori discussione propinarle storie di flirt e di ammiratori con i capelli grassi.

Dopo una sosta in panetteria, Hervé si passò mentalmente in rassegna. Non era poi tanto male: una figura alta, di un'eleganza ricercata, con una vera competenza in fatto di musica anglosassone. Possedeva anche un cervello fuori dall'ordinario, ma questo, disgraziatamente, non interessava a nessuno.

In realtà, c'era solo una cosa che lo complessava: aveva sull'avambraccio sinistro una piccola voglia a forma di croce uncinata incompleta. Quando aveva capito, più o meno all'età di otto anni, cosa significasse quel simbolo – si usciva proprio allora dall'incubo nazista – non aveva più portato le maniche corte. La nonna aveva un bel dirgli che la svastica non aveva niente a che vedere con Hitler e che in Oriente quello era un simbolo sacro, non c'era niente da fare.

Rue de l'Épée de Bois. Svolta a sinistra. Ciò che si trovò davanti agli occhi gli parve di buon augurio. Portoni usurati dal tempo, grossi chiavistelli arrugginiti: nei suoi anfratti, Parigi tradiva ancora le origini contadine, atmosfere che facevano pensare a un racconto di Maupassant.

Una volta al cospetto dell'edificio, Hervé si corresse. *Non Maupassant, Voltaire.* Conosceva l'immobile, con le sue minuscole finestre, la scala sgangherata e i mattoni di cotto mal squadrati. In quegli edifici sghembi una volta coabitavano ricchi mercanti, piccoli parrucchieri e prostitute. La Belle Époque!

Giocarsela bene, si ripeté spingendo la porta di legno. Ma come abbordare l'argomento Nicole? Tanto valeva ricorrere a una mezza verità: aveva assistito alla sua conferenza quel mattino e le sue idee – quali idee? – l'avevano molto interessato… Chissà se Suzanne avrebbe abboccato. Solo al pensiero di fare il furbo con la virago, si sentiva tremare le ginocchia e la lingua gli si incollava al palato.

«Siate realisti, domandate l'impossibile», proclamavano i muri di Parigi in quelle ultime settimane. Pare che quella citazione provenisse da un discorso di Ernesto Guevara.

Era arrivato il momento di seguire le orme del grande Che.

16.

Sulle scale, Hervé incrociò un falegname con le sue assi sotto il braccio e un prete in abito talare, che gli parvero in sintonia con il posto. Era come ritrovarsi in un passato ben definito, con personaggi emblematici che apparivano come su un palcoscenico.

Al quarto piano staccò la mano dalla ringhiera e s'infilò nello stretto corridoio, sorridendo nel buio. Trovava che con quei croissant in mano la sua visita mattutina risultasse appropriata. Si sarebbero a lungo ricordati di quelle amicizie nate sulle barricate del Maggio '68.

Suonò alla porta. Nessuna risposta. Suonò di nuovo. Dall'interno non proveniva nessun rumore. Che Suzanne fosse già uscita? Di sicuro non era a lezione: le lezioni erano sospese da tre settimane. Un'assemblea generale? Una riunione?

Abbassando lo sguardo, si accorse che la porta era socchiusa. Curioso. Spinse il battente con due dita ed entrò nel piccolo soggiorno che fungeva anche da vestibolo.

«Suzanne?» chiamò.

Gli rispose un rumore strano: era il crepitio prodotto dal sacchetto con i croissant stretto fra le sue dita tremanti. Lo posò su un tavolino di vimini e si guardò intorno.

Interamente tappezzata di libri, la stanza includeva anche un angolo cucina con un lavello rotto, un piano di lavoro e una credenza. Sul lato opposto, una scrivania sistemata in diagonale era attorniata da pile di libri posate sul pavimento. Qui e là, sotto le travi a vista del soffitto mansardato, alcune piante verdi ravvivavano la stanza. È inutile dire che il pavimento era cosparso di indumenti, posacenere pieni e bottiglie vuote.

Attraversò il soggiorno per raggiungere la camera e trovò la porta chiusa.

«Suzanne?»

Sull'anta era incollato un manifesto con la faccia del Che.

«Suzanne?» ripeté.

Ma questa volta era per farsi coraggio. Aleggiava un odore di ferro, o piuttosto una puzza di ruggine... Aveva voglia di aprire una delle piccole finestre ma resistette alla tentazione. Pur non sapendo spiegare la propria diffidenza, aveva l'intuizione di non dover toccare nulla.

«Suzanne?»

Le sue suole erano incollate al pavimento. Abbassò gli occhi e scorse una resina nera sotto la soglia della porta. Una gelatina scura quasi secca. Dentro di sé aveva già capito, ma la sua coscienza si rifiutava ancora di accettare l'impossibile.

Mettendo da parte ogni precauzione, afferrò la maniglia e aprì. Il cervello è uno strano meccanismo. Hervé individuò per prima cosa il poncho peruviano, probabilmente di lana di lama, appeso alla parete di fronte. Poi, in un angolo della stanza, a destra, un giradischi color crema sopra un 33 giri di cui riconobbe il logo, Atlantic Records.

Si decise infine a guardare – ad ammettere – ciò che impregnava di orrore e sgomento quel luogo: un corpo nudo appeso per un piede all'estremità di una delle travi centrali. Era coperto, o meglio laccato, di sangue coagulato, e aveva l'altra gamba piegata, con il tallone bloccato all'altezza del ginocchio della prima. Squarciato dalla gola al pube, il torso lasciava in vista gli organi che scendevano in colate grumose fino al volto della vittima.

Sotto il cadavere, un materasso steso sul pavimento aveva assorbito tutto il sangue che ne era stillato. Coperta e lenzuola non avevano più colore, invischiate in una melma densa che irrigidiva ogni piega e rilievo. Le mani del cadavere poggiavano in questo liquame opaco, come fossero incollate alla materia.

Hervé era pietrificato. Una sorta di abbagliamento all'incontrario gli accecava il cervello, accompagnato da un silenzio a lui ignoto: il suo cuore aveva smesso di battere, le arterie si erano come raggelate. La scena che aveva davanti era indescrivibile. Nella sua mente Hervé non riusciva a formulare, e nemmeno a balbettare, una sola parola per definire... quello.

Passarono così diversi secondi – un'eternità – senza che Hervé si spostasse di un millimetro. L'accecamento perdurava, gli batteva sulle tempie, sulle palpebre, sulla mente, impedendogli di pensare.

Finalmente riuscì a racimolare qualche briciola di lucidità. Primo elemento: la cosa nera che pendeva dal soffitto, coperta di visceri, era Suzanne. Aveva riconosciuto i suoi capelli ricci, tutti impiastricciati di sangue. Secondo elemento: Suzanne, studentessa innocente, adorabile e decisa nelle sue opinioni, era stata vittima di uno squilibrato. Anzi, peggio che squilibrato. Un mostro che aveva compiuto su di lei atti di una tale, inaudita barbarie che le parole faticavano a descriverli.

Nel tumulto della sua mente, Hervé intuiva un sacrificio, un qualcosa di esoterico che era letteralmente esploso nella testa dell'assassino, come se gli fosse scoppiata una vena nel cervello. Un raptus di crudeltà e sadismo.

Ma perché Suzanne?

Terzo elemento: il corpo aveva subito un oltraggio supplementare, quasi secondario a confronto dello squarcio sul torso e dei tagli su tutto il corpo. Dei morsi, ma morsi strani, circolari, come punture allineate ad archi, avevano lasciato la loro impronta sulla pelle di Suzanne.

Riuscì ad arretrare, gli occhi sempre fissi su quell'immagine, e ad afferrare la maniglia della porta d'ingresso. Sapeva che avrebbe lasciato delle impronte, ma si disse che non era poi così grave. Non si rese conto di scendere le scale. Era in movimento, e tanto bastava.

Vacillante, con passo incerto, attraversò la strada e vide un caffè. Ci entrò e chiese di telefonare. Il barista si accontentò di indicargli la cabina, in fondo alla sala.

Hervé si chiuse la porta alle spalle e cercò automaticamente la serratura, ma non c'era. Si frugò in tasca – anzi, nella fodera della tasca – e ne trasse un foglietto di carta accuratamente piegato in quattro. Lo dispiegò e compose febbrilmente le sei cifre.

«Parlo con il Centro di identificazione Beaujon?»

«Sì. Cosa desidera?»

«Vorrei parlare con l'ispettore Jean-Louis Mersch.»

«È occupato.»

«Mi ci faccia parlare lo stesso! È molto urgente!»

Il sudore gocciolava dalla cornetta di bakelite che stringeva fra le mani.

Dall'altro capo del filo il poliziotto sospirò.

«Le ho detto che è occupato. Chi lo vuole?»

«Suo fratello.»

17.

«Ai piani alti, ci s'interroga sulle tue motivazioni.»
«"Ai piani alti" chi?»
«Il prefetto, il soprintendente, io.»
«E quindi?»
«Non capiamo cosa combini con quei sinistrorsi. Dopo due settimane che ti sei infiltrato alla Sorbona non si vedono ancora risultati. Non ci hai fornito il nome di un solo capo, né la data prevista per una qualunque manifestazione...»
«Vengono decise giorno per giorno», ribatté Jean-Louis Mersch. «E i percorsi sono sempre improvvisati.»
«Sarà anche così, ma si va di male in peggio. Stamattina mi ha chiamato Grimaud. Il bilancio di stanotte è catastrofico. Dio santo, siamo in piena guerra civile!»
Mersch si rivedeva mentre stendeva con freddezza quegli stronzi del SAC. La guerra, sì, non c'erano altre parole per definire ciò che stava accadendo.
«Cosa sai dirmi sulla situazione?» riprese Deniaud. «Cosa bolle in pentola?»
Mersch fece un gesto di impotenza.
«Te lo ripeto, non lo sanno neanche loro.»
Robert Deniaud era uno dei commissari che dirigevano le forze deputate a mantenere l'ordine nel Quartiere latino. Un tipo tarchiato alla Jean Gabin, che coltivava il suo lato da «ribelle dei bassifondi» e si sforzava di instaurare un rapporto con i suoi uomini. Non era il superiore abituale di Mersch, che lavorava alla Criminale, ma si conoscevano da molti anni, dai tempi in cui Deniaud era ispettore e Mersch semplice agente di polizia presso il commissariato di rue Louis Blanc.

Quando si era fatto avanti come volontario per essere uno dei – numerosi – poliziotti infiltrati tra le file degli studenti e degli operai, JL era stato felice di ritrovare il commissario, che richiamava sia Obelix (per la stazza) sia il valzer musette (per il dialetto).

In quel momento, Deniaud si stava radendo davanti a uno specchio trittico da barbiere racchiuso in una cornice d'ottone e appeso a un attaccapanni con una piccola catena.

«Ci devi dare qualcosa, JL. Cominciano ad avere da ridire.»

«Cioè?»

«Conoscono tutti le tue idee.»

«Le mie idee? Quali idee?»

«Sei un dannato gauchista! Un incurabile!»

«Sono socialista, niente a che vedere con i rossi.»

«E sia. Ma il nostro compito è calmare le acque. E tu dai invece l'impressione di prenderci gusto a tutto questo bordello. Ci devi dare i nomi dei capi!»

«Non c'è un capo nel vero senso della parola.»

«Non fare il cretino. Vogliamo sbattere in galera chi è al comando.»

«Qui non comanda nessuno. D'altronde, i capi dei diversi partiti non sono mai d'accordo.»

Deniaud, in canottiera, si voltò: con la schiuma sulla faccia sembrava un Babbo Natale. Al tempo stesso, brandiva il rasoio come un curato il suo aspersorio.

«Poco importa chi fa cosa. Gli studenti si erano calmati. E intanto Pompidou se la sbrogliava con gli operai. E, patatrac, ecco che quei piccoli idioti tornano in pista!»

«Il divieto di soggiorno a Cohn-Bendit non è stato una furbata.»

«Sai anche tu che avrebbero escogitato qualcos'altro. Un giorno quelli manifesteranno perché uno di loro è inciampato in un tombino.»

Mersch doveva ammetterlo: i pretesti delle manifestazioni diventavano sempre più ridicoli. L'unica vera ragione di tutte quelle violenze era... la violenza in sé e per sé. Un bisogno di spaccare, calpestare, abbattere un mondo che li soffocava.

Il trippone aveva finito di radersi e si stava applicando l'Aqua Velva picchiettandosi le guance, come nella pubblicità.

«Ascoltami», disse infilandosi una camicia. Mersch osservava le sue grosse dita abbottonarla con agilità. «Quello di ieri sera è stato un punto di svolta. Su questo sono tutti d'accordo. La brutalità degli studenti ha superato ogni limite.»

«Io c'ero, ti ricordo.»

«Appunto. Bisogna fermare questi teppisti, e alla svelta. Voglio i loro nomi! Gli indirizzi, i trascorsi. Li voglio dietro le sbarre, qui, a Beaujon. Se li si lascia fare, distruggeranno Parigi e contemporaneamente la Quinta Repubblica!»

Lo spero proprio... fu a un pelo dal mormorare Mersch. L'esperienza dell'Algeria lo aveva privato di ogni senso patriottico, secondo l'accezione gaullista del termine. In compenso, era socialista come altri sono cattolici o massoni. Punto.

«Bene», tagliò corto, «cosa ti aspetti da me?»

«Un giro di vite. I teppisti, i violenti, gli esaltati, tutti quelli che conducono la guerriglia urbana... in galera! Se si mettono in gabbia questi agitatori, il movimento si calmerà da solo. Lo sai che questo weekend Pompidou avrà un colloquio con i sindacati?»

Jean-Louis annuì. Pregava che ne nascesse una baruffa e che quei negoziati finissero in un nulla di fatto, ma diffidava di Pompidou. Un uomo vitale, attento, intelligente, disposto a concedere molto pur di ristabilire la calma.

«Ok», fece, «ci torno.»

«Un giro di vite, te lo ripeto.»

Quando ruotò la maniglia Mersch ebbe l'impressione di aprire una valvola che dava la stura a un turbine di urla, inferriate divelte, colpi di tosse, insulti, senza scordare la puzza di sudore, di gas e di sigarette.

Il Centro di identificazione Beaujon, al 208 di rue du Faubourg Saint-Honoré, ricordava gli edifici parigini requisiti dai nazisti durante l'Occupazione. Abbandonato negli anni Trenta, questo antico ospedale veniva di tanto in tanto utilizzato dalle forze dell'ordine come centro di raccolta dei «prigionieri politici», come per esempio era successo nel 1961.

Mersch attraversò la sala senza badare alle centinaia di arrestati di quella notte che sbraitavano dietro le sbarre.

Su un grande tavolo al centro della stanza era stesa una pianta di Parigi su cui, ogni notte, si spostavano delle figurine rappresentanti i battaglioni e altre squadre di guardie mobili, poliziotti in uniforme, CRS... L'insieme evocava un gioco di società, tipo il gioco dell'oca o Monopoli.

Era in procinto di uscire quando un poliziotto gli si avvicinò.

«Ispettore, c'è un messaggio per lei», gli disse tendendogli un foglietto che Mersch guardò subito.

«Cazzo, perché non mi hai avvertito prima?»

«Non ho osato», rispose impacciato l'agente.

Mersch si precipitò su un telefono e compose il numero lasciato da Hervé. L'indirizzo di una bettola di rue Mouffetard. Il fratello poteva usare il numero di Beaujon solo in casi estremamente urgenti. Jean-Louis si aspettava che succedesse qualcosa in quella zona fin da quando era iniziato il bordello. Cos'altro aveva trovato il piccolo genio per rompergli le palle?

18.

Il primo pensiero fu che non si sarebbe lasciato sfuggire un tipo del genere. Si giurò all'istante di acciuffare il bastardo capace di una tale mostruosità. Il secondo pensiero fu per Mendès France: poteva dire addio alla missione di infiltrato e alla crociata socialista. Avendo scoperto lui il cadavere, era il più indicato per occuparsi dell'indagine. Avrebbe quindi ripreso subito il proprio posto in seno alla Criminale, calandosi di nuovo nei panni del professionista del sangue. Basta con le motoseghe, i KBL, le granate OF F1 e altre fantasie primaverili. Sarebbe tornato nel mondo che conosceva bene: quello della Morte Gioiosa e dei funesti assassini.

Trattenuto dall'orrore, osservava il corpo dalla soglia della stanza. Superato il primo stadio, quello dell'attonimento, era passato rapido al secondo: empatia e disperazione. Chi aveva potuto far vivere un simile incubo a quella ragazza? Lui non si lasciava facilmente impressionare, ma quell'assassinio era davvero intollerabile...

Si decise ad avvicinarsi ed entrò nello stato che più gli era congeniale: testa fredda e nervi di ghiaccio, cominciò a esaminare ogni particolare della scena con l'obiettività di un microscopio.

La vittima era appesa per un piede a una trave del soffitto, al disopra di un materasso steso direttamente sul pavimento. L'assassino le aveva aperto il ventre come fosse un animale da macello e i suoi visceri grigi, bruni e biancastri si spandevano fino a coprirle il viso. I suoi lineamenti erano a malapena visibili in mezzo a quei grovigli di intestini e organi.

Il corpo era gonfio ma non presentava *livor mortis*. La giovane donna doveva essere stata uccisa durante la notte. L'idea gli fece salire le lacrime agli occhi: lei era rimasta tagliata fuori da quel tumulto in cui i giovani trascorrevano il tempo come fosse una grande festa.

Chinatosi, notò dei tagli che incidevano le carni in profondità. Colpi di rasoio? Forse, ma rabbiosi, ostinati, convulsi...

Abbassati di più. Aveva il colletto fradicio di sudore ghiacciato, ma non tremava più. In quella fase di osservazione il cadavere diventava un'astrazione, un oggetto di studio avulso da qualsiasi umanità.

Rilevò un dettaglio curioso: il corpo era costellato di piccole ferite simili a punture, raggruppate in cerchi di circa quindici centimetri di diametro. Difficile immaginare una spiegazione per quelle lesioni. L'idea meno assurda era che il mostro avesse colpito le carni con un guanto da boxe irto di aghi, oppure con una spugna impregnata di limatura di ferro.

A partire da quel momento il suo cervello si scisse in due: da una parte il suo lavoro di osservazione, lento, meticoloso, ponderato; dall'altra idee che si accavallavano e che non riusciva a controllare. Si vedeva chiamare i colleghi della Criminale, convocare i poliziotti, il giudice, il fotografo della Scientifica, i segugi del laboratorio, i ragazzi delle pompe funebri...

Per un secondo si vide anche prendere per il bavero l'amato fratello e trascinarlo lontano da quel disastro, chiamare in forma anonima il commissariato più vicino e andarsi a bere un caffè con lui tentando di dimenticare quell'immondo cadavere...

Impossibile. Mersch non credeva nel destino, ma neppure nel caso. Che Hervé fosse incappato in quel corpo era un segno, per così dire, imperioso che sarebbe stato Jean-Louis Mersch, ispettore alla Criminale di Parigi, a condurre l'indagine. E tanto peggio se, sullo sfondo, andavano in malora Parigi e tutta la Francia.

Scovò dei sacchetti di plastica nel cucinino e tornò nella stanza appestata dall'odore di sangue coagulato e di morte.

Infilate le mani nei sacchetti, palpò le membra per testarne la rigidità cadaverica che risultò in fase già parecchio avanzata. Il delitto aveva quindi avuto luogo verso le due o le tre del mattino.

Proseguendo l'esame, notò agli angoli della bocca dei fili bianchi. Non aveva l'occorrente per prelevarli, ma avrebbe sicuramente trovato qualcuno della Scientifica che se ne occupasse. Non era necessario scomodare Maigret per indovinare che la donna era stata dapprima soffocata con un bavaglio, fosse un canovaccio o un asciugamano di spugna. Infatti, la mandibola era slogata. Staccata dalla scatola cranica, fluttuava sotto la pelle.

Fra le lenzuola insanguinate, trovò l'asciugamano. Piccola ricostruzione mentale: l'uomo sveglia la vittima nel cuore della notte, e lei curiosamente gli apre. Non ci sono segni di effrazione. La neutralizza, prende un asciugamano in bagno, la soffoca prima di mettere in atto i suoi orribili riti...

Mersch si sbarazzò dei sacchetti di plastica e in uno di essi infilò l'asciugamano. Nell'altra stanza, Hervé era arroccato sul piccolo divano, con le mani conficcate in tasca con tale forza da rischiare di sfondarne le fodere.

«Cosa facciamo?» domandò.

«Tu, niente. Io, il mio lavoro.»

Fece una pausa.

«Cosa sai di questa ragazza?»

«È un'amica.»

«Quant'è che la conosci?»

«Quindici giorni appena. Ci siamo visti sulle barricate.»

«Cosa puoi dirmi di lei?»

«Ci trovavamo bene insieme. Ci si vedeva spesso. Parlavamo di... politica...»

«Ci andavi a letto?»

Hervé gli lanciò uno sguardo adirato. Mersch sorrise. Il suo fratellino era più bloccato di una porta chiusa a chiave. Sempre a pensare che le ragazze erano delle madonne e lui un cavaliere bianco.

«Come si chiamava?»

«Suzanne. Suzanne Girardon.»

«Età?»
«Non saprei. Ventidue, forse ventitré.»
«Suppongo che fosse politicizzata.»
«Molto.»
«Di che tendenza?»
«Vicina ai maoisti.»
«Aveva un ragazzo?»
«Non credo, no. Ciò che la interessava era la contestazione. Partecipava attivamente a tutte le battaglie alla Sorbona!»
«Parigina di origine?»
«No, è di Nîmes. I genitori sono banchieri.»
«Conosci i suoi amici?»
Mersch, sensibile ai fremiti quanto un grilletto ben oliato, percepì un irrigidimento nel fratello.
«Le sue due migliori amiche.»
«Si chiamano?»
«Cécile Bisciglia e Nicole Bernard.»
«Benissimo, andremo a trovarle insieme.»
«Insieme?»
Mersch gli strinse il braccio e sorrise.
«Ascoltami bene. Con tutta probabilità l'inchiesta verrà affidata a me. T'immagini uno sbirro che in un momento come questo mette piede nelle assemblee generali dei maoisti o nei bar della Sorbona? Ho bisogno di te. Che io sia tuo fratello attenuerà il fatto che sono anche un poliziotto. Forse dimenticheranno addirittura il tesserino tricolore.»
«Dirai che Suzanne è morta?»
«Ci devo riflettere. Per ora il corpo sarà trasportato all'IML.»
«IML?»
«Non è un nuovo gruppo politico ma l'Istituto medico legale. L'obitorio, insomma.»
Hervé annuì. Era dall'inizio della rivolta che Mersch non vedeva il fratello. Sicuramente aveva lanciato qualche pezzo di pavé sui suoi colleghi, ma era troppo brillante per bersi tutte quelle fesserie alla moda.
«Torniamo al caffè qui vicino, quello da cui mi hai chia-

mato», annunciò Mersch. «Telefono alla polizia. Poi cercheremo di digerire tutto questo.»

Hervé annuì di nuovo. Sembrava immerso in una fantasticheria terrificante che lo manteneva in una sorta di stato ipnotico. Mersch pensò alla ragazza nella camera accanto. C'erano tutte le ragioni per fare quella faccia.

Lui stesso non si rendeva ancora ben conto della portata di quell'assurdo assassinio. Com'era possibile che un delitto così orribile venisse commesso a Parigi? In un momento di tensione come quello, fra l'altro. Era sicuro che una cosa del genere non succedeva dai tempi dell'ultima guerra: una tale efferatezza non poteva che esplodere in un contesto di pura follia.

Ed era proprio questo a mettergli i brividi: quell'iperviolenza, la disgregazione di tutti i punti fermi sui quali si fonda l'umanità, tutto ciò era compresso nel cervello di un solo uomo, un omicida che aveva totalmente perso la ragione.

«Andiamo», disse in un tono che voleva fosse leggero ma evocava piuttosto l'ultimo rantolo di un condannato.

19.

Hervé Jouhandeau e Jean-Louis Mersch non erano soltanto diversi, ma non avevano niente a che vedere l'uno con l'altro, neanche lontanamente. Tanto per cominciare, non avevano lo stesso padre. Il misterioso genitore di Jean-Louis – il «poliziotto-mago» – faceva il paio con l'essere ancora più oscuro che era il padre di Hervé. La loro madre non si era mai lasciata sfuggire una parola su quell'uomo senza nome né volto che aveva attraversato la sua esistenza come una meteora.

Ma il vero enigma era un altro. Come aveva potuto Simone Valent, con tutta la sua fede e la sua carità, praticamente posseduta dalle sue convinzioni altruiste, fare due figli con due uomini diversi senza mai vivere con loro? I due bambini, per quanto riconosciuti da quei padri invisibili, si erano sviluppati come due vergognose malattie.

Mersch era già in collegio quando aveva saputo della nascita di un fratellino. Ma guarda. Di tanto in tanto aveva incrociato quell'essere che non smetteva di crescere e divorare libri. Un intellettuale. Quanto a lui, Mersch non aveva frequentato a lungo la scuola. I due fratelli, con i loro dodici anni di differenza, si vedevano raramente. E nessuno pareva avere fretta di farli stare insieme.

Tornato dall'Algeria, JL era diventato poliziotto. Gli avevano nuovamente ricordato che aveva un fratello – un adolescente sognatore che viveva dalla nonna materna, una parigina verace, amorevole, dotata di un solido buonsenso, a dispetto di quel doppio trauma: sua figlia aveva fatto due figli con degli sconosciuti. Se appena accennavi all'argomento, era molto contrariata e sembrava odiarti a morte per aver evocato quel disastro. Insomma, di tanto in tanto, Jean-Louis vedeva il «piccolo» Hervé... che lo superava di tutta la testa. Non avevano niente da dirsi, non condividevano un solo ricordo e le loro affinità erano pari a zero, ma – poiché il sangue non è acqua – si piacevano.

Uno avrebbe potuto pensare che in quegli ultimi anni le loro convinzioni li avessero allontanati ancora di più: Mersch era dalla parte sbagliata del manganello, Hervé leggeva *Il capitale* di Karl Marx. La realtà era che Mersch, con la sua fede socialista tenacemente piantata nella testa come le radici di un albero nella terra, era molto più politicizzato del fratello, il quale, al contrario, militava da dilettante.

JL, che non era sposato e contava gli amici sulle dita di una mano, aveva preso il ragazzo sotto la sua ala. Per dirla tutta, Hervé era la sua unica famiglia. Quand'erano insieme evitavano gli argomenti spinosi – i padri sconosciuti, la madre schizzata, la loro infanzia così diversa (collegio duro per il maggiore, cure premurose della nonna per il minore) – e per gran parte del tempo facevano anche a meno della conversazione.

Mersch monopolizzò la cabina del bar per chiamare a raccolta i suoi uomini. Una volta finito, ordinò due caffè e li portò al tavolo dove aveva preso posto Hervé. Svuotarono le tazze in un sorso, in sincronia.

«Be'», esordì Mersch. «Mi spiace per ciò che hai visto, ma ormai è fatta e dovrai conviverci.»

«Non hai niente di più confortante da dirmi?»

«Il conforto è roba da preti o psicologi. Noi non abbiamo tempo per queste cose. Adesso tutte le nostre forze devono concentrarsi sull'assassino.»

«Le *nostre* forze?»

Mersch sospirò e fece segno al padrone: altri due caffè, ristretti.

«Ripeto, avrei preferito lasciarti in pace, rispedirti da tua nonna e consigliarti di dimenticare tutto questo...»

«È anche la tua.»

Mersch fece un gesto nervoso come se scacciasse una mosca.

«Domattina, tu e io faremo il giro degli amici di Suzanne e cercheremo di sciogliere la lingua a tutti questi bambocci che ce l'hanno su con la polizia.»

«Con te non parleranno.»

«E infatti ho bisogno di te.»

«Ma saranno tutti al corrente della morte di Suzanne!»

«No. C'è un tale casino adesso nel quartiere che la scomparsa di una ragazza può passare inosservata per due o tre giorni.»

«E i genitori?»

«Me ne occupo io. Siamo in un tunnel, Hervé. Uno psicopatico ha ucciso Suzanne e, non so perché, ho il presentimento che non si fermerà qui.»

«E la stampa?»

«Al momento ha altro di cui occuparsi. Non è il caso di mettere altra carne al fuoco.»

Arrivarono i caffè. Zucchero, cucchiaino e giù d'un fiato.

JL si chinò e prese a parlare sottovoce, godendosi la parte del cospiratore.

«Ascoltami bene. Le condizioni per lo svolgimento delle indagini sono le peggiori che si possano immaginare, ma al tempo stesso il caos generale permetterà a noi due di procedere in tutta discrezione.»

«Ma non hai una squadra? Dei colleghi?»

«Verranno degli uomini fidati, ma non tanti. Anche i poliziotti sono stracarichi di lavoro. Penso, in realtà, a una sola persona che possa affiancarmi.»

Hervé guardò fuori dalla finestra. Mersch si disse che suo fratello era nel suo ambiente: caffè, conversazioni, lavorio mentale. Ma per una volta avrebbe seguito il fratello maggiore e sarebbe passato alla modalità azione. E per JL «azione» significava ben altro che il gesto isolato di lanciare in aria un paio di pietre del selciato.

«Hai veramente bisogno di me per interrogare Cécile e Nicole?» insistette Hervé.

Jean-Louis sorrise e afferrò il ragazzo per la nuca.

«Non vuoi che sappiano che hai un fratello sbirro, eh?»
«Più o meno.»
«Ok. Ci andrò da solo», disse Mersch con un sospiro teatrale. «Ma domani sei requisito, caro mio. Le barricate te le puoi scordare!»

20.

Aspettando i rinforzi, Mersch perquisì l'appartamento di Suzanne. Non c'era niente da segnalare, a parte la biblioteca della piccola rivoluzionaria perfetta e un'accozzaglia di cianfrusaglie di cui non comprendeva l'utilità: bastoncini di incenso, boccette di oli, polveri varie. Dovevano essere collegate a qualche credenza orientale, fenomeno molto in voga in quel periodo. Avrebbe fatto comunque esaminare il tutto, in ogni caso.

Non vedendo arrivare nessuno, scese di nuovo al caffè e chiamò il suo superiore, il commissario Villiers, che gli diede il via libera per condurre l'inchiesta. Come previsto da Mersch, anche il suo capo, incaricato di mantenere l'ordine nel quartiere di rue de Buci e della scuola di Belle Arti, aveva altre gatte da pelare.

Verso le cinque del pomeriggio arrivarono gli uomini delle pompe funebri per rimuovere il corpo. Nel frattempo si erano presentati anche il fotografo della Scientifica e una squadra di agenti per mettere in sicurezza il perimetro. A poco a poco l'appartamento di Suzanne Girardon si riempiva di uniformi, camici bianchi, completi neri.

Mersch impartiva gli ordini come se non avesse mai lasciato la Criminale. I tempi delle irruzioni solitarie con le granate in tasca gli sembravano già lontani. Il fotografo tempestava la stanza di colpi di flash e si aveva l'impressione che quei minuti sarebbero stati immortalati su carta patinata.

«Quando le avrò le fotografie?» domandò Mersch.

«Stasera, verso le dieci.»

«Ok. Portamele a quai des Orfèvres. No, a Beaujon.»

«A Beaujon?»
«Ho là la mia base.»
Finalmente si fece vivo un sostituto del procuratore.
«Scusi il ritardo, avevamo un'assemblea generale.»
«Avevamo?»
«Noi magistrati. Cosa crede? Che non abbiamo anche noi le nostre rivendicazioni da fare?»
Mersch restò a bocca aperta. La contestazione era decisamente una malattia contagiosa.
«Non scenderete mica in sciopero?»
Era una battuta, ma l'altro rispose tutto serio.
«Non è escluso.»
JL non insistette. In poche parole spiegò la situazione al funzionario che sembrava avesse ingoiato una scopa. L'uomo firmò le scartoffie e si dileguò.
«Tutto bene, bello?»
Jean-Louis si voltò e si trovò davanti Berto, il suo assistente preferito, il solo uomo su cui contava per quel caso.
Il suo aspetto l'apparentava al «proletario sapiens». Con lui, la baguette, il basco e il litro di rosso non erano mai lontani. Corpulento, portava dei dolcevita cento per cento acrilico che in ufficio emanavano vere e proprie scariche elettrostatiche. Copriva quelle maglie rosse, gialle o verdi con una giacca principe di Galles che lui trovava molto chic. Le toppe di pelle ai gomiti gli conferivano, a suo parere, un'aria british.
Aveva una faccia larga, segnata dalla couperose e scialba, se si escludevano i piccoli occhi vivaci che ruotavano come biglie in un cortile della ricreazione. La mascella riposava tranquilla su un doppio mento, e quella sola visione bastava a tranquillizzare Mersch. Un buddha al 36 di quai des Orfèvres, cosa chiedere di più?
Andarono per l'ennesima volta al bar di sotto, diventato ormai il quartier generale di Jean-Louis. Davanti a tutto quell'andirivieni, il padrone del locale sgranava gli occhi e dimenticava di farsi pagare i caffè. I curiosi passavano e ripassavano, probabilmente associando la presenza dei poliziotti all'arresto di studenti.

«Dove sei stato negli ultimi tempi?» domandò Berto a mo' di introduzione.

«In giro. E tu?»

«Anch'io.»

Sorriso. Nel delirio di maggio, gran parte dei poliziotti erano stati assegnati a missioni diverse da quelle cui erano abituati: infiltrazioni, operazioni che richiedevano le maniere forti, sorveglianze non autorizzate, interrogatori con il tirapugni… Si doveva per forza lottare con mezzi illegali contro quegli assatanati.

«Hai visto il cadavere», esordì Mersch. «Cosa ne pensi?»

«Brutta roba. Mi ricorda l'attentato del Milk-Bar ad Algeri, quando i ragazzi…»

«Va bene, c'ero anch'io.»

Berto afferrò la tazza di caffè e la alzò in un brindisi ai «bei vecchi tempi».

«Il problema», riprese JL, «è che la piccola era una studentessa. Ci vedi a indagare in quell'ambiente?»

Berto ridacchiò, e il mento ballonzolò sopra il collo alto della maglia giallo canarino.

«Tu perlustrerai il quartiere in cerca di testimoni. Probabilmente la ragazza è stata uccisa al suo rientro dalla manifestazione, ossia durante la seconda parte della notte. Dev'esserci qualcuno che ha visto qualcosa.»

«*Jawohl, Herr General!*»

Mersch inarcò un sopracciglio.

«Mi adatto alle attuali circostanze», spiegò Berto alzando il braccio nel saluto nazista. «CRS, SS! Voglio essere all'altezza del mio nuovo berretto.»

«Non è il momento di fare l'idiota. Ho l'impressione che tu non abbia capito la situazione. Siamo in due a occuparci di questo caso, questo è quanto. Con i tempi che corrono, se ne fregano tutti di una ragazza ammazzata da uno sciroccato. Sarebbe una storia diversa se si fosse beccata una granata in faccia.»

«E quindi?»

«Quindi tu ci trovi dei testimoni e io mi occupo delle persone che la conoscevano.»

Berto si alzò: non era il tipo da perdere tempo in chiacchiere.

«Dove ti trovo?»

«Lasciami dei messaggi da Chez Martin, lo conosci?»

«Sicuro.»

«Da domani ci sistemiamo a Beaujon.»

«Perché a Beaujon?»

«Mi piace l'atmosfera. Come sei venuto?»

«Con la Dauphine.»

«Hai trovato benzina?»

«Ho un mio giro.»

Mersch tese la mano.

«Passami le chiavi. Requisizione.»

«Segnalerò questo abuso di potere!» disse Berto con una risata.

21.

Come al solito, le sospensioni della Dauphine non perdonavano.

L'impressione generale era di stare seduti su una scatola di conserva con sotto un motore. In più, la carrozzeria era tutta ammaccata, ma almeno era colorata...

Mersch aveva lasciato un piantone all'ingresso dell'edificio, consigliandogli di vestirsi in borghese se non voleva prendersi in testa un pezzo di pavé o un secchio di piscio. In quel quartiere, la metà delle camere erano occupate da studenti.

Presa la direzione del lungosenna, abbassò il finestrino e respirò l'aria buona del V arrondissement, intrisa di crepuscolo, pietra e asfalto. E, perché no, anche di tutti i secoli che avevano lasciato un segno in quei vicoli... Il suo assassino l'avrebbe snidato proprio in quel labirinto, malgrado la situazione del momento, la mancanza di mezzi e l'ostilità generale.

Cercò di tornare a pensare all'indagine, senza riuscirci. Si concentrò allora su Pompidou e i suoi traffici con i sindacati, ma anche lì fece cilecca.

Alla fine gli venne in mente il SAC.

Servizio di azione civica. Quel gruppuscolo era il grosso guaio di de Gaulle, il cancro di cui non si poteva sbarazzare. Il Generale aveva indubbiamente le sue qualità, come del resto attestava la sua carriera, ma anche delle brutte abitudini, fra cui quella di far risolvere i problemi più spinosi in maniera radicale, nella più rigorosa illegalità.

Allora, il SAC... Sbobba per cani al posto del cervello, un

vocabolario limitato a un centinaio di parole, odio puro (anzi, nemmeno puro, ma corrotto, degradato da un ammasso di pulsioni accessorie, come la brama di denaro, la sete di potere, un sadismo cronico) e soprattutto, alla base, un'incommensurabile stupidità. Ecco cos'era il vero, immondo SAC.

Un pugno di fascisti pronti a tutto per servire il Generale ma troppo inferiori alla grandezza del loro compito. Pregiudicati, emarginati, ex membri dell'OAS (dunque, gente che in passato aveva voluto far fuori de Gaulle), papponi di mezza tacca... Quei loschi figuri infestavano la Quinta Repubblica nello stesso modo in cui i tarli rodono un secrétaire Luigi XV...

Alla fine degli anni Sessanta tutti i poliziotti avevano in odio quella genia clandestina, sempre implicata nelle peggiori malefatte: eliminazioni, intimidazioni, estorsioni, pressioni... Li chiamavano «mercenari», ma nella loro bocca questa parola suonava come «sacchi di immondizia»...

Da quando era in possesso del tesserino tricolore, aveva indagato a varie riprese sui loro atti di violenza. Ogni volta gli avevano consigliato di lasciare perdere. JL mordeva il freno e sapeva che, il giorno in cui sarebbe sceso in campo, la faccenda si sarebbe risolta a colpi di .45... Be', era cosa fatta. Per la miseria, due confezioni al prezzo di una! Nessuno avrebbe versato una lacrima per quegli stronzi, e non ci sarebbe stata nessuna inchiesta. Però quegli imbecilli non si sarebbero fermati. Avrebbero voluto regolare personalmente i propri conti.

Quando si profilò l'Istituto medico legale, sullo sfondo di una sopraelevata e di un sole morente, aveva vestito di nuovo i panni del detective. Sperava di trovare quella sera stessa un medico legale operativo.

In quel bel mese di maggio i morti erano i soli a non fare sciopero...

22.

Situato in riva alla Senna, l'Istituto medico legale era un edificio d'epoca. Per la precisione, degli anni Venti. Tutto in mattoni, con quel sinistro color carne era perfettamente in tono con la sua funzione.

All'interno era tutt'altra storia. Lo spazio ti avvolgeva con il suo bianco mantello di piastrelle. Tutta quella ceramica l'aveva sempre fatto pensare a qualche orribile esperimento segreto, del genere di cui si parlava a proposito dei campi nazisti della seconda guerra mondiale. Non era un paragone molto simpatico, soprattutto per i medici legali, che Mersch conosceva bene e che non avrebbero fatto male a una mosca necrofaga.

«Sei tu che ti occupi della ragazza?»

Mersch aspettava in corridoio, come quando si va dal medico, fra due barelle di ferro.

«Salve, Guérin», rispose alzandosi. «Per una serie di bizzarre circostanze ho scoperto il corpo oggi pomeriggio.»

«Vieni con me.»

Daniel Guérin era un bell'uomo sulla cinquantina, bassa statura, folti capelli pepe e sale e basette da competizione. Testa incassata tra le spalle, aveva l'eterna sigaretta tra le labbra, le mani infilate nelle tasche del camice con i pollici fuori, come armi nei loro foderi.

Mersch si rallegrava di avere a che fare con lui, un medico con cui aveva già lavorato, preciso, efficace, non restio a suggerire ogni tanto qualche ipotesi utile per la riflessione.

Entrarono nella sala autopsie. Il bianco trionfava, assieme all'acciaio inox e a quell'odore di disinfettante che ti penetrava con violenza nelle narici. Diversi corpi coperti da lenzuoli erano allineati sui lettini. Mersch pensò a un dormitorio di fantasmi.

«Sei sovraccarico?» domandò indicando i cadaveri.

«In questo momento non c'è tregua.»

«A causa delle manifestazioni?»

«Indirettamente. Crisi cardiache, cadute, resse. Ma mai un morto per una manganellata. Per vostra fortuna.»

Mersch rispose con una scrollata di spalle. Avrebbe preferito, invece, che scoppiasse qualche scandalo, che l'opinione pubblica insorgesse, che saltasse il coperchio.

Guérin andò al tavolo più vicino e tolse il lenzuolo con un gesto brusco. La sua sigaretta stretta fra le labbra creava un alone bluastro.

Mersch non sapeva bene cosa aspettarsi, probabilmente un cadavere lavato e risciacquato, con le braccia lungo il corpo. Si trovò davanti la stessa scena vista qualche ora prima nella camera di rue de l'Épée de Bois. Il viso di Suzanne era ancora coperto di sangue annerito e le sue budella biancastre si riversavano sul torso.

Quelli delle pompe funebri avevano modificato solo una cosa, allineando alla destra la gamba sinistra che prima era piegata. Capì che il corpo era appena arrivato ed era, per così dire, «intonso». Guérin doveva avergli dato solo un'occhiata.

«Cosa puoi dirmi?»

«Poco o niente per ora. Questo ammasso di budella mi ricorda i morti squarciati dalle granate durante la Liberazione e...»

Mersch smise di ascoltare: dopo il Milk-Bar di Berto, gli toccava ascoltare i ricordi dell'ex combattente Guérin. Nel 1968 la memoria era per ognuno una sorta di cancrena.

«Questo non è l'operato di una bomba né di una granata, ma di un uomo», tagliò corto. «Un pazzo ossessionato dall'arma bianca che ha aperto in due questa poveretta. Allora ti chiedo se hai già qualche idea sullo strumento utilizzato, sulla tecnica adottata o su altre particolarità che potrebbero fornirci indicazioni sull'assassino.»

Guérin accese un'altra sigaretta con il mozzicone della precedente.

«È chiaro che il tipo ha una certa dimestichezza, ma potrebbe essere tanto un chirurgo quanto un macellaio. O anche un contadino. Quando si ammazza il maiale, si procede esattamente nello stesso modo. La ragazza era appesa, no?»

«Sì, a una trave.»

Mersch rivide in un lampo la giovane con la testa in basso, gli intestini che le serpeggiavano sul volto come un groviglio di anguille. La visione lo colse talmente di sorpresa che si sentì vacillare e dovette appoggiarsi a una lettiga alle sue spalle. Da sotto il lenzuolo scivolò fuori una mano, cinerea, con un grosso anello al dito, come quella di un vecchio marchese.

Fu assalito dal voltastomaco. Decisamente, quel luogo...

Guérin girò attorno al tavolo.

«Non creare scompiglio», disse rimettendo la mano al suo posto.

Con dita tremanti Mersch cercò una sigaretta nel giubbotto.

«L'aspetto più interessante», riprese il medico curvandosi sul cadavere, «sono queste piccole ferite raggruppate in cerchi... Le punture, qui... Si direbbero piuttosto dei morsi... Ma non so immaginare che genere di denti possa averli procurati... Cercherò...»

Guérin stava ora palpando le cosce della salma.

«C'è un'altra bizzarria. Anche solo al tocco, sento che le due gambe non hanno lo stesso volume di sangue.»

«Si spiega con la posizione.»

«La posizione?»

«Hai carta e penna?»

Sfilatosi i guanti, Guérin estrasse di tasca un taccuino e una biro. Con pochi tratti Mersch disegnò il corpo così come era disposto nella camera: una gamba tesa, l'altra piegata a formare un angolo retto, o piuttosto un triangolo in rapporto all'asse del corpo.

«Non mi dicono mai niente», si lamentò Guérin fissando imbronciato lo schizzo.

«Avrò le foto stasera e te le manderò. La posizione potrebbe spiegare la differenza di flusso sanguigno fra le due gambe, no?»

«Certo.»

«L'assassino ci ha tenuto a piegare l'arto. Ti ricorda qualcosa questa posizione?»

«È quella dell'Appeso nel gioco dei tarocchi.»

Mersch immagazzinò l'informazione in un angolo della mente. Era assolutamente ignorante in fatto di carte da gioco e non aveva mai visto da vicino un mazzo di tarocchi, ma chissà mai, forse era una direzione da esplorare.

«Quando avrai terminato l'autopsia?»

«Suppongo sia urgente?»

«Con i tempi che corrono, più niente è urgente. Ma apprezzerei se passasse in cima alla lista.»

«Mi ci metto subito. Chiamami domattina.»

Mersch si guardò intorno nella sala deserta.

«Non c'è nessuno che ti aiuta?» chiese.

Guérin proruppe in una risata sinistra che si concluse in un attacco di tosse del fumatore.

«I miei assistenti preferiscono andare alle manifestazioni. Lo chiamano "rivoluzione". Invece io lo chiamo "grande ricreazione".»

Mersch non commentò: non era né l'ora né il luogo per lanciarsi in un dibattito politico.

«Fa' più presto che puoi», disse attraversando la sala piastrellata. «Quello lo farà di nuovo, ne sono sicuro.»

23.

Era scesa la notte. Mersch non salì subito in macchina. Aveva bisogno di respirare, riflettere. Attraversò il parcheggio dell'Istituto medico legale e si piazzò davanti al fiume, all'ombra dell'acquedotto della sopraelevata. Il cortile in pavé evocava il dorso di un rettile assopito. Con un po' di immaginazione, si sarebbe quasi sentita la bestia respirare.

Altra sigaretta. Si appoggiò al parapetto di cemento e scrutò la Senna. Quella massa di acque grigie l'aveva sempre un po' disgustato, o piuttosto oppresso. Quando suo fratello era piccolo, immaginava che cadesse nel fiume dall'alto di uno dei ponti lì vicino, quello di Austerlitz, il ponte di Sully o un altro… Ogni volta si chiedeva se avrebbe scavalcato la spalletta per salvarlo. Soffriva di vertigini e l'idea di saltare nel vuoto lo faceva sentire male. Massì, nessun dubbio, si sarebbe tuffato. Era meglio morire con la coscienza tranquilla piuttosto che vivere da vigliacchi.

Il suo fratellino… Mersch faceva già fatica a immaginarlo sulle barricate, figurarsi davanti a un cadavere come quello di Suzanne. Assolutamente impossibile.

Quanto a sé, era indeciso sul proprio stato d'animo. Era contento di tornare a fare il detective? Si era abituato a stare con i contestatori. Notti passate a lanciare bottiglie Molotov, a dirigere dei bruti senza cervello… Ora doveva tornare alla sua routine di poliziotto: interrogatori, inchieste porta a porta e tutto il resto.

Osservò l'estremità rossastra della sigaretta che teneva testa alla notte. Era palese che stavolta aveva a che fare con un assassino singolare, con una mente superiore, persino. Si chiedeva se Berto sarebbe riuscito a scovargli dei testimoni, ma non era ottimista.

Quella follia omicida aveva un che di affascinante. La posizione del corpo – che c'entrasse veramente la figura del tarocco? – e la natura del sacrificio, una faccenda brutale ma anche un oscuro impeto vitale, come nei sacrifici dell'antichità... E quei piccoli morsi? Da dove provenivano? Cosa significavano?

Bisognava fermare quell'assassino come si blocca un treno in corsa... Poteva avvertirne la forza, la potenza che si sprigionava da lui... Un uomo senza profilo né movente, che forse conosceva la sua vittima – Suzanne gli aveva aperto in piena notte. Un assassino che portava a spasso la sua follia all'ombra del leggiadro mese di maggio, quando non c'erano più leggi né poliziotti a sbarrargli la strada.

Mersch era già totalmente preso da quella storia. Con un colpetto del pollice fece volare il mozzicone oltre il parapetto. Prima di tutto doveva passare da Martin il carbonaio per fare qualche telefonata, congedarsi da Deniaud e dai KBL, e sbarazzarsi una volta per tutte della sua veste di militante kamikaze. Fatto questo, sarebbe andato a interrogare le due amiche di Suzanne.

24.

Dopo cena Nicole aveva avuto una discussione con suo padre. Un piccolo battibecco con il capofamiglia il sabato sera non era la fine del mondo, ma lei era ancora scioccata.

Mezz'ora prima stava ascoltando i Bee Gees in camera sua – un 45 giri incredibile – *World* su un lato, *Sir Geoffrey Saved the World* sull'altro, due capolavori – quando era apparso papà con in mano «France-Soir» e la faccia contratta dalla collera.

«Cosa sono queste idiozie?»

Aveva gettato sul letto il giornale con la fotografia in prima pagina degli alberi tagliati su boulevard Saint-Michel.

«Non siete ancora stufi?»

Nicole aveva provato a spiegare che lei non era presente a quella manifestazione e che i casseur potevano abbattere quel che volevano, non erano affari suoi, ma suo padre si era già lanciato in una diatriba contro gli studenti. Degli imbecilli che non sapevano cosa volevano, a parte creare problemi agli altri.

«È già qualcosa», si era lasciata sfuggire Nicole.

Sapeva di potersi permettere, anche in caso di burrasca, quel genere di insolenza. Comunque andasse, per suo padre lei restava sempre la sua «adorata bambina».

Lui aveva passato in rassegna tutto il repertorio: la stupidità di quegli atti inutili, l'ingenuità abissale di quei ragazzini che credevano nel Che o in Mao, l'ingratitudine di una generazione che non rispettava nemmeno il paese che l'aveva nutrita, la loro ignoranza davanti a un mondo costretto a ricostruirsi dopo la guerra...

Su questo punto Nicole concordava: le prove vissute dai loro genitori non erano neanche lontanamente paragonabili con il loro spleen di studenti sfaccendati.

Al padre era caduto l'occhio sul posacenere ed era sbottato.

«E piantala con queste sigarette, Cristo santo!»

Su quell'argomento non era molto credibile, fumando lui stesso come un turco. Aveva ripreso la sua invettiva, urlando mentre andava avanti e indietro per la stanza tutto agitato. Nicole lo guardava, un colosso che sembrava pronto a fare a pezzi i piccoli oggetti esotici che decoravano la camera.

Assomigliava a Samuel Beckett, ma in versione paracadutista. Capelli tagliati a spazzola, naso a becco d'aquila, occhialini e mascella squadrata come un'incudine. Nicole lo immaginava intento a segare gambe, sotto una tenda, su un campo di battaglia.

Si era arrivati al capitolo «de Gaulle». Lui non era un fanatico del Generale, ma dai, si parlava di un uomo che aveva fatto tanto per la Francia – a quel punto era inevitabile un sunto delle sue prodezze militari – e non ci si poteva permettere di sputargli in faccia.

«Sì, sputargli in faccia!» ripeteva facendo roteare nervoso la sigaretta. «È quello che fate voi con le vostre manifestazioni del cavolo, gli slogan penosi, gli insulti e i discorsi politici desolanti. De Gaulle un nazista? Vi rendete conto di ciò che dite, dannazione?»

Nicole preferiva lasciar passare la bufera. La manifestazione della vigilia non era la sola ragione della collera del padre. Forse c'era stato un problema all'ospedale, o un litigio con sua madre.

Si era alzata dal letto ed era andata alla finestra, da dove osservava boulevard des Invalides. Abitavano di fronte all'Istituto nazionale dei giovani ciechi. Fin da piccola li incrociava per strada, occhi strabici e bastone bianco...

«Mi ascolti o no?»

Aveva concluso la sua predica lamentando il fatto che lei aveva perso un anno dal punto di vista degli esami.

«Alla tua età io frequentavo già il quarto anno di Medicina!»

Poi, finalmente, se n'era andato a sfogare i propri nervi altrove. Adesso era sola e poteva ritagliarsi una serata di suo gusto. Chiusa a chiave la porta, tirò fuori con precauzione e prudenza il suo kit per l'hashish. Per digerire il tutto, non c'era niente di meglio di un piccolo spinello.

25.

Anche quanto a droghe Nicole era una verginella, o quasi. Fumava spinelli, sì, ma non aveva mai provato le droghe cosiddette nobili, quali l'oppio, l'eroina o l'LSD di cui parlavano tutti ma che era molto raro trovare sul mercato parigino. Pur avendo letto i libri di Timothy Leary e aspirando anche lei a espandere il campo della coscienza, si accontentava per il momento di un po' di fumo per rilassarsi.

La settimana precedente, a quindici franchi la tavoletta, si era concessa del Black Bombay, una pasta molle e malleabile dal profumo inebriante. Afferrò l'ultimo 33 giri degli Stones – *Their Satanic Majesties Request* – e vi fece bruciare sopra un tantino di resina di cannabis. Poi aprì in due una sigaretta e mischiò con cura hashish e tabacco. Le avevano spiegato che il THC presente nella cannabis era sei volte più attivo di quello della marijuana. Lei non ne sapeva granché ma era chiaro che quel piccolo chilum l'avrebbe fatta sballare prima che cedesse al sonno.

Come musica di sottofondo – molto importante per creare l'atmosfera giusta – aveva messo sul giradischi un 33 giri dei Nirvana, gruppo londinese assolutamente magico, scovato da Lido Musique nella cassetta degli «import». Le piaceva in particolare *Pentecost Hotel*, una canzone di una dolcezza infinita che ti scendeva fino al basso ventre per poi irradiare mille emozioni sensuali in tutto il corpo.

Nicole accese la pipa indiana dopo averla avvolta in un fazzoletto umido per non scottarsi, come facevano i sadhu indù, e prese un paio di boccate. Mio Dio, già si sentiva partire.

Si abbandonò all'indietro sul letto, lo sguardo al soffitto, stordita dalla musica che riempiva l'intero spazio come una nebbia euforizzante. Nicole parlava inglese: grazie, papà, per i ripetuti soggiorni presso famiglie ospitanti a Londra, Liverpool *and so on. The Story of Simon Simopath* raccontava di un ragazzo che sognava di avere le ali e finiva in un ospedale psichiatrico. Più tardi, al Pentecost Hotel, incontrava una piccola dea di nome Magdalena e la sposava...

In quegli anni di diffusa rivolta l'ospedale psichiatrico era un simbolo forte, luogo di oppressione, incomprensione e differenza. Nicole aveva sentito parlare dell'antipsichiatria, un movimento sviluppatosi in Italia che apriva le porte degli istituti e restituiva la libertà ai «pazzi»...

And in the lobby Magdalena is friendly
To all the people with a passport of insanity...
(E nella hall Magdalena è cordiale
con tutte le persone con un passaporto di follia...)

Suo padre... Fra Nicole e lui esisteva un'incompatibilità di carattere cronica, ma si trattava di una divergenza di principio, di superficie. In realtà le loro liti dimostravano fino a che punto fossero simili, entrambi testardi, impetuosi e tormentati. L'educazione non c'entrava, era piuttosto una questione di retaggio, un atavismo. In quei momenti lei sperava di raggiungere lo stesso suo successo con la sola forza della propria volontà.

Nicole provava infatti per suo padre un'ammirazione inscalfibile. Un sentimento così potente che evitava di parlarne: non valeva la pena spiegare l'evidenza. O forse, al contrario, non smetteva di parlarne. Dietro ogni parola, dietro ogni idea, c'era sempre quella adorazione, quella convinzione che suo padre fosse il migliore. Non era un modello verso cui si guarda. Era una base, un fondamento sul quale si poggia. In fondo, Nicole non aveva paura di niente e di nessuno, perché, detto semplicemente, c'era suo padre.

Quando lui si lanciava nelle sue invettive contro la situazione attuale, lei non poteva volergliene. Suo padre, che aveva conosciuto la guerra, attraversato il nazismo, protetto una legione di bambini, curato (e salvato) vite a profusione, comprese quelle di tedeschi, oggi poteva anche ingannarsi. Al mondo veniva offerta una nuova possibilità – da lei, da loro, da tutti i giovani del pianeta che mescolavano le carte e cambiavano le regole del gioco –, ma in Pierre Bernard si erano ormai incistate le certezze di un altro tempo.

Curiosamente, Nicole non intratteneva la stessa relazione con la madre. «Curiosamente», perché anche lei meritava ammirazione, con la sua fiorente attività, il carattere agguerrito, le battaglie vinte in un mondo al maschile... un mondo spietato.

Ma Nicole era spiacente di annunciare che da quel lato non c'era niente da vedere, niente che valesse la pena ricordare. Una borghese di ghiaccio, tristemente priva di fascino. Soprattutto, Nicole non capiva per che cosa si agitasse così tanto. Per il successo, il denaro, il potere? Per lei erano tutti obiettivi insignificanti.

D'un tratto bussarono alla porta. Prima di aprire, ripose in tutta fretta l'armamentario sul davanzale della finestra. Suo padre. Di nuovo? Non si sentiva pronta a incassare un secondo attacco.

Ma l'espressione sul viso dell'uomo era ora diversa: grave, impenetrabile, solenne.

«Cos'altro hai combinato, tesoro?»

«Che succede?»

«C'è la polizia.»

26.

Subito, il tipo le fece paura.

Fino a quel momento per Nicole i poliziotti erano uomini vestiti come i fanti della Grande Guerra che, nonostante i manganelli, facevano pensare a dei soldatini di piombo. Non li temeva, anzi, la mettevano di buonumore.

Quello che trovò nel salone non assomigliava a un soldatino. Proprio per niente. Era in abiti civili: giubbotto di pelle che aveva visto tempi migliori, camicia stropicciata, jeans informi. Capelli castani lunghi, leggermente ondulati, basette larghe come spatole e uno sguardo cattivo che brillava nell'ombra come la miccia di una bomba.

Aveva piuttosto l'aria di quei luridi sgherri che si aggiravano per la Sorbona con l'incarico, dicevano loro, di presiedere alla sicurezza dell'università.

«Ispettore Jean-Louis Mersch», si presentò senza salutare né tendere la mano. Non si prese nemmeno la briga di mostrare il tesserino o un qualche distintivo. Si limitò a girarsi verso Pierre Bernard e aggiunse senza un sorriso: «Può lasciarci soli, per favore?».

«Certamente.»

Un attimo dopo Nicole era sola davanti al diavolo in giubbotto.

«Non vuole sedersi?»

Avrebbe dovuto fargli lei quella domanda, e invece fu lui a prendere l'iniziativa, come se fosse a casa sua. Senza parlare, la ragazza si lasciò scivolare sul divano, lo stesso su cui guardava *Janique Aimée* alla TV quand'era adolescente.

L'intruso le si piazzò di fronte, sulla poltrona di papà. La sua posizione non aveva niente a che vedere con quella che in genere assumeva il padre: si era messo sul bordo della seduta, gambe divaricate, gomiti sulle cosce, dita annodate come corde da marinaio.

Nicole provò un fremito nello scorgere sotto il giubbotto il calcio di una pistola.

«Perché... perché è venuto?»

«Temo, signorina, di avere brutte notizie...»

«Cioè?»

«Conosce Suzanne Girardon?»

«Le è successo qualcosa?»

L'uomo – ne aveva già scordato il nome – lasciò scorrere qualche secondo. Gocce di tempo che si trasformavano in stalattiti di ghiaccio.

«È morta», tagliò corto Mersch.

Nicole credette di avere udito male.

«Vuole dire... Ha avuto un incidente?»

«No, è stata assassinata.»

«Assassinata?» ripeté come un'eco la voce di Nicole in qualche punto della stanza.

Il poliziotto fece segno di sì. Una ciocca di capelli gli copriva un occhio come la benda di un pirata. Nicole osservava quella faccia dura come se potesse trovarvi un senso alle sue parole.

Di colpo capì. Ora c'era arrivata.

«Alla manifestazione di ieri?»

«Niente affatto. È stata uccisa nel suo appartamento in rue de l'Épée de Bois.»

Il vuoto dentro. Un rumore bianco nel cervello. Poi, lentamente, come una risacca molto fredda, più gelida di tutto il resto, la verità venne a infrangersi contro le pareti del suo cranio. Suzanne. Scomparsa. Per sempre.

«Ma... come?» riuscì infine ad articolare. «Che cos'è successo?»

«Preferisco non fornirle i particolari.»

«Si conosce il suo aggressore?»

«No, le indagini sono appena cominciate.»

Nicole si rese conto di stare piangendo. Le sue lacrime

non avevano niente a che vedere con quelle dei suoi soliti dispiaceri. Dispiaceri contorti, pieni di collera e infelicità. Stavolta i suoi singhiozzi erano lenti, pacati. Lacrime dense di sale, niente spasmi né agitazione. Lacrime silenziose, pure, fini a sé stesse. I grani perlacei di un rosario infranto su un pavimento di marmo.

«Da quanto tempo eravate amiche?»

Dal tono della voce, Nicole capì che era iniziato l'interrogatorio. Il tempo per le condoglianze si era già concluso e il meno che si potesse dire era che non era durato a lungo.

Il timbro della sua voce le fece capire che il mestiere di quell'uomo era la morte. O piuttosto, che quest'ultima era solo un punto di partenza, perché ciò che lo interessava era il seguito: la caccia, la ricerca, l'assassino...

«Da tre anni», mormorò. «Abbiamo cominciato insieme Filosofia.»

«Potrebbe dire che era la sua migliore amica?»

Nicole si apprestava a rispondere, ma un singhiozzo le chiuse la gola, come se qualcuno vi avesse infilato un grumo di colla. Si lasciò sfuggire un grido soffocato, una sorta di gemito, e questa volta si abbandonò al pianto senza ritegno. L'abile messa in scena di una giovane donna di ventitré anni...

Teneva la testa bassa, ma attraverso le lacrime e sotto i capelli in mikado vide che il poliziotto si accendeva una sigaretta. Non sembrava né dispiaciuto né imbarazzato, stava solo pazientando. Le donne in lacrime non erano roba per lui. Ancora una volta, era già passato al capitolo seguente.

«Mi scusi», disse lei alzandosi precipitosamente per andare in cerca di un fazzoletto.

Quando tornò, era un po' più presentabile, ripulita, asciutta, svuotata.

«Siamo tre amiche...» riprese.

«La terza è Cécile Bisciglia, giusto?»

«Ha interrogato anche lei?»

«Esco adesso da casa sua.»

Nicole stentava a crederci: Cécile era già al corrente e non le aveva telefonato. Doveva essere devastata, incapace di rendersi conto dell'accaduto.

«Gliel'ho proibito», incalzò l'ispettore.

«Cosa?»

«Sicuramente si starà chiedendo perché non l'ha chiamata. L'ho avvisata che, se lo avesse fatto, avrebbe avuto delle noie.»

«Ma... per quale ragione?»

«Spetta a me annunciare le brutte notizie. È il mio mestiere. Annuncio e osservo.»

Nicole aveva voglia di dargli uno schiaffo, ma si accontentò di tirare su col naso.

«Aveva un ragazzo?»

In effetti, Suzanne rimorchiava a tutto spiano, sui banchi dell'università, al bar, alle feste... e sulle barricate. Non si teneva più il conto dei suoi amanti di una sera, di una notte o persino di un'ora. Eppure, non era una ragazza facile. Erano in pochi a essere al corrente di questo suo lato disinvolto... Le cose che più contavano per lei erano la passione politica e il franco cameratismo della rivoluzione.

«No, non aveva un ragazzo», mentì.

«La sua amica Cécile mi ha lasciato intendere che collezionava incontri...»

L'avrebbe chiamata, Cécile, non appena quell'idiota se ne fosse andato. Curioso, si sentiva già più forte di lei.

«Certo, aveva delle avventure.»

«Non frequentava qualche tipo strano?»

Gli avrebbe volentieri risposto che Suzanne frequentava *solo* tipi strani che rompevano le palle alla società, e giustamente, ma si contentò di un «no».

«Ragazzi violenti? Disturbati?»

«No. Cosa vuol sapere alla fin fine?»

In silenzio, il poliziotto frugò nella tasca del giubbotto e tirò fuori un foglio piegato in quattro. L'aprì sul tavolino di rovere, un pezzo firmato Jean Prouvé, per il quale suo padre aveva una venerazione.

La maggior parte dei nomi elencati sul foglio gli erano familiari: studenti della Sorbona, amici più o meno stretti di Suzanne.

«Conosce questi?»

«Alcuni, sì.»
«Partecipano alle manifestazioni?»
«Tutti partecipano alle manifestazioni», rispose lei con un certo orgoglio nella voce.
«Non c'è qualche esaltato in mezzo a loro?»
«Cosa intende per "esaltato"?»
«Ragazzi che non disdegnano le sassaiole, o con un gusto spiccato per la violenza.»
Nicole sentì riaffacciarsi le lacrime. Le righe della lista si confondevano davanti ai suoi occhi come schermate dal vetro di un acquario.
«No.»
Rivedeva Suzanne sulle barricate, che urlava, si sgolava, trattando da pari a pari i capi. Spesso, guardandola in piena azione, Nicole si sovveniva della *Libertà che guida il popolo* di Eugène Delacroix. Suzanne possedeva quella statura eroica... Oddio, ne parlava già all'imperfetto... Fu colta da una nuova crisi di pianto.
«Questi ultimi tempi», riprese Mersch indifferente, «aveva per caso fatto dei brutti incontri?»
«Intende a parte i poliziotti?»
«Molto divertente. La Sorbona è diventata un covo di emarginati e teste calde di ogni specie. Suzanne avrebbe potuto mettersi insieme con uno di loro.»
«Cosa vuole che le dica?» ribatté Nicole alzando il tono. «Che frequentava soltanto studenti ammodo? Dei bravi fighetti che sognano Lenin?»
«Una cosa del genere, sì.»
«Si rassicuri allora. È esattamente il genere di ragazzi che frequentava.»
Il suo sguardo tornò a posarsi sulla lista.
«Chi le ha dato questi nomi?»
«Non cerchi un traditore in mezzo a voi. Questa lista non è un documento incriminante.»
«Ma chi gliel'ha passata?»
«Non rispondo alle domande», ribatté con un sorriso indefinibile sulle labbra. Si accese una sigaretta.
«Quando ha visto Suzanne per l'ultima volta?»

«L'altro ieri.»
«Dove?»
«A un'assemblea generale. Alla Sorbona.»
«Come le è sembrata?»
«Avevamo appena saputo che per l'indomani era prevista una nuova manifestazione. Era eccitatissima...»
«Ho trovato una quantità di prodotti bizzarri nel suo appartamento, delle polveri, tutta roba proveniente dall'Asia, immagino. Era seguace di una qualche religione?»
«La nostra generazione s'interessa alle filosofie orientali.»
«Suzanne propendeva per una in particolare?»
«So solo che praticava lo yoga.»
«Sa anche dove?»
«No.»
«Si drogava?»
«No. Be', un po'», disse Nicole, che non poté trattenersi dal fare una provocazione aggiungendo: «Come me, come tutti noi».
L'altro parve non aver udito. Si alzò, senza una parola di spiegazione, in una nuvola di fumo. Il giubbotto di pelle scrocchiava come un paio di scarpe militari.
Lei non vedeva l'ora che se ne andasse, ma al tempo stesso gli chiese, quasi in tono di rimprovero: «Se ne va?».
«Sì, al momento non ho altre domande.»
«Ma non mi ha detto niente! Non so niente sulla morte di Suzanne!»
«Prima contatteremo i genitori e racconteremo loro tutto. Se vuole dei particolari, li chiami.»
«Sarebbe più semplice spiegarmi tutto adesso, no?»
«Signorina», sospirò il poliziotto, «non mi complichi la vita. Lei è una testimone in questo caso. Tocca a lei fornirmi delle informazioni e non il contrario.»
Nicole si alzò a sua volta. Si apprestava ad accompagnarlo all'uscita quando si ricordò di avere a che fare con un poliziotto e che una ribelle come lei non doveva dedicare nessuna attenzione a quel genere di sporco bastardo.
«Non la riaccompagno», disse con voce sferzante. «Troverà la strada da solo.»

«Sicuro. Buonasera, signorina.»
Mersch girò sui tacchi, si fermò e si volse di nuovo verso di lei.
«Un'ultima domanda. Suzanne giocava ai tarocchi?»
«No, non credo. Perché?»
«Così.»

27.

Hervé non aveva chiuso occhio quella notte.

O magari un po' aveva dormito, ma molto male. Aveva rimuginato sui fatti accaduti quella sera, senza riuscire a mettere ordine nelle sue idee. A dare concretezza ai suoi tormenti erano nuovamente tornati i crampi alle gambe e alle braccia, dolori lancinanti che lo affliggevano fin dall'infanzia. Il fenomeno si aggravava di anno in anno, ma Hervé non faceva che rinviare al mese dopo il momento di consultare un medico.

Fra un crampo e l'altro riassumeva il controllo dei suoi pensieri. Considerava allora in modo astratto la morte di Suzanne, come una specie di teoria. Poi, di colpo, come quando si sogna di precipitare nel vuoto, mancava un gradino e cadeva – e si ritrovava faccia a faccia con il suo cadavere appeso all'ingiù. I morsi... Non aveva mai visto una cosa così pazzesca, così cruda, neanche nel Perche, quando trascorreva le vacanze con i piedi nel fango, ospite di contadini che ammazzavano regolarmente il maiale.

Sì, cadeva, capitombolava. Tentava di arrestare la caduta, ma né le mani né la mente trovavano qualcosa cui aggrapparsi. Suzanne era morta, e indietro non si poteva tornare.

Quanto alla presenza del fratello in quella storia, non sapeva che pensarne. Da una parte, il grande Mersch era la forza che lo proteggeva e sosteneva. Dall'altra, l'intrusione di Jean-Louis nel suo universo – gli amici, il mondo studentesco, la nonna – era una catastrofe.

Da anni tenevano rigidamente separate le loro esistenze. Si vedevano di tanto in tanto ma non avevano nessun amico in comune né, malgrado la loro parentela, una famiglia da condividere.

Ed ecco che all'improvviso li riuniva uno scenario da incubo, inaudito, impossibile...

Quando Jean-Louis gli aveva annunciato di avere bisogno di un ricognitore – una sorta di guida nel mondo studentesco – aveva considerato la cosa un'ulteriore complicazione. Alla fin fine, però, era felice. No, felice non era l'aggettivo giusto in quel contesto... diciamo piuttosto «soddisfatto» di essere della partita.

Quel mattino Hervé si presentò in cucina alle sette in punto. La nonna fu sorpresa di vederlo apparire così di buonora, soprattutto di domenica, ma si astenne dal commentare. Non gli faceva più domande dall'inizio del mese di maggio. Hervé si comportava come chi vive in clandestinità, pieno di mistero e di oscuri appuntamenti, e la nonna stava al gioco, scuotendo inquieta la testa con l'aria di dire: "Capisco".

Mise subito a scaldare il latte e il caffè. Il solito rituale ineccepibile, immutato da anni. Dal profondo del suo sconforto, Hervé la osservava mentre si dava da fare. Era alta come un soldo di cacio e larga come una cucina a gas. Dire che voleva bene a quella donna non rendeva giustizia alla realtà: lei era il suo biotipo, il suo regno, il suo rifugio. Da quando era nato, lei anticipava ogni suo desiderio, lo avvolgeva in un amore assoluto, lo proteggeva come il bozzolo che racchiude la crisalide. Era sempre stata presente a ogni tappa della sua crescita e del suo sviluppo, e lui costituiva per lei il suo unico motivo d'orgoglio.

Hervé, per contro, ci aveva messo anni a rendersi conto che la piccola donna aveva una sensibilità, diciamo così, piuttosto proletaria. Modista di formazione, aveva interrotto la sua attività in negozio per occuparsi di lui e continuato a confezionare in casa i suoi cappelli. Era cresciuto accompagnato dalle canzoni di Charles Trenet ed Édith Piaf, tra feltri e nastri. Oggi la nonna era una fan appassionata di Johnny Hallyday – no comment –, adorava la fisarmonica e considerava il sommo dell'eleganza indossare un abito bianco abbinato a scarpe bianche. Quanto al cinema, inutile discutere: c'era un solo dio, Jean Gabin.

Quel mattino, divorando il pane tostato con una voracità nervosa (non aveva cenato), si riscaldava accanto alla sua nonnina. Il mondo non si riduceva all'orribile cadavere della sera prima, né alle violenze grottesche dei suoi compagni di facoltà. Includeva anche sua nonna, quell'amore che sapeva di caffellatte e vibrava al ritmo della macchina da cucire...

Bene. Basta con le sdolcinatezze. Fece una doccia e si vestì come il giorno prima perché non era dell'umore giusto per dedicarsi alla sua solita cura estetica. La sera Jean-Louis l'aveva chiamato per sapere come stava e dargli appuntamento per le undici da Chez Martin.

Hervé aveva risposto «Ok» ma aveva già un'altra idea in testa.

Ai piedi dell'edificio rosso, in fondo al cortile di cemento, s'infilò nel locale adibito a deposito di biciclette che ancora oggi che aveva ventidue anni gli metteva paura. Uno sgabuzzino buio che puzzava di grasso e ti aggrediva a colpi di manubri e ruote dai raggi luccicanti. Era nascosta là dentro anche la sua, di bicicletta, una carcassa coperta di ruggine e polvere, con freni poco affidabili.

Hervé aveva deciso che, prima di recarsi all'appuntamento con il fratello, sarebbe passato in boulevard des Invalides, da Nicole. Voleva condividere il suo dolore e, più subdolamente, approfittare dell'occasione per stabilire con lei un rapporto più stretto. Si vergognava di quello stratagemma – era come se ballasse sul cadavere della povera Suzanne –, ma in amore e in guerra tutto è permesso, e d'altronde, era sincero: non sarebbe guastato essere insieme per affrontare quel dramma.

Spinse sui pedali e filò via tra gli edifici in mattoni che l'avevano visto crescere. Provava ancora, al contatto delle ruote con l'asfalto, la stessa gioia di quando, ragazzino, partiva in bicicletta o sui pattini a rotelle diretto ai giardinetti lì vicino.

28.

Hervé era sempre vissuto a porte de Vincennes. Niente da dire sul quartiere. Popolare, ma non troppo. Borghese, ma senza esagerazioni. Lo si definiva, per riassumere: familiare.

All'inizio per Hervé il mondo era circoscritto al XII arrondissement. Un mondo con il quale si fondeva totalmente, senza percepirne le frontiere né l'alterità. Quel mondo era la panetteria all'angolo di boulevard Soult. Era il giardinetto con la sua sabbia umida dove giocava. Era la scuola con le sue inferriate arrugginite.

Poi aveva vissuto una sorta di lacaniana «fase dello specchio», nella quale aveva percepito i punti nevralgici del suo universo come entità separate. Lo sbattere della porta dipinta di verde smeraldo dei giardinetti. Il cinema Daumesnil o il Brunin, con i sedili rossi e polverosi e i messaggi pubblicitari scritti su un telone dipinto. La stazione Porte de Vincennes, sempre deserta, la cui banchina gli sembrava interminabile...

In seguito si era avventurato in altri quartieri. Il XII arrondissement era diventato la base di appoggio, il luogo stabile, rassicurante, dove tornare sempre. Un universo incarnato da sua nonna, una presenza affettuosa, arricchente, rasserenante.

Prima aveva girovagato sui Grands Boulevards, sudici, malfamati, con un che di kitsch e vecchiotto che accentuava la sua inquietudine: gallerie vetuste, cinema che proiettavano film dell'orrore o erotici, librerie dove si compravano a poco prezzo libri strani, mediocri, esposti sul marciapiede. Poi sugli Champs-Élysées, sfarzosa arteria permanentemente in festa come se fosse sempre la sera di Natale. Infine, ovvio, aveva scoperto Saint-Germain-des-Prés, che lo affascinava senza che ne capisse realmente le ragioni. Andava a zonzo in quella libertà bohémienne della riva sinistra, a suo agio, ma non troppo, capendo benissimo che a quindici anni non era pronto per far parte del club. All'epoca preferiva decisamente le sale cinematografiche di boulevard de Strasbourg o boulevard de Clichy, traboccanti di vampiri e vergini sensuali.

Arrivato a Nation, scese per rue du Faubourg Saint-Antoine fino a place de la Bastille, dov'erano ancora visibili le tracce degli scontri di venerdì. Gli pareva che fosse passato un secolo da allora.

Risalì rue Saint-Antoine e rue de Rivoli per poi passare sulla riva sinistra attraversando il Pont Neuf e proseguire a tutta velocità sul lungosenna, superando la Monnaie de Paris e la gare d'Orsay. Quella domenica mattina Parigi dava l'impressione di fare le sue abluzioni lungo la Senna: una grande dama a busto nudo china sull'acqua della sua tinozza.

In tempi normali sarebbe stata una piacevole passeggiata, ma Hervé era troppo concentrato sul suo piano per poterne approfittare. A ogni pedalata optava per un tono di voce o una frase che poi cambiava alla successiva, cercando di immaginare come l'avrebbe accolto Nicole.

JL aveva dovuto interrogarla la sera prima e quindi era informata. Senza dubbio doveva essere distrutta dal dolore o semplicemente in stato di shock. Cosa le avrebbe detto? La conosceva appena e fino a quel momento le si era sempre rivolto in modo esitante, balbettando...

In place des Invalides svoltò e s'inoltrò in quei bei quartieri del VII arrondissement che gli facevano venire in mente altipiani verdi e grigi. Continuava a rimuginare sul da farsi. Le idee circolavano nella testa al ritmo dei sobbalzi dovuti al pavé. La cosa migliore era farle le condoglianze. Doveva dirle che aveva scoperto lui il cadavere? Non aveva scelta: come avrebbe potuto essere al corrente altrimenti? Lei gli avrebbe chiesto dei particolari...

Lasciò la bicicletta vicino alla stazione della metropolitana Duroc. Boulevard des Invalides, vuoto, immenso, punteggiato di cupole e muri ciechi, lo schiacciava con la sua solenne gravità. Senza una ragione, si mise a immaginare che ai quattro angoli del quartiere si estendessero dei cimiteri. Vasti cimiteri pieni di cadaveri di soldati caduti per la patria. Come a farlo apposta, le campane di Saint-François-Xavier presero a suonare. Erano le nove del mattino: aveva a disposizione un'ora e mezza per concludere quell'appuntamento impossibile.

Non era il momento di tirarsi indietro. Una volta aveva riaccompagnato una ragazza fino all'ingresso di casa sua e si era deciso a baciarla. L'emozione era stata così violenta che gli avevano ceduto le gambe. La sua Dulcinea aveva dovuto tirarlo su da terra…

Spinse il portone ripetendo a sé stesso: "Non mollare, Hervé. Non mollare!".

29.

Fu lei ad aprirgli.

Colpo di fortuna? Mah. Almeno non aveva avuto il tempo di farsi prendere dalla fifa.

«Tu?» chiese stupita con la voce nasale tipica del risveglio. «Che ci fai qui?»

Gli parve di vederla per la prima volta. Perlomeno, da così vicino. Aveva qualcosa di... troppo reale. Forse il colore dei capelli, due colate di fuoco sulle spalle. Oppure le lentiggini, sottolineate dalla pelle bianca, opaca e secca come carta. Scioccante.

«Cosa vuoi?» gli domandò con un'ombra di irritazione nella voce. Era comprensibile: quello scemo con i capelli di paglia e la giacca di velluto che suonava alle nove del mattino, di domenica, e non proferiva parola.

«Si tratta di Suzanne... Sono... sono al corrente...» si decise infine a dire con voce strozzata.

Lei indietreggiò mormorando un «oh» che sembrò esaurire tutto il fiato che aveva. Hervé notò che aveva gli occhi arrossati come quando si esce dal mare dopo una lunga nuotata.

«Entra.»

Nicole girò sui tacchi (anche se era a piedi nudi...) e lo guidò attraverso il salone, immenso come il boulevard, cosa che gli parve logica. Pur nel suo malessere – le idee, i passi, i battiti del cuore che si confondevano, si scontravano, si accavallavano –, rimase scandalizzato dal fatto che Nicole indossava solo una tunica indiana che a malapena le copriva le natiche. Sotto il tessuto si intravedevano le mutandine. Quasi gli mancava il respiro.

«Vuoi un caffè?»

Si trovavano in una cucina grande come la sala da pranzo della nonna. Con mano maldestra, trovò lo schienale di una sedia, sentì la formica sotto le dita e crollò sul sedile.

«Caffè o no?»

«Sì, grazie.»

Almeno, i materiali erano gli stessi di casa sua: ceramica, formica, piastrelle. Come se nel 1968 esistesse un solo modello di cucina. Be', quando se ne aveva una...

Nicole si muoveva davanti ai fornelli. Hervé era affascinato dalle sue gambe, diciamo pure cosce, affusolate. La sua pelle era talmente fine che si sarebbero potute contare le vene.

Quando infine venne a sedersi di fronte a lui, Hervé si ritrasse di scatto. Troppo, era troppo.

«Sono venuti a interrogarmi i poliziotti», lo informò la ragazza. «Anzi, uno sbirro. Un tipo brutale. Anche da te?»

«No, non ancora.»

«Com'è che lo sai, allora?»

Hervé si aggrappò alla tazza, sentendo il calore bruciargli le dita. Respirò profondamente e spiegò come aveva scoperto il corpo. Nicole parve affascinata.

«Raccontami», ordinò.

L'ingiunzione non lasciava spazio alla discussione.

Hervé tentò di raccogliere le idee. Era difficile, perché Nicole, senza alcun imbarazzo, aveva accavallato le lunghe gambe mettendole bene in vista. A contatto con i raggi del sole, le cosce erano diventate luminescenti. Hervé aveva l'impressione che i suoi sensi si acuissero a un ritmo vertiginoso, come sotto l'effetto di una droga. Il solo odore del caffè gli saturava le narici fino a dargli alla testa.

Non riusciva a riflettere e decise di lanciarsi.

«Sono andato a trovarla ieri mattina», cominciò. «La porta dell'appartamento era aperta. Suzanne era in camera da letto...»

Nicole pareva bere le sue parole e lui avrebbe potuto godersi quell'improvvisa posizione di forza se non avesse avuto la sensazione di profanare la memoria di Suzanne.

«Allora?» si spazientì lei.

«Era appesa a testa in giù.»
«Cosa?»
«Proprio così. L'assassino l'ha lasciata nuda, appesa al soffitto.»
Nicole abbassò lo sguardo. Niente lacrime, no, ma un incarnato che virava al bluastro. La tristezza della ragazza – il suo sgomento – faceva pensare alla tonalità della pergamena. A qualcosa di secco, bruciato, consumato.
Passarono diversi secondi. Hervé non sapeva dove posare gli occhi. Se li alzava, doveva far fronte a quel volto di madonna esangue. Se li abbassava, era peggio: quelle cosce perfette, ma di un pallore quasi osceno.
«Posso fumare?» finì per chiedere.
«Certo.»
Hervé si tastò le tasche. Lei gli tese un posacenere con il logo RICARD – niente affatto nello stile della casa.
«Era ferita?»
Le immagini gli esplosero nella testa. Tirò diverse boccate, selezionò le informazioni che poteva rivelare e si decise a sparare che Suzanne era stata sventrata. Nicole annuì, quasi fosse ormai sprofondata nell'orrore e niente potesse più stupirla.
«Hai notato qualcosa? Voglio dire... un dettaglio che potrebbe condurre all'assassino?»
«Non ho notato proprio niente», fece lui con franchezza. «Ero... terrorizzato.»
«Qual era esattamente la sua posizione?»
«Aveva una gamba ripiegata.»
Nicole si girò e prese da una credenza laccata di bianco un taccuino e una matita.
«Disegnala», ordinò spingendoli verso Hervé.
Lui obbedì con fare maldestro, piazzando la mano sinistra davanti alla destra, come uno scolaro che vuole impedire agli altri di copiare, anche se nel suo caso era solo un modo per dissimulare i tremiti.
Aveva appena terminato e Nicole già gli strappava di mano il taccuino. Diede una rapida occhiata allo schizzo senza fare alcun commento. Poi incrociò le braccia.

«Hai chiamato subito la polizia?» domandò.

«Era l'unica cosa da fare.»

Lei annuì. In un caso del genere era d'uopo mettere da parte le proprie convinzioni.

«Posso?» chiese facendo il gesto di sfilargli una sigaretta dal pacchetto.

Hervé glielo tese prontamente. Fumarono per qualche secondo in silenzio, nella luce compatta del mattino. I loro pensieri erano unisoni. Sconcerto, incredulità, repulsione.

D'un tratto Nicole si alzò e lo prese per la mano.

«Vieni.»

Percorsero un corridoio interminabile. Hervé non aveva mai messo piede in un appartamento del genere. Scorse stanze rivestite di legno e luminose, quadri d'arte moderna di cui intuiva il grande valore, poi si ritrovò nella caverna di Alì Babà.

La camera di Nicole sembrava un bazar indiano, o meglio uno di quei negozietti di Saint-Michel che pretendono di vendere oggetti provenienti dal Bengala o dal Nepal. C'era una folla di soprammobili, gioielli, stampe che evocavano l'Oriente... La finestra era aperta e la tenda leggera si sollevava lentamente come se respirasse.

«Togliti le scarpe.»

Obbedì pregando il cielo di non avere buchi nelle calze.

«Siediti.»

Una sedia c'era, ma coperta di tuniche, giacche, borse.

«Ehm... dove?»

«Sul letto.»

Hervé lo fece.

«Hai letto il *Bardo Thodol*?»

«Il che?»

«*Il libro tibetano dei morti.*»

«Ehm... no.»

Con un ginocchio posato a terra, Nicole disponeva dei piccoli oggetti di terracotta sul tappeto variopinto che ricopriva il parquet. Hervé ebbe una folgorazione: la giovane donna era una sanguigna, uno di quegli schizzi tracciati con un gessetto o un pastello rossiccio. Un'analogia perfetta, con la sua pelle di carta velina e i lunghi capelli rossi.

«È un libro interessantissimo.»
«Di cosa parla?»
Trovava Nicole sempre più strana. Sapeva che era molto coinvolta nell'agitazione politica, ma questa sua passione si accompagnava visibilmente a un'altra, quella per il misticismo orientale.
«Degli stati intermedi di coscienza. Il cammino dell'anima, dall'agonia fino alla rinascita.»
«La rinascita?»
«La reincarnazione.»
«Ah.»
Lei alzò lo sguardo, apparentemente delusa dalla sua mancanza di entusiasmo.
«Lascia perdere», fece rassegnata.
Hervé si rammentava che il pigmento usato per le sanguigne conteneva ossido di ferro, come il sangue. Ecco: c'era nel dolore di Nicole qualcosa di metallico, un che di amaro che sapeva di ruggine.
La ragazza prese in mano una ciotola dorata e le assestò un colpo secco con un martelletto. Il metallo produsse un suono gioioso. Hervé sapeva che quel tipo di recipiente era una campana tibetana, chiamata anche «ciotola sonora». Le sue vibrazioni possedevano proprietà terapeutiche. In che cosa si era imbarcato?
«Non... non ne so niente di buddhismo...» azzardò.
«Dammi le mani.»
Obbedì, assicurandosi che non gli tremassero le dita. Erano una di fronte all'altro, lui sul letto, i piedi all'indentro, Nicole sul tappeto. Fra loro, la ciotola sonora, dell'incenso che bruciava lentamente, la statuina di un placido buddha...
Hervé cercava di concentrarsi e avrebbe anche potuto riuscirci: la luce del sole inondava la stanza, il fumo emanava un odore inebriante e Nicole, che non aveva più niente della pasionaria delle barricate, sembrava pronta a levitare nell'aria rarefatta del mattino... C'era però un dettaglio che glielo impediva.
«Reciteremo un mantra di pace per Suzanne.»
Era seduta a gambe incrociate, con le cosce divaricate che

tendevano il tessuto della tunica corta lasciando intravedere un tenero triangolo bianco: le mutandine orlate di pizzo.

«Ripeti dopo di me.»

Figurarsi... Ogni volta che le sue pupille entravano in contatto con l'esile frammento di tessuto elastico, Hervé riceveva un'autentica scossa elettrica. Gli pareva quasi di udire il crepitio delle scintille e sentire le sue onde violente attraversargli il corpo.

Un mantra di pace?

Non era mai stato così agitato in tutta la sua vita!

30.

«Dove diavolo eri finito?»

«Perdonami, non mi sono svegliato.»

Hervé era arrivato alle undici e un quarto, accolto da un Jean-Louis in fibrillazione, sovreccitato, probabilmente già fatto di anfetamine.

Chez Martin era un caffè arroccato in rue de Vaugirard, giusto al disopra di boulevard Saint-Michel. Vi si vendevano caffè, legna da ardere e carbone, e vi si poteva gustare un ballon di vino rosso per 25 centesimi. Hervé, che non beveva alcol, aveva scoperto quel posto all'inizio di maggio: era una tappa obbligata per gli studenti della Sorbona, o piuttosto gli hippy, che amavano molto quel locale. Perché JL aveva scelto quel covo di capelloni? Mistero.

«Dormito bene?» domandò il fratellone.

«Come avrei potuto?»

«Scherzavo.»

Posò i palmi delle mani sul tavolo di legno.

«Ieri sera», attaccò, «ho interrogato le due amiche di Suzanne, Cécile e Nicole.»

«È andato tutto bene?»

Mersch si accese una Gitane.

«Cosa intendi dire?»

«Non sei stato troppo aggressivo?»

«Giusto il necessario.»

«A volte sei proprio uno stronzo.»

JL si protese sul tavolo. Avvolto in una nuvola di fumo, pareva un drago o una qualche creatura schizzata fuori da un vulcano.

«Ascoltami bene, moccioso. Me ne frego che tu spasimi per l'una o l'altra di quelle spocchiose.»

«Non l'ho mai detto.»

«Mi prendi per un imbecille?»

Hervé stringeva la tazza di caffè con tutte le sue forze.

«Si tratta di un'indagine criminale. È una cosa molto seria. Devo catturare quella canaglia e, credimi, lo farò. Quindi, non ho intenzione di perdere tempo con le tue scempiaggini di studente innamorato, ok?»

«Ok», si arrese Hervé, testa incassata tra le spalle.

Si udiva in lontananza il tintinnare di un flipper e una radio che gracchiava. Una voce monocorde esponeva i fatti del giorno prima. Chissenefrega.

JL fece una sintesi dei suoi interrogatori. Hervé non ce la faceva a concentrarsi. Era completamente nel pallone. La morte di Suzanne. La spedizione agli Invalides. L'incontro così intimo, così inatteso, con Nicole. La cerimonia funebre-buddhista, corredata di incenso e mutandine...

«Ehi, mi stai ascoltando?»

«Uh? Sì.»

«Dicevo che non riesco a farmi un'idea della ragazza. Era una fanatica, un'incorruttibile, e al tempo stesso pare che andasse a letto con tutti quelli che le capitavano a tiro...»

«Si può essere politicamente attivi e avere degli amanti», replicò Hervé. «La cosa non compromette il proprio impegno.»

Jean-Louis aspirò una profonda boccata e piantò i gomiti sul tavolo.

«Capisci perfettamente cosa voglio dire. Dobbiamo cominciare da lì.»

«Da dove?»

«Dai suoi compagni. A te, per esempio, sembrava una ragazza facile?»

Hervé si sentì arrossire. Se Suzanne era stata una mangiauomini, lui non figurava sulla sua lista. Non figurava mai su nessuna lista.

«Che ne so?» rispose indispettito.

Mersch ordinò altri due caffè. Aveva veramente l'aria sovreccitata. Da quando era tornato dall'Algeria, Jean-Louis faceva uso di droga. Non di sostanze che addormentano o fanno sognare, ma di quelle che ti inviano una scarica nel cervello e ti fanno battere il cuore a cento all'ora. Le pillole che ti tramutano in biliardino elettrico.

Si accese un'altra Gitane senza filtro e servì al fratello il sorriso di uno che estrae dalla giacca un coltello a serramanico.

«Qual è che ti piace? La rossa, direi.»

Hervé non reagì. Stringeva i pugni nelle tasche come fossero guanti da boxe.

«È carina, in effetti. Non il mio tipo, però.»

«Perché tu avresti un'ideale di donna?» sbottò Hervé.

«Non include le assi da stiro, in ogni caso.»

«Non avrai detto che eri mio fratello, almeno.»

«Non preoccuparti. Il segreto è ben custodito. Io...»

Tutt'a un tratto Mersch si zittì e gli fece segno di tenere la bocca chiusa. Balzò in piedi e aumentò il volume del transistor posato sul bancone: «In questo momento il primo ministro è in piena trattativa con i sindacati e il CNPF... Tutto induce a credere che Georges Pompidou si appresti a fare importanti concessioni...».

Hervé guardava il fratello con la coda dell'occhio: dunque JL, chino sulla radio, era ancora interessato a tutto quel casino del mese di maggio. Piuttosto sorprendente. Lui si era completamente sganciato...

«Da quando il personale dell'ORTF è sceso in sciopero si contano in Francia oltre nove milioni di lavoratori che vi hanno aderito. Ai quattro angoli del paese, le città si organizzano, comitati emettono buoni benzina e valuta...»

Hervé ripiombò nei suoi sogni. Non riusciva a dimenticare la sua visita agli Invalides. Per almeno un quarto d'ora avevano recitato un mantra tenendosi le mani...

Om Om Om

Sarvesham Svastir Bhavatu
Sarvesham Shantir Bhavatu
Sarvesham Purnam Bhavatu
Sarvesham Mangalam Bhavatu...

Una benedizione, aveva precisato Nicole. Ma la sua, di benedizione, era stato quel frammento di cotone spuntato da un'oscura zona proibita. Si vergognava di essere così banale, ma almeno, per una volta, non era soltanto il romantico che fa la parte del fesso, il tenerone che non ne imbrocca mai una. Era l'uomo che desidera, il maschio che brama la sua preda. Niente male. Si sentiva bene in quella nuova veste...

«Ehi! Dove sei con la testa?»

Hervé si scosse ancora una volta dai suoi pensieri. Jean-Louis era tornato a sedersi al tavolo portando altri due caffè.

«Scusami. Da ieri sono un po' stordito...»

«Ok. Ti chiedevo se avessi riflettuto.»

«A cosa?»

«Alle ultime volte che avevi visto Suzanne.»

«Sì. Cosa vuoi sapere?»

«Non ti è parsa inquieta? Angosciata?»

«Proprio per niente. Suzanne adorava le manifestazioni. Si lasciava coinvolgere al cento per cento. Al tempo stesso, era sempre di buonumore, divertente.»

«Non si sentiva seguita o minacciata?»

«Non me ne ha parlato.»

«E tu, hai mai notato un tipo bizzarro?»

«Bizzarro in che senso?»

«Un tipo che stava troppo appresso alle ragazze. A parte te, voglio dire.»

Hervé si strinse nelle spalle.

«No, non ho notato niente.»

«E uno che si dimostrasse particolarmente violento durante le manifestazioni?»

«Ma dove cazzo sei stato queste ultime settimane?» domandò cedendo alla collera. «Gli studenti e i poliziotti se le danno di santa ragione una sera su due e, credimi, i più violenti sono quelli che stanno dalla tua parte piuttosto che dalla nostra.»

«Come no?»

Jean-Louis lanciò qualche moneta sul tavolo.

«Conosci qualcuno alle Belle Arti?»

«Perché le Belle Arti?»

«Perché la sera Suzanne lavorava nel loro laboratorio di serigrafia. A mio parere, è là che rimorchiava.»

Hervé lo ignorava. In fondo, non sapeva granché su quelle tre ragazze. Nella sua mente formavano come un cerchio attorno a lui e si sentiva bene in loro compagnia. Tutto questo era decisamente finito.

«Credi davvero che l'assassino di Suzanne sia uno studente?» chiese levandosi in piedi.

«Non credo un bel niente», rispose Mersch alzando l'indice in aria. «È la prima regola per un poliziotto. Niente idee preconcette. Conosci qualcuno alle Belle Arti o no?»

«Forse sì, ma non sono sicuro che sarà là e...»

«Andiamo.»

Hervé seguì con gli occhi il fratello che usciva dal locale. Ammirava la sua aria da duro, la sua autorità, la sua forza nascosta fra le pieghe del giubbotto di pelle. Sì, ammirava tutto quell'armamentario e, al tempo stesso, ne era invidioso.

«Stronzo di sbirro», mormorò mentre correva per raggiungerlo.

31.

L'Atelier Populaire des Beaux-Arts era più protetto di una fortezza. Gli studenti temevano sempre un'aggressione dei CRS, un attacco dei fascisti o l'infiltrazione di spie.

Ai cancelli del grande cortile lastricato, in rue Bonaparte, bisognava dimostrare di avere le carte in regola. Mersch aveva timore di essere perquisito – aveva addosso l'arma di servizio, una Browning FN-1910, soprannominata M10, una pistola semiautomatica da 9 mm con caricatore da 6 colpi –, ma Hervé chiese di vedere un certo Desmortiers e il nome funzionò come passe-partout. I gorilla del servizio d'ordine li lasciarono passare.

L'attività ferveva. Alcuni ragazzi appendevano uno striscione – LO SCIOPERO CONTINUA – altri incollavano dei manifesti: la cancellata era diventata una tribuna per la «parola del popolo». Mersch sollevò lo sguardo. I busti che sovrastavano le colonne parevano teste mozzate. Davvero appropriato.

Attraversarono il cortile disseminato di sculture di varie epoche, come se fossero state portate fuori dalle sale per consentire le pulizie. Mersch individuò un Giove, un angelo, due lottatori, un busto privo di testa e braccia... In mezzo a quelle figure senza tempo, alcuni studenti seduti per terra giocavano a carte o suonavano la chitarra. C'era anche chi si era installato fra le braccia di un efebo o appollaiato sulle spalle di un colosso.

Quella baraonda era ulteriormente aggravata dall'estetica rivoluzionaria che si era impossessata del luogo. Certe sculture erano state imbrattate di pittura, ovunque erano incollati ritratti di Lenin, Mao e Che Guevara. Sui muri degli edifici, dei graffiti recitavano gli slogan classici di quel mese di maggio: PROIBITO PROIBIRE, SOTTO I PAVÉ LA SPIAGGIA, GODITELA SENZA FRENI o anche SIATE REALISTI DOMANDATE L'IMPOSSIBILE.

«Chi è questo Desmortiers?» domandò Mersch mentre raggiungevano i gradini dell'edificio principale.

«Un amico molto politicizzato. Viene qui spesso. Colleziona i manifesti.»

«Okay.»

«Tirerai fuori il tesserino da poliziotto?»

«No. Lascio fare a te. Sai cavartela alla grande.»

La porta del palazzo era sorvegliata da altri cerberi. Ci parlò Hervé. La sua giovinezza e innocenza costituivano il miglior passaporto, nessun poliziotto avrebbe potuto avere quella faccia.

«Desmortiers? Dev'essere all'assemblea generale. Vi accompagno.»

Andarono dietro al forzuto che, chissà mai perché, indossava una tunica di tela e un metro di tessuto intorno al collo. Fiancheggiando la facciata, incrociarono alcuni ragazzi che cantavano in coro, chitarra alla mano, una canzone che Jean-Louis aveva già udito: *Crepa, stronza.* Tutto un programma.

A destra, davanti a un'altra porta, dovettero fermarsi.

«Non potete entrare. Bisogna aspettare la fine dell'assemblea.»

«Quanto ci vorrà?»

Mister Muscolo scoppiò a ridere.

«Ah, le assemblee! Si sa quando cominciano ma non quando finiscono.»

Hervé domandò da accendere a un trentenne ossuto che sfoggiava un curioso bolero di pelle scamosciata, decorato di pelo di capra sul giromanica. Portava i capelli lunghi, divisi da una riga al centro e, fra quelle due bande nere che gli incorniciavano la faccia, fumava come una locomotiva che esce da una galleria.

«Tu non partecipi all'assemblea?» gli chiese stupito Hervé.

«Mi fanno cagare con le loro riunioni. Sono un artista, io!»

«Come ti chiami?»
«Non ho un nome. Qui funziona tutto a livello collettivo.»
«Conosci Suzanne Girardon?» intervenne Mersch accostandosi.
Sembrava una domanda banale come tante altre.
«No. Lavora alle Belle Arti?»
«Così sembra.»
«Mai sentito questo nome. Va detto che qui c'è un bel giro di gente. Soprattutto la notte. Tutti si danno da fare con la racla!»
«Racla?»
«La serigrafia, compagno! Quella che cambierà il mondo!»
Mersch non ci capiva molto ma annuì per fargli piacere. In quel momento alcuni studenti uscirono dall'atelier. Certi parevano furiosi, altri soddisfatti, il bilancio di una classica riunione dove tutti avevano strillato senza ascoltare gli altri.
Mersch fece segno a Hervé e s'insinuarono all'interno, controcorrente rispetto ai partecipanti. Battere sempre il ferro quando è caldo.

32.

«Suzanne? Una puttanella!»

Mersch lanciò un'occhiata al fratello, che era pronto a prendere a sberle il responsabile dell'atelier.

«Un po' di rispetto», ingiunse il poliziotto.

«In bocca a me, non è un insulto.»

«E cosa sarebbe allora?» intervenne Hervé. «Un complimento?»

«Suzanne è una donna libera. Non deve rendere conto a nessuno!»

Jean-Louis scosse la testa – se la metteva così... Ciò non toglieva che il loro interlocutore avesse una faccia da schiaffi. Un barbuto con gli occhiali e gli occhi che gli sporgevano come due patelle. Dava l'impressione di osservarti attraverso un fondo di vetro.

«La cerchiamo. Non l'hai per caso vista?»

Il serigrafo squadrò i due fratelli, facendo scorrere lo sguardo dall'uno all'altro come una pallina da ping-pong. Alle sue spalle si vedeva il vasto spazio dell'atelier attraversato da fili tesi dai quali pendevano, fissati con le mollette, dei manifesti che dovevano asciugare.

«Cosa volete da lei?»

«Vorremmo essere sicuri che non si sia fatta arrestare alla manifestazione di venerdì.»

Il tizio si grattò la barba inarcando le sopracciglia.

«È da giovedì che non la vedo.»

Tornò ad affaccendarsi dietro il bancone. La tecnica sembrava molto semplice. Si collocava un foglio sul supporto e vi si abbassava sopra una matrice. Poi si faceva colare l'inchiostro e lo si distribuiva su tutta la superficie con l'ausilio di una racla. Tolta quella matrice, si passava alla successiva...

Mersch raggiunse il serigrafo al lavoro. Il locale era saturo di odori: acetone, acquaragia, inchiostro, tabacco stantio...

Senza smettere di passare il rullo di gomma sulla matrice, il barbuto alzò lo sguardo.

«Hai provato con gli ospedali?»

«È la prima cosa che abbiamo verificato. Niente. Adesso chiediamo ai suoi compagni, agli amici... Forse ha deciso di prendere le distanze da tutto questo.»

«Non è il tipo.»

Mersch tirò fuori un'altra Gitane. Al momento di sfregare il fiammifero in quell'ambiente pregno di effluvi tossici ebbe improvvisamente paura di prendere fuoco. La culla della rivoluzione faceva pensare al cratere di un vulcano.

«Che tipo è, allora?»

«Diciamo che è... impegnata.»

L'artigiano si fermò, posò la racla e agitò il pugno.

«Davvero tanto.»

«Non mi dici niente di nuovo», bleffò Mersch sbuffando il fumo. «Chi frequenta attualmente?»

L'altro si lasciò sfuggire un risolino che risuonò come una scoreggia. Si rimise al lavoro senza rispondere, ma subito, cambiando idea, lasciò cadere ancora il suo attrezzo e apostrofò Hervé, che a pochi metri di distanza esaminava i manifesti incollati alle pareti.

«Ti piacciono?»

Hervé, mani dietro la schiena come il visitatore di un museo, si voltò.

«Trovo che esageriate un po'.»

L'altro abbandonò all'istante il bancone e, passando sotto i fili con appese le serigrafie, raggiunse il ragazzo fermo davanti all'immagine di una donna che lanciava una pietra del pavé accompagnata dalla scritta LA BELLEZZA È NELLA STRADA! Proprio accanto, un'altra proclamava SII GIOVANE E TACI sotto un de Gaulle di profilo che imbavagliava uno studente.

«Esageriamo?» replicò il barbuto. «Ho visto dei CRS manganellare una donna incinta a terra, sfigurare una madre e il suo bambino tirandogli addosso una granata in piena faccia. Ho visto delle carogne fare lo scalpo a un povero passante a furia di colpi in testa. Ho visto...»

Mersch presentì il pericolo e intervenne in soccorso del fratellino.

«Basta così. Credo che abbiamo capito.»

Ma l'esaltato non la smetteva.

«Ho visto dei CRS denudare delle donne e costringerle a camminare per la strada. Ti ricorda niente? Non è fascismo questo?»

A Mersch venivano soprattutto in mente le rappresaglie compiute dai «buoni francesi» al momento della Liberazione contro le disgraziate che erano andate a letto con i tedeschi.

«Non mi hai risposto», rilanciò. «Chi frequenta Suzanne attualmente?»

L'artigiano aprì la bocca per parlare ma si bloccò, l'aria d'un tratto sospettosa.

«Chi siete voi per l'esattezza? Le vostre domande puzzano di sbirro.»

«Te l'ho già detto: amici di Suzanne.»

«Potresti essere suo padre.»

«Non dire stupidaggini. Sono il fratello maggiore di questo giovanotto. È lui il ragazzo di Suzanne. Io l'aiuto nelle ricerche.»

«Non posso fare niente per voi», ribatté l'altro scuotendo la barba. «Suzanne ne ha un sacco di ragazzi. Non mi occupo della sua agenda.»

Hervé fece un passo avanti.

«Ma questi ragazzi, dove li trova? Qui?»

Il militante scoppiò a ridere, mostrando una batteria di denti ingialliti dal tabacco con alcuni che mancavano all'appello.

«Suzanne è un'intransigente. Il tipo di uomo che l'attira è il maoista superconvinto. Non andrebbe mai a letto con un leninista o un situazionista. Ha dei principi, Suzanne. Mantiene le sue convinzioni anche tra le lenzuola!»

L'uomo andava fiero della propria replica, che però non

li faceva progredire molto. Né Cécile né Nicole avevano accennato a quei particolari legami con gli esaltati del *Libretto rosso.*

«Questi maoisti», insistette Hervé, «dove li raccatta?»

Stavolta il barbuto scoppiò in una grassa risata enfatica.

«Alla fonte, compagno! In rue d'Ulm!»

33.

Fra tutti i militanti che aveva incrociato, quelli più pericolosi erano i maoisti. Il motivo era semplice: la loro influenza si estendeva oltre, e di parecchio, il campo politico. Dal 1967 la Cina e il suo Grande Timoniere erano di moda. Ci si vestiva alla Mao, ci si mostrava in pubblico con ostentazione alla Mao, si pensava alla Mao... Per una misteriosa ragione il padre della rivoluzione culturale era diventato pop.

Al volante della Dauphine, Jean-Louis si decise a spezzare il silenzio.

«Cosa ne pensi dei maoisti?»

«Sono dei geni.»

«Ah davvero?»

Non era il primo epiteto che gli sarebbe venuto in mente.

«Provengono perlopiù dall'École normale supérieure», spiegò Hervé. «È lì che, due anni fa, hanno creato l'Unione delle gioventù comuniste marxiste-leniniste, l'UJCML.»

«E quindi?»

In quanto autodidatta, Mersch provava una dissimulata diffidenza nei confronti degli intellettuali. Non era necessario chiamarsi Lacan per capire che quella diffidenza, spesso sconfinante nell'allergia vera e propria, era frutto di un complesso d'inferiorità.

«Sul piano dell'intelletto», continuava Hervé, «rue d'Ulm è il non plus ultra. Questa scuola annovera una miriade di premi Nobel, medaglie Fields, medaglie d'oro del CNRS, scrittori prestigiosi, filosofi di primo piano... Il meglio dei cervelli, capisci?»

"Senza tralasciare Pompidou", si disse Jean-Louis. Si ricordava infatti che anche il primo ministro usciva da quella «fabbrica di cervelli». L'idea ne richiamò un'altra: quegli studenti che sognavano di distruggere il sistema, ossia lo stato, erano in realtà dei salariati di quello stesso stato. Dei semplici funzionari. Una barzelletta.

Non poterono risalire boulevard Saint-Michel, protetta da barriere a causa della carreggiata disselciata, ma riuscirono a imboccare rue Monsieur le Prince.

«Dov'è il problema?» domandò Mersch.

«Non c'è nessun problema.»

«Certo che ce n'è uno. Come possono delle menti così eccelse votarsi anima e corpo a un sistema politico di cui non si sa nulla e che, con la sua dovizia di massacri e torture, ha tutte le carte in regola per essere una nuova dittatura?»

Hervé rimase zitto per un po'. Sembrava riflettere osservando la strada.

«Non so come si possa spiegare», rispose infine. «Negli anni Sessanta il gauchista non sa a che santo votarsi. Può guardare all'Unione Sovietica? Neanche parlarne. Con Stalin e i processi di Mosca l'immagine del comunismo russo è diventata ripugnante. Alla rivoluzione cubana? Il Che e Fidel Castro, perfetto, ma questo non può essere un modello per i paesi europei. Ci sono anche i viet-minh, ma anche qui, che insegnamenti possiamo trarne noi? Cosa rimaneva? La Cina.»

Jean-Louis era orgoglioso del suo fratellino. Quando non era innamorato, Hervé era l'uomo più brillante che conoscesse, una mente calma e posata con una grande capacità di sintesi, ma che poteva anche avere delle folgorazioni, dei veri lampi di genio.

Non c'era modo d'imboccare rue Gay-Lussac, anch'essa disastrata. Filò su rue Soufflot, più o meno in sesto.

«Dagli anni Trenta», proseguì il cervellone, «la Cina offre l'immagine lontana di una rivoluzione epica. La Lunga Marcia, il Gran Timoniere ecc. Be', non bisogna scendere troppo nei dettagli considerando le carestie, i massacri, il cammino tortuoso e spesso barbaro che ha permesso di dare vita a una repubblica più o meno egualitaria. Si cominciava a dimenticarli i cinesi, ed ecco l'avvento della rivoluzione culturale, un nuovo movimento che mira a cambiare la società nel profondo, a estirpare qualsiasi radice borghese, anche la più piccola... Per tutti i ragazzi orientati a sinistra la Cina si è trasformata tutt'a un tratto in una specie di Terra promessa...»

Mersch espresse il suo disaccordo con un gesto senza lasciare il volante.

«Sono tutte chimere.»

«Forse, ma la cosa fa sognare. Contadini che lavorano con il sorriso sulle labbra, che non pretendono di avere né aumenti né sindacati. La Cina ha creato un luogo egalitario, fraterno e solidale, dove l'Uomo Nuovo si realizza nella collettività.»

Mersch girò intorno a place du Panthéon e trovò finalmente rue d'Ulm.

«Merda, è senso unico.»

«Faremo quattro passi, è un po' più giù.»

Parcheggiata l'auto, i due fratelli si incamminarono per la via a piedi, come semplici curiosi. O come due filosofi che vogliono rifare il mondo.

«È assurdo», riprese Mersch. «Nessuno ha mai messo piede laggiù.»

«Ti sbagli. Questi cervelloni sono stati accolti dai cinesi.»

«Un viaggio organizzato, sì, durante il quale gli hanno mostrato quello che volevano loro.»

«Probabilmente. Ma ciò ha fatto nascere un mito, una leggenda.»

«Non riesco a capire. Questi tizi sono dei superintellettuali imbottiti di sapere, teorie, conoscenze. Come possono difendere l'abolizione dello studio e la distruzione dei libri? È questa la rivoluzione culturale, no?»

«Gli estremi si attraggono sempre e i maoisti sguazzano nelle contraddizioni. Sono in gran parte persuasi che sia la mente di Mao a far crescere i pomodori in Cina. E ormai tutto il loro sapere si riduce al *Libretto rosso.*»

Avevano raggiunto la sede dell'ENS, un edificio in pietra da taglio, nel perfetto spirito del XIX secolo. Ovviamente esibiva anch'esso gli orpelli della contestazione: striscioni e manifesti lo coprivano come tanti cerotti.

«C'è un ultimo enigma.»
«Dimmi.»
«Quei tipi sono i cantori della rivoluzione. Come mai non li si vede alle manifestazioni o alle riunioni?»
Hervé indugiò ad accendersi una Disque Bleu. Gli aleggiava sulle labbra un leggero sorriso, come un'anticipazione della rivelazione che stava per fare.
«C'è stato un problema.»
«Che genere di problema?»
«I loro principali leader si trovano all'ospedale.»
«Sono malati?»
«Ricoverati alla clinica psichiatrica Sainte-Anne.»
«Vuoi dire...»
«Hanno subito un crollo psicologico. Louis Althusser, il grande analista marxista, prende il litio. Quanto a Robert Linhart, fondatore del movimento maoista, fa la cura del sonno. Lo hanno ricoverato dopo averlo trovato nei boschi in pieno delirio.»
I maoisti in manicomio. I poliziotti non avrebbero osato inventarlo.
«Ti rassicuro però», concluse Hervé, «qui all'ENS ci sono ancora parecchi squilibrati in libertà. Suzanne ne aveva a sufficienza per...»

34.

Non appena entrò al 45 di rue d'Ulm, Mersch capì dove si trovava: non nella sede dell'École normale supérieure, ma in una chiesa, una cappella, un autentico santuario dedicato al dio onnipotente Mao.

Il luogo traboccava di manifesti, aforismi e ritratti del Grande Timoniere con i capelli tinti di nero stile Tino Rossi. Attraversato l'atrio, si ritrovarono in un grande cortile. Mersch riconsiderò la sua prima impressione: non una chiesa, bensì un'abbazia, un convento...

Il cortile era un vero e proprio giardino, con alberi, cespugli e, al centro, una grande vasca rotonda cinta da siepi sagomate ad archi di cerchio. Jean-Louis era turbato: lui che odiava quei templi del sapere era costretto ad ammettere che il luogo era magnifico con il suo aspetto claustrale e la sua rigogliosa primavera.

«I vespri sono cominciati», gli sussurrò Hervé all'orecchio.

Un gruppo di studenti si era installato vicino alla fontana, alcuni seduti sul bordo, altri sul prato, attorno a un giovane dritto come un palo che predicava la buona parola.

«Vieni, andiamo ad ascoltare cosa dicono le "guardie rosse"», continuò Hervé in tono divertito. Forse a causa della forma circolare della vasca, Jean-Louis pensò a un anfiteatro a cielo aperto, anzi, a quei filosofi scalzi che nella Grecia antica impartivano le loro lezioni all'aria aperta.

«Dimenticate tutto quanto avete imparato qui!» pontificava l'oratore che sfoggiava occhiali pagati dalla mutua e riccioli neri. «Dimenticate anche il vostro linguaggio universitario. La rivoluzione è semplice. Le parole di Mao sono semplici. Conta solo la realtà! La ribellione delle masse progressiste non sa che farsene dei discorsi. Dice Mao: "Lo sterco di vacca è più utile dei dogmi. Si può farne del letame". Rifletteteci, compagni. La merda. Gli scarti. I rifiuti. Tutto deve servirci! Tutto è importante per le forze produttive! Tutto, eccetto le parole!»

Jean-Louis doveva sforzarsi per non ridere. A peggiorare le cose, la voce stridula dell'oratore toglieva buona parte di credito alle sue parole. Cosa restava? Roba da ridere. Frasi e concetti lanciati in aria come astragali, che ricadendo producevano un buffo rumore.

In attesa della fine del sermone, i due fratelli si appartarono all'ombra di una grossa quercia dal fogliame lussureggiante.

«Le parole», continuava l'occhialuto, «sono la decadenza borghese. Sono il nemico! Il riflesso di una mente corrotta, di una dialettica destinata al fallimento. Bisogna dimenticarle e unire le nostre forze, compagni! Bisogna servire il popolo! Passare all'azione!»

Aveva la lingua bella lunga per essere uno che invocava il silenzio. Mersch si abbandonò contro il guanciale di corteccia e prese seriamente in considerazione l'idea di farsi un pisolino.

«Non bisogna temere i potenti, giacché i potenti siamo noi!» proseguiva la voce. «Siamo noi, compagni, a detenere gli strumenti della produzione, noi a fare girare la macchina!»

Lo studente andava ora fuori strada, esprimendosi in nome del popolo operaio come se lui stesso ne facesse parte. Mersch si gustava l'atmosfera: il vento tra le foglie, il chiacchiericcio della fontana, il tepore del sole che ritagliava ovunque origami di luce...

«Che cavolo fai?»

Jean-Louis si scosse dal torpore – incredibile, si era addormentato. L'effetto delle anfetamine si era esaurito. Si ripromise di rifare il pieno una volta uscito di lì.

«Lo spettacolo è finito», annunciò Hervé.

S'incamminarono verso la vasca d'acqua mentre il pubblico batteva in ritirata, *Libretto rosso* in mano. L'oratore, senza dubbio meritevole di una O con la maiuscola, rientrava il petto come un pistolero che rinfoderi l'arma. La natura non era stata generosa con lui: sotto gli occhiali, un naso camuso e labbra spesse tipo muso di maiale alla vinaigrette. I capelli crespi gli conferivano un che di creolo. Mezzo nero e mezzo bianco, era impossibile dire in quale squadra giocasse.

«Salve», fece Hervé, calato nel ruolo dell'ambasciatore. «Bel discorso.»

L'Oratore si sistemò la giacca da malgaro scuotendo le spalle.

«Lì sta il problema.»

«Cioè?»

«Un altro discorso. Altre parole. È arrivato il momento dei fatti!»

«Ma dall'inizio del mese le cose sono parecchio movimentate, no?»

Lo studente si passò un fazzoletto bianco attorno al collo. Un pugile che esce dal ring.

«Stai parlando dei figli di papà che lanciano sassi?» chiocciò.

Intervenne Mersch. Aveva l'impressione di avere a che fare con un monaco fanatico, un anacoreta del deserto divorato dalle proprie convinzioni.

«Metà della Francia è in sciopero.»

«E allora? I lavoratori sono ancora condizionati dal sistema capitalista. Chiedono l'elemosina ai padroni. Proprio mentre noi parliamo, i sindacati stanno calando le brache davanti a Pompidou.»

JL notò tracce di saliva secca agli angoli della sua bocca, forse l'effetto di un farmaco contro la depressione. Per la miseria, tutti i maoisti erano buoni per la camicia di forza?

«Cosa auspichi?» rilanciò Hervé con voce pacata.

«La rivoluzione, quella vera. Il grande colpo di ramazza. Mao dice: "Il potere è sulla punta del fucile".»

«Gli ospedali traboccano di feriti», s'intromise Mersch.

«E questa la chiami rivoluzione?» obiettò il fanatico con un ghigno. «Con neanche uno sbirro ammazzato? Gli studenti riprenderanno presto le lezioni e gli operai torneranno al lavoro con un aumento e la coda fra le gambe. Povero piccolo mondo borghese...»

I due fratelli si scambiarono uno sguardo: non avrebbero cavato niente da quel rimbambito. Ma non erano lì per tenere un'assemblea generale.

«Conosci Suzanne Girardon?» domandò di punto in bianco Hervé.

L'altro si limitò a una risatina.

«La conosci o no?» subentrò Mersch che cominciava a perdere la pazienza.

«Certo che la conosco.»

«Ci hanno riferito che aveva un amichetto nel vostro gruppo.»

«Un amichetto? Di' piuttosto che se li è fatti tutti!»

Suzanne, tristemente defunta, meritava decisamente maggiore riguardo.

«Non ti sembra di esagerare un po'?» lo rimise in riga Hervé.

L'Oratore additò i giardini, dove diversi gruppi erano seduti per terra a complottare, cospirare, discutere.

«Il desiderio», mormorò il maoista. «Un altro nemico della rivoluzione...» Si girò verso di loro e li osservò con espressione seria. «Non bisogna lasciarsi corrompere, capito?»

«No.»

«Suzanne infanga la nostra purezza. Ce la sottrae... Cerca sempre fra tutti noi militanti quelli più convinti. È una corruttrice.»

«Con chi sta attualmente?»

«Cosa sono queste domande?» chiese lo studente lanciando loro uno sguardo torvo.

«Suzanne non si è più fatta vedere dalla manifestazione di venerdì. Siamo inquieti.»

Il gauchista ritrovò il suo sorriso di merda.

«Non c'è da preoccuparsi con questo genere di pupa. La troverete sempre sotto una scrivania, la...»

«Con chi esce in questo momento?»

L'altro si morse il labbro.

«Massart. Denis Massart», gli uscì infine di bocca.
«Dov'è?»
«Non qui. Appartiene a un altro mondo ormai.»
L'aveva detto a mezza voce, in un tono misto di rispetto e raccoglimento.
«Cosa? Di che mondo parli?»
«È un *établi.*»
«Un che?» domandò Mersch.
«Poi te lo spiego», mormorò Hervé.
JL colse un cambiamento nell'aria. Come se si fosse appena pronunciato il nome di un santo, o di un diavolo, chissà.
«Dove possiamo trovarlo?» chiese Hervé.
«Picchettaggio alla Citroën, porte de Choisy.»
«Squagliamocela», ordinò a voce bassa Jean-Louis girando sui tacchi.
Mentre attraversavano la corona di siepi ad arco, la voce del maoista risuonò alle loro spalle.
«È al massimo livello, è un signore! Un principe!»

35.

«Devi capire una cosa», spiegò Hervé una volta saliti sulla Dauphine, «i maoisti soffrono di un complesso.»

«Uno solo? Sei sicuro?»

«Soffrono di non essere operai. Il loro dio, in fondo, non è Mao ma il popolo. Le masse popolari. E possono dire quello che vogliono, fare quello che vogliono... sono solo dei piccolo-borghesi cui non è mai mancato nulla, che non hanno mai patito alcunché.»

«Perché soffrire, poi?»

Eccoli di nuovo in macchina quel fine pomeriggio, scivolando come una barca su un lago dalle acque tiepide. Be' insomma, a prescindere dai sobbalzi della Dauphine accompagnati dai vari *clong* e *clang*. Una carretta di rottami, questo era, con qualche cavallo sfinito sotto il cofano.

«Il maoista sta male a causa delle sue origini. Vorrebbe essere proletario, passarne di tutti i colori. Si vergogna, è avvilito.»

«L'avevo capita che le risate non sono il loro forte. Ma non mi hai ancora spiegato cos'è un *établi*.»

«Come i religiosi, il maoista vuole sacrificarsi, autoflagellarsi. Pertanto, alcuni di loro hanno deciso di infiltrarsi come operai nelle fabbriche, di rinunciare a tutto per ritrovarsi davanti a un tornio e condividere la vita dei compagni. Sono convinti che siano i proletari ad avere qualcosa da insegnare, non l'inverso.»

Mersch cominciava ad averne piene le scatole di quei dementi. Al tempo stesso, l'attrazione provata da Suzanne verso quei tizi aveva la sua importanza. Non era soddisfatto dell'immagine di lei che si veniva configurando, quella di una ragazza sfrontata, a metà fra la ninfomane e la maoista. Sentiva che c'era dell'altro... Una missione, una ricerca... Suzanne perseguiva un obiettivo, ne era certo.

«Nella gerarchia maoista», continuava intanto Hervé con piglio decisamente dottorale, «questi disgraziati che si immolano spalando merda tutti i giorni in fabbrica sono degli eletti. È la logica cattolica, capisci? Più stai in basso e più in realtà stai in alto. Pensa ai monaci mendicanti, ai penitenti, è uguale. Quanto più tocchi il fondo, tanto più tocchi il cielo.»

L'assassino era forse uno dvi quei fanatici? Mersch ne dubitava. Nell'animo, quelli erano dei dittatori. Non erano contrari a uccidere, anzi, volevano farlo in massa, per purgare la società, per espellerne il pus capitalista.

Niente a che vedere con lo squilibrato che aveva sacrificato Suzanne in nome di un rito intimo, di una follia tutta personale...

«Fra i maoisti, gli *établis* sono quelli che hanno un'indiscussa autorità perché, in aggiunta al lato sacrificale della loro condizione di operai, possono parlare dall'interno, esprimersi in nome delle masse perché ne fanno parte. Sono legittimati.»

Mersch era rimasto colpito da certe frasi pronunciate da quell'idiota di rue d'Ulm: «Suzanne infanga la nostra purezza. Ce la sottrae...». Cos'aveva voluto dire? E perché la ragazza se la faceva sempre con quei terroristi della speranza? Per convinzione politica? Per un'altra ragione?

«Dove vai adesso?» domandò all'improvviso Hervé.

«All'obitorio.»

«Hai bisogno di me?»

«Non particolarmente.»

«Allora accompagnami da Chez Martin. Ho lasciato là la bicicletta.»

Jean-Louis si diresse verso rue de Vaugirard: da poliziotto qual era, sapeva che bisognava non affaticare le truppe, soprattutto quando non erano del mestiere.

Era ora per Hervé di rientrare all'ovile e assaporare il «nero in camicia» della nonna, un dolce tremendo a base di banana, cioccolato e panna montata che era la specialità della piccola modista. Jean-Louis se ne ricordava bene.

Quando pensava all'esistenza coccolata del fratello, a Jean-Louis passava per la testa soltanto questo genere di dettagli troppo zuccherosi, probabilmente per non dover rimpiangere nulla, lui che non era stato cresciuto da nessuno e aveva imparato tutto da autodidatta.

Inoltre, e soprattutto, quella sera aveva già un programma. Ed era un programma in solitaria.

36.

«Confermo ciò che ti ho detto ieri.»

«Non mi hai detto molto...»

«L'assassino sa il fatto suo, voglio dire che conosce bene la carne umana. Ha squarciato il torso della vittima dalla linea delle clavicole fino al pube. Un gesto secco, sicuro, da professionista. Sapeva quello che faceva.»

«Che arma ha usato?»

Daniel Guérin prese un oggetto da uno scaffale e lo posò davanti a sé, sul banco tirato a lucido.

«Propenderei per questo. Un falcetto Opinel n. 10. Lama in acciaio inossidabile, smussata sui due lati. Lunghezza sugli otto centimetri. Elevato tenore di carbonio, il che evita la corrosione. Ma di questo ce ne freghiamo. A parte ciò, si tratta di un attrezzo molto diffuso in campagna.»

Mersch afferrò il coltello dal caratteristico manico di legno d'ulivo. In quel caso era curvo e si prolungava in una lama a forma di uncino, disegnando una S di pura crudeltà.

«Dove te lo sei procurato?»

«Al BHV. Ideale per tagliare piccoli arbusti o per la vendemmia. È usato anche dai cestai.»

Mersch posò il sinistro oggetto. Non gli aveva certo fatto fare grandi passi avanti... Guérin si girò verso il corpo, celato da un lenzuolo. Mani in tasca, sigaretta tra le labbra, fissava la forma velata, quel cadavere che aveva aperto, sondato, cincischiato, poi richiuso dopo avere rimesso gli organi al loro posto. O forse no.

«Nient'altro?» chiese Mersch.

Il medico picchiettò sulla sigaretta facendo cadere la cenere sul pavimento. Gli odori della formalina e del tabacco sommati l'uno all'altro gli davano il mal di testa.

«Vuoi sapere cosa aveva mangiato la ragazza la sera prima?»

«No.»

«Quando aveva avuto le ultime mestruazioni?»

«Piantala. Dammi qualcosa che mi permetta di progredire.»

Guérin sollevò bruscamente il lenzuolo. Questa volta il corpo era lavato. Mersch si trovò davanti il volto infantile di Suzanne, ma ora pareva modellato in un'argilla grigia dai riflessi bluastri.

«Quelle che vedi sono lesioni secondarie.»

«Intendi dire che l'ha massacrata dopo la morte?»

«Proprio così. L'ha uccisa soffocandola con l'asciugamano di spugna che mi hanno portato. A meno che non l'abbia imbavagliata e appesa prima di sventrarla. La piccola si sarà soffocata con l'asciugamano urlando.»

«Come ha estratto i visceri?»

«Con le mani, suppongo. E solo in un secondo momento ha praticato i tagli che vedi un po' dappertutto.»

Dopo essersi acceso una sigaretta, il poliziotto si costrinse a osservare quei profondi solchi nella carne: braccia, cosce, petto, addome. Quelle piaghe urlavano una rabbia, una collera inestinguibili. L'assassino non ce l'aveva solo con Suzanne, ma con tutte le donne, ce l'aveva con il desiderio, ce l'aveva forse con la propria impotenza...

«E i morsi?»

«A questo proposito ho trovato qualcosa d'interessante. E sorprendente.»

Guérin abbassò il lenzuolo e fu come se calasse un sipario. Girò su sé stesso e prese a frugare in uno schedario. Si muoveva con cautela, come se tutto intorno a lui fosse di porcellana. I suoi fascicoli erano degli organi. I fogli erano lamelle di pelle, estratte per essere analizzate.

Scovò un fascio di documenti dattiloscritti.

«In fondo ai solchi lasciati dai morsi – se davvero si tratta di morsi perché, personalmente, non conosco nessuno con una bocca del genere – ho trovato resti di denti o artigli. Li ho fatti analizzare: sono particelle di cheratina, una proteina molto diffusa negli esseri viventi. Costituisce il componente principale dei capelli, dei peli, delle piume, delle unghie e anche dei corni, degli artigli e dei becchi di numerosi animali.»

«L'omicida si sarebbe servito di un animale?»

«Sì, penso di sì. Ti risparmio i particolari, ma intorno a queste lesioni circolari ci sono dei segni rossi, una sorta di succhiotti.»

«Cosa significa?»

«Che la bestia in questione ha succhiato la carne fino a fare scoppiare i vasi sanguigni sottopelle.»

A JL serviva mettere ordine nei suoi pensieri ma, dannazione, quelle informazioni non portavano a niente, se non al terrore puro...

«Vuoi dire... come un vampiro?»

«No. Non c'è stata aspirazione di sangue. Solo violenti succhiotti. Quasi dei segni d'amore...»

Jean-Louis ebbe una visione apocalittica: confuso nella sarabanda di maggio, un assassino senza volto, con al guinzaglio un mostro dalle fauci rotonde, dava la caccia alle ragazze per eviscerarle e offrirle in sacrificio alla sua gorgone.

I flirt di Suzanne, gli slogan sui muri e i maoisti gli sembravano lontani. Stava sprecando tempo con quella pista? Ma quale altra seguire? Visitare gli zoo? Leggere testi di biologia?

«Puoi approfondire questa storia della bestiola?» domandò come se lanciasse una pietra in fondo a un pozzo.

«Ci sto lavorando, compagno. Con te almeno non ci si annoia!»

37.

Jean-Louis aveva avvisato Deniaud che cessava il suo lavoro di infiltrato – anche nel maggio del '68, un omicidio aveva la precedenza – e chiesto un ufficio a Beaujon. Il trippone gli aveva regalmente accordato una sfilza di stanze mansardate all'ultimo piano dell'edificio in fondo al cortile. Non aveva bisogno d'altro.

Arrivò lì alle venti. Quella domenica sera, il carcere cominciava a decongestionarsi prima dell'infornata di nuovi arrivati provenienti dalla manifestazione successiva. Stringendo gli occhi, Mersch scorse gli studenti, arruffati, cenciosi, sporchi come maiali, che emergevano dalle celle con passo incerto. Non rimaneva più niente dell'allegria dei grandi slanci della rivolta.

Salì le scale, beccandosi qualche spintone e distribuendo saluti a caso. Amava quell'agitazione, quel disordine. Era la vita che gli andava a genio. Una vita di violenza e scartoffie. Una vita da poliziotto.

Berto era già in piena attività, circondato da classificatori polverosi che probabilmente aveva trasportato lì con lo scooter. Matita fra i denti, era seduto a gambe incrociate sul pavimento, in mezzo a pile di fogli e copie carbone.

«Questa qua», spiegò piazzando il palmo su una pila al suo fianco, «riguarda i delitti a partire dal 1945 che presentano un nesso, per quanto vago, con il nostro caso. Tutti i condannati di Parigi idonei a eviscerare una donna.»

Ruotò sul sedere e assestò un colpo di tallone a un'altra pila (era senza scarpe).

«Qui abbiamo i fascicoli degli squilibrati che farebbero al

caso nostro. Provengono da Sainte-Anne. Eh sì, caro mio, sono andato fin là! Carini i matti!»

Mersch si tolse il giubbotto e fece scorrere lo sguardo sui classificatori che riempivano lo spazio, impilati in colonne a terra o ammonticchiati sulle due massicce scrivanie da notaio destinate a servire loro da quartier generale.

«Abbiamo il telefono?»

Berto fece finta di tirare una cordicella, come per azionare un campanello per i domestici.

«Una bella linea tutta per noi!»

Mersch sorrise. La presenza di Berto lo rassicurava.

L'assistente si mise faticosamente in piedi. Per quanto pesasse un buon quintale, quando lo vedeva a Jean-Louis venivano sempre in mente i collant colorati della marca Dim. A causa dei suoi dolcevita, sempre sgargianti, che gli modellavano i cuscinetti di grasso come il budello di una salsiccia. Quella era una giornata «rosso vivo».

«Abbiamo la notte per studiare tutta questa roba», concluse Berto.

Mersch gli era grato che non avesse fatto neanche un accenno agli ultimi avvenimenti, come se si trovassero nel loro solito ufficio di quai des Orfèvres 36, e che niente contasse più della loro indagine. Che la Francia oscillasse pure a destra e a manca, loro sarebbero rimasti al centro, fluttuando sul *grand macabre*, appostati per mettere le mani sull'assassino.

«Hai avuto tempo per il porta a porta?»

«Ce n'è voluto poco. Mi sono aggirato un po' nel quartiere, ma è successo tutto di notte, e questa primavera non è propizia alle testimonianze. La gente è tappata in casa nell'attesa della guerra civile. Allo stato attuale, nessuno ha visto né sentito niente.»

Jean-Louis annuì. La sua convinzione non cambiava: l'assassino approfittava del disordine per agire. Poteva individuare la vittima, seguirla, coglierla di sorpresa... tutti guardavano da un'altra parte, poliziotti, contestatori, abitanti del quartiere...

«I genitori?»

«Sono annientati. Arrivano domani da Nîmes. Dovremo accoglierli all'obitorio, per l'identificazione.»

La cosa che temeva più di ogni altra al mondo. Le condoglianze, le formule vuote, le promesse che non servivano a niente, tutto ciò col sottofondo della formalina e dei pianti.

«Puoi occupartene tu?» arrischiò.

«Come no. Il lavoro sporco tocca sempre a me. Tieni, la Scientifica ha portato questo.»

Berto gli tendeva una busta kraft formato 10×18. Mersch estrasse le fotografie e le osservò per qualche secondo: erano in bianco e nero, e il corpo appeso di Suzanne evocava la vittima anonima di un antico sacrificio.

Si ficcò in tasca la busta e sollevò lo sguardo. In fondo alla stanza erano accatastati alla rinfusa tavoli, sedie, assi di legno. In mezzo a quel bordello c'era anche una lavagna, modello «aula scolastica».

«Dammi una mano.»

Estrassero l'oggetto e lo rimisero in piedi. Ora potevano cominciare a incollarci le foto, i processi verbali, scriverci nomi, collegamenti, convergenze.

«E poi, sono ripassato nell'appartamento della piccola.»

Mersch si voltò. Avvertì subito nell'aria una nuova elettricità. Berto aveva una debolezza: gli piaceva giocare con la suspense. Se disponeva di un indizio interessante o di un testimone cruciale, lo annunciava sempre alla fine della riunione, tanto per far salire la pressione.

«Hai scovato qualcosa?»

«Qualcosina sì.»

Frugò nella sua cartella e ne estrasse un sacchetto di plastica trasparente che gettò sulla scrivania. Al primo colpo d'occhio, Mersch seppe di cosa si trattava.

«Dov'è che l'hai trovato?»

«Sotto una tavola del parquet.»

Il sacchetto conteneva diverse decine di acidi. Piccoli foglietti assorbenti impregnati di LSD e decorati di minuscoli disegni: un cuore, un fiore, un fungo, un buddha...

«Suzanne non si drogava. Su questo concordano tutti i testimoni.»

«Be', allora trafficava. Resta da sapere chi la riforniva.»

Ecco una pista nuova e inattesa.

Mersch sapeva per esperienza che crimine chiama crimine. Nell'universo dell'illegalità regnava una sorta di spirito di famiglia. Con tutto il rispetto per quelli che pensavano che il male era dappertutto, era più facile trovare un assassino fra i trafficanti di droga che fra i collezionisti di francobolli.

«Bel lavoro, Berto. Ce ne occupiamo domani.»

Così dicendo, si rinfilò il giubbotto.

«Dove vai?»

«A verificare una cosa. Comincia a spulciare i fascicoli, sono di ritorno fra due ore.»

«*Jawohl*, mio...»

«Ti ho detto di smetterla con questa roba. Francamente, non sono dell'umore.»

«Non sei mai dell'umore.»

38.

Un elemento che non aveva ancora affrontato: la posizione del corpo al momento del ritrovamento.

Quella dell'Appeso nel gioco dei tarocchi, secondo Daniel Guérin.

Erano le ventuno e, a essere sinceri, ora che non tentava più di far saltare in aria Parigi e infiammare i manifestanti, non aveva granché da fare quella domenica sera. Si era ricaricato nei gabinetti di Beaujon ed era in forma smagliante. Chimica, la forma, ma poco importa l'anfetamina, purché si viva nell'ebbrezza... Ora gli ci voleva soltanto un luna park, con una cartomante degna di tale nome.

Raggiunse il lungosenna e prese a est, verso porte de Charenton, direzione circo Gasparino. In aprile, uno dei loro clown era stato sospettato di avere fatto fuori un gay di rue Sainte-Anne. Mersch aveva compiuto un giro nella zona in cui si era installata la compagnia, il prato di Reuilly, e sapeva che vi si sarebbe trattenuta fino al mese di luglio. Doveva ben esserci fra quella gente un'indovina per leggergli le carte...

Risalì il lungosenna fino al villaggio semiabbandonato di Bercy, poi raggiunse i boulevards des Maréchaux. Il paesaggio stava per essere inghiottito dalla notte. Senza illuminazione, si ritrovò presto immerso in un viscido bagno d'ombra.

Indovinava, fra le tenebre, le pianure, i terreni abbandonati, le bidonville, tutto quel mondo alla deriva che un tempo veniva chiamato Les fortifs. Soprattutto, scorgeva i binari della gare de la Rapée che luccicavano come tante liane di ferro serpeggianti su un letto di erbacce.

Il prato di Reuilly assomigliava a un'anticamera del Bois de Vincennes. Vestigio dell'Esposizione coloniale internazionale del 1931, era in realtà un immenso spiazzo di cemento, una specie di pista d'atterraggio di dieci ettari che non serviva a niente, a parte ospitare ogni primavera, dal 1964, la foire du Trône, il parco dei divertimenti.

La spianata era sopraelevata e, da dietro il volante della Dauphine, Mersch vide poco dopo le grandi lettere dell'ingresso e, al di là, le giostre senza luci. Le alte strutture delle attrazioni si protendevano nel cielo come alberi morti, mentre i pali che striavano lo spazio facevano pensare a un'infilata di forche. Niente di più lugubre di quel luna park fantasma, disertato dai suoi visitatori...

Quando lasciò l'auto al parcheggio si sentì rabbrividire malgrado il caldo. Cartacce spinte dal vento gli sferzavano le gambe. Topi schizzavano via lungo i marciapiedi, in mezzo ai rifiuti. Si aveva l'impressione che il luogo fosse stato sgomberato in fretta e furia dopo un allarme atomico. Pannelli metallici cigolavano sui cardini come banderuole e il vento tiepido che soffiava indolente sembrava fatto apposta per minare ogni energia.

Da quanto ricordava, il circo si situava a sinistra, su un terrapieno adiacente al luna park. Dopo pochi passi si trovò davanti un capitello rosso e oro simile a una trottola gigante. Ancora più a sinistra, ritrovò le roulotte con i loro colori smorti. Pensò al museo Grévin, e anche a un carillon con la musica di *Mon beau sapin* che da bambino si portava sempre dietro, chissà perché.

Il circo... L'aveva sempre detestato. L'odore di segatura e degli animali, i numeri di infima qualità, l'orchestra che faceva un uso esagerato di trombe e cimbali, le correnti d'aria che ti passavano sulla schiena mentre battevi i denti sulla panca... Ed ecco che si ritrovava a camminare fra gabbie e roulotte sbilenche.

Gli odori gli vennero incontro: effluvi di paglia umida, sentori di bestie assopite. Pur controvoglia, guardava attraverso le sbarre: leoni dal pelo sbiadito, scimmie apatiche, cani assonnati… Un piccolo universo che sembrava attendere la fine della «parentesi incantata» per riprendere il lavoro.

Un lato positivo delle roulotte era che su ognuna era scritto, in lettere colorate con tanto di ghirigori, il nome dell'occupante. Dopo averne controllata qualcuna, trovò quella che cercava: un caravan installato su pneumatici sui cui fianchi si leggeva l'iscrizione SARAH, CELEBRE MEDIUM, arricchita da un'illustrazione suggestiva: una Sheherazade dalle forme generose, con il viso coperto da un velo che lasciava affiorare due occhi contornati di khol.

Batté tre colpi decisi e temette che la porta avrebbe ceduto.

«Chi è?»

Fu tentato di fare una battuta su una veggente che non era in grado di indovinare l'identità del visitatore notturno, ma si limitò a gridare: «Polizia!».

39.

Forse si aspettava una danzatrice dei sette veli, ma dovette accontentarsi di una signora sulla cinquantina, bassa, vestita di un abito nero con i polsini abbottonati e il colletto bianco. Faccia seria, occhiali con il cordino, una cascata di capelli ondulati con la piastra che le ricadevano sull'occhio destro, indifferenti alle forcine che tentavano di addomesticarli.

Jean-Louis non si era ancora seduto che già Sarah tagliava le carte. Il suo modo di mescolarle – unica concessione al mestiere: diverse dita erano adorne di grossi anelli – rivelava molto più che una familiarità con il mazzo. Piuttosto una complicità, una relazione di lunga data, che implicava una specie di intimità garbata, libera e fiduciosa.

«Lasci perdere, signora. Non vengo per questo.»

Gli occhietti di rapace notturno lo squadrarono al disopra delle lenti.

«Si viene *sempre* per questo.»

«Sono io a leggere le carte stasera», ribatté Mersch, estraendo la busta dalla tasca del giubbotto.

Distribuì sul tavolo le foto del cadavere di Suzanne. La veggente si mostrò scioccata. La sua unica reazione fu quella di farsi più volte il segno della croce.

«Oddio... Ma chi ha fatto questo?»

«Qui sta il problema. Riconosce la posizione?»

«La posizione?»

Mersch si rese conto di averle presentato le immagini capovolte, e quindi Suzanne pareva reggersi su un piede. Girò prontamente la fotografia.

Sarah era strabica dall'occhio sinistro. Se allo strabismo si sommava la ciocca di capelli che le copriva l'altro occhio, la piccola signora non doveva certo vedere granché. Ma forse stava guardando altrove. Il futuro, il passato, l'invisibile...

«Allora, la posizione?» insistette Mersch.

«È... quella dell'Appeso.»

«Esatto. Che cosa significa nel mondo dei tarocchi?»

«Non posso risponderle. Da solo, l'Appeso non significa niente.»

Le parole le uscivano quasi in un soffio dalle labbra a culo di gallina.

«Faccia uno sforzo.»

«Le carte, diciamo così, sono come la vita», balbettò. «Un evento preso singolarmente non ha alcun senso. Bisogna sempre metterlo in relazione con altri, nella continuità... Può togliere le foto, per favore?»

Jean-Louis obbedì.

«La carta dell'Appeso», le ordinò. «Me la mostri.»

In pochi schiocchi di anelli, la cartomante fece apparire un uomo appeso per un piede a un ramo, o a una forca. Calzamaglia rossa, *poulaines* e farsetto blu... Testa in giù, mani dietro la schiena, sembrava sognare, o almeno attendere...

«L'Appeso, diciamo, è il dodicesimo arcano maggiore del tarocco di Marsiglia. È l'immagine dell'attesa, del riposo, vede?» spiegò Sarah puntando l'indice sul corpo capovolto.

«Non è l'immagine della disgrazia, della sfortuna?»

«No. L'Appeso aspetta, lascia che le cose vengano a lui... Non interviene, guarda, riflette... È la carta, diciamo, della pazienza, dell'imperturbabilità.»

«Nessun significato negativo, minaccioso?»

«Può significare l'imprigionamento. Sono bloccata in una certa situazione. Non posso muovermi. Sono impotente, diciamo... Oppure dipendente da qualcuno o qualcosa, capisce?»

Silenzio. Jean-Louis tamburellava sul bordo del tavolo, irritato o deluso, o entrambe le cose.

«L'Appeso consiglia di attendere, riflettere...» riprese la cartomante in tono più deciso.

Mersch sentiva il sudore colargli sulla schiena. Quella roulotte era una vera sauna e lui aveva ancora indosso il giubbotto.

«Non creda che sia apparso per caso nella sua vita. Le casualità non esistono. Ci sono solo appuntamenti.»

«Rifili pure le sue frottole ai creduloni.»

Di colpo la mano adunca della donna si posò sulle dita di Jean-Louis.

«Mi ascolti. Lei cerca l'assassino, vero?»

«Non le si può nascondere nulla.»

«Vedo qualcun altro. Qualcuno di molto vicino. Camminate insieme.»

Mersch deglutì. A un tratto, gli si spalancò tutta una parte del cervello, una specie di stanza segreta che conservava scrupolosamente chiusa. Era il regno della superstizione, dell'ignoto, della fragilità. Adesso il poliziotto temeva quella piccola donna dall'enorme potere.

«Siete fratelli, vero?»

«Sì», fece lui terrorizzato, il mento affondato nel colletto.

Le dita si strinsero sulla sua mano. Lo sguardo torvo della donna era fisso su di lui.

«Pensa di indagare sull'assassino, ma è lui a indagare su di lei.»

«Cosa?»

«Lei lo sta cercando, ma anche lui la cerca.»

Con fare brusco, Mersch si liberò dalla presa e schizzò in piedi, sbattendo la testa contro il soffitto.

«Non sono venuto ad ascoltare le sue stronzate.»

Stava indietreggiando verso la porta quando la donna tese verso di lui la mano facendo con l'indice e il medio il segno «V».

«Lui la cerca. E non cerca soltanto lei. (Gli puntava addosso le due dita.) Lei e suo fratello.»

Senza riuscire a distogliere lo sguardo dal suo occhio di civetta, Mersch si mosse a tentoni fino alla maniglia della porta. La roulotte oscillava come una barca.

«Non ha... non ha nient'altro da dirmi?»

La donna chiuse gli occhi e si passò la lingua sulle labbra. Girò con un gesto secco l'ultima carta del mazzo. Lui non conosceva per niente quel gioco, ma sapeva che ne era derivata una catastrofe.

L'immagine raffigurava uno scheletro con una falce in mano e un piede immerso in una terra nera da cui affioravano teste, mani, piedi, ossa.

«Cos'è?» balbettò con voce strozzata. «La morte?»

«No. È l'Arcano senza Nome. La tredicesima lama del Tarocco di Marsiglia.»

«Quale... qual è il suo significato?»

«Bisogna fare tabula rasa del passato. Bisogna sbarazzarsi di tutto ciò che vi disturba.»

«Non capisco.»

Il dito della donna si posò sulla parte bassa della carta.

«La terra nera è l'inconscio. La verità è nel profondo del vostro essere. È là che bisogna cercare.»

«Di chi sta parlando?»

«Di voi due. I due fratelli, diciamo. I due volti di una medesima realtà.»

«È assurdo.»

Sarah sollevò il capo. Adesso sembrava divertirsi, con il suo occhio rotondo e la messa in piega tutta onde.

«L'assassino...» mormorò passandosi di nuovo la lingua sulle labbra, «aspetta, osserva. Faccia come lui e saprà.»

«Povera pazza.»

Jean-Louis aprì la porta ma subito si bloccò.

«Perché ha la lingua tutta nera?»

La cartomante fece un sorriso furtivo. Jean-Louis pensò a una piccola chiave che azionava il meccanismo di un vaso di Pandora.

«Perché la mia parola è d'inchiostro. Sono un libro. Sono l'abbecedario del passato e del futuro. Sono il libro dei giorni e delle notti.»

40.

Nicole non aveva raccontato tutto al poliziotto. *Ma scherziamo?* Si è contestatori o non lo si è. L'informazione cruciale da lei omessa: il nome dell'amichetto di Suzanne. Non era il suo compagno ufficiale, ma senza alcun dubbio era quello che contava di più. Denis Massart. L'aveva incrociato un paio di volte e non ci aveva messo molto a capire perché Suzanne avesse perso la testa per lui: bello, tormentato, esaltato, era uno studente dell'École normale supérieure e aveva mollato tutto per diventare un *établi* allo stabilimento Citroën di Javel. Meglio di così…

Dopo una notte passata a piangere, pregare, rimuginare, aveva preso una decisione capitale: indagare per conto suo. Nessuno conosceva Suzanne meglio di lei. Poteva ricostruire i suoi ultimi giorni, interrogare ogni persona con cui aveva parlato, rintracciare chi l'aveva colta di sorpresa… E tutto ciò in tempi molto, molto più rapidi rispetto ai poliziotti, che avrebbero annaspato nell'ambiente studentesco come cacciatori sperduti in uno stagno di anatre.

Il tipo che era venuto a interrogarla le aveva ispirato solo collera e disgusto. L'ennesimo fascista che prima picchia e poi fa le domande… Un prepotente cafone, di sicuro un veterano dell'Algeria, un aguzzino oltre che una canaglia. E sarebbe stato un tale energumeno a trovare l'assassino di Suzanne? No di certo.

Realizzare il suo piano era anche una maniera per negoziare con il proprio dolore, per non restarsene come un'idiota a cincischiare il fazzoletto. In un primo momento aveva accarezzato l'idea di associare Cécile al suo progetto, ma parlandole al telefono aveva compreso che l'amica era ridotta uno straccio e quindi niente affatto pronta per giocare al Club des Cinq. Si crogiolasse pure tranquilla nel suo dolore: Nicole si sarebbe occupata di tutto.

Quel mattino si era alzata con in corpo un'energia particolare, qualcosa di nervoso, febbrile. Doccia, colazione, bicicletta. Direzione Javel, il luogo dov'era situata la fabbrica Citroën. Non aveva mai messo piede da quelle parti, anzi, non si era mai neppure avvicinata al XV arrondissement.

Pedalando sul lungosenna, si chiedeva se quel lunedì 27 maggio gli operai avessero ripreso il lavoro. La radio aveva annunciato che Pompidou e i sindacati avevano trovato un accordo. L'aumento del 35 per cento del salario minimo a 3 franchi all'ora, il rialzo generalizzato dei salari del 10 per cento, la riduzione dell'orario di lavoro allo scopo di ottenere una settimana di quaranta ore, il libero esercizio del diritto sindacale nelle aziende... Era sufficiente tutto ciò per far sì che gli operai tornassero ai loro posti in fabbrica? Non ne aveva idea.

Imboscò la bicicletta a duecento metri dagli stabilimenti per timore che gliela fregassero. A dire la verità (ma non l'avrebbe mai ammesso, neanche sotto tortura), aveva paura degli arabi, quelli che suo padre chiamava *bicots*, magrebini. Una fifa irragionevole che quasi sfociava nel panico e che risaliva alla sua infanzia, l'epoca in cui sua madre le raccontava che tutti gli arabi erano dei «satiri», dei perversi che ti palpeggiavano nei cinema.

Sul lato abbigliamento, aveva optato per un completo di tela chiara, camicia e pantaloni, accompagnato da un cinturone a vita bassa. Un piccolo foulard intorno al collo e il gioco era fatto. Forse non si adattava a un'operaia, ma secondo lei faceva tanto «ragazza del West», la tenuta giusta per fare la ricognitrice in un mondo sconosciuto.

L'impero Citroën si estendeva dalla Senna a rue Balard, da rue Leblanc a rue Cauchy, su oltre cinquantamila metri quadri. Dirimpetto al fiume sorgeva un lungo edificio sormontato da due torri quadrate che recava la scritta CITROËN. Alle sue spalle si dispiegavano le fabbriche nere i cui lunghi tetti a zigzag, visti dal cielo, facevano pensare ai soffietti di una gigantesca fisarmonica.

In ogni caso, qui nessuno sembrava avere ripreso il lavoro. I muri erano coperti di slogan perentori: SCIOPERO AL 100%, OCCUPAZIONE DEI LUOGHI DI LAVORO, CITROËN, TUTTI UNITI, LE FABBRICHE AGLI OPERAI, PER LA RIDUZIONE DELL'ORARIO DI LAVORO SENZA DIMINUZIONE DEI SALARI... Alcuni operai facevano la guardia ai cancelli, altri giocavano a bocce o arrostivano salsicce (salsicce alle dieci del mattino!).

«Cosa vuoi?»

Le stava davanti un uomo ben piantato, berretto inclinato su un occhio.

«Vengo a trovare un amico.»

«E tu avresti degli amici alla Citroën? Ma guarda.»

«È un militante. Lavora con voi.»

«Qui non lavora più nessuno.»

«Ha capito cosa voglio dire...»

«Sei una studentessa?»

«Sì. Gli studenti sono con voi!»

Lui le afferrò brutalmente le dita.

«Proprio così, bellezza», le disse con un sorriso, contemplando le mani immacolate, «siamo tutti amici.»

L'uomo fece segno a un suo compagno che tolse il lucchetto a una pesante catena: Nicole s'infilò all'interno. Vide un enorme hangar, o un magazzino, ignorava la terminologia industriale. Niente torni né macchinari qui, solo una sala di esposizione dov'erano allineati gli ultimi modelli di 2 CV. Centinaia di operai in abiti civili andavano e venivano, giocavano a carte, bevevano vino, si crogiolavano nel dolce far niente. Alcuni emergevano ancora assonnati da scatoloni da imballaggio.

Mentre attraversava la sala, pensò a un grande cortile coperto con bambini che giocavano in un giorno di pioggia. Ma i bambini avevano uno strano aspetto... Capelli imbrillantinati, occhi infossati sotto fasci di rughe, giacche di pelle... Molti erano stranieri. I *portos*, portoghesi, come si diceva allora, esibivano baffi tristi, i *bougnoules*, magrebini, berretti e giacche troppo grandi (perché mai?). Un carnevale di figure scalcinate, patetiche, dove si alternavano maglioni jacquard, cravatte di traverso, maglie a collo alto...

Le arrivavano all'orecchio frasi biascicate, parole a malapena comprensibili, un tracollo della specie umana... Davvero roba di bassa categoria... *No, ma ti stai ascoltando, Dio santo?* disse fra sé. *Reagisci da borghese!*

Continuava a camminare, stoicamente, quando s'imbatté in un gruppo di donne, o piuttosto ragazze della sua età, i cui volti tradivano le fatiche quotidiane, le giornate pesanti, i ritorni, spossate, in treno... Avrebbe dovuto traboccare di empatia, e invece era l'estrema volgarità dell'insieme a saltarle agli occhi. I pregiudizi non l'abbandonavano...

Si ritrovò in un'altra sala, con l'odore di lubrificante e macchine inattive. Anche lì si erano installati dei comitati, sfaccendati e ridanciani.

Allora lo vide.

Seduto su una cassa di legno, Denis Massart indossava una tuta e grosse galosce. Si capiva che era felice travestito in quel modo. Quell'uniforme testimoniava la sua ribellione, il rifiuto di filare dritto, di diventare un alto funzionario al servizio del sistema. Questi erano gli *établis*: più realisti del re, più operai degli operai stessi.

Nicole si avvicinò. Capelli neri e occhi nontiscordardimé, Denis Massart sembrava un angelo... Seduti per terra attorno a lui, alcuni operai – portoghesi, arabi, neri – lo ascoltavano come fosse il Cristo.

«Ciao...» disse Nicole piantandosi davanti a lui.

41.

«Ciao», rispose lui pacato, senza manifestare la minima sorpresa.

Sembrava riconoscerla, ma niente di più. L'ennesima studentessa nevrotica che gli ronzava intorno senza capire il senso fondamentale della sua lotta.

Il giovane congedò con un gesto gli operai, che si eclissarono accompagnati da fruscii di tessuto e odore di tabacco stantio.

«Ti ricordi di me?»

«Naturalmente», fece lui con un tono che significava il contrario.

«Sono Nicole, un'amica di Suzanne.»

«Sì, sì...»

Rispondeva distrattamente, e intanto sistemava le lettere sparpagliate davanti a lui. Niente e nessuno poteva raggiungerlo. Era troppo in alto, troppo lontano.

«Fai anche lo scrivano pubblico?»

«Sì, per gli stranieri.»

«Parli portoghese? Sai scrivere l'arabo?»

«Ho imparato, sì.»

Secondo Suzanne, Massart era così brillante da surclassare i professori. Un autentico genio, capace di assimilare ogni genere di conoscenze in tempi record.

«Cosa vuoi?» domandò pescando nel taschino un pacchetto di Gauloises Maïs. Lo tese a Nicole che ne sfilò una, giusto per essere in sintonia con lui. Con gesto deciso, lui sfregò un fiammifero e gliel'accese. Mentre si chinava, Nicole notò che anche lui aveva mani fini e lisce come le sue, come Hervé, come tutti i ribelli di rue Gay-Lussac.

Massart era figlio di un banchiere di Neuilly-sur-Seine, una famiglia facoltosa da diverse generazioni. Il denaro, l'intelligenza, la bellezza, tutto ciò gli era scorso fra le dita come l'acqua di una sorgente naturale. Però lui aveva rifiutato quei privilegi per approdare al lavoro in fabbrica.

«Scrivi alle loro famiglie?» gli chiese, sforzandosi di non tossire a ogni boccata: quelle Maïs erano proprio schifose.

«Sono loro a scrivere, io sono solo la mano...»

«Devono essere orgogliosi di raccontare dello sciopero, vero?»

Massart fece un sorrisetto di sufficienza che diede fastidio a Nicole.

«Evitano accuratamente di parlarne, invece. Le loro famiglie avrebbero paura che non vengano pagati o si facciano licenziare.»

Nicole fece un respiro profondo. «Gli operai sono talmente alienati», dichiarò in tono solenne, «che non sanno riconoscere il cammino della libertà!»

Massart la soppesò per qualche secondo scuotendo la testa. I suoi occhi azzurri, visibili attraverso un varco nei riccioli neri, tradivano una durezza a tratti indulgente. *Un'altra figlia di papà*, doveva dire fra sé, *che non capisce un'acca del mondo operaio*. Non importa. Lui aveva il diritto di disprezzarla: aveva oltrepassato il Rubicone.

«Cosa vuoi di preciso?»

«Sto cercando Suzanne.»

«Perché?»

Nicole evitò di rispondere.

«Quando l'hai vista l'ultima volta?» chiese invece.

«Ti ho fatto una domanda: perché la cerchi?»

«È scomparsa.»

«Cosa intendi dire?»

Doveva essere prudente. «È dalla manifestazione di venerdì che non ho sue notizie.»

«Non c'è da preoccuparsi.»

Nicole posò gli occhi su una cassetta degli attrezzi e ci si sedette sopra. Un tanfo di grasso le fece contrarre le narici.

«Non c'è da preoccuparsi?» ripeté. «Tenuto conto che arrestano ogni notte centinaia di studenti? E che alcuni finiscono all'ospedale? E perché non al cimitero?»

Massart annuì: lei segnava un punto.

«Non vado alle manifestazioni», dichiarò con un tono che significava "non mi abbasso a tanto".

«Quindi ripeto la domanda: quando l'hai vista l'ultima volta?»

«Martedì o mercoledì, penso.»

«Dove?»

«Qui. È venuta a portarmi delle cose.»

«Cioè?»

«Roba da mangiare, sigarette.»

"Che grulla", pensò, subito rimproverandosi di criticare l'amica deceduta.

«Cosa ti ha raccontato?»

«Nulla di speciale.»

«Ti ha parlato delle manifestazioni?»

«Ovvio. Suzanne è una militante, una di quelle vere.»

Per un attimo Massart parve abbandonare la sua torre d'avorio ed esprimere una sincera ammirazione, o almeno un certo rispetto.

«Sai chi frequenta attualmente? Se ha dei nuovi amici?»

«Conosciuti dove?»

«Sulle barricate, nelle assemblee generali.»

Massart fissò per un istante l'estremità incandescente della sigaretta. «Non saprei... Oggi socializzano tutti, sono tutti amici... La promiscuità genera unità, vale a dire il pensiero unico...»

Da queste frasi traspariva la sua vera natura: nel suo interno, rimaneva un intellettuale, qualcuno che considerava il popolo un gregge di docili pecore.

«Non ha incontrato qualcuno che le metteva paura? Non si sente minacciata?»

Si rese conto che ripeteva le domande poste a lei dal poliziotto due giorni prima.

«Si sente minacciata, come oggi migliaia di studenti, dai CRS, dagli sbirri infiltrati, dai fascisti...»

«Da nessun altro?»

Il ragazzo stese le gambe e le incrociò. Dava l'idea di essere perfettamente a suo agio in quella tuta, come un neonato nella culla.

«Negli ultimi tempi», mormorò Massart, «Suzanne è cambiata...»

«In che senso?»

«Non le basta più.»

«Che cosa?»

«Manifestazioni, scioperi...»

«Vuole passare alla lotta armata?»

«No», disse Massart con un sorriso, «vede semplicemente più lontano...»

«Spiegati. Non capisco.»

Massart scosse il capo. Il suo sguardo si addolcì. Prese un'altra sigaretta.

«Dietro a ogni rivoluzione c'è una mistica», sentenziò, «un'idea più grande del popolo.»

«Continuo a non capire.»

«L'idea che dietro a tutto questo operi una volontà superiore.»

«Vuoi dire... la dialettica storica?»

«Non solo... Una sorta di dio, ecco.»

Nicole era perplessa. Marx aveva scritto che la religione era «l'oppio del popolo», e la cosa era ormai assodata. Ogni religione era nemica della lotta di classe, era un'alienazione supplementare che ostacolava il cammino della Storia.

«No, non sono convinta», ribatté. «Suzanne era... voglio dire è... atea.»

«Ti sbagli, Suzanne è una mistica.»

Nicole rammentò che praticava lo yoga, ma non per questo era induista o buddhista.

«Che genere di mistica?»

«Questo non lo so. So che cerca qualcos'altro. Per lei, la vittoria delle masse proletarie non costituisce più un obiettivo sufficiente.»

Massart fece una pausa. Pareva turbato anche lui dal ricordo di Suzanne e delle sue perplessità.

«So che vede delle persone», riprese.

«Dei militanti?»

«Un'altra specie di militanti, sì... Forse dei religiosi.»

Ecco una novità: Suzanne che si accostava a una setta o a qualche strana dottrina.

«Come ti è venuta questa idea?»

Massart le lanciò uno sguardo turchese, un frammento di mare assolato. Pareva soppesare Nicole: poteva fidarsi di lei?

«Facendo l'amore», mormorò d'un tratto.

Meno male che era seduta, perché le si erano rammollite le gambe...

«Suzanne è il tipo di donna insaziabile, capisci?» proseguì lui.

Nicole non aveva nessuna voglia di penetrare nell'intimità dell'amica morta.

Ma Massart continuava. «Vuole sempre di più, e la sua maniera di... Be', è sempre più strana.»

Prevalse la curiosità. «Fammi degli esempi.»

Lui aspirò una boccata e cacciò fuori il fumo verso il soffitto.

«In questo periodo, pretende che lo facciamo su un grande drappo rosso che si porta dietro. E le posizioni che immagina sono... Per me, è roba mai vista prima.»

«Forse... è così che le piace.»

«Prima di scopare, dobbiamo bere dell'alcol. Si direbbe che stiamo compiendo un cerimoniale, un rito. E durante l'atto le cose si fanno decisamente demenziali.»

«Cioè?»

Altro tiro di sigaretta. Massart sembrava sollevato di confidarsi.

«Suzanne parla ai miei... ai miei organi genitali.»

Per poco a Nicole non scappò da ridere.

«E cosa gli racconta?»

«Non so. Usa una lingua sconosciuta.»

Nicole si domandò se Suzanne non avesse bazzicato la stregoneria o cose del genere. Il poliziotto con i modi da duro le aveva parlato di strani prodotti – un armamentario esoterico – rinvenuti nel suo appartamento.

«Una volta l'ho sorpresa a recuperare il mio sperma e le

proprie secrezioni», proseguì Massart come a conferma di quel sospetto.

Nicole non aveva parole: quella Suzanne le era totalmente estranea.

«Un'altra volta ha tracciato qualcosa sul pavimento con un dito. Una scritta, o forse solo una lettera, non so...»

Nicole era sorpresa che lui spiattellasse tutto a quel modo. Doveva avere bisogno di liberarsi: al leader dei maoisti non andavano a genio quei modi da maga...

«Sei sicuro di non potermi fornire un nome?» insistette. «Un guru che frequentava? Un maestro spirituale?»

«No, non ha mai fatto allusione a nessuno.»

Nicole si alzò. La pesca era stata fruttuosa, ma ancora non sapeva come valutare quelle informazioni.

«E tu, cosa ne pensi?» domandò per pura curiosità.

«Di cosa?»

«Di Dio.»

La risata di Massart suonò sincera, di una freschezza disarmante.

«Dio si lava le mani con l'acqua benedetta. Qui ce le laviamo con la sabbia. Questa è la differenza fra la teoria e la pratica. Io preferisco la pratica.»

42.

Quando Nicole lasciò la fabbrica si sentiva turbata ma anche piena di rabbia. Non riconosceva più Suzanne in quel nuovo ritratto che ne aveva fatto Massart, ma soprattutto non poteva ammettere che l'amica l'avesse tenuta all'oscuro dei suoi segreti. Insieme anche a Cécile si erano giurate tutte e tre di non nascondersi mai nulla.

Era arrivata a quel punto con il suo rimuginare quando incappò nei due tizi che meno si aspettava d'incontrare in quel posto, e soprattutto insieme: Hervé e il poliziotto tamarro.

«Cosa ci fai qui?» le domandò quest'ultimo prima che lei potesse aprire bocca.

«E voi?» ribatté lei a raffica.

«Non ti riguarda. Che cazzo ci fai qui?»

Nicole non si degnò di rispondere: ora fissava Hervé, che sembrava voler nascondere la testa sotto la giacca, tipo struzzo.

«E tu?» gli chiese. «Cosa combini con questo sbirro?»

Hervé borbottò una risposta incomprensibile.

D'un tratto, lei cedette alla collera.

«Bastardo! Non sei che un venduto!»

Il poliziotto ritrovò il suo sorriso di merda, quel sorriso che aveva l'aria di farsi beffe del mondo intero.

«Calmati, è mio fratello.»

Lei restò interdetta. Non immaginava che i poliziotti potessero avere una famiglia. Per lei erano solo dei nemici, esseri robotici, senza cuore né legami affettivi.

«È vero?» domandò scioccamente a Hervé.

«È vero», riuscì a biascicare lui.

Scioccata, la ragazza non sapeva più che dire. Il poliziotto sfruttò la situazione. «Chi sei venuta a trovare qui dentro?»

«Affari miei.»

«Denis Massart?»

«Forse.»

Mersch fece un passo verso di lei, che indietreggiò d'istinto. «Cominci a rompermi le palle, tesoro. Qui si parla di un'inchiesta criminale, non delle vostre stronzate anti-sbirri né della vostra fottuta rivolta!» sbottò. La prese per un braccio e aggiunse: «L'amichetto di Suzanne è un maoista che fa il picchettaggio qui, alla Citroën. È lui che sei andata a trovare?».

Nicole abbassò la testa. «Sì», ammise imbronciata.

«Ci hai parlato?»

«Sì. Mi lasci.»

Mersch obbedì e arretrò di un passo.

«Cosa ti ha detto?»

Lei prese una sigaretta e cercò nervosamente l'accendino. Quel tipo la terrorizzava. Rapido, lui fece scattare il suo Zippo.

«Cosa ti ha detto?» ripeté.

Erano intanto sopraggiunti degli operai, che non parevano apprezzare i modi brutali del poliziotto. *Non si parla così alle signore.*

«Muoviamoci di qui», mormorò Mersch.

Si spostarono qualche metro più in là, vicino alle auto parcheggiate.

Solo allora Nicole si rese conto di essere in una posizione di forza. Disponeva di informazioni importanti e Massart non avrebbe mai accettato di parlare con un poliziotto, soprattutto per rivelare dettagli così intimi.

L'altro, le braccia incrociate, aspettava sempre la sua risposta. Hervé se ne stava in disparte, il disagio personificato.

«È complicato», finì per sussurrare Nicole.

«Perché? Cos'è che è complicato? Per la miseria, parla o ti sbatto dentro!»

Lei aspirò un'altra boccata. Sentendo che la cintura le pesava sulle anche, si appoggiò su una gamba tenendo l'altra lievemente flessa. Una posa da indossatrice adocchiata sulle riviste di moda di sua madre.

«Bada a come parli», gli consigliò. «Altrimenti giuro che grido allo stupro.»

Il poliziotto sospirò.

«La tua amica è stata assassinata. Se sei venuta a sapere qualcosa che possa aiutarci ce lo devi riferire.»

Lei socchiuse gli occhi nella nuvola di fumo della sigaretta e, ignorando deliberatamente l'ingiunzione, si girò verso Hervé.

«Cosa ci fai con lui?»

«L'aiuto per le indagini.»

«Ossia?»

«Con i tempi che corrono», rispose il fratello al suo posto, «un poliziotto non è visto di buon occhio negli ambienti studenteschi. Hervé funge da copertura.»

Lei annuì con un lento cenno del capo. Dopotutto quei due individui perseguivano il suo stesso obiettivo: trovare l'assassino di Suzanne.

«Hai una fotografia del corpo?» domandò d'un tratto. «Una foto del cadavere al momento del rinvenimento.»

Senza fiatare, Mersch tirò fuori una busta kraft dalla tasca del giubbotto e gliela porse, accompagnando il gesto con uno sguardo duro.

Nicole l'aprì e sfogliò le stampe. Cristo... Era semplicemente atroce... Vincendo il disgusto, prese in mano una fotografia e la piazzò sul cofano di una vettura.

«Sapete che posizione è questa?»

«È quella dell'Appeso, una carta del gioco dei tarocchi.»

«Niente affatto.»

Capovolse l'immagine, rimettendo il corpo di Suzanne nel senso giusto.

«È una posizione yoga. La posizione dell'albero.»

«Cosa?»

Il poliziotto si chinò, tenendo le mani in tasca, come se avesse freddo.

«Suzanne praticava lo yoga», confermò Hervé. «Una volta l'ho accompagnata al corso.»

«E aspetti adesso a dirmelo?»

«Francamente non pensavo fosse importante.»

Mersch si voltò verso Nicole. «È importante?» le chiese, come per sfida.
«Penso di sì. Comunque, credo che Suzanne s'interessasse anche al tantrismo.»
«Al che?»
«Una pratica mistica, derivata dall'induismo o dal buddhismo. Qualcosa di molto speciale.»
«Non capisco niente di quello che dici.»
«La cosa non mi stupisce.»
Si accese un'altra sigaretta. Non tremava più. Conduceva il gioco.
«Non faccio il poliziotto, ma conoscevo bene Suzanne. E sono probabilmente una delle rare persone che possono parlarti di tantrismo qui a Parigi.»
Il pirata si grattò la testa – davvero disgustoso.
«Che rapporto c'è con l'omicidio?»
«Non saprei, ma questo omicidio», disse indicando con il mento la foto rimasta sul cofano, «assomiglia a un sacrificio, no? Un sacrificio sotto il segno dello yoga...»
Mersch si accese a sua volta una sigaretta, con gesto rabbioso stile mangiatore di fuoco.
«Vieni con noi.»
«Dove?»
«Ci prendiamo un caffè. Siamo parcheggiati qui vicino.»
«Sono in bicicletta.»
«Non scocciarmi con la tua bicicletta. Sali in macchina con noi.»
«Non se ne parla, io...»
«Chiudi il becco.»
Nicole sapeva riconoscere un muro quando ne vedeva uno. Inutile opporsi. Realizzò che si trovava proprio dove voleva essere: nel cuore delle indagini.

43.

Va' a sapere perché, Mersch la portò da Chez Martin, il locale all'angolo fra rue de Vaugirard e rue Monsieur le Prince gremito di capelloni e di sbandati con l'aria di pastori greci.

«Vuoi mangiare un boccone?»

Aveva posto la domanda come se onorasse, controvoglia, una vecchia tradizione di ospitalità.

«Un panino al prosciutto. E un caffè.»

Mersch fece segno al fratello. «Anche per me. Puoi andare a ordinare? Fallo mettere sul mio conto.»

Nicole guardò il giovane dinoccolato dirigersi verso il bancone. Ricordava la loro cerimonia di domenica mattina. Pur con tutta la sua buona volontà, Hervé era apparso concentrato soprattutto sulle sue mutandine.

«Perché l'hai coinvolto in questa storia?» domandò bruscamente a Mersch.

JL sorrise. Sembrava apprezzare quell'improvvisa complicità fra «adulti».

«Ho bisogno di lui.»

«Non penso che abbia i nervi abbastanza saldi.»

«Più di quanto tu creda.»

«Siete cresciuti insieme?»

«No.»

«Avete gli stessi genitori?»

«No.»

Le tese il suo pacchetto di Gitanes senza filtro. Inspiegabilmente, la silhouette della ballerina di flamenco che vi era disegnata sopra andava d'accordo con quello sbirro dai capelli troppo lunghi, con il suo aspetto da bohémien arrivato dritto dalle periferie.

Ne pescò una, con l'idea di rafforzare la loro complicità. L'accesero in contemporanea e Nicole vi lesse un nuovo simbolo: condividevano la stessa fiamma.

«Non sei molto chiacchierone.»

«Sono io di solito a fare le domande.»

«Ho capito.»

Hervé tornò a sedersi con loro portando tre caffè – i panini li stavano preparando.

«Parlami di Suzanne, delle sue idee in fatto di religione», ordinò Mersch.

Nicole bevve un sorso di caffè – sapeva di terra bruciata – e si appoggiò all'indietro per avere la visuale dei due fratelli.

«A essere sincera, ignoravo che ne avesse», spiegò. «Sono caduta dalle nuvole quando Massart me ne ha parlato. Sapevo che faceva yoga, è tutto. Ci eravamo giurate di non avere mai segreti fra noi ma, evidentemente, lei non ha rispettato il patto.»

«Tutti hanno dei segreti.»

«Questa è proprio un'idea da sbirro.»

Mersch non colse la provocazione.

«E tu, sei mai andato a una seduta di yoga?» chiese invece al fratello.

Hervé si strinse nelle spalle.

«Sì, una sera in cui non c'erano manifestazioni.»

«Quando è stato?»

«Una decina di giorni fa.»

«Dove?»

«Non lo so più, io... Nel X arrondissement. In rue de Paradis, credo...»

Nicole prese la parola.

«Ricordo che Suzanne mi ha parlato di un centro diretto da un indiano, un certo Gupta.»

«Giusto», affermò con decisione Hervé. «Era l'insegnante, un tipo dalla lunga barba grigia. Proprio la fisionomia di un guru.»

«Fisionomia di che?» intervenne Mersch.

Nicole alzò gli occhi al cielo.
«Non sai cos'è un guru?»
«No.»
«Be', ne hai ancora di strada da fare...» fece lei con voce costernata.
«Non darti tante arie e spiegami.»
«Un guru è un maestro spirituale, una guida religiosa. L'India ne annovera migliaia e alcuni di loro iniziano a essere molto noti in Europa e negli Stati Uniti.»
«Ma guarda.»
Il poliziotto aveva rispolverato il suo tono sarcastico. Decise di metterlo al suo posto una volta per tutte.
«Se uscissi un po' dal tuo commissariato, sapresti che la filosofia indiana è di moda. I Beatles, i Beach Boys o Donovan sono stati iniziati alla meditazione trascendentale da Maharishi Mahesh Yogi. Timothy Leary, il profeta dell'LSD, pensa che "psichedelismo" e "religione orientale" non siano che le due facce della stessa medaglia... E oggi la maggior parte dei nostri cari studenti della Sorbona riscoprono i libri di Hermann Hesse o René Guénon. È arrivata l'ora della spiritualità, signor poliziotto: in questo stesso istante Acharya Rajneesh mette a punto la sua "meditazione dinamica" mentre migliaia di occidentali praticano lo yoga integrale di Sri Aurobindo...»
Aveva parlato tutto d'un fiato ed era soddisfatta della sua tirata.
«Non hai che da guardarti attorno», concluse spalancando le braccia.
In effetti erano attorniati da giovani con i capelli lunghi e pantaloni di seta arancione, gilet ricamati degli euzoni, pellicce afghane che dovevano ancora puzzare di caprone o giacche Nehru con il colletto alla Mao... Uomini e donne, indistintamente, sfoggiavano gioielli d'argento, collane di legno, fiori tra i capelli. Una vera comunità con qualcosa di carnevalesco, che si poteva benissimo immaginare in attesa del treno della felicità sul binario di una stazione a Katmandu.
«Ok», si arrese Mersch, facendo capire che aveva imparato la lezione. «Quindi diresti che Suzanne era una hippy?»

«No, appunto. La sua passione era tutta per la lotta politica.»

«Non ti seguo più.»

«In realtà, ci nascondeva la sua attrazione per la spiritualità. Non so perché. Secondo Massart, era decisamente passata a qualcos'altro.»

«A cosa?»

«Forse al tantrismo. Forse è stata iniziata da quel tipo, Gupta.»

«Ma cosa sarebbe il tantrismo?»

«Un insieme di riti e credenze sviluppatosi in Oriente nel corso dei secoli attorno all'induismo e al buddhismo. Alcuni parlano addirittura di stregoneria. È una tradizione di cui non si sa molto, perché chi la pratica conserva il segreto...»

«Cosa ti fa dire che Suzanne s'interessasse a queste cose?»

«Il suo atteggiamento verso il sesso.»

Mersch inarcò le sopracciglia.

«Massart si è lasciato andare a delle confidenze. Suzanne accompagnava i loro amplessi con tutta una serie di pratiche bizzarre che potrebbero connettersi al tantrismo.»

«Perché questa tradizione s'interessa al sesso?»

«È una delle sue particolarità. Mentre l'induismo e il buddhismo aspirano alla liberazione dell'anima mediante l'ascesi, il tantrismo include nelle sue pratiche le funzioni umane più prosaiche, come appunto l'attività sessuale. Non sono una specialista, ma i suoi adepti pensano che facendo l'amore si possa risvegliare un'energia primordiale. In India, la chiamano Kundalini.»

Il poliziotto prese il plico di fotografie dalla tasca e ne distribuì qualcuna sul tavolo: Suzanne appesa alla trave, come una bestia al suo gancio.

«Parlami di questa posizione.»

Nicole represse un conato di vomito.

«Non faccio yoga ma ho letto qualche libro sull'argomento. Si tratta della posizione dell'albero.»

«Ha un significato particolare?»

«Non saprei, ma è molto comune, credo.»

Con tono ironico, Mersch interpellò Hervé.

«Forse potremmo chiederlo al nostro esperto qui presente.»

«Ti ho detto che ci sono stato una volta sola!»
JL picchiettò con l'indice su una delle foto.
«E hai fatto la posizione dell'albero?»
«Quanto rompi!»
Arrivarono i panini. I due uomini vi si gettarono sopra come se non mangiassero da una settimana.
Lei li osservò per qualche secondo: erano diversi quasi quanto il fuoco e il ghiaccio, o l'acqua e l'olio, a scelta. Ciascuno possedeva a modo suo un certo fascino. Mersch aveva l'aria di un bandito, senza alcun dubbio, ma era proprio questo a renderlo attraente. Mal rasato, una ciocca di capelli sugli occhi, era un filibustiere che ti soggiogava sollevando appena un sopracciglio.
Hervé era l'esatto contrario. Fisico scarso, sguardo sognante, era del genere studente romantico che ti fa il filo per anni a suon di poesie contorte e inviti esitanti. Ma era piuttosto attraente, sì, con mani molto belle e un'eleganza alla Anthony Perkins, l'assassino di *Psycho*, o alla Jean-Louis Trintignant, il timido e pacato interprete delle commedie italiane.
«Sapevi che la tua amica si drogava?» domandò Mersch con la bocca piena.
Nicole s'irrigidì.
«Certo che no.»
«Da lei abbiamo trovato diverse decine di acidi.»
«Impossibile. Non era proprio il suo genere.»
«Allora erano per i suoi amichetti?»
La ragazza si protese verso Mersch, che cominciava proprio a darle sui nervi.
«Ascoltami bene, Suzanne era una militante. E i suoi amichetti, come li chiami tu, sono dei combattenti. Magari fumano uno spinello di tanto di tanto, ma non s'imbarcherebbero mai in un trip di mezza giornata sotto LSD. Hanno altre priorità. Vogliono cambiare la società!»
JL alzò le mani in segno di scusa.
«Oppure», aggiunse Nicole, «avevano a che fare con la religione…»
«Cosa vorresti dire?»

«Gli swami indù, i mistici giapponesi o i rinpoche tibetani impiegano una vita ad avvicinarsi alla liberazione, ma dall'avvento di Timothy Leary gli hippy pensano di poter accelerare il processo con l'LSD. Espandere il campo della coscienza grazie all'acido...»

Mersch schiacciò nervosamente la Gitane nel posacenere. Si muoveva a scatti, con gesti risoluti, scarni. Nicole ne era certa: quell'uomo assumeva anfetamine.

«Cosa fai nei prossimi giorni?»

«Be', contavo...» rispose lei, improvvisamente a disagio. «Ho intenzione di condurre una mia indagine.»

«Alla buonora!»

Lei si era aspettata che scoppiasse a ridere, o le propinasse una ramanzina condiscendente. Mersch raccolse le fotografie.

«Ho molto di meglio da proporti», continuò lui mettendosele in tasca.

«Cioè?»

«Noi.»

«Voi?»

«Ti propongo di entrare a far parte della nostra squadra.»

Lei fece una risatina nervosa.

«Se un giorno qualcuno mi avesse detto una cosa del genere...»

II
L'OMBRA DELLA LAMPREDA

44.

Ecco fatto.

Hervé era seduto sul sedile posteriore, come il ragazzino di turno, mentre gli altri due si erano calati nei panni della coppia Dupond e Dupont delle storie di Tintin. Era combattuto fra sentimenti diversi. Da un lato, avrebbe dovuto essere felice di trovarsi lì con Nicole, ma, dall'altro, non gli andavano molto a genio le sue arie da investigatrice e ancora meno il tono aggressivo con cui si rivolgeva al fratello e che mal dissimulava – Hervé non era mica un fesso – la sua attrazione per lui.

Era sua convinzione che Jean-Louis avrebbe interrogato per prima cosa quel tale Gupta, l'insegnante di yoga, e invece aveva preso la direzione del 36 di quai des Orfèvres, con il pretesto di esplorare la pista dell'LSD. Qual era il collegamento con l'omicidio?

«Il crimine attira il crimine come una calamita», spiegò JL come se avesse indovinato quella domanda. «Bisogna cercare sui cigli delle strade, nei canali di scarico: gli atti illegali ci sguazzano insieme... Furti, traffici, omicidi... è un mondo a parte. È lì che abbiamo qualche possibilità di snidare l'assassino.»

Hervé non aveva mai sentito suo fratello dissertare in quella maniera. Probabilmente faceva scena in onore della passeggera, la Bella degli Invalides in tenuta da ragazza del West.

Anche lui avrebbe avuto qualcosa da dire. Possedeva solide conoscenze sull'LSD. Come storico contemporaneo, aveva studiato a fondo la questione. Era in grado di recitare a memoria la storia di quel potente allucinogeno, la dietilammide dell'acido lisergico, sintetizzato in Svizzera a metà del XX secolo e poi sviluppato nei laboratori americani, in forma riservata, per curare i disturbi mentali.

Negli anni Sessanta Timothy Leary, ricercatore della Harvard University, aveva dato fuoco alle polveri. Secondo lo studioso, l'LSD permetteva di spalancare le «porte di corno e d'avorio» dei sogni e avere accesso a una parte proibita del cervello. Leary aveva iniziato una serie di esperienze con i suoi studenti e, a poco a poco, era nata una leggenda. Leary: «Domani non chiederete più ai vostri figli al ritorno dalla scuola: "Che libro hai letto oggi?" ma: "Che molecole usi per aprire nuove biblioteche nel tuo cervello?"».

Negli Stati Uniti l'LSD si era diffuso come la peste e aveva fritto non pochi cervelli, in un primo momento fra gli intellettuali della Beat Generation e in seguito fra gli hippy di Haight-Ashbury. Diventato una minaccia per un'intera generazione di giovani americani, l'acido era stato dichiarato illegale. Arrestato diverse volte, Leary non mollava: aveva persino creato una religione a base di LSD, la Lega per la Scoperta spirituale, che propugnava i viaggi astrali al di fuori del corpo, l'espansione della coscienza, il terzo occhio...

Forse Suzanne aveva aderito a questa nuova dottrina? Si faceva una cartina di LSD fra una manifestazione e l'altra? Difficile crederlo. Hervé la pensava come Nicole: l'amica era una guerriera, una donna d'azione, non una contemplativa.

Ma quella pista piaceva a JL, molto più del tantrismo o dello pseudo-guru di rue de Paradis. L'LSD era una cosa concreta, un mondo con spacciatori, fedine penali e arresti. Fin dall'inizio il fratellone non era a suo agio con la violenza surrealista dell'omicidio, il suo lato esoterico, l'assenza di un movente...

Hervé incollò il naso al vetro. Parigi gli sfilava davanti nell'aria assolata. Nera, sudicia, magnifica. Con tutti quei secoli addosso e quei sontuosi edifici frutto di colpi di genio, era l'intera storia dell'uomo che scorreva oltre il finestrino.

Allora eccoci qua...

Era in ogni caso felice a bordo della Dauphine lanciata in

un corpo a corpo senza risparmio di colpi con i pavé di quai Saint-Michel. *Pam pam pam...*

A dispetto dell'orrore dell'assassinio, a dispetto del fare sprezzante di Nicole, si godeva quell'improvvisa emozione spontanea e tranquillizzante: la felicità di percorrere la città, abbracciato dalla pietra, impregnato di sole...

«Ci siamo quasi», avvertì Mersch come un tenente che guidi la sua pattuglia.

«Non ho ancora capito cosa ci andiamo a fare là», osservò Nicole.

«Lascia stare. Un'indagine consiste in primo luogo nel seguire e poi scartare tutte le piste, una dopo l'altra. Voglio approfondire questa storia di droga.»

Mersch si esprimeva sempre più come un professore, ridondante di formule, intriso di certezze. Hervé non l'aveva mai visto così. Gli avrebbe soffiato la sua bella? Curioso, la cosa non lo turbava: i due fratelli correvano per gli stessi colori. Non si può essere gelosi di sé stessi...

45.

Quando la Dauphine s'infilò ballonzolante nel cortile del 36 di quai des Orfèvres, Hervé ebbe l'impressione di trovarsi davanti a una scena di *Germinal*. Era tutto nero. Dal suolo ai tetti, passando per le facciate, le finestre e i portoni. Quegli edifici, costruiti alla fine del XIX secolo, parevano coperti di fuliggine, oppure scolpiti nella roccia vulcanica. *Black is Black* cantavano Los Bravos nel 1966...

Era emozionato. Poco importava che in facoltà si fosse crogiolato nell'odio per la polizia, avesse urlato per tutto il mese slogan tipo «La polizia dappertutto, la giustizia da nessuna parte!», «No allo stato poliziesco!» o «Liberate i nostri compagni!», in quel momento provava la sensazione di entrare nel sancta sanctorum della polizia e, persino in quei tempi di guerra, di infrangere un tabù...

Il luogo era deserto.

«Dove sono i poliziotti?» chiese Hervé mentre Mersch apriva la portiera.

«Con voi. Sulle barricate.»

Si affrettarono a infilarsi in un edificio. Hervé non ebbe nemmeno il tempo di vederne il numero che già Mersch saliva i gradini a due alla volta: le care vecchie scale degli uffici pubblici, cigolanti come la porta di una cella, ammuffite come un fascicolo dimenticato in fondo a un cassetto.

A ogni ballatoio lanciava sguardi furtivi nei corridoi. Non c'era in giro anima viva.

«Ma dove andiamo?» domandò Hervé, già senza fiato.

«Alla Buoncostume.»

«La Buoncostume? A fare che?»

«Sono loro che si occupano di problemi di droga.»

Mersch imboccò un corridoio polveroso dove aleggiava un odore d'inchiostro. Pareti scrostate, stanze anguste. Hervé e Nicole gli stavano dietro. Mersch apriva ogni porta: neanche un'ombra.

Si fermò infine davanti a una soglia. Un tipo era steso su una poltrona, piedi sulla scrivania, una radiolina schiacciata contro l'orecchio. Una faccia patibolare, naso rotto, basette spettacolari. Come nel caso di Jean-Louis, si sarebbe potuto scambiarlo per un gangster, se non fosse stato per la fondina di pelle logora sulla spalla, corredata di un grosso revolver degno di Eliot Ness, l'eroe degli *Intoccabili*.

«Vacher?» lo interpellò Mersch. «Dove sono gli altri?»

«In missione. Una retata all'Odéon, non ho ben capito.»

«Puttane? Trafficanti?»

«Contestatori. Quelli che hanno tagliato gli alberi stanotte. Una banda di coglioni che spacciano anche hashish...»

Jean-Louis trasalì. Hervé ne era sicuro: suo fratello conosceva quei tipi. Erano i suoi fornitori?

«E tu, cosa combini?»

«Lo vedi, ascolto la radio.»

Quel poliziotto stravaccato forniva uno splendido condensato della situazione in Francia: assenza di lavoro, di benzina e anche del telefono... Cosa restava? Il caro vecchio transistor. Quella fine di maggio erano tutti attaccati alla radio, in attesa dell'annuncio della fine del mondo.

«Ci sono buone notizie?» domandò Mersch sedendosi sulla sedia dei sospettati di fronte alla scrivania.

Parve rilassarsi un po'.

«La sinistra si riunisce stasera allo stadio Charléty.»

«Quale sinistra?»

«I socialisti, i sindacati.»

«Mitterrand interverrà per dire la sua?»

«Non saprei. Ma ci sarà Mendès. Forse prenderà persino la parola.»

Fra i due poliziotti, uniti dalla fede nello stesso socialismo «domestico», iniziò allora una conversazione politica. Cuore a sinistra, pistola a destra.

«Non eravamo qui per una storia di droga?» intervenne a un certo punto Nicole, stufa di quel dialogo tra funzionari politicizzati.

Mersch la guardò sorpreso, poi furioso e infine si arrese. Si frugò in tasca e gettò sul tavolo delle strisce di «quadratini». Hervé non aveva mai visto tanti acidi tutti insieme. A Parigi, non era un prodotto molto diffuso...

«Cosa mi dici di questi?»

Vacher afferrò uno dei nastri e lo svolse alla luce come se si trattasse di una pellicola fotografica.

«Degli Hula Hoop.»

«Vai avanti.»

Senza fiatare, ne svolse un altro.

«Dei Purple Haze.»

«Potresti tradurre?»

«Gli acidi attualmente in circolazione. Niente di originale.»

«Chi ne vende?»

Il poliziotto spense la radiolina e tolse i piedi dal tavolo, adottando la posizione «rugby al momento della mischia»: avambracci piantati sulla scrivania, testa in avanti, spalle perfettamente allineate.

«Non molta gente, in effetti.»

«Li abbiamo trovati nell'appartamento di una studentessa. Una ragazza della Sorbona.»

«Allora direi Goa.»

«Goa?»

«Lo chiamano così perché si vanta di essere stato in India. Rifornisce gli studenti della riva sinistra. Lo trovi tutti i pomeriggi in passage Brady. Un vero venditore ambulante.»

Controllò l'orologio. «A quest'ora lo becchi di sicuro.»

«Grazie, Vacher.»

«Ci si vede stasera, a Charléty?»

«Sempre avanti, compagno!» rispose Jean-Louis alzando il pugno.

46.

Hervé era sempre vissuto nella paura.

Era il suo mondo, il suo ambiente, il suo habitat naturale. Tutto era iniziato con i suoi incubi infantili. Notti inondate di sudore, angoscia, tachicardia... I pediatri avevano parlato di terrori notturni, ma non si trattava affatto di questo. I suoi incubi erano lunghe scene terrificanti che non lo svegliavano e lo torturavano a fuoco lento.

Un giorno la nonna lo aveva condotto da uno specialista per un consulto. Il medico gli aveva chiesto di disegnare i sogni e portargli gli schizzi. Hervé aveva riso dell'ingenuità di quel metodo. Aveva docilmente scarabocchiato qualche drago e altri mostri fasulli, tenendo per sé le vere scene di terrore.

Solo alla nonna era toccato l'onore di ascoltare le sue rivelazioni, e lei, stranamente, sembrava credervi. La cosa era ancora più inquietante poiché la sua convinzione legittimava queste chimere. Nei suoi occhi, Hervé vedeva l'orribile possibilità che quei sogni si tramutassero in realtà.

Di cosa sognava Hervé? Di un ladro di bambini, in calzamaglia e con un berretto in testa, chino su una culla. Di un bambino molto piccolo, quasi un neonato, al quale si tagliavano le vene. Di una donna elegante – che ancora oggi lo ossessionava – somigliante a Gaby Morlay, la cui immagine veniva catturata dagli specchi e i cui passi facevano, misteriosamente, risuonare il parquet... Talvolta, anzi spesso, la donna – nel sogno, Hervé *era* «lei» – sorrideva a uno di quegli specchi e subito la sua bocca si distorceva in un sogghigno che rivelava una miriade di denti serrati...

Crescendo, Hervé aveva domato la sua paura. Ne aveva persino fatto un oggetto di desiderio, una fonte di piacere. Era diventato un patito dei trenini fantasma dei luna park (salirci era fuori questione, gli bastava vedere le scene dipinte all'esterno), dei romanzi gotici (*Dracula*, *Frankenstein*, *Il monaco*...), dei film dell'orrore, be', quelli dell'Universal, o di fantascienza, della Warner e della 20th Century Fox. Quanto ai fumetti horror americani degli anni Cinquanta, se li procurava di nascosto in una piccola libreria specializzata di boulevard Montmartre...

In seguito aveva scoperto gli *horror movies* della casa di produzione Hammer. Lo shock assoluto. Il colore. Il sangue. I vampiri. Le vergini in camicia da notte. Se a ciò si aggiungevano alcuni capolavori supplementari, quali *Il circo degli orrori* oppure *Occhi senza volto*, i film di Roger Corman e Mario Bava, i suoi incubi diventavano solo una delle tante paure, un'illusione non diversa da tutte quelle che gli gelavano il sangue.

Ancora oggi, fra una lezione e l'altra, filava in boulevard de Clichy, al Mexico o al Colorado, oppure in boulevard Poissonnière, al Midi-Minuit, per spararsi uno o due film dell'orrore, sprofondato in una poltrona sfasciata.

Il più forte, il più nero di quei cinema specializzati era Le Brady, a due passi dalla stazione della metro Château d'Eau. Ed ecco che loro erano in viaggio verso la galleria omonima... Si sarebbe detto che l'assassinio di Suzanne s'infiltrasse nel mondo dei suoi incubi, o il contrario, non lo sapeva più.

Si trovavano in boulevard de Strasbourg, sempre i lanci di pietre, sempre il martellamento dei rimbalzi *bam bam bam*... Percorrere in su e in giù Parigi, a quell'epoca, aveva qualcosa in comune con la tachicardia, si sobbalzava nella macchina come il cuore dentro al petto.

Erano quasi arrivati...

Jean-Louis parcheggiò alla bell'e meglio all'ombra dei platani malridotti.

Emergendo dalla Dauphine, il frastuono lasciò Hervé senza fiato. All'inizio del secolo i Grands Boulevards erano stati la via maestra dell'eleganza parigina. Chissà cos'era successo, ma il quartiere si era fortemente declassato trasformandosi in una specie di bazar pullulante di neri, arabi e turchi. Hervé aveva sempre avuto una certa fifa a camminare su quei marciapiedi ma al tempo stesso adorava quell'atmosfera fatiscente ed equivoca. Botteghe di indumenti a buon mercato, parrucchieri antiquati, negozi di gadget porno, losche drogherie, teatri squallidi, cinema a luci rosse... Commercio ambulante, prostituzione di bassa lega, miserevoli baratti...

Passage Brady era un perfetto esempio di quel degrado: una galleria coperta semiabbandonata molto simile a un suq. Giù in fondo stazionavano delle prostitute addossate alle serrande, in attesa dei clienti immigrati che venivano a spendere qui la paga mensile.

JL si fermò all'ingresso della galleria e spiegò il suo piano agli altri. Hervé non riusciva a concentrarsi. A destra, nell'aria offuscata dal biossido di carbonio, il cinema Le Brady e la sua facciata da trenino fantasma gli facevano l'occhiolino. Quella settimana erano in programma due film dell'orrore al prezzo di uno: *La maschera del demonio* di Mario Bava e *Gli orrori del museo nero* di Arthur Crabtree.

Mentre l'ombra delle fronde tremolava sul marciapiede, aggiungendo alla scena un che di inquietante, fu assalito da un altro ricordo. Alla paura che provava guardando certi film se ne era sempre sommata un'altra, quella legata alla sala stessa, covo di satiri e viziosi che allungavano le mani. Durante gli anni dell'adolescenza Hervé si era inflitto quella tortura: per il piacere di vivere la paura sul grande schermo, doveva pagare un altro tributo, il terrore destato dagli sconosciuti che nel buio della sala tentavano di palpargli l'inguine.

Ricevette una pacca sulla schiena: suo fratello, la realtà, il momento contingente.

«Ehi, sei con noi?»

«Come? Sicuro!»

«Tu resti qui all'ingresso della galleria, con Nicole. Io faccio il giro. Se arriva Goa, lo blocchi.»

«Ma se non lo conosco nemmeno!»

«Un tipo stravolto, tutto sudato, che corre nella tua direzione: ti basta come identikit?»
«Uh... d'accordo.»
Hervé lanciò uno sguardo fugace a Nicole, che aveva l'aria scontenta. Ma cosa s'immaginava? Che quell'assurda spedizione fosse il seguito delle manifestazioni studentesche? Che lei avrebbe sbattuto a terra uno spacciatore di LSD con tutta tranquillità, così, come se niente fosse, in uno dei boulevard più malfamati di Parigi?
Si ficcò le mani in tasca e si stampò sulla faccia l'espressione più dura che avesse sottomano: non doveva ispirare un grande terrore, ma non importava. Faceva proprio il paio con Nicole...
Jean-Louis si era già dileguato.

47.

«Non so per chi ci prende...» mugugnò Hervé accendendosi una sigaretta.

«È un poliziotto», ribatté Nicole in tono definitivo. «Sa quello che fa.»

Per la miseria, ci crede proprio! Hervé fece qualche passo sul marciapiede. Alcuni arabi – goffe giacchette e berretti fuori stagione – acquistavano i biglietti alla cassa del Brady.

Doveva piantarla di focalizzarsi sul cinema: era la galleria la cosa importante. Fece scorrere lo sguardo sul vicolo stretto, dove i rari passanti costeggiavano i muri e tutto era avvolto nella luce verdastra proveniente dalla copertura vetrata.

Non provava né paura né apprensione, e neppure un senso di aspettativa. Per lui quell'interrogatorio era tempo sprecato, un fiasco in partenza... Ma, come glielo aveva appena ricordato Nicole, il poliziotto era JL, non lui...

Tutt'a un tratto notò un tafferuglio in fondo al passaggio coperto. Il tempo di allungare il collo e vide arrivare di corsa all'imbocco della galleria un tipo scarmigliato che corrispondeva – più o meno – all'idea che si era fatto del trafficante.

Grugno da cinghiale, sopracciglia alla Mefistofele, capelli nerissimi che gli ricadevano su tempie e guance come ciuffi di peli. Un giubbotto di pelle che gli stava largo e la camicia in disordine, era conciato male quanto Jean-Louis.

«Bloccalo!» urlò quest'ultimo da lontano.

Subito Hervé allontanò Nicole dall'area del pericolo – un semplice automatismo da prode cavaliere – poi si raccolse su sé stesso. Se ne infischiava di catturare il fuggitivo ma bisognava mostrare alla signorina di che pasta lui era fatto.

Il forte impatto lo spedì con il culo per terra, senza che nemmeno si rendesse conto di ciò che gli capitava. Respiro mozzato, stelline sopra la testa come nei fumetti.

Nicole urlò e cercò di colpire il fuggitivo con la borsa, un tentativo piuttosto comico, senza grande effetto su Goa. Ansimante, ginocchia piegate, testa bassa, l'uomo pareva cercare un mozzicone – o un'idea – sul marciapiede.

A questo punto, Mersch gli balzò addosso da dietro, l'arma in pugno – non si scherzava più. Goa protese un braccio indietro e abbrancò la mano armata di Jean-Louis. Partì un colpo, verso l'alto. Sole ferito. Panico sul boulevard. Strepito. Sgomento.

In quell'agitazione, mentre i passanti fuggivano urlando, Goa si guardò intorno alla ricerca di una via di fuga e, inaspettatamente, spinse la porta a oblò del cinema Le Brady.

Hervé fu il più veloce – Mersch, rinfoderando la pistola, esortava la folla alla calma – e s'infilò nella sala buia. Al Brady si trovava come a casa sua.

La prima cosa che vide nell'oscurità fu un primo piano in bianco e nero del volto di Barbara Steele bucato dai chiodi della maschera della tortura. Un pensiero riflesso nel suo cervello di cinefilo: *La maschera del demonio,* 1960, Mario Bava. Adattamento di un racconto di Nikolaj Gogol'.

L'attimo dopo, abbassando gli occhi, vide il trafficante muoversi rapido lungo il corridoio centrale della sala, leggermente in discesa, e poi imboccare la scaletta sulla sinistra che riduceva la larghezza dello schermo.

Errore fatale... si disse Hervé, perché quella scala conduceva soltanto alle toilette, più sigillate di una prigione sovietica. Il tipo si era ficcato in un vicolo cieco.

Senza starci a pensare, Hervé gli andò dietro mentre la musica macabra di Roberto Nicolosi riempiva le tenebre. Un momento folle, delirante, di pura sincronia fra l'incubo proiettato e quello dell'inseguimento.

La porta delle toilette girò sui cardini. Proteste e grugniti in sala: si voleva vedere il film indisturbati! Hervé salì i pochi gradini e afferrò a sua volta il battente. Piena luce sul corridoio dei pisciatoi. Rimase impietrito. Era peggio che aver visto ai suoi piedi un crotalo sibilante – e, in un certo senso, era di questo che si trattava.

Nello stretto corridoio, due arabi, pantaloni abbassati, giocavano ai sodomiti mentre sullo sfondo il fuggitivo si chiudeva nell'ultima cabina. Tutto il suo terrore dei satiri di quand'era adolescente gli salì in gola, e anche più su, fino a fargli pulsare le tempie. Cazzi bruni, mutande sporche, vizio sotto forma di punta di trapano. Hervé indietreggiò verso la porta rimasta aperta alle sue spalle, preso fra i due amanti da un lato e la sala che urlava a più non posso dall'altro. *Il film, Dio buono!*

Un secondo dopo si udì lo sciacquone e Hervé infine capì il gioco del trafficante: si era appena sbarazzato della droga.

«MA CHE CAZZO COMBINI?»

Girò la testa e vide quello squilibrato di suo fratello passargli davanti e abbrancare i due arabi per la collottola. Li tirò verso la porta – in quel budello che puzzava di piscio, sborra e merda – poi li spinse fuori, con Hervé che veniva trascinato insieme a loro su un lato della sala.

Nicole, sopraggiunta a sua volta, evitò i due amanti e si lanciò all'assalto dei gradini. Hervé le andò dietro.

Nelle toilette, Jean-Louis ce la metteva tutta per divellere a mani nude la porta della cabina dove si era rifugiato il trafficante. Hervé era in stato di shock. Quel luogo gli sembrava palpitare, un piccolo inferno di piastrelle giallastre e fetori irrespirabili, di carte imbrattate e tracce nerastre.

La porta infine cedette. Jean-Louis si spostò per non prenderla in faccia e si lanciò all'interno. Ne uscì con Goa che urlava e singhiozzava carponi fra le sue gambe. Senza lasciargli il tempo di reagire, gli ficcò la testa nell'orinatoio di fronte alle latrine.

Lo lasciò annaspare nel piscio per un minuto poi lo strappò via in extremis, prima che ci scappasse il morto. Espellendo l'urina da bocca, narici e orecchie, il trafficante tornò a respirare.

Con la mano libera Jean-Louis estrasse di tasca una fotografia di Suzanne da viva. Hervé non l'aveva mai vista e si chiedeva dove l'avesse recuperata.

«La conosci?» urlò Jean-Louis, ficcando la foto sotto il naso dell'uomo.

«No.»

Mersch mise via la foto e afferrò il miserabile per la nuca in vista di un nuovo bagno di piscio.

«Sì!» ammise l'altro.

Il poliziotto lo spedì sul pavimento e gli premette il tallone sulla gola.

«Basta!» intervenne Hervé. «Finirai per ammazzarlo!»

Jean-Louis parve rendersi conto di ciò che faceva. Di malavoglia allentò la presa.

«PARLA!» intimò posando un ginocchio a terra.

«Sì, la conosco», fece l'uomo con voce lacrimevole.

«Ti ha comprato degli acidi?»

«Sì.»

«Che cosa ci fa con quelli?»

«Non ne so niente! Non sono affari miei.»

Jean-Louis gli sferrò un pugno alla glottide. Goa emise uno spruzzo verticale di vomito. Prevedendo questa reazione, JL si era già messo al riparo, e fu Hervé a beccarselo sulle scarpe.

«Dimmi cosa ne fa», ripeté suo fratello. «Sono sicuro che te l'ha detto.»

«Vuole...» cominciò. L'idea parve farlo ridere, persino in quel frangente. «Vuole aprire una scuola.»

«Non prendermi per i fondelli!»

«Te l'assicuro! Una scuola spirituale, dove gli allievi vedranno Dio grazie a quelle cartine con l'acido!»

Vi fu un momento di pausa. Jean-Louis sembrava riflettere, Nicole sorvegliava la porta e lui, Hervé, non serviva a niente. Si riprendeva dal panico, e non era poca cosa.

Mersch sollevò di nuovo il piede e stavolta premette il muso del trafficante in una pozza di urina. La sua testa scivolò sulle piastrelle con un rumore disgustoso fino a bloccarsi contro le tubazioni arrugginite.

«Cos'altro ti ha detto?»

L'uomo cercava disperatamente di liberarsi.

«Lasciami, merda! Non riesco più a respirare!»

Preso da un'improvvisa clemenza, Jean-Louis lo lasciò andare, ma il malcapitato ebbe appena il tempo di tossire che subito gli fu appioppata una sberla da staccargli la testa.

«PARLA!»

«Non lo so, merda! Andate in rue de Paradis! È là che distribuisce i suoi trip. C'è una scuola di yoga!»

Un grande sorriso attraversò il volto di Jean-Louis. Si sarebbe detta una cicatrice. O una spaccatura. O il maquillage di un clown demoniaco.

Hervé si domandò seriamente se suo fratello avesse la testa a posto.

48.

«Ci siamo. Stiamo andando bene!»

Mersch picchiava sul volante con una gioia lugubre, un'allegria sadica. Sovreccitato, il fratellone. E sicuramente strafatto di anfetamine (al commissariato era scomparso per pochi minuti, e un motivo c'era).

Hervé era rintronato. La scena del Brady l'aveva annichilito, mischiando le sue angosce del passato alla violenza del presente in un cocktail Molotov che gli era letteralmente esploso nel cranio.

Nicole? Muta come un pesce. Faceva la brava sul sedile del passeggero, tenendosi aggrappata al cruscotto. Nella sua euforia, Jean-Louis spingeva al massimo la Dauphine, urtando i marciapiedi a ogni curva, di tanto in tanto portandosi via un retrovisore o due.

«Ricapitoliamo», continuò il poliziotto. «Incomincio a inquadrare la ragazza. Qualche mese fa attraversa una crisi spirituale. La politica, okay, ma non basta. Il sesso, idem. Occorre che ciò che si fa serva a qualcosa. La piccola si rivolge alla religione. Non importa quale, indiana, induista, orientale che sia! Suzanne cerca, Suzanne trova. Pratica lo yoga. E là si avvicina al maestro indiano, Gupta. Si lancia in pratiche bizzarre, legate al tantrismo... Si sceglie per amanti dei maoisti, che lei considera una sorta di creature angeliche, esseri puri che le permetteranno di passare dall'altra parte. Compra anche dell'LSD per aiutare gli altri – forse gli allievi del centro, o i compagni dell'università, non saprei – a decollare meglio... Gesù, questa ragazzina ha messo i piedi dove non doveva...»

Jean-Louis parlava con una sorta di ostinazione tormentata. Aveva assunto una posizione molto particolare, per non dire comica: chino in avanti, le mani contratte sul volante, il mento praticamente posato sopra.

Erano arrivati in rue de Paradis, situata a circa cinquecento metri dalla stazione Château d'Eau. Hervé riconobbe il posto. Il centro di yoga non doveva distare molto...

«Là!» esclamò all'improvviso. «È là!»

JL sterzò e sbatté contro il marciapiede. Scesero barcollanti dalla macchina. Laboratori, negozi, depositi... Cristallo, ceramica, porcellana... Dopo un secolo – il XIX – passato a fabbricare vasellame e trasparenze, il luogo esibiva oggi una pletora di edifici scuri che evocavano immagini di oggetti artigianali, carretti, mani callose.

Gli androni si aprivano su cortili, i cortili su negozi, i negozi su montacarichi... Cancelli, piattaforme, carri, e probabilmente ancora pile e pile di piatti negli angoli...

Oggi, in omaggio, c'era l'odore. Sempre quella puzza d'immondizia dimenticata. Scavalcarono mucchi di cassette per la frutta abbandonate e secchi straripanti di rifiuti, ostacoli fetidi che sbocciavano a Parigi come fiori su una tomba, quindi aprirono la porta vetrata del centro di yoga.

49.

Jean-Louis era pronto a urlare «POLIZIA!» e a fare allineare tutti contro il muro per una perquisizione personale... ma non c'era nessuno. Hervé riuscì a fargli prendere posto su una sedia di plastica avvistata in un angolo. Sentiva istintivamente che era meglio comportarsi con discrezione in quel territorio indù e che bisognava far rinsavire il fratello che stava perdendo sempre più la bussola.

Quella prima sala non offriva niente di particolare, con la sua fisionomia di piccola agenzia di viaggi decorata da poster alle pareti e sculture esotiche sul banco della reception. Sopraggiunsero alcuni indiani. Presentazioni. In un batter d'occhio si ritrovarono seduti fianco a fianco, come in un ufficio per l'indennità di disoccupazione, ognuno con in mano una ciotolina di terracotta contenente un *chai*, tè al latte aromatizzato con le spezie, il cui profumo solleticava le narici.

Hervé non sapeva granché dell'India, a parte i film di serie B che andava a vedere con la nonna il giovedì pomeriggio, popolati di assassini adoratori di Kali, donne con il sari e ombelico in vista, maharaja inturbantati come gelati italiani...

«Avete chiesto d'incontrarmi?»

Hervé sollevò lo sguardo e riconobbe l'uomo alto vestito di una tunica bianca con cuciture argentate e uno scialle rosso sulla spalla. Completavano il tutto un turbante color zafferano e una barba sale e pepe arricciata.

«Sono Dhritiman Gupta», enunciò con voce grave e setosa, inchinandosi brevemente. «Cosa posso fare per voi?»

Un accento quasi impercettibile, ma persistente come un sassolino nella scarpa.

Mersch balzò in piedi. Aveva l'aria dell'ubriacone pronto ad accapigliarsi con il primo che capita a tiro. Era tutto mal combinato: giubbotto troppo largo, camicia spiegazzata, jeans sformati... A fronte del portamento regale dell'indiano, sembrava un barbone.

Di colpo Hervé dimenticò i suoi film con attori occidentali spalmati di fondotinta e provò lo stesso sentimento della prima volta che l'aveva visto. L'India era quell'uomo splendido nella sua lunga tunica, la cui pelle brunita riluceva come argilla inzuppata di pioggia.

«Siamo della polizia, paparino», ringhiò Mersch con voce cattiva.

Cercò il tesserino nel giubbotto, palpandosi goffamente le tasche.

«Cosa volete?» domandò Gupta con il suo tono più soave, il che esasperò ulteriormente Jean-Louis.

Non smetteva di agitarsi, senza riuscire a trovarlo.

«Lei sembra molto... teso.»

Senza dargli il tempo di reagire, Gupta gli infilò la mano sotto il collo del giubbotto e gli palpò la nuca. Hervé e Nicole si guardarono: era una scena surreale. Lo sbirro aggressivo pareva completamente soggiogato.

«Si sieda...»

Mersch ubbidì senza fiatare. Le dita dell'indiano non si staccavano dal suo collo, manipolavano qualche punto segreto. Le spalle di JL si afflosciarono, il suo corpo si rilassò. Per qualche inspiegabile motivo, pareva essere alla mercé dell'indiano, ammaliato da quel massaggio misterioso...

Presto la sua testa crollò, mento sul petto: dormiva!

«Credo che il vostro amico si riposerà un po'... Ne ha un gran bisogno.»

La voce di Gupta era come un balsamo, un sedativo. Solo ad ascoltarlo, ci si sentiva già prossimi al sonno.

«Cosa gli ha fatto?» chiese inquieto Hervé.

«Qui pratichiamo l'*abhyanga*. Il massaggio ayurvedico.»

L'indiano parve avvertire l'imbarazzo dell'interlocutore.

«Ma non siete qui per parlare di massaggi, vero?»

«No, infatti.»

«Abbiamo un cortile sul retro dell'edificio. C'è anche un piccolo giardino. Andiamo lì. Potremo parlare in tranquillità», propose Gupta, girandosi verso la porta in fondo al locale.

Hervé esitò: avrebbe abbandonato lì il fratello, accasciato sulla sedia come un avvinazzato? Be'... sì.

Seguirono il padrone di casa e imboccarono un corridoio a destra. Hervé gettò un ultimo sguardo a Jean-Louis da sopra la spalla e la situazione gli risultò chiara: il capitano non era più a bordo.

50.

«Voi non siete poliziotti, vero?»
«No, siamo studenti.»
«Mi ricordo di lei», disse Gupta puntando l'indice verso Hervé. «È venuto qui con Suzanne...»
«È così.»
Gupta chiuse gli occhi e annusò l'aria del tardo pomeriggio. Il cortile era piccolo, ma avevano trovato il modo di infilarci qualche pianta verde e un tavolo da giardino con le sue sedie in ferro battuto dipinte di bianco.
Era un angolo che faceva pensare a un'oasi, una specie di rifugio dove indugiava il sole della sera con la sua luce ramata, calda e confortante.
Dopo aver tratto un profondo respiro, Gupta aprì gli occhi. «Sapete cosa si dice in India? Il primo massaggio è il vento...»
Wow, pensò Hervé. *Se si comincia così...*
Si concentrò sul volto dell'uomo: allungato, ambrato, sormontato da spesse sopracciglia bianche e prolungato da quella barba che gli conferiva l'aspetto di un eremita fuori del tempo, alieno al mondo secolare. Gli occhi, lucenti come agate nere, ti fissavano con una nota di divertita ironia.
«Cosa posso fare per voi?» domandò il saggio.
Hervé e Nicole si guardarono. *Chi si lancia?*
«Siamo venuti a parlarle di Suzanne Girardon», cominciò lui.
«Conosco bene Suzanne. Non le è successo niente, spero.»
Hervé esitò e Nicole prese il comando.
«È morta.»

Il guru inarcò le sopracciglia. «Durante una manifestazione?»

«No, è stata assassinata.»

L'uomo ebbe una reazione strana: fece ruotare il polso in un gesto effeminato che sembrava esprimere scoraggiamento, disgusto, sdegno...

«In... quali circostanze?»

Hervé tagliò corto. Suo fratello avrebbe detto: «Sono io quello che interroga».

«Non ne sappiamo niente, ma abbiamo qualche domanda da porle.»

«Ma... certo, se posso aiutarvi...»

Impossibile dire se Gupta fosse realmente sorpreso o se simulasse. Per molti, il contatto con quell'indù sarebbe stato confortante. Per Hervé, era il contrario: gli pareva sfuggente, evasivo, degno di fiducia più o meno quanto le sabbie mobili.

Un servitore in tunica portò dell'altro tè. Hervé prese la sua tazza a due mani e, ignorandolo, annusò di nuovo il profumo della bevanda. Cardamomo, cannella, zenzero...

«Era da molto che Suzanne seguiva i suoi corsi?» domandò, posando la piccola ciotola di terracotta.

«Sei mesi, direi.»

«Che cosa insegna esattamente?»

«Lo yoga.»

«Che tipo di yoga?» intervenne Nicole.

«Di yoga ce ne sono un'infinità... Gli occidentali pensano si tratti di una sorta di ginnastica, ma lo yoga è innanzitutto una filosofia, un'ascesi... Ridurlo a una serie di semplici movimenti significa considerare la preghiera un banale esercizio di elocuzione...»

«Non ha risposto alla mia domanda.»

«Diciamo che qui pratichiamo una sintesi comprendente le posture basilari dello hatha yoga.»

«Come quella dell'albero?»

«Come quella dell'albero, sì.»

«Com'era Suzanne?» proseguì Hervé. «Cioè, che tipo di allieva era?»

«Molto assidua. Credo si fosse messa anche a studiare il sanscrito.»

«E il tantrismo?»

Gupta non riuscì a nascondere la sua sorpresa.

«Cosa c'entra il tantrismo?»

Hervé e Nicole si scambiarono un'altra occhiata. L'indù aveva l'aria sincera.

«Con gli altri allievi», s'intromise Nicole, «come si comportava?»

«Era molto cordiale e contava diversi amici fra loro. Be', penso...»

Jean-Louis avrebbe preteso la lista dettagliata di quegli allievi – dopotutto, l'assassino poteva essere un patito di yoga che aveva conosciuto Suzanne durante un corso –, ma Hervé non osò chiederla. Lui non era né poliziotto né investigatore. Non aveva alcuna autorità...

Nicole aveva probabilmente fatto il suo stesso ragionamento.

«Fra i suoi allievi», aggiunse, «ce n'è per caso uno con un profilo... speciale?»

«Cosa intende dire?»

«Una persona violenta, maniacale o minacciosa.»

«No, assolutamente.» Gupta fece una pausa. «Pensa che l'assassino potrebbe essere uno di loro?»

«Mi scusi un istante», disse Nicole alzandosi.

Hervé rimase solo con lo yogi.

«Già la volta scorsa», disse tanto per fare conversazione, «sono rimasto impressionato dal suo francese. Dove l'ha imparato?»

«Sono nato nel Bengala, ma sono cresciuto a Pondicherry.»

Hervé annuì, senza trovare altro da aggiungere. Pondicherry era stata la capitale dell'India francese, ma qui si fermavano le sue conoscenze...

Fu Gupta a rilanciare. «Non capisco. È il poliziotto addormentato a condurre l'inchiesta?»

«Sì.»

«E... il vostro ruolo qual è?»

«Gli diamo una mano. In questo momento non ci sono molti funzionari disponibili.»

«Capisco», fece l'indiano, che palesemente non capiva proprio niente.

Nicole riapparve e gli posò davanti qualche fotografia di Suzanne assassinata. L'indù ebbe un sobbalzo, contenuto però, come represso, probabilmente il risultato di una lunga pratica nel padroneggiare le proprie emozioni.

«È... è orribile...»

«È la posizione dell'albero?»

«Ehm, se vogliamo, sì...»

«Qual è il suo significato?»

L'uomo parve deglutire.

«Viene chiamata *vriksasana*... Rappresenta il legame fra la terra e il cielo. L'uomo, aiutato da una respirazione profonda, diventa questo legame. È la postura della coscienza, di sé e del Tutto. La postura dell'equilibrio...»

Quel genere di considerazioni generali non li avrebbe portati molto lontano. Nicole preferì attaccare su un altro terreno.

«È importante a Parigi la comunità indiana?»

Un assassinio indiano, si disse Hervé: nessuno aveva accennato a questa possibilità.

«Come numero, intende? Per niente. È ristretta. Qualche migliaio di persone, non di più.»

«Per la maggior parte induiste, giusto?»

«Sì.»

«Ha sentito parlare di una setta o una comunità che pratichi il tantrismo?»

Gupta non poté impedirsi di ridere.

«Non so perché vi interessiate tanto al tantrismo, ma è un termine che comprende una grande varietà di cose. Si può dire che si tratti di un modo di professare l'induismo e anche il buddhismo, una maniera di praticare quella fede, una specie di scuola secondaria, se volete.»

«E quindi?»

«La linea di confine fra il tantrismo e, diciamo, il bramanesimo è permeabile, incerta. Si influenzano a vicenda.»

Hervé non aveva alcuna conoscenza in materia, e probabilmente neanche Nicole, nonostante le arie che si dava. Gupta stava complicando le cose.

«Il tantrismo si caratterizza per un certo numero di riti, no?» proseguì Nicole.

«Sì, un'infinità.»

«Alcuni di essi sono associati alle pratiche sessuali.»

«In effetti. L'Occidente si è concentrato su questo aspetto, che lo eccitava, o lo scioccava, non so. Ma si tratta solo di uno dei caratteri particolari di questo culto.»

«Lei è un adepto del tantrismo?»

Gupta scosse dolcemente le lunghe mani color caramello. Sempre quei movimenti vezzosi dei polsi, come un batterista che usi le spazzole.

«Alcuni dei riti che insegno si collegano al tantrismo, sì, ma ciò non fa di me un discepolo di questa dottrina.»

«Se lo fosse, ce lo direbbe?»

«No.»

Hervé e Nicole si guardarono: giravano in tondo.

«Ripeto la domanda», si ostinò tuttavia la ragazza. «Le sembra dunque assurda l'idea di una setta tantrica a Parigi?»

«Direi proprio di sì.»

Nicole non si lasciò scoraggiare. «Le pare credibile che, nell'ambito di certe pratiche induiste, si consumino droghe?»

«A quale pensa?»

«LSD.»

«Impossibile. I riti indù implicano in certi casi la cannabis, e i sadhu sono grandi fumatori di hashish, ma una droga chimica recente come l'LSD non è compatibile con le pratiche indù.»

Hervé non sapeva nemmeno cosa fosse un sadhu – era diventato spettatore.

«Gli hippy pensano di poter raggiungere il nirvana grazie all'LSD», insistette Nicole.

«Nel mondo induista», rettificò Gupta, «si parla piuttosto di *moksha*. E gli hippy possono credere quello che vogliono.

Il cammino verso la liberazione è lungo, doloroso, e spesso si compie in un arco di tempo che dura diverse reincarnazioni. Una sostanza chimica mi ha l'aria di una ridicola scorciatoia... A essere onesto, non capisco cosa cerchiate.»

Hervé sentì che Nicole perdeva terreno e scese a sua volta nell'arena.

«Un assassino ha colpito a Parigi, signor Gupta. Si è preso il disturbo di disporre il cadavere in una posizione tipica dello yoga. D'altronde, sappiamo che Suzanne indulgeva in rituali esoterici, sullo sfondo di pratiche sessuali, e possedeva quantità consistenti di LSD. Perciò, anche se lei non capisce cosa cerchiamo, mi creda quando le dico che tutto ciò concerne l'India e la sua religione... Da un certo punto di vista, è una buona notizia, perché il numero dei sospettati si riduce considerevolmente.»

Gupta parve cogliere la minaccia insita nell'ultima frase.

«Devo dedurne che sono un sospettato?»

«Ne deduca ciò che vuole, signor Gupta», concluse Nicole, «ma posso assicurarle che Jean-Louis Mersch, l'uomo che oggi ha fatto addormentare, tornerà a interrogarla, e sarà tutta un'altra storia.»

«È un avvertimento?»

Lei gli regalò il suo più bel sorriso. «Diciamo che l'abbiamo trattata con i guanti.»

51.

«Quel fachiro vi ha addormentati, eh!» urlava Jean-Louis al volante della sua Dauphine.

«Direi che sei tu quello che ha addormentato.»

Mersch digrignò i denti riconoscendo che il fratello aveva ragione. Porca troia, era crollato sulla sedia come un ubriaco!

Non capiva cosa fosse successo e, a dire la verità, la cosa gli faceva paura. Sovreccitato, super teso, sotto metanfetamina, era arrivato da Gupta pronto a spaccargli la faccia ed ecco che l'altro, con la sua barba da Babbo Natale e il suo scialle da donna, l'aveva steso palpeggiandogli la nuca. Incredibile.

Non si ricordava di niente. Né di aver perso i sensi né di essere entrato in uno stato onirico. Era semplicemente stato cancellato dalla lista dei vivi. *Merda.*

Adesso doveva tenere un profilo basso e ascoltare il resoconto dei ragazzi. *Ri-merda.*

«Devo interrogarlo di nuovo», grugnì.

«Ti occorre prima una buona notte di sonno.»

«Chiudi il becco. Bisogna trovare una cabina telefonica.»

Ne avvistò una in boulevard Bonne-Nouvelle, giusto di fronte al Rex, e parcheggiò al volo. Corse verso la cabina, le mani che già frugavano nelle tasche in cerca di monete.

Una volta entrato, fu colpito dal fatto di sentirsi disteso, calmo, riposato. E tutto ciò grazie all'indiano. Gratitudine? No, di nuovo la fifa. Come per qualunque altra cosa intervenisse a scombussolare il suo piccolo mondo nevrotico, sovreccitato grazie alle anfetamine.

Una moneta, due, tre…

Beaujon. Berto.

«Sono io, che c'è di nuovo?»

«Torno adesso dall'obitorio. Ho incontrato i genitori della piccola.»

Mersch chiuse gli occhi. Non poteva dire né fare niente: sempre la stessa miseria. Di fronte alla deflagrazione della morte violenta, ai poliziotti non era possibile fare altro che raccogliere i pezzi e promettere di acciuffare il colpevole.

«E quindi?» tagliò corto, affinché né lui né Berto avessero il tempo di soffermarsi su tutta quella sofferenza.

«Sono tornato nel quartiere dell'Épée de Bois, zero assoluto. Si può sempre lanciare un appello a eventuali testimoni, con manifesti e tutto il resto. Ma dove li attacchiamo? Vicino ai ritratti di Lenin e Mao alla Sorbona?»

Mersch non si prese neanche la pena di rispondere.

«I fascicoli?»

«Niente. Non ci sono detenuti liberati di recente che quadrino con il nostro profilo, né pazzi scappati da qualche ospedale psichiatrico. Se devo essere sincero, non vedo nessuno a Parigi capace di una cosa del genere. E tu, a che punto sei?»

«Vado avanti.»

«Su che versante?»

«Il versante indiano.»

Berto non pretese precisazioni: i misteri dei modi di procedere di Mersch.

«Sei al corrente di stasera?» chiese di punto in bianco.

«Charléty?»

«Dicono che ci sarà tutta la sinistra non comunista: il PSU, lo SNES, la CFDT, l'UNEF e così via.»

Mersch rabbrividì. Per la miseria! Forse era finalmente giunto il momento storico che aspettava fin dall'inizio della rivolta.

«Sembra persino che Mendès France prenderà la parola!» aggiunse Berto. «Ci si trova là?»

«E me lo chiedi?»

Tornato alla Dauphine, squadrò i suoi soci, scesi dalla macchina per fumarsi una sigaretta. Per quanto Hervé paresse soddisfatto delle informazioni ricavate dal colloquio con Gupta, il suo viso tradiva ancora il trauma subito al Brady. Anche Nicole aveva un'aria stranita, ma in un modo diverso. Probabilmente l'incontro con Gupta aveva avuto su di lei un effetto più dirompente che su Hervé...

La grande differenza fra i due – i tre, se includeva sé stesso – era che lei credeva a tutte quelle stupidaggini. Questa era la cosa che interessava a Mersch: lei era la sola del terzetto a conoscere e comprendere quelle chimere d'Oriente. E – ormai ne era convinto – l'assassinio era legato a quell'universo.

«Forza, compagni, andiamo!» esortò.

«Dove?» chiese Hervé.

«A Charléty!»

Nicole gettò via la sigaretta. «Il meeting dei socialisti?»

Mersch, che era decisamente di umore gioviale – grazie a Gupta – si chinò in una riverenza.

«Signorina», disse, «faccia pure come vuole, ma sarebbe un peccato perdersi questo appuntamento con la Storia.»

«Una manifestazione fra le tante», rispose lei con l'espressione da «cocca di papà del VII arrondissement».

Mersch cambiò tono. «Credi quello che ti pare, ma per me forse sarà proprio questo il Gran Giornale!»

52.

Nicole partecipava assiduamente alle manifestazioni.

Ma quella sera, doveva ammetterlo, si trattava di qualcosa di eccezionale.

Nello stadio la presenza della folla si faceva sentire con una forza molto maggiore rispetto alle manifestazioni abituali. Piazzate trentamila individui in uno spazio recintato e vedrete. C'era tutto il socialismo vivo, vibrante, ruggente. I compagni erano appollaiati sugli spalti, ammassati nelle tribune, disseminati sul terreno erboso. L'impressione generale era quella di una massa vivente, compressa, pronta a implodere. L'aria era percorsa da un fremito. Si preparava un terremoto.

Forse Mersch aveva ragione.

Il sisma, quello vero, si sarebbe verificato quella sera.

Durante il tragitto avevano ascoltato la radio: gli accordi di Grenelle erano stati respinti. Pompidou aveva fallito. Gli operai non cedevano: volevano un nuovo governo! Dall'altro lato, de Gaulle, con il suo referendum, si stava tirando la zappa sui piedi... Sì, quella sera, forse, tutto sarebbe radicalmente cambiato.

Sempre secondo la radio, la manifestazione si era mossa alle diciassette e trenta dall'incrocio dei Gobelins e si era lentamente diretta verso lo stadio. Erano in diecimila sulla linea di partenza e trentamila all'arrivo, o forse addirittura cinquantamila sulle gradinate e sul prato di Charléty...

Loro ci erano arrivati alle diciannove. Dopo aver parcheggiato vicino al parco Montsouris, avevano proseguito a piedi mischiandosi con gli altri nello stretto passaggio dell'ingresso allo stadio: un fiume che confluiva nel mare.

Era meraviglioso. Studenti, operai, preti, borghesi, pensionati; uomini, donne, di tutte le età e le provenienze, uniti da una forza invisibile... Grida, canti, applausi!

Gruppi di persone correvano sulla pista dello stadio, in rappresentanza di partiti, sindacati, piccoli schieramenti o fabbriche, agitando bandiere o brandendo cartelli, come atleti che sfilano per il proprio paese. Ogni «delegazione» veniva salutata dagli applausi del pubblico, che acclamava le forze in campo.

I Giochi olimpici della sinistra.

Ecco cos'erano.

Nicole era commossa fino alle lacrime. Quel mese di maggio era stato come un'eruzione vulcanica svoltasi in diverse fasi. Prima c'erano state le scintille – gli studenti – seguite da colonne di fumo – gli operai. Ed ecco che fuoriusciva il magma, maestoso, incandescente: la nuova sinistra, il socialismo, forza gioiosa e sovrana che nessuna diga avrebbe potuto trattenere. Ormai la lava colava, trascinando tutto con sé al suo passaggio.

Sulla tribuna si erano già succeduti Jacques Sauvageot, vicepresidente dell'UNEF, Alain Geismar e André Barjonet, che aveva appena lasciato la CGT e sbattuto la porta agli accordi di Grenelle. Era stata confermata la presenza di Pierre Mendès France, che presto avrebbe preso la parola.

«Visto che roba? È pazzesco!» disse Mersch tutto gasato al fratello.

Hervé scoppiò a ridere.

«Sì, devo dire che stasera è veramente qualcosa di incredibile!»

Si strinsero l'uno all'altro e Nicole si unì a loro in quell'abbraccio di gioia ed ebbrezza.

«Mersch!»

Nicole intuì che si trattava dell'assistente di Jean-Louis, un certo Berto, quella sera con una mise giallo canarino.

«Mersch!»

In pochi passi i due poliziotti si raggiunsero. Altro abbraccio.

«Ci siamo!» urlò Berto. «Ci siamo! Porca puttana, ci siamo! Il casino ha finalmente partorito qualcosa di magnifico!»

Nicole si voltò e scrutò la folla. Era sicura che anche Cécile sarebbe venuta. Non aveva avuto il tempo di chiamarla, ma la conosceva bene: per nulla al mondo si sarebbe persa un simile avvenimento, nemmeno dopo la morte della loro amica.

Nell'esaminare con attenzione i volti, inquadrò qualcosa che la lasciò attonita.

Senza distogliere lo sguardo dalla sua scoperta, afferrò JL per la manica.

«Guarda, laggiù!»

«Dove?»

«Là!»

Nicole stava indicando, ai piedi delle gradinate, una specie di barbone avvolto in un parka color kaki. Trecce di capelli sudici spuntavano dal cappuccio e la sua faccia color carbone faceva pensare a un selvaggio.

«Che roba è?» domandò Mersch.

«Un sadhu, un monaco errante. Ce ne sono migliaia in India.»

«Cosa ci fa qui?»

«Non può essere un caso», si accontentò di mormorare Nicole.

Era turbata, non aveva mai visto prima uno di quegli asceti che percorrono le strade dell'India. Da lontano, si sarebbe detto un semplice vagabondo. Se però si guardava meglio, si notavano dei segni inequivocabili: i dreadlocks, quelle ciocche luride che simboleggiano il disprezzo dell'aspetto fisico, e soprattutto quel segno rosso sulla fronte, il *tilaka*, il terzo occhio, indossato da tutte le donne indiane, ma anche dai saggi, grazie al quale accedono a una coscienza superiore.

Nicole era già pronta a esporre le sue conoscenze, ma Mersch non era già più vicino a lei. Avanzava nella fiumana a gomitate e spallate per raggiungere le tribune e avvicinarsi alla strana apparizione.

La ragazza capì: quell'indiano poteva essere il loro assassino.

53.

La folla, innanzitutto.

Mersch la fendeva a furia di ampi gesti disordinati. Nicole gli andava dietro, imitandolo in chiave minore. Risaliva controcorrente, remando con le braccia, pagaiando con le gambe, facendosi largo nella massa in tutti i modi possibili fino a raggiungere le tribune.

Ci arrivarono insieme: Mersch, Berto, Hervé e lei. Ognuno aveva in testa la fisionomia del sospettato: uno spettro nero, emaciato, con le trecce terrose – ora che aveva perso il cappuccio – che gli scendevano sulle spalle come ormeggi sciolti.

Salirono lungo le gradinate, dibattendosi in quella giungla umana come avventurieri delle storie di Tintin. Collo teso, mento alzato, non distoglievano un attimo lo sguardo dal fuggitivo che faceva lo slalom fra i manifestanti, serpeggiando come la fiamma di un accendino.

Nicole era fradicia di sudore. Attorno a lei, vicinissimo e al tempo stesso molto lontano, udiva le grida, i cazziatoni e gli insulti, ma non importava. Contavano solo i metri che li separavano dal parka color kaki, sempre in fuga, che volteggiava fra la folla avanzando a zigzag come mosso da un vento capriccioso.

Arrivarono sulla passerella superiore, in fondo alla quale Nicole vide il fantasma che correva, con le trecce che si agitavano come se la sua stessa ombra si sfilacciasse alla luce del tramonto. In equilibrio sulla passerella, travolsero altri impermeabili, fecero volare berretti e cartelli, guadagnando sempre più terreno. Dietro di lei, sentiva, indovinava la presenza di Berto e Hervé che, imitandola, si sforzavano d'insinuarsi nella breccia aperta da Mersch.

Giunta in fondo al passaggio, vide quest'ultimo impegnato in acrobazie lungo le strutture metalliche che sostenevano il retro della tribuna. In trappola di fronte al vuoto, non ebbe il tempo di riflettere. Nella confusione, qualcuno la spinse. Riuscì per un soffio ad aggrapparsi ai tubolari della ringhiera e bene o male ruzzolò giù, con gesti più istintivi che consapevoli. Freddo, ferro, solido. Infine toccò terra. Rotolò e poi si accovacciò tipo scimpanzé, ringraziando il cielo di essere in pantaloni...

Gli altri seguivano a ruota, ma Mersch, distante pochi metri, non si muoveva più. E per una buona ragione: l'indù era scomparso. Alle loro spalle lo strepito della folla era assordante. Davanti, sull'avenue, si affrettavano ancora i ritardatari. Del sadhu nessuna traccia.

Nicole si tirò in piedi, vacillante. Individuò di nuovo Mersch, che appariva sperduto in mezzo alla folla.

Tutt'a un tratto intravide l'indiano che attraversava boulevard Kellermann. Mersch lo stava già inseguendo. La ragazza sfondò un altro muro di esseri umani, non senza ricevere in cambio qualche botta e persino degli schizzi di birra: un evento del genere si festeggiava con la schiuma.

Uscirono dallo stadio. In mezzo a un'altra strada – avenue Pierre de Coubertin, il cartello le rimase impresso sulla retina –, strattonata da squadre di uomini, gruppi di aderenti al sindacato che uscivano o entravano nell'arena, si fermò di nuovo.

«Dove sono finiti?»

Vicino a lei c'era Hervé, le mani posate sulle ginocchia, il respiro in fondo ai tacchi. C'era anche Berto, che sbuffava come un treno.

«È per forza entrato là dentro», disse Mersch che era riapparso accanto a loro.

Indicava gli edifici di cemento e mattoni allineati dietro di lui e Nicole ebbe una reminiscenza: la Cité Internationale Universitaire de Paris. Un campus costituito da una quarantina di padiglioni, ciascuno rappresentante un paese diverso. Qualche mese prima aveva assistito a una riunione alla casa della Svezia.

A conferma di quel ricordo, il lungo edificio che s'innalzava davanti a loro recava scritto a grandi lettere CASA DEL MAROCCO.

«Berto», fece Mersch, «tu vai all'estrema sinistra. Hervé e Nicole, al centro. Io costeggio l'edificio. Avanziamo insieme e setacciamo tutta la zona.»

Nessuno osò chiedere se fosse pericoloso e cosa fare in caso di contatto – l'indù con il segno rosso poteva essere armato. Penetrarono nel parco con prudenza. Uno sguardo a sinistra, e Nicole vide Berto scomparire dietro la casa del Portogallo. Mersch si era già dileguato nella notte imminente.

Lei seguì Hervé fra le erbe alte lungo la casa del Brasile, un altro blocco grezzo, posato su piloni che si sarebbero detti rubati dal vicino cantiere della Périphérique. Regnava il silenzio sulla città-giardino. Dopo il tumulto di Charléty, piuttosto angosciante...

Nicole non riusciva a credere a un tale scherzo del destino. L'assassino, veramente? A portata di mano? In mezzo a una manifestazione di almeno trentamila persone? La spiegazione era solo una: l'omicida, se davvero era lui, cercava le sue vittime fra gli studenti.

E quella sera, aveva ampia scelta.

Avanzarono verso un nuovo padiglione in mattoni e grès, sormontato da balconate protette da parapetti a mosaico verde. Lo stabile sembrava ancora in fase di costruzione, visti i mucchi di sabbia, le betoniere e le transenne nei pressi dell'ingresso.

Mersch era già là davanti, immobile. Nicole udì un fruscio e vide comparire Berto alla sua sinistra. Di colpo capì perché restavano tutti bloccati là, di fronte a quel nuovo edificio.

La Casa dell'India.

La loro preda non poteva essere altrove.

54.

Un rettangolo di cemento su fondo rosso.

Ecco come si sarebbe potuto descrivere l'avancorpo sopraelevato che faceva da vedetta ai piedi dell'edificio propriamente detto. Mersch gli si infilò sotto e raggiunse l'ingresso evitando betoniere e macerie. Gli altri lo seguirono, passi felpati, respiro corto.

JL suonò. Aveva individuato un pulsante, che somigliava piuttosto a un campanello d'allarme. Rimasero in attesa davanti alle porte a vetri, nere come presagi di morte. Dopo un bel po' vennero ad aprire due uomini. Pelle di raso bruno, camicie a maniche corte, pantaloni di terital molto alti in vita. I loro capelli neri rivaleggiavano per foltezza e riflessi bluastri... Due indiani osservavano con grandi occhi sgranati quegli improbabili visitatori.

Mersch si tastò il giubbotto. Nicole si domandò cosa avrebbe tirato fuori: il tesserino da poliziotto o la pistola? Il distintivo ebbe la meglio.

«Parlate francese?»

I due annuirono, o piuttosto dondolarono la testa, come a dire «sì e no». Sembravano terrorizzati.

«Cerchiamo un uomo che potrebbe essersi introdotto nel vostro edificio.»

Nessuna risposta.

«Non avete visto nessuno?»

Nessuna risposta.

Mersch si voltò verso Berto. «Va' a cercare rinforzi e fa' un giro di ricognizione nei dintorni. Noi invece perquisiamo l'edificio.»

Gli indiani non opposero alcuna resistenza. Non avevano ancora pronunciato una sola parola. Custodi? Pensionanti? Non aveva molta importanza: era chiaro che erano gli unici inquilini dello stabile in costruzione.

Mersch, Hervé e Nicole entrarono nell'atrio che odorava ancora di vernice fresca. C'erano sacchi di cemento sparsi un po' dappertutto. Mosaici raffiguranti danzatrici dai nasi forati e divinità dagli sguardi languidi decoravano le pareti.

L'ispettore attraversò la sala d'ingresso e aprì qualche porta: non c'era assolutamente nessuno. I muri, i divisori, i telai delle finestre, tutto era stato dipinto a colori vivaci. Si aveva l'impressione di penetrare in un modellino da bambini, un'opera curata fin nei minimi dettagli da cui trasparivano tutta l'attenzione e tutto l'amore di un ragazzino per la sua creazione.

«Quanti piani ci sono?» chiese tornando verso il gruppo.

Uno dei due indiani fece segno con le dita: sei.

«E quante persone ci abitano?»

Il silenzio rispose per loro: nel palazzo non viveva ancora nessuno.

«Ok, controlliamo tutti i piani», ordinò Mersch.

Imboccarono le scale, la cui ringhiera era ancora avvolta nella plastica. Pareti rosse, pareti blu. Attrezzi sul primo pianerottolo. Polvere di cemento negli angoli... E, immancabile, la compagnia dei due tizi dalla pelle scura che li seguivano sconcertati.

Di fronte al primo corridoio – su cui si affacciavano una dozzina di porte – calcolarono che l'edificio doveva contenere almeno settanta camere e quindi altrettante porte da aprire. Si misero all'opera di buona lena, immergendosi nell'ombra che li avvolgeva come una lacca scura.

Sapevano che non avrebbero cavato un ragno dal buco. Avevano perso troppo tempo. Il sadhu, se anche fosse stato da qualche parte là dentro, a quel punto si era trovato un nascondiglio, oppure se l'era svignata da un balcone ed era già lontano...

Proseguirono tuttavia con ostinazione, porta dopo porta, come Eddie Constantine in *Agente Lemmy Caution: missione*

Alphaville di Jean-Luc Godard, scoprendo stanze ancora senza i letti, e persino sprovviste di tende alle finestre.

Tornarono al punto di partenza dopo quasi due ore. Erano coperti di sudore e polvere, biancastri, amareggiati, scornati. Ritrovarsi nella notte tiepida diede loro sollievo ma erano comunque scoraggiati. In lontananza, il frastuono si era affievolito: forse non era ancora arrivata la loro grande occasione…

All'improvviso, dei passi.

Berto, con una maglia a collo alto color mimosa, correva loro incontro.

«Cazzo! Siamo nella merda!»

Si piantò davanti al suo capo, ansimante. «Ce n'è un altro.»

«Un altro?»

«Un cadavere, cazzo!»

«Si sa chi è?»

«Una ragazza, una studentessa. Abbiamo trovato la sua borsa. Si chiama Cécile Bisciglia. La ragazza…»

Nicole non udì il seguito. Era svenuta.

55.

Questa volta la vittima era stata legata nuda a un albero. La sua posizione ricordava di nuovo una postura di yoga o un passo di danza indiana. Addossata contro il tronco, ginocchia flesse, piedi verso l'esterno, mani all'altezza del petto congiunte verso l'alto, in una sorta di preghiera. Cécile, poiché si trattava proprio di Cécile Bisciglia, ventidue anni, domiciliata in rue de Rennes 114, occhi aperti, sembrava osservarli. Tra le cosce penzolavano i suoi visceri, bianchi, grigi, rosati, scarlatti: ce n'era per tutti i gusti, visto che l'oscenità organica del corpo umano era lì in bella vista, pronta a ficcarti due dita in gola.

JL non riusciva a esaminare la scena nel dettaglio. Poteva anche essere in uno stato alterato, ma era ancora capace di vomitare. Una certezza c'era: la vittima non aveva una ferita all'addome. Le budella fuoriuscivano direttamente dalla vagina. La sola parola era sufficiente per fargli venire i sudori freddi. Non avrebbe mai potuto pronunciarla, per semplice pudore. Ma quella notte, quelle sillabe non corrispondevano più a nulla: l'assassino aveva allargato la fessura trasformandola in una piaga spalancata, aperta a tutti gli orrori, una ferita dai contorni scorticati, corrugati, violacei, come il morso di una bestia feroce.

Hervé si decise a sua volta ad avvicinarsi per osservare la pelle più da vicino. Nonostante la repulsione, non era più lo studente timido e sensibile del giorno precedente o, meglio, di due giorni prima. Era ormai un investigatore, protetto da un guscio insensibile che gli dava la forza di registrare i dati per sfruttarli in un secondo momento, visto che, oltre a sopportare, gli toccava anche analizzarli...

Le incisioni raccontavano la storia di una rabbia, una furia, forse sessuale, forse vendicatrice, che si era accanita sul corpo di Cécile sotto tutte le angolazioni, come per cancellarla, deturparla, «stravolgerla».

Avvicinati di più... C'erano anche i morsi. Forse ancora più evidenti che sul cadavere di Suzanne. Sempre quei segni di una mascella mostruosa. Suo fratello gli aveva parlato di un animale, sì, forse, ma quale animale possedeva una dentatura circolare?

Hervé indietreggiò per osservare meglio quello che era forse più terribile di tutto: il viso. I tratti di Cécile esprimevano un orrore puro, una sofferenza infinita. Quando era morta esattamente? In quale momento del supplizio? Hervé sperava che avesse avuto solo il tempo di spaventarsi, che l'assassino l'avesse dapprima soffocata, come Suzanne, per scatenarsi solo in un secondo momento nei suoi riti abominevoli.

«A che ora l'hanno scoperta?» chiese Mersch con voce glaciale.

«Appena mezz'ora fa. Alcuni studenti che tagliavano per il parco tornando a casa.»

Automaticamente, Hervé si voltò per osservare il posto: una radura faceva cerchio intorno a quell'albero, forse di origine tropicale. Da quanto ricordava, il parco Montsouris era stato piantumato e organizzato artificialmente nel tardo XIX secolo, dotato di quei viali sinuosi, ampi abbastanza per consentire il transito delle carrozze, e di alberi provenienti da tutto il mondo.

Jean-Louis indossò un paio di guanti da chirurgo e tastò le diverse parti del corpo. Hervé, dal canto suo, tentava di fare ordine tra gli elementi in suo possesso. Bisognava dunque immaginare che il loro sadhu, se era veramente lui l'assassino, dopo averli seminati se la fosse data a gambe attraverso il parco Montsouris, dove si era imbattuto proprio in Cécile, la migliore amica di Suzanne e Nicole. Impossibile. Ci doveva per forza essere un'altra spiegazione.

«Te la senti di vedere il corpo?»

Hervé girò la testa: Jean-Louis si rivolgeva a Nicole che si teneva in disparte, al di là del cordone di poliziotti. Era arrivato un furgone, i cui fari illuminavano la scena. In quella luce giallastra, Hervé riusciva a scorgere il volto di Nicole, sfigurato dal pianto. Il naso rosso, gli occhi irritati, la bocca contorta, i capelli incollati come alghe sulla fronte e le tempie, ma sempre molto bella.

«Sì», rispose lei.

«Davvero?»

Annuì con un cenno della testa e tirò su con il naso. Aprendosi un varco tra i poliziotti, JL andò a prenderla per mano e la condusse vicino a Hervé, a due metri dal cadavere.

«Cosa mi puoi dire di questa posizione?»

Nicole non rispose. Mersch insistette, come se disponesse solo di una manciata di secondi per cavarle le parole di bocca. Il fetore del sangue circolava all'interno della radura come in una minuscola arena.

«È una posizione di yoga?»

«Sì.»

«Quale?»

«Credo... Credo si chiami *durgasana*. La posizione della dea.»

«Che significato ha?»

«Non pratico lo yoga...»

«Pensaci un attimo. Non ricordi nulla?»

«Si tratta di una posizione che crea un legame tra cielo e terra. Io... Sì. Le mani supplicano il cielo, i piedi sono saldamente ancorati alla terra.»

Hervé si ricordò che Gupta gli aveva raccontato la stessa cosa a proposito della postura di Suzanne: un legame, una connessione tra due mondi...

«Tutto qui?»

Nicole non rispose.

«Riaccompagnala a casa», ordinò a Hervé.

56.

Mersch aveva impartito degli ordini.

Sempre gli stessi.

Mettere in sicurezza la scena del crimine. Interrogare gli eventuali testimoni. Seguire a ritroso le tracce – c'erano impronte di piedi nudi sul terreno fresco. Successivamente aveva trovato un telefono in un caffè all'angolo. Aveva chiamato la Scientifica, informato il sostituto procuratore, avvisato il capo. Avevano fatto portare via il corpo, rilevato le impronte digitali (ce n'erano alcune). Per questo lavoro da formiche intorno al cadavere, che evocava piuttosto quello degli insetti necrofagi, erano state impiegate circa due ore.

Allo scoccare delle tre del mattino, avevano finito tutto. Berto era filato a Beaujon per aprire una nuova pratica e aggiungere un nome all'elenco che forse era appena all'inizio. Da qualche parte nel mondo studentesco del Maggio '68, si era messa in moto una macchina per uccidere e nulla poteva fermarla, se non lui, Mersch.

Quella notte non voleva riflettere sulle implicazioni del nuovo omicidio, sul fatto, per esempio, che Cécile fosse la migliore amica di Suzanne o che la prossima dell'elenco potesse essere Nicole, il terzo elemento del trio. Perché proprio quelle tre ragazze? Come aveva potuto il sadhu far perdere le sue tracce e subito dopo catturare Cécile, in mezzo a una folla di più di trentamila persone? Questa teoria non stava in piedi. E, a dirla tutta, fin dall'inizio niente sembrava stare in piedi.

No, non voleva riflettere.

"Non qui. Non ora."

Aveva di meglio da fare, e di molto più urgente.

Attraversò di nuovo boulevard Jourdan. Era totalmente deserto. Studenti, operai e sindacalisti erano tornati a casa a dormire. Di automobili, neanche l'ombra. Costeggiò i giardini della Cité a passo svelto in direzione di avenue Pierre de Coubertin. Incrociò l'imponente edificio degli Stati Uniti, la cui bandiera stellata svettava sopra il boulevard.

Svoltò a destra. I suoi passi risuonavano come scarpe da tip tap. Stentava a credere che soltanto qualche ora prima quei luoghi fossero strapieni, saturi della cara, vecchia aria socialista. Ma non si potevano dormire sonni tranquilli: non appena si era riaccesa in lui la luce della speranza – la sinistra si sarebbe imposta in Francia – il suo assassino aveva colpito ancora, a pochi metri dalla manifestazione. Come per farsi beffe di lui.

Oltrepassò la vegetazione che cingeva la città universitaria. Lontano dalla luce dei lampioni, mandò giù qualche pasticca di anfetamine e sfoderò la pistola, dicendosi che il tempo dei convenevoli era finito. Dopo pochi passi, si ritrovò nei pressi della Casa dell'India.

Quella notte non aveva con sé la Colt .45 ma l'M10. Tutto a un tratto gli tornò in mente un dettaglio: quel modello aveva un pedigree di tutto rispetto, visto che nel 1914 avevano ucciso l'arciduca Francesco Ferdinando d'Austria proprio con quella pistola, scatenando così la prima guerra mondiale. Era stata soprannominata «l'arma da trentotto milioni di morti»... Pesante nel palmo, comoda tra le dita, l'M10 non chiedeva altro che di migliorare il punteggio finale...

Muri di mattoni, balconi rivestiti di ceramica, porta d'ingresso laccata di nero. Notò un cartello che gli era sfuggito prima. L'inaugurazione del padiglione era prevista per il mese di giugno. Quei tizi avrebbero fatto meglio a collaborare se non volevano che lui, Jean-Louis Mersch, ispettore, requisisse il loro cazzo di edificio per trasformarlo in un centro di tortura di studenti indiani.

Campanello. Attesa. Scatto della serratura. L'uomo aveva a malapena aperto che Mersch gli era già saltato alla gola.

Testata. L'indiano rotolò a terra. Il suo compagno sarebbe voluto intervenire ma l'ispettore gli piazzò la pistola sotto il naso. Ritorno al primo malcapitato. Colpo di tacco alla glottide, poi massaggio facciale con la suola. Aveva tutto l'aria di un déjà-vu. Goa. Le Brady. *Che giornata!*

«Dov'è?»

Nessuna risposta. Fu necessario mettere una pallottola in canna.

«Dov'è?»

Mersch esercitò una pressione maggiore sulla glottide dell'indù, che si aggrappava alla sua gamba come un naufrago all'albero della nave. Stava soffocando.

«Dov'è?»

L'indiano agitò il braccio. Mersch sollevò il piede e tese la mano per aiutarlo a rialzarsi. Il poliziotto gentile, il poliziotto cattivo: li alternava.

«Quindi?»

I due si scambiarono un'occhiata.

«Non lo sappiamo.»

«È uno *shakta*», aggiunse uno dei due.

«Un cosa?»

«Venera la Shakti, l'energia cosmica. Venera Kali, Durga...»

La posizione di Cécile si chiamava *durgasana*. Un legame, certo, ma con cosa?

Abbassò la Browning perché aveva il braccio anchilosato.

«L'avete nascosto voi?»

«Non si può rifiutare nulla a uno *shakta*.»

«Dove lo avevate cacciato?»

«Nel basamento di uno dei pilastri dell'ingresso.»

Semplice curiosità da poliziotto. L'indiano parlava con il naso e la sua voce era impastata del muco e del sangue che gli colavano sul mento.

«Ditemi qualcosa di più.»

«Gli *shakta* sono pericolosi. Sono dotati di poteri. Sono maghi, stregoni...»

Non valeva la pena di dare corda a quelle stupidaggini.

«Cosa vi ha detto?»

«Non ci ha detto nulla. Un sadhu non parla, prega.»
«Quando è andato via?»
«Mezz'ora fa.»
Informazione fondamentale: il sadhu non poteva dunque essere l'omicida di Cécile. Ma perché si aggirava a Charléty? Stava seguendo l'assassino? Cécile?
«Questo... *shakta*, dove vive a Parigi?»
«Non lo sappiamo.»
«Ce ne sono altri in città?»
«No. Gli *shakta* non hanno niente a che vedere con le vostre terre impure.»
Mersch fece un passo in avanti: i due indiani indietreggiarono.
«Datemi un nome, un posto. Un indizio qualsiasi su dove potrebbe nascondersi quel tizio.»
«Dhritiman Gupta.»
«L'insegnante di yoga?»
«Sì. È bengalese. Adorano le stesse divinità. Kali ce l'hanno nel cuore.»

57.

Certi poliziotti lasciano maturare le informazioni.

Lui, invece, batteva il ferro finché era caldo, a costo di bruciarsi le dita.

Saltò sulla Dauphine scassata e riprese la direzione del X arrondissement. Dovevano essere le quattro del mattino. Parigi riposava come un lago dalle acque tiepide, stagnanti, velate. Una città fantasma che aveva perso tutta la sua vitalità... Allo stesso tempo, questo suo abbandono le conferiva un che di semplice e spoglio che la rendeva toccante.

Con gli occhi fuori dalle orbite, Mersch seguiva i fari della macchina ingoiando pasticche di metanfetamina. Parcheggiò l'auto in rue de Paradis, ai piedi di un cumulo di cassette per frutta e verdura e di rifiuti. Una volta sceso, una puzza asfissiante lo afferrò alla gola. Parigi dormiva, Parigi marciva...

Dove diavolo era quel centro? Lo vide all'improvviso, come per caso, incastonato tra due vetrine spente. La facciata di legno rosso scuro era coronata, in alto, da spioventi che richiamavano un tipo di stile orientale, forse quello di un palazzo di maharaja di scarso pregio. La prima volta non aveva neanche notato quel dettaglio.

Mersch osservò la serratura della porta a vetri e notò che non era molto impegnativa da forzare. Dopo aver buttato l'occhio a destra e a sinistra – la strada era così deserta che si sarebbe potuto rubare il manto stradale – estrasse il passepartout: ogni poliziotto che si rispetti è un delinquente nel profondo dell'anima, una personcina con una certa predilezione per il furto e la vita vissuta di notte.

Nel giro di qualche secondo fu dentro e di nuovo ebbe la

sensazione di soffocare, questa volta per via di un odore di zolfo misto a zaffate di curry... Be', non che fosse uno specialista. Tutto ciò che poteva dire era che si sentiva puzza di uova marce e cucina orientale... Richiuse con cura la porta e attraversò la piccola sala dell'accoglienza. Nell'oscurità riusciva comunque a distinguere il bancone, i poster che ritraevano palazzi fatiscenti e divinità piene di braccia.

Aprì la porta in fondo e finì in una stanza vuota: lo spazio yoga. Il fetore si faceva insopportabile e cominciava a invadergli la gola, formando un tunnel acre e bruciante. Mersch tentò di soffocare gli accessi di tosse e si chiese se da qualche parte non ci fosse un pozzo che nascondeva una sorgente termale...

Un'altra porta. Si ritrovò in un grande salone dall'illuminazione soffusa rivestito di ceramica, tipo piscina comunale, che ospitava sei vasche strette, tre per ogni lato, tappezzate anch'esse di piastrelle. Parevano dei sarcofagi firmati Leroy-Merlin, separati da tende opache di poliestere che sventolavano leggermente sotto il soffio della ventilazione. Ognuno di essi era pieno di melma verdastra, che sembrava bollire placidamente. Mersch proseguì in quella fornace che gli evocava un lugubre inferno. Nessun dettaglio che rimandasse all'India o a una scuola di yoga. Piuttosto, una sala di cure esoteriche, a base di vapori di zolfo e fango vulcanico.

Aveva immaginato di trovare una sorta di dormitorio stipato di indù, tra cui il suo sadhu, oppure un altare con tracce di sacrifici umani. E invece, si ritrovava in una sauna piena di argilla maleodorante.

Senza neanche rendersene conto, l'ispettore raggiunse il fondo della sala: due gradini, un grosso cubo piastrellato, poi una porta tagliafuoco nera. Fine della visita. Era madido di sudore, ma non aveva affatto l'impressione di trasudare. Al contrario, era la sensazione opposta a opprimerlo: come se la propria traspirazione, non appena espulsa, tornasse indietro attraverso tutti i pori della pelle, carica di miasmi dei sedimenti che impregnavano l'atmosfera.

Si passò la mano sulla fronte e abbassò la maniglia: chiuso a chiave. Fu colto all'improvviso da un senso di panico, dalla voglia di trovarsi all'esterno, per assaporare la frescura della notte... Doveva uscire da lì...

Tornò sui suoi passi e si trovò di fronte all'impossibile.

Da una delle vasche era appena emersa una mano. Mersch si concentrò sulle dita che stringevano la tenda di poliestere. Subito dopo, un'altra mano, in un'altra vasca, poi un'altra ancora... Santo cielo: in ogni bagno di fango riposava un uomo. Quegli esseri primordiali stavano riemergendo proprio allora.

Dopo le mani, fu la volta delle gambe. Mersch percepì lo *splash* dei passi sul rivestimento di piastrelle, poi il rumore di ventosa prodotto dai piedi che si incollavano al pavimento man mano che avanzavano, come baci di fango sulla maiolica, il tutto sul sottofondo del ronzio dei ventilatori...

Con uno scatto improvviso, attraversò di corsa la sala senza voltarsi. Non urlava solo perché i miasmi lo strozzavano. Raggiunta la porta dalla parte opposta, quella da cui era entrato, la curiosità ebbe la meglio. Dietro-front...

I sei occupanti erano emersi dai loro alveoli. Nudi, coperti d'argilla, senza lineamenti né occhi, avanzavano. Statue incomplete, creature di limo gocciolanti, viscide, cieche...

Impugnò freneticamente la maniglia. Inutile, era bloccata. Alle sue spalle le figure si avvicinavano, lente, potenti... ognuna di loro con un'arma in pugno – coltello, falcetto, sciabola – appiccicosa di fanghiglia...

Alla fine riuscì ad aprire il battente (bisognava alzare e non abbassare la maniglia). Attraversò la sala dell'accoglienza e spinse la porta vetrata come quando si risale dall'acqua dopo un'apnea forzata. La Dauphine. Corse in strada. Riuscì a malapena a ritrovare la macchina. Si tuffò all'interno. Mise in moto con una rotazione del polso, un piede ancora fuori.

Mentre guidava, si diede da fare per abbassare tutti i finestrini, davanti e dietro. Si sentiva ancora impregnato di zolfo, di terrore. Adesso correva veloce, capelli al vento, acceleratore a tavoletta, senza meta né pensieri.

Vivo e basta.

Respirare era già tanto.

Addirittura il massimo.

58.

Jean-Louis Mersch abitava in una stradina del XIII arrondissement, al confine con il XIV: rue Léon-Maurice Nordmann. A pochi passi da boulevard Arago e rue de la Glacière, ma soprattutto dalla prigione della Santé, che sembrava sempre strizzargli l'occhiolino. Viveva quella presenza come un monito, capace di fargli passare la voglia di andare oltre certi limiti...

Sei del mattino. Trovò parcheggio non lontano da casa sua. Chiudendo lo sportello, constatò che stava ancora tremando. Cazzo, era sopravvissuto ai peggiori scontri in Algeria, non era il caso di schiattare per una pugnalata in fondo a un bagno puzzolente...

Con lo stomaco in subbuglio, risalì la strada, rendendosi conto che stava facendo giorno. *Febbre intermittente*, pensò. Aveva bisogno di farsi una doccia. Aveva bisogno di un letto. Aveva bisogno di incubi tutti suoi...

Bisogna credere che gli effluvi del fango non lo avessero anestetizzato completamente perché riuscì ad accorgersi, nel momento in cui stava per raggiungere il suo portone, della presenza di una Simca 1000 in lento avvicinamento. Ancora più precisamente, riconobbe l'uomo sul sedile del passeggero: Pierre Santoni, quello che il venerdì precedente era alla guida della finta ambulanza.

La Simca non lo aveva ancora raggiunto e già Mersch aveva impugnato la pistola. Il «mercenario», finestrino abbassato, lo teneva sotto tiro con un fucile mitragliatore MAT 49 che gli fece riaffiorare alla mente brutti ricordi: le rappresaglie di El Harrouch e Oued Zenati.

Appoggiandosi a un'automobile parcheggiata, stringendo con entrambe le mani il calcio dell'M10, Mersch premette due volte il grilletto e si gettò a terra. Una raffica si perse nell'aria, subito seguita da un gran fracasso. Si rialzò e, al riparo delle vetture ferme lungo il marciapiede, si diresse verso il punto dell'impatto. Bastò un'occhiata: la Simca 1000 era andata a sbattere contro una DS.

Nessuna idea sensata su quale ordine impartire al suo corpo. Solo un pensiero, rapido, gli balenò nella testa: *concludere quella faccenda.* Quando fu abbastanza vicino vide che l'auto, con la parte anteriore accartocciata come una fisarmonica, perdeva olio e carburante. Una delle sue pallottole aveva colpito l'uomo alla guida, uccidendolo. L'intero abitacolo era cosparso di sangue. Santoni stava cercando di aprire la portiera dalla sua parte, bloccata dalla DS, e imbracciava ancora il fucile mitragliatore.

Mersch fece il giro della vettura dalla parte anteriore e si appostò all'altezza del finestrino del guidatore. Il vetro era andato in mille pezzi e telaio e portiera erano tutti insanguinati e vischiosi. L'uomo si accorse del poliziotto e gli rivolse contro l'arma, facendo partire una nuova raffica, ma Jean-Louis era già scattato sul cofano distrutto della Simca. In ginocchio sulla lamiera, puntò la pistola verso il parabrezza e, proteggendosi il viso con il braccio sinistro, premette altre tre volte il grilletto.

Nel silenzio che seguì si lasciò scivolare giù dal cofano fino a cadere a terra. Due constatazioni: la prima, nessun contrattacco (*requiescat in pace* Santoni); la seconda, l'asfalto era impregnato di benzina.

Rotolando più volte sul terreno, Mersch rinfoderò la pistola, infilò la mano nel giubbotto e trovò il suo Zippo. Ginocchio piantato a terra, lo accese e lo fece scivolare sotto la macchina, con lo stesso gesto con cui avrebbe lanciato un disco verso un boccino nel gioco bretone del *palet.*

Il tempo di fare un salto all'indietro e le fiamme avvolsero la Simca. Attraverso il parabrezza in frantumi, Mersch vide la brutta faccia dell'agente segreto prendere fuoco.

Il volto illuminato dalle fiamme, le tempie roventi per il

calore fortissimo, si allontanò pensando a Hervé e Nicole, due ragazzi che aveva trascinato in quell'incubo.

Sorrise mentre spuntava l'alba: esisteva una giustizia a questo mondo. Ogni volta che doveva beccarsi una coltellata o una pallottola, era solo. Una specie di trattamento di favore di cui beneficiava in esclusiva...

Si pulì il naso con la manica come un moccioso qualunque. Piangeva, rideva. Dio buono, per nulla al mondo avrebbe scambiato con un'altra quella vita di merda, quella vita violenta e pericolosa che puzzava di polvere e pneumatici bruciati.

59.

Le otto del mattino.

Nicole aprì gli occhi. Le sue pieghe del sonno somigliavano a quelle del cuscino: irregolari, grinzose, impregnate di sudore. A dire il vero, non sapeva se avesse realmente dormito o se stesse per addormentarsi solo in quel momento. Il suo ritmo circadiano le pareva capovolto, invertito, sfasciato.

Girando la testa, vide il corpo di un uomo nella penombra delle tende tirate. Non nel suo letto, scherziamo? A terra, di fianco.

Dopo una frazione di secondo ricordò: Hervé Jouhandeau. Era stato lui a riaccompagnarla la sera prima. Subito un dolore violento le lacerò il cervello mentre lo stomaco le si torceva come uno straccio strizzato.

Cécile assassinata!

Quelle poche sillabe non avevano senso. Si traducevano soltanto in segni patologici dentro il suo corpo, ma non scalfivano la sua mente, trinceratasi dietro una cortina di ferro.

Cécile assassinata.

Hervé l'aveva scortata nell'auto della polizia. Lei aveva avuto un cedimento scendendo e lui l'aveva sorretta fino al portone. La verità? L'aveva portata di peso. Nel momento dei saluti era stata sopraffatta da una crisi di pianto, una tempesta di singhiozzi isterici. Il seguito era prevedibile: era salito con lei, l'aveva sostenuta e consolata, poi le era rimasto accanto, dormendo sul pavimento, mano nella mano.

Cécile assassinata.

Per adesso, questo non significava nulla. Nicole avrebbe

avuto tutto il tempo di metabolizzare la notizia, di esserne pervasa in ogni fibra del suo corpo fino a esserne annientata. Al momento, l'immagine del corpo sacrificato dell'amica aveva compiuto comunque il suo percorso, a sua insaputa, fino a stritolarla completamente. Il dolore si irradiava nelle ossa, nelle articolazioni del cranio. Era come se il suo cervello fosse andato in mille pezzi, ma purtroppo non si trattava dei postumi di una sbornia...

«Hervé...» mormorò.

Il ragazzo si agitò, si voltò, aprì un occhio.

«Come ti senti?» domandò subito, appoggiandosi al letto con un gomito.

Nicole ebbe una rivelazione. Non sarebbe mai andata a letto con lui ma sarebbero rimasti amici per sempre.

Si lasciò ricadere sulla schiena e cominciò a ragionare, con voce calma. «Per superare questa perdita, ci sono tre soluzioni.»

Hervé si raddrizzò per vederla meglio. Sembrava pendere dalle sue labbra.

«La prima, la negazione. Ma con quello che abbiamo visto ieri, penso proprio che possiamo dimenticarci di dimenticare.»

L'amico la mangiava con gli occhi. Era sveglio, sì, ma stava ancora sognando.

«La seconda soluzione è la preghiera.»

«La preghiera?»

«Sì, dai, come l'ultima volta. Potremmo ripetere dei mantra, bruciare incenso...»

Hervé non replicò. Un sorriso beato gli aleggiava sulle labbra, leggero come il soffio di vento che fluttuava nella stanza. La debole luce che filtrava dalle tende illuminava metà del suo volto. Era davvero carino ma, come dire, con qualcosa di non rifinito...

«Ma non funzionerebbe.»

«Perché?»

«Perché sono buddhista», aggiunse Nicole con orgoglio infantile.

Infantile e sciocco. Non c'era spazio per l'orgoglio quella

mattina. Gli avvenimenti erano devastanti, spaventosi. Il dominio dell'orrore...

«E quindi?» rilanciò educatamente Hervé.

«E quindi, tutta questa storia ha a che fare con l'induismo, giusto?»

A Hervé scappò una risatina. C'era una leggerezza quella mattina che gli faceva bene. Erano come sospesi tra veglia e sonno, coscienza e incoscienza, e quella tregua era insperata...

«E la terza soluzione?» la interrogò paziente.

Le mani infilate tra le cosce, Nicole si voltò verso di lui. Aveva dormito vestita, Hervé non aveva probabilmente osato spogliarla. Era languida, morbida, era esausta.

«Le indagini», mormorò. «Bisogna andare avanti con le indagini. È l'unico modo per onorare Cécile.»

La penombra nella stanza era già l'estate che si annunciava, la benevolenza del sole che culminava in quei giorni benedetti ma fugaci. Nicole aveva sempre pensato che l'estate avesse un gusto amaro. Dopotutto, quella felicità aveva già in sé la sua fine, la sua decadenza.

«Trovare l'assassino», ribatté Hervé con voce dolce, «se mai ci riusciremo, non ci riporterà né Suzanne né Cécile.»

«Ma sei stupido o cosa?» sbottò lei sollevandosi e mettendosi seduta sul letto. «Non si tratta di loro, ma di noi. La nostra salvezza potrebbe dipendere da questa inchiesta, in cui dobbiamo buttarci a capofitto, in cui dobbiamo perderci... Sarà questo che ci guarirà dalla disperazione.»

Hervé scosse la testa e Nicole capì che stava per lanciarsi in una delle sue sottili argomentazioni, di cui aveva timore: Hervé era più intelligente di lei, era più intelligente di tutti.

La ragazza giocò d'anticipo.

«Di solito, a che ora ti vedi con Jean-Louis?»

«Verso le dieci del mattino.»

Nicole saltò giù dal letto come un pesce che guizza da un secchio dopo la cattura.

«Andiamo!»

60.

Le undici, e di Mersch neanche l'ombra.

Magari non si era svegliato. Magari non era neanche andato a dormire. Oppure stava proseguendo le indagini con altri mezzi, cioè Berto e qualche collega. I suoi due compagni di squadra improvvisati erano diventati inutili…

Da Chez Martin non c'era molta gente. Gli hippy non erano tipi da sorseggiare calvados alle otto del mattino, e neanche gli studenti. Quanto agli operai, non erano soliti bazzicare quel quartiere. Il bancone era deserto e i tavoli sembravano galleggiare su un mare di segatura, come rottami di un naufragio.

Nicole e Hervé aspettavano in silenzio. Anche una sola parola li avrebbe catapultati nell'incubo della sera prima e nessuno dei due aveva voglia di rivivere quelle scene.

Nicole preferiva concentrarsi su ogni dettaglio del locale. I telai delle finestre – di legno nero, fessurato, che ricordava le travi delle case di campagna –, le balaustre di ottone, le pareti in gesso, le sedie scricchiolanti, il flipper tintinnante, con le bordature in acciaio spazzolato piene di ditate…

Ciò che amava di Parigi erano le impronte del passato, non i monumenti o i musei ma i segni effettivi – e affettivi – del passato sulla pietra, sul bitume, sul legno. Le vestigia, le cicatrici d'altri tempi… La violenza della seconda guerra mondiale, per esempio (parecchi muri presentavano ancora tracce di proiettili), la prosperità degli anni Cinquanta: era tutto lì, a portata di sguardo, di mano… Le bastava appoggiare un orecchio contro una parete, una qualsiasi, per udire quella voce del passato, come il mare dentro una conchiglia.

Amava quella sua tenacità, quella sua volontà di sopravvivenza. La capitale aveva affrontato tutte le guerre, resistito a tutte le insurrezioni, ed era sempre lì, in piedi, sovrana, nella sua oscurità ferita. Parigi non possedeva una grazia netta e impeccabile ma una bellezza sporca, piena di collera e amarezza, che ricordava i riff ruvidi e strascicati di un pezzo rock di successo.

Finalmente, a mezzogiorno, Mersch si materializzò.

Dire che aveva una faccia distrutta era un eufemismo. Volto scavato, sudicio, indossava ancora gli abiti del giorno prima e sembrava ci avesse anche dormito.

«A che punto siamo qui?» domandò senza rivolgersi a qualcuno in particolare.

«Siamo noi che lo chiediamo a te», rispose Hervé.

Lui, al contrario, si era rassettato a casa di Nicole, che gli aveva persino prestato degli indumenti. Difficile crederlo, ma era magro quanto lei. A confronto con Mersch, sembrava un chierichetto in tunica bianca cresciuto troppo in fretta tra un'eucarestia e l'altra.

JL si lasciò cadere su una sedia e ordinò un caffè.

«Scusatemi, non mi sono svegliato», farfugliò.

Vuotò la tazzina e si accese una sigaretta, premendo la mano sul viso come fosse un fazzoletto. Non si poteva dire che avesse l'aria fresca e riposata, l'ispettore…

D'un tratto sembrò avere un'idea e scattò in piedi.

«Devo fare una telefonata.»

Si diresse alla cassa e afferrò il telefono come un capitano di fanteria si aggrappa alla radio dentro una trincea assediata. Hervé e Nicole si scambiarono un'occhiata: quel giorno il loro capo non sembrava in condizioni di comandare un bel niente.

Una volta tornato da loro, aveva invece un'aria rasserenata.

«Ho sentito Berto. Le indagini seguono il loro corso. Autopsia, ricerca di testimoni, analisi delle impronte, identificazione del corpo da parte dei genitori…»

Nicole trasalì: i Bisciglia. Li conosceva bene. Borghesia del VI arrondissement. Tre figli. Educazione cattolica. Doveva chiamarli? Rivelare loro quello che sapeva? Alla sola idea, non le venne voglia di piangere ma di vomitare...

«Ti possiamo essere ancora utili in qualcosa?» chiese Hervé.

«Tu, non lo so, ma lei, di sicuro.»

Puntava la sigaretta verso Nicole, usando tre dita, come fosse una freccetta che si apprestava a scagliare contro il bersaglio.

«Cioè?» chiese lei.

«Non ci sto capendo niente in questo caso, ma di una cosa sono sicuro: ha a che fare con l'India e le sue religioni. Prima di tutto, dobbiamo cercare di scoprire cosa combinasse Suzanne con gli acidi e le preghiere.»

«Ma Cécile non era interessata all'induismo.»

«Forse è così», commentò JL con voce impastata, «ma è stata ritrovata nella posizione di quella divinità come-si-chiama, quella...»

«E il sadhu?» chiese Hervé.

«È la seconda priorità», concordò Mersch. «Bisogna stanare quel pagliaccio con le trecce.»

«È lui l'assassino?»

«No, ma la sua presenza ieri a Charléty non può essere un caso. È invischiato in questa faccenda fino al collo.»

«Vuoi tornare a trovare Gupta?»

Mersch sussultò, una vera e propria convulsione che non passò inosservata agli altri due.

«Non nell'immediato, no», rispose. «Quell'idiota ci prenderebbe di nuovo per i fondelli. Ci servono informazioni. Dobbiamo rivolgerci a un altro specialista.»

«Penso di avere un'idea», buttò lì Nicole.

61.

Il professor Tripeth (era buffo già il nome) somigliava a una caricatura. O meglio, era la caricatura stessa – quella del vecchio professore polveroso – che somigliava a lui. Tripeth era il modello. Il metro di paragone. Gesti affettati, risatine, pizzetto grigio, capigliatura ondulata come una lamiera e dall'attaccatura alta: non mancava niente. Magari solo il papillon. Ah no, scusate: rispondeva all'appello anche il farfallino...

Era stata Nicole a scovarlo, spulciando un annuario della Casa delle scienze umane. Il professore era venuto ad accoglierli all'ingresso del Centro di studi indiani di scienze sociali, al 54 di boulevard Raspail.

«Sono spiacente», si era scusato. «Di solito abbiamo uno stagista che si occupa dei visitatori, ma in questo momento...»

Il periodo problematico che stavano attraversando sembrava divertirlo parecchio, come una barzelletta di quelle buone. Nicole, occhi lucidi e cuore tumefatto, si chiese se l'ometto non avesse ragione e se, dopotutto, non fosse meglio farsi due risate su tutta quella situazione...

Si aspettava di trovare un vasto laboratorio, sul modello delle sale di studio e delle biblioteche che conosceva alla Sorbona. Niente affatto. Si trattava di un semplice appartamento dove erano assiepati tavoli, mensole, libri, manoscritti e, ovviamente, ricercatori.

Una scena emozionante: tutti – giovani e meno giovani – sembravano totalmente indifferenti agli eventi esterni. Erano immersi in mitologie ancestrali, antichi scritti redatti diversi millenni prima in dialetti conosciuti da una manciata di persone, o a volte proprio da nessuno. Allora, le manifestazioni e le rivendicazioni, dal punto di vista della cosmologia indiana...

Ciò che piaceva a Nicole era l'odore della carta. Della carta e della polvere, al quale si mescolava quello delle scrivanie consunte, dei parquet irregolari. Sì, tutto questo costituiva per lei un habitat che adorava. Quello dello studio. Era impaziente di ritornare in quel mondo incredibile e insensato del pensiero, che cominciava sempre con un'attività così intima, così confidenziale: la lettura.

Bene, ora doveva proprio concentrarsi, soprattutto controllare il suo Jean-Louis, che non aveva né i modi né l'esperienza per trattare con un professore sulla sessantina più aggiornato sul bengalese o le incarnazioni di Vishnu che sulla Parigi contemporanea.

E infatti, neanche il tempo di reagire, e Mersch aveva già tirato fuori le sue fotografie raccapriccianti. Prima di fermarsi da Chez Martin, infatti, aveva preventivamente recuperato delle immagini del corpo di Cécile.

Il professor Tripeth rimase in piedi, chino sugli scatti, tenendo gli occhialetti – tondi, ovvio – ben saldi, come se tentasse di convincersi che quelle immagini erano vere.

«Ma cosa mi sta mostrando?»

«In una settimana», rispose Mersch, «un omicida ha ucciso due giovani donne. Si è preso la briga di lasciare i loro corpi in queste posizioni particolari. Cosa ne pensa?»

Tripeth si raddrizzò.

«Mah... niente.»

Nicole prese la parola, bisognava rendere più agevole la conversazione.

«Queste posizioni ricordano quelle dello yoga, no?»

«Lo yoga? Non sono affatto un esperto al riguardo.»

La sua voce si stava incrinando, come se l'orrore gli serrasse la gola.

«Professore, faccia uno sforzo.»

«Sì, queste posizioni potrebbero ricordare delle...»

«Quali?» lo interruppe bruscamente Mersch.

Tripeth trasalì ma non ebbe alcuna esitazione. «Questa è

la posizione dell'albero... L'altra è quella che viene chiamata *durgasana*, dal nome della dea.»

«E poi?»

«Non è una posizione tradizionale.»

«Si spieghi meglio.»

Il professore fece un passo indietro e si sistemò gli occhiali.

«Ma chi avrà mai fatto una cosa simile?»

«Siamo nel pieno delle indagini, professore. Risponda alle nostre domande e potremo andare avanti. In cosa questa posizione non è tradizionale?»

«Innanzitutto, in India, lo yoga è una cosa da uomini. Per diversi secoli, questa disciplina è stata addirittura proibita alle donne. È solo da quando ha suscitato l'interesse dell'Occidente e viene praticata dalle donne bianche che le indiane vi si dedicano.»

«Ma questa postura? La dea?»

«Il fatto di trarre ispirazione da una dea non è molto ortodosso.»

«Durga: chi è?»

«La cosmologia indiana è molto complessa!» protestò Tripeth scuotendo la testa. «Non so come spiegarvi...»

Mersch si piantò di fronte al sessantenne. Si indovinavano i suoi sforzi per rimanere calmo.

«Professore, glielo ripeto: un assassino ha già colpito due volte. Non credo si fermerà qui. Quindi, per favore, faccia uno sforzo di sintesi.»

L'indianista prese fiato. La sua somiglianza con il professor Tornasole era stupefacente.

«Sorella di Krishna, Durga è la consorte di Shiva», recitò. «La dea vergine, la dea dal corpo nero, riflesso del blu scuro di Krishna. Cambia spesso sembianze ed è conosciuta con diversi nomi. Può essere "la Terribile" (Bhairavi), "la Nera" (Kali), "la Feroce" (Chandi)... È caratterizzata da una violenza estrema, ma è una violenza positiva, che distrugge per consentire una rinascita.»

Mersch afferrò una delle foto di Cécile e la piazzò sotto il naso di Tripeth.

«Su questa posizione particolare, cosa ci sa dire?»

«Ma... niente! Non lo so... Chi ha fatto una cosa simile ha una mente deviata, una...»

Nicole intervenne per facilitare la comunicazione.

«Lei direbbe che questa postura, questa dea potrebbero orientarci verso il tantrismo?»

Tripeth sembrò confuso dall'utilizzo di quel termine ma si riprese subito.

«Sì, Durga è il simbolo delle orge tantriche, ma lei tira in ballo dei concetti, delle nozioni incredibilmente vasti! Non c'è una sola risposta a questa domanda, ce ne sono... centinaia!»

«Il tantrismo», insistette Mersch come se l'altro non avesse parlato, «cos'è?»

Mentre aveva reagito con un relativo sangue freddo di fronte ai cadaveri di Suzanne e Cécile, il professore sentì ora l'esigenza di sedersi, schiacciato dal peso di quella domanda.

«Bene», cominciò dopo qualche secondo di riflessione. «Saprete probabilmente che una delle credenze fondamentali dell'induismo riguarda il ciclo delle rinascite. L'anima umana è prigioniera di una successione infinita di reincarnazioni che l'obbligano a vivere nel mondo terrestre, il samsara, fonte di sventure e sofferenze. Viviamo, compiamo delle azioni, e ognuna di queste ha una ripercussione sulla nostra vita successiva. Questa concatenazione indissolubile, questa serie di cause ed effetti, è ciò che chiamiamo karma. Il fine ultimo dell'induismo, come d'altronde quello del buddhismo, è uscire da questo ciclo, sfuggire a questo destino infinito.»

«Non capisco la digressione.»

Dal canto suo, invece, Nicole trovava il professore molto chiaro.

«La strada migliore per liberarsi è la rinuncia. Rifiutare il mondo terrestre, le sue tentazioni, le sue illusioni. Ecco perché si ritiene che gli asceti, gli swami e i sadhu siano le persone maggiormente in grado di raggiungere il nulla, il *moksha.* L'erotismo è, al contrario, uno dei principali rischi del samsara. Il desiderio distrae l'uomo dalla sua missione, lo fa sprofondare, per così dire, nelle sue illusioni pericolose...»

«Continuo a non capire.»
Il professore fece schioccare la lingua, come se voltasse la pagina di un libro.
«Il tantrismo parte dal punto di vista opposto. È nelle sue funzioni prosaiche, e segnatamente nell'attività sessuale, che l'uomo riesce a trovare l'energia liberatrice, il cammino verso il *moksha.*»
«Tutto questo ha a che fare con la Shakti?»
Nicole trasalì: come mai Mersch conosceva quella parola? Aveva studiato sodo quella notte? Non se lo immaginava tutto intento a divorare libri sull'induismo. Si chiedeva addirittura se avesse letto anche un solo libro in vita sua.
«Esattamente. Gli induisti credono che la Shakti, l'energia vitale, riposi nel profondo di ogni essere umano. È quella che viene anche chiamata Kundalini, oppure Kundalini-shakti. Per gli indù, sarebbe localizzata alla base della colonna vertebrale, sotto forma di un serpente addormentato.»
L'ispettore assorbiva ogni informazione con una smorfia. Ci si stava allontanando sempre di più dal mondo che conosceva, quello del crimine razionale, con moventi ben definiti, testimoni, indizi...
«Lei crede che esista una setta tantrica a Parigi?» domandò rimettendo la palla al centro.
«No. La comunità indiana qui è molto esigua, e gli indiani del Nord-Est si contano sulle dita di una mano.»
«Potremmo immaginare la presenza di un sadhu a Parigi?»
Tripeth fece un breve sospiro.
«I sadhu non prendono l'aereo! Sono asceti erranti ma si spostano solo a piedi o in treno. Un sadhu a Parigi? E perché non una tigre del Bengala a passeggio nel Quartiere latino?»
Trascorse qualche secondo. Mersch sembrava riflettere. Nicole vedeva la sua mascella oscillare sotto la pelle, come il bilanciere di un pendolo.
«Praticano sacrifici umani, laggiù, gli induisti tantrici?»
«Molto tempo fa, sì. Ma oggi, quando è previsto un sacrificio, bisogna accontentarsi di una capra...»
Il poliziotto indicò di nuovo le foto, sempre sparse sul tavolo.

«Quelle mutilazioni le fanno venire in mente un tipo particolare di sacrificio? Le ricordano qualcosa?»

«Sinceramente... no. A parte la messa a nudo degli organi, forse...»

«Cioè?»

«Il tantrismo fonda la sua ricerca sulle funzioni primitive dell'uomo. Il desiderio sessuale, ma anche la digestione, i meccanismi nascosti dei nostri organi interni. Questa volontà di far fuoriuscire i visceri potrebbe essere un gesto tantrico, non so...»

Nicole prese la parola. «In che modo il tantrismo arriva a conciliare tutto ciò che unisce l'uomo alla terra – come il sesso, l'alimentazione, la defecazione – con la grande liberazione alla quale aspirano tutti gli indù?»

A Tripeth scappò un'altra risatina.

«È un percorso complesso, difficile da spiegare. Volendo azzardare una metafora moderna, userei l'espressione "toccare il fondo" ... Il tantrismo, alla fin fine, è un po' questo: scendere più in basso possibile per poi risalire, ripartire verso l'alto. È nel profondo del proprio essere che l'uomo trova l'energia più potente, la molla che gli permetterà di sfuggire al karma.»

Mersch raggruppò le fotografie e le cacciò sotto il giubbotto: tutte quelle chiacchiere gli sembravano troppo vaghe per meritare altre domande.

«Lei è a conoscenza di un centro di yoga nel X arrondissement, diretto da un certo Gupta?» s'informò comunque.

«Sì.»

«Gupta pratica l'induismo tantrico?»

«Non saprei, ma dato che proviene da Calcutta, quelle pratiche non gli sono sconosciute. Lei ha avuto modo di incontrarlo?»

L'ispettore non rispose: inutile soffermarsi sull'umiliazione subita.

«Ha delle fotografie di qualche sadhu?» preferì chiedere.

«Mi segua.»

62.

Il primo, rasato e nudo, aveva il corpo interamente ricoperto di cenere. Un altro portava lunghe trecce incrostate di fango, attorcigliate in uno chignon sulla testa, come un nido di serpenti schifosi. Un terzo sfoggiava collane di legno e brandiva un tridente.

Dio, che facce... si disse Nicole osservando le fotografie che Tripeth aveva distribuito sulla scrivania. Teste orrende, grugni mostruosi, facce biancastre da gargouille, con segni bianchi o rossi sulla fronte. Volti imbrattati di kumkum vermiglio, di ceneri di sterco di vacca... Corpi emaciati, la cui magrezza, sottolineata dalla nudità, faceva pena al solo guardarla.

«Quel segno lì, cosa vuol dire?» domandò Mersch.

Indicava un sadhu con tre tratti orizzontali sulla fronte, attraversati in verticale da una linea rossa.

«Un adoratore di Shiva. Questo segno è posto dove è situato il sesto chakra, lì dove risiedono le facoltà mentali... Il terzo occhio. Quello della conoscenza.»

Quelle parole facevano sognare Nicole ma non avevano l'aria di sedurre Mersch che, con un gesto di stizza, mostrò un altro segno sulla fronte di un asceta: una U bianca che partiva dalla radice del naso e circoscriveva un tratto rosso.

«Un vishnuita... Quel segno viene chiamato *tirunama.* La U rappresenta l'impronta del piede di Vishnu che, sotto forma di una delle sue incarnazioni – Vamana o Trivikrama –, attraversò i tre mondi con tre passi...»

Mersch, che sembrava infastidito da tutte quelle precisazioni, annuiva con brevi scatti del capo, come un picchio, cercando nel frattempo altre foto.

«Santo cielo», mormorò aprendo un'altra busta. «Cos'è questa roba?»

Un uomo nudo come un verme teneva una mano stretta in un pugno, e lo faceva sicuramente da parecchio tempo poiché le unghie ingiallite e adunche avevano perforato il palmo fino a spuntare dal lato opposto, sul dorso della mano. Un altro aveva un braccio alzato, atrofizzato, rattrappito, che sembrava non abbassasse da anni. Un altro ancora trainava una jeep su un sentiero con la sola forza degli organi genitali, saldamente legati al paraurti del veicolo.

«I sadhu hanno rinunciato al mondo ma hanno il senso dello spettacolo», spiegò Tripeth. «La loro devozione è estrema e vogliono dimostrarlo a tutti. Rimanere in piedi una quarantina d'anni, osservare il sole fino a diventare ciechi, vivere nudi alle sorgenti del Gange, nella neve e nel ghiaccio, sono prove di fervore religioso che suscitano l'ammirazione degli indù...»

I visitatori non replicarono, sbigottiti da un'immagine ancora più orribile. Un sadhu, nudo, tranquillamente seduto su una roccia lungo la sponda di un fiume, lavava con una spazzola i suoi intestini srotolati sulle ginocchia. Non sembrava che la foto fosse truccata... bisognava arrendersi all'evidenza: l'uomo, con una padronanza inaudita del suo corpo, era riuscito a estrarre i visceri dall'ano per pulirli in maniera ottimale.

Mersch osservò quest'ultimo scatto per qualche secondo e Nicole indovinò ciò che stava pensando. Quell'immagine offriva un collegamento diretto con i sacrifici di Suzanne e Cécile.

«I sadhu sono violenti?» chiese il poliziotto.

«Nemmeno per sogno. A volte scoppiano delle liti di poco conto durante i grandi raduni, ma sono fuochi di paglia. Il rifiuto delle passioni umane implica un pacifismo assoluto.»

«E la droga?» intervenne Nicole. «I sadhu ne fanno uso, no?»

«Sì, fumano parecchio. Marijuana, in particolare. In Occidente, assumiamo droga per fuggire dalla realtà, ma per loro è il contrario. La droga gli permette di avvicinarsi meglio alla verità che si nasconde dietro le illusioni del mondo.»

«Assumono magari anche LSD?»

Tripeth scoppiò in una sonora risata. «Non penso conoscano quel tipo di sostanza.»

«Capita che i sadhu si ricoprano di fango?» domandò all'improvviso Mersch.

Il professore estrasse dalla tasca una pipa di cui si mise ad accarezzare il fornello come fosse un animaletto domestico.

«Capita che alcuni fedeli offrano ai sadhu un bagno di fango terapeutico, specialmente nel periodo in cui il livello del Gange si abbassa. Ma non è la norma.»

«Grazie, professore.»

L'ispettore si diresse verso la porta, seguito immediatamente da Nicole e Hervé. Era chiaro che Tripeth nascondeva loro qualcosa. Disponeva di informazioni che serbava per sé.

Niente di sorprendente, dopotutto: è impossibile fidarsi di uno sbirro.

63.

Direzione obitorio.

JL aveva fatto una telefonata e da quando si era rimesso alla guida non aveva più aperto bocca. Hervé si sentiva umiliato da quel silenzio. Bisognava dunque accontentarsi di seguirlo senza fare domande. Per fortuna c'era Nicole, che condivideva visibilmente la sua frustrazione.

L'ora del pranzo era già passata, ma a nessuno sembrava importare granché. E anche se avessero avuto un po' di fame, quel buon vecchio odore di obitorio era lì per risolvere il problema. Una mescolanza di miasmi stantii di acquario e formaldeide, il tutto condito da puzzo di uova marce, dovuto alla decomposizione dei cadaveri.

«È finita l'autopsia?» chiese Mersch al medico all'ingresso.

«Proprio adesso. Di qua.»

Corridoi piastrellati, barelle, porte frigorifere. Una grande sala, probabilmente quella delle autopsie. Sotto un lenzuolo, un corpo. Cécile, senza dubbio. Sangue rappreso un po' dappertutto. Dei piccoli rigonfiamenti sotto un altro lenzuolo. *Lasciatemi indovinare: gli organi di Cécile.* Hervé aveva l'impressione di sognare. Non si trattava neanche di un incubo, ma di una situazione... impossibile. Lontano, molto lontano da qualsiasi realtà.

«Devi fare qualcosa», ordinò l'uomo in camice bianco.

Il medico legale piaceva a Hervé. Capelli folti e ingrigiti, basette che sembravano risalire al secolo scorso, una bella faccia da professionista incallito e, come tocco finale, una sigaretta stretta fra le labbra, che mandava un filo di fumo come il tubo di una stufa.

«Cosa vuoi dire?» sbottò Mersch aggressivo.

«Devi fermare questo massacro.»

Il poliziotto si accese una sigaretta e preferì non rispondere.

Il medico si voltò verso il cadavere. Hervé temeva che spostasse il lenzuolo ma non lo toccò. *Per il momento.*

«Questa volta il bastardo non le ha aperto il ventre. Ha preso un uncino, forse un piede di porco, e glielo ha infilato profondamente nella vagina. Dopodiché lo ha strattonato avanti e indietro più volte, come farebbe uno spazzacamino. I visceri hanno ceduto e sono usciti da… quell'orifizio.»

Mersch fumava tirando piccole boccate. Nicole? Fluttuava da qualche parte, appoggiata a un lettino da visita. Quella notte Hervé aveva saputo trovare le parole per consolarla… ma adesso, anche lui era rimasto senza voce. Tutti e tre erano precipitati in un buco nero.

«Cos'altro abbiamo?» lo incalzò l'ispettore.

«Sono gli stessi tipi di morsi della prima vittima.»

«Sempre tracce di cheranina?»

«Cheratina. Sì. E i segni sono più netti: non c'è dubbio, si tratta proprio di una mascella circolare, una bocca perfettamente tonda…»

Mersch stava lentamente scomparendo dietro la nuvola della sua Gitane. Secondo Hervé, non avrebbe potuto fumare null'altro. Per via della donna disegnata sul pacchetto. Da ragazzino, associava quella figura a una danzatrice del ventre, all'Oriente, all'Algeria… A suo fratello, insomma…

«Ho fatto delle ricerche al riguardo», continuò il medico.

«Ricerche su cosa?»

«Sai cos'è una lampreda?»

«No.»

«Una specie di anguilla che vive nei mari e nei fiumi. Una creatura rivoltante.»

L'ispettore scosse la testa, come per dire: "E allora, su, continuiamo con il delirio, che mi sembra sia quella la direzione in cui stiamo andando…".

Il medico legale attraversò la sala e afferrò un libro posato su un bancone. Le pagine erano impiastricciate di sangue.

«Le lamprede», cominciò a leggere con tono dottorale, «appartengono alla classe degli agnati, metà-pesci, metà-anguille... Sono di dimensioni piuttosto ridotte, anche se sono stati avvistati esemplari la cui lunghezza superava il metro. Cieche, restano per anni nascoste nella melma prima di uscire per compiere le loro razzie.»

Il libro in una mano, l'altra infilata in tasca, l'uomo si aggirava come un insegnante mentre fa un dettato ai propri allievi.

«La loro peculiarità è quella di attaccarsi ai pesci incollandovisi con una bocca a ventosa. È una bocca molto particolare: senza mascella, circolare e dotata di una infinità di denti con cui grattano le scaglie. Poi perforano la carne del pesce con la lingua, molto dura, e ne aspirano i fluidi...»

Mersch fece un passo avanti, accompagnato da volute di fumo. «Dove accidenti vuoi arrivare?»

L'altro tolse la mano dalla tasca e puntò l'indice verso i neon del soffitto.

«Grazie agli anticoagulanti contenuti nella loro saliva», continuò, «possono succhiare la ferita per ore, provocando spesso la morte del pesce, o perché ha perso troppo sangue, o perché questa carognata gli ha rifilato un'infezione...»

Jean-Louis gettò la sigaretta a terra e la schiacciò con rabbia. Lanciò a Hervé e Nicole un'occhiata che supplicava: *Tenetemi o lo faccio a brandelli.*

Senza il minimo riguardo nei confronti del corpo martoriato di Cécile, il medico vi appoggiò sopra il libro e girò la pagina.

«Guardate.»

Come un toro condotto al macello, Mersch si avvicinò, imitato da Hervé. Nicole, in una sorta di trance, si accodò.

La bestiola aveva una bocca smisurata, perfettamente rotonda, all'interno della quale si ergeva una spirale di punte cornee, come un vortice di pura crudeltà.

Non somigliava a nessun altro animale conosciuto: l'intero corpo sembrava il prolungamento dell'orifizio minaccioso, come un tubo dell'aspirapolvere o una lancia antincendio.

«È qui che la cosa si fa interessante», spiegò il medico picchiettando con il dito sull'immagine. «I denti che vedete qui sono fatti interamente di cheratina.»

«Di cosa?» chiese Nicole, con voce atona.

«Ne ho parlato l'ultima volta che ci siamo visti», rispose il medico guardando Jean-Louis. «La cheratina è una proteina naturale, una materia morta che non si rigenera ma che è inalterabile. Ne è composto il corno del rinoceronte, per esempio. È presente anche nel corpo di alcuni mammiferi, e questo rende la loro pelle impermeabile. La cheratina non è solubile in acqua.»

Voltò pagina, senza prendersi la briga di assicurarsi che tutti avessero capito.

In alcune fotografie sottomarine si vedevano dei pesci, dall'aria tranquilla, divorati da piccole fiamme nere che si torcevano nella corrente mentre la loro bocca era conficcata nella carne delle prede. Queste subivano una placida agonia...

«Dunque», fece Mersch accendendosi un'altra sigaretta, «le nostre vittime si sarebbero fatte mordere da queste bestie putride?»

«Sì e no.»

«Santiddio, rispondimi con chiarezza!»

«Sì, perché le tracce di morsi sono state lasciate senza dubbio dalle lamprede. No, perché le vittime non erano immerse nell'acqua, né dolce né salata.»

«Che idea ti sei fatto?»

«Una protesi.»

«Cosa?»

Il medico chiuse il libro.

«Forse una specie di dentiera, o anche un manicotto irto di punte, del tipo di quelli usati dai gladiatori.»

«Dici sul serio?»

«Bisogna pure trovare una spiegazione. L'assassino si è servito di un qualche aggeggio, è evidente. La cosa più interessante è che, a prescindere da quale sia, lo ha realizzato con dei veri denti di lampreda. Che di certo non se ne va a spasso per strada o, meglio, nei canaletti di scolo.»

Mersch sembrava prostrato.

Hervé, dal canto suo, cercava di mettere insieme delle idee che, non appena si formavano, si disperdevano nell'aria come bolle di orrore. Il medico stava ora spiegando che quei morsi erano simili a suzioni, in quanto l'assassino piantava le zanne nella carne delle vittime e ne aspirava il sangue, facendo esplodere un'enormità di vasi capillari. Una sorta di bacio… della morte.

«Tu vieni o cosa?»

Hervé si risvegliò dai suoi spaventosi pensieri dopo essersi perso tutta la parte finale della riunione. Tanto peggio. Tanto meglio. Non ne poteva più.

Seguì docilmente i suoi compagni fuori. Era rintronato a tal punto che neanche l'aria fresca gli procurò sollievo o beneficio. Annichilito dal terrore, il ragazzo…

JL fischiò come se stesse richiamando un cane.

«Andiamo, in marcia. Torniamo a trovare Gupta. Questa volta, ci penso io a interrogarlo!»

Si stavano dirigendo verso la Dauphine quando Nicole si fermò di colpo.

«Cosa succede?» domandò Mersch.

Il volto della ragazza era diventato pallido.

«Dopo Suzanne e Nicole, potrei essere io la prossima?»

Jean-Louis non rispose subito. Sopracciglia aggrottate, per via del sole o dell'imbarazzo, finì col dire: «È qualcosa a cui ho pensato».

«A cosa hai pensato, esattamente?»

«Una sorta di catena dell'… amicizia. Forse l'omicida è interessato proprio a questo legame.»

Nicole si piegò in avanti come colpita da un dolore intenso.

«Avrai sempre due sbirri sotto casa tua», disse Jean-Louis con voce incoraggiante. «Dirò loro di mettersi in borghese.»

64.

Rue du Faubourg-Saint-Denis. Rue des Petites-Écuries. Rue Martel. Per un'ignota ragione, la visibilità in quelle strette vie del X arrondissement era diminuita. Alle diciassette sembrava stesse già calando la notte. A Mersch, che era sempre iperbolico nei suoi deliri, vennero in mente scene apocalittiche, visioni da fine del mondo...

Arrivati in rue de Paradis, si limitò a una teoria più ragionevole, o solo un po' meno folle. Un incendio avviluppava la strada. Una nebbia nera pervadeva ogni cosa, lambiva le facciate delle case e occultava il cielo.

Proseguirono ancora per un po' ma dovettero arrendersi di fronte alle vetture bloccate. Mersch spense il motore e aprì la portiera producendo un gran cigolio. Anche i ragazzi scesero a terra. La luce cangiante li faceva apparire tutti e tre argentati, come cavalieri in armatura.

C'erano persone che correvano, gridavano, agitavano le braccia. L'aria era invasa dalla cenere, come espulsa da un cratere. Risalirono controcorrente, un po' come il giorno prima a Charléty, affrontando le proteste, i volti spaventati, le spallate.

Mersch sorrise: a prevedere il peggio si finiva con l'avere quasi sempre ragione. Ovvio, era il centro yoga di Gupta che bruciava. Tra le nuvole di fumo che turbinavano all'ingresso si distinguevano fenditure, fiammate, lingue arancioni incandescenti che laceravano l'atmosfera luttuosa.

Giunti di fronte all'edificio, Mersch constatò che era troppo tardi per fare qualsiasi cosa. I pompieri non erano ancora arrivati e il palazzo stava già fondendo come zucchero. Dentro, i bagni di fango dovevano ribollire come una zuppa di pesce sul fuoco.

«Aspettatemi qui», ordinò a Hervé e Nicole.

Guizzò all'interno dello stabile, aprendosi un varco fra le cortine di fumo come fossero fili di perle nere di una tenda. Il linoleum del pavimento ondeggiava come un tappeto volante, i poster, le sculture degli dei indiani bruciavano pacificamente, ognuno conservando il sorriso sulle labbra. *Affascinante da vedere, ma prego, la visita continua da questa parte.*

Mersch attraversò la prima stanza: muri di fuoco, modanature ridotte in braci. Il calore non era più una questione di temperatura ma era diventato qualcosa di tattile, un contatto, come un lenzuolo rovente che lo avviluppava, rallentandone l'avanzata. Stranamente, dentro, il fumo era meno denso che sulla strada. Da qualche parte ci doveva essere una via d'uscita che garantiva una sorta di ventilazione in grado di far defluire le emanazioni.

All'altra estremità della sala di yoga, si trovò davanti agli occhi una scena che non si aspettava: un gruppo di indiani in ginocchio intenti a pregare, indifferenti all'incendio che stava per arrostirli. Frammenti di intonaco già cadevano loro addosso, provocando scie di scintille, ma tant'è, quei tizi continuavano a rimanere concentrati sui loro mantra.

L'ispettore dovette scavalcarli per raggiungere il vano successivo. Ciò che scoprì lo lasciò attonito. La stanza dei bagni di fango sembrava un forno industriale: ogni vasca sputava fiamme bianche e nere, spaccando le piastrelle di ceramica che esplodevano sotto l'azione del calore. A terra brillavano sei pozzanghere d'argento, formando una sorta di griglia di mercurio che arrivava fino all'altare del tempio.

Quell'altare era il cubo di ceramica in fondo alla stanza che aveva notato durante la sua precedente visita e che ora era annerito come un cumulo di rifiuti in una discarica. Sopra di esso era seduto, nella famosa posizione del loto (persino lui, Mersch, la conosceva), un uomo nudo, per metà già consumato dalle fiamme. Non si muoveva, bruciava in silenzio, in una sorta di immobilità stoica, indifferente.

Nonostante il fuoco, nonostante il fumo, nonostante il fatto che non avessero fatto conoscenza, Mersch lo riconobbe: il sadhu di Charléty. Le sue trecce si stavano consumando come micce di cannone; il petto incavato, emaciato, era dilaniato da vere e proprie raffiche incandescenti, con le fiamme che si insinuavano come lame tra le costole. Sembrava che tutto il corpo venisse rosicchiato poco alla volta dai denti feroci e brulicanti della fornace.

In quel momento, l'ispettore si accorse che sulla destra, tra due rettangoli di fuoco, c'era un altro personaggio: Gupta, avvolto nel suo scialle, anche lui immobile, intento a recitare tra sé e sé qualche preghiera...

Mersch saltò tra le vasche in fiamme e lo afferrò per il collo.

Per l'evacuazione, da questa parte...

65.

Mersch aveva la gola bruciata, la pelle del viso completamente arsa, gli occhi iniettati di sangue. A ogni respiro, i miasmi dell'incendio gli invadevano le narici, effluvi di linoleum fuso, fango incandescente, carne umana arrostita...

La scena cui aveva appena assistito – il sadhu avvolto dal fuoco, gli indù in preghiera, le vasche in fiamme – sarebbe rimasta per sempre scolpita nella sua memoria. Il contrasto tra il furore dell'incendio e l'apparente indifferenza dell'immolato, gli altri che gemevano intorno a lui, gli arredi che collassavano nel calore torrido l'avevano sconvolto. Immagini come quelle ti prendono alla gola, ti bruciano il cervello e non possono essere dimenticate...

Mersch aveva trascinato il guru fino alla Dauphine e l'aveva sistemato – diciamo incastrato – sul sedile anteriore. Aveva spinto Nicole e Hervé su quelli posteriori, sbattuto le portiere e chiuso a chiave il tutto. *Guai a chi si muove...*

Aveva fatto manovra, suonato il clacson, sventolato il tesserino da poliziotto ed era riuscito ad allontanarsi da quella fogna nel momento in cui sopraggiungevano i pompieri. Rue Papillon. Rue Lafayette. Square Montholon.

Freno a mano che stride, ombre di platani che tremolano.

Ora, potevano cominciare a occuparsi di cose serie.

«Il tizio che è finito arrosto... chi è?» chiese a Gupta.

«Non lo so.»

L'uomo aveva perduto la sua superbia. La barba argentea aveva ora il colore opaco della cenere. Il turbante era messo di traverso. Tutto il suo corpo sembrava sul punto di sgretolarsi.

Non era più il guru capace di fare addormentare la gente

con il tocco di due dita, né il maestro loquace che con tono solenne indicava la via. Era un indù terrorizzato che aveva appena visto vacillare – e forse persino crollare – il suo universo.

Momento ideale per farlo parlare.

«Era tuo ospite?»

«Sì.»

«E tu non sai chi è.»

«Non si rifiuta l'ospitalità a un sadhu.»

«Come si chiama?»

«Non ha nome.»

«Non ha nome ma prende l'aereo?»

«I nomi anagrafici non hanno alcuna importanza.»

La piccola Dauphine, scatoletta di conserva, gabbia di lamiera, reggeva la pressione.

«Perché è venuto a Parigi?»

«Non lo so.»

«Non mi prendere per il culo!»

«Glielo giuro. Aveva una missione, sì, ma non so quale.»

«Spremiti un po' le meningi.»

«Non lo so.»

«Quando è arrivato?»

«Circa tre settimane fa.»

«Con quale volo?»

«Non ne ho idea.»

Anche la voce era cambiata. Gupta aveva ingoiato troppo fumo per conservare la sua inflessione vellutata dal potere ipnotizzante. Ora, quella voce era ridotta a un filo, aspra, incrinata, raschiata, gracchiante, e le parole, con la complicazione dell'accento orientale, non venivano più pronunciate con facilità. Sembrava che gli restassero impigliate fra le labbra.

«Questo tipo si stabilisce da te, dicevamo. Quando?»

«Circa dieci giorni fa.»

«E tu l'accogli senza fare domande.»

«Sì.»

«Senza cercare di sapere quello che fa a Parigi.»

«Sì.»

«Non ti mette a disagio dare ospitalità a uno che va e viene, e che probabilmente è coinvolto in due omicidi?»

Gupta prese fiato e parve vagamente ritrovare il suo contegno di vecchio saggio.

«In India non si ragiona come da voi... Quando non si comprende una situazione, si comprende comunque una cosa: la natura dell'ignoto. Si...»

«Fanculo!» esclamò Mersch battendo sul volante.

Con la ragazza e il fratello seduti dietro, non voleva mostrare di nuovo i muscoli e mettere le mani addosso all'indù, ma santiddio, era forte la tentazione di ficcargli quella barba in gola...

«Eri al corrente degli omicidi?»

«Sì.»

«Chi te ne ha parlato?»

«Lui.»

«Qual era il suo legame con quei crimini?»

«Non lo so. Voleva proteggere...»

«Proteggere chi? Le vittime? Quindi sapeva che erano in pericolo?»

«Non lo so.»

«Conosceva l'assassino?»

«Sì.»

«Ti ha detto qualcosa su di lui?»

«Un uomo molto pericoloso. Dai molteplici poteri.»

«Che genere di poteri?»

«Non lo so esattamente. Ma c'è un legame con il tantrismo.»

«Il tantrismo dona dei poteri?»

«È la sua ragione d'essere.»

«L'assassino è un indiano?»

«Non lo so.»

«Perché l'assassino se la prende proprio con queste giovani donne?»

«Loro sono delle porte.»

Il termine era talmente inatteso che Mersch dovette deglutire. Un consistente grumo di catarro misto a cenere.

«Cosa?»

«Porte. L'assassino le sta aprendo.»

Mersch ripensò tutt'a un tratto alle posizioni delle vittime. Statue sulla facciata di un tempio. L'omicida scolpiva la carne, costruiva un santuario...

«Cosa vuoi dire?» insistette.

«Non so nient'altro. Era quello che diceva Baba, il sadhu. Le porte, l'assassino le apre. L'era della desolazione è iniziata...»

Mersch lanciò uno sguardo a Nicole. Era anche lei una «porta»?

«Non mi stai dicendo tutta la verità», replicò con voce più calma. «Cos'hai insegnato a Suzanne?»

«Lo yoga.»

«Non mi dire cazzate! La ragazza si interessava al tantrismo e l'hai iniziata tu.»

Gupta rimase zitto, il che era di per sé una risposta.

«Suzanne era molto dotata», finì con il mormorare. «Stava tracciando il proprio cammino. Mescolava politica e spiritualità. Voleva fondare una scuola tutta sua. Perché no? Non avrei mai creduto...»

«E sull'LSD eri d'accordo?»

«Mai e poi mai. La chimica non può condurre al *moksha*...»

Mersch aveva appoggiato un gomito sullo schienale di Gupta. Quasi un gesto amichevole.

«In un modo o nell'altro, Suzanne si era spinta troppo oltre...»

Nessuna replica dal guru.

«Allora ti sei spaventato. Sapevi che era in pericolo. Sei tu che hai chiamato il sadhu!»

«NO!»

Mersch serrò il pugno. *Dannazione: non farlo a pezzi...*

«Menti, ma non fa niente. È venuto per salvare Suzanne ma ha fatto cilecca.»

Nessuna reazione.

«Come ha saputo che Cécile sarebbe stata la vittima successiva?»

Nessuna risposta.

«In ogni caso, non è riuscito a proteggerla. Non molto efficiente, il tuo amico...»

Gupta, acciambellato sotto il suo turbante come un cobra in una cesta, sembrava non ascoltare più.

«È per questo motivo che si è immolato?»

All'improvviso il guru rialzò il capo e prese a urlare.

«Ha fallito, ha fallito... Comincia l'era di Kali. L'era della desolazione!»

Mersch allungò il braccio per aprirgli la portiera. Ripiegandosi su sé stesso, distese la gamba destra e rifilò una pedata all'indiano per buttarlo alla svelta fuori dalla macchina.

Senza dire una parola, girò la chiave e ripartì, direzione Beaujon.

Era ora di darsi una ripulita e pensare all'impossibile.

66.

«Due membri del SAC finiscono arrostiti sotto casa tua e tu non hai niente da dirmi?»

Lì per lì, Mersch capì a malapena ciò cui alludeva Deniaud. Al momento, la parola «arrostiti» non poteva che alludere all'incendio di poche ore prima, ma il capo si riferiva alla Simca 1000: la sua vita era tutta un rogo...

«Non ne so nulla», mentì.

Deniaud appoggiò le grosse zampe sul piano della scrivania, poi guardò di lato tendendo il collo, come se cercasse qualcosa sotto un mobile. Semplice manifestazione di esasperazione.

«Sei fortunato che i proiettili si sono fusi.»

«I tizi, chi sono?»

«Al momento ne è stato identificato solo uno. Pierre Santoni. Era uno dei nostri. E del SAC.»

Mersch scosse leggermente la testa. Si era sbarazzato dei due ragazzi, lasciando Hervé alla fermata Châtelet (con la linea 1, poteva tornare direttamente a porte de Vincennes) e Nicole a boulevard des Invalides, con due poliziotti in regalo sotto casa sua. Una sorta di piccolo omaggio a sorpresa in puro stile Mersch. Poi era tornato a Beaujon, come una pecora rientra all'ovile.

«Cosa è successo?» riprese il commissario.

«Non ne so niente.»

Deniaud colpì il piano della scrivania, rivestito di un bel cuoio verde bottiglia.

«Venerdì sera, nel pieno della manifestazione, altri due tizi del SAC si sono fatti stendere. Delle belle pallottole di M1911.»

«E allora?»

«Mi ricordo che conservavi anche una Colt .45 della tua dotazione da recluta...»

«Hai intenzione di richiedere una perizia comparata?»

«Hai proprio un gran culo...» sospirò il capo. «I ragazzi della Balistica sono in sciopero...»

Mersch conosceva il suo Deniaud. Bisognava aspettare la fine della tempesta.

E infatti.

«Bene, dimentichiamoci questo casino», concluse infine. «I casi verranno archiviati e nessuno rimpiangerà quei bastardi. E comunque, non c'è nessuno per condurre le indagini. Allora chiudiamola qui. Metteremo quelle morti sul conto delle manifestazioni. In fondo, tutti devono avere la propria parte di danni... Come sta andando la tua storia?»

«La mia storia?»

«Il caso al quale stai lavorando.»

«C'è stato un secondo omicidio.»

«Cazzo.»

Deniaud era talmente assorbito dalla minaccia delle contestazioni che non leggeva nemmeno più i telex provenienti dallo stato maggiore con cui si informavano i capi della polizia giudiziaria sui crimini commessi nella capitale.

«Segui qualche pista?»

«Forse.»

All'idea di spiegare a uno come Deniaud che piega avessero preso le indagini, gli cadevano le braccia. Rivedeva ancora una volta il sadhu bruciare sul suo altare di maiolica, con sfondo di cadaveri in posizione yoga. Dio santo: era meglio tenere la bocca chiusa piuttosto che tirare in ballo un casino simile in un ufficio della polizia.

«Hai trovato degli uomini?»

«Berto», rispose Jean-Louis. «E qualcuno delle truppe speciali, in caso di bisogno...»

Deniaud aprì le mani, come per dire: "Non posso fare niente per te".

Poi si alzò e le infilò nelle tasche dei pantaloni. In maniche di camicia somigliava a Jean Gabin nelle vesti del commissario Maigret. Gli mancavano solo la birra e i panini, che non dovevano essere molto lontani.

«Vuoi che ne parli ai piani alti?» chiese tuttavia il capo.

Mersch rispose di no. Preferiva sbrigarsela da solo senza che nessuno gli stesse fra i piedi...

«È triste da dire», riprese il commissario, «ma in altre circostanze, con un caso del genere, tutto il 36 sarebbe stato sul piede di guerra...»

«...e Parigi avrebbe vissuto nel terrore. In un certo senso, forse è meglio così...»

Deniaud camminava per la stanza con passo pesante e il parquet gemeva con toni acuti.

«Sono sicuro che catturerai quel delinquente.»

«Certo», rispose Mersch alzandosi.

«Voglio dire: tu lo catturerai prima che venga risolto l'altro problema, quello dell'ordine pubblico...»

L'ispettore vacillò leggermente, oppure era la realtà a traballare. Fuori regnava il caos e nell'aria si annunciava una sorta di tregua. Un pazzo omicida sacrificava delle ragazze nell'indifferenza generale e lui stesso in meno di una settimana aveva fatto fuori quattro uomini di cui nessuno stava piangendo la scomparsa.

Jean-Louis girò la maniglia e all'improvviso, come un crampo fulminante, si sentì solo – solo da morire. Gli mancavano i due ragazzi. Aveva bisogno di loro, e non solo per l'inchiesta...

67.

Mersch salì all'ultimo piano, quello mansardato, per raggiungere il suo quartier generale, che all'atto pratico era principalmente l'ufficio di Berto. Il tempo di salire i gradini, e si disse che aveva bisogno di energie per far passare quell'attacco di debolezza. Una deviazione ai cessi. Un paio di Bennies, due pasticche di benzedrina. Ecco fatto.

Ricaricato, osservò la sua immagine riflessa nello specchio sopra il lavabo. Aveva una brutta cera, era il minimo che si potesse dire. I capelli troppo lunghi gli ricadevano davanti agli occhi, c'erano ancora tracce di fuliggine sulle tempie e le profonde occhiaie gli conferivano un'aria da cantante latino d'operetta. Fortunatamente, la barba di tre giorni (di una settimana, per la verità) riequilibrava l'insieme. Una faccia da mascalzone pronta a collassare...

L'effetto delle anfetamine non tardò a farsi sentire. La potenza chimica gli salì dritta al cervello. Aveva l'impressione che il suo sangue fosse saturo di elettricità, di risate isteriche e rumori di elicottero.

Era pronto a ripartire.

Il punto della situazione con Berto non richiese molto tempo. L'assistente aveva analizzato i risultati delle analisi del parco Montsouris: tempo sprecato. Testimoni oculari? Neanche l'ombra. Nonostante l'affluenza di quella sera allo stadio Charléty, nessuno aveva notato nulla.

Paradossalmente, quello zero tondo rafforzava in Jean-Louis l'idea che stesse seguendo la pista giusta. L'India, il tantrismo, le lamprede... Niente di comprensibile all'orizzonte: questa era la firma dell'assassino.

Si prese la briga di spiegare ciò che aveva scoperto quel giorno.

Berto, le braccia incrociate (dal punto di vista del dolcevita, era un giorno verde), fischiò come per dire: "E bravo il mio vecchio...". Mersch era colpito da quella dicotomia: sembrava ci fossero due inchieste parallele. Quella, tradizionale, di Berto, con la quale non si cavava un ragno dal buco, e la sua, del tutto marginale, che forniva tragedie a catena, indecifrabili.

Si accese una Gitane.

«Sei riuscito a incontrare i genitori di Cécile?»

«Affermativo.»

«È andato tutto bene?»

«Benissimo.»

L'ispettore non sapeva cosa dire. Ancora una volta, aveva evitato le prassi di identificazione e le inutili condoglianze, eppure anche eludere questi rituali lo sfiancava. Colpi inferti da tutte le parti... messo alle corde, il Mersch...

Il suo pensiero andava ai familiari delle vittime, distrutti dal dolore, e alla propria vigliaccheria, che gli impediva di guardare quella catastrofe dritto negli occhi. La morte in generale va bene. Ma la morte vista in faccia no. In questo senso, quella dell'Algeria era stata un'epoca benedetta. Un cadavere, qualche documento da firmare, un feretro su un aereo. Punto e basta.

«Ok, libera uscita, stasera», disse per concludere con una nota meno morbosa.

«Cioè?»

«Vai a dormire. Decideremo le prossime mosse domani.»

«E tu?»

«Io?» sorrise Mersch. «È già da un po' che, non appena mi addormento, comincio ad avere incubi.»

68.

Si infilò sotto la doccia con lo stesso animo con cui a Marsiglia i soldati entravano a forza nelle cabine per spidocchiarsi prima di salpare per Orano. Massima pulizia, fino a far esalare l'ultimo respiro al serbatoio dell'acqua calda...

Erano solo le otto di sera, eppure l'unica cosa che desiderava era di andare a dormire, visto che il suo corpo gridava pietà e la testa lo supplicava di staccare la spina.

Ma, prima di tutto, le munizioni.

Dettaglio ironico: Jean-Louis Mersch, come Suzanne, nascondeva la droga sotto il parquet. Con indosso un semplice telo da bagno, si dedicò a un rapido inventario delle provviste disponibili.

Una dozzina di bustine d'erba.

Tre panetti di cannabis avvolti in fogli d'alluminio.

Una saliera mezza piena di cocaina.

Vaporizzatori di benzedrina.

Scatole metalliche di pellicole Kodak colme di anfetamine di tutti i tipi.

Bustine di mescalina in polvere.

Pasticche di oppio...

Questa scorta lo rassicurava, alla stregua di certe persone che non riescono a dormire se non con una pistola sotto il cuscino... ma lui dormiva anche con una pistola sotto il cuscino.

Quella sera non voleva farsi di niente, voleva semplicemente dormire. Infilò la mano tra i listoni, afferrò un sacchetto di plastica – quello che chiamava la sua farmacia – e frugò tra le pilloline.

L'arma segreta: il Gardenale. Un potente barbiturico utilizzato per controllare le crisi epilettiche e che riusciva a stendere un cavallo nel suo box.

Per Mersch, dormire non era mai un fatto scontato. Non soffriva di insonnia, no, ma il suo sonno era un veleno. Ogni notte il suo animo era torturato, straziato, lacerato. Si risvegliava allucinato e ancora più stanco di prima.

Mandò giù una pasticca e si coricò in posizione fetale, come faceva sempre, per proteggersi da un eventuale bombardamento di immagini atroci e scene di terrore. Mersch non si addormentava: si metteva in guardia.

Quelle scene non tardarono ad arrivare. Un sadhu, bianco come un fantasma, con delle corde nere fra i capelli, procedeva al sacrificio di una ragazza impugnando un coltello affilato che faceva strazio della carne allorché la lacerava in due lembi violacei.

Subito dopo, l'uomo s'infilava in gola una specie di protesi, o piuttosto un manicotto irto di punte, così da trasformare la bocca in un orifizio circolare cinto di denti minuscoli e taglienti. Una ventosa killer pronta a perforare le carni, a succhiare il sangue...

All'improvviso, la bocca si apriva a dismisura, facendo risplendere la spirale di zanne, con un urlo inaudibile. Mersch dormiva? Era allo stesso tempo quella bocca e la vittima di quella bocca, colui che assorbiva i fluidi e colui che urlava per il dolore. Il sangue e la cheratina. Finiva a brandelli sul fondo di un fiume pieno di melma e raggiungeva un mondo nero e liquido incredibilmente immondo...

Si risvegliò sul pavimento, investito da un bagliore sanguigno, singhiozzante per il terrore, tremante come un vecchio transformer in preda a cortocircuiti e scintille. Non era più l'inchiesta ad assorbirlo, era lui che assorbiva l'inchiesta...

Nell'oscurità, si trascinò alla ricerca di altro Gardenale. Non vedeva niente. I suoi pensieri erano pugnalate, sentiva le arterie temporali picchiare forte come un gong, con le sue risonanze e tutto il resto... la nausea gli procurava degli spasmi ma non vomitava, non lo faceva da... Non c'era verso di ricordarselo.

Una volta in soggiorno, raggiunse il listone del parquet sotto il quale nascondeva le pasticche. Tastò con le dita tremanti di panico, mentre il sudore gli imperlava il viso. Ne buttò giù un paio, per addormentarsi definitivamente, per chiuderla lì, e si lasciò ricadere sul fianco, rannicchiato. Pregava di sprofondare sul serio, di affondare in sé stesso come quando si precipita in un pozzo.

69.

«Cosa fai?»

«Non lo vedi? Preparo le valigie.»

«Partite?»

«Sì, tesoro. Per Corubert. Ho trovato un po' di benzina in ospedale.»

I Bernard avevano una casa in campagna – alcuni l'avrebbero definita un castello, o almeno una magione – nel Perche, dalle parti di Nogent-le-Rotrou.

«Come mai?»

Il padre schiacciò le camicie in fondo alla valigia aiutandosi con i pugni.

«Come mai?» ripeté l'uomo alzando la voce. «Perché ne ho abbastanza di questo paese di bifolchi! Ci siamo sciroppati tutte le vostre stronzate di studenti. Abbiamo tollerato gli scioperi e gli eterni piagnistei dei sindacati. E ora che Pompidou si è calato le braghe, non siete ancora soddisfatti? E allora, fottetevi! Sono stufo, più che stufo, capito?»

Aggiunse qualche altro maglione – nell'Orne, di sera, l'umidità regna sovrana.

Nicole cercava qualche argomento per trattenerlo. Di primo acchito, quella collera da borghese egoista la esasperava. A un livello più profondo, avvertiva in lei una sensazione di panico sempre più intensa. Restare da sola in quel grande appartamento? E se era davvero la terza dell'elenco dell'assassino? Pensò ai due poliziotti che erano di guardia giù in strada. Scarsamente rassicuranti.

Era sul punto di raccontare tutta la storia… ma alla fine si limitò a chiedere: «E i tuoi pazienti?».

Al padre sfuggì una risata sarcastica.

«I miei pazienti? Non osano neanche più uscire di casa! La metà del mio reparto è in sciopero, l'altra gioca a carte sotto i platani. Credimi, non mancherò a nessuno. Se la Francia ha deciso di sprofondare nel caos, io me ne vado a pesca!»

«E io?»

«Tu? Tu vieni con noi.»

«Neanche per sogno.»

Quella risposta le era scappata senza riflettere. Non era una ritorsione ma una reazione istintiva. Quella per cui diceva «no» in qualsiasi circostanza, e in particolare a suo padre.

Ma in quello specifico frangente, Nicole era sincera. Non avrebbe lasciato Parigi per nulla al mondo. Non per restare nell'occhio del ciclone, perché ormai non gliene fregava nulla degli «avvenimenti». Semplicemente voleva rimanere vicino a Hervé e Jean-Louis. Voleva trovare l'omicida. Lo doveva a Suzanne e Cécile.

«Vuoi rimanere in prima fila, eh?» sogghignò il padre, all'oscuro della vera natura dello spettacolo. «Magari rimarrai delusa quando calerà il sipario!»

Chiuse il bagaglio, avendo cura di girare la chiavetta che bloccava ogni serratura.

Nicole era sul punto di scoppiare a piangere. Avrebbe voluto dirgli che le sue due migliori amiche – che lui conosceva bene – erano state uccise. Ma sarebbe stato il modo migliore per indurre il padre a farla partire immediatamente.

Scelse piuttosto, come sempre, la provocazione.

«Non ti capisco, papà. Sei stato nella Resistenza, ti sei battuto per il tuo paese, non ti sei mai arreso, perché non sostieni la nostra lotta? Questa forza che solleva proteste nel paese?»

Il padre afferrò la valigia e la posò a terra, affaticato. Sospirò, poi si sedette su una delle poltrone di cuoio rossiccio della camera, quella dei genitori, che conservava un'atmosfera anni Cinquanta mista a uno stile tipicamente scandinavo.

Per tutta risposta, come un gancio sferrato al fegato, le rivolse un ampio sorriso.

E in quel sorriso Nicole lesse tutta l'autorevolezza dell'uomo maturo, solido, realizzato. Un brivido la percorse dalla testa ai piedi. Si credeva coraggiosa, ma non era altro che la figlia di suo padre. Lei faceva quel che faceva, si lanciava nelle sue sfide perché alle sue spalle c'era quell'uomo, anche e soprattutto quando credeva di lottare contro di lui...

D'impulso, gli si gettò tra le braccia.

«Non partire, papà!»

Con delicatezza, la allontanò per guardarla negli occhi.

«Cosa succede?» chiese turbato.

«Niente», rispose Nicole tirando su col naso, «niente...»

«Hai preparato i bagagli, piccola mia?»

La ragazza si voltò per ritrovarsi davanti la madre appoggiata allo stipite della porta, travestita da guardaboschi. Quell'immagine la rimise in sesto: i suoi genitori erano davvero delle caricature. Niente esitazioni. Doveva rimanere a Parigi, andare fino in fondo al suo destino, accanto a uno storico geniale e a un bullo armato.

«Non vengo con voi.»

Sua madre rispose con una lieve alzata di spalle, a significare che non era poi così importante. Poi si eclissò, probabilmente per finire di preparare il proprio bagaglio, che doveva consistere almeno in un baule. Il mondo poteva anche crollare, ma la madre sarebbe rimasta in piedi, elegante, risoluta, impeccabile.

Di nuovo il padre cercò lo sguardo della figlia. In ginocchio di fronte a lui, Nicole era come una religiosa raccolta in preghiera.

«Mi vuoi dire qualcosa, tesoro?»

Nicole si rialzò di colpo. Le sue amiche erano morte. Forse lei era la prossima. Era al centro di un caso violento, stupefacente, unico. Non poteva più tirarsi indietro.

«Va tutto bene, papà. Saprò cavarmela.»

Il padre si alzò a sua volta.

«Ho lasciato dei soldi nel solito posto.»

Il chirurgo nascondeva sempre delle mazzette di banconote nello scafo di un modellino di barca a vela che troneggiava all'ingresso, come una provocazione.

Nicole lo abbracciò con tutto l'affetto di cui era capace, ma la sua testa era già altrove. Non si sarebbe lasciata abbattere. Una piccola canna per stemperare l'inquietudine, qualche 45 giri, e a letto!

70.

Di recente, Nicole aveva appreso che la cannabis era una pianta dioica, cioè che in natura esisteva sia in forma maschile che femminile. Aveva anche letto che la versione femminile era quella più ricca di cannabinoidi, i principi attivi che ti fanno sballare, benché in India venisse venduto anche il *bhang*, a base di foglie fresche di cannabis maschile, tritate e mescolate a latte oppure spezie...

La ragazza ignorava il sesso dell'erba di quella sera, ma sarebbe comunque bastata a farla addormentare. Anche il solo profumo che sprigionava mentre caricava il chilum la induceva a un dolce dormiveglia. Il trucco era non pensare alle indagini. E soprattutto non a Suzanne e Cécile.

La scomparsa delle due amiche costituiva una sorta di non-avvenimento. Qualcosa che non riusciva ad ammettere, e nemmeno a concepire. Suo malgrado, sperava ancora nella telefonata di una di loro o si aspettava d'incrociarle nel Quartiere latino. Ecco perché riusciva a sopravvivere: perché non credeva a quello che era successo. Suzanne... Cécile... Loro tre si consideravano uniche, moderne, rivoluzionarie. Se almeno le sue compagne fossero state vittime degli avvenimenti di maggio. Neanche quello.

Non ci pensare... Inumidì con cura il foulard nel quale avvolgeva il chilum e poi chiuse il pugno intorno alla pipa prima di accenderla. Il suo gesto ricordava quello di certi uomini primitivi intenti a soffiare in una conchiglia. Come sfondo sonoro: *Call My Name* di James Royal. Chiamare chi?

L'odore della marijuana, che fino a quel momento l'aveva avvolta con discrezione, ora la penetrava con forza, impregnando tutti i muscoli del viso, risalendo lungo i nervi e le vene fino a intorpidire il cervello.

Si lasciò ricadere all'indietro, occhi chiusi, esalando lentamente il fumo, come se stesse espellendo la propria lucidità. Fece un vago sorriso, provando tenerezza per sé stessa. *Non ci pensare...*

In quel momento fu il volto di Mersch ad affacciarsi in technicolor sullo schermo della sua mente. Un vero zingaro. Puzzava come una capra. Nessun legame, nessuna donna; doveva vivere da qualche parte in un buco sudicio, usando una stufa come fornello per cucinarsi una bistecca e masturbandosi sfogliando riviste erotiche.

Si mise a ridere dicendo tra sé che quel furfante le piaceva e che avrebbe dovuto fumare prima di tenere il suo discorso nel grande anfiteatro. Ma la droga non si sposava bene con la politica. Per una semplice ragione: la politica era essa stessa uno sballo, e anche piuttosto pesante... Ecco perché quella storia dell'LSD a proposito di Suzanne non stava in piedi... La sua amica non si lasciava mai andare, era ben ancorata a terra, lei...

Nicole si raddrizzò di scatto. Aveva appena sentito un rumore. Per un istante pensò si trattasse del raschio del 45 giri ormai arrivato alla fine, ma no: erano passi sul parquet del corridoio...

71.

Saltò giù dal letto e incollò l'orecchio alla porta. Chi era? I suoi genitori? No, erano andati via. Un domestico? Non ce n'era motivo. L'idea che le venne in mente fu molto più semplice, e più chiara: *Tocca a me.*

Silenzio totale. Aveva sognato? Aveva la gola chiusa, impossibile respirare. Il cuore le batteva così forte che era passato in modalità rullo di tamburo, come quello che annuncia il pericolo imminente nei numeri del circo. Sentiva il sangue, in fondo al braccio, pulsare con tale violenza da farle tremare la mano.

Impugnò la maniglia, con forza ma senza fare rumore, e aprì la porta. Nessuno. Il corridoio era buio e silenzioso. La disposizione dell'appartamento le permetteva di raggiungere la cucina senza passare dal salone o dalla sala da pranzo. Una volta lì, se necessario, sarebbe potuta fuggire dalla porta di servizio.

Attese ancora un minuto buono, la porta socchiusa, occhi spalancati: *nada.* Espirò a fondo, poi contò fino a cinque prima di lanciarsi nel corridoio, a piedi nudi, trotterellando come un topo.

Nel giro di qualche secondo si ritrovò in cucina, e si gettò sulla porta di servizio. Chiusa. Merda. Non sapeva dove cercare la chiave... Il fatto di ignorarlo le ricordò la sua posizione di «padroncina», mai al corrente delle cose di casa. E adesso...

Pietrificata, diede una rapida occhiata alle sue spalle, verso la nera imboccatura del corridoio. Aveva l'impressione che tutto l'immenso appartamento palpitasse. Non nutriva più alcun dubbio: l'assassino era lì. Si era introdotto in casa sua per sventrarla... «Una catena dell'amicizia», aveva detto Mersch. Quell'uomo lì certe volte trovava proprio delle formule geniali...

Percorse mentalmente il salone, la sala da pranzo, la camera dei genitori, quella degli ospiti, lo studio di suo padre... L'assassino stava certamente ispezionando ogni stanza, alla sua ricerca, coltello in pugno...

Il telefono? Non avrebbe mai rischiato di fare rumore. Il suo solo vantaggio, se ne esisteva uno, era che l'intruso non sapeva dove si trovasse esattamente. Era come un gioco – di morte – in cui ognuno ignorava dove fosse l'altro.

Le tornarono in mente i due poliziotti in strada. Aprire una delle portefinestre che davano su boulevard des Invalides, catapultarsi sul balcone e urlare? Ci rinunciò subito. Gli sbirri non sarebbero arrivati abbastanza in fretta e lei sarebbe morta...

Non rimaneva che una soluzione: la porta d'ingresso. Attraversare di nuovo l'appartamento e quindi esporsi a tutti i rischi, per poi scappare dalla scala principale...

Lentamente – le gambe le tremavano talmente che non sentiva più il pavimento sotto i piedi – si avvicinò alla soglia della cucina e arrischiò un'occhiata al corridoio. Lo shock: lui era là, all'altro capo, davanti alla porta aperta del salone.

Nonostante il panico – era fuori di sé – il cervello analizzò rapidamente ciò che vedeva. Una figura slanciata tutta nera. Un uomo, sì, ma con qualcosa di femminile... Una maschera nera calata sul volto, tipo Irma Vep nei *Vampiri*, un vecchio film muto che aveva visto alla Cinémathèque. Stringeva qualcosa in una mano, forse una pistola o un coltello: dalla sua posizione non riusciva a capire con esattezza di cosa si trattasse.

Rifletti, ragazza mia, non è il momento di improvvisare.

Il gioco continuava: quindici metri – la lunghezza del corridoio – li separavano. Quindici metri e qualche porta, a destra e a sinistra. Nicole scartò le più vicine: conducevano alle camere. Bisognava raggiungere quella della sala da pranzo, sulla destra, a sette metri circa da lì, a metà strada tra lei e l'assassino.

Se fosse stata abbastanza veloce, con il vantaggio della sorpresa, si sarebbe potuta infilare là dentro prima di essere intercettata dall'omicida, attraversare la stanza, raggiungere il salone, spingersi fino all'ingresso, arrivare alla porta d'ingresso. L'aggressore le sarebbe stato alle costole, ma con un po' di fortuna avrebbe avuto il tempo di aprirla. Dopo, sarebbe corsa giù per le scale per gettarsi tra le braccia dei poliziotti.

Si precipitò, cogliendo di sorpresa l'avversario che ci mise un secondo di troppo a intralciarle il passo. In sala da pranzo, girò intorno al tavolo massiccio e di riflesso – o per via di un ricordo: aveva visto la scena nei film – lo spinse indietro per creare un ostacolo. Fece la stessa cosa con due sedie, una poltrona, un tavolino, accumulando gli ingombri per cercare di rallentare l'inseguitore.

Una volta davanti alla porta, girò la maniglia ma si rese conto che il chiavistello era inserito. Non ci poteva credere: suo padre, partendo, l'aveva chiusa dentro. L'intero suo piano era sfumato. Aveva ancora la mano sulla maniglia quando sentì il respiro dell'uomo. Si spostò nell'esatto momento in cui un'arma si piantava nella porta.

La vide distintamente: una lama curva, un attrezzo da giardiniere, per potare, o chissà per cos'altro. All'idea dei suoi visceri sparsi sul tappeto fu colta da un conato di vomito. Cadde a terra, si rialzò, scivolò, cadde di nuovo ma presto riuscì a rimettersi in piedi. Non aveva nemmeno lanciato un grido, indaffarata com'era a sopravvivere…

Corse nel salone e si nascose dietro una poltrona. Lui era già lì, sulla soglia. Balzò prima a destra, poi a sinistra. Nonostante il panico e il terrore, Nicole notò che aveva un modo di muoversi molto singolare. Mentre si spostava nella stanza, sembrava danzare, saltando, incrociando i piedi… Nella sua tenuta aderente, dava l'idea di un ballerino…

Lui scattò nella sua direzione e lei andò a mettersi dietro un'altra poltrona. Man mano che l'uomo si avvicinava, la paura di Nicole diminuiva. La bestia era lì, a pochi metri, e lei aveva l'impressione di domarla, o piuttosto di domare la propria paura. Sarebbero venuti forzatamente a contatto e il loro letale abbraccio sarebbe diventato qualcosa di reale, non più appartenente al mondo dell'immaginazione ma del terrore puro. Nicole quasi non ne vedeva l'ora.

Un'altra poltrona. Il predatore saltellava sempre, come nel *Lago dei cigni.* Una silhouette molto netta, molto ben definita, come ritagliata con le forbici, con una leggerezza da libellula. Nicole vedeva luccicare il falcetto nella mano guantata: la morte a forma di punto interrogativo. Valutò le opzioni. Se fosse riuscita a farlo cadere, o a respingerlo per qualche secondo, avrebbe avuto il tempo di correre verso la porta e aprirla – le chiavi erano nel posacenere di marmo sulla console all'ingresso. Ne era sicura.

Si assunse volontariamente il rischio di sfiorare l'assassino per raggiungere il tavolo della sala da pranzo. Sempre come in un gioco, tipo acchiapparello, approdò a un'estremità del tavolo: due metri di legno laccato lucido che le facevano guadagnare un po' di tempo. Chino sulla superficie brillante, l'uomo bisbigliava delle parole soffocate dalla maschera. Una preghiera, un mantra? La lingua le era sconosciuta.

Girarono per qualche secondo attorno al tavolo e il momento che Nicole aspettava arrivò. Mentre dava le spalle al vestibolo e l'uomo si trovava dall'altra parte della stanza, la ragazza appoggiò il tallone contro l'estremità del tavolo e lo spinse con un'energia inaudita, spedendo l'assalitore contro i mobili, fracassando sedie, televisore e tendaggi.

Nicole girò su sé stessa, si precipitò verso l'ingresso, afferrò la chiave, aprì la porta e si gettò sul pianerottolo. Nonostante martellasse i gradini con i piedi nudi e respirasse facendo un baccano infernale, percepì quasi subito i passi dell'assassino alle sue spalle, qualche scalino più su. Non le dava tregua...

Aprì il pesante portone e, alla fine, urlò scontrandosi con i due poliziotti in borghese. Il grido aveva dovuto perforarle la gabbia toracica perché avvertì un profondo dolore, no, non proprio un dolore ma la lacerazione provocata da un sollievo troppo intenso.

Al sicuro tra le braccia dei due sbirri, che nel contatto avevano perso le loro Gauloises, si girò e dovette ammettere l'impossibile: l'androne dell'edificio era vuoto.

Il ballerino si era volatilizzato.

72.

Fino a quando avesse avuto il caffellatte, il pane tostato e la Disque Bleu del mattino, nulla gli sarebbe potuto accadere.

Era quello che Hervé si ripeteva a ogni risveglio, e oggi più che mai. Nonostante tutto l'orrore dei giorni precedenti, la tranquillità della colazione nella sua cucina non veniva mai meno. L'odore del caffè. Il pane fresco spalmato di burro. La tovaglia cerata leggermente appiccicosa. Il cinguettio degli uccelli nell'immenso cortile. Ogni mattina, quei punti di riferimento erano lì ad attenderlo, segni immutabili dell'amore di sua nonna e del calore del nido.

Certamente, Hervé non era al massimo della forma: si era arrivati a quota due cadaveri, un'immolazione, interrogatori che sfociavano nella pura violenza e un'indagine che sprofondava in un delirio mistico-indiano incomprensibile...

In più, nella notte aveva ancora una volta sofferto di uno di quegli attacchi di crampi che gli torcevano i muscoli fino a bloccarli in un dolore acuto. Come sempre, si era detto che doveva vedere un medico, ma non era urgente...

No, in realtà, quel mattino, il malessere veniva da un'altra parte.

Il malessere veniva dal sogno.

Di nuovo, gli era apparsa lei: una borghese degli anni Trenta che si muoveva in un appartamento spazioso, arredato con mobili laccati, intarsi sfavillanti, poltrone dal colore ambrato.

Hervé non sognava quella donna, lui «era» quella donna. Nel sogno adottava il suo punto di vista, la sua postura, la incarnava... La percepiva come dentro uno specchio. Viso affilato alla Gaby Morlay, mento alto, una testa fatta per indossare cappelli di feltro come quelli confezionati da sua nonna. D'altronde, quella donna forse non era altro che una delle sue clienti che aveva intravisto da bambino.

Ma perché la sognava così spesso? E perché il sogno finiva irrimediabilmente per trasformarsi in un incubo? Mentre sorrideva alla propria immagine riflessa in uno specchio, il viso si deformava e mostrava una bocca spalancata con una sfilza di denti appuntiti, trasformandosi in una faccia di ghul urlante.

Hervé si rese conto che si stava grattando nervosamente la voglia sull'avambraccio. Era un gesto che ripeteva in modo automatico ogni volta che era angosciato. Quell'orribile svastica che la natura gli aveva impresso nella carne, tono su tono, pelle su pelle...

«Vuoi altro caffè?»

«Eh? Sì, grazie.»

«Pane tostato?»

«Ora me lo preparo io.»

La nonna si allontanò con quel suo incedere curioso, insieme sciolto e dondolante, diretta in sala da pranzo. Hervé si accese una Disque Bleu e chiuse gli occhi. Il momento migliore della giornata. Ma cosa c'era in serbo per lui oggi? Quale violenza? Quale terrore? Forza, in marcia! Alle dieci da Chez Martin. Come sempre.

Suonarono alla porta d'ingresso. Hervé riaprì gli occhi. Strano. Alle otto del mattino? Sua nonna andò ad aprire.

Sentì alcune voci maschili, poi quella della nonna, ovattata, velata. Stava per alzarsi a vedere cosa stesse succedendo quando l'anziana signora ricomparve.

«Ti devo parlare.»

73.

Andò a sedersi accanto a lui, sguardo severo. A Hervé la cosa non garbava. Sembrava il preludio di un annuncio solenne, o di una nuova esortazione: in quei tempi tormentati, la donna aveva preso l'abitudine di fargli la predica per riportarlo sulla «retta via».

«Io ti ho sempre protetto, lo sai.»

Hervé si prese il tempo di finire la tazza di caffellatte.

«Ho sempre saputo intervenire quando c'è stato bisogno, avere la reazione giusta quando necessario.»

Hervé aggrottò le sopracciglia. «Di cosa stai parlando, esattamente?»

«Oggi sei in pericolo.»

«Per via delle manifestazioni?»

«No, mi riferisco ad altro.»

Hervé restò a bocca aperta. Sua nonna, chissà come, era al corrente delle indagini.

«Parli di Jean-Louis?»

La donna annuì con un leggero cenno del capo, un po' sbrigativo, tipico dei suoi modi.

«Di Jean-Louis e del resto, sì.»

«Cosa sai di preciso?»

Aveva la sensazione che quelle parole fossero uscite a forza, come se gli avessero ficcato del cotone intriso di Betadine in fondo alla gola. Contemporaneamente, sentì una nausea crescente invadergli lo stomaco, una specie di lungo moto ondoso che gli procurava dolore...

«Tutto, e anche un po' di più.»

«Io... io non ci sto capendo niente.»

La nausea saliva prepotentemente, facendogli pressione sulle costole, serrandogli la gola. A peggiorare le cose, la vista si stava abbassando, o piuttosto oscurando. Ora intravedeva sua nonna in fondo a un tunnel molto angusto.

Gli prese la mano con fermezza.

«Caro ragazzo», disse, «qualsiasi cosa succeda, devi fidarti di me.»

«Ma di cosa stai parlando, santiddio?»

La voce di Hervé era alterata, le parole gli raschiavano la gola. Tutto intorno a lui ondeggiava. Il tavolo, la tazza, la sigaretta stessa tra le dita.

«Cosa mi succede? Io... io non mi sento bene...»

L'anziana strinse la mano del nipote ancora più forte.

«Non ti ho sempre potuto dire tutto. Era per il tuo bene, capisci?»

No, non capiva niente. Nel frattempo, si aggrappava al tavolo per non cadere.

«Spie... spiegati», mormorò, col fiato corto.

«È troppo tardi, piccolo mio. Sono venuti a cercarti degli uomini. Sono di là...»

Hervé riuscì a sollevare la testa.

«Io... mi sento male...»

«Vengono da molto lontano. Non devi aver paura.»

Il ragazzo non vedeva quasi più nulla, e quando gli arrivavano delle immagini, erano rappresentazioni sfocate della realtà, che somigliavano solo lontanamente al mondo che aveva conosciuto...

Il suo sguardo cadde sulla tazza e di colpo gli fu tutto chiaro: era stato drogato. Peggio ancora, la mossa era stata architettata dalla nonna. Impossibile. Era l'ultima persona al mondo a volergli male. Perché fare una cosa simile? Per tutta risposta, percepì un violento bruciore alla bocca dello stomaco. Un gusto di un amaro soffocante. Vomitare... No, dormire...

Le dita artigliate della nonna piantate nella sua carne.

«È per il tuo bene», continuava a ripetergli nell'orecchio mentre era piegato in due. «Bisogna proteggerti!»

In uno sforzo disperato, Hervé riuscì a raddrizzarsi. Sulla

soglia della cucina c'erano due uomini. Baffi, carnagione scura, capelli impomatati... Indiani. Indù...

Avrebbe voluto pronunciare una parola, o almeno formulare, in fondo al suo cervello in frantumi, un pensiero, ma l'unica cosa che riuscì a fare fu svenire.

Sipario.

74.

Arrivato da Chez Martin, Mersch aveva trovato un messaggio da parte di Nicole. La ragazza aveva avuto la presenza di spirito di chiamare il locale per chiedere all'ispettore di raggiungerla il prima possibile a casa sua, in boulevard des Invalides.

Non c'era tempo di aspettare Hervé. Dauphine. Accensione. Selciato. Quel mattino, il viso dell'ispettore era conciato come la carrozzeria della sua macchina. Il sonno sotto Gardenale non garantiva affatto un vero riposo. Quel barbiturico ti cementava il cervello ma poi, per riuscire a liberarlo il giorno dopo, bisognava consumare una colazione micidiale: anfetamine e caffè forte, oltre a una doccia ghiacciata. *À la guerre comme à la guerre.*

Ora, in boulevard des Invalides, era come imbambolato, sprofondato in una poltrona di pelle. Nicole si era fatta aggredire dal loro omicida, ma pensa te. Ne era uscita viva per miracolo, e Mersch ne stava già deducendo, con sorda soddisfazione, che quel criminale non era invincibile.

«Era un indiano?»

«Non lo so. Portava una maschera.»

«Com'era?»

«Sembrava un ballerino.»

«Cosa?»

«Era snello, atletico, inguainato in una specie di tuta nera.»

Quel caso lo faceva impazzire.

«Cos'altro mi sai dire?»

«C'era in lui qualcosa di... femminile.»

«Spiegati meglio.»

«Non so. La gestualità... Sembrava quella della danza classica, tipo ballerina.»

«Stava sulle punte?» ringhiò Mersch con voce cattiva.

«Quasi.»

«C'è dell'altro?»

«Sì. Aveva un'agilità, una rapidità... incredibili.»

«Ma tu sei riuscita a sfuggirgli.»

«Sono stata fortunata. Quel tipo è un atleta, un acrobata...»

Mersch non sapeva più che cosa pensare. Più informazioni aveva, meno ci capiva qualcosa...

«E dopo?»

«Dopo? I tuoi colleghi poliziotti hanno dormito qui.»

«Perché non mi hai chiamato?»

«Dove?»

«A casa.»

«Hai un telefono?»

«No, ma ci sto lavorando.»

Nicole si accese una sigaretta. Le dita tremanti sembravano più leggere del fumo stesso.

Mersch la imitò. In quel frangente non era stato all'altezza della situazione. Sentiva, sapeva che la ragazza era la prossima dell'elenco. La terza «porta».

Batté entrambe le mani sulle ginocchia e si alzò.

«Andiamo.»

«Dove?»

«Da Chez Martin, recuperiamo il mio fratellino e poi a Beaujon, così vediamo se Berto ha scoperto qualcosa.»

«E poi?»

«Passeremo al setaccio il tuo quartiere, in cerca di testimoni. Il tuo brav'uomo non si sarà mica dissolto nel nulla.»

Nicole sembrava non ascoltare. Si era raggomitolata in fondo al divano, con le ginocchia piegate sotto il mento. Era un tipo piuttosto pallido, ma quella mattina era addirittura trasparente: la sua pelle diafana lasciava intravedere vene bluastre. A Mersch, che non era certo un poeta, vennero in mente delle strane erbe sul fondo di un ruscello.

«Allora?» insistette.

La ragazza infine si alzò, e quel movimento fece indovinare il suo corpo sotto una lunga camicia. Non una camicia da notte, ma da uomo. Senza dubbio una di suo padre. L'ultimo rifugio.

«Vado a cambiarmi.»

La osservò attraversare il salotto. Era veramente un sacco d'ossa.

«I tuoi genitori non erano in casa stanotte?» chiese l'ispettore.

«Sono andati in campagna.»

«Mi trasferisco qui.»

«Cosa?»

«Hai capito bene. Potremmo persino farne il nostro quartier generale!»

Nicole fece dietro-front. Sembrava furiosa, ma la collera non riuscì a farle prendere colore. Appena un po' di rosa sulle guance.

«Non se ne parla.»

«Perché?»

«Perché io mi fermo qui. Le indagini, tutta questa violenza, il pericolo. Me ne vado anch'io in campagna mentre tu catturi l'assassino.»

Mersch non seppe cosa rispondere.

«Se l'assassino ti ha puntata», obiettò comunque lui, «non sarai al sicuro laggiù. Tutt'altro.»

«Che carino.»

L'ispettore si sentiva in colpa per averla terrorizzata, ma lei era vulnerabile tanto quanto una colombella in una rete.

«Hai bisogno di uno come me che ti segua come un'ombra, tesoro. E già che ci siamo, starò qui insieme a Berto. Vuoi chiamarti fuori dal caso? Molto bene. Ma fino a quando non avrò messo le mani su quel bastardo, io devo vegliare su di te.»

«Sei proprio uno sbirro del cazzo!»

Nicole incrociò le braccia, tendendo la camicia sui seni. Chiamiamoli seni... Due piccoli coni di sabbia di cui Mersch vedeva, in trasparenza, i due fiori più scuri.

«So già dove vuoi arrivare, amico...» disse la ragazza all'improvviso, usando un altro tono.

Lui pensò che stesse alludendo alla sua erezione incipiente e fece un passo indietro.

«...ma non ti farò da esca.»

Quella frase lo sollevò. Lui stesso considerava le sue pulsioni sessuali come degli scarafaggi nascosti sotto un sasso.

Quanto all'idea della ragazza...

«Non mi conosci proprio», ribatté l'uomo. «Non giocherei mai a un gioco così sporco.»

Seguì un silenzio. Uno sguardo. Se fosse stato un film, si sarebbe potuto supporre che ci fosse del sentimento nell'aria, ma si trattava di qualcos'altro.

«Torno subito», fece lei alla fine.

La osservò lasciare la stanza, lo sguardo focalizzato sulle gambe. Gli tornarono in mente all'improvviso le battute di caccia della domenica cui prendeva parte da ragazzino insieme al guardiano del collegio. In quelle ore di appostamento, nella brulicante immobilità della foresta, osservava i cerbiatti, le capinere, le lepri... Era affascinato da quei prodigi di equilibrio e armonia.

La stessa perfezione, la ritrovava ora sbirciando quelle gambe perfettamente proporzionate.

Chiuse il giubbotto con stizza – sulla sua pistola, sul suo cuore.

Si sentì meglio, corazzato, protetto, invincibile.

Ma tremava come una foglia.

75.

Aspettarono fino a mezzogiorno.

Niente Hervé.

In altre circostanze, Mersch si sarebbe preoccupato. Ma quella notte il loro assassino si era già trovato, come dire, qualcosa da fare. Magari il fratellino non si era svegliato e basta?

L'ispettore non poteva continuare a perdere tempo in mezzo a quei capelloni che impazzivano per Bob Dylan e si impegnavano a massacrarne i successi suonandoli con chitarre sgangherate.

Risalirono sulla Dauphine e si diressero verso Beaujon, in silenzio.

Mersch stava riflettendo. Forse Hervé ne aveva abbastanza di quella faccenda. Non poteva dargli torto. Quei due ragazzi non avevano alcuna ragione di essere ancora coinvolti in un'avventura come quella...

Erano giovani, inesperti, spensierati, e il poliziotto li aveva tuffati, condannandoli a una specie di supplizio della vasca, in un bagno di crudeltà che persino lui aveva problemi a gestire. Il piccolo voleva chiamarsi fuori? Buon per lui. Cinicamente, Mersch si disse di non averne più bisogno, dato che la pista degli studenti era sterile e per correre dietro a dei sadhu o a dei ballerini assassini non aveva bisogno di nessuno.

Per Nicole era diverso: lei c'era dentro fino al collo, vittima miracolata di quella che lui aveva maldestramente definito «catena dell'amicizia». In ogni caso, doveva tenerla vicino a sé. Non per usarla come esca, ma per proteggerla...

A Beaujon, le celle erano vuote. Cosa combinavano gli studenti? Ci sarebbe voluta una nuova manifestazione per riempirle di nuovo. Salì le scale. Nicole lo seguiva. Si era infilata una gonna, una T-shirt e una specie di giacca la cui origine gli era sconosciuta, un coso orientale, dalle maniche sfilacciate...

Arrivati all'ultimo piano, si scontrarono letteralmente con Berto. Era una giornata rossa. L'acrilico andava alla grande, grazie.

«Ma dov'eri finito? Ti ho cercato dappertutto!» urlò il vice.

«Ci sono novità?»

«Direi di sì. Guarda qui.»

Brandiva un malloppo dattiloscritto.

«La lista dei passeggeri dell'Air India», spiegò Berto. «Tutti quelli che sono arrivati a Parigi o ne sono ripartiti a maggio. Mi avevi chiesto di verificare...»

Mersch afferrò i fogli e li passò velocemente in rassegna, ma vide solo nomi impronunciabili.

«E allora?» domandò.

Berto riprese le carte dalle sue mani e andò direttamente all'ultima pagina.

«Guarda qui. Il volo di oggi.»

Mersch afferrò di nuovo i fogli e si concentrò sull'ultima sequenza. Il nome gli esplose in pieno viso, come una granata.

«Cosa... cosa significa?» balbettò.

«Significa che tuo fratello, Hervé Jouhandeau, in questo momento è in volo verso Calcutta, capitale del Bengala.»

76.

«È partito, sì.»

Nicole era più che disorientata. Hervé in viaggio per l'India... La notizia non cessava di risuonarle in testa. Ed ecco che Mersch l'aveva presa per mano per condurla, senza una parola di spiegazione, alla periferia di Parigi, nel XII arrondissement, a porte de Vincennes. Come dire in capo al mondo.

Erano entrati in una specie di fortezza rossa – la ragazza ne aveva già viste altre di analoghe alla periferia di Parigi, ma non ci aveva mai messo piede – poi Mersch aveva suonato alla porta di una signora in grembiule che incarnava, agli occhi di Nicole, la parigina purosangue, del tipo gente del popolo. Le balere. Le ferie pagate. Le torte di mele.

Odette Valent, la nonna dei due fratelli.

Ciò che l'aveva maggiormente scioccata di tutta quella storia era che Mersch si era rivolto alla signora chiamandola *mamie*. Lo zingaro aveva dunque una famiglia...

«Dov'è andato?» ripeté l'ispettore.

Si erano accomodati in una sala da pranzo immacolata, intorno a un tavolo coperto da una tovaglia cerata.

«Rispondi alla mia domanda!»

JL alzava la voce. Si percepiva, tra lui e quell'anziana signora, una specie di relazione ambigua. Una sorta di attaccamento misto a diffidenza. Il termine o, meglio, l'immagine che era venuta in mente a Nicole era quella dei dolci «caldo freddo» che Marie-Claude, la domestica di boulevard des Invalides, preparava per lei.

«Non lo so di preciso», mormorò infine la donnina.

«Hervé si è imbarcato alle undici e venti su un volo per

Londra, diretto a Calcutta!» esclamò Mersch, battendo il pugno sul tavolo.

Nessuna traccia di stupore sul viso di Odette. Che il suo nipotino adorato, al quale doveva ancora imburrare il pane tostato ogni mattina, fosse partito all'improvviso per l'India senza alcun motivo, e senza avvisare nessuno, non pareva sorprenderla più di tanto. Al contrario...

«Era l'unica cosa da fare.»

Mersch si chinò e si fece uscire a forza le parole di bocca: «Credo proprio che ti toccherà spiegare le cose per bene».

Raddrizzando la schiena, la nonna assunse una posizione di fierezza incorruttibile.

«Non posso dire nulla.»

Mersch strinse i pugni. Nicole sentiva che il poliziotto stava compiendo uno sforzo sovrumano per non fare strage di tutto quel complesso di ninnoli e mobili a buon mercato.

«Ascolta», spiegò invece con calma, emettendo lentamente l'aria dai polmoni. «Stiamo conducendo un'indagine criminale. A Parigi sono stati commessi degli omicidi connessi all'India e all'induismo. E adesso veniamo a sapere che Hervé, che prendeva parte a questa inchiesta, è partito per Calcutta. Non può essere un caso. Se sei al corrente di qualcosa, diccelo! Hervé è in pericolo!»

Odette teneva ancora un gomito appoggiato sul tavolo. Di fronte al nervosismo di Mersch, dimostrava una calma e una tranquillità imperturbabili.

«*Era* in pericolo, ma ora è al sicuro. Loro sono venuti a cercarlo.»

«Chi sarebbero questi "loro"?»

«Non posso dire niente.»

Mersch si passò la mano sul viso, come se volesse liberarsi dello strato di collera che gli contraeva i lineamenti.

«Li conoscevi?» chiese in tono più calmo.

«No, ma so da dove vengono.»

«Da dove?»

«Da Calcutta.»

Il poliziotto puntò un indice minaccioso contro l'anziana signora.

«Ma se non sapresti neanche indicarmi dove si trova quella città su una cartina geografica!»

«Forse, ma sono sempre vissuta tenendo presente questa eventualità: che un giorno tuo fratello sarebbe stato costretto a rifugiarsi là.»

«A Calcutta? Ti rendi conto di quello che dici? Hervé non è mai andato oltre la periferia! Perché tutt'a un tratto dovrebbe nascondersi in India?»

La donnina rimaneva seduta bene eretta. Di tanto in tanto, con un gesto automatico, toglieva con un dito un granello di polvere invisibile dalla tovaglia cerata.

«Tu non capisci», si limitò a replicare, con voce pacata, o forse esausta. «Gli omicidi di cui parli sono collegati a Hervé.»

Mersch appoggiò i palmi agli angoli del tavolo.

«Ma cosa stai dicendo?» sbottò. «Hervé non c'entra proprio niente!»

«Conosceva le vittime.»

«Come lo sai?»

«Gli uomini che sono venuti questa mattina me lo hanno spiegato.»

«Cos'altro ti hanno detto?»

«Quelle povere ragazze sono state sacrificate in nome di un altro mondo. Loro sono le porte di quel mondo.»

Mersch lanciò uno sguardo costernato verso Nicole.

«E che rapporto ci sarebbe con Hervé?»

«È lui il vero obiettivo che sta dietro a quegli omicidi.»

Il poliziotto scosse la testa.

«In che senso?»

Odette serrò le labbra. Leggermente arcuate, le conferivano un'espressione un po' amara, una durezza prontamente smentita dai suoi modi.

«Faresti meglio a chiederlo a tua madre.»

Il viso di Mersch si irrigidì, poi si contrasse, a tal punto che non seppe più pronunciare nemmeno una parola.

La famiglia, pensò Nicole, *si finisce sempre lì...*

77.

Mersch sembrava fuori gioco e toccò a Nicole sedersi al volante.

Guidava con calma e sicurezza. Poteva sembrare grottesco, ma si sentiva sollevata a essere solo una vittima collaterale in tutta quella vicenda. Vabbè, compariva su un elenco di vittime, ma l'elemento centrale, quello che in un certo senso era il movente dei crimini, era Hervé Jouhandeau.

Incomprensibile.

Com'era possibile che un ragazzo di ventidue anni, un tranquillo studente di Nanterre, si ritrovasse al centro di una serie di omicidi? Qual era il suo legame con le tre ragazze? Nicole ne riusciva a immaginare solo uno: a turno, Hervé si era innamorato di ognuna di loro. Forse persino contemporaneamente. Era stato quel sentimento che le aveva condannate a morte. Perché?

«Perché?» ripeté ad alta voce.

Mersch, tutto rannicchiato sul sedile, non rispose. Eppure aveva capito la domanda. Una sigaretta dopo l'altra, stava talmente affumicando l'abitacolo che Nicole aveva difficoltà a vedere la strada. Erano immersi in un'atmosfera oracolare, sacrale, di mistero che si infittiva a ogni secondo.

«È la tua famiglia», insistette Nicole. «Dovrai pur avere un'idea!»

Il poliziotto si schiarì la voce.

«Non si tratta di una, ma di due famiglie. Non sono cresciuto con Hervé. Conosco appena nostra nonna, e nostra madre, che mi ha mandato dai gesuiti per fare spazio a una banda di ubriaconi, non si è mai occupata nemmeno di lui.»

«E suo padre?»

«Mistero assoluto. Senza dubbio uno di passaggio con cui scopare. Come il mio. Due cazzi vaganti che alla nascita ci hanno riconosciuti, e *adiós.*»

«Non sai nulla di lui?»

«Zero. E nemmeno di mio padre. Per noi, l'ufficio informazioni è sempre stato chiuso.»

«Ma quest'uomo, il genitore di Hervé, non potrebbe essere invischiato nella vicenda?»

«Non vedo come», ribatté Mersch con una risata acida. «Secondo me, era uno dei barboni che bazzicavano in casa. O lo sbandato di una sera. Niente di più. Un emarginato senza presente né futuro.»

Nicole non si lasciò scoraggiare da quel cinismo che sfociava nel masochismo.

«Com'è cresciuto Hervé? Chi frequentava tua nonna? Non ci sono induisti nel suo ambiente?»

Mersch fissava l'estremità incandescente della sigaretta, ed era come se stesse osservando la propria rabbia che si consumava.

«La sua cultura si limita alla balera e alla briscola, e la conoscenza che ha dell'India può essere circoscritta alla *Tigre di Eschnapur* di Fritz Lang. Questa storia non si regge in piedi.»

Nicole abbassò il finestrino per respirare un po'. Cercò di immaginare Hervé a bordo di un aereo diretto a Calcutta, accompagnato da due indù. Perché aveva seguito quegli uomini? Senza lasciare a loro due neanche un biglietto?

«Cosa facciamo?» domandò la ragazza. «Andiamo a trovare tua madre?»

«Non oggi. Non ne ho la forza. Quando si tratta della mia famiglia, bisogna davvero prenderla a piccole dosi.»

«Allora dove andiamo?»

«Dove ti pare.»

In place du Châtelet, Nicole svoltò a sinistra e infilò il pont au Change. Direzione boulevard des Invalides. Se Mersch voleva tornare a Beaujon, ci sarebbe andato da solo. Neanche lei ce la faceva più. E benché l'ombra di un assassino gravasse ancora su quei trecento metri quadrati, era comunque casa sua, il suo rifugio.

In place Saint-Michel, imboccò rue Danton per raggiungere la parte alta del VI arrondissement. Rue Dupuytren. Rue Monsieur le Prince. Rue Saint-Sulpice. Quando alla fine scorse rue de Sèvres, tirò un sospiro di sollievo. Il VII arrondissement. *Home sweet home.*

Qui, la pietra haussmanniana era ancora bianca, gli androni erano in buone condizioni e i portoni scintillavano. I dehors dei bar – quelli del café Vauban, per esempio – erano dei bei posticini: i clienti accomodati sulle sedie avevano l'aria distinta, i tavolini tondi brillavano come fossero nuovi di zecca, gli alberi irradiavano una tale lucentezza da sembrare impregnati di linfa argentata.

Nicole si sentiva sollevata. Era quello il suo biotopo, il suo ambiente naturale. A dispetto di tutti i suoi sforzi per salvare i più poveri, lei proveniva da quella fonte di ricchezza, la cui bellezza era fuori discussione.

«Sono cresciuto nella miseria», disse all'improvviso Mersch come a controbilanciare i pensieri di Nicole. «Non la miseria della mia famiglia, no, quella degli altri, quella che mia madre aveva scelto... Sono cresciuto in quel casino, ed era come se fossi immerso in un concime nero, ripugnante. Magari era davvero fertile, non lo so. E non so neanche come avrebbe reagito un altro ragazzino al posto mio, ma io ho voltato pagina. Ho rinunciato all'equilibrio di cui ero stato, di fatto, privato. Ero solo e ho scelto la solitudine. Almeno avevo l'impressione di essere padrone del mio destino. In realtà, ero così insopportabile, così cattivo, che mia madre mi ha mandato in collegio. Un buco putrido e sperduto fuori città. Ho continuato a crescere, con accanimento, come un'erba cattiva. Quando poi ho avuto l'età per andarmene, mi è piombato addosso l'esercito, destinazione Algeria. Di questo non mi va di parlare, ma diciamo che con gli antipasti di cui avevo fatto una scorpacciata, ero più o meno preparato alla portata principale. E ora, dopo anni e anni e un bel po' di ricordi rivoltanti all'attivo, eccomi di nuovo qui, sull'asfalto parigino, pronto all'uso. Quale uso? Fare il poliziotto, sicuro. Datemi una pistola e ritroverò la mia dignità. Ecco tutta la storia. In polizia mi aspettava una vera famiglia, una solidarietà, un'amicizia che non avevo mai sperimentato prima, né tra le conoscenze di mia madre né dai gesuiti. E soprattutto non dentro quello schifo di esercito che ha schiacciato l'Algeria.»

Arrivati in boulevard des Invalides, Nicole parcheggiò sotto il suo palazzo. Poche auto, qualche uccello, dell'ombra. Si sentiva lusingata da quella confessione inaspettata, anche se le rivelazioni di Mersch accentuavano ulteriormente l'abisso che li separava...

Scendendo dalla macchina, la giovane si sentì male rivedendosi scalza tra le braccia dei poliziotti. Ma un altro ricordo arrivò in suo soccorso. Un tardo pomeriggio di primavera, di ritorno dai giardini di Boucicaut, mano nella mano con la tata.

«Non pensarci troppo», le suggerì Jean-Louis. «Non serve a niente continuare a rimuginare.»

Nicole ce l'aveva con lui per aver interrotto quello sprazzo di serenità facendola risprofondare nell'incubo della sera prima. Eppure, d'impulso, gli prese la mano. La pressione delle sue dita la calmò immediatamente.

Sono accanto a te. Posso perdermi tranquillamente nei miei pensieri...

78.

«Vuoi mangiare qualcosa?» propose Nicole.

«Sono appena le sei.»

«Caffè? Un drink?»

Con un cenno, Mersch indicò il carrello su cui faceva bella mostra di sé una miriade di bottiglie dai riflessi ocra, dorati, marroni... Vi si avvicinò e si servì da solo.

Nicole incrociò le braccia. Che cosa fare con un tipo così? Doveva offrirgli la camera degli ospiti? Il divano? O un materasso accanto al suo letto, come a suo fratello due sere prima? *Non erano proprio fatti della stessa pasta...*

Fu la paura a decidere.

«Vieni in camera mia», disse allora con un piglio autorevole di cui lei stessa fu sorpresa.

Docile, il poliziotto la seguì. Non si era neanche tolto il giubbotto.

«Dormirai qui, con me.»

«Ti ripeto: sono appena le sei.»

Come se non avesse sentito, Nicole aprì un armadio e pescò una coperta spessa abbastanza da poter passare, con un po' di immaginazione, per un materasso.

Poi si sedette sul letto e si preparò una canna. Sigaretta. Accendino. Resina. Cartina Rizla+. Mersch, bicchiere in mano, scarpe sozze ai piedi, passava in rassegna la stanza, osservando ogni singolo oggetto: chilum, narghilè, diversi buddha, cofanetti, rosari, incensi, collane, orecchini...

«Hai viaggiato in Oriente?» le chiese dopo aver mandato giù il whisky in un sorso.

«No.»

«Dove trovi tutte queste cose?»
«A Saint-Michel.»
A Mersch scappò una risata. Come sempre quando fumava, Nicole posò un foulard sul paralume della lampada del comodino, poi mise sul giradischi il suo album feticcio del momento: *Sounds of Silence* di Simon & Garfunkel.

Hello darkness, my old friend
I've come to talk with you again...

Ignorava come mai si dedicasse a quel cerimoniale nonostante ci fosse quello sconosciuto in camera sua. Forse per esistere più intensamente, per imporgli la sua presenza, mentre lui passeggiava nella sua stanza come se si trovasse in un bazar di roba da quattro soldi.
«Togliti le scarpe», gli ordinò.
«Scusa», fece lui obbedendo.
Dopo qualche tiro, Nicole gli offrì la canna e lui aspirò diverse volte, seduto ai piedi del letto. Nicole pensò alle *Confessioni di un mangiatore d'oppio* di Thomas de Quincey, che aveva scoperto leggendo i *Paradisi artificiali* di Baudelaire. Quel poliziotto con l'aria di un gangster drogato aveva lo stesso carattere tormentato, tenebroso, suicidario. Oddio, cosa le veniva in mente?
Mersch lasciò cadere la testa all'indietro, vicino alle gambe nude di Nicole.
«Attento al copriletto! Viene dal Nepal!»
Il poliziotto ridacchiò. «E allora?».
«E allora lo sporchi con i tuoi capelli grassi...»
Lui tornò a ridere. Nicole decise di lasciarsi andare a sua volta: la cannabis l'aiutava parecchio. Riprese la canna e si sdraiò, come faceva ogni volta che i fumi profumati le davano alla testa.
Non pensare più.
Non riflettere più.
Fermare il tempo.
All'improvviso, lui le prese la mano e scattò qualcosa.
Quando viene azionato il regolatore di un caleidoscopio,

i minuscoli vetri colorati disegnano inaspettatamente un mondo nuovo, una topografia inedita.

In quel momento, avvenne la stessa cosa nella camera di Nicole. Nella penombra i metalli, le stoffe, i legni sprigionarono meravigliosi bagliori in una simmetria perfetta. Fino all'impulso successivo... Che non tardò: la mano di Mersch, prima tenera, si fece più decisa e le strinse le dita, finendo con il tirarla per il braccio.

Gli oggetti intorno a Nicole disegnarono un'altra immagine, poi un'altra ancora... Bocca contro bocca. Un calore umido che si univa alla sua saliva... Sotto le palpebre abbassate si insinuò un universo variegato, abbagliante, psichedelico. Scintille dappertutto, una baraonda di stelle... *Mi sta baciando,* si ripeteva senza riuscire a cogliere il senso della frase. Le tornarono in mente le parole di Gupta: «Quando non si comprende una situazione, si comprende comunque una cosa: la natura dell'ignoto».

Un fatto era certo, lei stava contraccambiando il bacio, con tutta la foga, tutto l'ardore di cui era capace, ossia niente di che, perché si sentiva così molle, così languida che i suoi sforzi non andavano molto lontano...

Scivolarono dal letto al pavimento, trascinando con sé la coperta nepalese. Mersch continuava a baciarla, lasciandola respirare a malapena, attirandola a sé e allo stesso tempo spingendola in un universo sconosciuto, un territorio caldo, buio, dove lei poteva sperimentare la supremazia totale del corpo, del momento, della sensazione.

Sotto le sue palpebre sempre abbassate sfilavano ora, molto in alto, come sul soffitto di un teatro dell'opera o la volta di una chiesa, immagini simili ad affreschi, ma niente a che vedere con angeli o silfidi... No, quelle che irrompevano erano le orribili visioni che avevano caratterizzato le loro ultime giornate... Il corpo di Suzanne, i visceri, i morsi. Il cadavere di Cécile legato al tronco, con le interiora esposte...

Rotolarono sul parquet. Nicole ora si aggrappava a lui con tutte le sue forze, le unghie piantate nella sua schiena.

Cercava di seguire il ritmo della danza, di scivolare nell'arena, perché l'amplesso avrebbe avuto un senso se anche lei vi avesse preso parte, e lei voleva – lo voleva eccome – contribuire all'eccitazione che entrambi stavano provando.

A un certo punto il suo essere si dilatò. Lei abbandonò il proprio corpo per librarsi nella stanza. I suoi ninnoli fremevano sotto le carezze dell'uomo. Il soffitto palpitava al ritmo del suo cuore. Il pavimento si sollevava mentre lei si inarcava per migliorare il contatto con quel corpo che la soffocava...

Segnale d'allarme: Mersch, potenza invisibile, carico di desiderio come una nube lo è di elettricità, passò all'offensiva. Le sue mani, correnti brucianti in fondo al mare, risalirono i lembi della gonna fino a scoprire le mutandine. Quelle mutandine caste che diventavano una barriera di corallo, un Rubicone, una linea rossa...

Nicole era terrorizzata, le parole si susseguivano nella sua testa come un mormorio di folla, un bisbiglio di confessionale, un tumulto interiore, il panico. L'ignoto...

«Aspetta», ordinò.

Le mani continuavano a salire, a sondare.

«Aspetta, ti ho detto.»

«Cosa?» chiese lui, senza fiato.

Nicole esitò un istante, poi sputò con disprezzo, l'arma dei deboli, dei complessati: «È la mia prima volta».

Le mani si fermarono di colpo. Anche il respiro, lo stesso che la stava scottando un attimo prima. All'improvviso, credette di essere sola nella stanza. Mersch si era alzato. Non era più lì, né per il suo desiderio né per il suo amore.

«Cosa ti prende?» chiese lei, con tono decisamente aggressivo.

Trascorse qualche secondo. Poi il volto del poliziotto risplendette nella penombra mentre si accendeva una sigaretta. Si era seduto a un metro da lei, ginocchia raccolte, gomiti appoggiati sopra, caviglie incrociate.

«Mi spiace», rispose lui sbuffando il fumo della sigaretta. «Penso che in questo periodo tu ne abbia avute abbastanza.»

«Di cosa?»

«Di prime volte.»

I secondi sembravano cadere dal soffitto, lenti, cerosi, come gocce di candele. In verità, Nicole provava sollievo.

All'improvviso, la voce del poliziotto tornò a farsi sentire.
«Domani andiamo a trovare mia madre.»
«E dopo?» chiese la ragazza come quando si lancia la cima d'ormeggio su un molo.
«Dopo, partiamo per Calcutta.»

III
MĀYĀ, L'ILLUSIONE DEL MONDO

79.

Quando Hervé si svegliò non era un nuovo giorno.

Era un nuovo mondo.

Niente gli era familiare. Né il luogo – una camera bianca, spaziosa, polverosa, ingombra di malandati mobili coloniali – né il caldo – un'afa asfissiante, mortifera e al tempo stesso languida e amorfa, come i postumi di una febbre.

Gli sarebbe piaciuto schiarirsi le idee, ma non aveva idee. Nessuna riflessione, nessun pensiero si affacciava alla sua mente. L'unica cosa che persisteva era la nausea, che si agitava come un cane rabbioso in fondo al suo ventre per risalire fino alla gola.

E nel giro di pochi secondi ci sarebbe arrivata.

Con la luce che lo abbagliava, si mosse a tastoni, appoggiandosi alle pareti e ai mobili, finché non trovò il bagno. Benvenuto nell'abisso. Affondò la testa nella tazza del wc e si liberò, pensando alla grottesca corona che l'asse disegnava attorno alla sua testa. Era il re dei cessi roventi, il principe delle fetide fogne...

Dopo aver espulso la febbre e la vergogna, si lasciò cadere all'indietro, sulle piastrelle scheggiate, e si guardò attorno: un bagno giallastro, color vaso da notte.

Si sdraiò di nuovo sul letto. Il sole si riversava a grandi fiotti nello spazio, in un modo quasi osceno, ributtante. Notò un ventilatore che girava al centro del soffitto e nella sua vertigine ebbe l'impressione che facesse vorticare tutta la stanza.

Ricordati... Usa la testa... Le ultime ventiquattro ore gli tornarono in mente come un sogno: era svenuto e si era svegliato in un taxi che sfrecciava verso l'aeroporto. Era lui, e non era lui. Si vedeva da lontano mentre superava il banco del check-in ed entrava nella sala d'imbarco. Osservava quell'altro Hervé che si dava da fare sotto i suoi occhi senza poter intervenire per cancellare gli eventi. Era lui, e non era lui...

E poi i voli. Prima Parigi-Londra, poi Londra-Calcutta. Aveva dormito. Di tanto in tanto si svegliava e guardava la cabina, immersa nella semioscurità, il cui soffitto gli sembrava molto basso, una sorta di linea d'ombra che gli sfiorava la testa. In realtà, era la sua coscienza a essere schiacciata, incapace di formulare un'idea chiara qualsiasi. Priva di ogni volontà e di ogni potere...

All'arrivo, malgrado la luce e il caldo, non era cambiato nulla. Sempre quel peso sulle palpebre, quell'apatia insormontabile. Continuava a sognare di essere un altro. Sotto i ventilatori (non ne aveva mai visti così tanti), si lasciava guidare dai due uomini che lo scortavano dal giorno prima. Gli affiorarono alla mente delle parole, come una tassonomia dell'impotenza: debolezza, atarassia, invalidità, intorpidimento...

Poi dei nomi propri. India. Bengala. Dum Dum. Calcutta. Chowringhee. Dal finestrino dell'auto aveva visto quei cartelli che si susseguivano. Li aveva guardati senza sorpresa o paura. Stava sprofondando. Dissolvendosi. Si fondeva con quello scenario, quella folla traboccante, quel sole accecante, quel calore che filtrava dappertutto...

Avrebbe dovuto stupirsi, spaventarsi, agitarsi, ma non fece altro che fissare le strade brulicanti, i volti neri, la miseria surreale che sfilavano fuori dal finestrino. A volte si addormentava per qualche secondo e poi si svegliava con lo sguardo velato e la mente ovattata, bruciando nella fornace...

Alla fine era definitivamente crollato sul letto in quella camera. Impossibile dire per quanto tempo fosse rimasto così. Adesso era quasi lucido. Era tornato nel mondo, nella realtà. Ma quale realtà?

Attorno a lui, miliardi di particelle di polvere fluttuavano nell'aria. Aveva la bocca secca. Lanciò un'occhiata in giro e vide una caraffa d'acqua posata sul comodino. Si riempì un bicchiere, trasparenza contro trasparenza, e mentre lo portava alla bocca gli tornò in mente quello che dicevano sempre tutti: attenzione all'acqua che si beve ai tropici. E se fosse stata avvelenata? Sorrise e tracannò il bicchiere. Era al di là del pericolo, al di là della paura...

Calcutta. Quindi si trovava in India. L'avevano drogato, rapito e portato all'altro capo del mondo. Nell'*Uomo di Rio*, un film di Philippe de Broca che aveva adorato qualche anno prima, Agnès, il personaggio interpretato da Françoise Dorléac, veniva drogata e imbarcata per il Brasile. Un rapimento che non gli era parso molto credibile.

Gli era successa esattamente la stessa cosa.

L'aspetto più folle di quella storia era il ruolo svolto da sua nonna. Era stata lei a drogarlo e a consegnarlo ai due rapitori... Tutto ciò non aveva alcun senso. L'idea stessa che lei potesse avere un qualche legame con l'India era assurda. E il pensiero che si fosse messa d'accordo con gli indù rasentava la comicità...

Si strofinò la faccia, si alzò e si avvicinò alla finestra. Era munita di sbarre, il che gli parve logico. Osservò la vegetazione che lo circondava. Una curiosa mescolanza di verde lussureggiante e giallo terroso. Un giardino malandato, che si era svegliato di malumore. In perfetta sintonia con il suo stato d'animo.

E in quell'istante udì uno scatto.

Si voltò, la porta si aprì ed entrò la donna più bella che avesse mai visto.

80.

Era inequivocabilmente bruna – pelle ambrata, capelli neri –, ma sembrava incarnare l'idea della lucentezza. Lo fece pensare subito a una notte luminosa, cosparsa di stelle e di lucciole. Gli angoli degli occhi, di un bianco assolutamente puro, evocavano delle falci di luna. Hervé si era già innamorato…

«Buongiorno», lo salutò sorridente.

Il bagliore dei denti – larghi, leggermente sporgenti, quasi aggressivi – faceva il paio con quello degli occhi. I capelli di lacca nera, le pupille di quarzo non facevano altro che mettere in risalto e rafforzare quella luce alla rovescia. Un viso tempestoso, che scintillava a sprazzi, così violentemente da far strizzare gli occhi.

«Dormito bene?»

Hervé non rispose.

«Mi chiamo Abha. Le ho portato del cibo.»

Parlava un francese perfetto, quasi senza accento.

Hervé aveva due opzioni. Urlare, esigendo che lo liberassero subito, oppure lasciarsi fondere come un cubetto di ghiaccio nell'incandescenza di quel sorriso, arrendersi a quella bellezza nera e bianca.

Non c'è bisogno di specificare la sua scelta…

Seduto tranquillamente sul bordo del letto, la guardò posare un vassoio d'argento carico di pietanze dai colori accesi – ocra intenso, verde limone, giallo zafferano… Lei stessa sembrava uscita da una scatola di gessetti: pelle ramata, sari di un azzurro ceruleo in cui ogni piega era come una sciabolata alla realtà.

«Dove mi trovo?» riuscì a mormorare.
«A Calcutta, a casa di mio fratello Salamat Krishna Samadhi.»
«Chi?»
Lei ripeté il nome sorridendo. Al suo fianco, il tavolino sul quale aveva posto il vassoio sembrava imbronciato, seminascosto dalle tende gonfiate da un vento rovente.
«Salamat Krishna Samadhi.»
«Non lo conosco.»
«Lui la conosce bene.»
Hervé si strinse nelle spalle. La soluzione migliore, per evitare un'emicrania, era ancora una volta quella di rinunciare a capire alcunché.
«È lui che mi ha... invitato?»
«Sì.»
«Perché?»
«Non sia impaziente. Le verrà spiegato tutto.»
A dire il vero, se ne infischiava delle spiegazioni che avrebbero potuto dargli, purché potesse restare al fianco di Abha. Il suo profumo lo stava avvolgendo, un misto di fiori e cannella, una promessa, un sortilegio uscito direttamente dalla lampada di Aladino...
«E chi sarebbe suo fratello Krishna?» non poté impedirsi di domandare.
«Lo chiamano KS. È un filosofo.»
«Un guru?»
«Assolutamente no! Il suo pensiero e la sua azione si oppongono alla nozione di guida spirituale. Mio fratello predica una ricerca che si fonda sulla libertà, l'interiorità e l'intimità. Ognuno di noi ha il potere di liberarsi del proprio karma e non ha bisogno di nessuno per trovare il giusto cammino...»
Hervé colse all'istante (la sua mente si era rimessa in marcia) la posizione contraddittoria di quel Samadhi: un uomo che spiegava agli altri che non avevano bisogno di nessuno... tranne di lui stesso. L'ennesimo impostore.
«E lei chi è?» le chiese bruscamente.
La donna ruotò su sé stessa, in equilibrio su un piede nu-

do, e poi fece un inchino accompagnato da una cascata di monili. Era scolpita nell'agata nera, ma ogni suo sorriso irradiava una pioggia di stelle.

«Io sono una danzatrice.»

Aveva dei campanellini alle caviglie. Ogni suo passo tintinnava come una mattina di Natale.

Hervé sollevò lo sguardo e si accorse che sulla sua fronte c'era un *tilak* rosso. Gli tornarono in mente Parigi, il sadhu, gli omicidi. Cosa ci faceva lì? Era in pericolo?

«Ho fatto anche un po' di cinema», aggiunse con orgoglio. «Ho recitato persino in un film francese di Jean Renoir, *Il fiume*. Lo conosce? All'epoca ero una bambina, ma ero così felice! Una troupe francese è venuta a fare delle riprese lungo il Gange vicino a Calcutta, si rende conto?»

Hervé assentì, senza sapere bene a cosa: alla totale follia di quell'istante o a quell'inatteso collegamento con il proprio paese. Ricordava di aver visto il film...

Lei lo fissò con gli occhi che brillavano d'ironia e lui sostenne il suo sguardo: era come osservare un'opera cinetica, una vibrazione di luce che disegnava forme, linee, miraggi che mutavano a ogni secondo.

«È per questo che parla il francese?»

«No, lo parlo fin dall'infanzia. Io e mio fratello l'abbiamo imparato a Parigi. Ma è una lunga storia, gliela racconterà Goppi...»

«Goppi?»

«Il vero nome di mio fratello», spiegò sorridendo. «Come le ho detto, è una storia complicata.»

«Quando avrò il piacere di conoscerlo?»

«Presto. Non si preoccupi.»

«Non sono preoccupato», mentì lui.

Ma forse, in fondo, non le aveva mentito: non aveva più l'energia per angosciarsi, per interrogarsi...

«Adesso mangi», ordinò Abha con un altro inchino. «Si rimetta in forze.»

«Non se ne vada.»

L'idea di restare solo gli serrava la gola.

«Mi parli un po' di lei», la sollecitò.

«Non c'è molto da dire», replicò lei con un che di malizioso negli occhi.

«Davvero?»

«Le ho già detto che siamo stati a Parigi. Poi sono tornata in India e ho frequentato la scuola di danza di Rukmini Devi Arundale.»

«Non lo conosco.»

«Da noi, in India, è molto famoso.»

«E... è sposata?»

Non sapeva perché le avesse fatto quella domanda. Abha non apparteneva al mondo delle costrizioni, alle leggi della farraginosa burocrazia.

«Lo sono stata», rispose lei.

Una nuvola attraversò il suo sguardo e ogni tratto del suo viso per un attimo risultò più marcato. Piccoli colpi di bulino nella corteccia bruna...

«Ma ormai sono divorziata e va tutto bene!»

«E adesso?»

«Adesso aiuto mio fratello.»

«Fate parte di una comunità?»

«In un certo senso, sì ma, come le ho detto, Goppi non vuole essere un baba, un maestro. Il suo insegnamento è un'apertura, una liberazione.»

«Quindi, a modo suo, è una sorta di guru...»

Abha si avvicinò – la dolcezza del suo movimento contrastava con la violenza del profumo – e gli posò una mano sulla spalla. Indossava un'infinità di braccialetti di metallo che tintinnavano sulla sua pelle ambrata. Alle labbra di Hervé affiorò la parola «sensualità», che gli tolse letteralmente il respiro. Ormai pensava con il corpo.

«È un vero francese.»

«Cos'è per lei un francese?»

«Qualcuno che vuole sempre avere ragione.»

Fece un passo indietro e indicò il tavolino.

«Qui c'è un campanello. Se ha bisogno di qualcosa, verrò da lei.»

All'improvviso Abha si inginocchiò davanti a lui e gli prese le mani. Sul suo viso c'era adesso un'espressione grave.

Hervé non aveva mai messo piede in un tempio indù, ma era certo che le statue che vi regnavano avessero lo stesso sguardo.

«Deve promettermi una cosa.»

«Cosa?»

«Di non tentare di fare nulla. Di non muoversi da qui.»

Hervé distolse lo sguardo. Era troppo vicina, troppo bella. E poi quell'odore di cannella...

«Lo prometta.»

«D'accordo. Promesso.»

Abha si rialzò e indietreggiò a piccoli passi verso la porta, accompagnata da un tintinnio d'argento, continuando a fissarlo.

«Ritornerò», disse misteriosamente.

Poi, in una sorta di vortice iridescente, scomparve, lasciando Hervé a bocca aperta. Un istante dopo, udì la chiave girare nella serratura.

Ritornò verso la finestra, come per verificare la presenza delle sbarre. Il paesaggio là fuori – il giardino abbandonato, i cespugli sbiaditi, le palme stentate – evocava un luogo riarso, scolorito dal sole, dal calore e dall'aridità.

Hervé indietreggiò, come trafitto da tutta quella luce, quella follia. Si lasciò di nuovo cadere sul letto, si prese la testa tra le mani e si sciolse in lacrime.

81.

Un colpo di fortuna: nel pomeriggio c'era un volo per Calcutta, o perlomeno un primo volo per Londra e un secondo per la capitale del Bengala. Appena sveglio, Mersch aveva usato il bel telefono nel salone di Nicole per informarsi.

Calcutta, una buona idea? Non aveva scelta. La priorità era salvare il fratello. Berto avrebbe continuato comunque le indagini a Parigi, l'istinto gli suggeriva che la catena degli omicidi sarebbe proseguita a Calcutta. Perché? Perché era là che si trovava Hervé...

Suzanne, Cécile, Nicole... L'assassino aveva scelto quelle giovani donne perché erano delle amiche (e delle elette) del fratello. Contro ogni aspettativa, era lui che, indirettamente, indirizzava la scelta delle vittime. Difficile da accettare.

Seduto sul divano, si versò un'altra tazza di caffè. Era riuscito a far funzionare la caffettiera Hellem là in cucina, un apparecchio degno di un alchimista, con un fornelletto e una sfera di vetro. Il risultato era delizioso.

Davanti alle grandi finestre del salone gli tornarono in mente le parole della veggente del circo Gasparino: «Lei lo sta cercando, ma anche lui la cerca». E aveva aggiunto: «E non cerca soltanto lei. Lei e suo fratello». Mersch non era un frequentatore di questo genere di indovini, ma forse la strabica aveva visto giusto dal fondo della sua roulotte...

All'improvviso apparve Nicole, fresca come un fiore bagnato di rugiada. Così esile sotto il leggero accappatoio stile kimono, usciva visibilmente da una doccia bollente. Le guance tinte di rosa gli confermarono fino a che punto avesse avuto ragione il giorno prima a non voler andare oltre... *Dio mio, cosa ti è preso?*

«Dormito bene?»

Lei lo fissò con aria furiosa, non molto convinta però, con un fondo quasi di tenerezza.

«Hai altre domande come questa?»

«Decolliamo alle diciotto.»

«Questa sera? Allora dicevi sul serio?»

Mersch le porse il blocco per appunti sul quale aveva annotato gli orari dei voli.

«Andiamo a cercare Hervé e lo riportiamo a casa sano e salvo.»

«E mi porti con te?»

«In ogni caso non ti lascio a Parigi senza protezione. Non è possibile.»

«E l'inchiesta?»

«L'istinto mi dice che anche lei ci seguirà.»

«Perché?»

Mersch eluse la domanda, per pigrizia, ma anche perché non era sicuro di nulla.

«Preparati, usciamo tra dieci minuti.»

«E dove andiamo?»

«Te l'ho detto, a interrogare mia madre.»

«È lontano?»

Mersch fece una risata ironica.

«In chilometri non molto, ma sulla scala sociale è ad anni luce dal tuo piccolo universo borghese.»

Nicole gli si avvicinò. Profumava di caprifoglio, delle sottili fragranze della gioventù e della ricchezza, di paradisi inaccessibili alla maggior parte dei mortali, soprattutto quando ci si chiamava Jean-Louis Mersch.

«Perché mi attacchi sempre per le mie origini? Ti ricordo che tra noi due la rivoluzionaria sono io.»

Mersch si alzò di scatto e cambiò all'improvviso atteggiamento. Sorridendo, le strinse le mani. Quella ragazza gli spezzava il cuore. Gli ispirava un misto di tenerezza e inquietudine, affetto e apprensione, qualcosa di indefinito che lo confondeva.

«Andiamo», mormorò, posandole un bacio sulla fronte.

82.

Mersch aveva sempre detestato la bontà di sua madre.

Nella sua devozione c'era qualcosa di falso, aggressivo e totalmente malsano. Si consacrava agli altri con una sorta di freddo furore, di rabbia trattenuta. Il suo spirito di sacrificio era un'espressione della sua fede, che rasentava la malattia mentale: ossessione, paranoia, allucinazioni...

Jean-Louis aveva lasciato la Missione della Resurrezione (come lei chiamava la congrega che aveva creato) all'età di dodici anni, subito dopo la guerra. Da piccolo non aveva mai goduto del minimo comfort né della minima intimità. Viveva con i pezzenti, mangiava alla loro tavola, si lavava con loro, e quando faceva i compiti era sempre sotto l'occhio guercio di uno o due di loro. Durante l'Occupazione le cose non erano cambiate, il numero dei miserabili era soltanto cresciuto.

Era sempre stato divorato dalle pulci e dalle cimici, e quando giocava a tris, non era con un foglio e una matita. Ben prima di sapere cosa fossero il football e gli aliossi, aveva imparato a riconoscere una crisi di delirium tremens o i sintomi dello scorbuto. Il suo pane quotidiano erano state urla allucinate e gengive purulente. *Davvero fantastico.*

Il motto della Missione era «Minestra e sapone», ma la congrega offriva ben più di un pasto caldo e una doccia fredda. Il programma includeva anche cure mediche oltre, naturalmente, alla salvezza dell'anima. Un sacerdote officiava tutti i giorni, con qualsiasi tempo, convincendo quegli infelici che il regno dei cieli apparteneva a loro.

La madre non gli aveva mai manifestato il minimo affetto

e il suo modo di esprimersi era un incrocio tra un messale e un manuale di pronto soccorso. Non diceva mai «Ti voglio bene», ma «Prego per te». E non abbracciava le persone, ma le stringeva tra le braccia come se fossero in cammino verso il Golgota.

Alla luce di tutto ciò, la prospettiva di quell'incontro non lo entusiasmava. Non che detestasse la madre – si detesta soltanto la gente che si conosce. Non le serbava nemmeno rancore – che si può nutrire soltanto per qualcuno che sia sano di mente. No, provava per lei una sorta di antipatia cronica mista a pietà per la sua follia e la sua ridicola ricerca spirituale...

Arrivarono a Château Rouge, dove in fondo a una strada senza uscita c'era la Missione. Da quelle parti veniva da pensare che Parigi, dopo i secoli passati e gli abissi di miseria, non si fosse affatto evoluta. Ci si aspettava di veder apparire una banda di briganti o di falsi mendicanti usciti direttamente dal XVIII secolo.

«È lì che sei cresciuto?» chiese Nicole, sconcertata.

Mersch fissò l'edificio in mattoni in fondo alla strada con la pavimentazione sconnessa.

«Se così si può dire...»

L'unica qualità che riconosceva alla madre era un certo senso degli affari. Nel corso degli anni, attraverso la sua associazione, era riuscita ad acquistare quel rudere. Poi la sua fondazione era stata riconosciuta di pubblica utilità, ottenendo l'autorizzazione ufficiale a incassare donazioni e lasciti. Da allora aveva gestito oculatamente quell'economia della miseria e la Missione era diventata un centro di assistenza. Una sorta di industria del conforto e del piatto di minestra.

Entrarono nella hall e l'odore si insinuò subito nelle loro narici. Un fetore familiare, un misto di urina, etere, bucce di patate e medicinali. Crocifissi e immagini di santi decoravano le pareti. Il linoleum si appiccicava alle suole e l'ordine che vi regnava aveva un che di insulso e austero.

Avanzarono ancora, incrociarono qualche relitto umano e alcuni membri dell'associazione, con le loro facce da schiaffi: quell'aria di devozione, di sottomissione, sotto la quale si scorgeva un'espressione di profonda soddisfazione, di subdolo orgoglio.

«Figlio mio, sei qui.»

Lui si voltò e vide la madre, piccola e magra come un chiodo, in piedi davanti a loro. Mersch strinse i denti. Aveva sempre quel modo di esprimersi grave e solenne...

Un tempo doveva essere stata bella, ma oggi il suo viso era ossuto, segnato dagli anni e leggermente scimmiesco. Sopracciglia troppo chiare, labbra esangui, mandibola prominente. Invecchiando, nella sua espressione era emerso un che di selvaggio, i suoi tratti erano diventati più primitivi, conferendole un'aria da donna crocifissa, o meglio, sacrificata.

La pelle scura di Simone Valent era segnata da numerose cicatrici, leggere, quasi invisibili, simili a graffi. Jean-Louis non aveva mai saputo come se le fosse procurate. Ma guardandola alla luce, si aveva l'impressione di vedere una corteccia sulla quale degli amanti avessero inciso le loro iniziali.

In poche parole, Mersch fece le presentazioni, spiegando che Nicole era un'amica di Hervé. La ragazza fece suo malgrado un breve inchino, come le avevano insegnato le suore.

«Sono venuto a parlarti di Hervé», disse Mersch a bruciapelo.

«Dio lo protegge.»

Alle loro spalle risuonarono i rumori di una mensa: brocche di inox, bicchieri di pyrex, piatti di alluminio... Un puzzo di fritto saliva a lente ondate, inarrestabile.

«Non cominciare con le tue frasi da idiota. Cosa sta succedendo?»

«Andiamo nell'oratorio.»

83.

Si ritrovarono in una stanza dalle pareti bianche in cui aleggiava un profumo di intonaco bagnato. Una croce, naturalmente, mobili spaiati che sembravano provenire da un mercatino delle pulci. In un angolo erano accatastate delle sedie, in realtà degli inginocchiatoi, in caso di emergenza.

«Mettetevi a sedere.»

Si sedettero a un lungo tavolo sul quale erano impilati dei piatti e altre stoviglie avvolti in fogli di giornale. Tutti questi particolari deprimenti gli scivolavano addosso, era stato anestetizzato da tempo.

«Cosa diavolo è successo a Hervé?»

«Non posso dire niente.»

«Non credere di potertela cavare così.»

«Non posso dire niente perché non so niente.»

«È stato rapito.»

«Ne sono al corrente, tua nonna mi ha chiamato.»

«Tua nonna»: ci teneva che tutto fosse in ordine nella famiglia, ma di quale ordine si trattava? Se al mondo esisteva un clan di squilibrati, era proprio il loro. E lui stava per apprendere altri particolari inquietanti...

«Hervé è stato rapito da due indù con la complicità di Odette», spiegò Mersch. «Tutto induce a credere che al momento si trovi a Calcutta, nelle mani di non so chi. Attualmente sto indagando su due omicidi a Parigi che hanno anch'essi a che vedere con l'induismo, e non posso credere che tutto questo non sia collegato. Allora, ancora una volta, cosa puoi dirmi su questo merdaio? Perché Hervé è coinvolto in questa storia?»

Seduta al tavolo, Simone si portò una mano alla fronte. Con il suo grembiule di tela e il logoro cardigan, sembrava una caricatura. Mersch osservò le cicatrici che scalfivano leggermente la sua pelle ambrata. Non ricordava che fossero così numerose.

«È al sicuro», mormorò lei.

Era quindi chiaro che l'India, gli omicidi e il rapimento avevano a che fare con la madre, con la sua storia. Roba da fuori di testa.

«Tu sai dov'è?»

«Penso che sia nascosto presso un gruppo spirituale.»

«Quale gruppo?»

Le parole gli uscivano di bocca come spilli, perdipiù di traverso, spellandogli il palato.

«La fondazione di Salamat Krishna Samadhi. Una persona molto seria e molto affidabile.»

«Mi stai prendendo in giro?»

Lei congiunse i palmi come se stesse pregando. Mersch aveva voglia di rompere qualcosa.

«Sono sempre stata aperta all'ecumenismo», rispose la madre in un tono da confessionale, ma dalla sua voce trapelava anche una sorta di autoindulgenza. «Non mi sono interessata soltanto alle religioni cristiane, ma anche ad altri culti.»

«All'induismo?»

«Sì.»

«Qual è il rapporto con Hervé?»

«Suo padre.»

Un vuoto, un momento di silenzio. Avrebbe dovuto immaginarlo: la figura paterna era l'unico elemento sconosciuto del quadro. Una chiave nascosta.

«Parlami di lui.»

«Dopo la guerra ho seguito un corso di lingue orientali.»

«Mentre lavoravi e ti occupavi della tua famiglia?»

«Sì.»

«C'è da dire che non ti preoccupavi molto della mia istruzione.»

«Jean-Louis...»

«Lingue orientali, stavi dicendo...»

«E lì ho incontrato un ragazzo affascinante, molto sensibile, che stava progettando di fare un lungo viaggio in India. L'ho aiutato a prepararlo. Ero più grande di lui, e anche più ragionevole. Alla fine...»

«Alla fine?»

Per la prima volta, Simone sembrò imbarazzata.

«Abbiamo avuto una... Insomma, sono rimasta incinta.»

«Era una vera e propria relazione?»

«No. L'avevamo fatto soltanto una volta.»

«Perché la vostra storia non è durata più a lungo?»

«Era impossibile.»

«Per quale ragione?»

«Era... In fondo, lui preferiva i ragazzi.»

«Il padre di Hervé era omosessuale?»

«Sì.»

«Eppure siete andati a letto insieme?»

«Jean-Louis...»

«Rispondimi.»

Lei assunse di nuovo la sua posa preferita: mano sulla fronte, testa china. La postura che si ritrova spesso nei dipinti in cui una dama drappeggiata sembra riflettere sul senso della vita.

«Sì, è successo una sola volta. Una sorta di... momento di follia.»

«E dopo?»

«Lui è partito per l'India.»

Non ancora una confessione completa, ma un inizio.

«Come si chiama?»

«Il suo nome non ha alcuna importanza.»

«Spetta a me deciderlo. Come si chiama?»

«Pierre Roussel. Apparteneva a una famiglia molto ricca, molto potente.»

«Di che genere?»

«Non voglio parlarne. Non voglio ricordarmene.»

Mersch inspirò a fondo.

«E il seguito?»

«È nato Hervé. Tutto qui.»

«Ma Roussel l'ha riconosciuto?»

«Sì. È tornato dopo la sua nascita.»

«E perché Hervé non ha il suo cognome?»

«È complicato.»

«Ma dai.»

«Pierre era in rotta con la sua famiglia. Il suo vero nome, sui documenti, era Jouhandeau...»

«Si è occupato di suo figlio?»

«No. È... ritornato in India. Era totalmente preso dal suo lavoro.»

«Quale lavoro?»

«Pierre è un esperto di musicologia indiana. Nel suo campo è piuttosto conosciuto.»

Di bene in meglio. Mersch lanciò un'occhiata a Nicole, che sembrava bersi quelle informazioni deliranti.

«Pierre era appassionato di *vina*, un genere di sitar. Ha imparato a suonarla e intrapreso delle ricerche, creando un archivio che costituisce un autentico patrimonio della musica indiana. È tutto quello che so.»

«Vive ancora in India?»

«Sì.»

«A Calcutta?»

«No, a Benares. Ha creato una fondazione che organizza concerti. Il suo istituto possiede la più importante biblioteca di spartiti di musica indiana.»

Ok, ma ce n'è ancora di strada da fare...

«Questo Pierre Roussel può essere implicato negli omicidi?»

«Impossibile. È l'uomo più dolce e pacifico che conosca.»

«A Parigi, chi ti ha parlato dei delitti?»

«Dhritiman Gupta.»

«Conosci Gupta?»

«L'ho conosciuto negli stessi anni di Pierre. Allora mi interessavo di yoga e pratiche ayurvediche. Gupta era l'interlocutore ideale. All'epoca era un ragazzo...»

Mersch preferì non indagare sul significato della parola «ayurvediche», la priorità non era quella.

«E cosa ti ha detto?»

«Che una giovane donna era stata uccisa.»

«Come faceva a saperlo?»

«Non lo so.»

Jean-Louis, invece, lo sapeva: il sadhu aveva dovuto metterlo al corrente. Ma quella storia non era affatto chiara. Come aveva fatto quest'ultimo a individuare Suzanne quale potenziale vittima?

«Cosa sai di quella giovane donna?»

«Aveva giocato con il fuoco.»

«Cosa vuoi dire?»

«Gupta l'ha iniziata a certe pratiche tantriche e poi lei ha voluto volare con le proprie ali e si è spinta troppo lontano.»

«Non vorrai insinuare che ha scatenato delle forze maligne o qualche idiozia del genere?»

«No, si è fatta semplicemente notare. E questo le è stato fatale.»

«Notare da chi?»

«Non lo so di preciso. Ma non si deve interferire con il tantrismo.»

Eccoci qua... Ma dove?

«La seconda vittima non ha alcun legame con l'induismo, eppure è stata scelta dall'assassino. Perché?»

«Non lo so.»

«Che diavolo c'entra Hervé in tutto questo?»

Simone fece una pausa prima di riprendere la parola. Mersch poteva quasi percepire fisicamente quanta fatica le costasse parlare e ragionare. La storia che stava raccontando la consumava dall'interno.

«Hervé è al centro di tutto.»

«Perché?»

«Non c'è nulla da spiegare. Perlomeno nel linguaggio delle persone comuni.»

«Non confonderci! Perché l'hanno preso di mira?»

«Possiede qualcosa di molto importante.»

«Cosa?»

«Ti ripeto che non posso spiegartelo. Noi siamo cristiani, occidentali. Le motivazioni degli indù ci sfuggono. È inutile dare delle risposte se non si hanno le domande.»

Mersch sospirò.

«L'assassino, lo conosci?»

«No.»
«Il suo obiettivo finale è uccidere Hervé?»
«Non ucciderlo, affrontarlo.»
«Affrontarlo? Come mai?»
«Hervé rappresenta una forza... molto particolare.»
«Quale forza?»
«Non posso risponderti.»
«C'è un collegamento tra il fatto che suo padre sia un indianista e la forza di cui parli?»
«No.»
«Quindi possiamo dire che le origini di Hervé sono collegate con l'India e che adesso degli indiani fuori di testa si stanno interessando a lui, ma tutto ciò è un puro caso?»
«Sì», rispose lei.
Mentiva, ma lui non aveva né il tempo né la possibilità di farle sputare la verità.
«Ma qual è il motivo di quegli omicidi?»
«Non ne sono sicura... Penso si tratti di sacrifici preliminari...»
Gli balenarono davanti agli occhi le immagini dei corpi di Suzanne e Cécile, gli organi messi a nudo, i morsi...
«Gupta ha parlato di "porte".»
«Le porte...» disse lei con un sorriso spento.
«Spiegati!»
«Quelle giovani donne dovevano morire per consentire l'accesso all'altro mondo. Quello in cui si svolgerà il confronto.»
Questo linguaggio astruso gli confermava che era in quell'«altro mondo», quale che fosse, che avrebbe dovuto cercare il suo assassino...
«Mi hai parlato di una fondazione... Sai dove posso trovarla a Calcutta?»
«Ti darò l'indirizzo.»
Un'idea si affacciò alla mente di Jean-Louis.
«È stata la fondazione a mandare qui il sadhu?»
«Certamente.»
Mersch si alzò, seguito da Nicole. Per quel giorno non avrebbe saputo altro. La madre li imitò, con un'espressione

che era difficile da descrivere: drammatica, ma al tempo stesso abituale, naturale. Quella donna non viveva nel dramma, era il dramma a vivere in lei, a torturarla e sacrificarla.

«Figlio mio...»

«Mi chiamo Jean-Louis.»

«Jean-Louis... Cosa hai intenzione di fare?»

«Secondo te? Andrò a scovare Hervé.»

«Non farlo», urlò la madre.

Poi, riconquistata di colpo la calma, ripeté: «Non farlo... Non immischiarti in questa storia. Ti ho detto che tuo fratello è al sicuro dove si trova. Tu sei sempre stato molto forte, molto... determinato, ma questa volta... hai a che fare con qualcosa di molto più forte di te».

Mersch le scoccò un sorriso da «sorvegliato speciale recalcitrante».

«È quello che vedremo.»

84.

Lungo la strada per l'aeroporto di Orly i lampioni sono appaiati, con un doppio palo orientato in direzioni diverse, come tulipani metallici pronti a essere colti. Mersch non era particolarmente interessato all'architettura né all'estetica in generale, ma quella sera quei fiori d'acciaio che oscillavano sotto il cielo di rame gli parvero magnifici.

Cosa gli era preso? Non aveva forse nient'altro cui pensare in quel momento? Avevano fatto le valigie ed erano saliti sulla Dauphine, con Berto al volante. Nicole non aveva aperto bocca. Aveva avvisato i suoi genitori? Mersch non ne aveva idea. Lo stava comunque seguendo in quel periplo quanto mai incerto.

Da quando avevano lasciato la Missione della Resurrezione, Mersch continuava a pensare alle parole della madre, che senza dubbio aveva tenuto per sé l'essenziale. Nulla di grave. Come dicono nei film, le risposte li attendevano laggiù…

«Hai sentito?» chiese all'improvviso Berto. «Sembra che sugli Champs-Élysées la situazione stia precipitando.»

Mersch emerse dai suoi pensieri: non ascoltava più la radio, non si interessava più all'attualità.

«Cosa?»

«Da quando hanno ritrovato de Gaulle…»

«Perché, l'avevano perso?»

«Ma dove vivi? Ieri il Generale è scomparso!»

«Dov'era?»

«A Baden-Baden, per consultare quel vecchio stronzo di Massu.»

Jean-Louis scosse la testa: Massu, uno dei generali che avevano fatto ricorso alla tortura ad Algeri e la cui crudeltà, bisognava ammetterlo, aveva dato i suoi frutti. La notizia non lo stupì: quando un generale ha bisogno di un consiglio, a chi rivolgersi se non a un altro generale?

«Da allora», continuò Berto, «ha fatto la parte del leone, il vecchio. Ha sciolto l'Assemblea, mantenuto Pompidou e rimandato il suo referendum alle calende greche.»

De Gaulle aveva quindi riacquistato il controllo mentre i contestatori battevano la fiacca e i socialisti erano allo sbando: Pierre Mendès France non aveva nemmeno preso la parola a Charléty.

«Cosa sta succedendo sugli Champs-Élysées?» chiese comunque.

«Ci sono almeno un milione di persone che sfilano a favore di de Gaulle...»

«Una manifestazione pro de Gaulle?»

«Sono venuti da tutta la Francia, è stato il SAC a organizzare tutto.»

«Le carote sono cotte», come si diceva su Radio-Londra. Così, la Francia si era svegliata. Quella che fino ad allora era rimasta in silenzio, quella che aveva fatto la guerra, subito l'Occupazione e ricostruito il paese.

Tutto è male quel che finisce male... si disse Jean-Louis con una rassegnazione quasi divertita. Ma la menzione del SAC gli ricordò anche che la sua partenza cascava a fagiolo – gli agenti segreti avrebbero finito per dimenticarsi di lui.

Si accese una sigaretta in onore del Generale e sorrise alla vista dell'aeroporto di Orly che si profilava nella luce del crepuscolo. Aveva preso un'altra decisione, segreta, velata, come di nascosto a sé stesso: nella sua valigia nemmeno un'anfetamina, nessuna traccia della minima droga. Almeno provarci...

85.

Nicole aveva telefonato ai genitori dicendo che partiva con degli amici per Lanzarote. Perché Lanzarote? Non ne aveva idea. Aveva fatto la valigia, preso i soldi, tirato fuori il passaporto...

In un certo qual modo, Nicole non si preoccupava più dell'indagine. Era assorbita da un'altra questione, più essenziale: quella della propria esistenza. In pochi giorni le sue prospettive, le sue priorità, i suoi valori erano stati sovvertiti. Aveva creduto che quel mese di maggio, con le sue manifestazioni, avrebbe segnato una svolta nella sua vita, ma in realtà la svolta era stata diversa...

Era ormai implicata fino al collo in una vicenda criminale. Era addirittura l'obiettivo di un assassino. Viveva questa metamorfosi con un misto di stupore e soddisfazione, panico e assurdo godimento.

Finalmente le era successo qualcosa. E non importava cosa. E nonostante tutto questo fosse nato dall'orrore più abietto, per poi continuare nel puro terrore e sprofondare ora nell'ignoto con la I maiuscola – lei era comunque in viaggio per Calcutta, capitale del Bengala, insieme a un uomo che conosceva a malapena – l'unica cosa che contava era che stava vivendo un'incredibile avventura.

In fondo, Nicole non si era mai ingannata sulle proprie intenzioni. Sotto il suo carapace rivoluzionario, sotto le velleità buddhiste, palpitava sempre lo stesso desiderio: sperimentare l'intensità dell'esistenza.

Non era una novità, per lei: sui banchi del liceo, questi versi di Baudelaire le erano apparsi come una rivelazione:

Tuffarci nell'abisso, Inferno o Cielo non importa.
Giù nell'ignoto per trovarvi del nuovo!

E senza dubbio, tra le due opzioni lei avrebbe scelto l'Inferno, in classe economica...

«Dammi il tuo passaporto.»

Erano davanti al banco del check-in di Air India. Mersch non aveva il passaporto, ma aveva aggirato l'ostacolo presentando alla hostess, in qualità di poliziotto o di ex militare, una pila di fogli con la coccarda tricolore.

Nicole si voltò e fotografò mentalmente il luogo: quella famosa aerostazione sud che non aveva nemmeno dieci anni e che era più visitata della stessa torre Eiffel... Si soffermò su ogni particolare: le file di plafoniere, brillanti come placche di mercurio, le grandi vetrate (il terminal era una sorta di galleria degli specchi), tutta quell'architettura che privilegiava le linee, la simmetria, gli effetti cinetici... Trovarsi lì era già come approdare alle rive di un mondo nuovo, liberato dalle costrizioni del tempo e dello spazio.

«Seguimi.»

Il poliziotto si incamminò, apparentemente sicuro sulla direzione da prendere, ma lei era certa che non avesse mai messo piede a Orly. Le uniche volte in cui aveva preso l'aereo era stato sicuramente da qualche aeroporto militare, destinazione Algeria, stipato come una sardina color kaki insieme agli altri.

Nicole conosceva lo scalo di Orly, aveva viaggiato con i genitori attraverso tutta l'Europa e da sola negli Stati Uniti. Ma seguiva i passi di Mersch, sia per fargli piacere sia per la segreta soddisfazione di affidarsi alla «sicurezza maschile»...

Nella sala d'imbarco, si sedette e continuò le sue fantasticherie. Era da tempo che voleva andare in India. Nel 1968 non si poteva essere buddhisti, intellettuali, psichedelici senza sognare di intraprendere il cammino verso la capitale del misticismo. Ma ora, invece, si stava imbarcando per un viaggio che si prospettava colmo di orrori e di violenza. Una cosa era certa: a Calcutta non si sarebbero annoiati.

«Come va? Stai bene?»

Mersch si chinò su di lei con fare paterno.

Nicole gli sorrise e notò che si era vestito in stile tropicale, o perlomeno in quello che lui considerava tale... Camicia kaki – senza dubbio un ricordo dell'Algeria – e giubbetto color sabbia. Abiti di produzione militare, ma con i suoi capelli lunghi e le basette poteva essere scambiato per un adepto della controcultura in viaggio verso il paradiso della cannabis e della meditazione.

Sull'aereo, con la cintura allacciata e le mani contratte sui braccioli, Nicole ebbe l'impressione di salire un gradino più su nel suo sogno.

Qualche mese prima aveva letto un romanzo erotico venduto sottobanco: *Emmanuelle*, di Emmanuelle Arsan. Il libro iniziava con una scena di sesso in una cabina d'aereo. In volo, quando avrebbero spento le luci notturne, Mersch le sarebbe saltato addosso?

Nicole non l'avrebbe mai confessato a nessuno, ma tra tutte le follie vissute negli ultimi tre giorni, quella che l'aveva sconvolta di più era stata l'avvisaglia di notte d'amore della vigilia...

Il ricordo di quelle mani pelose, di quell'alito ardente sul suo collo, di quel corpo sul suo ventre la faceva fremere ancora... Oddio, non era mica una piccola sentimentale come le altre, avida di sensazioni romantiche, di sensualità immaginaria? *Ebbene sì, vecchia mia...*

Una voce languida annunciò il decollo. Nicole chiuse gli occhi in una sorta di deliziata angoscia o inquieta beatitudine. Rafforzò la propria convinzione: la rivoluzionaria buddhista, dal punto di vista sentimentale, era sdolcinata come un film di Jacques Demy, pieno di colori soavi e zuccherose parole d'amore.

Come in *Josephine*, avrebbe potuto cantare:

Je ne sais rien de lui, et pourtant je le vois
Son nom m'est familier, et je connais sa voix
Souvent dans mon sommeil, je croise son visage
Son regard et l'amour ne font plus qu'une image.

86.

A Dum Dum, l'aeroporto di Calcutta, Nicole si impegnò a restare vigile. Nonostante la durata del viaggio, compresi gli scali, avesse superato le venti ore, nonostante la differenza di fuso orario e una nausea che non le dava tregua, nonostante quello stato di stupore che sembrava essere ormai il suo modo di percepire la realtà, ci teneva a memorizzare ogni minimo dettaglio – le sue prime impressioni.

Per il momento, erano vaghe. Era calata la notte. Il calore dell'aria era opprimente e Nicole respirava a fatica. Si trovavano in un'enorme sala grigia, illuminata da neon giallastri infestati dalle zanzare. Sul soffitto, decine di ventilatori ruotavano stancamente, rimescolando con sadismo l'aria calda.

Tutto era vecchio, percorso da crepe, consumato. Nicole si rese conto di essere entrata in un mondo in agonia, o meglio, un mondo in cui l'agonia era un ingranaggio fra gli altri, assiduamente presente e familiare.

Notò altri particolari sconcertanti. A cominciare dalla folla, ben diversa da quella che si incontra di solito negli aeroporti. Gruppi di indiani, con i dreadlocks o i capelli completamente lisci, la pelle color cacao brillante o caramello chiaro, si aggiravano nella sala.

Altri, a piedi nudi, erano seduti a terra o dormivano rannicchiati su sé stessi. Alcuni sembravano lavorare, o perlomeno attendere un lavoro, stravaccati su carretti con le ruote storte...

Per il momento l'India si riduceva a un gigantesco crogiolo di uomini cupi, tristi e inquietanti, che emanavano un miscuglio di odori sovrapposti di spezie, legno bruciato ed escrementi... Se per caso Nicole fosse stata in forma, questo ingresso nel nuovo mondo sarebbe bastato a demolirla. Fortuna vuole che fosse già del tutto fuori fase...

Bagagli. Ancora una volta, Mersch si sforzava di darle a bere che era sicuro del fatto suo, ma anche lui doveva essere completamente disorientato.

Trovarono il corridoio dell'uscita. A ogni passo, il numero di viaggiatori, guardie e facchini aumentava, come le pozzanghere su una spiaggia con il salire della marea.

Al di là della soglia non c'era più un millimetro di spazio libero, era tutto occupato da una folla compressa, squallida, sconclusionata. Sopra le loro teste, una grisaglia di cielo, un miscuglio di fumo, gas, vapore, pesante come il coperchio di una pentola di ghisa.

Nicole si sentiva mancare il respiro, tutto il suo corpo era bloccato e sgocciolava sudore come un'oliva pescata dall'olio...

Grida, mani, spintoni. Volevano aiutarli, portare i loro bagagli, accompagnarli ai taxi. Potevano anche essere animati da buone intenzioni, ma i crocchi di sdentati e di bambini che si aggrappavano ai loro vestiti davano piuttosto l'impressione di un incubo brulicante.

Spingendo davanti a sé la valigia, Mersch fendeva la folla come una guardia forestale armata di machete.

«Seguimi!»

Nicole sentiva le mani dei bambini che l'afferravano, la palpavano, la frugavano, la frenavano... Era letteralmente stravolta. Il caldo la soffocava. Nonostante la camicia di mussola e la minigonna di jeans, aveva l'impressione di indossare un vestito metallico di Paco Rabanne pesante dieci chili.

«Lasciatemi!» urlava in inglese, facendo ruotare attorno a sé la valigia a mo' di mazza.

Raggiunsero finalmente il parcheggio in terra battuta dove erano posteggiate alcune auto e una schiera di *pousse-pousse*, che lì chiamavano risciò, come aveva letto Nicole da qualche parte.

All'improvviso ecco materializzarsi un autista inturbantato con un frustino in mano. Si lisciò la tunica, si produsse in un inchino mellifluo e afferrò d'autorità le loro valigie per infilarle nel bagagliaio della sua auto. Nicole ebbe il tempo di leggere il marchio: una Ambassador che assomigliava vagamente a una Dauphine, ma molto più massiccia.

Qualche sterzata bastò a ricacciarli in mezzo a un nuovo brulichio. Un traffico delirante in cui si mescolavano automobili, mezzi pesanti, risciò, portatori, pedoni, mendicanti, animali, il tutto accompagnato da furiosi colpi di clacson. Era quasi mezzanotte...

Dopo una tregua (l'aeroporto era a una trentina di chilometri da Calcutta e non c'era alcuna illuminazione stradale), ritrovarono il caos alle porte della città. Con in più, a ogni rallentamento, mendicanti che premevano il viso contro i finestrini, lebbrosi senza faccia né dita, paralitici dai corpi storpiati, bambini famelici che saltavano l'uno sull'altro come scimmie cappuccine.

Ripartivano fino alla successiva fermata dell'orrore. Nicole scrutava la notte per scoprire la cosiddetta Città della gioia. Fantomatici edifici vittoriani, botteghe che sembravano pattumiere rovesciate, grappoli di corpi, braccia, gambe aggrappati ai tram, poliziotti che picchiavano con i loro manganelli sui tetti delle macchine per rimettere un po' d'ordine in tutto quel caos, conducenti di risciò che trottavano come bestie da soma, con l'aria di portare sul dorso tutta l'infelicità del mondo, o perlomeno del loro mondo.

«*Where do you want to go?*» ripeté l'autista, pilotando il suo taxi nel tumulto con la disinvoltura di un potente e sgusciante mammifero marino, una mano sul volante, l'altra sul clacson.

Sporto in avanti, Mersch sfogliava la sua guida in inglese. Lei si chiese dove l'avesse scovata, senza dubbio da Gibert Joseph. I capelli lucidi di sudore, sembrava cercare un indirizzo. E lei lo compatì, perché il mignolo (quello con l'anello in argento battuto) che scorreva lentamente lungo le righe le diceva che non conosceva nemmeno una parola d'inglese.

«*Sudder Street, please!*» disse comunque all'autista.

Nicole gli lanciò un'occhiata perplessa.

«Cosa c'è in Sudder Street?»

«È la via dei turisti.»

«È tutto quello che hai trovato per iniziare la nostra indagine?»

Mersch sorrise.

«Con la mia faccia da mercenario e le tue arie da colonialista, la strada dei turisti sarà perfetta.»

«Le mie arie da colonialista?»

«Hai capito molto bene quello che intendo dire. La tua pelle da inglese ricorderà loro l'invasore britannico.»

Nicole incrociò le braccia e si voltò verso il finestrino. Meglio imbattersi ancora in qualche lebbroso che rispondere a quel povero idiota.

Dopo un po' chiuse gli occhi e tornò in sé, aspettando che quel vortice umano si esaurisse nell'afosa lobby di un piccolo albergo.

Quando riaprì le palpebre, era tutto rosso. Era la luce dell'insegna del tugurio che Mersch aveva scelto per la loro luna di miele: il Sudder Palace. Nicole scoppiò a ridere. Stava cercando un'esperienza davvero forte? Nessun problema, avrebbe avuto quello che c'era di peggio.

87.

Per semplificare le cose, presero una camera con due letti. Non per fare economia (Mersch non parlava mai di soldi, pagava tutto, dai biglietti d'aereo al soggiorno – indennità di missione?), ma semplicemente perché volevano restare accanto, uniti, in quello spaventoso tuffo nell'ignoto.

A dispetto dell'aspetto fatiscente, Nicole trovò il loro nido piuttosto accogliente. I letti, con le loro coperte arancione acceso, evocavano la camera di un bambino. Il ventilatore non dava l'idea di funzionare, ma forse era lì soltanto per ricordare l'epoca vittoriana. Mobili di compensato, manifesti turistici alle pareti: quel ridicolo sforzo decorativo era quasi commovente. I soprammobili, le lampade, la sedia, sembrava tutto finto, come una scenografia che non riesce a dare l'illusione del vero.

Nicole entrò nel bagno. Asciugamani macchiati, lavandino scheggiato, cabina doccia nascosta dietro una tenda di plastica tutta strappata, wc grigiastro. Gli scarafaggi dovevano essere un esercito e l'acqua calda un lusso inaccessibile.

Tutto era appiccicoso, umido, ammuffito. Calcutta puzzava di ascelle sudate e alito pesante. *Molto bene, molto bene,* si disse Nicole, *nessun problema...* come se quella pervasività del marciume la rassicurasse.

«Andiamo a cena?» propose Mersch.

Lungo Sudder Street, gli alberghi decrepiti si alternavano a negozi di souvenir che rimanevano aperti e illuminati anche di notte, esponendo le loro cianfrusaglie sulla terra battuta.

Alcuni stranieri vagavano nella fanghiglia illuminata da

pozzanghere di luce. Nessuno di loro sembrava molto lucido: i visi coperti dai capelli lunghi, i corpi martoriati dalla droga, deambulavano simili a zombie alla ricerca dello sballo, come demoni affamati di carne umana.

Nicole era soddisfatta di essere lì, al capolinea. Quante volte aveva sentito gli hippy parlare dell'India come di un Eldorado, una Xanadu? Quante volte i capelloni dello square du Vert-Galant le avevano decantato le virtù dell'Oriente? Adesso ci era arrivata, vicino a quei ragazzi morenti, naufragati a qualche migliaio di chilometri di distanza.

Trovarono un piccolo ristorante che rispecchiava il colore locale: tavoli traballanti, pavimento di piastrelle scheggiate, pareti di cemento dipinto e, naturalmente, ondate di curry per mettervi appetito...

La luce era assicurata da lampadine che pendevano dal soffitto come teste d'aglio, i ventilatori giravano di sghimbescio, come ruote sbilenche e, quanto ai convitati, era meglio non guardarli. Uomini dal viso nero, senza vita né espressione, che mangiavano con una mano, affondando due dita nel piatto.

Ordinarono alla cieca. Il menù era scritto in hindi o in bengalese, lettere magnifiche, affusolati arabeschi che ricordavano le miniature dei libri d'ore medievali.

Nicole conosceva le regole elementari di sopravvivenza a quelle latitudini. Non bere mai acqua non purificata, a cominciare da quella del rubinetto. Anche il cibo era da prendere con le pinze: molto speziato, avrebbe di certo provocato una diarrea incontenibile.

Ma Nicole moriva di fame e di sete e, nonostante questi avvertimenti, si gettò come Mersch sui piattini colorati e profumati che gli servirono. Assaporò il pollo grigliato rosso come un papavero. Si deliziò con le frittelle di formaggio, che dovevano visibilmente essere state intinte in una sorta di yogurt arricchito con lamelle di cipolla e cocomero. Una combinazione divina, che le andava giù come un nettare.

Per accompagnare il tutto, avevano aggiunto riso basmati giallo come il limone, guarnito con pistilli di zafferano, fettine di zenzero, bastoncini di cannella, capsule di cardamomo verde...

Quando terminò di rifocillarsi, Nicole si disse che sarebbe morta in bellezza. Aveva ingerito tanta di quella roba da sentirsi male per una settimana – spezie, microbi, parassiti dovevano danzare una bella sarabanda in fondo alla sua pancia.

«Bene», attaccò all'improvviso Mersch, scostando il piatto e appoggiando i gomiti sul tavolo, «adesso bisogna fare un piano di battaglia.»

«Certo», replicò Nicole, continuando a chiedersi se il suo stomaco avrebbe retto il colpo.

Mersch si sporse verso di lei con aria cospiratoria.

«Tutto ciò che abbiamo per il momento sono il nome e l'indirizzo della setta di quel Krishna... Non è il caso di andare a cercarlo senza un'adeguata preparazione.»

«Quindi?»

«Dobbiamo prima indagare su quella fondazione e sul padre di Hervé.»

«Tua madre ci ha detto che viveva a Varanasi.»

«Non è il nome che ci ha dato.»

«Ha detto "Benares". Varanasi è il nome indiano della città.»

«Smettila di darti tutte queste arie.»

Nicole si ritrasse sulla sedia e incrociò le braccia.

«Cosa pensi di fare per condurre le indagini qui?» domandò.

«Inizieremo consultando i giornali. Se questa comunità è conosciuta a Calcutta, ci dovranno essere degli articoli che ne parlano.»

«Articoli in inglese.»

Mersch le fece l'occhiolino.

«Dovrai pure servire a qualcosa.»

Lei avrebbe voluto rispondergli col suo sorriso più feroce, ma proprio in quell'istante sentì una pugnalata trapassarle il ventre.

«Cosa ti prende?» le chiese Mersch, notando la sua smorfia di dolore.

«Non lo so... Sto male.»

Lui tirò fuori dalla tasca un tubetto di compresse.

«Hai bisogno di fare una bella cagata», annunciò con l'eleganza che lo distingueva. «Non sono né buddhista né induista, ma ho fatto la guerra d'Algeria e, credimi, il loro cibo ha lo stesso effetto lanciafiamme di questo.»

Nicole voleva fare un sorrisetto, ma la sua espressione si contorse come un chiodo arroventato. Una nuova scarica le agitò i visceri come mercurio crepitante nel crogiolo di un alchimista.

Mersch l'afferrò con decisione per il braccio.

«Rientriamo in albergo. Ho l'impressione che si tratti di un'urgenza.»

88.

Era da due giorni che marciva nella sua stanza, solo con i suoi crampi, le interruzioni di corrente (frequenti a Calcutta) e le sue riflessioni romantiche. Aveva soltanto un punto di riferimento: le visite regolari di Abha. Prigioniero in un luogo sconosciuto, sequestrato da persone di cui ignorava le intenzioni... cosa importava? Era totalmente assorbito dal suo nuovo amore.

Abha lo veniva a trovare solo tre volte al giorno, per i pasti, ma era sempre presente, come se aleggiasse nell'aria. La sua silhouette nel sari drappeggiato, guarnito con fili d'oro. Il suo viso ambrato, i grandi occhi neri, i capelli lisci, ancora più neri, con riflessi bluastri come due pennellate di lacca sulle tempie. Tutto il suo essere emanava un fascino particolare, un misto di saggezza, dolcezza e innocenza, ma era tuttavia la violenza a prevalere.

Fin dai tempi dell'università (sembrava fossero passati ormai anni luce), Hervé investiva tutte le sue energie in questi colpi di fulmine ed era lui che, per così dire, teneva il timone. Con Abha era il contrario. La sua bellezza, il suo profumo, il suo sorriso erano talmente aggressivi da non lasciargli altra scelta. Si sentiva sopraffatto, come sottratto a sé stesso.

Si allungò sul letto e incrociò le mani dietro la nuca. Abha gli aveva portato delle sigarette – indiane, dal gusto molto forte, marca Gold Flake. Ne accese una ed espirò lentamente il fumo verso il soffitto, tendendo l'orecchio ai rumori che provenivano dall'esterno.

Era una notte densa, sonora, tropicale. Nei giardini della

villa si sentiva chiocciare, stridere, fischiare... Un bailamme invisibile dietro gli alberi e i cespugli.

Abha...

Era folle di lei, ma quella sera si apprestava a tradirla.

Il suo piano era semplice: tra qualche minuto lei sarebbe tornata per prendere il vassoio e lui l'avrebbe spinta da parte (l'idea non gli garbava affatto) e sarebbe fuggito dalla porta rimasta aperta. In due giorni, non aveva sentito alcun rumore nella casa. A quanto pareva, vi soggiornavano soltanto loro due. Il brusio di sottofondo durante la giornata gli aveva fatto capire che la villa si trovava nel pieno centro di Calcutta. Gli sarebbe bastato essere fuori per trovare l'ambasciata di Francia o il consolato. Una volta protetto dalle autorità del suo paese, avrebbe potuto riallacciare i contatti con Abha. Nel suo delirio, non disperava di riuscire a conquistarla...

Hervé raccolse le sue cose: la giacca, il passaporto e una borsa nella quale i suoi rapitori avevano infilato qualche vestito.

Mentre la stava chiudendo, la porta si aprì.

«Che cosa fai?»

Da quella mattina era passata a dargli del tu. Senza risponderle, lui afferrò la borsa, la spinse da parte e si precipitò fuori dalla stanza. Si ritrovò in un corridoio con in fondo una doppia scala che conduceva a un ampio salone. Abbracciò con lo sguardo l'insieme, registrando tutti i particolari. Un'elaborata rampa di scale, finestre a ghigliottina con vetrate decorate, lampadari di vetro a forma di tulipani. Una villa vittoriana che, a migliaia di chilometri dall'Inghilterra, evocava un piovoso pomeriggio nel Sussex.

Hervé scese di volata le scale, attraversò la stanza rischiando di inciampare in un tappeto, scivolò sul parquet e raggiunse l'atrio. Un miracolo. E perdipiù, nessun turbante all'orizzonte. Afferrò la maniglia della porta – aperta. Un istante dopo affrontava la notte bengalese: oceano di calore e violento torpore.

Superò di corsa il giardino, le cui forme e rilievi disegnavano nell'oscurità silhouette inquietanti, stravaganze vegetali senza capo né coda. Sembrava che una gigantesca mano avesse arruffato la notte liberando una materia contorta, caotica.

In quel disordine vegetale individuò un viale di sabbia chiara e lo seguì fino a un cancello. Neanche quello era chiuso: non era più una notte in prigione, era un *open day*...

Raggiunse infine la strada. Un millesimo di secondo per rendersi conto della situazione: era solo, era libero, ma la sua libertà non significava nulla in quel mondo totalmente sconosciuto. Era comunque prigioniero della propria ignoranza, dietro sbarre insuperabili per un cervello svuotato di ogni sostanza.

89.

La villa di Samadhi e il suo giardino occupavano il centro di una piazza quadrata, come una chiesa in un villaggio francese. Tutt'intorno si estendeva un'accozzaglia di edifici in rovina, case di argilla e paglia, blocchi di cemento dipinto… un luogo brulicante e degradato.

Hervé infilò una viuzza e si mise a correre – una parola grossa – storcendosi le caviglie sulla terra rossastra, sprofondando nelle pozzanghere, schivando i cumuli di rifiuti, le pietre e le vacche, con lo stomaco in subbuglio e il cuore in gola. Ogni passo lo allontanava da sé stesso, dal suo mondo, da ciò che conosceva.

Si ritrovò in un dedalo di vicoli putrescenti, popolati di storpi, lebbrosi, mostri. Non aveva mai visto una città ridotta in quello stato: una via di mezzo tra una discarica a cielo aperto e un quartiere bombardato. Continuò ad avanzare, registrando ogni dettaglio, ogni faccia. Il nervosismo e il panico l'avevano dotato di un'acuità particolare. A meno che quella lucidità esasperata non fosse un segno dell'imminenza della morte o di qualcosa di orribile.

Stranamente, le strade non erano buie ma illuminate a sprazzi dalle chiazze giallastre proiettate dalle lampadine dei negozi ancora aperti. Lungo la via erano allineate tante bancarelle e mendicanti erano accucciati ai piedi delle facciate, la carreggiata era invasa da risciò, motorini e capre, ma nessuna auto passava di là, non c'era lo spazio.

Hervé s'inoltrò ancora di più in quel labirinto, svoltando casualmente a destra e a sinistra e lanciando di tanto in tanto un'occhiata alle sue spalle, ma nessuno lo stava seguendo, o perlomeno non ne aveva l'impressione. Era ubriaco. Ubriaco degli odori che esalavano dal suolo e dai muri, ai quali si aggiungevano i sentori di benzina bruciata, gli effluvi di spezie, i fetori di letame...

Continuando a camminare a passo spedito (aveva smesso di correre per non attirare l'attenzione), coglieva furtivamente delle scene: bambini che impastavano sterco di vacca, mani scure che componevano mazzi di fiori variegati dai colori così puri da sembrare artificiali, silhouette con il volto velato dall'oscurità che trasportavano corpi accuratamente fasciati in drappi bianchi. Quei fantasmi si stavano dirigendo senza dubbio verso il fiume. Sapeva che era là che bruciavano i morti.

Decise di seguirli... Lungo il corso d'acqua, forse avrebbe trovato un quartiere abitato da stranieri, o un albergo di lusso nel quale potersi rifugiare. Non aveva soldi con sé, ma non potevano respingere un bianco che si era smarrito nel paese delle ombre...

Il corteo girò, lui lo seguì. All'improvviso si ritrovò in una strada più larga, affiancata da statue. Dee pesantemente truccate che mostravano la lingua reggendo crani umani, suonatori di flauto nudi e dallo sguardo imperturbabile, inghirlandati di fiori, creature ibride, con corpi umani e teste di elefante...

D'un tratto il corteo svanì. Il buio. Il silenzio. Non sapeva più dov'era – non l'aveva mai saputo. Ma ora l'oscurità lo inghiottiva come catrame caldo, colando sul suo viso, sulle spalle, sulle braccia... A corto di fiato, si fermò.

Dopo qualche secondo udì un gorgoglio rassicurante: l'acqua. Era arrivato vicino al fiume – ne ignorava il nome – e questa gli sembrava una buona notizia. Si avvicinò ancora di più, gli parve di intravedere dei pontili, degli scalini, e proseguì.

Camminò alla cieca, scorgendo di tanto in tanto nuove bizzarrie: falli scolpiti nello scisto o nel marmo nero, lottatori nudi con i corpi allacciati, coperti di sudore e fango, che sembravano godere del loro abbraccio, placide vacche, scarne e pallide come lenzuola che si asciugano fluttuando nelle tenebre.

Poi fu colto da una nuova sensazione: l'odore. Impossibile confonderlo con qualcos'altro: carne cotta, di maiale o... umana. I suoi occhi si adattavano all'oscurità. A sinistra, le onde infrante del fiume, a destra, i chioschi chiusi, che di giorno dovevano vendere tutto l'armamentario liturgico, e, davanti, il bagliore delle pire.

Si diresse verso i fuochi. Perché? Nessun perché. Doveva muoversi, guardarsi attorno, tutto lì. Trovare il proprio equilibrio in quella città senza punti di riferimento né volto. Ben presto si rese conto che anche la sponda del fiume era abitata. Le capanne di paglia avevano ceduto il posto a tende di tela o semplicemente a corpi allineati l'uno accanto all'altro...

Continua a camminare... Le fiamme, o piuttosto le fiammelle, erano vicine. Le pire crollate e trasformate in letti di braci gli consentivano di orientarsi. In breve tempo si trovò sul bordo dell'acqua.

Si stava apprestando a tornare indietro – era calmo, adesso, quasi placato – quando li vide. All'inizio, naturalmente, non capì. Forme accovacciate coperte di cenere bianca. Esseri grigi, nudi, scheletrici. Le lunghe chiome pesanti ne celavano a metà i volti, collane di legno e bracciali d'argento cingevano le loro ossa. Facce infarinate, con profonde orbite, occhi spenti, gengive nere...

Hervé pensò a delle bestie, ma bestie che avevano contratto la rabbia. I loro corpi erano scossi da convulsioni. Adesso riusciva a vedere meglio gli occhi e scoprì che non erano così spenti come gli erano parsi. Le pupille luccicavano nella notte come rubini dai riflessi folli e febbrili.

Ma il peggio era altro. Inconsciamente Hervé aveva evitato di prestarvi attenzione, come si distoglie lo sguardo davanti a un incidente stradale. Quegli uomini stavano divorando pezzi di cadavere emettendo rochi grugniti.

Non ebbe il tempo di urlare.

Delle mani lo tirarono indietro. Con la testa affondata nelle spalle, come uno studente fermato dalla polizia, Hervé si voltò e riconobbe i due rapitori indù. Senza riflettere, gli si aggrappò al collo e per poco non urlò «Salvatemi!». Alla fin fine, a Calcutta la prigionia era meglio della libertà.

90.

Nicole aveva trascorso la notte seduta sul cesso.

Non è un modo molto elegante di presentare le cose ma era la pura verità, e Calcutta non invitava certo alla delicatezza. All'una di mattina, stremata, verdastra, tremante, si era coricata e non aveva più dato segni di vita. Di tanto in tanto, Mersch la guardava, fragile, leggera, il viso coperto dai capelli color mogano.

Lui non stava affatto meglio – per altre ragioni. Senza anfetamine, aveva presto cominciato ad avvertire i sintomi dell'astinenza. Era sfinito, ma non riusciva a dormire. Fradicio di sudore, con il corpo scosso da brividi di freddo. Si sentiva unto e appiccicoso come quei dolci al miele che divorava a Oran.

Alle tre del mattino Nicole si era alzata di nuovo. Tra un tentativo e l'altro di addormentarsi, Mersch aveva visto la striscia di luce sotto la porta del bagno. A volte era stato lui ad accendere la lampada sul comodino. Un andirivieni di luci che si spegnevano bruscamente a ogni interruzione della corrente. Nicole si svuotava al buio, lui grondava sudore nelle tenebre.

Alle quattro era uscito per comprare delle bottiglie d'acqua, sale e zucchero con cui prepararle una soluzione reidratante. Poi le aveva dato un altro Imodium ed era rimasto a vegliarla fino all'alba.

Nel frattempo aveva scorso la sua guida senza comprendere granché, come aveva sospettato Nicole. Tranne la pianta della città: Calcutta, costruita su terreni paludosi, si trovava sulla riva sinistra di un grande fiume, non il Gange, ma l'Hooghly. Era impressionante vedere i viali, i parchi, i monumenti, i bazar concentrati su un solo lato, mentre sull'altra sponda sembrava non esserci nulla tranne una città fangosa di nome Howrah.

Kumartuli, Chowringhee, Maidan, Kalighat... Per il momento quei nomi non gli dicevano nulla, ma era convinto che ben presto sarebbero diventati delle sensazioni, dei punti di riferimento, dei ricordi...

Verso le sei era sceso di nuovo alla reception e aveva consultato una guida telefonica. Seguendo ogni riga con il dito, aveva annotato tutto quello che poteva essere collegato alla Francia: consolato, scuole, negozi, istituti... Non molti, a dire il vero. Notò tuttavia l'inserzione pubblicitaria di una scuola di cinema chiamata Alo, il cui testo era scritto sia in francese sia in inglese. Il nome del direttore, Gaston van Exem, non sembrava molto francese e Mersch ne dedusse che doveva essere belga.

Una scuola belga di cinema a Calcutta?

Senza sapere perché, Mersch scrisse l'indirizzo in cima alla sua lista.

Era arrivata l'ora dei croissant.

O piuttosto, per restare in tema, delle frittelle.

La mattina Calcutta era di una freschezza sorprendente. Nulla a che vedere con l'inferno orrido e formicolante che avevano attraversato la notte precedente. Il sole diffondeva una luce piena e meravigliosa che tingeva tutto d'oro. Quello scenario scintillante non era che un miraggio, una falsa speranza, ma Mersch si sentiva il cuore leggero. Era fiero delle sue prime ore senza anfetamine. Calcutta, capitale frenetica e probabilmente drogata fino all'osso, gli offriva un'occasione inattesa e paradossale per smettere.

Sui marciapiedi c'era ancora poca gente. Alcuni uomini con il turbante aprivano i loro negozi, altri, a torso nudo, si lavavano sulla porta di casa, raschiandosi la lingua con un filo per tagliare il burro, spazzolandosi i denti con un pezzo di legno fibroso. Ma a quell'ora la maggior parte dei passanti si dirigeva, con un asciugamano sulla spalla, verso il fiume: i bagni pubblici.

Gli uomini non erano certo l'immagine della bellezza. Facce cupe, impassibili, capelli impomatati più neri dei tricorni dei pirati. Quasi tutti indossavano il *dhoti*, una sorta di pareo attorno ai fianchi, oppure abiti occidentali tipo camicie a maniche corte e pantaloni di terital, l'uniforme del funzionario medio ai bei tempi.

Le donne erano un'altra storia. La loro pelle bruna era come una tela di fondo a disposizione dei colori più folli. Veli, sari, corsetti, sottogonne dalle formidabili tonalità di giallo prese direttamente dal sole, verdi risiera che rinfrescavano il cuore, azzurri laguna di cui inondare l'anima... Quasi tutti i visi erano impreziositi da un segno colorato sulla fronte, perle di metallo infilzate nelle narici, orecchini che danzavano il valzer con le teste ramate.

Mersch decise di fare una deviazione verso il fiume. Mentre camminava, senza potersene spiegare il motivo, si ritrovò a pensare al denaro. Non ne aveva parlato a Nicole, ma per l'occasione aveva prelevato i soldi dal salvadanaio. Non era un modo di dire. Dopo l'Algeria aveva conservato l'abitudine di tenere in casa tutto il suo denaro, in contanti. Grazie a queste economie aveva acquistato i due biglietti d'aereo, infilando il resto nei calzini. Visto il costo della vita a Calcutta, quella somma poteva bastargli a lungo, e Nicole era sua ospite. Perché fare questo favore a quella ragazza cento volte più ricca di lui? Nessuna ragione. Soltanto la volontà di tenere sotto controllo la situazione. Una cosa era certa: non avrebbe potuto farsi rimborsare il viaggio da quai des Orfèvres.

Arrivò infine al fiume.

Ne aveva sentito parlare. Aveva visto delle fotografie. E adesso contemplava *in situ* l'ora magica degli indù, quella delle abluzioni. A prima vista niente di speciale. Uomini e donne si immergevano tutti vestiti nell'acqua torbida e fetida che sembrava un brodo di coltura anziché una gigantesca acquasantiera.

Ma il concetto indiano di purezza non si curava delle malattie e dell'inquinamento. Era al disopra di queste preoccupazioni. Tutto si svolgeva al piano superiore. Immersi in quel bagno salmastro, gli indù si purificavano recitando i loro mantra. Quella mattina Mersch si sentiva molto vicino a loro. Si stava disintossicando e quell'atroce inchiesta gli avrebbe procurato di certo qualche onorificenza...

Quello che lo colpiva di più era la quiete. Gli uomini levavano le mani unite a coppa verso il sole, le donne si lavavano i capelli, i bambini si schizzavano l'acqua addosso. Il fiume era la vita, la vita era il fiume – e non c'era nient'altro da dire.

Mersch prese la via del ritorno, perdendosi a più riprese. Il calore saliva, la folla si infittiva, il traffico aumentava. Era ora di rifugiarsi in albergo per riprendere fiato.

Incrociò dei venditori ambulanti che offrivano *poori*, i gonfi e dorati panini senza lievito. Uno di loro gli propose di accompagnarli con salse e carni speziate che avrebbero rispedito subito Nicole sulla tazza del cesso. La ragazza si sarebbe dovuta accontentare di quel pane asciutto accompagnato da un *chai*.

Ritornò verso l'albergo con le braccia cariche (il cibo era stato incartato in fogli di giornale), aprendosi già a fatica un varco tra la folla.

«Dormito bene?»

«Mmmmmm...»

Nicole si stiracchiò sul letto. Mersch non riuscì a trattenere un sorriso. Nonostante gli occhi cerchiati, il colorito grigiastro e i vestiti tutti stropicciati, Nicole era uno splendore.

Prese un tavolino traballante e lo posò tra i due letti.

La colazione degli innamorati sotto il tropico del Cancro, pensò.

91.

La scuola denominata Alo («luce» in bengalese, se aveva capito bene) si trovava nel quartiere di Kankaria Estates, Park Street, più o meno nel centro della città, di fronte all'enorme parco del Maidan.

Mersch pensò fosse inutile sprecare le proprie energie per cercare di orientarsi in quello che considerava un formicaio di uomini, sudiciume, rovine, miseria, ombra e luce in cui dominava una sensazione di soffocamento.

«Puoi spiegarmi perché andiamo da un belga?» chiese Nicole sul taxi.

«Perché parla di sicuro il francese.»

«E allora? Dirige una scuola di cinema, vero?»

«Sì.»

«Stai facendo sul serio?»

«Fidati del mio istinto», le ordinò lui. «Questa mattina ho parlato con il padrone dell'albergo. La fondazione di Samadhi è molto conosciuta qui. Non so bene perché, il guru ha studiato in Francia e sembra che la nostra lingua sia molto usata nella sua setta.»

«E tu pensi che quel belga conosca Samadhi?»

«Ne sono certo.»

Dopo aver costeggiato Park Street, una sorta di rue de Rivoli affollata e rovente, il taxi si fermò. Mersch si era procurato delle rupie (non era sicuro di aver capito nemmeno il cambio di quella moneta) e pagò il taxista lasciandogli quella che gli parve una lauta mancia.

La scuola aveva sede in un edificio del secolo scorso, le cui mura cieche evocavano una prigione o una fortezza.

Portone. Corridoio. Patio.

In quel cortile dalla luminosità accecante (le pareti scintillavano come specchi), Mersch e Nicole si presentarono e chiesero in francese di parlare con Gaston van Exem. Un indiano si precipitò subito verso le scale.

Mersch lanciò un'occhiata trionfante a Nicole. Qui si parlava francese. Qui avrebbe potuto svolgere il suo lavoro di poliziotto. Si sentiva leggero. Nessun tesserino, nessuna arma da fuoco, nessun problema di permessi o legalità. Un semplice turista che rovistava nelle tenebre come un cacciatore d'affari al mercato delle pulci di Saint-Ouen.

Li invitarono a entrare in una piccola stanza con il pavimento di ceramica, con una parete a graticcio che proiettava sul pavimento abbaglianti motivi luminosi. La stanza era vuota, e questo, l'avevano già capito, a Calcutta era una sorta di miracolo.

«Volevate parlarmi?»

Si voltarono e videro un prete, con le mani giunte, che si stagliava nell'ombra come un inquisitore.

Mersch capì all'istante: un gesuita!

Per la miseria, erano anni che sognava di strapazzarne uno!

92.

«Conosco bene Salamat Krishna Samadhi, certo. A Calcutta lo chiamiamo semplicemente KS.»

Capelli grigi, volto grigio, tunica grigia, Gaston van Exem era perfettamente *ton sur ton*. Sembrava tutto d'un pezzo, fatto di un'unica materia. Impossibile dargli un'età. Un uomo di cenere, devastato da un'immensa stanchezza, divorato da secoli di tropici. Il suo viso era in sintonia con tutto il resto: colorito smorto, lineamenti anonimi, salvo il naso aquilino che disegnava con le narici una sorta di piccolo arpione, sopracciglia e labbra bruciate. Persino gli occhiali avevano un colore scialbo, come per farli passare inosservati.

Ah sì, c'erano due cose che spiccavano: il bagliore iridescente degli occhi dietro le lenti e quello, identico, dei bottoni di madreperla della veste.

Conferma su tutta la linea: van Exem era davvero un gesuita belga e Salamat Krishna Samadhi, vicino alla comunità francofona, lo frequentava. Mersch provò un infantile moto di vanità: anche qui, in capo al mondo, il suo intuito funzionava.

«Siamo interessati alla sua setta», spiegò sobriamente.

Si erano presentati come giornalisti che conducevano un'inchiesta sui gruppi spirituali di Calcutta. Berto diceva sempre: «Più la spari grossa, più sei credibile».

«Goppi rifiuta questo termine.»

«Chi è Goppi?»

«È il nome d'origine di Salamat Krishna Samadhi.»

«Come si chiama… la sua comunità?»

«Non si chiama. Goppi si rifiuta di ammetterne persino l'esistenza. Il suo pensiero è incentrato sulla lotta contro i guru e le comunità spirituali. Per lui si può, e si deve, trovare il proprio cammino all'interno di sé stessi, senza l'aiuto di alcun mentore. Sotto molti aspetti, Salamat Krishna Samadhi è un liberatore.»

Ci fu un istante di silenzio. Mersch e Nicole bevvero un sorso del tè che gli avevano servito. Dovevano soltanto aspettare. Van Exem, JL lo sapeva, avrebbe vuotato il sacco.

«Non si può capire il pensiero di Krishna Samadhi senza conoscere la Ronde», disse l'uomo di cenere.

«Che cos'è la Ronde?»

«Una setta.»

Mersch si lasciò sfuggire un fischio.

«Una comunità spirituale molto conosciuta qui nel Bengala. È stata creata negli anni Venti del secolo scorso da una ricca francese, Jeanne de Texier, e da un colonnello in pensione, Charles Aubenas, anch'egli francese. La comunità si fondava sulla gnosi, ovvero sulla credenza che esista una verità universale superiore alle religioni e di cui i suoi membri non erano che le emanazioni. Così, la Ronde ha costruito un sistema teologico che include il buddhismo, l'induismo, il cattolicesimo e persino la massoneria. Gli spiriti critici la vedono come un guazzabuglio che mescola tutto e non spiega nulla. Resta tuttavia il fatto che questo pensiero ha segnato molte generazioni di indiani ed europei.»

«Qual è il rapporto con Salamat Krishna Samadhi?»

Van Exem riprese fiato. Guardandolo, veniva da pensare a quella famosa citazione della *Genesi*: «Polvere tu sei e in polvere ritornerai...».

«Negli anni Trenta la Ronde si è installata a Susunia Hills, a duecento chilometri da Calcutta. Il padre di Goppi, un bramino, era uno dei contabili di quel gigantesco ashram. Un giorno Aubenas vide Goppi, che all'epoca aveva dodici anni, ripulire i prati della proprietà e rimase affascinato da quel magnifico bambino. Ebbe persino una rivelazione: Goppi sarebbe stato la guida spirituale della Ronde. In un primo tempo, Aubenas si rinchiuse con il bambino per permettergli – pare – di rivivere le sue vite precedenti. La verità, però, è meno esaltante: tutto induce a credere che abbia abusato di lui...»

«C'è stata un'inchiesta?» domandò Mersch, in cui si era risvegliato il poliziotto.

Van Exem fece un sorriso, un'incrinatura in un fossile.

«Siamo in India, amico mio. Le cose sono, diciamo, meno chiare, meno precise che in Occidente.» Riprese fiato. «È pure vero che più tardi Aubenas è stato condannato per pedofilia. Ma era per abusi sessuali su bambini della Ronde, nulla a che vedere con Goppi.»

«E dopo cosa è successo?»

«Jeanne de Texier ha messo fine a quella storia adottando ufficialmente Goppi e portandolo in Francia. Jeanne era l'erede di una famiglia che aveva fatto fortuna in Indocina con la coltivazione dell'albero della gomma. Ha sempre condotto due vite parallele, in India e in Francia. È per questo che Goppi e la sua giovane sorella Abha parlano perfettamente il francese. Hanno studiato a Parigi.»

«Poi Krishna Samadhi è diventato la guida della Ronde?» intervenne Nicole.

«No. Quando aveva circa sedici anni si è ribellato e ha tagliato ufficialmente i ponti con la Ronde, diventando un acerrimo nemico delle sette, delle comunità, delle società religiose... In India rappresenta un'autentica rivoluzione. Ma tutto ciò gli si è ritorto contro, e gli indiani ne hanno fatto suo malgrado un nuovo guru. Oggi, qui a Calcutta, la sua comunità conta decine di migliaia di adepti.»

«E la Ronde?»

«Jeanne de Texier, che tutti chiamavano la Madre, aveva fatto costruire una vera e propria città a Susunia Hills, a nordovest di Calcutta.»

«Una città?»

«Sì. La chiamano "il Regno", ma questa è un'altra storia. A lei quello che interessa è Salamat Krishna Samadhi, vero?»

Mersch riprese in mano il timone.

«Proprio così. Pensa che accetterebbe di essere intervistato?»

«Nessun problema. Non perde mai un'occasione per trasmettere il suo messaggio.»

Jean-Louis si rese conto in ritardo di non avere più alcuna energia per strapazzare quel vecchio come si era ripromesso di fare. Van Exem non era un sacerdote, e nemmeno un uomo, ma una creatura docile e fragile. A che scopo usare le maniere forti con una statuetta di porcellana?

«In qualità di gesuita», riprese la parola Nicole, «cosa ne pensa di tutte queste... sette?»

Van Exem fece un altro sorriso. Era comodamente seduto sulla sua poltrona, in controluce, le mani intrecciate sul ventre, evocando a sua insaputa secoli di ritratti di dignitari ecclesiastici... La grande famiglia della porpora e del crocifisso...

«L'India non è un paese religioso. L'India *è* la religione. Non si tratta di un'opzione, una credenza o una scelta. La spiritualità è la natura profonda del paese. Inseparabile dal suo popolo, dalla sua terra, come un colore dal suo nome, capite cosa intendo?»

Mersch non capiva perché Nicole avesse trascinato il belga su quell'argomento così astratto. Erano lì per ottenere informazioni utili, non per sorbirsi un corso di teologia.

«È per questo che in India ci sono così tante sette?»

«Sono aspetti diversi di una stessa fede, di una stessa malattia.»

«Malattia?»

L'uomo grigio riprese fiato concedendosi una breve pausa per sorseggiare il suo *chai*.

«Una setta è sempre lo sviluppo della patologia di un guru. Un'infezione mentale che si propaga. Senza saperlo, i discepoli sono come delle cellule cancerose.»

Mersch lanciò un'occhiata obliqua a Nicole: dove voleva andare a parare?

Tirò fuori dalla tasca un biglietto e lo porse a van Exem.

«Questo è l'indirizzo che abbiamo di Salamat Krishna Samadhi, ce lo conferma?»

I piccoli occhi perlacei sembrarono ruotare dietro le lenti.

«È la sua abitazione. La villa si trova vicino a Kalighat. Sulle rive di uno dei bracci dell'Hooghly. Dite che vi mando io. Non avrete alcun problema.»

Padre van Exem si alzò: il colloquio era terminato. Mersch aveva ancora molte domande, ma il religioso gli chiese in un tono improvvisamente faceto: «E a parte questo, Calcutta vi piace?».

Aveva fatto quella domanda come se parlasse di Saint-Tropez o di Palavas-les-Flots.

«È immonda», rispose Mersch senza riflettere.

Il belga scoppiò a ridere.

«Se dite a un bengalese che Calcutta è una città miserabile, si offenderà, ma se gli direte che è la città più miserabile del mondo, ne sarà fiero.»

Van Exem li riaccompagnò facendo un percorso diverso e si ritrovarono in giardini lussureggianti, in un cortile fiorito dove i colori e i profumi sembravano ondeggiare sotto la carezza della luce.

Tutto ciò avrebbe potuto essere magnifico, entusiasmante, persino stimolante, ma erano a Calcutta e l'odore di muffa, umidità e decomposizione sovrastava ogni cosa. Qui, ogni minuzia trasudava morte e se ne nutriva, come in una foresta vergine.

«Lasciate che vi racconti un aneddoto», disse il gesuita fermandosi davanti a un'aiuola con fiori di un colore così violento da costringerli a distogliere lo sguardo.

Van Exem si chinò e strappò qualche stelo.

«A pochi isolati da qui c'è una bambina nuda, seduta su una discarica, che sta per morire. È sola, stordita, agonizzante. Ogni giorno un'anima buona le compra una coperta per vestirla un po'. E ogni giorno qualcun altro gliela ruba per rivenderla per pochi soldi allo stesso mercante, che la rimette subito sul suo banco.»

Mersch era scioccato dal cinismo di van Exem.

«Cosa intende dire con questo?»

«Che Calcutta ha creato un sistema di sopravvivenza molto specifico. Una sorta di economia della miseria. Non crediate che tutti questi mendicanti, questi miserabili, questi storpi siano infelici. I bengalesi amano la vita e affrontano situazioni impossibili sempre con il sorriso sulle labbra. Calcutta non è una città nel senso di comunità solidale, è un'infinità di singoli individui che sopravvivono giorno per giorno.»

«E questo non la sconvolge?»

«Se temessi di essere sconvolto, ragazzo mio, avrei scelto un'altra città. Qui, compatire questi miserabili è come fare del proselitismo. La miseria è la loro religione, bisogna rispettarla.»

Erano ritornati nel primo cortile.

«Padre», disse Mersch, fermandosi, «un'ultima cosa: questa è una scuola di cinema, giusto?»

«Proprio così.»

«Immagino abbiate un archivio cinematografico.»

«Certo, quasi un secolo di immagini!»

«Posso visionare alcuni filmati?»

«Quali?»

«Voglio vedere la Madre.»

93.

Van Exem chiamò uno studente che li accompagnò attraverso il dedalo degli edifici. Il luogo in cui si trovavano ora avrebbe potuto essere una qualsiasi scuola d'arte. Il materiale pareva abbastanza moderno, ma anche lì il caldo e l'umidità ti sfinivano. Davanti a quelle macchine da presa, a quelle console per il montaggio, a quei cavi, Mersch pensò agli alberi, ai tronchi e alle liane di una foresta tropicale costantemente divorati da quell'eccesso di vita che è l'altro aspetto della morte...

«Cosa vuole vedere esattamente?»

Van Exem aveva scelto uno studente francofono, un amante della Nouvelle Vague.

«Delle immagini del gruppo spirituale denominato la Ronde.»

Nell'udire quelle parole il viso del giovane bengalese si illuminò. Mersch comprese subito il motivo.

«Segue il suo insegnamento?»

Lo studente si lasciò sfuggire un sorriso indulgente di fronte all'ignoranza del proprio interlocutore.

«Da piccolo ho avuto occasione di incontrare la Madre.»

«E allora?»

Le sue palpebre si abbassarono mentre riviveva un momento ineffabile.

«Dopo quell'incontro ho capito che non aveva più alcuna importanza se la morte mi colpiva. La mia vita era compiuta.»

Mersch non fece alcun commento. Non era il caso di mettersi a fare polemica.

«Avete delle sue immagini?»

«Certo.»

Proseguirono fino all'archivio, che consisteva in una sorta di hangar pieno di scatole metalliche piatte e rotonde: i film. Con un po' di immaginazione, quelle pizze argentate si sarebbero potute vedere come gli ingranaggi di un mondo in bianco e nero, una sorta di altra faccia della realtà.

«Mi segua», disse il bengalese quando trovò la bobina che cercava. «È stata una delle nostre troupe a realizzare questo reportage a Susunia Hills un anno prima della morte della Madre. Sono senza dubbio le sue ultime immagini...»

Li fece accomodare in una piccola sala di proiezione. Le poltrone erano rivestite di tessuto rosso, come quelle dei cinema del Quartiere latino dove Mersch andava ancora tra un verbale e l'altro.

Non c'era il minimo soffio di vento. Si sedettero sulle loro poltrone come due mele al forno. Le luci si spensero. La cabina di proiezione si illuminò. Mersch ritrovò l'eccitazione che aveva sempre provato prima dell'inizio di un film.

Appena sullo schermo apparvero le immagini, fu colto da un senso di malessere. Il bianco e nero, la grana della pellicola, i sobbalzi della macchina da presa... Una piazza costellata di vasche e fontane. Uno spiazzo popolato da dei, draghi, scimmie o elefanti, insieme a statue che evocavano l'antica Grecia. Dietro, un palazzo che ricordava i templi di Angkor, sepolti nella giungla.

Con qualche istante di ritardo, Mersch si rese conto che Nicole gli aveva preso la mano. Si erano imbarcati in un viaggio onirico. La macchina da presa fece una panoramica sulla facciata del palazzo e si fermò all'altezza di un balcone vuoto che ricordava vagamente lo stile basco, alla navarrese.

Un secondo più tardi apparve la Madre. Una donna dal viso scarno, vestita all'indiana, apparentemente sulla sessantina. Il vento sollevava delicatamente il suo sari, simile piuttosto a un mantello, così leggero da sembrare intessuto d'aria e di cielo.

All'inizio Mersch rimase colpito da quell'inatteso ma felice connubio tra un aspetto occidentale – profilo affilato, naso importante, sopracciglia come due tratti di pennello, bocca finemente disegnata, che sembrava sorridere delle pieghe d'amarezza che segnavano la parte inferiore del viso – e vestiti indiani che creavano attorno a lei una sorta di aureola... Sembrava piena di umanità e benevolenza, ma era una sovrana che si degnava di apparire davanti ai suoi sudditi, trasmettendo loro un'immagine luminosa di sé stessa. *Specchio, specchio delle mie brame...*

Cambio di prospettiva. La macchina da presa inquadra ora i discepoli. Seduti a terra, nella posizione del loto, oppure in piedi, nelle loro camicie bianche, mostrano volti frementi, sguardi estatici. Indù, occidentali, rasati, barbuti, donne, bambini...

«È un darshan», mormorò Nicole. «Il guru si fa vedere ai discepoli che si nutrono della sua immagine, della sua presenza.»

Senza rendersene conto, stavano parlando a voce bassa, come se assistessero di persona alla cerimonia.

Mersch lo capiva, e l'accettava: quella donna con l'aspetto da attrice del cinema degli anni Trenta evocava una sorgente naturale, un pozzo magico al quale venivano ad abbeverarsi i fedeli, come gli animali nella foresta. La scena era meravigliosa, e allo stesso tempo inquietante. JL fu colto all'improvviso da una certezza: tutta la storia era partita da lì, da quella setta, quell'incantesimo, ma quale storia di preciso? Tutto ciò gli sembrava talmente lontano da suo fratello e dal suo destino strettamente personale...

«Devo andare...» sussurrò di nuovo Nicole.

«Cosa c'è?»

«Non mi sento bene.»

«Vuoi dire che...?»

«Sì, sta ricominciando.»

«Ti accompagno.»

«Non preoccuparti, prendo un taxi.»

Mersch non ebbe il tempo di reagire che lei si era già eclissata. Quando si voltò di nuovo verso lo schermo, era nero. Fine del filmato. Mersch si alzò per chiedere un'altra proiezione: dopotutto, a Calcutta anche i cinema dovevano essere sempre aperti.

94.

Un'ora più tardi Mersch era su un taxi diretto verso la sede dello «Statesman», uno dei più importanti giornali del Bengala, nel quartiere di Chowringhee.

Per il momento non cercava di collegare i fili, ma aveva identificato chiaramente i diversi poli della storia: l'assassino, certo, impregnato di tantrismo e sadismo, le vittime innocenti, accomunate dall'amore che Hervé nutriva per loro... C'erano anche il sadhu senza nome, probabilmente inviato a Parigi da Krishna per proteggere Hervé e le sue muse, e lo stesso «Goppi» Salamat Krishna Samadhi, che ora nascondeva il fratello e che probabilmente conosceva l'assassino. E infine la Madre e la sua setta, la Ronde, che un tempo avevano rapito Goppi, inducendolo ad aborrire per sempre tutte le comunità spirituali e provocando indirettamente la sua trasformazione nel più grande nemico di ogni chiesa e ashram...

Mersch era sicuro che tutti quei personaggi formassero un insieme, ma era troppo presto per metterli insieme e chiarire i loro ruoli.

Non bisognava poi dimenticare un altro individuo, ai margini, certo, ma che doveva avere la sua importanza: Pierre Roussel, il padre di Hervé, musicologo indianista, che viveva a settecento chilometri da Calcutta. Nonostante Simone Valent sostenesse che era estraneo alla vicenda e non aveva avuto alcun ruolo negli ultimi avvenimenti, Mersch non le credeva.

Allo «Statesman» avrebbe sicuramente trovato un articolo su quel francese diventato più indù degli indù e che conosceva la loro musica meglio di chiunque altro.

Mersch incollò il naso al finestrino e osservò il paesaggio, ovvero la folla.

Aveva già capito che l'alterità degli indiani si manifestava per gradi. Prima di tutto c'erano gli aspetti evidenti. Il colore della pelle. Il nero dei capelli. La magrezza dei corpi. Da tutto ciò si poteva trarre una rapida conclusione, incontestabile: quella gente apparteneva a un'altra specie, a un altro mondo.

Poi c'era la tappa successiva: sotto la pelle color seppia e le occhiaie olivastre traspariva un viso occidentale. Né occhi a mandorla né tratti negroidi. Teste come le nostre, tinte al mallo di noce, forse con un pizzico di languore nelle sopracciglia e una goccia di inchiostro nero in fondo alle pupille, tutto lì. Quel tipo fisico aveva volti caucasici in versione bistrata. E questo lo indusse a sperare che forse con persone così ci si poteva capire...

La terza tappa gli procurava però un senso di vertigine. Quei volti in fondo familiari dissimulavano una differenza ancora più profonda, un'antinomia radicale, un abisso inesprimibile. Quegli uomini non avevano alcun punto in comune con noi, né sul piano della carne né su quello dello spirito. Soprattutto in quest'ultimo. Dietro le loro arie da occidentali dalla carnagione bruna e i loro spessi occhiali con la montatura di tartaruga, vivevano su un altro pianeta. Per capirlo, bastava intrattenere una conversazione su un argomento qualsiasi. Dopo qualche secondo non avreste più riconosciuto né l'argomento né il vostro interlocutore. Come si diceva in fisica a proposito dell'olio e dell'acqua, erano «immiscibili», non si potevano mescolare.

Per il momento, lui e l'India sembravano immiscibili al cento per cento!

«*Here you are, sir.*»

Mersch tirò fuori le sue rupie come un rifugiato politico tira fuori il suo permesso di soggiorno e pagò il taxista. Pensò a Nicole: aveva fatto bene a farla rientrare da sola? Poteva rischiare di essere aggredita? No. *Non ancora.*

Sui due lati dell'avenue, gli edifici vittoriani sembravano cuocere a fuoco vivo, pronti a sprofondare nella fornace tropicale come le ultime vestigia di un quartiere incendiato. Gli inglesi avevano voluto imporre qui le loro modanature e le loro colonne, ma il luogo era già occupato: Shiva, Visnù, Kali vegliavano contro tifoni, monsoni, canicole, siccità... Persino la regina Vittoria ne era uscita sconfitta.

Al presente, l'edificio dello «Statesman» si reggeva ancora in piedi. La facciata rientrante, con il suo andamento ad arco di cerchio, evocava una sorta di Colosseo concavo, dalle linee pure e dalla coscienza pulita.

Alla reception, Mersch non mancò di notare un altro vestigio dell'impero britannico: la propensione burocratica. Dovette fare la coda, riempire moduli, firmare formulari e mendicare timbri prima di potere, un'ora più tardi, accedere all'archivio del giornale.

Era facile arrivarci, bastava scendere lungo una scala a chiocciola nel seminterrato, dove giacevano secoli di informazioni scritte in caratteri minuscoli.

Mersch non si sentiva al massimo della forma: sudava, aveva la gola irritata e le budella scorticate da quel cibo speziato. Senza contare la differenza di fuso orario, il caldo, l'astinenza...

Avanzò in quello che si configurava come un tempio di carta costruito con buste ingiallite, giornali legati insieme, colonne di fogli. Avevano usato dei vecchi numeri per fabbricare un letto, una nicchia e persino un banco dove un indiano coscienzioso preparava il *chai*.

Per il resto, erano sempre presenti gli elementi standard bengalesi: neon, ventilatori, scarafaggi... Vagò per qualche minuto in quell'atmosfera carica di inchiostro e polvere, chiedendo informazioni a degli sfaccendati in pigiama. Il più delle volte non otteneva alcuna risposta oppure frasi incomprensibili. D'altronde, anche lui usava il suo inglese monosillabico, inghiottendo le consonanti per sembrare più british...

Alla fin fine trovò qualcuno con cui parlare. La testa rasata e a torso nudo, con un cordone bianco che gli attraversava il busto come una cartucciera, quel bramino, la casta più alta in India, quella dei sacerdoti, dei letterati, degli ingegneri, sembrava in grado di aiutarlo.

«*What are you looking for, sir?*»

«*Some article about a French researcher.*»

«*What kind of researcher?*»

«*A musicologist.*»

Non era sicuro che in inglese si dicesse così.

«*Is he staying in Calcutta?*»

«*No, in Benares.*»

L'uomo fece una smorfia. Quella città apparteneva a un altro mondo.

«*You mean Varanasi.*»

«Ehm... *Yes.*»

L'archivista fece un inchino: aveva accettato la missione. Quando si raddrizzò, Mersch notò il punto rosso sulla sua fronte, il *tilak* che raffigurava il terzo occhio, simbolo di saggezza e aspirazione spirituale, ma che a lui evocava piuttosto un bersaglio.

«*What is the name of the musicologist, sir?*»

«*Pierre Roussel.*»

Le labbra del bramino s'incurvarono in un sorriso, accompagnato da un dondolamento della testa, un'evidente espressione di... Mersch non aveva ancora capito cosa intendesse esprimere quel movimento.

«*Come with me.*»

Avanzarono lungo corridoi di fogli, incrociarono altri fantasmi con dossier sotto il braccio o assorti nella lettura, rintanati in un cantuccio scavato tra i giornali.

A un certo punto la sua guida si fermò e frugò in un mobile con piccoli cassetti pieni di schede. Poi cominciò a scalare una muraglia di carta infilando i piedi nudi tra i giornali.

Arrivato a metà altezza, estrasse un blocco di fogli come un mattone da un muro per poi scendere agilmente con il suo bottino sotto il braccio.

«*Maybe we could find something there*», disse laconicamente, posando un ginocchio a terra e slegando il pacco.

Mersch l'osservava, stravolto, fradicio di sudore, buono soltanto per una doccia e una siesta (la stanchezza associata all'astinenza gli provocava forti crampi) – ma, dopotutto, non era ancora arrivato a quel punto...

I nodi dello spago si sciolsero tra le sue dita brune e poi, usando il pollice e l'indice, l'indiano sfogliò i vecchi numeri dello «Statesman», sollevando la polvere dei ricordi...

«*Pierre Roussel is not very well-known in Calcutta.*»

«*But you have an article about him?*»

Con visibile soddisfazione, il bramino brandì un numero del giornale.

«*There! A newspaper obituary. Pierre Roussel died in November 1964!*»

95.

Un'altra porta che gli veniva sbattuta in faccia.

Mersch prese il giornale e scorse il necrologio, che non superava una ventina di righe. Meno male, non sarebbe stato in grado di leggere di più, né tantomeno di comprendere.

Le date. Nato a Parigi nel 1923, Roussel aveva conseguito nel 1946 un master all'Istituto nazionale di lingue e civiltà orientali, oltre a un primo premio in composizione al Conservatorio nazionale di Parigi. L'anno seguente era partito per l'India, dove all'inizio si era stabilito a Calcutta. Aveva studiato la *vina* e frequentato un guru il cui nome non era citato nell'articolo. Da allora, Roussel era lentamente cambiato: si era convertito all'induismo, era diventato traduttore di testi sacri (ma i suoi lavori erano oggetto di controversie) e aveva scritto dei libri in francese sulla propria esperienza mistica in India. Libri che, Mersch lo ignorava, in Francia erano diventati dei bestseller. I diritti d'autore gli avevano permesso di fondare una propria scuola di musica e creato un archivio che conservava migliaia di spartiti e trascrizioni di musica indiana. Secondo il necrologio, Pierre era uno dei più eminenti specialisti mondiali in quel campo.

Quello che l'articolo non diceva era che dopo la Liberazione Roussel aveva incontrato Simone Valent ed era andato a letto – una volta – con lei. Un'altra omissione: a Roussel non piacevano le donne e aveva dovuto trascorrere la vita circondato da ragazzini indiani. Infine, altra dimenticanza, e non da poco, Roussel non era il suo vero nome. Quando era arrivato in India, il musicologo aveva fatto tabula rasa del proprio passato e cambiato stato civile. Chi erano gli Jouhandeau, la sua vera famiglia?

Pierre Roussel era morto di un tumore ai polmoni che non era stato provocato dal tabacco (non fumava) ma dall'inquinamento atmosferico di Varanasi. In questo senso, concludeva l'articolo con un'ironia fuori luogo, il musicologo era morto da vero indiano, visto che le malattie polmonari erano la prima causa di morte nel subcontinente.

In fin dei conti, quelle righe non gli avevano permesso di scoprire nulla di nuovo. Nessun collegamento con Salamat Krishna Samadhi né con la Madre e la Ronde. Forse Simone Valent aveva ragione: il retaggio induista del padre di Hervé non era che una casualità, priva di alcun legame con gli ultimi avvenimenti...

Ma l'articolo dello «Statesman» conteneva comunque un tesoro: una foto di Pierre Roussel all'età di circa quarant'anni. La somiglianza con il figlio era notevole: lo stesso viso ossuto, gli stessi tratti delicati che svelavano intelligenza e prontezza di spirito.

Mersch riusciva a immaginare quell'aristocratico della musica, una sorta di guru francese, che indossava un *dhoti* e suonava il suo sitar sotto le volte di un palazzo fatiscente...

«*Can I take this?*» domandò sollevando gli occhi.

«*Of course, we need more space here!*» rispose ironicamente l'indiano.

Mersch non degnò nemmeno di un sorriso la battuta, strappò con cura il foglio del giornale e lo infilò in tasca – voleva far leggere l'articolo a Nicole, nel caso si fosse perso qualcosa...

«*Thank you very much*», disse con un inchino.

«*It's my pleasure*», rispose semplicemente l'uomo dal cranio rasato.

Mersch si domandò se dovesse lasciargli una mancia per i «servizi resi» o, al contrario, trattarlo come un essere superiore. Nel dubbio, rinunciò.

Appena uscì, lanciò un'occhiata all'orologio: le quattro. Il tempo sembrava fondersi, come tutto il resto, nella luce. Gli alberi, con la corteccia pallida e le foglie polverose, gettavano un'ombra esigua, e il vento, su cui si continuava a sperare, se l'era svignata nel golfo del Bengala.

Mersch fece segno a un taxi – si rifiutava sempre di prendere un risciò… – e rotolò sul sedile come un fagotto di panni sporchi.

96.

Naturalmente, aveva mentito.

Non stava affatto male, la Nicole. Voleva soltanto seguire una pista da sola. Uscendo dalla sala di proiezione, aveva abbordato lo studente membro della Ronde. Intrattenendosi con lui in inglese, aveva capito in fretta che non poteva aiutarla, perché era un discepolo a suo modo, che non aveva mai messo piede a Susunia Hills.

«Conosci qualcuno che ci è andato?»

«Sì, un francese. Paul Saurin.»

«È sempre laggiù?»

«No, è tornato a Calcutta, si è perso.»

«Cosa vuoi dire?»

«La droga. I giovani dei vostri paesi vogliono andare troppo veloci. Cercano il cammino della rivelazione e credono di arrivarci attraverso l'eroina...»

«Sai dove posso trovarlo?»

«No.» Agitò le mani come per suggerire il volteggiare nell'aria delle foglie morte. «Vaga per le vie della città. È un *freak.*»

«Deve pur esserci un quartiere, un luogo dove ho più possibilità di incontrarlo...»

Lo studente le aveva dato l'indirizzo di un albergo vicino a Sudder Street, il Camp Hotel, che accoglieva i tossici e si faceva pagare in pinte di sangue. Lei aveva creduto di aver capito male, ma era proprio così: ogni mattina prelevavano ai clienti del sangue che poi rivendevano ai laboratori della città.

"Andiamo", pensò Nicole, persuasa – e Mersch condivideva senza dubbio la sua convinzione – che la Ronde rivestisse un ruolo centrale in quella storia. Prima di Hervé c'era stato Salamat Krishna Samadhi. Prima di lui c'era stata la Ronde. Bisognava seguire quella pista...

Ma lo si doveva fare con discrezione, rispetto, coscienziosità. Con la sua brutalità, Mersch rischiava di lasciarsi sfuggire il nocciolo della questione. Era per questo che Nicole aveva deciso di fare quel raid solitario. Le avrebbe permesso di ricavare elementi preziosi, cogliendoli intatti su qualche ramo spirituale...

Non aveva preso il taxi. Voleva camminare. Immergersi, affondare nella città-mostro. La capitale delle Indie britanniche era stata costruita sull'immenso delta del Gange – che gli inglesi chiamavano poeticamente Bocche del Gange –, su un terreno paludoso. Con un po' di immaginazione, si aveva l'impressione di sprofondare in quella terra intrisa d'acqua.

Nicole aveva già notato gli operai seminudi, formiche brune dedite a un lavoro interminabile, che non cessavano di estrarre acqua dal sottosuolo nel tentativo di prosciugare il ventre della città in vista della costruzione di una metropolitana, un progetto-miraggio di cui l'India serbava il segreto.

Aveva camminato, ubriacandosi di colori, rumori, volti – e anche dell'indifferenza sovrana che caratterizzava la folla indiana – e cogliendo frammenti di quel linguaggio che le torturava i timpani. Bengalese? Hindi? Non ne aveva alcuna idea, ma era come se quella gente suonasse delle *tablas* con la lingua e il palato.

Soprattutto, Nicole si era rimpinzata di spiritualità. Senza andare per ordine, aveva incrociato carri ornati di fiori sorretti da indiani in pieno delirio, sadhu coperti di letame secco che fumavano chilum grandi come megafoni, portatori con brocche d'acqua sacra appese a lunghe canne di bambù, una famiglia che spingeva un taxi in panne con un morto fasciato e legato sul tetto, falli di marmo nero spalmati di burro, divinità obese con teste di elefante, altre con sei teste, idoli di cartone pressato imbellettati con polvere di riso e rossetto...

A un certo punto si era fermata davanti a un chiosco che la folla sembrava evitare. Sotto una tettoia, su un altare coperto di ceri e bastoncini d'incenso, fiori di loto e noci di cocco, si ergeva una statua facilmente riconoscibile: Kali, dea della distruzione, madrina della città, con la sua lingua color lampone, la collana di crani e le numerose mani che reggevano teste mozzate...

Nicole ci aveva messo qualche secondo a rendersi conto che stava sguazzando nel sangue, finché non si era accorta dei ganci da macellaio ai quali erano appese capre decapitate. In un angolo erano ammucchiate le teste, sotto le quali scorreva un rigagnolo straripante di liquido nero. Nelle pozze ai suoi piedi galleggiavano ciuffi di peli, fiori appassiti, frammenti di carne...

Anziché essere terrorizzata, Nicole era rimasta impressionata dall'intimità del luogo, in cui regnava un'atmosfera da alcova, da confessionale. Al tempo stesso, quel tetto sostenuto da quattro pali sbilenchi dava accesso all'infinito della mistica induista... una porta sull'invisibile, come lo erano state probabilmente Suzanne e Cécile agli occhi del loro assassino...

Seduta sul muretto che delimitava lo spazio sacro, Nicole si era messa a pregare. Né Kali né Ganesh, ma il suo piccolo Dio personale, quello della chiesa di Saint-François-Xavier, vicino a casa sua.

Circondata dall'odore di carne cruda e sangue coagulato, con lo sguardo abbassato sui suoi sandali, aveva mormorato: «Mio Dio, fa' che vada tutto bene con Mersch, la prima volta...».

97.

Da bambina le avevano raccontato una leggenda medievale che l'aveva segnata. Nel XIII secolo, tra due bellicose crociate, donne e bambini erano partiti dalla Francia e dalla Germania alla volta di Gerusalemme. Innocenti, poveri e nudi, che non erano mai arrivati da nessuna parte. D'altronde, non è nemmeno certo che questa spedizione sia mai esistita.

Ma l'immagine le era piaciuta: un corteo virtuoso, immacolato, con la pace e la speranza come unico stendardo. Ai suoi occhi, i viaggi in Oriente degli hippy erano un po' la stessa cosa. Armati di chitarre, flauti e chilum, quei giovani capelloni venuti dagli Stati Uniti e dall'Europa non marciavano verso le terre mistiche dell'Oriente per liberarle, ma per liberare sé stessi.

Si raccontava che lungo il cammino, in Turchia, in Iran, in Afghanistan, li derubavano, li stupravano, li assassinavano. Ma il peggio doveva ancora venire: quelli che arrivavano in India o in Nepal si rendevano conto della vanità del loro sogno, un semplice miraggio, labile come la cenere dei loro joint. Il grande viaggio si concludeva con la miseria, la dipendenza dall'eroina oppure, nel migliore dei casi, con un rimpatrio sanitario.

La mistica indù restava loro inaccessibile e la società indiana non era meno alienata delle civiltà occidentali. Al contrario, i viaggiatori vi scoprivano la miseria con la M maiuscola e una crudeltà feudale.

Nicole sapeva chi erano questi viaggiatori, e che non bisognava confondere quelli con lo zaino in spalla, che partivano all'avanscoperta aprendo la strada al turismo di massa, i *routards*, che non stavano mai fermi ed erano felici soltanto quando le loro suole toccavano il fondo, gli hippy, che cercavano il nirvana come i cavalieri di re Artù il Graal, e infine i drogati, i *freaks*, ai quali interessava soltanto trovare la loro dose quotidiana. Questi ultimi non facevano mai ritorno, mentre agli altri a volte capitava.

L'Asia, che vista da Parigi, da Berlino o da Chicago scintillava di mille luci, si rivelava, una volta sul posto, una macchina per macinare anime, una terra assetata di carne umana, pronta a divorare quei fragili cercatori dell'aldilà.

Quegli esseri smarriti in cerca di un approdo, Nicole voleva incontrarli *in situ*. E preferibilmente senza Mersch, che come un palombaro si tuffava in ogni interrogatorio con le suole di piombo.

Il Camp Hotel assomigliava al loro albergo, ma con un di più che faceva tutta la differenza: un grande patio con i muri tappezzati di *tangka* tibetani, motivi psichedelici e disegni osceni. Quel vasto spazio rivestito di cemento e cosparso di tappeti variopinti era tutto un fermento di colori e di utopie, un po' come il cortile della Sorbona, ma più inoffensivo.

In un angolo, una giovane donna travestita da Madame Bonacieux, l'innamorata di d'Artagnan, preparava un gigantesco riso al latte. Alcuni giovani monaci, seduti a terra, vestiti di *kurta* arancioni e di *lungi* informi, tuniche di batik indonesiano e jeans in fase terminale, suonavano la chitarra o si rollavano una canna con una minuzia da copisti medievali. Alcune ragazze con cappelli di paglia o cuffie tibetane danzavano ridendo, facendo schioccare le collane di legno e tintinnare i braccialetti d'argento.

La scena le fece venire le lacrime agli occhi. Nicole si sentiva totalmente in osmosi con quei ragazzi sballati – aveva la loro stessa età –, partiti da casa lasciando una lettera sul tavolo della sala da pranzo per cercare il nirvana dei buddhisti, il satori giapponese o semplicemente un buon trip di LSD.

Si avventurò in mezzo ai gruppi, cogliendo frammenti di

conversazioni – parlavano tutti inglese. Il giorno prima, sulla Chowringhee Road, un hippy svedese si era fatto pugnalare. Altri comparavano i pregi del cubo libanese, del budino turco e del mazari arrivato dall'Afghanistan. Un tipo dall'aria da bravo studente raccontava che aveva dovuto radersi la barba per fare la comparsa in alcuni film bengalesi. Altri spiegavano una truffa con i traveller's cheque che sembrava complessa ma inevitabile.

Nicole scorse anche, in un angolo, degli illuminati seduti nella posizione del loto, con indosso mantelli afghani ricamati o *deel* mongoli, immersi nella meditazione, visibilmente sotto l'effetto di qualche droga psicotropa, e una mamma con in braccio un bebè che sembrava caduto in coma. Sotto una tenda di tela, dei ragazzi si preparavano una dose e, chissà perché, leccavano l'ago della siringa prima di spararsi la droga nel sangue.

Nicole stava per addentrarsi tra i tavoli quando una piccola cinese dalla pelle butterata l'apostrofò, sollevando un indice minaccioso

«*If you stay, you pay!*»

Lei le spiegò che cercava un giovane francese di nome Paul Saurin.

«*Don't know, you pay!*»

Nicole emise un sospiro e cercò una banconota nella tasca dei jeans. Aveva portato con sé una mazzetta di dollari prelevati dal salvadanaio delle valute straniere residue dei suoi viaggi.

La infilò nella mano della cinese e si rese conto a scoppio ritardato che si trattava di un taglio da cinquanta dollari: una fortuna per la Calcutta di quegli anni. Troppo tardi. Le sue grinfie si erano già richiuse sul denaro.

«*Come with me.*»

Ritornarono nella hall, dove un piccolo banco rivestito di formica fungeva da reception. La cinese mise la mano sotto il ripiano e tirò fuori un grosso libro con la copertina in tela di iuta e la scritta GUESTBOOK.

Per quanto potesse sembrare incredibile, quella topaia aveva un libro degli ospiti. Nicole aveva già capito che era tutto quello che avrebbe avuto in cambio dei suoi cinquanta dollari. Sfogliò le pagine macchiate e mezze strappate di quel cimelio.

Era una sorta di manuale di un'intera generazione, quella dei *globes*, come chiamavano lì i viaggiatori zaino in spalla, degli autostoppisti e dei *freaks*. In quelle pagine si trovava di tutto, dai pensieri fumosi alle ricette di *space cake*, dalle riflessioni salaci ai messaggi pacifisti, insieme alle sigle preferite della controcultura – come il simbolo *Peace and Love* – e ai disegni osceni.

Ma c'erano i nomi.

Tutti quei viaggiatori avevano orgogliosamente lasciato un attestato della loro presenza – una firma – come cani che pisciano contro un muro per segnare il loro passaggio. Nicole seguiva con il dito le parole, le macchie e le bruciature di sigaretta alla ricerca del nome Paul Saurin.

Lo trovò fra un NO PASARÁN rivendicato da un certo Pedro e un THE SUN IS HIGH AND SO AM I di anonimo. Il saputello aveva invece scritto con un tocco di eleganza: *Dove Paul passa, la donna sorpassa.* Nicole si aspettava qualcosa di più spirituale da parte di un membro della Ronde. Comunque fosse, quella massima attestava che il tipo era passato per il Camp Hotel alla fine del 1966, ma... poi?

«Sei tu che cerchi Paul?»

Nicole si voltò e vide Madame Bonacieux, la ragazza del riso al latte, con le mani sui fianchi. Indossava un vestito con le spalline sopra una camicetta frufru e un grembiule di tela. I grossi seni, imperlati di sudore, debordavano dalla scollatura. I capelli biondi erano divisi in due codini e il viso da bambola evocava una Pippi Calzelunghe *made in Sweden*.

«Lo conosci?»

«Due anni fa, prima che entrasse nella Ronde, siamo stati insieme per qualche mese.»

Parlava con un accento scandinavo.

«Dov'è adesso?»

«È morto.»

«Davvero?»

«No, ma non ci vorrà molto. Si è beccato una malattia, non so quale. A causa della droga.»

«Dov'è?»

«Ti disegno una piantina.»

98.

Per principio, Nicole detestava i Peace Corps.

Creata da John F. Kennedy all'inizio degli anni Sessanta, questa agenzia governativa era formata da giovani volontari che percorrevano il pianeta per diffondere la cultura americana e promuovere «la pace e l'amicizia». I Peace Corps, o PC, erano gli antihippy per eccellenza. Capelli corti, camicie a quadretti, aria sana e gioviale, propagavano le idee e i valori dell'imperialismo americano. Come avvelenare un pozzo nel deserto. Negli ambienti di sinistra si mormorava che erano solo una banda di spie al soldo della CIA, che insegnavano le tecniche di tortura ai dittatori o che promuovevano programmi di sterilizzazione delle minoranze etniche del Sudamerica o dell'Africa. Un mucchio d'idiozie, certo, nello stile dell'epoca.

In realtà, quei «commando della pace» erano animati da buoni propositi e svolgevano un lavoro importante in paesi dove nessuno voleva mettere piede.

Nicole pagò il taxi e si ritrovò di fronte a un cubo di cemento sormontato da un tetto-terrazza. Nessuna bandiera americana o aquila dalla testa bianca. Nemmeno un'insegna. Pippi Calzelunghe le aveva detto che a quell'indirizzo i PC avevano aperto un ospedale di strada, arruolando persone di buona volontà per curare i reietti della Città della gioia, che non erano pochi.

Nicole varcò l'ingresso – la porta arrugginita era aperta – ed entrò subito nel vivo della situazione, senza ironia: i letti, semplici brandine con telai di alluminio posati direttamente a terra e un telo teso in mezzo a guisa di materasso, ospitavano corpi ossuti e contorti come filo di ferro. Un odore disgustoso. Disinfettante, marciume, sudore, medicinali. Bruciava la gola e gli occhi, e soprattutto ti faceva venire voglia di scappare via di corsa.

Nicole avanzò nella penombra. Lì si curavano sia i miserabili locali sia i drogati occidentali, quelli partiti male e quelli arrivati male. Di fronte a quei corpi scheletrici – relitti umani dalla pelle nera raggomitolati nei loro *kurta*, bianchi esangui vestiti come guitti – ci si chiedeva per via di quale malinteso tutta quella gente si ritrovasse lì, all'ultima fermata, per crepare con una flebo nel braccio e il cervello bacato come una zucca guasta.

Nicole notò un altro particolare: i teli dei letti erano fissati ai tubi attraverso dei passanti, il che permetteva, quando il malato era giunto al termine della sua miserabile vita, di avvolgerlo nel tessuto, come una sacca per cadaveri, per evacuarlo rapidamente. Né un ospedale né una clinica, ma un luogo dove morire...

Alcune infermiere si aggiravano tra i letti, le indiane in sari, le straniere in camici leggeri e jeans rattoppati. Avevano tutte un'aria da martiri, da chi si sacrifica volontariamente. Nicole aveva sempre immaginato che chi andava ad assistere i morenti dall'altra parte del mondo dovesse aver sofferto una pena d'amore o passato un periodo difficile. Ma, in fondo, le buone intenzioni non avevano bisogno di un pretesto.

Era appena entrata nella seconda sala, quando una brunetta con un camice azzurro la interpellò.

«*Are you looking for someone?*»

«*Yes. A French guy. Paul Saurin.*»

La donna riconobbe l'accento di Nicole e le rispose in francese.

«Mi chiamo Patricia. Sono un'infermiera e vengo da Tolosa.»

Lo disse come se avesse dichiarato i suoi gradi nell'esercito. Sotto la frangia, un debole sorriso attraversò il suo volto pallido.

«Io mi chiamo Nicole. Paul è qui?»

«Sì.»
«Posso parlargli?»
«No, sta dormendo.»
Come per attenuare la brusca risposta, tirò fuori un pacchetto di Marlboro dal taschino sul petto.
«Vieni con me. È il momento della mia pausa.»

99.

Dal tetto-terrazza si godeva una vista a trecentosessanta gradi su Calcutta. L'infinita successione di tetti grigi, piatti, affumicati – con le loro ghirlande di panni bianchi stesi ad asciugare e corvi neri in agguato – evocava una sorta d'immensa tela alla Mondrian.

Lassù, l'odore della città era un misto di fogliame e gas di scarico.

«Sei una parente?» chiese Patricia accendendosi la sigaretta.

«No.»

«La sua ragazza?»

«No. Sto cercando qualcun altro che forse Paul conosce.»

Patricia annuì, con l'aria di voler dire: "Si può sempre sognare", poi si sedette a terra addossandosi al parapetto.

«Allora bisogna che ti sbrighi. Non ne avrà per molto.»

Nicole si accese anche lei una sigaretta.

«Che cos'ha?»

L'infermiera si strinse nelle spalle.

«Quello che hanno la maggior parte degli occidentali qui a Calcutta. A forza di iniettarsi eroina di pessima qualità, non mangiare abbastanza e vendere il loro sangue, prendono tutte le malattie possibili, e Dio solo sa come le strade di Calcutta siano infestate da virus, batteri, parassiti... Le ragazze si prostituiscono per tre rupie, beccandosi il vaiolo o la gonorrea... È questo il paradiso che ti attende nel Bengala...»

Nicole non aveva voglia di sentire di nuovo l'elenco delle delusioni e delle sventure di quei sognatori del grande cammino.

«Ma che cos'ha esattamente Paul?» insistette.
«Non lo so. Se qui c'è qualcosa di inutile, sono proprio le diagnosi.»
«Cosa sai di lui?»
«Non molto. È di Parigi. Un borghese della riva sinistra. Studiava i mestieri legati all'arte del libro in una scuola specializzata.»
«L'École Estienne.»
«Forse... Poi un bel giorno ha capito la futilità di quella vita limitata, già scritta dall'inizio alla fine, e ha voluto intraprendere un altro cammino... Di solito quelli come lui partivano per Katmandu, ma alcuni si smarrivano qui, a Calcutta, la capitale intellettuale dell'India.»
«La sua famiglia non si è fatta viva?»
«Ogni giorno riceviamo segnalazioni dalle ambasciate, lettere di genitori che scrivono al consolato... Ma per Paul nessuno ci ha mai contattati.»
«Dove l'avete trovato? In strada?»
«No, dai sikh.»
«Perché i sikh?» domandò Nicole, sorpresa.
«Hanno una grande tradizione di ospitalità. Non possono rifiutare un letto e del cibo a un visitatore. È per questo che i loro *gurdwara* sono stipati di vagabondi.»
«I loro cosa?»
«*Gurdwara*, è così che chiamano i templi.»
Nicole sapeva chi erano i sikh, ma non voleva aprire mentalmente quel dossier. Una setta. Un'etnia. Una casta. Ci avrebbe riflettuto più tardi.
«Avete persone in crisi d'astinenza?»
«Praticamente tutte, a parte i malati.»
«Come gestite la cosa?»
«Con l'oppio che compriamo dagli afghani. O la morfina che ci vendono i farmacisti corrotti. I pazienti che ospitiamo sono casi disperati. L'unica cosa che possiamo fare è alleviare le loro pene.»
Fumando con aria distratta, Nicole sembrava stranamente assaporare quella pausa inattesa.
«E tu, come sei arrivata qui?» chiese alla giovane.

«Come loro», rispose Patricia, battendo la suola del sandalo sul pavimento. «Senza la droga, però. Cercavo una ragione di vita, una verità. Credevo di essere al loro fianco, che camminassimo tutti insieme verso la stessa meta… Ma guardandoli cadere uno dopo l'altro, ho capito che il mio scopo, la mia verità erano loro…»

A Nicole venne in mente un particolare.

«Oggi sono andata al Camp Hotel.»

«Uno dei posti da cui ci arrivano più pazienti.»

«Ho visto dei tossicomani leccare l'ago della siringa. Sai perché?»

L'infermiera esalò il fumo con un'espressione costernata.

«Fanno tutti così. In questo modo pensano di sterilizzare l'ago. Come se la loro saliva potesse essere una barriera contro le malattie di cui loro stessi sono portatori.»

Nicole si alzò. Adesso doveva vedere Paul.

«E tu, cosa cerchi esattamente?» le chiese Patricia.

«Un assassino», mormorò Nicole, colta da un'improvvisa spossatezza.

«Un assassino a Calcutta? È come cercare una scatola di fiammiferi tra le fiamme dell'inferno.»

100.

Patricia l'accompagnò in un'altra sala, spoglia e cupa, dove curiosamente i malati sembravano più vivi – ma vivi fra le braccia della morte. Si agitavano gemendo, la faccia nascosta sotto le coperte grigie. A Nicole tornò in mente la valle dei lebbrosi di *Ben Hur*, un film che l'aveva segnata.

«Eccoci.»

L'infermiera si era fermata davanti a una branda immersa nella penombra. Nicole non fece in tempo ad avvicinarsi che Patricia era già sparita. Dopo qualche secondo i suoi occhi si adattarono all'oscurità.

Paul Saurin stava dormendo. Un ventenne, bello, molto bello, ma la sua bellezza era ormai soltanto una parvenza, un ricordo. Allungato sulla coperta, con indosso un sudicio *kurta*, non doveva pesare più di quaranta chili. L'unica cosa rimasta dai banchi del liceo Henri-IV o dai laboratori dell'École Estienne, dai tempi dei grandi discorsi e dei tavolini all'aperto dei caffè, sembravano essere i folti ricci neri.

Nicole pensò agli eroi dei romanzi classici che aveva divorato da adolescente. Calyste du Guénic, Frédéric Moreau, Julien Sorel... Oggi l'immagine si era come fossilizzata, la pelle calcificata, le ossa sporgenti, i muscoli atrofizzati...

Guardandolo dormire così, Nicole lo immaginò su una barca, che non navigava sullo Stige ma su un fiume indiano, in direzione del regno dei morti. Più precisamente ancora, vedeva attraverso di lui, come in trasparenza. La morte, tranquilla, serena, svolgeva il suo lavoro senza fretta su quel corpo emaciato.

Questo pensiero le provocò un senso di oppressione al

petto. Come se il suo cuore stesse per vomitare sangue... Avrebbe potuto piangere, ma dopo il suo arrivo in India era in un tale stato di stupore che non reagiva più a nulla. Planava, fluttuava, osservava, tenendosi però a buona distanza...

Afferrò uno sgabello e si sedette accanto al letto. Gli prese la mano. Era gelida, e al tempo stesso sentiva la febbre ribollire in lui, attraversandogli il corpo come un nucleo di fuoco.

Una successione di flash le attraversò la mente. I cadaveri infilati nei sacchi all'alba e portati sulla riva del fiume, per essere bruciati... Ma no, era scivolata di nuovo in una poetica suggestione: i corpi dei bianchi venivano di certo spediti all'obitorio per poi essere rimpatriati in bare di legno...

«Cosa vuoi?»

Nicole trasalì. Paul si era svegliato. I suoi occhi, in fondo alle enormi orbite, ardevano come piccole fiaccole, zolfo e salnitro... Ancora una volta *Ben Hur*: la scena dei sotterranei.

Avrebbe dovuto rivolgersi a lui con dolcezza e comprensione, ma non aveva più tempo da perdere. La morte la induceva a ignorare ogni cortesia.

«Sono venuta a parlarti della Ronde...»

«La Ronde», ripeté lui con una voce così bassa e cavernosa da sembrare il verso di un animale.

«Eri uno di loro, giusto?»

«Se vogliamo...»

Parole uscite da labbra secche, senza saliva. Una voce incrinata, frasi sconnesse...

«Cosa puoi dirmi sulla Ronde?»

«Sono dei trafficanti.»

«In che senso?»

«Trafficanti di verità. Quando gli fai le tue domande, loro hanno sempre quello che ci vuole per calmarti...»

Non pronunciava le parole, le ansimava, sfregandole come fiammiferi. La sua bocca era un disastro, con pochi denti rimasti e le gengive infette, nere e gonfie.

«Quale genere di verità?»

Paul agitò debolmente i riccioli bruni sul cuscino imbottito di foglie di pannocchie.

«Il colpo di genio della Ronde è mescolare tutto. Si prende qualcosa dai cristiani, qualcos'altro dai buddhisti e lo si amalgama con una salsa indù. La Ronde sostiene che se si cerca nella Bibbia, nella Cabala e nel Corano, si troverà una risposta che metterà tutti d'accordo...»

Paul tacque e Nicole gli lasciò il tempo di riprendere fiato. Il suo volto era immerso nell'ombra, che lo avvolgeva come una mantiglia di tulle nero. Portava già il lutto per sé stesso. Ma attraverso il velo, gli occhi continuavano a brillare come due monete poste sulle palpebre. Un altro ricordo. Era quello che si faceva nella Grecia antica: si posavano due monete sugli occhi del defunto per pagare il traghettatore.

«Il trucco è che non basta mai», riprese Paul.

«Non capisco.»

«Ti danno una risposta, d'accordo, ma in quella risposta c'è un'altra domanda... Finché non lo capisci, sei come in astinenza. Finché sei in astinenza, hai bisogno della Ronde... Loro...»

Una tosse gorgogliante gli soffocò la voce. La sua povera carcassa era scossa, come posseduta, da quell'accesso troppo violento per lui. Alla fine raccolse da terra un foglio di giornale e vi sputò sopra un grumo di catarro.

Nicole non poté fare a meno di ritrarsi. Aveva l'impressione che i microbi le stessero schizzando sul viso come sabbia, come cenere...

«Hai conosciuto la Madre?»

Lui rise, tossì e sputò di nuovo.

«Tu non sai nulla. La Madre è morta alla fine degli anni Quaranta... È lei la fonte di tutto questo casino...»

«Quale casino?»

«Te l'ho appena detto. Più resterai, meno capirai. Meno capirai, più vorrai restare... Ma io ho trovato un'altra soluzione.»

Nicole aveva già capito qual era, ma gli chiese lo stesso: «Quale?».

Paul fece faticosamente il gesto di iniettarsi qualcosa nel braccio sinistro. Lei si accorse che la piega del gomito pullulava di ascessi, nodi, crateri, rigonfiamenti verdastri.

Notò anche che le sue palpebre si stavano abbassando, stava per perderlo. Doveva fare in fretta.

«Se ti dicessi che la Ronde s'interessa a un francese di ventidue anni che vive a Parigi e studia all'università di Nanterre, qualcuno che non ha alcun legame con l'India, qualcuno che non ha niente di speciale che lo distingua da un altro...»

Paul l'ascoltava senza muoversi, lasciando uscire il respiro dalle labbra come i fachiri che tirano fuori dalla bocca un filo costellato di lamette.

«Cosa diresti?»

Lui restò in silenzio, annuendo leggermente con il mento, come se seguisse il ritmo di una canzone, un brano che conosceva bene e che avrebbe potuto fischiettare.

«Cosa diresti?» insistette Nicole.

Un altro istante di silenzio.

«Direi "reincarnazione".»

«Cosa?»

«Rein...car...na...zione.»

Nicole si chinò su di lui – il suo alito era fetido. La putrefazione stava già avanzando dal fondo della gola. La vita si deteriorava in quel petto, in quel corpo menomato.

«Spiegati!»

«Ti ho detto che hanno preso un sacco di cose da altre religioni. La reincarnazione, il karma, la trasmigrazione delle anime, fanno tutti parte del loro bazar. Ci credono fermamente. Quasi tutti i leader della Ronde si considerano reincarnazioni di santi, di mahatma, di profeti...»

Nicole si raddrizzò, come per scacciare quell'ultima follia. Hervé una reincarnazione? E poi cosa ancora? Tuttavia, in fondo a quella confusione emergeva una sorta di logica. Una logica all'indiana.

«E da cosa l'avrebbero capito?»

«Ci sono dei segni, degli indizi.»

«Quali?»

«Chiedilo a quel tuo amico. Deve avere qualcosa di particolare...»

Nicole non aveva il tempo per pensarci, adesso. Ci avrebbe riflettuto più tardi.

«Il nome Salamat Krishna Samadhi ti dice qualcosa?»
Paul emise un sibilo che intendeva essere una risata.
«Krishna è il sassolino nella scarpa della Ronde. Il loro messia che li ha mandati al diavolo.»
«Era la reincarnazione di una grande figura?»
«Certo. Sceso direttamente dal cielo per guidare i figli della Madre...»
Nicole si chinò di nuovo su di lui, fin quasi a sfiorargli le labbra, ignorando i miasmi del suo fiato.
«C'è qualcosa che non mi torna. Ho l'impressione...» gli disse esitante, «che la Ronde stia minacciando il giovane di cui ti parlo. Se lui fosse una reincarnazione, farebbe il contrario.»
Nicole continuava a stringere la sua mano, ancora ghiacciata, ma non per molto. Capì che la febbre stava salendo, come quei vulcani del Grande Nord che eruttano la loro lava sotto la banchisa.
«Non necessariamente», rispose Paul. «La Ronde è una setta aggressiva, che fomenta le rivalità e ha molti nemici... Forse il tuo amico è pericoloso per loro... La reincarnazione di un nemico o qualche stronzata del genere...»
La confusione, sempre. Un teatro delle ombre balinesi proiettate sullo schermo della sua mente.
«Per quanto sei rimasto nell'ashram della Ronde?»
«A Susunia? Due anni.»
«Hai notato qualcuno di violento? O semplicemente fuori di testa?»
Una nuova risata, nuovi sputi. Il fruscio del foglio di giornale.
«Sono tutti fuori di testa laggiù.»
«Ma una persona violenta?»
«L'unica persona violenta della setta era la Madre stessa. Una donna davvero poco piacevole, a quanto si racconta.»
«I discepoli della Ronde praticano il tantrismo?»
«Nel Bengala tutti, in un modo o nell'altro, sono legati al tantrismo.»
«Conosci un insegnante di yoga di nome Gupta?»
Paul fece una debole risatina.

«Mezza città si chiama Gupta. L'altra metà insegna lo yoga.»

«Sto parlando di un indù che vive a Parigi.»

«Parigi», ripeté lui con aria sognante. «Il mio regno per un biglietto della metro...»

Le palpebre di Paul si abbassarono. Troppo tardi per raccogliere altre informazioni.

Nicole si alzò, continuando a tenergli la mano.

«Grazie, Paul. Tornerò a trovarti.»

«Come no. Ci vediamo nel paradiso dei *freaks.*»

101.

«C'è mio fratello!»

Come al solito, alle sei del pomeriggio Abha fece la sua comparsa nella stanza: ombra, luce, turbinio, fuoco d'artificio che scandivano le giornate di Hervé.

Lui si mise subito in piedi e si rassettò i pantaloni, o piuttosto il *dhoti*, perché dopo la sua evasione avevano sostituito i suoi indumenti con il due pezzi tradizionale indiano: una tunica che pareva una camicia da notte e dei pantaloni fluttuanti.

«Cosa devo fare?» domandò, già sull'attenti. «Inchinarmi? Inchinarmi?»

«Assolutamente no! Goppi non vuole che gli venga manifestato un rispetto particolare. Ricordalo: è contro i guru!»

La porta si aprì di nuovo alle sue spalle per dare stavolta accesso a una vera e propria delegazione. Venivano per primi i due cerberi ormai a lui familiari, i suoi compagni di viaggio; seguivano quattro giovani donne con dei sari sontuosi – in quel momento Hervé propendeva piuttosto per l'aggettivo «meravigliosi» – che si disposero ai due lati del corridoio immaginario circoscritto dalle guardie del corpo.

Gli venne in mente un'altra parola: damigelle d'onore. Quelle donne bellissime erano testimoni di un avvenimento, una celebrazione. Cosa o chi si riuniva in quel momento? La banalità al sublime? Il tempo all'eternità? Il guru ai discepoli? O, più semplicemente, un poveraccio di Parigi a un semidio indù?

Salamat Krishna Samadhi era davanti a lui.

Per risultare convincente nel ruolo di persona comune,

KS aveva ancora un bel po' di lavoro da fare. Come aspetto esteriore, rispettava gli standard stabiliti in materia di maestri spirituali. Fisico sottile, giacca Nehru di colore chiaro abbottonata fino al collo e pantaloni bianchi dalla piega impeccabile degni della Marina reale inglese, avanzava con le mani dietro la schiena. Un atteggiamento contraddittorio, un misto di rigidità e calore, di sprezzo e umiltà. Sotto l'abito, si indovinavano notevoli complessità, un pensiero da comprendere con attenzione.

Il viso? Eccezionale. Color caramello, affusolato come il guanto di una donna, incorniciato da un casco di capelli grigi, era di una bellezza quasi... soprannaturale. Lineamenti perfettamente adeguati a quel volto stretto come una guaina, un'espressione dolce e languida da icona russa. A dominare questo quadro, due getti d'inchiostro nero vibravano sotto le ciglia arcuate da sex symbol.

Da ragazzino era affascinato dalla riproduzione di un'opera del Doganiere Rousseau appesa lungo la scala della scuola: *L'incantatrice di serpenti*. Una donna nuda, in controluce, suona il flauto in una giungla fluida color acqua e menta. Solo gli occhi rischiarano la sua silhouette uniformemente scura.

KS aveva gli occhi dell'incantatrice di serpenti.

«Sono Salamat Krishna Samadhi», annunciò con voce suadente, come se qualcuno nella stanza potesse dubitarne.

«Ehm... Hervé», si limitò a replicare il prigioniero.

«Mi hanno riferito della sua breve fuga.»

«Io... mi spiace.»

«Sono io a essere dispiaciuto. Mi hanno detto che si è imbattuto negli *aghori*.»

«Non so chi siano...»

«Asceti che si drogano nei luoghi più abominevoli che esistano: i campi di cremazione.»

Hervé rivide gli uomini cannibali coperti di cenere bianca che divoravano le membra dei morti... Li aveva già dimenticati. La sua esistenza era diventata un tale museo degli orrori che non si soffermava più sulle cose incredibili che gli passavano davanti agli occhi.

«Per un indù», continuò il padrone di casa, «non esiste niente di più impuro di quei siti dove si bruciano i cadaveri. Ed è là che gli *aghori* cercano la via e mettono alla prova la loro indifferenza alle vicende del mondo. Venerano Kali, fumano marijuana, mangiano carne umana e lottano contro i demoni che popolano quei luoghi maledetti. Un po' come Gesù nel deserto. Attraverso questa lotta sperano di raggiungere il nirvana...»

Hervé era assente, sempre concentrato sul viso di Krishna. Un naso dritto e sottile che scendeva in picchiata sulle labbra rosa scuro, lucide come se avesse applicato del gloss. Gli occhi da cerbiatto, sottolineati dal kajal, scintillavano come fosforo in fondo a una grotta. *No, non kajal.* Semplici occhiaie che gli attribuivano lo sguardo orlato di nero da attore del cinema muto.

«Prego?» disse riscuotendosi all'improvviso.

«Mi scuso di nuovo... per le condizioni del suo soggiorno.»

Hervé cominciò a prendere coraggio.

«Allude al mio rapimento?» domandò alzando la voce. «Alle sbarre alle finestre? Alla porta sprangata?»

«Non abbiamo preso queste misure per vietarle di uscire, ma per impedire che si abbia accesso alla sua camera.»

«Per me non fa alcuna differenza...»

Krishna congiunse i palmi e li allineò in verticale sotto al mento.

«Conosce la Ronde?»

«No. Cos'è?»

«Una setta molto potente qui nel Bengala.»

«Che cosa ha a che fare con me?»

«Questa comunità è stata fondata da una francese, Jeanne de Texier. I suoi discepoli la chiamano la Madre. Ormai è morta, ma è riuscita a fondare una vera e propria città sulle montagne a nord del Bengala occidentale, a Susunia Hills: "il Regno".»

«E allora?»

«Quand'ero bambino la Madre mi ha adottato e inviato a studiare a Parigi assieme a mia sorella. Stava predisponendo il mio avvento. Lei e il suo accolito Charles Aubenas avevano deciso che ero l'incarnazione di un maestro spirituale vissuto moltissimo tempo fa. Sarei diventato quindi la guida, il messia della Ronde...»

Hervé agitò le mani in segno di impazienza.

«Mi scusi», protestò, «ma proprio non capisco perché lei mi racconti tutto questo.»

«La Ronde pratica il sincretismo», proseguì imperturbabile Krishna. «I suoi capi raccattano elementi sparsi dalle principali religioni e pretendono di leggervi una nuova verità. Tra questi elementi figura la credenza nella reincarnazione, una nozione chiave nella loro mistica.»

Davanti a quel guru mascherato da servitore di qualche ricco indiano, Hervé s'impennò.

«Non capisco niente! Dove vuole arrivare?»

«A questo.»

Con un gesto secco, Krishna sollevò la manica sinistra di Hervé, mettendo a nudo la voglia a forma di croce uncinata. Quella macchia, secondo Hervé, gli aveva sempre portato iella.

In quell'istante accadde qualcosa.

Qualcosa di folgorante, e di totalmente inaspettato.

Tutti insieme, le damigelle d'onore, Abha e persino i due cerberi baffuti caddero in ginocchio.

Hervé fissava incredulo gli occhi da mago di Krishna Samadhi, in attesa di una spiegazione, mentre gli altri restavano prostrati, con la fronte contro il pavimento.

Come fiori appassiti da un momento all'altro.

Fu lui a spezzare il silenzio.

«È una voglia, è...» balbettò, cercando di abbassarsi la manica.

«No», lo interruppe Krishna Samadhi, bloccando il suo gesto e mettendo in mostra la svastica mal disegnata nella luce vaga del crepuscolo, «è il segno della Madre.»

102.

Qualche minuto dopo erano passati nel salone della villa. Pareti bianche, mobilio coloniale... Un solo dettaglio, già notato la sera prima durante il tentativo di fuga, attirava la sua attenzione: le vetrate delle finestre a ghigliottina avevano i colori della confetteria inglese.

«Sogna mai di una donna elegante che le è sconosciuta?»

Con sua sorpresa, Hervé si trovò a rispondere affermativamente. Teneva gli occhi puntati su KS, seduto su una specie di trono di legno, le gambe da trampoliere accavallate con eleganza.

«Soffre di crampi improvvisi agli arti?»

«Sì.»

Krishna prese una busta kraft dal tavolino e ne estrasse una fotografia in bianco e nero che spinse verso Hervé, seduto di fronte a lui.

Il giovane si protese per osservare l'immagine, senza osare toccarla. Un ritratto della donna che gli compariva in sogno, ma vestita di un sari e con una mantella bianca sulle spalle.

«Chi è?» domandò con voce incredula.

«Jeanne de Texier. La Madre.»

«Non capisco.»

Per qualche istante KS rimase in silenzio. Alle sue spalle, le quattro fate in sari, Abha e le guardie del corpo restavano in piedi: la corte dell'incantatore di serpenti.

«Jeanne de Texier soffriva di una malattia neuromuscolare che le provocava crampi insopportabili.»

«E dunque?»

«Aveva sull'avambraccio sinistro una voglia a forma di svastica incompleta.»

Il baba parlava un francese senza alcuna inflessione straniera, cosa che accentuava il suo lato torbido e ammaliante. Quella misteriosa dimensione poliglotta suggeriva un passato complicato, instabile, ricco di conoscenze velate e angoli ciechi.

«Dove vorrebbe andare a parare?»

«Hervé...» cominciò Krishna. Era la prima volta che si rivolgeva a lui chiamandolo per nome, e il suo modo di pronunciarlo gli risultò sgradevole. «Lei si trova in India, il paese degli dei e dei presagi. Qui niente succede per caso, niente è anodino o privo di senso.»

Hervé si rese conto che la luce diminuiva, ma non perché era l'ora del crepuscolo. Si annunciava un temporale. Un temporale terribile, un temporale indiano. Abha l'aveva avvertito: il monsone era imminente.

«In India», proseguì Krishna, «la svastica è...»

«Me ne frego», lo interruppe Hervé. «Non ho niente a che vedere con le sue storie.»

«Non si tratta delle mie storie, sfortunatamente, ma delle sue...»

Hervé si alzò di scatto.

«Allora io sarei la reincarnazione della sua brava donna?»

Krishna cambiò espressione.

«Le sconsiglio di mancare di rispetto alla Madre.»

Hervé dovette fare marcia indietro. Rimpiangeva di non avere dieci anni di più, anzi venti. Avrebbe voluto possedere maggiore autorità, una presenza che potesse escludere qualsiasi commento, e invece era solo uno spilungone inzuppato di sudore che se la faceva sotto.

«Mi perdoni», bofonchiò, «ma non sono indù e nemmeno religioso. Non vedo in cosa io...»

«Si sieda.»

Hervé si lasciò cadere sulla poltrona. Si sentiva appiccicoso, come sangue stillante da una ferita.

«Parliamo di un mondo, di una verità che non conosce né distanze né riferimenti cronologici.»

«Non credo al karma.»

«Non si tratta di karma. Del contrario, piuttosto. Il karma

vuol dire portare il peso del proprio passato, pagare per le colpe delle vite anteriori. Invece noi parliamo del futuro, del dovere che ci attende domani.»

Hervé si strofinò le mani sul viso.

«Dunque, la Madre, che non muore mai, avrebbe scelto il mio corpo per reincarnarsi? È questa la sua idea?»

«L'idea della Ronde, per la precisione.»

«E spetterebbe ora a me guidare questa... setta?»

«È troppo presto per dirlo.»

«Impazzisco...» mormorò Hervé.

KS tese la mano e prese una tazzina di terracotta: il *chai* era pronto da un bel pezzo.

«Conosce questa citazione? "Quando siete a teatro e credete che ciò che accade sul palcoscenico sia vero, significa che siete in chiesa." Bisogna considerare l'India come una chiesa gigantesca nella quale tutto è sempre vero.»

Hervé scuoteva la testa, agitandosi sulla poltrona. Un pazzo con la camicia di forza.

«Tanto per cominciare», articolò passandosi la manica sulle labbra. Salivava in modo eccessivo, sbavava letteralmente. «Come ha fatto a trovarmi?»

Salamat Krishna Samadhi prese fiato e fece quel gesto con la mano – delicato, morbido, lievemente effeminato – che Hervé aveva già notato in Gupta.

«Lei aveva un'amica, Suzanne Girardon. Lo scorso gennaio questa giovane donna ha cominciato a praticare yoga, a Parigi, in una scuola diretta da un bengalese, Dhritiman Gupta.»

«Lo conosco.»

«Un giorno lei è andato a seguire una lezione insieme alla ragazza.»

«Non è durata neanche un'ora.»

«Sufficiente affinché Gupta notasse la sua voglia sul braccio.»

Ecco, un tassello della storia trovava il suo posto nel puzzle.

«Ne ha subito informato la Ronde. La Madre era stata ritrovata.»

Adesso doveva tenere d'occhio la cronologia dei fatti.

«Gupta appartiene alla Ronde?»

«Ora no, ma in passato deve averne fatto parte. Comunque ha subito intuito l'importanza di quella scoperta. Non so a chi l'abbia comunicata di preciso, ma la notizia si è propagata con rapidità qui a Calcutta: la reincarnazione della Madre viveva a Parigi.»

Questo scenario gli dava il capogiro. Era davvero troppo. Preferiva affrontare la parte della storia relativa agli assassinii.

«Nelle ultime settimane ci sono stati degli omicidi a Parigi. Suzanne Girardon, in particolare, è stata uccisa», spiegò Hervé.

«Lo so, anche Cécile Bisciglia.»

«Sono legati alla Ronde questi crimini?»

«Sì, indirettamente.»

«Cioè?»

Salamat Krishna Samadhi si alzò. La sua espressione era improntata a dolcezza e benevolenza, ma la sua figura aveva la verticalità di una spada.

«Le propongo di fermarci qui per stasera.»

«No», obiettò Hervé levandosi in piedi. «Voglio sapere. Da quale pericolo mi sta proteggendo? Dall'assassino? Dalla Ronde? Sono la stessa cosa?»

KS gli strinse amichevolmente il braccio.

«Abbiamo tempo. Ora la riaccompagniamo nella sua camera.»

Hervé si liberò brutalmente dalla presa.

«Lei mi vede assumere la direzione della Ronde? Sedere su un trono? Dare udienza a dei discepoli?»

«Domani», decretò il guru con voce ferma, mentre girava già sui tacchi, con dietro il suo corteo di damigelle d'onore, e abbandonava Hervé nelle mani dei due cerberi.

«Perché mi sta aiutando?» urlò.

Il baba tornò sui suoi passi. Sorrideva. Hervé pensò alla polpa di un frutto tropicale. Soave, zuccherina, ma con un lontano sentore di decomposizione. Una sorta di morte silenziosa, che ti invade carezzevole il palato.

«Molto tempo fa», mormorò, «ero come lei. La Ronde mi

ha rapito, educato, violato, mi ha imposto un ruolo che non volevo. A lei questo non succederà.»

Hervé deglutì. In fondo alla sua mente doveva quindi ammettere che quella faccia da fachiro era un alleato, e forse persino l'unico in tutta la città.

«Stasera», concluse KS, «arriverà la pioggia. L'ascolti. Non conosco niente di più efficace della rumorosità del monsone per riflettere, mettere ordine nelle idee.»

«La Madre», domandò d'un tratto Hervé, «com'è morta?»

«È stata assassinata.»

«Come?»

«Non è mai stato chiarito.»

«Era lo stesso assassino di Parigi?»

«Domani.»

103.

Hervé ricorreva sempre più a questa tecnica: davanti alle avversità, ossia alle notizie dissennate che non cessavano di piovergli addosso, lui dormiva.

Subito dopo che la delegazione di KS si fu dileguata, si era rifugiato nel letto come un mollusco nella sua conchiglia. Due ore di sonno e, al risveglio, niente. Non più idee di quante ne avesse prima della siesta, forse addirittura meno. Ora avvertiva soltanto quei dannati crampi alle gambe e gli sforzi disperati che faceva lo stomaco per assimilare la dieta al curry.

A proposito di curry: la porta della sua camera si aprì e si accese la luce. Apparve Abha, nel suo ruolo preferito, quello della soubrette all'indiana. Hervé si raddrizzò e si sedette sul bordo del letto. Non era in vena. Nessuna energia per discutere con lei né per tentare di apparire seducente.

Del resto, ormai aveva di lei un'altra opinione. L'aveva vista annullarsi in presenza del fratello, prostrarsi davanti alla voglia sul suo braccio, ascoltare religiosamente i deliri di KS...

Non era più sua alleata, ma solo un'estranea come tutti gli altri.

«Come si sente?»

«Puoi continuare a darmi del tu.»

Abha depose sul tavolino un vassoio che era come un arsenale – curry alla dinamite, massala al napalm – poi gli si avvicinò con passo così leggero che sembrava scivolare sul pavimento. S'inginocchiò e gli prese le mani, come la prima volta. Avrebbe potuto limitarsi a dargli del tu...

In lontananza, si udiva il rombo del tuono.

«Devi fidarti di mio fratello.»

«Altrimenti?»

«Non c'è nessun altrimenti. È l'unica opzione.»

La testa abbassata, Abha sembrava osservare le linee delle sue mani. Hervé sentiva il suo violento profumo di fiore tropicale, quel genere di fiori lussureggianti che durano solo un attimo o divorano i piccoli insetti indifesi come lui in un sospiro di petali.

Nei suoi capelli di lacca, vedeva la riga che scorreva come un fiume rosa nel mezzo di una giungla nera. Non seppe trattenere un fremito, quasi una convulsione, scosso e febbricitante.

Poi lei gli posò la testa sulle ginocchia, di lato. Molto pesante, la testa, piena di idee incomprensibili, e ricchissima di profumi, di languori... Abha era la principessa delle *Mille e una notte*, e lui il ragazzo sprovveduto che rischiava di morire linciato per una parola non azzeccata.

«Una cosa che non capisco...» mormorò.

«Sì?»

Ne vedeva il profilo stagliarsi sul suo *dhoti* come un'ombra cinese.

«Quando avete visto il segno sul mio braccio, vi siete prosternati...»

«In India abbiamo la prosternazione facile», spiegò lei ridendo. «La svastica è il simbolo della Ronde.»

«Appunto. Krishna ha tagliato i ponti con questa comunità. E tu segui i precetti di tuo fratello. Perché allora venerare ancora questa scuola?»

«La Madre resta la Madre», replicò lei senza alcuna esitazione. «Goppi non ha mai rinnegato il suo insegnamento, e in un certo senso lo difende ancora oggi.»

«Era autoritaria la Madre?»

«L'ho conosciuta molto poco», rispose Abha dopo qualche secondo di riflessione. «All'epoca ero molto piccola e per lei non rappresentavo niente. Esistevo solo attraverso mio fratello. Forse pensava addirittura che intralciassi l'educazione del messia...»

«È stata davvero assassinata?»

Abha si raddrizzò e gli lanciò uno sguardo obliquo, girando la testa. Hervé pensò a una ferita. Carne incisa da una conchiglia perlata.

«Krishna ha sbagliato a dirtelo. Nessuno sa cosa sia successo.»

«Da chi mi sta proteggendo?»

«Non lo so.»

«Qualcuno vuole uccidermi?»

Lei si alzò come una fiamma carica di magnesio.

«Ti ho detto che non ne so niente!»

Congiunse le mani davanti a sé e scoppiò a ridere. Hervé faticava a seguire quelle giravolte.

«Sono felice», mormorò lei.

La luce si spense. Interruzione di corrente. Un lampo attraversò la stanza. Abha era in piedi vicino alla porta, braccia lungo il corpo, con il sari che disegnava una Z argentata.

«Sono felice», ripeté a voce bassa fra due tuoni.

Altro lampo. La silhouette di Abha scintillò come una carpa in una vasca nera.

«Perché?» riuscì a domandare Hervé.

«Finalmente arriva il monsone.»

Sulla spinta di un coraggio inaspettato, Hervé si mosse verso di lei, quasi a tentoni. I lampi accecanti intensificavano l'oscurità. Quando si trovò a pochi centimetri da Abha, che gli arrivava appena alla spalla, il suo profumo gli sferzò nuovamente il viso. Era stremato da tutti quei sentimenti, quegli sconvolgimenti. Non c'era niente lì che fosse attenuato, edulcorato? Non c'erano altro che quella violenza, quelle vertigini?

Lei gli posò una mano sulla nuca, scatenando un tintinnio di metallo. Hervé pensò a un carillon – sentiva il proprio calore nel palmo di Abha, come se la sua nuca si fosse trasformata in un uccellino dal cuore palpitante.

«Ecco il monsone», ripeté lei. «È meraviglioso.»

Avvolta nell'ombra, la sua presenza si riassumeva in qualche tocco d'argento, qualche striatura iridescente. Il suo profumo si accentuava con l'avvicinarsi del temporale, ancora senza pioggia.

«I miliardari musulmani», spiegò Abha a bassa voce, «vengono qui ogni anno. I signori dell'Arabia Saudita, degli Emirati e degli altri paesi del Golfo Persico prenotano interi alberghi solo per ammirare l'arrivo delle piogge... Fanno smontare i telai delle finestre e aspettano... che il monsone si riversi nelle loro royal suite e li inzuppi dalla testa ai piedi!»

Hervé tremava nell'oscurità. Perché diavolo era così fragile, così sensibile? Non era prigioniero di quella città. E nemmeno era la reincarnazione di una vecchia strega. Era semplicemente innamorato cotto dell'incantevole sorellina di Krishna... L'importanza di essere costanti: lo studente taciturno era diventato il prigioniero di Calcutta, ma lui in realtà non era affatto cambiato. Continuava a essere un Don Giovanni infelice ed esitante...

Da qualche parte della villa riecheggiò all'improvviso un rumore sordo.

«Vado a vedere cosa succede», mormorò Abha in tono allegro.

Si alzò sulla punta dei piedi e gli sussurrò: «Guarda il vassoio: ti ci ho nascosto una sorpresa».

«Che sorpresa?»

«Voglio che tu possa scegliere.»

104.

Rimasto solo, Hervé si precipitò verso la finestra. Era sempre al buio. Be', si fa per dire. Ormai numerosi e ravvicinati, i lampi creavano un bagliore livido e abbagliante. Aprì le tende e scorse nel cielo le lame di luce che si insinuavano fra i cumuli di nuvole come il bisturi fra le pieghe di un cervello.

In perfetta sincronia, la pioggia cominciò a cadere nel momento in cui girava la cremonese della finestra. Aprendo i battenti fu subito travolto da una cascata d'acqua come fosse sul ponte di un peschereccio. Aggiornare in fretta il proprio vocabolario: parole come «pioggia», «acquazzone» o «diluvio» erano superate al confronto di ciò che cadeva ora dal cielo. Conferma di un fenomeno ricorrente: le parole occidentali cedevano le armi di fronte alla realtà bengalese. Era come voler dipingere l'apocalisse usando una matita con quattro colori.

Le mani aggrappate alle sbarre della finestra, Hervé godeva di quella violenza. Pesante e calda, la pioggia colpiva, martellava, bombardava, arruffando la vegetazione, battendo con forza sul viale di sabbia che correva intorno alla casa, riempiendo le grondaie fino a farle tracimare...

Il tuono partecipava alla festa. A ogni deflagrazione, il suolo tremava, i muri fremevano. I rimbombi parevano provenire dalla terra stessa e i lampi, rapidissimi come lo scatto di un diaframma fotografico, scaturivano dai gruppi di palme. Era meraviglioso e terrificante al tempo stesso. Una tempesta sulla terra, un uragano sulla città: era esattamente ciò di cui aveva bisogno.

Immaginò che la bufera avesse la meglio sulla villa, che

piegasse le sbarre della sua prigione, spazzando via ogni cosa nella stanza... Era libero, era nuovo, purificato dall'uragano e...

I suoi pensieri si bloccarono di colpo. Davanti a lui, nel giardino baluginante, c'era un uomo. Una lunga sagoma inguainata di nero, testa bassa, volto celato dall'ombra del berretto che portava alla maniera di un pirata...

Ora il tuono gli rombava nello stomaco.

Conosceva quell'uomo.

Era l'intruso dei suoi incubi di ragazzino.

Il ladro di bambini che si chinava su una culla.

Il tempo di un battito di ciglia e il visitatore era scomparso. Non restava altro che il firmamento biancastro, le fiamme dell'Altissimo e quella convinzione, affondata nel suo cervello come una scheggia nel palmo della mano: tornavano i suoi terrori infantili, vestiti per l'occasione di panni reali.

Una disgrazia non arriva mai sola. Percepì allora ciò che non avrebbe mai voluto udire. Fra due fragorosi tuoni, così come la morte ride fra due battiti cardiaci, un urlo riecheggiò nella villa di Salamat Krishna Samadhi.

105.

Hervé balzò verso la porta. Era chiusa a chiave, ovviamente. *Quando si parla di impotenza...* Tentò febbrilmente di forzare la maniglia, impugnandola con le due mani. Dall'altro lato arrivavano ancora grida, colpi, lamenti. Sarebbero stati uccisi tutti, Abha, Krishna, i due cerberi, le damigelle d'onore... E poi sarebbe toccato a lui.

Gli odori soffocanti della giungla si riversavano nella stanza. *Questa cazzo di porta...* Continuava ad accanirsi sulla maniglia, come un disco rotto. Gli effluvi vegetali urlavano alle sue spalle: *Lascia perdere.* Non restava che aspettare rassegnato la propria esecuzione. No. Prevalse la tensione, la tensione dell'istante, della notte, del calore, mentre le grida dei seviziati e i crepitii del temporale si fondevano in una cacofonia da incubo. Doveva trovare un modo per uscire di lì.

Si passò la mano sul viso, si premette le tempie, come per farne uscire un'idea, ma ormai i suoi pensieri non erano altro che pulsazioni del sangue, convulsioni della coscienza che cozzavano nella sua testa senza alcuna coerenza.

Tutt'a un tratto riudì la voce di Abha: «Voglio che tu possa scegliere».

Si gettò sul vassoio della cena, spazzò via i piatti, ruppe il bicchiere, rovistò alla cieca. Sotto il tovagliolo, una chiave. Non quella della porta della stanza, che conosceva. Doveva essere quella di un'uscita che dal bagno conduceva all'esterno e che, fin dall'inizio, aveva tentato di aprire in tutti i modi possibili, con un coltello, un gancio, un ago.

Si precipitò nel bagno mentre qualcuno picchiava già contro la porta della camera. Venivano a prenderlo. La chiave s'inserì perfettamente nel cilindro. Un giro, due giri, e sentì fisicamente – nelle dita, nella pancia – lo scatto della serratura.

L'istante dopo era fuori.

Si gettò sotto il diluvio con la sensazione di subire l'assalto di un martello pneumatico fatto d'acqua. Corse dritto davanti a sé, scivolando nel fango, incespicando fra le erbe. Le ciglia si piegavano sotto le gocce, la sua bocca era piena d'acqua: annegato dell'uragano, naufrago dell'istante. Avanzava tra il fruscio del fogliame, i fremiti dei bambù, lo schioccare delle palme. Avrebbe voluto ricordarsi della prima evasione, ma in quel momento aveva nella testa il vuoto assoluto. Il suo cervello era totalmente assorbito dalle sensazioni: pioggia, vento, freschezza.

Infine, senza sapere come o perché, si ritrovò davanti a un cancello fra un intreccio di liane, fronde e fogliame in tumulto. Lo scalò, cadde dall'altro lato, faccia nel fango. Il terreno imbevuto di pioggia sembrava essere stato bombardato.

La strada o la melma? Era uguale. Percorse la piazza, dove la vita continuava. Il caos: risciò che attraversavano le pozzanghere, portatori traballanti sotto l'acqua, passanti che ondeggiavano sotto gli ombrelli, le lampadine nude delle botteghe che tremolavano...

Come la prima volta, si lanciò in quel labirinto senza fine, forse imboccando lo stesso vicolo. Degli indiani si accalcavano davanti a ogni porta, i piedi nell'acqua, indifferenti. I loro volti erano invisibili, cancellati dalla lavagna da una spugna mostruosa.

Hervé aveva l'impressione di correre ma non faceva che barcollare fra una caduta e l'altra. I vestiti zuppi rivestivano il suo corpo come una seconda pelle. Dove andare? Soprattutto evitare il lungofiume, dove venivano bruciati i cadaveri e i sadhu si rimpinzavano di carne umana.

Prese a sinistra, poi a destra, s'infilò in una strada trasformata in un fiume punteggiato di miliardi di fori di spillo. Lì la corrente gli serrava i polpacci e rallentava la sua corsa. Gli sembrava che anche il suo sangue fosse diventato acqua. Vetrine, facciate, portoni: bisognava metterne il maggior numero possibile fra lui e l'incubo, fra la propria vita e la morte degli altri.

Le grondaie traboccavano, i tetti vomitavano acqua, la terra sferzata dalla pioggia ribolliva. Ce l'avrebbe fatta, ce l'avrebbe...

«Hervé!»

Sentire il suo nome lo bloccò sul posto. Impossibile. Aveva sognato. Quelle sillabe non appartenevano a quell'istante, quella città, quel terrore.

«Hervé!»

Capelli gocciolanti sugli occhi, girò la testa e vide Jean-Louis e Nicole stretti l'uno all'altro sotto un telone fradicio.

Jean-Louis si precipitò per primo, braccia tese. Hervé non rispose al suo gesto. Non fece che abbandonarsi all'abbraccio del fratellone, che era là, in carne e ossa, emblema di forza e speranza, venuto nella capitale bengalese per soccorrerlo.

Sono salvo, sono salvo... diceva Hervé fra sé, e sopra di lui gli sembrava di udire le vibrazioni metalliche della ciotola sonora tibetana di Nicole... Sollevò il capo e vide il volto splendente di Nicole che si chinava su di lui. Nessun dubbio, era suonata l'ora delle fate. Credeva che sarebbe scoppiato in singhiozzi, ma fu una folle risata a uscirgli dal petto. Una risata così forte, così fragorosa da surclassare l'uragano e, perché no, i milioni di dei indù.

106.

Ai due lati della strada, le case, i negozi, i templi parevano sul punto di crollare come castelli di carte. Eppure, attraverso le piccole finestre e gli usci aperti, si scorgevano ancora degli artigiani al lavoro, stoici nell'avversità. La vita non mollava.

Dopo che Hervé, in maniera appena intelligibile, ebbe snocciolato la sua storia – la detenzione, l'evasione, il massacro che sicuramente era stato compiuto nella villa –, Mersch, che non aveva perso un briciolo della sua energia, decise: «Andiamo».

«Dove?» domandò Nicole.

«Alla villa, a valutare i danni.»

Quando erano incappati in Hervé, Mersch e Nicole si stavano appunto dirigendo verso la residenza di Salamat Krishna Samadhi. Tanto valeva rispettare il programma...

Mersch rifletteva. Buone notizie: avevano ritrovato il fratello. Brutte notizie: l'assassino aveva colpito ancora. Ma anche rispetto a questo, il poliziotto non poteva impedirsi di provare una sorda (e malsana) soddisfazione. Ci aveva visto giusto: l'omicida li aveva seguiti fino a Calcutta. Oppure li aveva preceduti. Terza possibilità: era andato dietro a Hervé e alle sue guardie del corpo... In ogni caso, era ufficiale: l'inchiesta, assassino compreso, si era spostata nella Città della gioia.

Ora poteva mettere insieme le tessere del puzzle. Hervé era dunque, diciamo così, la reincarnazione della Madre. Quel pomeriggio Nicole era giunta alla stessa conclusione dopo aver interrogato un ex discepolo della Ronde. Sia pure. Quindi, Salamat Krishna Samadhi aveva tentato di proteggere l'Eletto, inviando dapprima un sadhu a Parigi e poi facendolo rapire.

Rapito, stuprato, condizionato dagli svitati della Ronde, Goppi non voleva che Hervé subisse lo stesso trattamento. Benissimo. In compenso, la cosa che non gli tornava erano i delitti. Perché quelle ragazze erano state assassinate? Riti tantrici? Sacrifici in onore di Hervé?

Comunque fosse, su di lui incombevano due minacce distinte. Da una parte, gli adepti della Ronde che volevano recuperare la loro guida spirituale. Dall'altra, un assassino che tracciava un cerchio di sangue attorno a lui.

L'acquazzone, per usare un eufemismo, diminuiva d'intensità. Le gocce si facevano più leggere, ondeggiando come briciole scosse da una tovaglia sul balcone, lambendo i tetti, accarezzando il suolo, richiamando il gesto dell'agricoltore che semina la terra avida.

La vegetazione trionfava con i suoi alberi gocciolanti, le piante lucenti, i fiori dischiusi in pochi minuti, stupefacenti per vitalità e colori. Forse era la vera natura della città: quelle paludi, ricoperte troppo in fretta di palazzi vittoriani e santuari, avevano bisogno solo di un piccolo sprone per risorgere...

Finalmente arrivarono in vista della villa di Salamat Krishna Samadhi, più per caso che per il loro senso dell'orientamento.

«Non voglio tornare là dentro...» ripeteva Hervé.

Tuttavia continuarono ad avanzare, come tre sopravvissuti – di cui due sostenevano il terzo –, fino ai cancelli della dimora, senza nemmeno darsi la pena di nascondersi.

Era quella la prigione di Hervé? Non c'era da stupirsi che avesse potuto scappare con tanta facilità. In apparenza l'edificio non presentava niente di particolare, né dal punto di vista della sicurezza né da quello dell'architettura. Se c'erano state in passato ricercatezze decorative e civetterie estetiche, erano ormai dimenticate da tempo. I monsoni, i cicloni, le stagioni secche avevano lasciato solo la pelle sulle ossa della villa. A mascherare le magagne, ormai non c'erano che gli sparuti rami di edera e i fiori sui balconi traforati.

Il cancello, lasciato aperto a dispetto di un lucchetto grosso come un ferro da cavallo, poi i giardini. Mersch non era un esperto, ma credette di riconoscere gelsomini, garofani, piante di ibisco e qualche rosa. Come per la strada, tutti questi fiori sembravano essere stati colti alla sprovvista dall'acquazzone.

All'interno non si notava nessun movimento. Ogni tanto, come ultimo sussulto della tempesta, ancora qualche bagliore di lampi che sembrava fotografare la scena come un funzionario della Scientifica.

Si trovava ancora là l'assassino? Se sì, tanto meglio, si disse Mersch. Si sarebbe finalmente saputo chi c'era dietro a tutta la storia e potuto regolare i conti senza tanti complimenti, come si faceva in Algeria quando si concludeva un'azione con una baracca d'argilla e paglia, un coltello da commando e un pugno di ribelli da scotennare... Ma non credeva veramente a questa eventualità.

Qualche scalino sotto la tettoia...

«Non voglio andarci...» supplicò di nuovo Hervé.

Aperta la porta, Mersch lo spinse all'interno. Dopo la gioia di avere ritrovato Hervé, si riaffacciavano le maniere brutali. Un fratellino è fatto per essere strapazzato.

L'assassino aveva lasciato le luci accese. Nel vestibolo, le lampadine di un lampadario veneziano tremolavano nella loro coppa di vetro soffiato. Il salone, arredato nello stile di un lupanare coloniale, era immerso in una luce giallastra tipica dei tropici. In fondo alla stanza, due scale, una dirimpetto all'altra si guardavano in cagnesco.

Non era necessario spingersi oltre.

Il massacro aveva avuto luogo in quella stanza, sui tappeti lisi, sotto lo sguardo compassato dei dipinti britannici alle pareti. Mersch non era un novizio in fatto di sangue e, senza voler fare il gradasso, si reputava piuttosto coriaceo di fronte alle manifestazioni del male.

Ma qui era diverso.

L'assassino aveva sgozzato un indù dal fisico minuto, la cui giacca con il colletto alla coreana era zuppa di sangue, e due baffuti grandi e grossi in giacca e cravatta: il loro collo percorso da un solco profondo pendeva di lato dando loro l'aria di due polli sul banco del macellaio. Probabilmente l'omicida aveva prima tagliato le gole ai tre con un colpo secco, per neutralizzare il nemico, e poi era tornato alla carica immergendo la lama nella laringe fino alle vertebre. Mersch non poté non notare il suo virtuosismo: in poche mosse, si era disfatto di tre avversari, due dei quali pericolosi...

Un lavoro brutale, ma anche questo gli era familiare.

L'aspetto davvero insopportabile di quella carneficina riguardava la quarta vittima, la giovane donna in sari che, Mersch ne era certo, concludeva la serie delle «fidanzate» di Hervé.

In questo caso, non c'era niente che evocasse lo yoga o una dea indù. Il killer si era accontentato di aprirle il petto e l'addome, e di usare i visceri srotolati per tracciare dei caratteri sulla parete (probabilmente in bengalese o hindi). Sarebbe stato necessario chiamare qualcuno del posto che non fosse troppo disgustato all'idea per decifrare un simile messaggio.

I visceri abbandonati ai piedi della parete collegavano, per così dire, la giovane donna all'affresco. Forse era l'effetto di Calcutta, o di quella tempesta che l'aveva messo di buonumore, oppure, e soprattutto, la gioia di avere ritrovato il fratello, fatto sta che Mersch era meno colpito da quel macello rispetto alle due scene del crimine parigine. Forse ci stava solo facendo l'abitudine...

Si volse verso i compagni. Hervé, in ginocchio, singhiozzava distogliendo lo sguardo dalla scena. Nicole invece, pietrificata, teneva gli occhi inchiodati sul corpo squarciato della ragazza.

Mersch si avvicinò alla vittima ed esaminò le ferite che ne straziavano la carne. Di nuovo le incisioni, di nuovo i morsi circolari... Dovevano chiamare la polizia? Avvisare qualcuno?

Certo che no. Non se ne parlava proprio di andarsi a impantanare nei meandri della burocrazia indiana, né di contattare l'ambasciata francese che, con la connivenza delle autorità locali, in quattro e quattr'otto li avrebbe rimessi sull'aereo per la Francia. Bisognava tenere un profilo basso, fondersi nella massa.

Diede una piccola spallata a Nicole per scuoterla dal suo stato estatico, poi prese Hervé per la collottola. Era ora di trovarsi una nuova tana.

107.

Prima di tutto, tornare all'albergo.

Voce bassa e passi felpati, trasloco alla chetichella.

Fecero i bagagli senza accendere la luce. Se era riuscito a rintracciare Hervé alla villa, l'assassino non avrebbe faticato a localizzarli lì, ammesso che non l'avesse già fatto.

Per poco Mersch non scoppiò a ridere quando vide Nicole uscire dal bagno con in mano il suo piccolo beauty. Era davvero surreale il modo in cui quella ragazza compiva al buio i gesti di routine della perfetta viaggiatrice.

«Non scordarti lo spazzolino da denti», bisbigliò, ma era ironia sprecata.

Hervé invece non si muoveva. Seduto sul letto, occhi sgranati come due punti interrogativi, tremava in tutto il corpo.

Mersch lo agguantò e lo guidò in bagno. Lo svestì e lo spinse sotto la doccia, aprendo il rubinetto senza preoccuparsi di regolare la temperatura.

Hervé urlò e Mersch lo prese come un buon segno. Si mise a strofinarlo energicamente con un asciugamano ruvido che gli era venuto sottomano.

«Hai del profumo?» domandò a Nicole ritornando in camera.

«Sì.»

«Passamelo.»

Malgrado facesse molto caldo – si superavano i trenta gradi – Mersch asperse di profumo il torso di Hervé e lo frizionò con vigore. Quando i suoi palmi cominciarono a scottare, constatò che il ragazzo non tremava più.

Lo prese sotto le ascelle per aiutarlo a rialzarsi.

«Andiamo, ragazzo mio. È ora di levare le tende.»

Misero insieme la loro roba e aprirono la porta della camera senza far rumore. Sarebbe stato facile scivolare nell'ombra e attraversare la hall senza farsi notare. Il problema erano le valigie. Se avessero incrociato un portiere di notte, il tizio si sarebbe insospettito vedendoli andare via così.

Ma il Sudder Palace era una stamberga per saccopelisti, non un hotel a cinque stelle. Insomma, neanche l'ombra di un guardiano nell'atrio deserto.

Ritrovarono la notte soffocante, ancora imperlata di pioggia, e finalmente poterono respirare. Strana sensazione: quella strada addormentata, nera come un tunnel, sporca come una discarica, appariva letteralmente trasformata dall'umidità imperante. Minuscole particelle offuscavano l'aria notturna mentre dai tetti cadevano ancora delle gocce, traslucide e riecheggianti come dei ricordi.

Senza alcuna ragione particolare, tutt'a un tratto Mersch si sentì protetto, come all'interno di un rifugio, di una grotta che lo avvolgeva e che aveva un non so che di magico, incantato.

Risalirono Sudder Street in silenzio finché Hervé non riemerse dal suo letargo.

«Dove si va?»

«Bella domanda», ammise Mersch senza la più pallida idea al riguardo.

«Dai sikh», propose Nicole.

108.

Al risveglio, Nicole aveva perso la memoria.

O, perlomeno, degli orrori della notte precedente le si affacciavano alla mente soltanto dei brandelli, frammenti in ordine sparso che non aveva la minima voglia di organizzare né di approfondire.

La sera prima avevano camminato per quasi tre chilometri per raggiungere il *gurdwara* Baba Lal Sikh Sangat, il più grande tempio sikh di Calcutta, situato nella parte sud del quartiere di Chowringhee.

Era un edificio molto meno vetusto del solito: una grande facciata bianca, finestre a ogiva, torrette merlate e cupola dorata sul tetto-terrazza. Si poteva scambiarlo per una moschea.

Sotto il portale in stile moresco, i tre fuggitivi erano stati accolti da un personaggio che sembrava uscito dritto dritto da un albo della serie di avventure di Tintin di Hergé, tipo *Il loto blu* o *I sigari del faraone*... Portava un turbante rosso, annodato sulla fronte come un tulipano gigante. Il suo viso di radica di noce era incorniciato da una barba nera simile alla pelliccia dei berrettoni dei granatieri inglesi. Era vestito con straordinaria eleganza: giacca di seta cangiante e calzoni al ginocchio, in puro stile Settecento. E questo alle tre del mattino, in una Calcutta totalmente inondata.

Senza scomporsi, il sikh li aveva guidati attraverso un labirinto rivestito di piastrelle di ceramica che evocava il palazzo dell'Alhambra a Granada. Nicole, per quanto stremata e smarrita, aveva notato la sala di preghiera: seguendo una lunga passatoia di velluto rosso, si giungeva a una sorta di chiosco coperto in foglia d'oro, sperduto in un vasto ambiente spoglio.

Avevano attraversato un patio fradicio d'acqua prima di approdare a un'altra sala con il pavimento disseminato di tappeti, popolata di vagabondi nelle loro stesse condizioni. Infilati nei sacchi a pelo o avvolti in una coperta, quei poveracci trovavano qui un riparo dalla pioggia.

Come loro, i tre si erano rannicchiati sul pavimento, arrotolati nelle lenzuola che gli avevano dato, con le scarpe a guisa di cuscino. Quasi subito, senza scambiare una parola, erano scivolati nel sonno come un cadavere nella bara.

Ma adesso era tutto diverso.

Era spuntato un nuovo giorno, cominciava una nuova era.

Nicole si alzò, grattandosi un po' dappertutto (la sala doveva essere infestata di pulci e cimici). Senza nemmeno lanciare un'occhiata alle decine di zombie che si svegliavano intorno a lei, con in sottofondo colpi di tosse, grugniti e peti, raggiunse subito la galleria che si snodava attorno al patio, con un tripudio di colonne e volte, dorature e merlature. Un grande quadrato di luce, dove era impossibile credere che la notte avesse scaricato torrenti d'acqua. Ormai era tutto asciutto, luminoso.

La grande corte assomigliava a un campo di mimosa. Cemento, sabbia, terra… non sapeva cosa fosse a produrre quel giallo sgargiante che l'accecava. E non era tutto. I muri erano dipinti di uno sconvolgente rosa scuro che la fece ripensare a certi nomi, ricordo dei suoi corsi di disegno di un tempo: rosso Madras, rosso violaceo, rosso basco… E le riportò alla mente anche dei flash di lei da piccola: la bambina degli Invalides, mentre correva su campi da tennis dove la terra battuta aveva lo stesso color porpora, lo stesso carattere violento…

Un attimo però… Il quadro non era ancora completo. Stavano arrivando dei sikh con le braccia cariche di cibo, una sorta di corteo regale. Patricia, la ragazza dei Peace Corps, non le aveva mentito: quei giovanotti si prendevano veramente a cuore il loro dovere di ospitalità.

Nicole si riparò all'ombra di una colonna per godersi lo

spettacolo. I sikh, sempre impeccabili nei loro turbanti, con le austere giacche dal collo rigido e rialzato dei tempi andati e le ghette, servivano con deferenza i vagabondi irsuti e stracciati, tristi esemplari della razza bianca. La grandeur dell'Oriente, magnanima, si chinava sulla degenerazione occidentale...

Nicole non sapeva molto di quella setta, se non che tutti i suoi membri, o quasi, si chiamano Singh, hanno uno spirito guerriero – spesso lavorano nella polizia – e devono rispettare la regola di avere sempre con sé cinque attributi («i 5 K», così chiamati perché i loro nomi cominciano, in lingua punjabi, con una K): un pettine di legno, un paio di mutandoni fin sotto il ginocchio, un bracciale di ferro, un pugnale (infilato nel turbante) e peli e capelli (non devono tagliarli mai e sono anch'essi nascosti nel turbante)...

«*Dhan'yabada.*»

Nicole aveva appena ringraziato in bengalese l'uomo che aveva deposto davanti a lei una tazza di terracotta e alcuni piatti di cibo su un vassoio d'argento. Si era preoccupata di imparare qualche parola con la guida di Mersch, ma non era sicura che la sua pronuncia fosse corretta.

Seduta per terra, sorseggiò il *chai* con latte e spezie, poi sbocconcellò qualche frittella scegliendole fra i vari gusti e colori: trovava invitante e rassicurante tutto ciò che fino a pochi giorni prima l'aveva intimorita.

Avrebbe quasi potuto dimenticare gli orrori della notte precedente, senonché vicino alle sue gambe incrociate atterrò un giornale con un titolo roboante in prima pagina: STRAGE NELLA CASA DI KRISHNA SAMADHI!

Nicole sollevò gli occhi: Mersch, in piedi davanti a lei, la schermava dal sole. Le mani contratte sulla tracolla della sacca, sembrava un postino fatto di coca.

«Non hanno perso tempo.»

Oltre ad annunciare il massacro, lo «Statesman» pubblicava una fotografia in bianco e nero molto sgranata del salone della villa, con cadaveri, mutilazioni e schizzi di sangue a volontà.

«Traducimi questo.»

La ragazza scorse dapprima le righe che tremolavano nella luce intensa, poi riassunse ad alta voce. L'articolo suggeriva che il mahatma, nella sua lotta contro i guru e le sette, si fosse fatto parecchi nemici, compresi i peggiori fanatici. Le indagini erano quindi orientate verso i gruppi religiosi apertamente criticati da Krishna.

«Benissimo», annuì Mersch. «Ottimo.»

Posò un ginocchio a terra e prese dal vassoio un chapati che intinse in una delle salse prima di ficcarselo in bocca – anche lui cominciava a fare propri gli usi locali.

«Su, diamoci una mossa.»

«Cosa si fa?»

«Andiamo allo "Statesman". Voglio approfondire la questione della Ronde. Sono sicuro che abbiamo a che fare con un ex discepolo della setta.»

«E... Hervé?» domandò lei guardandosi attorno.

«Deve smaltire.»

«Che cosa?»

«Il massacro di stanotte. La perdita dell'amichetta indù. La sua nuova identità di guru reincarnato. O semplicemente il fatto di essere ancora vivo. A te la scelta.»

109.

Ormai Nicole riusciva ad astrarsi dal traffico infernale, dall'inquinamento pestifero, dalla cacofonia dei clacson, dai mendicanti appiccicati alla loro macchina... Si concentrava invece sul rapporto misterioso e perfettamente armonico, una sorta di connivenza esoterica, tra le facciate sgretolate e l'estremo pallore delle foglie degli alberi della pioggia: un verde scolorito, anemico, terroso. Vi leggeva un legame sotterraneo fra l'ambiente minerale e il regno vegetale, qualcosa come un bacio, secco, arido, un assaggio della morte...

Attraverso il vetro dell'Ambassador, osservava anche gli stili architettonici che si affastellavano sotto la canicola e tentava di dargli un nome. C'erano lo stile indiano (naturalmente), quello british (sempre), ma anche prestiti dal dorico romano (gli edifici amministrativi avevano una predilezione per le gallerie colonnate), un po' di neogotico (caro allo stile vittoriano), esempi di moghul, che associava sempre marmo bianco e gres rosso...

«Ci siamo.»

Nicole vide un edificio bianco che presentava una facciata concava simile a una gigantesca mascella. Quell'arco di cerchio evocava un anfiteatro fiancheggiato da alte colonne quadrangolari e da un balcone con balaustre in stile rinascimentale. Gli alberi polverosi lungo il marciapiede sembravano avvolgere il vetusto palazzo, alla maniera di un'edera carnivora che si nutriva della sua agonia.

Nicole seguì Mersch, cui quel luogo era visibilmente familiare. Atrio malandato, giornalisti scalzi, inservienti prostrati dal caldo... La routine. In quel vasto spazio, la luce e la polvere danzavano un valzer lento e mortifero.

Da quanto capiva, per accedere all'archivio bisognava seguire un percorso a ostacoli scandito da uffici e timbri, ma Mersch aveva già avuto quell'esperienza e stavolta optò per una scorciatoia: la brutalità.

«L'archivio è nel seminterrato.»

Strattonando qualche impiegato, presero una scala cieca. Nicole si vedeva come una nuova Euridice che scendeva agli Inferi. Perché no? Era ormai andata oltre il sangue e la morte.

Nel vasto locale, pareti e pavimenti erano coperti di carta, fasci di fogli, fascicoli, scatoloni accumulati gli uni sugli altri. Dal canto suo, il soffitto aveva l'aria di una pista di decollo: le pale dei ventilatori giravano al rallentatore, sferzando l'intonaco con le loro ombre fugaci.

Gli archivisti? Assopiti, accucciati, fluttuanti come foglie morte, non erano che fascicoli giallastri in mezzo agli altri. Odori di tè, pane fritto, salsicce grigliate, cosa ci si poteva fare? Si era a Calcutta, no?

Mersch fece segno a un tipo curioso seduto a gambe incrociate su un tavolo ingombro di pile di fogli. Testa rasata, torso nudo, l'indiano era chiaramente un bramino ed esibiva con orgoglio il cordone sacro sul torace. Con la sua pancia color rame e i piedi infilati sotto le gambe, assomigliava in tutto e per tutto allo *Scriba rosso* del Louvre, nonostante i quarantacinque secoli che li separavano.

Il suo cranio bruno sembrava dipinto come un birillo e i suoi occhi, cerchiati d'ombra, avevano lo stesso bagliore di quelli delle statue egiziane, intarsiati con cristallo di rocca.

Mersch si girò verso Nicole.

«L'ultima volta ho sudato sangue con il mio inglese maccheronico. Adesso tocca a te.»

Lei spiegò agevolmente cosa cercavano: articoli sulla Ronde, e in particolare sulla Madre, la sua guida spirituale. Lo Scriba scosse il capo con aria grave, come se l'argomento esigesse una particolare solennità.

Propose, per cominciare, di mostrare loro il necrologio della Madre, un lungo articolo redatto nel 1948, probabilmente il più completo che avrebbero potuto trovare. Mentre ne prendevano visione, lui avrebbe cercato del materiale sulla comunità, ma ci teneva a metterli in guardia che non bisognava aspettarsi una ricca documentazione, perché quella setta, al tempo stesso segreta e denigrata, non incontrava il favore degli intellettuali bengalesi.

Nicole lo ringraziò. Non vedeva l'ora di leggere la storia di quella donna francese che aveva tenuto sul palmo della mano una piccola parte dell'India... non così piccola, in fondo, visto che si trattava di qualche milione di fedeli.

L'uomo saltò a terra e scomparve nei corridoi cartacei che sembravano snodarsi all'infinito.

Mersch si accese un bidi.

«Ti offro un *chai*?» propose.

«Ora no, grazie.»

Si sedettero a terra e pazientarono. A lungo. In India il tempo si dilatava in modo strano, forse sotto l'effetto del caldo, o della spiritualità. La realtà era solo un'illusione. In ogni caso, le lancette dell'orologio non significavano niente. Neanche le pagine del calendario d'altronde: era domenica e niente alludeva al riposo del giorno di festa.

Finalmente l'archivista tornò con in braccio un enorme libro dalla copertina di pelle che rammentò a Nicole il libro degli ospiti del Camp Hotel. Non era altro che il volume rilegato dei numeri dello «Statesman» usciti nel 1948.

Da un punto di vista motorio, il bramino non era la velocità fatta persona, ma la sua testa era una vera calcolatrice e si ricordava la data esatta della morte della Madre: il 13 maggio.

Uno dei numeri usciti la settimana seguente proponeva due articoli: il primo, piuttosto succinto, forniva informazioni sulle circostanze del decesso di Jeanne de Texier; il secondo, una sintesi più completa che ripercorreva la sua «carriera».

I giornalisti non ne sapevano molto sulla causa della morte. Trovandosi la sede della Ronde duecento chilometri a nordest di Calcutta, nessuno era in grado di verificare le informazioni, piuttosto vaghe, diffuse dalla setta. Non era sicura nemmeno la data della scomparsa della Madre.

Hervé aveva riferito loro quello che aveva detto Krishna Samadhi, e cioè che la Madre era stata assassinata, ma loro preferivano attenersi alla versione ufficiale secondo cui la donna era morta nel sonno a causa di un arresto cardiaco. L'autore dell'articolo non pareva prendere sul serio quel fatto. La Madre – Mâ in bengalese – si era semplicemente «separata dal suo involucro fisico». Parlare di morte o scomparsa non era corretto...

Il necrologio era più corposo e Nicole e Mersch si addossarono a una parete dell'archivio per leggerlo insieme. Erano fianco a fianco, il grande volume posato sulle ginocchia, le narici che respiravano la polvere, le mani macchiate di inchiostro. Due bravi scolari.

Dopo aver preso fiato, con un dito sulla pagina, Nicole intraprese il racconto della sensazionale saga della Madre...

110.

«Jeanne de Texier nasce nel 1883 a Saigon, in Cocincina», cominciò a leggere Nicole. «I suoi genitori sono ricchi proprietari terrieri, pionieri della coltura dell'albero della gomma nell'attuale Vietnam del Sud. Discendono da una stirpe aristocratica molto antica. Jeanne studia alla scuola francese cattolica di Sainte-Marie a Saigon. Molto devota, ha crisi mistiche fin dalla più giovane età. Ha anche esperienze extracorporee...»

«Cosa sarebbero?» intervenne Mersch.

«Si chiamano anche viaggi astrali. La sensazione che l'anima si distacchi dal corpo e viaggi in mondi invisibili.»

«Ma guarda.»

Nicole cedette all'esasperazione.

«Avrai capito, no, che la spiritualità e l'esoterismo sono le chiavi di tutta la storia.»

«E allora?»

«Non ne usciamo se m'interrompi ogni cinque minuti con il tuo scetticismo di poliziotto ottuso.»

«Continua.»

Nicole rimise l'indice sul punto del testo cui erano arrivati e riprese la traduzione.

«A quell'epoca Jeanne considera queste crisi come illuminazioni, rivelazioni. Vuole farsi monaca e fondare un nuovo ordine. Ha quattordici anni. Contemporaneamente, però, essendo di costituzione molto fragile, è spesso malata e fa molte assenze a scuola. Legge, prega, medita. A un certo punto, i genitori la mandano a Parigi per farla curare nei migliori ospedali. Sta meglio. Riprende gli studi e supera l'esame di maturità con brillanti risultati. I genitori vorrebbero che diventasse ingegnere agronomo, un titolo di studio molto raro per le donne nel 1901.

«Ma Jeanne ha altri progetti. Sempre molto devota, con una grande passione per l'occultismo, a diciotto anni fonda un'associazione di spiritisti la cui vocazione è la ricerca di una verità universale. Il suo ascendente sui discepoli è già immenso. Autoritaria e carismatica al contempo, sa organizzare intorno a sé una vera comunità. Ha anche i suoi detrattori, che l'accusano di truffa, contraffazione e distrazione di fondi. Lei ribatte di essere personalmente più ricca di tutti i suoi adepti messi insieme. In realtà questa prima associazione dispone di un notevole patrimonio grazie alle donazioni.

«Nel 1910 Jeanne incontra Étienne Roger, rampollo di un'altra famiglia di Saigon che sfrutta l'oro bianco, ossia il caucciù. I due decidono di tornare in Cocincina, dove Jeanne si schiera dalla parte degli operai delle piantagioni che vengono trattati come schiavi e insorge contro gli interessi coloniali. Scandalo. Viene ripudiata dalla sua stessa famiglia ma non le importa. Si spinge ancora oltre e rischia il carcere per attività anticoloniali. Fonda in parallelo una nuova associazione la cui parola chiave è sincretismo, nella quale viene praticato un misto di cattolicesimo, esoterismo ed esperienze paranormali.

«Nel 1913 dà alla luce il primo figlio, Antoine. La donna è una delle personalità più influenti della comunità francese di Saigon. È seguita, ascoltata, adulata, sia dai nativi – per la sua lotta contro il potere coloniale – sia dagli ambienti francesi. I suoi doni di veggente, i viaggi astrali, la comunicazione con i suoi precedenti involucri corporei attirano un gran numero di espatriati appassionati di spiritismo. I detrattori tentano di insudiciarne l'immagine, sostenendo che è una ciarlatana, che celebra messe nere, ma niente può scalfirla. Dispone di potenti appoggi finanziari e politici.

«Nel 1917 divorzia da Étienne Roger e riprende il cognome da ragazza. Muoiono i genitori. Figlia unica, eredita tutte le piantagioni. Poco dopo si reca nel Bengala per sperimentarvi la coltivazione degli alberi della gomma. È un fiasco.

In quell'occasione scopre però la spiritualità indù, ed è una rivelazione. A disagio con i limiti della religione cristiana, si esprime pienamente nella molteplicità di stimoli dell'induismo. Sogna di mahatma scomparsi, riceve insegnamenti da swami deceduti, entra in stati estatici che arrivano a durare dodici ore (il suo corpo diventa freddo come il ghiaccio), comincia a scrivere...

«È a Calcutta che incontra il secondo marito, Paul Dorati, giornalista francese di Pondicherry, anche lui appassionato della cultura indù. Nel 1923 nasce il secondo figlio, Georges, un bambino arrivato tardivamente dato che lei è ormai quarantenne. Qualche anno prima aveva creato la sua società spirituale, la Ronde (*Ekati brtta* in bengalese).

«Cos'è la Ronde? Una comunità che fonde insieme cristianesimo, buddhismo, induismo, yoga e certe regole della massoneria. Jeanne vi aggiunge anche credenze paranormali: comunicazione con i defunti, contatto con le proprie identità anteriori... L'idea generale alla base di questa mistica è che le religioni conosciute sono soltanto i diversi volti di una verità superiore, unica, ineffabile. Una verità che va vissuta, non predicata.

«La guidano nel suo cammino i consigli e i messaggi di saggi indiani, santi e magi occidentali, morti da tempo... Comunica con loro attraverso i sogni e prende appunti. Si ritiene il semplice canale di un sapere sacro, di una Tradizione primordiale. Infine, la Ronde difende sopra ogni altra cosa la fraternità umana e lotta contro il materialismo del secolo.

«Il movimento trova rapidamente un vasto seguito, incontrando l'adesione degli espatriati e anche degli indiani, sedotti da questa intellettuale brillante e raffinata, che in breve tempo si ritrova a capo di una setta di migliaia di discepoli. Divorzia di nuovo: non ha più tempo per la vita terrena. Deve dedicarsi alla sua opera, al suo insegnamento.

«Incomincia a farsi chiamare Madre o Mâ, si reputa la reincarnazione della madre divina, la Shakti, l'energia spirituale che accompagna gli dei indiani, la loro sposa. La Madre incarna tutto questo, e non solo. È anche il ricettacolo di una gnosi, una conoscenza che permette la liberazione dell'anima. Una forma di *moksha*, la via di uscita dal karma, ma accessibile nella vita su questa terra a patto di lavorare in profondità su di sé. L'energia divina si trova dentro di noi, in ogni cellula del nostro corpo.

«In questo periodo la Madre organizza dei darshan in tutto il Bengala, poi in varie parti dell'India. Ogni volta ha al seguito centinaia di volontari che si occupano dell'accoglienza dei fedeli: mensa, dormitori, cure. Una vera logistica militare. La Madre è una guida spirituale ma è anche dotata di un acuto senso dell'organizzazione, del comando. Gestisce la propria immagine e coltiva la fascinazione dei suoi figli (così vengono chiamati i suoi adepti). Tutti in India hanno visto queste scene di folle di pellegrini scalzi, con collane di fiori al collo, in attesa di ammirare la dea e condividere il suo darshan in uno stadio o sotto una grande tenda.

«Alla fine degli anni Venti, la Madre vende tutte le sue terre indocinesi e lascia Calcutta. Le serve più spazio. Le occorre una città. Acquista dei terreni duecento chilometri a nord-ovest di Calcutta e costruisce la sua città sulla cima di una montagna, Susunia Hills. Quello che ormai viene chiamato il suo Regno si espande su migliaia di ettari. Anche gli abitanti dei villaggi indiani già presenti sul sito diventano adepti del suo insegnamento.

«I suoi nemici pretendono che abbia creato un'impresa capitalista dalla gestione non lineare che frutta milioni di rupie, che lei sia solo uno dei tanti ciarlatani di cui l'India ha il brevetto. Si dice che si appropri del denaro per suo uso personale, che rubi le terre ai contadini, che faccia il lavaggio del cervello ai suoi seguaci, ingenui e creduloni. La Madre non se ne cura. Ormai vive arroccata nel suo Regno, medita, ascolta la voce dei suoi messaggeri e scrive le sue memorie. Ad annotare tutti i suoi pensieri è un giovane segretario, René Saulnier, soprannominato dalla Madre Hamsa (il Cigno, figura celebre nell'induismo, cavalcato da Brahma).

«Si profilano altre accuse, più gravi. Si parla di stupri, morti sospette, violenze a danno degli adepti. La personalità della Madre cela un versante più cupo. Autoritaria e tirannica, impulsiva, si dice che non esiti a promuovere le punizioni corporali e altre pratiche ispirate alle mortificazioni cristiane. Tuttavia, ogni volta le inchieste vengono accantonate. In seno alla Ronde vige la legge del silenzio e svolgere indagini sul posto è impossibile.

«Sulla sommità della sua collina inaccessibile, la comunità – vegetariana – costituita da migliaia di membri dell'ashram è diretta da un altro francese, originario dell'Alvernia, Charles Aubenas, un ex colonnello delle forze armate francesi in Cocincina, anche lui stregone e veggente. Il mondo della Madre prospera grazie all'affluenza degli oboli dei devoti. Per incrementare le terre di Susunia Hills, mette a profitto la sua esperienza nell'agricoltura. Arrivano discepoli dai quattro angoli dell'India e dall'Europa. La città conta un tempio buddhista, una chiesa cristiana e un santuario indù: sempre il sincretismo...

«Si dice che in quella fase la Madre non dorma mai. Da mezzanotte all'alba rimane in uno stato singolare, simile alla trance dello yogi, durante il quale la sua mente liberata riceve messaggi dall'aldilà. Pare che allora il suo cuore si fermi. È una sorta di morte pulsante, una catalessi che torna ogni volta che scende la sera...

«Durante una di quelle notti, la Madre riceve il messaggio che l'Eletto le apparirà presto. La reincarnazione di un famoso mahatma assumerà la guida della comunità. A scoprire la perla rara, nel 1936, è Charles Aubenas. Si tratta di un ragazzino di grande bellezza, di nome Goppi, figlio di un bramino che fa il contabile nel Regno. Ha dodici anni e, secondo Aubenas, è destinato a diventare il maestro del mondo, assommando in sé i tratti di Maitreya, una figura cruciale del buddhismo, di Cristo e di divinità indù.

«La Madre adotta ufficialmente Goppi, che per un periodo soggiorna in Francia. Una volta nel Regno, gli vengono inculcati i valori della Ronde e gli si insegna ad assumere, in qualsiasi circostanza, l'atteggiamento di distacco tipico di un capo spirituale.

«Jeanne de Texier fonda un'altra associazione cui assegna il compito di promuovere l'insegnamento del nuovo maestro, l'Ordine del Levante. Goppi compie i suoi studi nella massima riservatezza. Al pari della Madre, riceve messaggi spirituali, sente una voce interiore che gli detta la via da seguire, stabilisce il contatto con le sue vite anteriori. Non c'è dubbio: Goppi è proprio la guida che la Ronde aspettava.

«Sopravviene però un'inversione di rotta imprevista: a sedici anni il giovane scioglie l'associazione e gira le spalle alla Ronde. Prosegue il suo percorso di maestro spirituale dispensando un insegnamento paradossale, predicando la libertà dello spirito e affermando l'inutilità dei guru. Colui che si fa chiamare Salamat Krishna Samadhi afferma: "Per arrivare alla verità c'è un solo cammino: dentro sé stessi".

«Questa svolta è un colpo duro per la Ronde, che perde la faccia, anche e soprattutto, presso gli ashramiti. Come spiegare che il Maestro eletto dalla comunità rifiuta quel ruolo e addirittura confuta l'importanza degli ashram? A ciò si aggiunge un altro problema: nel Regno viene svolta un'inchiesta su un fatto specifico.

«Accusato di stupri e pratiche pedofile, Charles Aubenas viene arrestato dalla polizia del Bengala occidentale. A qualcuno si è scucita la bocca. Si parla di decine di vittime. C'è anche il forte sospetto che Aubenas abbia stuprato il giovane Goppi durante le sedute miranti a risvegliare le sue precedenti incarnazioni.

«La Madre si ritira in sé stessa, non esce più dalla sua villa, rinuncia a qualsiasi darshan. Il Regno diventa una zona proibita, dove nessun estraneo è autorizzato a entrare. Al tempo stesso, delusi, numerosi ashramiti abbandonano l'eremitaggio. La Madre non svolge più il suo ruolo di guru, ma vive da reclusa, lavorando alla propria missione.

«In questi ultimi anni si è detto che stesse mettendo a punto uno yoga assoluto volto a risvegliare la luce di ogni cellula del corpo, ma nessuno sa in cosa consistesse esattamente tale disciplina. Nessuno, tranne Hamsa, che notte dopo notte registrava i pensieri e il metodo della sua mentore.

«La scomparsa fisica della Madre non ha colto di sorpresa. La si diceva malata. Di tanto in tanto rientrava a Parigi per sottoporsi a delle cure. Eppure oggi si ignora di cosa sia morta esattamente, all'età di sessantacinque anni. Una cosa è certa: nessuno, nell'ashram, la considera scomparsa. Fedeli alle convinzioni della comunità, tutti pensano che la Madre tornerà un giorno sotto un'altra identità. Il suo insegnamento sovramentale non può morire...

«Ma questa sparizione potrebbe anche rivelare delle rivalità in seno alla comunità. Infatti, è accertato che Hamsa si è dileguato portando con sé il prezioso retaggio della leader spirituale. Che cosa temeva Hamsa? Che cosa conteneva il messaggio postumo della Madre? Oggi si ignora dove si nasconda Hamsa. Questione aperta...»

Mersch alzò il naso dalla pagina e sospirò esasperato.

«E con ciò non arriviamo da nessuna parte.»

A queste parole, si accese un altro bidi. Nicole lo imitò. La fiamma dello zolfanello, in quell'universo di carta, le diede i brividi. Nessuno lì sembrava temere un incendio. Era come se tutta quella conoscenza, quelle informazioni, quella storia circostanziata del Bengala fossero sempre sul chi vive, costantemente minacciate di estinzione...

In quel momento tornò lo Scriba, le braccia cariche di registri.

«Ecco tutto quello che sono riuscito a trovare sulla Ronde. Lodi, critiche, insulti, la prassi bengalese.»

Mersch gli prese dalle mani le scartoffie e le ficcò fra le braccia di Nicole.

«Questo è per te. Ne ho abbastanza di queste vecchie storie. Vado a fare un giro.»

111.

Hervé l'aveva già individuato il giorno prima.

In generale, a mezzogiorno, il caldo diventava insopportabile e tutti lì nel patio si rifugiavano all'ombra. Era un momento di assoluto letargo, in una comunità già di per sé non molto dinamica…

Era allora che il tizio faceva la sua comparsa. Un bengalese in versione moderna: camicia con i bottoni sul colletto, jeans ineccepibili, sneakers nuove fiammanti… Fra i venti e i trent'anni, capelli neri come un blocco di scisto e barba corta, non del genere sikh, piuttosto Che Guevara. Portava grossi occhiali all'indiana con una montatura di tartaruga ocra che faceva a pugni con la sua faccia.

Borsa a tracolla, pareva uno studente di una qualsiasi università di Calcutta, serio e curato.

Per farla corta, non assomigliava per niente a quello che era in realtà: lo spacciatore di quei signori. Hervé aveva capito i suoi maneggi. Andava di gruppo in gruppo, l'aria nervosa, ascoltando le esigenze di ciascuno, consegnando bustine in cambio di rupie. La sua sacca funzionava come un discreto corno dell'abbondanza…

Quel lunedì pomeriggio Hervé gli fece segno a sua volta. Un attimo dopo l'indiano era davanti a lui, ben piantato nelle sue sneakers come il gatto nei suoi stivali delle sette leghe.

Dopo qualche parola in inglese si passò automaticamente alla lingua di Molière.

«Parli francese?» si stupì Hervé.

«Anche spagnolo, italiano e tedesco.»

«Dove hai imparato?»

L'altro fece una secca risatina, quasi uno starnuto.
«Stando con loro», rispose indicando i capelloni che si crogiolavano all'ombra. «Nel mio mestiere, la capacità di adattarsi è fondamentale.»
L'aveva detto con l'aria più seria del mondo. Dietro le lenti i suoi grandi occhi neri viaggiavano con gli abbaglianti accesi.
«Come ti chiami?»
«Shahin, e tu?»
«Hervé.»
«Piacere, Hervé.»
Gli strinse la mano con entusiasmo, poi gli parlò della pioggia – il monsone – e del bel tempo – il caldo soffocante. Shahin aveva un accento, eccome. Ne facevano le spese soprattutto le *r*, che diventavano delle *l* leggere e modulate, ariose come *espagnolettes*. Quanto alle consonanti dentali, schioccavano come i tacchi da flamenco. Insomma, Shahin parlava il francese alla castigliana.
«Hai dell'acido?» tagliò corto Hervé.
«Hai soldi?» ribatté pronto l'indiano.
«No.»
Il giovane mise un ginocchio a terra. Un velocista sulla linea di partenza.
«Ti piace la provocazione, eh?» domandò, con un'altra risatina tipo starnuto.
«Ti dico la verità, tutto qua. Vedi quel tipo laggiù?» fece Hervé indicando Mersch che, un po' più in là, s'intratteneva con un sikh. «È mio fratello. Si occupa lui delle finanze del viaggio. Non vale la pena chiederglielo: non mi pagherà mai un viaggetto ad Acidland.»
«E allora?»
«Allora mi appello alla tua generosità.»
«Hai ragione. Noi indiani amiamo le indulgenze.»
«Indulgenze?»
«Nel XV secolo, nei vostri bei paesi d'Europa, la gente era pronta a pagare delle fortune per negoziare con Dio la riduzione del soggiorno in purgatorio. Noi indù lo facciamo ancora, sempre avidi di alleggerire il nostro karma.»

«Non vedo che rapporto ci sia con me.»

«Le notizie si propagano in fretta qui», mormorò l'occhialuto. «Sarei felice di attirarmi la benevolenza della Madre.»

«In tal caso», sbottò Hervé, «puoi andare a farti fottere.»

«Non prenderla così, amico.»

Con fare furtivo, Shahin trasse dalla borsa qualcosa che fece scivolare nella mano di Hervé.

«Regalo. Non se ne parla più.»

«Perché?»

«La bellezza del gesto.»

Hervé osservò il quadratino di carta di un rosa sbiadito che teneva nel palmo della mano e che gli ricordava le cartucce delle pistole di petardi della sua infanzia.

«Che cos'è?»

«Trecento microgrammi di LSD 25. Puro come l'acqua del Gange. Ne hai già fatto uso?»

«No.»

«Allora fatti accompagnare. È tosto.»

«Si è sempre soli durante il trip, no?»

«Sì, ma con questo ne hai per cinque ore al minimo. Bada agli incidenti di percorso.»

Hervé s'infilò in tasca il quadratino.

«Grazie, Shahin.»

L'altro si rialzò con una spinta.

«Saluta la Madre da parte mia.»

«Ma cosa blateri?»

«Sotto acido, accederai all'ipercoscienza, rivivrai le tue vite precedenti...»

Con la sua faccia da primo della classe, Shahin delineava il progetto confuso di Hervé. Frugare nella memoria, vedere cosa saltava fuori, spalancando le finestre, sbattendo i tappeti...

Non gli interessava ritrovare la Madre. Non aveva niente a che vedere con quella mangiatrice di anime, e d'altronde non erano mai stati presentati. Per contro, sperava di far riemergere ricordi molto lontani riguardanti sua nonna. Era evidente che Odette Valent sapeva qualcosa. Nella sua vita c'erano certamente stati degli episodi ora rimossi, nascosti o tabù che avrebbero potuto spiegare l'attuale caos.

Dopo due giorni di riflessione si era addirittura convinto che Odette conoscesse la Madre. Era la sola spiegazione, il solo collegamento possibile. Ecco spiegato perché lui sognasse quella donna nella sua casa anni Trenta. In realtà non erano sogni, erano ricordi... Un giorno aveva accompagnato la nonna da Jeanne de Texier.

Non aveva dimenticato neppure la figura in calzamaglia nel giardino rischiarato dai lampi: un uomo con un berretto, senza volto, come nei suoi sogni peggiori, che si chinava su una culla, senza alcun dubbio la sua...

Il progetto: grazie all'LSD, fare risalire a galla, come un relitto che riemerge dall'acqua torbida, tutti i suoi primissimi ricordi.

«Spicciati, andiamo.»

Suo fratello gli stava davanti, nella stessa posizione di Shahin, con il pollice agganciato alla tracolla della borsa.

«Dove?»

«Al funerale di Salamat Krishna Samadhi. Ho appena saputo che ha luogo questo pomeriggio.»

In una frazione di secondo Hervé si rese conto che la cremazione sarebbe avvenuta a Kalighat, là dove certi sadhu mangiavano la carne umana...

«Non voglio andare laggiù.»

«Perché?»

«È un posto... atroce.»

Mersch gli passò la mano fra i capelli.

«Non fare il bambino. Non abbiamo scelta.»

«Perché?»

«Perché?» ripeté Mersch con voce forte, come se la risposta venisse da sé.

Solo allora parve accorgersi della presenza di Shahin.

«E tu chi sei?»

«Io?» fece lo spacciatore sorridendo. «Sono quello che può farvi assistere in prima fila alla cremazione.»

112.

«Prendiamo una barca.»

«Che cosa? Ma non siamo arrivati neanche a Kalighat!»

Erano venuti in taxi, facendo una grande deviazione per evitare il quartiere delle cremazioni e, sebbene si trovassero sul lungofiume, erano molto distanti dal luogo della celebrazione.

«Ci avvicineremo attraverso il fiume», precisò Shahin. «Impossibile accedervi a piedi. Sul posto sono già riuniti migliaia di fedeli. Tutti i dintorni straripano di gente. Fidatevi di me.»

L'indiano aveva ragione. Stava già facendo segno a una sorta di becchino seminudo, i piedi nella torba, l'aria da cane bastonato. Si misero d'accordo sul prezzo in bengalese e, come al solito, fu Mersch a tirare fuori i soldi.

Non sapeva di preciso cosa pensasse di trovare a quel funerale. L'assassino? Rappresentanti della Ronde? Un'atmosfera particolare che gli avrebbe suggerito un indizio? Si aggrappava a quell'inchiesta come un berbero al suo cammello. Stava attraversando un deserto, uno spazio totalmente privo di senso e di riferimenti, eppure doveva proseguire, anche se la gola era secca...

Il barcaiolo s'infilò fra i catorci arenati sulla riva e ne scelse uno per una buona metà immerso nell'acqua, e talmente ricoperto di muffe da sembrare piuttosto un mucchio di alghe brune accumulatesi sulla riva.

Tolse l'ormeggio e spinse la barca nella loro direzione.

«Sei sicuro che questo arnese galleggerà fino alla pira?»

«Nessun problema.»

In effetti, una volta sull'acqua, l'imbarcazione assunse una vaga dignità. Pareva una lunga e affusolata foglia di bambù e planava come un aeroplano di carta.

Mersch provava di continuo la sensazione di toccare un punto sensibile di quel paese di folli. Era un agopuntore che punge, sollecita, ma non guarisce mai niente. Era in contatto con le correnti invisibili di quel grande corpo formicolante di cui percepiva l'energia sotterranea senza tuttavia riuscire mai a cogliere la coerenza dell'insieme.

Ma in quel momento, scivolando sul limo scuro con l'indiano che, in piedi a poppa, maneggiava il suo remo alla maniera di un gondoliere, e i tre compagni rannicchiati sul fondo come piselli nel baccello, assaporava quella calma imprevista, inattesa, mentre una foschia di calore si alzava attorno a loro.

No, non la foschia, ma il fumo delle pire funerarie che crepitavano duecento metri più in là. L'India non ti lascia mai tranquillo. Volgendo lo sguardo verso la riva, Mersch scoprì un nuovo scenario stupefacente.

Sui grigi scalini guizzavano immonde fiamme aranciate. Attorno a ogni rogo, degli indiani famelici, nudi e neri come bastoncini di liquirizia, alimentavano il fuoco, smuovevano le braci con lunghe pertiche, radunando i pezzetti dei cadaveri che rotolavano a terra. Uno spettacolo allucinante velato a tratti dalle emanazioni del fuoco che lo avvolgevano in una nebbia pudica, come un incenso sacro.

Shahin si era alzato e scrutava l'argine con occhi da esperto. Non aveva un cannocchiale, ma la sua era proprio la postura di un pirata in piedi sul ponte, intento a valutare l'avversario.

«Sono dei dom», spiegò. «Una casta specifica di intoccabili. Sono i soli a poter toccare i cadaveri...»

Malgrado il carattere lugubre della loro piccola crociera, Nicole, da brava turista edotta sull'Oriente, non seppe esimersi dal fare la saccente.

«La situazione degli intoccabili è molto migliorata, no?»

Mersch non credeva alle proprie orecchie: Nicole non aveva mica intenzione di ricominciare, eh? Troppo tardi.

Shahin, che nel taxi li aveva già sfiancati con le sue considerazioni filosofiche sul Bengala e la posizione specifica che esso occupava in seno all'India, prese la palla al balzo.

«Sì, si può dire così», confermò. «La nuova Costituzione li protegge e ha permesso ad alcuni di loro di farsi strada nel mondo. Del resto, il ministro dell'Interno che l'ha redatta nel 1947, Bhimrao Ramji Ambedkar, era un intoccabile... Ma, in concreto, questo eminente giurista non ha mai potuto mettere piede nella cucina di un'altra casta né bere l'acqua dello stesso pozzo. Non si cambia da un giorno all'altro una tradizione millenaria. Lo status, o meglio il non-status, degli intoccabili proviene dai *Veda* e dagli altri testi sacri, dove essi non vengono mai menzionati. Praticamente non esistono, non sono niente. Non è un problema di classe sociale ma di purezza. Anche se Gandhi li chiamava *harijan*, "creature di Dio", gli intoccabili sono impuri. Fino a non molto tempo fa, quando l'ombra di uno di loro sfiorava un bramino non c'era altra soluzione che uccidere il disgraziato, per tentare di eliminare la contaminazione...»

«Ti vedo molto coinvolto...» commentò Nicole, a metà fra l'ironia e l'ammirazione.

«Forse perché sono anch'io un intoccabile. Stiamo arrivando.»

Si girarono verso la riva e scoprirono come si svolgevano, nel Bengala, i funerali in pompa magna.

Erano state erette quattro pire, così alte da far pensare a delle torri. In cima a ognuna di esse bruciava un corpo. Scoppiavano teste, si staccavano arti. Una visione davvero sconvolgente: attorno a quelle strutture, somiglianti a complicate catapulte, dei dom arrampicati su scale attizzavano i fuochi.

La scena aveva un che di medievale e soprannaturale al tempo stesso, a metà strada fra un autodafé dell'Inquisizione e un fuoco sacro pagano. Ma la cosa più spettacolare erano le migliaia di pellegrini vestiti di bianco che assistevano, in raccoglimento, al progredire delle fiamme.

Via via che la barca si avvicinava alla riva, Mersch distingueva meglio quei devoti, in piedi o seduti sui talloni, le mani giunte in preghiera o intrecciate sulla testa. Sembravano tutti in preda a una trance estatica. Non una lacrima né un gemito in quel silenzio pietrificato.

Non erano venuti per piangere i loro morti, ma per dire addio a un involucro corporeo nell'attesa di ritrovare Salamat Krishna Samadhi e il suo insegnamento sotto un'altra forma.

Accostarono. Da questo lato del lungofiume l'accesso era consentito soltanto agli officianti – sempre dei bramini, torso nudo e cordone a tracolla.

«Chi volete vedere di preciso?» domandò Shahin appena messo piede a terra.

«Membri della Ronde, se ce ne sono.»

L'intoccabile aiutò Nicole e Hervé a saltare sulle pietre coperte di muschio del *ghat*.

«Ce ne sono, non vi preoccupate. E persino tra i migliori!»

113.

Dall'alto della scalinata, Mersch poté osservare meglio la scena. Come al solito, ciò che da lontano possedeva una certa grandiosità si rivelava, visto da vicino, misero e raffazzonato. Le pire erano sbilenche e minacciavano di crollare prima ancora di essersi consumate. I corpi, precedentemente bagnati, bruciavano come controvoglia, e via via che fondevano nelle fiamme si intravedevano delle tracce vermiglie sugli indumenti, probabilmente un colorante liturgico.

Tutt'intorno, i bramini cantavano, soffiavano dentro delle conchiglie, battevano le mani, mentre le braci cadevano loro addosso come una pioggia vulcanica. La testa rasata, o con i capelli raccolti in uno chignon bisunto, avevano facce ingrigite e rugose, fiori rossi sulla testa e ventri rotondi come zucche. Coperti di unguenti e di polveri sacre, danzavano e volteggiavano in un balletto mistico e comico a un tempo.

In quello spettacolo grottesco Mersch coglieva tuttavia l'estrema ambizione degli indù e il loro inalterabile disprezzo per ogni cosa terrena. Lì niente era efficiente o razionale, ma l'importante era altrove... Gli indiani consideravano il mondo dall'alto. Si ritenevano al disopra della mischia.

«Per di qua», indicò Shahin.

Le fiamme schioccavano come stendardi, il fumo vorticava rabbioso. L'odore di carne bruciata avvelenava l'aria con una sorta di euforia selvaggia. Mersch conosceva bene quel fetore abietto. Diverse volte, in Algeria, per occultare le tracce delle violenze perpetrate dai compagni, si era dovuto dare fuoco a dei villaggi spostando i cadaveri all'interno delle case per fare apparire l'incendio più naturale.

Guidati da Shahin, salirono altri scalini passando davanti agli adepti, come si fa al cinema quando si è in ritardo. Alcuni uomini erano prosternati, le donne si erano coperte il capo con il sari per nascondere il viso. Un formicaio di esseri umani, con le terrazze punteggiate di tuniche bianche e collane di fiori. In mezzo a quella folla, spiccavano dei curiosi vestiti all'occidentale, armati di cineprese e macchine fotografiche: giornalisti, qualche poliziotto, anche loro vestiti di bianco, ma con cinture di cuoio e con in testa un berretto.

«Quelli della Ronde sono laggiù», mormorò, «in prima fila, ovviamente...»

«Perché "ovviamente"?»

«Anche se aveva rotto i ponti con loro, Krishna Samadhi rispettava i valori della Ronde. Quanto agli ashramiti, hanno sempre sostenuto di avere perdonato la setta rivale.»

Mersch osservò quei privilegiati che occupavano lo spazio a sinistra sul gradino più vicino alla pira. Non notò niente di particolare, nessuna differenza rispetto agli altri.

«Come fai a riconoscerli?»

«Indossano una camicia speciale, senza cuciture. I loro indumenti devono esprimere l'unità, la libertà...»

«È presente anche il loro guru?»

«Hamsa? No. Non esce mai dall'ashram.»

Il nome diceva qualcosa a Mersch, a meno che non lo confondesse con un altro molto simile. In India tutti i nomi finiscono con lo stesso suono.

«Chi c'è allora?»

«Padma, il *mahant* dell'ashram. Il numero due, se preferisci.»

Ecco...

«Lo conosci?»

«Tutti lo conoscono.»

«Intendevo di persona.»

«No. La comunità di Susunia Hills vive in autarchia. Il Regno conta oltre tremila ashramiti.»

Mersch fece un passo verso i gradini.

«Andiamo a presentarci.»

«Sei sicuro?» chiese Shahin afferrandolo per il braccio.

Mersch si voltò e questa volta fu lui a sorridere.
«Stai tranquillo, mi saprò comportare.»
La delegazione della Ronde si componeva di cinque uomini e tre donne. Effettivamente, indossavano delle camicie particolari: tuniche in un pezzo solo che arrivavano fino alle ginocchia, dando loro l'aria di quei santi scolpiti che ornano i portali delle cattedrali.
Shahin si stava intrattenendo con un uomo basso e rinsecchito che sfoggiava un ciuffo di capelli ritto sulla testa. Parlavano una lingua che Mersch non riconosceva. Un gergo specifico della setta?
«Ti presento Padma», disse infine Shahin.
Rispettoso delle usanze indiane, il poliziotto s'inchinò, mentre Shahin e l'altro riprendevano la loro conversazione incomprensibile. Mersch non riusciva a distogliere gli occhi dall'acconciatura di Padma: assomigliava a un uccello con la cresta.
«Cosa dice?» si spazientì.
«Dice che vi conosce, che sa perché siete qui.»
«Tutto qua?»
«Dice che la Madre ha Sarasvati sulla lingua.»
«Sarebbe a dire?»
«Sarasvati è la dea del linguaggio e della conoscenza. Dice che il messaggio della Madre non può morire.»
«Digli che vorrei fargli qualche domanda.»
La risposta fu lapidaria.
«Non è né il luogo né il momento.»
«Sono d'accordo, ma abbiamo percorso ottomila chilometri per ottenere queste informazioni e abbiamo il tempo contato.»
L'interprete fece il suo lavoro e dall'inflessione della voce Mersch indovinò che formulava con prudenza le sue frasi, senza porre l'accento su una parola piuttosto che un'altra.
«Può accordarvi qualche minuto.»
Padma aveva già girato i tacchi, accompagnato dai suoi discepoli. Mersch e i suoi gli andarono dietro. Al loro passaggio la folla si faceva da parte in silenzio, con una sorta di indifferenza mista a riprovazione.

Il *mahant* si fermò infine vicino a una capanna, in mezzo ad alcuni alberi spelacchiati le cui radici affondavano in pozze d'acqua nerastra. Naturalmente, tutt'intorno c'erano uomini accoccolati, amorfi, immobili. Questa era Calcutta: una zona occupata dove l'uomo, invasore onnipresente, non cedeva neanche un millimetro di terreno.

«Cosa vuoi dirgli di preciso?» domandò Shahin.

In realtà Mersch non aveva riflettuto su come affrontare l'argomento. Attaccò frontalmente, a rischio di spiazzare il traduttore. I due crimini parigini, il tantrismo, l'assassinio di Krishna Samadhi... Shahin traduceva.

Padma ascoltava Mersch e Shahin con faccia inespressiva. Anzi no, aveva quello sguardo tipico dei bambini quando osservano un insetto, una formica per esempio, che porta in giro un carico smisurato per la sua stazza.

Aveva delle prove di ciò che diceva? chiese il *mahant*.

«Ho i corpi, mi pare sia già tanto.»

Shahin tradusse. Padma si accontentò di un cenno del capo. Non il «né sì né no» abituale, ma un vero cenno di assenso, di quelli che si fanno dalle nostre parti, impartito con la sua cresta di cacatua.

Ora sembrava riflettere. Mersch conosceva gli uomini e, anche nella loro versione indiana, poteva più o meno indovinarne i pensieri. A dispetto del suo atteggiamento da monaco, della sua studiata indifferenza, Padma appariva sorpreso, il che significava che era all'oscuro di tutto. Non sapeva niente degli assassinii, del «ballerino» e compagnia bella...

Un po' di provocazione non guasta mai.

«Penso che l'assassino sia un membro della Ronde», riprese JL. «Traduci.»

Ora Shahin sudava sette camicie: l'effetto delle fiamme, o quello delle parole di Mersch, non meno roventi.

«Chiede perché un adepto della Ronde dovrebbe essere così malvagio», ribatté. «Il messaggio della comunità è di amore assoluto.»

«Con questi assassinii, l'omicida apre delle porte.»

Altro scambio fra Shahin e Padma, tipo ping-pong.

«Queste idee appartengono all'universo del tantrismo»,

tradusse l'intoccabile. «La Ronde non ha niente a che vedere con tali pratiche. E poi, perché l'assassino aprirebbe delle porte? E per chi?»

Senza rispondere, Mersch fece segno a Hervé di avvicinarsi e gli chiese di tirar su la manica sinistra. Padma sbiancò come se avesse visto un fantasma. Gli tremavano le labbra mentre le lacrime gli offuscavano gli occhi. Finalmente parlò.

«Vi invita al Regno», s'inserì Shahin. «Vi propone una macchina con autista. Dice che questa conversazione deve essere proseguita a Susunia Hills, nel territorio della Madre. Sarete invitati come *yatri*, significa che dovete andare là con un'intenzione religiosa.»

L'ultima cosa da fare, si disse Jean-Louis. La comunità si sarebbe richiusa sopra di lui come una trappola sulla zampa di una lepre.

«Sarà per noi un piacere», concluse, inchinandosi con deferenza.

«Regola i dettagli con lui. Dobbiamo partire domattina», mormorò subito dopo a Shahin.

Mersch indietreggiò senza distogliere gli occhi da Padma e dalla sua cricca. Dire addio a Calcutta, perdersi fra le montagne, gettarsi nelle fauci del lupo. Fra tutte, era l'idea peggiore, ma era sicuro che offrisse l'opportunità di avvicinarsi all'assassino.

Il gruppetto della Ronde spariva già tra la folla quando una mano gli batté sulla spalla.

114.

Mersch si voltò: cos'altro sarebbe uscito dal cappello?

Si trovò davanti un sikh modello standard, vale a dire un gran pezzo d'uomo, vestito da poliziotto. Con un gesto, più un'ingiunzione che un invito, li incitò a seguirlo.

Un cordone di guardie in uniforme color kaki assicurò il passaggio fra i pellegrini fino a un albero grigiastro e (relativamente) solitario. Chissà perché, Mersch pensò al Monte degli Ulivi. Forse a causa degli adepti raccolti, o forse per il colore delle uniformi... In ogni caso, la presenza dei piedipiatti non lo stupiva, non più dell'interrogatorio al quale avrebbe dovuto sottostare.

Un ometto in completo nero li aspettava sotto le fronde grigioverdi. Anche il suo incarnato faceva venire in mente le olive pressate. Il personaggio era come diviso in due: nella parte superiore, con la lunga barba grigia, lo sguardo penetrante e le sopracciglia imperiose, aveva tutto l'aspetto del guru; in quella inferiore, l'abito logoro, la cravatta macchiata e la camicia giallastra tesa sulla pancia evocavano piuttosto un compassato notaio di provincia.

Quando i tre francesi distavano solo pochi passi, l'ometto s'inchinò mormorando qualche parola in bengalese... o in un'altra lingua, comunque incomprensibile. A parere di Mersch, se gli si aggiungeva una kippah sulla testa, il tipo si sarebbe potuto scambiare anche per un rispettabile rabbino.

«Felice di conoscerla, signor Mersch.»

JL era indeciso su cosa lo stupisse di più: che il tizio parlasse francese o che conoscesse il suo nome. Faceva tutto parte dello stesso mistero, si disse confusamente.

«Lei chi è?» domandò brusco.

«Ravi Mukherjee. Faccio parte del CBI, il Central Bureau of Investigation.»

L'India è composta da una ventina di stati e non stupisce che sia sorvegliata da una polizia federale analoga all'FBI statunitense.

«Desidereremmo porle qualche domanda», continuò l'uomo in nero.

Naturalmente... Era impossibile che il loro soggiorno a Calcutta continuasse a passare inosservato. Del resto, quanto a discrezione, la loro presenza ai funerali delle vittime di un massacro era stata tutt'altro che l'idea del secolo.

«Che genere di domande?» domandò Mersch per temporeggiare.

«Non qui», fece l'altro. «Alla sede centrale.»

Dal punto di vista dell'accento, Ravi Mukherjee ne esibiva uno diverso da quello di Shahin, il quale, sia detto *en passant*, si era eclissato alla vista del primo gallone. Il suo francese ondeggiava lento come un vecchio canotto e minacciava di affondare a ogni sillaba.

Comunque, rifletté Mersch andando dietro all'ometto e ai suoi sei sikh, stoici nel caldo infernale, tutta quella gente che parlava francese...

«Da quella parte», disse l'agente federale indicando la strada asfaltata che sovrastava il pendio, dove si vedeva un vero corteo di auto della polizia parcheggiate una dietro l'altra.

«Dove ha imparato il francese?» domandò Mersch mentre salivano, vinto dalla curiosità.

Mukherjee se ne uscì in una risatina soddisfatta.

«Noi, gli agenti del CBI», rispose, «lavoriamo un po' dappertutto in India. Per anni sono stato di stanza a Pondicherry. Lì, il massimo della sciccheria era cantare Charles Trenet in lingua originale...»

115.

Al suo ingresso nella stazione di polizia, situata vicino al tempio Birla Mandir su Ashutosh Chowdhury Avenue, Mersch colse un'aria di famiglia con la sua brigata parigina.

A parte i dettagli tipicamente indiani, come l'odore di spezie accentuato dal caldo o gli onnipresenti uomini scalzi in pigiama bianco che dormivano sotto le scrivanie, per il resto regnavano la stessa letargia, la stessa atmosfera di attesa infinita...

Alcuni poliziotti in uniforme pisolavano dietro la scrivania, altri si preparavano il *chai* con l'aria di annoiarsi a morte, esattamente come quando ci si fa il caffè al commissariato. Tutti avevano i capelli un po' spettinati dalle pale dei ventilatori, come capita anche a quai des Orfèvres a causa delle incessanti correnti d'aria.

Si vedeva che lì Mukherjee non era a casa sua. Si muoveva esitante, ed era evidente che il suo ufficio, o per meglio dire uno sgabuzzino fornito di sedie traballanti e una piccola finestra polverosa, non era che un luogo di passaggio.

A Mersch occorse l'idea che poteva ribaltare la situazione: erano lì per essere interrogati, ma era il momento giusto per ottenere in cambio qualche risposta. Chi lo sa, forse Mukherjee possedeva un fascicolo sulla setta di Salamat Krishna Samadhi o, ancora meglio, sulla Ronde...

Quando tutti ebbero preso posto, Ravi Mukherjee partì con le domande burocratiche: ragione del viaggio, *occupation*, come si dice in inglese, e, soprattutto, motivo della partecipazione ai funerali di defunti che non conoscevano.

Mersch tentò di abborracciare una spiegazione plausibile,

con qualche nota di sincerità. Parlò degli assassinii di Suzanne e Cécile e ammise che si trovavano lì per una sorta di missione informale: lui era un poliziotto, Hervé e Nicole erano amici delle vittime. Volevano trovare l'assassino. Per supportare il legame fra quei crimini e il loro viaggio in India, menzionò anche Gupta e il sacrificio del sadhu.

«Siamo al corrente», commentò tranquillo Mukherjee.

«Al corrente di cosa?»

«Della morte di Chhabi Kumar, il sadhu di cui parla...»

Ah ecco, dava un nome all'uomo-torcia. Era solo un dettaglio, ma a Mersch procurava una certa soddisfazione. Gli piaceva riempire le caselle. La maniacalità dei poliziotti...

«Chhabi Kumar era conosciuto a Calcutta. Una figura santa. Un monaco potente. Ci interroghiamo sulla ragione del suo viaggio in Francia e della sua immolazione. Un sadhu non si suicida, e ancora meno si sposta in aereo... È al corrente la polizia francese della vostra... indagine?»

«No, ho preso delle ferie non retribuite.»

«Ferie non retribuite...» ripeté l'indiano sorridendo. «Qui da noi sono le settimane di lavoro a non essere retribuite... Lasciamo perdere. Cos'avete scoperto di preciso?»

Era arrivato il momento di bluffare, e soprattutto di tenere nascosto il ruolo centrale di Hervé.

«Non molto. Penso, ma è soltanto un'ipotesi, che l'assassino delle due giovani francesi sia la stessa persona che ha ucciso Krishna e i suoi compagni.»

«Perché?»

«Il *modus operandi.*»

«Ho visto i corpi all'obitorio. Ha un'idea di cosa siano quei morsi?»

«No», mentì.

«Conosceva i legami fra Krishna e Chhabi Kumar? Siete venuti a Calcutta allo scopo di incontrarlo?»

«Non solo per quello. Ci interessiamo anche alla Ronde.»

«La Ronde, certo.»

A ogni frase, Mukherjee approvava, con l'espressione di chi è due passi avanti rispetto agli altri. Veramente irritante.

«L'assassino potrebbe essere un seguace di questa setta», proseguì Mersch.

«Perché?»

«Semplice istinto.»

«Diffidi del suo "istinto" in India», obiettò l'agente federale, «potrebbe portarla troppo lontano, o da nessuna parte. Durante i funerali l'abbiamo vista parlare con Padma, il *mahant* della Ronde. Ha intenzione di recarsi a Susunia Hills?»

Non c'era motivo di mentire, e d'altronde, meglio che la polizia sapesse che erano lassù.

«Sì.»

«Per quale ragione?»

«Respirare l'atmosfera.»

Mukherjee tese l'indice verso Mersch. Aveva mani piccole e tozze, ma non grassocce: erano mani temprate con il fuoco, abituate a passare all'azione.

«Faccia attenzione, ispettore. Sono in molti a non essere mai tornati da Susunia.»

Mersch annuì distrattamente. Sperava di avere gettato fumo negli occhi e desiderava lasciare al più presto quello squallido ufficio. Li aspettava la loro inchiesta, quella vera.

Ma Mukherjee aprì un cassetto e ne estrasse un foglio di carta scritto a macchina, o forse era un telex. Glielo posò davanti senza nessun commento.

«Che cos'è?» sbottò Mersch.

Il funzionario si girò verso Hervé.

«La lista dei passeggeri del volo Air India del 29 maggio scorso. Riporta il suo nome, signor Jouhandeau, oltre a quelli di Amitabh Meher e Balaichand Kapoor, i due uomini assassinati assieme a Krishna e sua sorella.»

Mersch fu preso alla sprovvista, ma Hervé fu pronto a replicare.

«Sì, in un primo momento sono venuto da solo a Calcutta, in ricognizione.»

Mukherjee dondolò la testa all'indiana: la sua faccia sembrava ruotare sopra la barba. Tutte quelle menzogne lo divertivano.

«Quindi conosceva Amitabh Meher e Balaichand Kapoor?»

«Ero riuscito, da Parigi, a contattare Krishna che mi ha inviato i suoi due emissari. Possedeva importanti informazioni sull'assassino delle mie amiche, o almeno così mi aveva detto.»

«Aha. E quindi è partito prima di suo fratello...»

«Deve sapere che attualmente la Francia è in subbuglio. Jean-Louis svolgeva un ruolo importante nelle file della polizia impegnata a fronteggiare i manifestanti. Non ha potuto liberarsi in quattro e quattr'otto.»

Altro dondolio della testa. JL era orgoglioso del fratellino, lui non avrebbe saputo rispondere meglio.

«Ha avuto il tempo di incontrare Salamat Krishna Samadhi?»

«No.»

«Dove abitava a Calcutta?»

«Nella sua villa, ma lui non c'era.»

«E la sera del massacro, dove si trovava?»

«Avevo raggiunto Jean-Louis e Nicole nel loro albergo.»

«L'ha scampata bella.»

Mukherjee ripose con cura la lista nel cassetto. Gesti da burocrate che scandivano il colloquio come una sorta di punteggiatura.

Mersch approfittò della pausa per contrattaccare.

«Ma lei segue qualche pista a proposito di questi assassinii?»

Mukherjee si passò la mano sulla barba, come se accarezzasse un gatto.

«La stessa che segue lei, immagino...»

«Cioè?»

«La Ronde.»

«L'assassino apparterrebbe a questa setta?»

«Sì.»

«Cosa glielo fa pensare?»

L'altro fece un sorrisino

«Non posso dire nulla, devo rispettare la segretezza delle indagini», spiegò fingendosi dispiaciuto.

Mersch mantenne il silenzio con la stessa risolutezza con cui avrebbe tirato un freno a mano. Era una delle tecniche che di solito adottava durante gli interrogatori per indurre l'altro a parlare, ma non era sicuro che in India i suoi trucchi funzionassero.

«Qui», cedette Mukherjee, «le sette crescono come funghi. Perlopiù non danno problemi e diciamo che fanno parte della nostra cultura. Io, per esempio, sono giainista.»

«Il giainismo non è una setta», intervenne Nicole.

Mukherjee alzò i sopraccigli, come se solo allora si accorgesse della presenza della ragazza.

«Conosce questa citazione: "La differenza tra una religione e una setta è il numero dei suoi seguaci"?»

«Di chi è?»

«Mia.»

Anche il giainismo adesso... Aveva letto qualche riga sull'argomento, ma non aveva ricordi precisi. Ricordava solo che i giainisti erano non violenti, spesso al punto di portare una maschera per non rischiare che gli finisse in bocca un insetto e di conseguenza sopprimere una vita sulla terra...

Mersch non vedeva come una simile dottrina potesse essere compatibile con il mestiere di agente investigativo che di tanto in tanto implicava l'uso della pistola.

«Fra queste innumerevoli confraternite», riprese l'indiano, «la Ronde non gode di una buona reputazione.»

«In che senso?»

«La sua storia è costellata di scandali.»

Mersch ricordava l'arresto di Charles Aubenas per pedofilia, sospetti di violenze e abusi in seno alla comunità. Cos'altro?

«Tanto vale confessarlo», mormorò Mukherjee in tono confidenziale, «il mio ruolo nel CBI riguarda in modo particolare proprio le sette. Sorvegliamo la Ronde da parecchio tempo.»

«Pensa che abbia qualcosa da nascondere?»

L'indiano proruppe in una franca risata.

«È il meno che si possa dire. E non mi riferisco a sfortunate truffe o a manipolazioni mentali.»

«A cosa pensa allora?»
«Non penso, cerco.»
«Il quadruplice omicidio sarebbe legato al passato occulto della setta?»
«Senza dubbio.»
Mersch capì cos'era in gioco: una sorta di gara fra due squadre, la sua e quella di Mukherjee, dalla quale sarebbe uscita vincitrice la prima che avesse scoperto quel risvolto nascosto della Ronde.
«In realtà vi ho invitati qui», aggiunse l'indiano, «per trasmettervi un messaggio ufficiale.»
«Da parte di chi?»
«Del CBI di Calcutta, del Bengala occidentale, dell'India stessa...»
«Siamo tutt'orecchi.»
Mukherjee si chinò sulla scrivania. Le sue mani intrecciate parevano due gomitoli di corda.
«Andate a trascorrere qualche giorno a Susunia. Meditate, fate un po' di yoga e tornatevene a casa, a Parigi. Questo tentativo di indagine vi fa onore ma, credetemi, siete di fronte a una storia del tutto indiana. Per come è fatto il nostro paese, è impossibile per uno straniero capirci qualcosa.»
«In Francia si direbbe semplicemente: fatevi gli affari vostri.»
«Sì, è il senso del nostro consiglio. Siate ragionevoli, altrimenti in India vi perderete. Oppure, se mi è permesso giocare con le parole, l'India vi perderà.»
Continuò a punzecchiarli fin sulla soglia della stazione di polizia.
«Volete che mi occupi dei vostri biglietti aerei?»
«La ringrazio, ma ci pensiamo noi. Nicole parla un ottimo inglese.»
«In tal caso non mi resta che augurarvi buon viaggio.»
Sempre quella pesante ironia... Mersch lanciò un'ultima occhiata a Mukherjee, che era rimasto a due passi dalla soglia mentre loro erano immersi nel sole del tardo pomeriggio.

L'immagine dell'ometto nel suo mediocre completo, come imprigionato nell'ombra tiepida di quegli uffici popolati di fantasmi e pale di ventilatori, gli parve il simbolo perfetto del mondo indiano, un mondo malamente illuminato, occulto, indolente, e in apparenza indifferente alle realtà occidentali.

«Dimenticate tutto questo», consigliò di nuovo Mukherjee. «Sono problemi indiani che noi stessi, gli indiani, fatichiamo a gestire. Chiedete ai britannici: hanno tentato per secoli, invano, di tenere sotto controllo un paese che era soltanto un sogno...»

116.

Shahin non era andato molto lontano: li stava aspettando nel patio del *gurdwara* per farsi rimborsare il costo del passaggio in barca.

«Ho ancora bisogno di te», gli confidò a bassa voce Mersch, con la mazzetta di rupie in mano.

«Per cosa?»

«Sto cercando un'arma.»

«Di che tipo?»

«Una pistola o un revolver. Sai dove si possa trovare?»

«Non mi crederai.»

Mersch avrebbe voluto rispondere che non credeva più a nulla da un bel po', ma si accontentò di ordinargli: «Fammi strada. Mi spiegherai lungo il tragitto».

In effetti, la nuova pillola era difficile da mandar giù: secondo Shahin, i migliori armaioli di Calcutta erano gli hippy. Di passaggio in Turchia o Afghanistan, gli apostoli dell'amore e della pace si procuravano delle grossolane contraffazioni, pistole piuttosto grezze, che poi rivendevano in India. «Millecinquecento o duemila rupie per una Beretta o una Walther», precisò Shahin.

Si ritrovarono in un altro formicaio. In mezzo allo sciame di gente, Mersch notò qualche dettaglio inedito. Per esempio, in lontananza, l'immenso scheletro del ponte di Howrah, un intreccio di travi d'acciaio che sembrava costruito con il meccano, o le donne con le bocche rosse e gonfie perché masticavano noci di betel avvolte nelle loro stesse foglie... Assomigliavano tutte a Kali, la dea sanguinaria...

Ma ciò che colpiva di più nel nuovo quartiere era la diversità della gente. Oltre all'indiano standard – che indossava il *dhoti*, il *kurta* o una camicia a maniche corte all'occidentale – si potevano incrociare anche cinesi benestanti, la cui pelle gialla virava all'arancione per via del sole, e nepalesi che non erano né carne né pesce, cioè una via di mezzo tra gli indiani e gli orientali dagli occhi a mandorla. Non mancavano i sikh, con i loro scenografici turbanti, e neanche i musulmani, con in testa i loro kufi bianchi. Ma c'erano molti altri che non riusciva a identificare: uomini vestiti di bianco dalla testa ai piedi, altri in arancio zafferano, altri ancora con una croce cristiana al collo...

Man mano che si addentravano in un reticolo di viuzze, i passanti erano sempre più male in arnese. Le facce si trasformavano in gargouille e le silhouette in ombre, gli sguardi si facevano furtivi, sfuggenti, come affetti da una febbre che lui conosceva bene: la miseria fuori legge, la criminalità delle fogne.

A peggiorare le cose, stava calando il giorno, o la notte. Mersch non aveva mai capito perché due espressioni contrarie potessero essere usate con lo stesso significato. All'improvviso, come in una scena da film, Shahin si fermò sotto un portico e picchiò con il palmo della mano su una porta di legno. Scura, tarlata, sgangherata, ovvio...

Con uno scricchiolio prolungato (per continuare sul tema del cliché), poco dopo la porta girò sui cardini davanti a un uomo dai tratti occidentali, barbuto, gli occhi stralunati.

Era chiaro che Shahin era un frequentatore abituale di certi posti. Nemmeno una parola tra i due uomini, neanche un cenno, ma un secondo dopo lui e Mersch erano dentro.

All'inizio fu l'odore a soffocarlo. In materia di fetore, i *freaks* non avevano nulla da invidiare agli indiani. Se la cultura bengalese scatenava tempeste di spezie e incenso, quella degli emarginati produceva zaffate di sudore e patchouli misti a cannabis.

Nella penombra Mersch distinse sulla destra un patio, poi un altro, ma senza il rigore e la pulizia di quello dei sikh. Somigliavano piuttosto a una discarica dove si accumulavano i rifiuti. Accasciati, prostrati, a malapena vivi, i viaggiatori, o meglio i naufraghi, smaltivano lì il loro sballo, nel dormiveglia, borbottando lamenti, in pozze di urina, se non addirittura peggio: i giovani *freaks*, nutriti esclusivamente di droga e spezie, sembravano non avere più la minima capacità di gestire i propri intestini.

Erano perlopiù sdraiati su coperte sbrindellate in modo strano, come fossero sfrangiate alle estremità. Mersch non ci mise molto a capire che per ogni chilum veniva strappato un lembo di tessuto per avvolgere il manico ed evitare di bruciarsi. Le coperte diventavano una sorta di rosario, un carnet di biglietti che teneva il conto di tutte le canne fumate, e questo voleva dire un bel po'...

Occupato a osservare quelle anime perse lanciate in vere e proprie maratone di hashish (potevano fumare anche per ventiquattro ore di seguito), Mersch ci mise qualche secondo a realizzare che Shahin era scomparso. Strizzò gli occhi, come per spremere l'oscurità e ricavarne un filo di luce. Poco lontano, il suo accompagnatore era impegnato in una conversazione con uno spilungone in gilet indiano, dalla testa in stile Gesù Cristo.

«A posto», fece Shahin tornando verso di lui. «Possiamo andare.»

Mersch dovette chinarsi per seguirlo lungo un cunicolo a volta che sembrava una cantina: stesso odore di legno umido, stessa penombra impregnata di feccia rossastra. Raggiunsero una nicchia dove, nel buio, una lampadina appesa a un filo oscillava come un pendolo, ricordando con il suo movimento il volo della fata Campanellino.

Gesù si sistemò dietro una tavola appoggiata su cavalletti e, con molta cautela, vi srotolò sopra una coperta. Tutt'a un tratto, sotto la luce cruda, si materializzò un arsenale. Alla rinfusa: una Luger P08, un MAT49, una carabina M1, una Walther P38, una Karabiner 98 Kurz, un coltello Ka-Bar, una M1911...

Tutte quelle armi avevano un che di sgangherato, un po' come i tizi dei vicoli là intorno.

«Posso?» chiese Mersch, indicando la merce.

«*Do your thing*», fece l'altro scuotendo i capelli pieni di pulci.

Mersch prese la Luger P08. Davvero troppo pesante. Culatta storta e grilletto arrugginito. Quell'arma era pericolosa soprattutto per chi voleva utilizzarla.

«Non andrai molto lontano con questi ferrivecchi», commentò.

«È proprio il contrario, amico mio. I miei ferrivecchi, come li chiami tu, vengono da lontano...» ribatté Gesù Cristo ridacchiando.

Mersch ignorò i fucili e afferrò la M1911. La famosa Colt .45. La stessa con cui aveva regolato i conti con quei maledetti del SAC. Ruotò la culatta, controllò il caricatore, osservò l'asse della canna.

«Se questo aggeggio è una Colt .45», tagliò corto, «allora io sono il papa.»

L'altro sbuffò soffiando tra le due bande di capelli sudici.

«Cominci a rompermi le palle. O compri o te ne vai. Se non ti sta bene, l'unica alternativa che hai è andare a rifornirti dai poliziotti di Calcutta.»

L'ispettore interrogò Shahin con lo sguardo: la polizia era senza dubbio abbastanza corrotta da rivendere la propria artiglieria.

«O la va o la spacca», bisbigliò l'indiano. «Qui i poliziotti possono procurarti un'arma oppure sbatterti in galera per qualche anno.»

«Prendo la M1911», sospirò Mersch.

«Affare fatto, amico. Fanno cento dollari.»

«Cento dollari?»

«Le pallottole sono in omaggio.»

Il poliziotto provò a mercanteggiare, tanto per la forma. All'ultimo momento prese anche il Ka-Bar, il coltello dell'esercito americano, che subito attaccò sotto il ginocchio. Venti dollari in più.

Infilò la pistola nei pantaloni, convinto che un'arma del genere, assemblata da contadini afghani o pastori turchi con pezzi di camion o viti di trattore, avrebbe potuto avere al massimo una funzione dissuasiva.

Una volta fuori, nel vicolo che ricordava una galleria delle fogne, Shahin lo mise improvvisamente in guardia.

«Non andare a Susunia.»
«Davvero? E perché no?»
«È pericoloso.»
Mersch, da spaccone un po' scontato qual era, sollevò la camicia per mostrare l'impugnatura della Colt .45.
«Saprò difendermi.»
«Non sto parlando di questo tipo di pericolo.»
Shahin si portò l'indice alla tempia. Aveva rinunciato al suo tono di guida apatica.
«È pericoloso... per il cervello. Dal Regno, non si ritorna.»
Mukherjee l'aveva già messo in guardia. Agli indiani piaceva mettere paura, come se il loro paese non lo facesse già abbastanza.
«Non ti preoccupare per me. Ho già affrontato dei pericoli.»
Shahin si lasciò andare a un gesto di stanchezza.
«Comunque», sussurrò l'intoccabile, «con il monsone non raggiungerete mai la montagna. Finirete con l'annegare in una pozza di fango.»

117.

A bordo della Jeep CJ, Nicole era sulle spine. Il loro autista aveva una guida aggressiva e imprevedibile. Sorpassava indifferentemente a destra (normale in India, visto che si guida all'inglese) e a sinistra, ignorando gli ostacoli. Quando il pericolo era imminente, urlava: «KALI!», con i pugni incollati sul clacson e, come per miracolo, ne uscivano indenni.

Rannicchiata sul sedile posteriore, in realtà Nicole non aveva paura. Si ha paura quando resta una speranza, quando si teme per la propria vita. Già da un po', invece, la ragazza si era rassegnata al fatto che quello sarebbe stato il suo ultimo viaggio.

Avevano aspettato tutto il giorno la vettura promessa dal Regno. Al posto di una carrozza da fiaba si erano dovuti accontentare di una jeep malconcia, con una grossa ruota di scorta fissata su una fiancata e la capote strappata.

Finalmente, alle cinque del pomeriggio, erano partiti. Per prima cosa avevano attraversato tutta la periferia di Calcutta, sempre gremita di gente. Poi la campagna, dove la folla non accennava a diminuire. Dietro ogni lembo di boscaglia c'era sempre un indiano che prendeva possesso del terreno. Non c'era un palmeto senza il suo contadino, un cespuglio senza il suo occupante. Gli indiani pullulavano come ombre.

Come mai così tanta gente? Così tante bocche? Come potevano quelle pianure nutrire una moltitudine così imponente? Nicole arrivava a compatire la terra stessa, esausta, vampirizzata da quella progenie onnipresente. Come diceva Nietzsche: «La terra ha una pelle e questa pelle ha delle malattie: una di queste si chiama "uomo"».

Avevano incrociato villaggi sinistri, paludosi, dove i cani si disputavano con gli uomini le carogne da rosicchiare, dove dei morti viventi dormivano in letti di fango, dove le vacche dominavano in silenzio, placide, sicure dei propri diritti, e guardavano morire gli esseri insignificanti che le circondavano: gli umani.

E poi era giunto il crepuscolo. Breve tregua. Nel riverbero del sole, il paesaggio desolato si era dissolto in pennacchi dorati, sempre abitato da innumerevoli figure, che avevano però ora la grazia di pennellate di colore.

Ma era scritto che l'incubo non li avrebbe lasciati.

Su un sentiero dove la visibilità era scarsa – la polvere in India è un fenomeno particolare, perché rimane sospesa nell'aria, come una specie di nebbia asciutta che non si dissolve... be', per farla breve, in mezzo a quel pulviscolo – era comparso un corteo veramente angosciante. Ombre sbucate dalle macchie di vegetazione, stracci animati, deformità aggrappate alle stampelle...

L'autista aveva frenato bruscamente. Saltando giù, aveva raccolto delle pietre per lanciarle contro la banda di fantasmi, mirando dritto alla testa.

Anche Nicole era scesa, inorridita, urlando contro quel bruto di bengalese.

«Ma cosa fai, fermati!»

L'autista, molto calmo, continuando il suo gioco al massacro, aveva fornito una triste spiegazione. Parlava in inglese masticando betel e sputando sillabe rossastre.

«Cosa dice?» aveva chiesto Mersch, sceso anche lui dalla jeep.

«Non capisco, parla della principessa d'argento.»

Infine avevano intuito. La «principessa d'argento» era la lebbra...

Una volta risaliti in macchina, avevano superato quei miserabili che con i loro moncherini deformi sorreggevano piatti arrugginiti, cocci di terracotta, ciotoline di zinco per l'elemosina...

Ancora più patetici apparivano i loro sforzi per nascondere, sotto i cappucci di tela, orribili pustole, rosate, biancastre o persino argentee, luccicanti nella luce della sera come scaglie di una corazza.

L'autista, suonando il clacson per farli disperdere, continuava con la sua spiegazione.

«Dice che non bisogna dargli nulla», traduceva Nicole, «perché altrimenti gli oggetti che hanno toccato diventano "messaggeri" della principessa... Dice anche che non bisogna commiserarli. I lebbrosi pagano per gli errori passati. È il loro karma.»

La ragazza era nauseata. Quelle storie di cicli, reincarnazioni, fatalismo rassegnato... davvero, era tutto troppo facile. Una strada che portava dritto alla passività, alla letargia...

Era infine sopraggiunta la notte, assorbendo ogni cosa. Era allora subentrato un altro tipo di abbondanza: la pioggia. Il crepitio accanito delle gocce, lo stridio ipnotizzante dei tergicristallo che spazzavano via vere e proprie onde d'acqua, il rumore delle pozzanghere invase dalle gomme che inviavano i loro spruzzi fino ai finestrini come lingue di vetro in frantumi...

E poi, sempre quei villaggi, quella vita onnipresente... Gli indiani si arrampicavano su qualsiasi cosa pur di non bagnarsi, ridicolo tentativo in un mondo che somigliava sempre di più al diluvio della *Genesi.* Ma erano lì, al coperto, in equilibrio, e guardavano passare il fuoristrada con occhi vuoti, come drogati senza più il benché minimo interesse per niente e per nessuno.

A volte, la jeep si addentrava nella foresta. Nicole abbassava il finestrino e si godeva le palme, le fronde, le foglie che tentavano di entrare nell'abitacolo. La vettura avanzava a stento, lottando contro la vegetazione, universo rigoglioso e organico, con una dimensione femminile: la capigliatura di una strega isterica...

Poi Nicole rialzava il finestrino e sentiva di nuovo la melma, le buche, i sassi scorrerle nel sangue. Anche lei lottava con la terra, il cielo e la notte. Una mischia, un corpo a corpo in cui tutto ciò che poteva fare per reagire era aggrapparsi alla maniglia e sudare come un'arancia spremuta. Sentiva lacrime sporche colarle sul viso e provava per loro una tacita riconoscenza: era dunque ancora viva…

A un certo punto, l'autista si era fermato, pronto a rinunciare. Nicole era uscita barcollante nella tormenta. A qualsiasi costo, voleva vivere quell'avventura fino in fondo, senza perderne neanche una briciola.

Aveva visto qualcosa di terrificante: un ponte sospeso che oscillava come una corda per saltare sopra a un fiume che, cinque metri più in basso, ruggiva nell'oscurità. Poi l'autista aveva ripreso il volante e si era lanciato, da solo, nella traversata. I tre naufraghi lo avevano visto allontanarsi, sperando che non filasse via a tavoletta, inghiottito dalla notte, dimenticandoli lì.

«Burdwan.»

Nicole trasalì. La voce dell'autista. Strizzò gli occhi e vide quella che sembrava essere una città a tutti gli effetti. Di riflesso, guardò l'orologio: l'una di notte. Quindi alla fine si era addormentata…

Afferrò la cartina che avevano comprato a Calcutta: otto ore per percorrere cento chilometri. Una buona media? Cattiva? Non ne aveva idea.

Scese per sgranchirsi le gambe. Una città, davvero? In ogni caso c'erano edifici, neon, cartelloni pubblicitari… probabilmente anche scuole, templi, negozi di alimentari… In quel momento si trovavano in una sorta di stazione di servizio, un hangar davanti al quale alcune cisterne venivano martellate dalla pioggia. Ci sarà stata una toilette? Non valeva neanche la pena pensarci, a meno che non si accettasse l'eventualità di fare i propri bisogni nelle tenebre e finire a gambe all'aria, o correre il rischio di farla in testa a qualcuno che dormiva.

Fu allora che li vide.

Non lebbrosi, no, ma semplici abitanti del luogo.

Erano in giro persino a quell'ora, ammassati sotto la tettoia dell'hangar come formiche su un pezzo di buccia. Sempre quegli occhi neri e languidi, quelle bocche rosso sangue. L'autista – senza dire una parola – finì di riempire il serbatoio, pagò e poi fece loro segno di risalire.

Nicole si appoggiò alla spalla di Hervé, decisa a continuare a dormire. Forse non ci sarebbe stato un risveglio, al diavolo! In un certo senso, non male come fine. Sarebbe morta per le sue idee, le sue amiche, le sue illusioni...

118.

Al risveglio, Nicole si ritrovò da sola in macchina. Si era fatto giorno ma la pioggia non accennava a diminuire. Attraverso i finestrini appannati, vide gli altri membri dell'equipaggio che tentavano di liberare il terreno…

«Che cazzo fai?» le urlò Mersch. «Vieni a darci una mano!»

La ragazza si precipitò fuori, e sentì subito l'acqua ghiacciata morderle le caviglie. Soffocò un grido. Pioveva talmente forte che a ogni respiro aveva l'impressione di affogare. Alle prime luci dell'alba faceva decisamente freddo. Si erano lasciati alle spalle il caldo torrido delle valli per la frescura delle fronde.

Sempre barcollante, prese coscienza del paesaggio, anch'esso mutato. Finito il fango giallo, finite le pianure desolate… Nell'alba metallica, la lussureggiante vegetazione delle foreste circostanti esibiva un verde mai visto prima, talmente intenso da scuotere l'animo nel profondo, come quando si vede il mare per la prima volta. Un verde capace di procurare una forte sensazione di rigenerazione, una specie di dialisi naturale.

Nicole raggiunse gli altri, registrando nel frattempo ulteriori dettagli: si trovavano su un sentiero di ciottoli grigi, lungo il quale scorrevano numerosi ruscelli. A destra e a sinistra, radici aeree, pyracantha, felci giganti…

Docilmente, si posizionò accanto a Mersch e Hervé e cominciò anche lei a spingere, sentendo le pietre rotolarle sotto i piedi.

Uffa… Erano in tre a darci dentro, mentre l'autista forzava il motore e il fumo che si alzava dal sentiero fradicio si mescolava alla foschia circostante. Niente da fare, la jeep non si muoveva. Un altro tentativo... la macchina rombò... e subito il motore si spense. Per un momento si udì soltanto il crepitio della pioggia, unito al gorgoglio dei ruscelli, ma poi Nicole distinse un altro rumore, una sorta di fruscio vischioso...

Contemporaneamente avvertì dei pizzicori su tutto il corpo. Un attimo dopo, l'autista, con la testa fuori dal finestrino, urlò una parola in bengalese, o in urdu, o in qualche altro accidente di lingua del terrore.

La giovane, voltandosi, seppe subito qual era la traduzione, *live*: sanguisughe. Migliaia, decine di migliaia di sanguisughe avanzavano sui sassi grigi, procedendo in colonne compatte, disegnando un fiume nero, in movimento e viscido, assolutamente abominevole.

Non ebbero il tempo di spaventarsi: stavano già combattendo con quelle maledette che nel frattempo si erano insinuate sotto i vestiti e stavano beatamente succhiando il loro sangue. In un attimo si ritrovarono nudi nel gelo del mattino, indaffarati a strappare quelle odiose creature dalle loro gambe, dal ventre, dalle braccia, rimettendoci per inciso non pochi brandelli di pelle.

«*Hurry up!*» urlò l'autista.

Allora, insanguinati, sempre assaliti da quell'esercito immondo, ripresero a spingere. Nel momento in cui il fuoristrada sembrava stesse impantanandosi senza scampo, le ruote trovarono un appiglio chissà dove e balzarono in avanti, facendoli finire a faccia in giù nell'acqua rossastra.

«Torniamo a bordo!» ordinò Mersch, scollandosi ancora dalle spalle qualche bestiola nerastra assetata di sangue. Non se ne rendeva probabilmente conto, ma in quella scenografia brulla e selvaggia, in quel brulichio di sanguisughe, la sua voce, il suo francese erano la cosa più stonata che si potesse immaginare.

Poco dopo, senza alcuna ragione apparente, il sole comparve all'improvviso e squarciò quel paesaggio plumbeo. Qualche minuto ancora e la luce invase ogni angolo. Era tornata la libertà. Cielo azzurro, chiome radiose... Nicole chiuse gli occhi, lasciando asciugare la sua anima...

Una brusca frenata la risvegliò. Cristo, si era addormentata di nuovo. E neanche per poco, era quasi mezzogiorno. Ancora una volta, la jeep era fuori gioco e il nuovo problema sembrava grave: l'autista aveva spento il motore.

«E adesso cosa cazzo succede?» grugnì Mersch scendendo dalla macchina.

Il sentiero si fermava lì, punto e basta. Un fiume sbarrava loro la strada. Nell'acqua fangosa, alcuni bufali sguazzavano tranquilli. Sulla sponda opposta si ergeva la montagna, coperta di conifere e arbusti spinosi, con una gariga degna della macchia corsa.

La festa era finita.

Nel grande vuoto assolato, risuonavano solamente il sussurro del fiume e il clamore stizzito degli uccelli.

«*We have to wait*», annunciò l'autista.

119.

La vera sorpresa fu che non aspettarono a lungo.

Ovviamente, prima che qualcuno venisse a cercarli ebbero diritto a un piccolo intermezzo all'indiana: un attacco in piena regola da parte di un branco di scimmie, mostri grigi con il muso bianco e lo sguardo furioso che gli lanciarono contro pietre, rami e tutto ciò che passava loro tra le grinfie, urlando e fischiando in un modo insopportabile, saltando da un ramo all'altro, culo in alto, testa in basso...

Nicole era allibita. Quelle creature erano sovreccitate, come se si fossero fatte di anfetamine di primo mattino, nascoste fra le fronde...

«Sono drogate», confermò l'autista. «È una pianta che le riduce in questo stato. Quale pianta? Non si sa. La Madre studiava i poteri delle piante. Ne ha trovate di meravigliose, ma non ha mai scoperto il segreto di queste bastarde...»

Si bloccò di colpo e sputò un fiotto rossastro. La mano piatta sopra gli occhi, scrutò il pendio boschivo di fronte a loro, dall'altra parte del fiume. Nicole seguì il suo sguardo.

Scendendo dalla montagna, lungo un sentiero invisibile, alcuni uomini avanzavano a cavallo, o forse in groppa a degli asini... Le loro cavalcature erano animali così piccoli da superare di poco l'altezza dei cespugli.

Quegli emissari erano diversi dagli abitanti di Calcutta. Anche da quella distanza si distinguevano la pelle ocra, le giacche di tela vagamente militari e i cappelli rossi che ricordavano dei berretti frigi.

Nicole fremette. Un'avventura a trecentosessanta gradi. Pensava a Richard Francis Burton e John Hanning Speke, i britannici che avevano scoperto le sorgenti del Nilo, e ad Alexandra David-Néel, che era riuscita a entrare in Tibet travestita da uomo. Si sentiva pari a loro e già immaginava di scrivere un libro sulla sua, di avventura.

Presentazioni sommarie. Un *namasté*, uno sputo di betel e via, in sella. Chiaramente Nicole, oltre alle lezioni di piano e danza classica, aveva praticato parecchia equitazione. Ma non aveva mai visto dei ronzini così. L'India è conosciuta per essere il paese di origine di due illustri razze di cavalli, i Marwari e i Kathiawari, ma le bestie di quella giornata non avevano nulla di prestigioso. Una specie di muli dal manto color caramello, con la frangia sugli occhi, che confermavano ciò che aveva percepito fin dal suo risveglio: erano giunti in un altro paese.

L'animale che le avevano assegnato era così basso che lei sfiorava con i piedi il terreno. Ma la cosa più divertente erano i due fratelli che – era del tutto evidente – non avevano mai seguito corsi di equitazione a Saumur. Hervé, involontariamente, era già partito al piccolo trotto fra gli arbusti. Mersch, da parte sua, era caduto dritto dall'altra parte nel tentativo di montare in sella, ritrovandosi con il culo in una pozzanghera.

Affrontarono la distesa di arbusti spinosi percorrendo uno stretto corridoio di terra con la stessa precisione con cui una sarta segue con le forbici un tracciato fatto con il gesso. La foresta era la seta. Non dovevano far altro che tagliare, tagliare fino a quando il tessuto non si fosse aperto sul Regno.

Mentre procedevano al passo, avanzando alla meno peggio in fila indiana, i pensieri si susseguivano al ritmo degli zoccoli. A Nicole veniva in mente di tutto: frammenti della sua vita parigina, le manifestazioni del mese di maggio e poi, come lacerazioni raggelanti, il cadavere di Cécile, l'aggressione del ballerino, la carneficina nella villa di Krishna... Il suo cervello veniva incessantemente bombardato da quelle immagini.

A poco a poco, però, ai pensieri terribili subentrò una sorta di dolce fantasticheria senza inizio né fine, nella quale si fondevano immagini dell'India dal sapore dolceamaro per la sua anima occidentale che, misteriosamente, finiva per tradursi in qualcosa di inebriante. Capiva che stava vivendo un'iniziazione, non basata sul terrore né sulla spiritualità ma su qualcosa di diverso. Era una dimensione altra, satura di calore e profumi, di nausea e languore. Un apprendistato, anche se non sapeva ancora bene di cosa...

Nicole si era portata alla testa del corteo, appena dietro il cavaliere che apriva la strada, del quale osservava il berretto sobbalzare in modo buffo. La luce irradiava la cima della montagna davanti a loro. Si sentiva trasfigurata: salivano all'assalto del sole, in marcia verso la verità con la V maiuscola. Impossibile non pensare ai film d'avventura della sua infanzia, dove un pilota schiantatosi sulla sommità di un altipiano s'imbatteva in città utopiche o templi millenari...

Nicole era immersa già da un po' nei suoi pensieri, tra ricordi e fantasticherie su un'improbabile Shangri-La, quando all'improvviso successe qualcosa di eccezionale.

La città dei suoi sogni comparve dietro la curva di un sentiero.

Nient'affatto lo stereotipo che aveva in mente, ma un villaggio dai tetti di paglia e dai muri di argilla imbiancata, dominato contemporaneamente da un tempio coloratissimo, senza dubbio induista, un santuario dorato sormontato da una statua imponente (immaginò si trattasse di un buddha) e anche, no, non stava sognando, dal campanile di una chiesa. Erano arrivati al Regno, utopia sincretica dove tutte le religioni avevano diritto di cittadinanza.

Ancora qualche passo al trotto e il sogno si materializzò nel dettaglio: centinaia di adepti erano venuti ad accoglierli, formando su entrambi i lati della strada uno strabiliante picchetto d'onore. Nel preciso momento in cui cominciò ad addentrarsi fra le due file di esseri umani, ebbe la sensazione di penetrare nel cuore di una fremente utopia, una Xanadu che non era né un sogno né un delirio, ma una vera comunità armoniosa che «custodiva segreti divini celati a gran parte dell'umanità»...

C'erano gli ashramiti, con il loro *dhoti* bianco e il *kurta* immacolato senza collo né cuciture, e gli abitanti del villaggio con indosso un semplice pareo e un turbante in testa... Nicole pensava a guizzi di fuoco scatenati da una semplice scintilla. C'erano anche le raccoglitrici di tè, con i pesanti orecchini d'argento e la fascia sulla fronte a sostenere una cesta portata sulla schiena, e non mancavano i nepalesi, con la veste ricadente su un pantalone ampio al bacino e stretto sotto al ginocchio, il gilet smanicato, riccamente ricamato e il berretto inclinato, che facevano pensare a un esercito, ma privo di armi e aggressività.

Nicole individuò anche i buddhisti, rasati, con la veste arancione per gli adepti di Theravada, rossa per i discepoli del culto tibetano, e ancora i giainisti, avvolti, testa compresa, nella veste bianca, e persino alcuni preti cattolici, con la tonaca nera e il colletto bianco, che qui avevano l'aria di missionari smarriti...

Infine gli occidentali dall'espressione estatica, in abbigliamento bianco immacolato e una fede ancora più pura. Si sarebbe potuto dire che si fossero lasciati ogni cosa alle spalle, ma Nicole, al contrario, riteneva che avessero trovato tutto. Era turbata: dopo una simile accoglienza, le parole erano inutili. Bastava immergersi nell'atmosfera di quella città senza tempo e lasciare che la propria anima ne venisse impregnata, nello stesso modo in cui ci si abbandona ai benefici di una fonte termale.

Si passò la mano sulla guancia: stava piangendo. *Santo cielo, Nicole, non è il momento di crollare.* Ma mentre avanzava in mezzo ai fedeli, capì che loro erano ancora più sconvolti. La Madre era tornata...

Giunsero in una piazza di terra rossa, disseminata di vasche con decorazioni a mosaico e fontane profumate, che immetteva in un cortile lastricato, i cui ampi gradini si elevavano fino a un palazzo degno dei templi di Angkor. Stesse torri di pan di zucchero, stessi rilievi murali, stessi volti di divinità o dragoni dagli occhi prominenti e levigati... Tutto era rosso: l'edificio sembrava costruito con mattoni incandescenti, appena estratti dal forno...

Una volta scesi di sella, vennero lasciati soli a salire gli scalini. Nello spiazzo regnava sempre il sincretismo della Ronde. Alcune nicchie racchiudevano divinità induiste che danzavano su un piede, dei buddha dall'espressione serena dominavano dalla sommità delle rampe di pietra, mentre chioschi di edera accoglievano effigi di Shiva, Visnù, Kali. Non mancavano statue greche, dalla grazia sinuosa e perfetta che, a guardar bene, rappresentavano delle Vergini e dei santi. Ancora più stupefacenti erano la miriade di scimmie, leoni, elefanti e serpenti, usciti direttamente dal mondo khmer, i grifoni che montavano la guardia e i gargouille che sembravano trafugati da Notre-Dame...

Nicole si ricordò di aver visto quel palazzo nel filmato d'archivio della scuola di Gaston van Exem, dove si mostrava un darshan impressionante durante il quale la Madre si offriva allo sguardo degli ashramiti. La giovane alzò gli occhi: il balcone in stile basco era proprio lì e, per un attimo, pensò che sarebbe apparsa la sacerdotessa vestita con il sari e la mantella di mussola...

Davanti al portale li attendeva un comitato di benvenuto costituito da poche persone, essendosi la folla fermata al di là del cortile. Nicole riconobbe Padma, il *mahant* della Ronde. Anche da quella distanza distingueva la curiosa cresta di capelli che gli sovrastava la fronte.

D'un tratto venne presa da un panico irrazionale. E se quegli «apostoli della pace» non li avessero mai lasciati ripartire? Se avessero deciso di tenersi Hervé come talismano? E di eliminarli, lei e Mersch, perché ritenuti semplici parassiti?

«*Namasté!*» fece Padma riunendo i palmi all'altezza del petto.

I tre nuovi arrivati si inchinarono, non sapendo cos'altro fare.

«Avete fatto bene a venire», aggiunse il *mahant* in una lingua familiare.

Mersch non riuscì a nascondere la sua sorpresa.

«Parli francese?» chiese passando all'uso del tu.

«Siamo tutti figli della Madre, e la Madre era francese.»

«Perché allora tutta quella commedia ai funerali?»

L'uomo sorrise. Il suo ciuffo ricordava il gancio di un attaccapanni.

«Ciascuno di noi doveva fare un passo avanti. Voi siete venuti fino a qui. Io vi parlo in francese.»

Mersch fece la sua solita smorfia, corrucciando le labbra in un broncio pieno di disprezzo, come dire un dito medio senza muovere le mani.

«Vi accompagniamo nei vostri alloggi.»

«Mica rimarremo qui un'eternità...»

«Siate ragionevoli. Non avete percorso tutta questa strada per restare solo qualche ora. E poi, ci dobbiamo raccontare un bel po' di cose, no?»

«Io parlerò soltanto con il capo della comunità», replicò Mersch, sempre più sgradevole.

Padma annuì. In quel luogo di calma e serenità, l'aggressività del suo ospite non aveva alcuna presa.

Nicole sentiva puntati su di loro gli occhi della folla che stazionava tra i getti d'acqua profumata delle fontane e l'assortimento di sculture.

«In tal caso», obiettò Padma, «dovrete aspettare ancora di più. Hamsa riceve molto di rado, e solamente di mattina.»

Alcuni discepoli afferrarono i bagagli e li invitarono a seguirli. Girarono intorno al palazzo e imboccarono un sentiero di ghiaia, bordato di piccole siepi di bosso che le facevano venire in mente la Domenica delle Palme.

A Nicole venne assegnato un bungalow circolare con muratura in pisé dipinta a calce, alla greca, cinto da abeti.

Al momento di entrarvi, la ragazza comprese fino a che punto si sentiva bene. Un sentimento di euforia la pervadeva a ondate lente e ampie. Si disse che il Regno poteva magari essere una prigione, ma una prigione senza muri né sbarre, che agiva sugli animi come una forza magnetica.

120.

Il suo bungalow non era certo un granché: un letto, o piuttosto una lettiga di tela, un mobile contenitore senza fronzoli, un tavolino e una sedia. Era chiaro che quei pezzi d'arredamento erano stati fabbricati sul posto, dai discepoli. Nicole vi leggeva una dedizione, una forma di saggezza che sembrava trasparire da ogni venatura del legno, ma non doveva fidarsi troppo delle sue impressioni. Era già ammaliata...

Come regalo d'addio, Shahin le aveva dato una bustina con una ventina di grammi di erba. Forse l'uso di droghe era proibito nel Regno, o semplicemente malvisto, ma Nicole se ne infischiava. Dopotutto, loro non erano che semplici visitatori...

Si sistemò sulla soglia e si dedicò al solito rituale. Aveva trovato il tempo di acquistare un chilum al Bara Bazar. Riempì con cura il cono, godendosi la pace del momento. Il cielo azzurro increspato. Il fruscio delle foglie. Gli allegri cinguettii degli uccelli...

«*Namasté!*»

Sollevò lo sguardo e si ritrovò davanti un uomo grande e grosso, alto almeno un metro e novanta, con i pugni sui fianchi e le gambe divaricate. Non indossava la tunica regolamentare, ma piuttosto una tenuta da turista americano: polo di maglia, pantaloni di tela, espadrillas di corda. Mancavano solo la macchina fotografica e il cappellino da baseball. Appena sceso dal pullman, lo yankee.

Senza sapere perché, le venne in mente un'espressione: «Felice come una pasqua».

«Posso fumare con te?» chiese il visitatore in un inglese

fortemente nasale, riconducibile più all'ovest del Rio Grande che alle sponde del Tamigi.

Nicole detestava, a livello globale, tutti gli americani, sicuramente per via della guerra in Vietnam e anche, più in generale, a causa del loro imperialismo che corrompeva il mondo. Riusciva a mostrarsi indulgente solo verso quelli della sua generazione (soprattutto quando rischiavano la vita nelle risaie), ma il suo visitatore aveva almeno una cinquantina d'anni... Barbuto, ciuffo da studente di Harvard, somigliava a un uomo d'affari texano capace di far zampillare pozzi di petrolio nel deserto con la stessa facilità con cui Gesù Cristo moltiplicava i pani.

Nicole decise all'istante che quello yankee era fuori posto nella Ronde. Tipico delle ragazze... Appena arrivata, già decretava chi dovesse essere promosso e chi bocciato...

Tuttavia gli fece posto accanto a sé.

«*Sit down, please...*»

I centocinquanta chili calarono sul gradino. Nicole accese il chilum e glielo porse. *Courtesy* del fumatore di hashish...

Con un gesto inaspettatamente delicato, l'uomo prese la pipa con due dita, tirò una boccata tale da maciullargli i polmoni ed espirò il fumo con un leggero sibilo.

«Scusa», disse con voce arrochita dalla marijuana. «Ho imparato il bengalese e l'hindi, ma non ho ancora avuto il tempo di dedicarmi al francese...»

«*No problem*», rispose lei imitando l'accento nasale. «Come sai che sono francese?»

L'uomo scoppiò a ridere rendendole il chilum.

«Ma lo sanno tutti! Siete degli ospiti di riguardo!»

Nicole inalò a sua volta una potente boccata e sentì il THC salirle al cervello come un fuoco fuori controllo.

«Ma qui si può fumare?» chiese. «La droga non è proibita?»

«Certo che no! Il motto della Ronde è: "Fai quello che vuoi".»

Altra tirata. Cavoli, quell'erba era davvero una bomba.

«E tu», chiese Nicole a bruciapelo, «cosa diavolo ci fai qui?»

«Oh», sospirò lui riprendendo la pipa, «è una lunga storia.»

«Ho tutto il tempo che vuoi.»

L'altro ridacchiò. Quando rideva la bocca si tendeva solo da un lato, con una specie di ferocia predatoria, come se addentasse con voracità una coscia di pollo.

«Mi chiamo Richard», cominciò dopo un lungo tiro. «Sono nato povero, poco prima della Grande Depressione, quando l'America ha dovuto ricominciare da zero. Ma nonostante questa miseria, credo di essere nato nel posto giusto, nel momento giusto.»

«Dove?»

«Wichita Falls, Texas, vicino al confine con l'Oklahoma.»

Se Nicole avesse dovuto indicare un «posto giusto» sulla terra, con tutta probabilità quella non sarebbe stata la sua prima scelta.

«Da ragazzino», continuò, «quando soffrivamo la fame, io stanavo i serpenti sotto le pietre, giocavo con il mio cane e quando vedevo passare un aereo nel cielo sputavo per terra. Ero un solitario e, da quando ho memoria, ho sempre voluto conquistare il mondo. La miseria dei miei genitori, agricoltori che non riuscivano ad arrivare a fine mese, è stata il mio stimolo più potente. Dopo c'è stata la guerra. Ero appena un ragazzo ma mi sono beccato lo sbarco in Normandia. Nessun ricordo, sola una cosa: avevamo vinto. Più semplice di così... Eravamo l'America, eravamo i più forti. Quando sono rientrato in patria, grazie a una borsa di studio ho potuto cominciare le scuole superiori. Ancora una volta, era un'epoca benedetta: nonostante il nazismo, nonostante Hiroshima, era tornato l'ottimismo. I soldi arrivavano come una manna, le possibilità erano infinite. Successivamente ho fatto i miei esordi nella finanza per poi passare al petrolio. All'epoca ero già sposato, con una compagna di classe. In quattro e quattr'otto abbiamo fatto due bambini. Andava tutto bene, ai tempi, con il frigorifero e la Chrysler... Dio santo, ero il re del mondo.»

Rimase un attimo in silenzio, le mani chiuse sul chilum, che contemplava come se si trattasse di una Colt pronta a sparare.

«Nel lavoro, avevo le qualità necessarie. Sono i perdenti a

sostenere che per avere successo occorra essere rapaci, feroci, cinici. Chi è così non si crea altro che dei nemici e di strada non ne fa molta. È necessario essere duri, sì, ma con il sorriso. Bisogna conservare ciò che fa passare tutto il resto in secondo piano: la tua parte di umanità. In questo senso, ero davvero bravo. Possedevo intuito, empatia, intelligenza, ma all'occorrenza diventavo spietato. Mano di ferro in guanto di velluto, o il contrario: è esattamente la stessa cosa. Ciò che conta è che gli altri ti aiutano ad avere successo se sono convinti di riuscire a raggiungerlo anche loro, sebbene a un livello inferiore...»

Nicole, che aveva già la mente annebbiata, gli lanciò uno sguardo come per dire che non era venuta nel Regno per seguire un seminario di management.

«Allora, un poco alla volta», riprese l'americano, «ho cominciato a capire. Certo, non è avvenuto in un giorno... In italiano si dice: "*Tutti i mestieri danno il pane*"...»

«L'equivalente francese sarebbe: "Non ci sono mestieri stupidi".»

«*Yes.* È la più grande stronzata che io abbia mai sentito perché tutti i lavori sono stupidi. E il mio, anche se facevo soldi a palate, non era da meno.»

Nicole fece un altro tiro. La voce del suo interlocutore le sembrava molto lontana.

«È più o meno in quel periodo che un mio caro amico mi ha invitato a raggiungerlo nel Bengala occidentale... Mi sono detto: perché no? Eravamo agli inizi degli anni Sessanta. È venuto a prendermi all'aeroporto di Calcutta, con un Combi Volkswagen. Quando l'ho visto non l'ho riconosciuto. Solo qualche anno prima era un avvocato d'affari a Filadelfia. All'epoca, portava stampata sul volto quell'espressione di soddisfazione fittizia per il successo conseguito che in genere dissimula la consapevolezza di sprecare la propria esistenza. Era completamente cambiato. Abbronzato, raggiante, vestito all'indiana, sembrava aver ricevuto un'illuminazione, essere stato pervaso da una nuova energia che aveva bruciato all'interno della sua anima tutte le tossine, tutte le idee e le convinzioni che ci avvelenano. Siamo partiti. Il suo furgoncino era equipaggiato di un lettore di audiocassette, cosa rivoluzionaria per l'epoca. Ha fatto delle registrazioni della Madre. Parlava in francese e il suono non era il massimo. Non capivo niente, ma quella voce mi sconvolgeva. Dietro quelle parole percepivo le risposte alle domande che non ero mai riuscito a formulare... Il mio amico mi ha raccontato tutta la storia. La Madre. La Ronde. Il Regno. Quel legame unico che non cambiava le menti ma che, al contrario, si nutriva di tutte le anime che vi si ritrovavano. Ho detto al mio amico: "Mi piacerebbe andarci". È scoppiato a ridere e mi ha risposto: "Ma dove pensi che ti stia portando?".»

Calò il silenzio. Con gli occhi chiusi, Nicole, totalmente sballata, immaginava la scena proiettata su un grande schermo, a colori, nei toni carichi del magenta, come nei film di Douglas Sirk... In quelle immagini trasparivano già il calore dell'ashram, l'arancio zafferano della felicità, il nucleo di una saggezza palpitante...

All'improvviso, Richard si alzò.

«Vieni», propose. «Ti faccio fare un giro.»

121.

Pur traballante, Nicole riuscì a rimettersi in piedi e seguire il colosso lungo il sentiero. A una prima occhiata non aveva notato gli altri bungalow che si susseguivano sul pendio dietro ogni fila di abeti. Era un villaggio – quasi un villaggio-vacanze –, e si sentiva che in quel posto ognuno poteva raccogliersi in sé stesso, fra le siepi del proprio rifugio.

Fu colpita da un dettaglio: le conifere attorniavano i bungalow seguendone l'andamento circolare. Non c'era bisogno di andarne a cercare il significato molto lontano: la Ronde, la Rotonda…

«E la tua famiglia?» chiese Nicole con voce fluttuante.

«La famiglia è una fonte di peccato come altre. Un'illusione in più. Forse la più pericolosa, perché ti colpevolizza c ti costringe a comprometterti, sempre e comunque…»

«E cosa rimane, allora?»

«La preghiera.»

Discesero percorrendo il vialetto che si insinuava tra i boschetti fitti e le conifere dritte come fusi. Al loro passaggio, i fiori dei cespugli gettavano grida di colore, come il pubblico lungo il percorso del Tour de France.

«Come passate il tempo qui?» chiese Nicole con una voce che si dissolveva nel vento.

«Il mattino pratichiamo yoga.»

«Quale yoga?»

«Te ne intendi? Principalmente l'hatha yoga, ma la Madre vi ha apportato delle modifiche, l'ha arricchito. Ai movimenti del corpo si aggiungono, per esempio la disciplina del respiro, il *pranayama*, e un controllo del flusso mentale.

Tutto questo porta a uno stato di meditazione che ci consente di ritirarci in noi stessi.»

«E poi?»

«Prima di pranzo c'è la preghiera. Cattolica, questa volta.»

«Davvero?»

«La Madre ci ha sempre insegnato che Gesù è un guru come gli altri. Noi leggiamo regolarmente *L'imitazione di Cristo*. Insieme con la *Bhagavad-Gītā*, le *Upanishad* o il *Brahmasūtra*, questo libro è una delle nostre opere di riferimento. "Chi segue me, non camminerà nelle tenebre."»

Quel sincretismo lasciava Nicole più che perplessa: si trattava di una magnifica sintesi o di un guazzabuglio inverosimile?

«Il pomeriggio lavoriamo nei campi. Ma ripeto: niente è obbligatorio. La Madre dice: "Perché bisognerebbe raggiungere il Signore percorrendo cammini complicati, visto che è in ciascuno di noi?".»

La voce di Richard cullava Nicole. In realtà non stava più ascoltando ma si appoggiava, mentalmente, all'equilibrio e alla serenità del texano.

Si ritrovarono nella piazza con le fontane profumate e le vasche decorate dai mosaici. Le statue, i chioschi di edera, i sentieri che si snodavano sui prati fioriti...

«Allevate carpe?» chiese la ragazza notando delle forme scure nell'acqua torbida di una delle vasche.

«Lamprede», corresse Richard. «Una passione della Madre. Continuiamo ad allevarle in suo onore.»

Di colpo Nicole tornò lucida e si accasciò sul parapetto della vasca. Sulla felicità di poco prima era calato il sipario.

«Fa' attenzione», la avvisò Richard. «Queste creature potrebbero mangiarti viva!»

Lei non replicò. Non aveva dubbi: l'omicida si era fatto le ossa lì, nella cerchia della Ronde.

122.

La notte calò di colpo, come uno schiaffo, e la luna si illuminò ancora più rapidamente, meno di quanto ci voglia per accendere un fiammifero. La regola della Ronde era rigida su questo: non si poteva più uscire dal proprio bungalow. Era l'ora dei serpenti e degli sciacalli, che infestavano i dintorni.

Benissimo, nessun problema...

Al riparo nel suo alloggio, Hervé si frugò nelle tasche alla ricerca del portafoglio, un astuccio di pelle marocchina da pochi soldi acquistato in rue de la Huchette insieme agli amici Trivard e Desmortiers (ora gli sembrava che non fossero mai esistiti, quei due). Con sorpresa, constatò che era ancora pressoché intatto.

Lo vuotò con cautela. Carta d'identità, tesserino universitario, biglietti della metro, banconote... dei franchi! Con l'effigie di Voltaire! Un altro mondo, un'altra vita... Si sentiva come un archeologo intento a scavare tra le vestigia di un paese lontano.

Cerca ancora. Il ritaglio di un giornale con la recensione di un libro di storia che aveva intenzione di acquistare, una tessera della biblioteca e, sorpresa, una fototessera con Cécile, scattata in metropolitana, nella stazione Saint-Michel.

Alla fine, infilata nella carta d'identità, trovò la cartina tanto desiderata, l'acido regalatogli da Shahin.

Dal suo arrivo in India, Hervé era sempre più sfasato. Perdeva inesorabilmente coerenza, reattività, sensibilità, interi tratti della sua personalità erano come obliterati. Chiuso ermeticamente al mondo esterno, muto come un giocatore di scacchi, sprofondava in una solitudine impermeabile, che forse era solo un mero tentativo di difesa...

La storia della reincarnazione non gli andava proprio giù, senza parlare degli omicidi, del corpo sventrato di Abha... Non ce la faceva più. Il troppo era troppo.

Non aveva però perso le sue facoltà intellettive, la sua intelligenza, che lavorava molto più veloce ed era significativamente più alta della media. Certo, la storia della voglia, e il resto, cioè i sogni ricorrenti (adesso non aveva più dubbi che la donna che vi si aggirava fosse Jeanne de Texier, periodo parigino), i dolori agli arti, identici a quelli di cui soffriva la Madre, be', tutto questo, che lo volesse o meno, lo sconvolgeva.

Aveva persino finito col sentire, nel profondo del suo essere, una presenza, un'ombra che forse era quella dell'anziana signora. L'orribile sensazione di una possessione, di un sortilegio... Ma ci aveva riflettuto razionalmente ed era arrivato a una conclusione diversa. Forse aveva un legame con la figura di quella donna, ma quel legame non aveva nulla a che fare con la reincarnazione.

Esisteva, nella sua storia personale, una connessione con Jeanne de Texier.

Una connessione oggettiva.

Ecco perché sua nonna non si era mostrata minimamente sorpresa all'arrivo dei due bengalesi. Ecco perché non aveva esitato ad affidare loro il suo adorato nipote...

Adesso Hervé aveva un piano. La mente conserva, all'insaputa della coscienza, anche il più piccolo dei ricordi. Esistevano diversi modi per sollecitare quella memoria nascosta, come per esempio l'ipnosi.

O la droga.

Assumendo quell'acido, la «carne di Dio», sperava di intraprendere un viaggio, non in regioni mistiche o extrasensoriali, ma nel proprio passato.

Quand'era bambino, o persino ancora un neonato, si erano consumati dei drammi, drammi legati al mondo indiano. Sotto l'effetto dell'acido lisergico, sarebbe emerso un ricordo sepolto. Dopotutto, quei tizi della costa occidentale americana, Timothy Leary e compagnia bella, non smettevano di ripeterlo: l'LSD-25 è la chiave che può aprire le porte dell'inconscio.

Era però un grande salto nel buio... Non ne aveva mai fatto uso, e adesso gli tornava in mente tutta una serie di cose che aveva sentito dire: non si fa l'amore con il cosmo senza pagare pegno...

A Parigi alcuni studenti gli avevano descritto l'esperienza parlando di allucinazioni visive e di un'intensa attività cerebrale accompagnata da una grande lucidità (o almeno la sensazione di possederla). Gli avevano anche spiegato cos'era un *bad trip*, che si verificava quando il famoso viaggio sfocia in una crisi di panico o un incubo da svegli.

Osservò il suo alloggio: un bungalow tutto tondo, tutto bianco. Un tavolo, un cassettone, un pagliericcio e nient'altro. Un buon posto per lanciarsi in un trip psichedelico? Aveva detto agli altri che andava a dormire. Nessuno sarebbe venuto a disturbarlo prima del mattino successivo e il «viaggio» sarebbe durato tra le cinque e le dodici ore.

La porta non aveva serratura, perciò afferrò l'unica sedia che c'era e la sistemò contro la maniglia. Lo aveva visto fare nei film, ma non era certo che fosse una mossa efficace.

Si era persino procurato dei viveri, pane e acqua, come per una traversata del deserto...

Al lavoro...

Si mise seduto sul letto, con cautela avvicinò alla bocca la cartina con l'acido e la ingoiò a occhi chiusi. Sapeva di carta, o forse ostia. Normale: in teoria avrebbe dovuto spedirlo dritto in paradiso...

Si sdraiò rammentandosi i consigli di Shahin. L'acido ci avrebbe messo minimo mezz'ora e non più di un'ora per fare effetto. Sarebbe stato pervaso da una sensazione di confusione e poi il viaggio sarebbe cominciato.

Chiuse gli occhi e smise di pensare. Nella peggiore delle ipotesi, se si fosse addormentato, gli effetti della droga lo avrebbero risvegliato. Si abbandonò quindi alla fase in cui la coscienza si disconnette, perde in logica: lo stato ipnagogico. Pensieri vaghi, allucinazioni moderate, una dolce discesa che accompagna con tranquillità verso la *no man's land* di Morfeo, il tipo con lo specchio e i papaveri narcotici...

All'improvviso, aprì gli occhi. Ciò che percepiva ora non aveva alcun legame, né forte né debole, con visioni piacevoli. Lampi di colore abbaglianti, accompagnati da potenti ondate di calore. Hervé ignorava quanto tempo fosse passato, ma sicuramente ce l'aveva fatta, aveva varcato il confine, era approdato ad Acidland.

Avvertì una leggera sensazione di panico, però. Si concentrò ancora sulle raccomandazioni di Shahin, soprattutto sul lasciarsi andare.

Per il momento, oscillava tra sfolgoranti sventagliate di colore – al confronto, i mercati indiani, con i loro garofani e le loro calendule, potevano andare a farsi un giro – e una *gulf stream* che percorreva i suoi muscoli come un eccesso di sangue bollente. Le idee gli attraversavano il cervello alla velocità, secondo lui, della luce (cosa impossibile, ma vabbè). Con prepotenza, gli tornava in mente un ricordo: quella convinzione che l'LSD consentisse uno stato vicino al satori dello Zen. *Ma dai, andiamo...*

Al prezzo di sforzi sovrumani, riuscì a portarsi una mano alle labbra. Aveva la bocca piena di sangue. Fece scivolare l'indice all'interno, trovò la lingua e la ferita da cui sanguinava. Se l'era morsa senza neanche rendersene conto.

I colori non sbiadivano. Sfarfallavano intorno a lui, esplodevano, stillavano goccia a goccia nello spazio in mille scintille luminose. Era veramente fatto.

Il suo corpo stava diventando un'armatura, sempre più pesante e opprimente, ma trovò la forza di liberarsene. Sì, sì, era proprio quello che provava... Sgusciò fuori dal suo corpo come un ladro che sfugge ai poliziotti lasciandoli con il solo cappotto tra le mani. Sgattaiolava via, si dileguava, se la svignava. Dove era diretto? Non lo sapeva di preciso, o forse andava dappertutto, contemporaneamente. Lui era le macchie di colore che circolavano nel suo bungalow come lucciole, era la paglia del tetto, era gli scarafaggi che correvano sulle pareti...

Si raddrizzò. Tremava di freddo, sudava in preda alla febbre, o il contrario, poco importava. A ogni respiro, le particelle colorate si deformavano, moltiplicando le combinazioni, le esplosioni, le vertigini... Si guardò le mani: brillavano come diamanti, la sua carne si faceva traslucida... Sarebbe potuto morire di paura ma l'acido lo tranquillizzava, gli lasciava accogliere ogni nuova sensazione con fluidità, con la certezza che il processo era del tutto inoffensivo, e addirittura benefico...

Il calore proveniva ora dalla base della colonna vertebrale. In una confusione totale, gli tornò in mente il serpente bianco del tantrismo, acciambellato proprio in quel punto: la Kundalini, energia segreta, femminile, che poteva consentirgli di arrivare all'armonia e alla felicità...

Seduto a gambe incrociate, con il capo chino sotto il cielo stellato del soffitto, prese a farfugliare dei mantra: «Sono giunto all'ipercoscienza, sto attraversando la *māyā*, il mondo illusorio delle apparenze, sono...», mentre alcuni uccelli si riversavano nel bungalow, portando con sé il cielo e la notte per poi far sparire tutto, con un colpo d'ali. Le pareti scoppiavano dal ridere, il pavimento diventava liquido...

Ora si rimpiccioliva, si comprimeva come quelle stelle che, una volta consumato tutto l'elio, diventano un nucleo di una densità vertiginosa, chiamato nana bianca. La parola lo fece ridere. Quando il nucleo si raffredda, si parla invece di una nana nera...

Hervé era diventato un bambino in fiamme, composto di carbonio e ossigeno, la cui massa raggiungeva una tonnellata per centimetro cubo. Con un secondo di ritardo, realizzò che aveva raggiunto lo stato che si era prefissato, l'età in cui non si conserva alcun ricordo. L'età dell'universo opaco, delle acque profonde...

In quel momento, come se la sua preghiera fosse stata ascoltata, vide il battente di legno verniciato della porta, con la sua maniglia centrale piatta in zinco lucidato... Non doveva fare altro che spingere...

Una luce gli trapassò il cervello come la punta di un trapano. Urlò, o credette di farlo. Forse era solo una risata, perché aveva già capito che non tutti i mali vengono per nuocere...

In fondo all'alone luminoso, una sala stile art déco, poltrone in marocchino color ebano, scrivania di mogano con piano lucido e basamento a forma di lira, busti in bronzo, affreschi alle pareti e parquet di lunghe assi dai riflessi cangianti...

Solo allora riconobbe la scena del sogno... In quell'ambiente bruno e oro, caldo come una scatola di sigari, scorse una donna minuta, distinta, altera... Chi era? Cosa ci faceva lì, dentro il suo cervello?

Hervé girò il capo – all'interno del suo stesso spirito – e vide sua nonna seduta su una sedia, la cappelliera sulle ginocchia... I suoi occhi tradivano il panico più totale. Le pareti, gli specchi, gli intarsi, tutto ora rifletteva il suo terrore...

Hervé scoppiò a ridere.

Finalmente avrebbe capito...

123.

Mersch si svegliò di cattivo umore.

Il soggiorno in quel posto stava prendendo una brutta piega. Erano come turisti intrappolati nelle maglie di una setta, già preda dell'atmosfera tossica del luogo. Nicole si era invaghita di un coglione di americano e Hervé si era rinchiuso nella sua baracca. Non si era fatto vedere per tutta la serata.

Cosa sarebbe successo quella mattina?

Niente. La quotidianità della setta, dopo un'intera nottata di pioggia.

Sulla soglia del bungalow, l'ispettore osservava il viavai degli zombie di servizio, ammantati nel loro lenzuolo bianco. Barba lunga per gli uomini, capigliatura boccoluta o liscia per le donne, tutti con indosso collane di perle di legno, foulard tra i capelli, anelli su ciascun dito e soprattutto un aspetto raggiante che lo irritava.

Ma dopotutto, perché no? Perché bisognava per forza pensare che quella felicità esibita fosse un'illusione o una prigione mentale? I cretini che manifestavano per le strade di Parigi o quelli che andavano a timbrare il cartellino in fabbrica ogni mattina erano forse più lungimiranti o meno alienati? Forse sì, ma una cosa era sicura: erano scontenti. Quindi...

Al momento, il solo elemento importante era la scoperta di Nicole: una grande vasca che ospitava un sacco di lamprede. L'hobby della Madre... Sorprendente da parte di una guida spirituale che predicava l'amore universale, ma anche interessante, perché era evidente che l'assassino aveva attinto le sue ossessioni da quelle acque torbide.

Mersch si recò al refettorio dell'ashram, dove venivano preparati dei *chai* niente male. Fisicamente si sentiva molto meglio: nessun indolenzimento, niente nausea né sintomi dell'astinenza. Il fatto che stesse lontano dalle anfetamine e dall'eccitazione chimica che lo aveva tenuto in piedi negli ultimi anni era l'unico effetto benefico di quella spedizione.

Già che c'era, visto che aveva una fame da lupo, si diresse verso il buffet e afferrò un piatto che, curiosamente, era di alluminio. Poteva scegliere tra torte di frutta non identificata e curry vegetariano accompagnato dagli immancabili chapati, preparati senza lievito.

«Jean-Louis?»

Mersch si voltò e si trovò davanti Padma con il suo sorriso melenso e il ciuffo da fiaba per bambini. Per un attimo ebbe voglia di prenderlo a schiaffi, se non altro per fargli perdere quell'espressione placida da statuina del presepe.

«Che c'è?» si accontentò di chiedergli.

«Sei fortunato. Hamsa è pronto a riceverti.»

«Sul serio?» chiese Mersch con la bocca piena. «Be', toccherà aspettare. Ho appena cominciato a fare colazione.»

Sempre quel suo modo provocatorio... Ma in quel gioco non poteva vincere. Erano in India, il paese dell'eterno karma e di eserciti di divinità. Perciò le piccole insolenze di un poliziotto francese...

«Vi aspettavamo da vent'anni. Hamsa pazienterà ancora un po'», fece Padma con un inchino.

124.

Aveva visto qualche fotografia di René Saulnier, alias Hamsa, risalente all'epoca in cui lo studente raccoglieva le ultime parole della Madre. Allora aveva una bella faccia da attore del cinema, con un profilo ben disegnato, la nuca rasata ma sormontata da un intricato groviglio di capelli. Un volto interessante, quindi, anche se un po' da furetto, su cui ardeva uno sguardo ansioso e quasi si vedevano consumarsi le questioni spirituali e le angosce metafisiche che lo agitavano.

Quelle immagini però non ti facevano sapere niente sul suo generale aspetto fisico, e ancora meno sui segni che l'età poteva aver lasciato su di lui. Oggi Hamsa, cioè il Cigno, doveva essere prossimo ai cinquanta, dirigeva l'ashram senza esserne davvero il guru – era solo l'intermediario della Madre – e non appariva in pubblico: non si faceva vedere in nessun darshan e non si prestava al gioco della popolarità. Un uomo dietro le quinte che gestiva un santuario dedicato alla memoria della Madre.

L'anticamera del Messaggero, come veniva anche chiamato, era arredata solo con qualche sedia di legno posta su un semplice tappeto di corda e... nient'altro. Sulla parete di fronte alla porta spiccava una sorta di ideogramma giapponese tracciato con inchiostro nero: una svastica incompleta, esattamente come quella che marchiava il braccio di Hervé e, si diceva, quello della Madre. Il simbolo della Ronde.

«Può entrare. Hamsa la riceverà.»

Mersch lanciò un'occhiata al tizio avvolto nel lenzuolo davanti a lui. Impossibile dire se fosse indiano oppure occidentale. Si somigliavano tutti. Gli stava porgendo un vassoio colmo di melagrane, banane e mandorle.

«Cosa sono?»

«Offerte. È la regola, non ci si può presentare davanti a Hamsa a mani vuote.»

Mersch sospirò e prese il vassoio dalle mani del fantasma.

Si avviarono in silenzio, entrambi a piedi nudi.

Entrarono in una stanza ancora più spoglia, uno spazio circolare interamente bianco e vuoto, se non per qualche cuscino sul pavimento. Il simbolo riapparve di nuovo, dipinto sulla parete di fondo. A sinistra, una grande portafinestra affacciava sulla montagna e la sua foresta di larici.

Sul telaio di cemento dipinto della vetrata, un ometto – ma davvero minuscolo – era seduto di traverso, appoggiato su una natica. Indossava la tradizionale camicia bianca sotto un gilet afghano senza l'ombra di una decorazione. Era una semplice pelle di montone, smanicata, che ricordava che lì il clima era più simile a quello del Nepal che del delta del Gange.

Era ancora possibile indovinare le origini occidentali del Cigno per quanto esse risultassero attenuate da un che di più universale, in cui nazionalità e stato civile non avevano diritto di cittadinanza. Quel cinquantenne rachitico appariva consumato come un fossile abraso dai secoli. Ma nel suo sguardo dietro le lenti si coglieva un guizzo divertito, scettico, che unito a una leggera curvatura all'insù degli angoli della bocca contribuiva a conferirgli una curiosa espressione ironica.

«Le do il benvenuto», disse con un filo di voce, senza muoversi.

Mersch non reagì. Come affrontare la bestia? Si limitò ad appoggiare a terra il vassoio e a fare qualche passo nella sua direzione. Piedi nudi contro piedi nudi, ad armi pari…

«La stavo aspettando», aggiunse Hamsa.

Dettaglio stonato, l'uomo aveva un accento del Nord, forse belga, e uno strano modo di troncare le parole.

«Perché?» replicò Mersch, facendo il finto tonto. «È stato avvisato del nostro arrivo?»

«Certo, ma anche in precedenza ci sono stati dei segnali…»

Ci siamo... pensò Mersch, senza poter rinunciare a quel cinismo da ateo che lì suonava davvero fuori luogo.

«Quali segnali?»

«Oh, cose che a lei sembrerebbero puerili...»

«Da quando sono in India, ho l'impressione di essere finito in un gigantesco circolo ricreativo. Mi faccia degli esempi.»

«Qui c'è una fattoria che si occupa di apicoltura. Da diverse settimane le api, organizzate in schieramenti compatti, disegnano in aria il nostro simbolo. O meglio quello della Madre: la svastica che purtroppo ha assunto un significato così oscuro a partire dall'ultima guerra...»

«Cos'altro?»

«Tutta la natura sembra volerci preavvisare. La svastica, sempre lei, si forma in fondo ai pozzi, nei corsi d'acqua o in cielo, tra le nuvole... La Madre è tornata...»

A Mersch scappò una grassa risata.

«Ma lei è davvero convinto che mio fratello, che non aveva mai messo piede in India prima della scorsa settimana e che non ha mai sentito parlare della Ronde, potrebbe essere la reincarnazione della vostra... guru?»

Il Cigno sospirò.

«Ciò che conta è che lui lo creda. Nulla sarà possibile se lui stesso non è convinto della propria missione.»

In questo caso allora, pensò Mersch, *siamo tutti tranquilli.*

Prima di cominciare con le domande scomode – e che potevano anche risultare micidiali – era meglio dedicarsi un po' alla metafisica, decise Mersch.

«La Madre è morta nel 1948», cominciò. «Le sembra ragionevole un'attesa di vent'anni?»

«Quando si tratta di reincarnazioni non ci sono regole», rispose Hamsa con quella sua cadenza particolare. «Soprattutto in India, dove il tempo non ha alcuna importanza.»

Mersch scelse di giocare la carta dell'uomo saggio, almeno per il momento.

«Mio fratello non ha alcuna preparazione spirituale.»

«Lo formeremo noi.»

«Ma è cattolico.»

«Anche noi.»

«Non sa nulla dell'insegnamento della Madre.»

«Al contrario, lo conosce. È innato in lui. Il mio ruolo è di risvegliarlo… nella sua mente.»

«E in cosa consiste questo insegnamento?»

Hamsa si sistemò gli occhiali.

«La Madre ha concepito un nuovo yoga, quasi unicamente mentale, che mira a ridestare l'elemento divino che è dentro a ognuno di noi. Grazie a questa pratica, l'essere umano può diventare luce, fondersi con la verità assoluta e dare inizio a una nuova razza, l'Uomo Nuovo, se vuole.»

«Che programma!»

«Lei mi chiede, io rispondo.»

Bene, abbiamo riso abbastanza, si disse Mersch. Era ora di arrivare al sodo.

«Hervé non ha nulla da spartire con i vostri deliri.»

«Per adesso, ma la sua metamorfosi è cominciata.»

«Quindi lei ci crede?»

«Non c'è ragione per non farlo.»

L'ispettore cambiò argomento.

«Non è sorpreso del fatto che… la Madre ritorni?»

«Sarebbe stato sorprendente il contrario. La Madre non è una creatura terrena, un essere di carne e sangue. È uno spirito, capisce?»

«Eh già, ma questo vostro spirito ha comunque finito per schiattare, no?» buttò lì Mersch, scegliendo nuovamente la provocazione.

Hamsa non raccolse. Era perduto nella contemplazione del paesaggio, per quanto Mersch avesse l'impressione opposta: che fossero semmai le montagne a osservarlo mentre era seduto sul davanzale della finestra.

L'ispettore si ricordò di quello che gli aveva raccontato Hervé, a proposito delle voci che giravano sull'assassinio di Jeanne de Texier.

«Com'è morta la Madre?» insistette.

«È stata uccisa», sussurrò Hamsa senza guardarlo.

Un po' di franchezza non fa male ogni tanto…

Mersch rimaneva sempre in piedi. (Non ci si vedeva proprio seduto, da solo, sui cuscini nel bel mezzo di una grande stanza spoglia.)

«Cos'è successo?»

«È stata una fase molto buia nella storia della Ronde, preferisco non parlarne.»

Mersch fece un bel respiro.

«Padma deve averla aggiornata», ribatté. «Sono stati commessi una serie di omicidi tra Parigi e Calcutta, e non ci sono dubbi che siano tutti collegati alla vostra comunità. Siamo venuti in India per ottenere delle risposte, per individuare un assassino, di certo non per lasciare qui mio fratello in convitto. Quindi parli. Lei dice che la Madre è stata uccisa? Perfetto. Quel primo omicidio è forse collegato a quelli avvenuti di recente.»

«Impossibile.»

«Lasci giudicare me.»

Hamsa si dimenò, come un vecchio pappagallo sul suo trespolo.

«Si parla sempre dell'influenza che il guru esercita sui propri seguaci», finì con il dichiarare. «Ma è anche vero il contrario. Il maestro può diventare prigioniero dei suoi discepoli.»

«Il che vuol dire...»

«Sono stati gli ashramiti a uccidere la Madre. È stata assassinata dai suoi figli...»

Mersch non tentava neanche più di capirci qualcosa in quella storia. L'India coglie sempre di sorpresa e in quest'ottica niente è veramente sorprendente.

«In quali circostanze?»

«Negli ultimi tempi la Madre non usciva più dalla sua stanza. Stava lavorando su sé stessa, tentando, attraverso la meditazione, di risvegliare la particella di luce racchiusa in ogni cellula del nostro corpo. Capisce?»

«No.»

«L'uomo non smette di evolversi e, secondo la Madre, la tappa successiva della sua progressione è la consapevolezza della presenza divina dentro di sé.»

«Tutto questo non mi dice perché sia stata uccisa dai suoi discepoli.»

«Non soddisfaceva più le loro attese. Non organizzava più darshan, non teneva più discorsi. Negli ashram i discepoli provano un bisogno viscerale di contatto con il loro maestro spirituale. Sono in uno stato di totale dipendenza.»

Quantomeno, l'uomo dava prova di lucidità.

«Se il guru non li guida più, si sentono persi e possono addirittura impazzire… Ed è quello che è successo all'epoca. Una notte gli abitanti dei dintorni si sono uniti agli adepti dell'ashram per venire a reclamare un darshan… definitivo. Avevano bisogno di vedere la Madre, toccarla, rigenerarsi.»

Mersch cercava di immaginare la scena e, curiosamente, ci riusciva. Ancora oggi aleggiava nel Regno una tale atmosfera di devozione – e di follia – che una notte di linciaggio ci stava proprio a pennello…

«Sono arrivati nell'oscurità, con armi, attrezzi, bottiglie rotte… Hanno invaso il Palazzo della Gioia, cioè la residenza della Madre, qui dove ci troviamo oggi. Sono entrati nella sua camera e l'hanno… scorticata viva…»

S'interruppe. Erano trascorsi vent'anni, ma quella notte di Valpurga gli dava ancora i brividi.

«E poi l'hanno divorata.»

«Divorata?»

«Sì, hanno mangiato la sua carne, le ossa, i capelli. Volevano che la Madre fosse dentro di loro, li abitasse…»

Degli ashramiti con la tunica intrisa di sangue in ginocchio intorno a una vecchia smembrata… Dannazione, ma l'India non ne avrebbe mai avuto abbastanza?

«Come fa a sapere tutto questo?»

«Ero presente. Mi trovavo nella stanza della Madre e ho assistito alla carneficina.»

«Lei è stato risparmiato?»

«Sono riuscito a scamparla», rispose Hamsa con un debole sorriso. «Ho preso i miei appunti e sono scappato a Gangtok, nel Sikkim, poi ho varcato la frontiera e per diversi anni sono vissuto in Bhutan.»

«Non capisco. Lei si nascondeva?»

«Nascondevo gli scritti della Madre.»
«Perché?»
«Perché rappresentavano la direzione ultima del suo pensiero, e i discepoli non erano pronti ad ascoltare quel messaggio. Un messaggio di indipendenza e autonomia per ognuno di loro.»
A Mersch tornarono in mente delle immagini che aveva visto nell'archivio della scuola di van Exem.
«Però la Madre ha avuto delle gran belle esequie.»
«Quelli che l'hanno uccisa l'hanno anche inumata... Per quanto difficile da comprendere, la sua uccisione era una sorta di... omaggio. Una volta scomparsa la Madre, quella degli ultimi tempi, gli ashramiti hanno ritrovato la Madre di prima, quella che amavano e rispettavano.»
«E nessuno è stato arrestato?»
«Certo che no. Quello che accade nel Regno rimane nel Regno.»
«E lei? Perché è tornato? Non aveva più paura?»
«Erano cambiate le mentalità. I discepoli erano finalmente pronti per ascoltare me, il Messaggero...»
«Io cerco un assassino», lo interruppe Mersch bruscamente. «Questo assassino ha vissuto nel Regno.»
«Lei è fuori strada. Non ci sono criminali tra noi.»
«Ma se mi ha appena raccontato un omicidio collettivo...»
«Era una specie di... rituale.»
«Credo che anche gli omicidi recenti siano dei rituali.»
Hamsa non rispose. Non sembrava molto interessato all'argomento.
Per ravvivare la sua attenzione, Mersch tirò fuori le fotografie che si era portato dietro pensando che sarebbero potute tornare utili. «Un'immagine vale mille parole», diceva Confucio. Oddio, ecco che ci si metteva pure lui...
Hamsa diede solo un'occhiata distratta: cosa potevano mai significare quegli scatti agli occhi di un uomo che aveva visto la sua mentore divorata dai suoi seguaci? E che magari era convinto che non sarebbe mai morta?
«È orribile», finì tuttavia con l'ammettere.
Mersch raccattò le foto e attaccò da un'altra angolazione.

«C'era un capobranco quella notte? Un discepolo particolarmente... arrabbiato?»

«No. Non sarebbe esatto dirlo. Era una sorta di... follia collettiva.»

«Gli adepti vengono da ogni parte del mondo. Lei conosce il loro passato?»

Hamsa ritrovò il suo sorriso da illuminato.

«No, non facciamo mai ricerche sui nostri "figli".»

«Alcuni di loro hanno dei trascorsi criminali?»

«Trascorsi criminali...» ripeté il Messaggero con un tono sognante. «Tutti questi valori, tutti questi giudizi appartengono al vostro mondo, non al nostro. Il desiderio di aggregarsi a noi cancella il passato di ciascuno. A prescindere dalle azioni precedenti, oltrepassare la soglia del Regno lava ogni macchia per sempre.»

Come nella Legione straniera, pensò l'ispettore, ma tenne per sé quella riflessione.

Fu Hamsa a tornare alla carica.

«E, comunque, quali prove ha che il vostro omicida sia uno dei nostri discepoli?»

«Sarebbe troppo lunga da spiegare, ma ne ho la certezza», sbottò Mersch dopo essersi schiarito la voce. «Inoltre credo che gli omicidi abbiano un legame con questa patetica idea che mio fratello sia la reincarnazione della Madre.»

«Perché "patetica"?» chiese il Cigno, dando timidamente una scrollata di spalle per manifestare la propria disapprovazione.

«Lo ha detto lei: il mio mondo e il suo non hanno nulla a che spartire. Nel mio, non crediamo a questi deliri di reincarnazione e karma.»

«D'accordo, ma bisogna chiedere a suo fratello se...»

«Praticate il tantrismo qui?» lo interruppe Mersch. Quella storia cominciava a stufarlo.

«La Ronde tollera tutte le religioni.»

«Risponda alla mia domanda! Il tantrismo fa parte delle vostre pratiche?»

«No. Il tantrismo deriva dall'induismo. Noi cerchiamo la verità nelle religioni, diciamo, principali... Del resto è un culto che si basa su rituali, gesti, pratiche... magici. Non è in questa direzione che noi lavoriamo. La Ronde esplora, sonda, analizza i testi sacri. Non si appropria di cerimonie tratte da altre liturgie. Meditiamo sulle scritture, e abbiamo le nostre cerimonie.»

«Il sesso fa parte di queste cerimonie?»

«Sì.»

Mersch non si aspettava una risposta affermativa.

«In che senso?»

«Cerchiamo l'energia spirituale là dove essa si trova. Una delle strade per raggiungerla è il rapporto sessuale.»

«Le vostre cerimonie ricordano quelle tantriche?»

«Questo non glielo posso dire: le cerimonie tantriche sono segrete. Le ripeto che non siamo interessati a quella corrente.»

Mersch si prese qualche istante per riflettere: neanche su questo terreno, il sesso, aveva fatto progressi. Ignorava che ruolo potesse giocare la carne nel movente dell'omicida. Suzanne, con il suo tantrismo politico-sessuale, si era fatta individuare e incastrare dall'assassino, ma quest'ultimo si interessava davvero a certe pratiche?

Cambiamento di rotta.

«Potrebbe esserci un ballerino di una certa età tra i vostri adepti?»

«Solo a Susunia siamo diverse migliaia.»

«Ma tra gli europei, più precisamente?» insistette Mersch. «Un insegnante o magari un'ex étoile?»

«No.»

Mersch aveva captato un'altra risposta. Alla parola «ballerino», Hamsa era trasalito. Quasi impercettibilmente. Una leggera contrazione del volto. Un rossore improvviso sotto quella pelle grigia.

Hamsa conosceva un ballerino, e quel ballerino lo terrorizzava. *Ci torniamo dopo.*

«Davanti al palazzo», continuò l'ispettore incalzandolo, «c'è una vasca. Dentro questa vasca, ci sono delle lamprede.»

«È una vecchia tradizione...»

«Perché piacevano alla Madre?»

«La Madre diceva che dovevamo essere le lamprede di noi stessi, essere in grado di aspirare il nostro ego, il nostro materialismo, le nostre illusioni, per lasciare spazio unicamente alla pura luce. Quella della verità, quella dello spirito divino.»

«Si ricorda di qualche incidente? Di qualcuno caduto nella vasca e che è stato morso da quegli animali?»

Hamsa pronunciò un «No» convinto, facendo oscillare la testa come un ciondolo. Anche in questo caso Mersch intuì il contrario: qualcuno aveva avuto la sua porzione di incubo. E quel qualcuno era rimasto traumatizzato per sempre dalle ferite inflittegli dalle lamprede.

Al punto che oggi, quando uccideva delle donne, riproduceva i loro morsi circolari...

Di punto in bianco Mersch girò i tacchi.

«Tornerò a trovarla.»

Quel mattino aveva applicato la spremitura a freddo. Era curioso di vedere come avrebbe cantato il Cigno con un bel trattamento a caldo.

125.

«È mio padre. È lui al centro di tutto questo.»

Sollevato lo sguardo, Mersch si trovò davanti sul sentiero Hervé che tremava dalla testa ai piedi. Non lo vedeva dal tardo pomeriggio del giorno prima.

Il poliziotto stava riferendo a Nicole come si era svolto il suo primo appuntamento con Hamsa: si era solo all'antipasto. Erano seduti sulla soglia del suo bungalow, intenti a prepararsi in tutta tranquillità uno spinello con l'erba dell'ineffabile Shahin.

«Cosa diavolo vuoi dire?» chiese Mersch svuotando un bidi dal tabacco. La bravura stava nello srotolare la foglia di tendu senza spezzare il filo di cotone che la teneva stretta.

«È mio padre, lo so, l'ho visto.»

Mersch si distolse dal suo piccolo lavoretto manuale e si schermò gli occhi con la mano per distinguere meglio il fratello. Era decisamente alterato: sguardo velato, madido di sudore, con una gamba che sussultava come se fosse collegata a una presa da 220 volt.

Mersch si tirò subito in piedi. Sapeva riconoscere un'emergenza.

«Ti siedi e ci racconti tutto.»

Con un movimento incontrollabile, Hervé crollò ai piedi di Nicole, che erano nudi e molto graziosi.

«Ho sete», farfugliò.

Andarono a prendergli una borraccia, un aggeggio di pelle di capra degno di un pastore dei Pirenei, che si portò alla bocca con ingordigia. L'acqua gli colava lungo il collo come una sciarpa morbida e liquida.

«Cos'hai preso?»
«Un acido.»
«Quando?»
«Ieri sera.»
«Chi te l'ha dato?»
«Shahin.»
Quel caro vecchio Shahin, sempre pronto a farti sprofondare nel pantano della droga.
«Perché l'hai fatto?»
«Per recuperare la memoria.»
«Che memoria?»
«Quella che ho perso, quella dei miei primi cinque anni di vita.»
Il sole picchiava sulle loro teste come il martello incandescente di un fabbro.
Mersch afferrò il fratello per il colletto.
«Vieni dentro.»
In quattro e quattr'otto si ritrovarono nella frescura del bungalow, Hervé semidisteso sul letto, Mersch e Nicole seduti sul pavimento, nella posizione del loto.
«Che storia è questa della memoria?»
«È a causa di *mamie.*»
«*Mamie?*»
Sul pagliericcio, Hervé tremava come un soldato indocinese in preda alla malaria.
«C'è una cosa che non ha mai quadrato...»
«Una sola? Ne sei sicuro?»
«Perché mi ha lasciato partire per l'India senza fare una piega?» proseguì Hervé come se non avesse udito. «In realtà si aspettava che qualcuno venisse a prendermi per proteggermi. Ha sempre saputo che ero in pericolo...»
Mersch era a grandi linee d'accordo, ma non capiva che ruolo potesse avere la memoria infantile in quella situazione.
«L'India era già presente alla mia nascita, era là, accanto a me.»
«Sotto quale forma?»
«Mio padre.»
«Ne abbiamo già parlato», sospirò Mersch. «Ho tentato di

scovare tutte le notizie che potevo su di lui. Uno studente di lingue orientali che ha conosciuto nostra madre. Hanno amoreggiato un po' e poi lui se l'è filata a Benares per studiare la musica indiana. Ci ha passato tutta la vita ed è morto nella massima discrezione. Un professorino, ferrato nel suo campo, ma per il resto niente di che.»

Adesso Hervé sembrava anestetizzato. Seduto sul letto, la schiena addossata alla parete, aveva gli occhi persi nel vuoto, o piuttosto aveva il vuoto negli occhi. Le sue pupille tradivano ancora l'offuscamento dovuto all'effetto chimico.

«Passami una sigaretta.»

Mersch gli lanciò un bidi che l'altro prese al volo con una destrezza inaspettata.

Fiammifero, fumo, silenzio.

«Mio padre», disse infine, «è la connessione con l'India. Mi sono detto che forse era accaduto qualcosa alla mia nascita in grado di spiegare gli omicidi di oggi.»

Mersch lanciò uno sguardo a Nicole, che sembrava affascinata. Un'ottima cliente per le esperienze di ipercoscienza.

«E quindi hai preso un acido per andare indietro con la memoria?»

«Precisamente.»

Mersch si accese a sua volta un bidi. L'India li mandava tutti fuori di testa.

«Ha funzionato? Cos'hai visto?»

«Non è molto chiaro.»

«Ma guarda.»

Hervé tirava dalla sigaretta come un sub dall'erogatore.

«Faccio da anni lo stesso sogno.»

«Me ne hai già parlato», intervenne Nicole. «Una donna strana in un appartamento e...»

«No. Sto parlando di un altro sogno. Vedo un uomo molto magro, vestito di una specie di tuta nera, che si china su una culla. La cosa bizzarra è che porta un berretto, sul genere di quelli che hanno in testa i ladri nei film muti.»

«E allora?» s'intromise Mersch.

«Quell'uomo è mio padre. Ora lo so. Questo sogno è in realtà un ricordo. La culla è la mia. Dammi un'altra sigaretta.»

Hervé l'accese febbrile.

«La notte scorsa ho di nuovo avvertito la minaccia di allora.»

«Che minaccia?»

«Mio padre che tentava di rapirmi.»

«Hai soltanto fatto un *bad trip.*»

«No!»

Hervé aveva urlato. Nella penombra il suo viso brillava come una torcia. Coperto di sudore, bruciante di febbre, il ragazzo era in uno stato prossimo alla trance.

«No», ripeté a voce più bassa. «Adesso ho capito. Dovevo avere qualche mese al massimo quando mio padre è venuto per portarmi via.»

Prese la parola Nicole, anche lei con la sigaretta fra le dita. Ormai il fumo che riempiva il bungalow si poteva tagliare con il coltello.

«Come lo sai? Perché sarebbe stato tuo padre? E perché avrebbe voluto rapirti?»

Hervé scosse il capo, come un pugile alle corde che si è appena beccato un colpo micidiale.

«Non lo so, ma... ne sono certo.»

Mersch, che con le sue antenne da poliziotto captava che doveva esserci qualcosa di vero in quel troiaio, preferì richiamare tutti all'ordine.

«Ripercorriamo i fatti dall'inizio, cercando di trovare una logica nella tua versione, ok?»

«Ok», ripeté docile Hervé con il tono risoluto del ragazzino cui viene affidato un compito di fiducia.

«Pierre Roussel – è il nome di tuo padre – va a letto con Simone. Per una ragione sconosciuta, subito dopo sparisce. Forse lui non c'entra per niente o, in alternativa, non è neppure al corrente che lei è incinta.»

«Mi ha riconosciuto.»

«Giusto. Apprende la notizia quando è in India. Rientra in Francia e ti riconosce.»

Mersch pensò a un altro dettaglio misterioso: perché Pierre Roussel aveva cambiato nome? Se vogliamo essere logici, in origine doveva chiamarsi Jouhandeau. Si nascondeva? Doveva mettersi al riparo da qualcosa?

«Quindi», continuò, «perché avrebbe voluto rapirti?»

«Per portarmi in India. O semplicemente per uccidermi. In ogni caso lui rappresentava una minaccia per me. Ho avvertito questa minaccia durante tutto il mio trip sotto acido. Ma *mamie* e la mamma mi hanno protetto.»

Mersch non aveva mai immaginato le due donne nei panni di combattenti in lotta contro un assassino.

«Apri la porta, per piacere», domandò a Nicole.

Un raggio di sole entrò con la violenza di una raffica di mitra e sferzò il viso di Hervé. Le sue pupille dilatate avevano perso ogni colore.

«Ci rifletto da stamattina», disse con respiro affannoso, «e penso che mio padre facesse parte della Ronde.»

«Come ti è venuta questa idea?»

«Una semplice ipotesi, ma spiegherebbe perché non mi abbia ucciso né rapito.»

«Perché?»

Hervé tirò su la manica.

«Non appena ha notato questo segno, ha capito che non poteva fare niente contro di me. Non si deve interferire con la Madre...»

Tutto questo era assurdo, ma suonava curiosamente giusto.

«È tutto ciò che hai visto?» si sentì domandare.

«No. Ho visto la Madre. La donna che compare nei miei sogni è lei.»

«L'hai vista... nel suo ashram?»

«No, nel suo appartamento parigino, vestita all'occidentale.»

Mersch tentava di adattarsi, ma era come l'alpinista che scende dalla montagna per una via sconosciuta, senza punti di appoggio.

«Ok», ammise. «Ma, a tuo parere, per quale ragione la sogni?»

«Perché *mamie* è andata a trovarla... quando avevo pochi mesi.»

«E ti ha portato con sé.»

«Sì. Questo sogno è un ricordo impresso nel mio inconscio.»

«Non esageri un po'?»

Hervé parve non udire. Parlava guardando dritto davanti a sé, come a un altro sé stesso.

«*Mamie* voleva forse raccontarle tutta la storia, o mostrarle la voglia sul mio braccio. Aveva bisogno della sua protezione.»

«E allora?»

Hervé aprì le braccia in segno d'impotenza.

«Non so nient'altro.»

«Che rapporto c'è con i recenti omicidi?»

Hervé fece una stupida risatina. Fumava in una strana maniera, ruotando il pugno prima di ficcarsi in bocca la sigaretta.

«È semplicissimo. Penso che l'assassino sia mio padre.»

«Pierre Roussel è morto quattro anni fa. Ho letto il suo necrologio che...»

«Ma dai. In India i nomi, le vite, le identità sono intercambiabili. Mio padre può essersi mimetizzato fra la folla di Calcutta e...»

«Di Benares.»

«D'accordo, di Benares. È morto come Pierre Roussel e può essere resuscitato sotto un altro nome. Del resto, prima di chiamarsi Roussel, il suo nome era Jouhandeau.»

Il fratellino segnava un punto.

«Ma perché uccidere oggi? Perché rifarsi vivo?»

«Penso...» Per la prima volta Hervé esitò. Pareva lui stesso incredulo di fronte alle proprie ipotesi. «Insomma, penso che cerchi di riavvicinarsi a me.»

«Uccidendo le tue fidanzate?»

«Non erano le mie fidanzate.»

«Hai capito cosa voglio dire.»

«È come un percorso iniziatico. Un cammino di sangue...»

«Be'», fece Mersch alzandosi, «devi riposarti un po' e...»

Hervé lo prese per la manica.

«Aspetta. C'è un'altra cosa.»

«E sarebbe?»

«Il tipo con il berretto. L'assassino... L'ho rivisto...»
«Me l'hai già detto. Nel tuo trip.»
«No, l'ho rivisto... nella realtà.»
«Quando?»
«Nel giardino della villa di Krishna. Poco prima del massacro. È stato lui a ucciderli.»

Mersch preferì lasciar correre. Si liberò con dolcezza dalla stretta del fratello, un dito alla volta come si farebbe con un cadavere. Aveva l'esatta impressione che, al contrario di quanto avviene in certe indagini dove, pazientemente, si giunge a spiegare l'irrazionale con la ragione, qui fosse la follia a guadagnare sempre più terreno.

Guardava Nicole e le ordinò, con un breve cenno del capo, di seguirlo all'esterno.

«Torno da Hamsa», spiegò. «Solo lui conosce le risposte. Tu resta con...»

«No, vengo con te.»

Mersch non ebbe il tempo di ribattere.

«Vengo anch'io», gridò Hervé dalla soglia del bungalow. «Dopotutto è in gioco la mia pelle.»

126.

«Parlami di Pierre Roussel.»

Questa volta Hamsa, il Cigno canterino, aveva abbandonato la sua sorridente inerzia. Bisogna dire che Mersch aveva buttato giù la porta della sala di preghiera dopo avere strapazzato gli pseudo guardiani del palazzo. Ora aveva lasciato la sua .45 a Nicole incaricandola di sorvegliare l'accesso.

Hervé? Non si poteva chiedergli niente al momento. Seduto sui cuscini, aspettava spiegazioni sulle sue origini, la sua culla, l'ombra del padre. Era interessato a qualsiasi cosa gli avessero potuto raccontare al riguardo.

«Pierre Roussel», ripeté Mersch. «Non costringermi a diventare cattivo.»

Hamsa sembrava aver capito che quella minaccia implicava dei rischi... fisici. Non era più tempo di blaterare sulla ricerca della luce in ogni cellula umana o sulla concezione dello yoga mentale.

«Mai sentito questo nome», rispose tuttavia.

Mersch gli sferrò con forza un pugno allo stomaco. Il Cigno mandò un gridolino, quasi il verso di una faina (un nuovo animale si aggiunge alla scena), e si piegò sulle ginocchia. Mersch gli appioppò una gomitata alla nuca, che parve frantumarsi scricchiolando come una fascina di ramoscelli secchi pronti per il fuoco.

Poi lo ghermì per la collottola, come un micino (di nuovo il serraglio), e lo mise in ginocchio prima di assestargli un gancio alla mascella. Sentì l'osso dislocarsi sotto le dita.

Hamsa ricadde sul fianco sputando un fiotto di sangue.

«Pierre Roussel», tornò a ripetere Mersch. Nessuna risposta. Il Messaggero era in preda agli spasmi: brevi fitte di dolore simili a scariche elettriche. In Algeria, dopo una sessione di elettroshock gli uomini avevano questo genere di convulsioni, ricordi a 135 volt.

Lo colpì al ventre con un calcio così violento da sollevare il corpo da terra. Era consapevole di commettere un oltraggio – analogo, per esempio, al pisciare sull'altare di una chiesa –, ma il fine giustificava i mezzi.

«Pierre Roussel. Faceva parte della Ronde. Parla, cazzo!»

Nessuna reazione. Mersch si disse che stava scommettendo sui deliri del fratello sotto LSD e sulle proprie ipotesi. Un po' pochino... ma sufficiente per scoprire qualcos'altro.

Gli venne un'idea. In fatto di tortura aveva avuto una buona scuola. Afferrò il Cigno per il bavero e lo trascinò attraverso la stanza, tracciando sul pavimento una lunga scia di sangue. Hervé se ne stava immobile nel suo angolo, gli occhi fuori dalla testa.

«Apri la porta!» gli intimò Mersch.

Il ragazzo si rianimò e in pochi passi raggiunsero il cortile, attorniati da una schiera di grifoni mostruosi, di scimmie ridenti e placidi elefanti.

A forza di braccia, il poliziotto issò Hamsa – un peso piuma – sopra la vasca delle lamprede e ripeté: «Pierre Roussel».

«No.»

«Parla!»

«No!»

Mersch gli ficcò la testa nell'acqua. Subito le sordide creature vennero a incollarsi sul suo viso come un ammasso di tentacoli sfrangiati. Era la cosa più immonda che il poliziotto avesse mai visto in vita sua.

Hamsa si dibatteva come un forsennato. Il suo essere sembrava ormai suddiviso in due: il corpo rimaneva umano, ma il volto, visto attraverso la trasparenza dell'acqua, evocava un mostro venuto dallo spazio.

Mersch lo tirò fuori dalla vasca, il suo scopo non era annegarlo. Qualche lampreda mollò la presa, altre rimasero attaccate, e succhiavano, raschiavano, perforavano la carne come se volessero aspirarne tutta la linfa.

Lasciò cadere Hamsa sulla schiena e l'osservò contorcersi sul terreno nel tentativo di sbarazzarsi di quelle bestie furiose. Lotta impari. Una specie di piovra contro una mezza cartuccia poco abituata agli scontri fisici.

Dopo aver sputato l'acqua che gli era rimasta in bocca, il disgraziato riuscì a urlare: «Gli occhi!».

Due lamprede appiccicate alle sue orbite si contorcevano beate. Un occhio ciascuna: una soluzione equa.

«Gli occhi!»

Il poliziotto esitava a strappare via gli animali, perché il rischio era che si portassero dietro i globi oculari. Infilò la mano sotto i pantaloni militari per afferrare il Ka-Bar che portava sempre fissato al polpaccio.

Con qualche coltellata mozzò i corpi delle lamprede che si calmarono a stento. *Fottute bestiacce.*

«Datemi una mano!»

In tre riuscirono a combinare qualcosa: Hervé teneva saldo il corpo del guru, Mersch gli bloccava la testa e Nicole staccava con delicatezza le bocche-ventose dalle palpebre. Un bel po' di pelle rimaneva incollata a quei grugni schifosi, tondi come gli anelli di una tenia ripugnante.

«I miei occhi...» continuava a farfugliare Hamsa.

Mersch non sapeva dire quanto si fosse salvato di quegli occhi, ma sicuramente un bel po' di cornea se n'era andata e le palpebre erano ridotte a una poltiglia rossastra. Davvero orribile a vedersi.

«Pierre Roussel, Hamsa», articolò con la sua voce più dolce. «Parlami di lui, altrimenti ricominciamo da capo e stavolta non avrai neanche più gli occhi per piangere.»

Il capo spirituale si appoggiò al bordo della vasca, mentre intorno a lui i tronconi di lamprede continuavano a muoversi, e piegò all'indietro il viso come per esporre al sole le ferite.

«Pierre Roussel è il figlio della Madre.»

127.

Mersch possedeva una buona memoria per i nomi e le date. Jeanne de Texier aveva avuto due figli: Antoine, nato da una prima relazione nel 1913, e Georges, frutto della sua unione con un certo Paul Dorati, nato nel 1923.

«Ma che palle mi racconti?» gracchiò. «Nessuno dei figli della Madre portava questo nome. Sono nati da due padri diversi e...»

«Georges Dorati e Pierre Roussel sono la stessa persona. Dorati ha cambiato nome.»

Mersch dovette fare un formidabile salto mentale all'indietro per valutare le cose con la giusta distanza. I due ragazzi erano i grandi assenti di quella storia. Dov'erano cresciuti? Che rapporti avevano avuto con la loro madre? Che ne era stato di loro?

Immediatamente, però, con la rapidità di una coltellata infertagli nel fianco (un lavoro che il Ka-Bar avrebbe svolto egregiamente), una verità strabiliante planò su Mersch: se Georges Dorati, alias Pierre Roussel, era davvero il padre di Hervé, ecco che Jeanne de Texier era la sua nonna paterna. Una reincarnazione? Molto più semplice: un nipote. Partendo da qui, diventavano chiare diverse altre coincidenze, tra cui il segno sul braccio di Hervé, per esempio. O anche i suoi crampi, che erano sicuramente il sintomo di una malattia ereditaria.

«Raccontami tutto, e prenditi il tempo che ti serve.»

«I miei occhi...»

Mersch fece segno a Nicole: *Fa' qualcosa, qualsiasi cosa.* Lei svolse il suo foulard, lo immerse nell'acqua, attenta a non farsi mordere dalle lamprede, e posò con delicatezza il tessuto umido sugli occhi di Hamsa.

Trascorse qualche secondo, tempo sufficiente perché Mersch realizzasse un altro fatto. Quando aveva riconosciuto Hervé, il padre non si chiamava più Dorati e non ancora Roussel. L'uomo che si era recato allo stato civile era un tale Jouhandeau. Decisamente, quel tizio aveva un problema di identità.

Con gli occhi fasciati, il guru parve stare un po' meglio. Mersch gli assestò un colpo sulla spalla, tanto per evitare che si addormentasse sugli allori.

«Perché questo cambio di nome?»

«Per tagliare totalmente i ponti con la Madre.»

«Prima di Roussel, si chiamava Jouhandeau, corretto?»

«Jouhandeau?» trasalì Hamsa. «Non conosco questo nome.»

A questo ci pensiamo più tardi.

«Perché voleva chiudere con lei?»

Hamsa sorrise. L'immagine di quel volto troppo delicato, coperto di sangue diluito come acqua di rose e coronato dal foulard indiano di Nicole, sarebbe rimasta per sempre scolpita nel suo cervello. Il poveretto pareva un soldato ferito sul campo di battaglia.

«Perché la Madre era l'essere che più detestava al mondo.»

Chino sulla sua vittima con un ginocchio a terra, sempre stringendo il pugnale come se si tenesse pronto a sbrindellare il primo che gli passava vicino, Mersch annuì macchinalmente.

Dietro la setta, dietro il sacrificio – il linciaggio – della Madre, dietro quegli omicidi incomprensibili dove si mischiavano tantrismo, sadhu e reincarnazione, c'era prima e soprattutto un affare di famiglia.

Come sempre.

«Raccontaci.»

«Bisogna curarmi gli occhi.»

«Ogni cosa a suo tempo. Prima la storia, poi chiameremo i tuoi zombie perché si occupino di te.»

Mersch si alzò.

«Aiutatemi. Lo riportiamo all'ovile», disse rivolto a Nicole e Hervé.

Arrivati nella sala di preghiera – rimasta senza guardiani, probabilmente andati a cercare rinforzi –, si resero conto che la porta, dato che Mersch l'aveva sfondata, non poteva più essere chiusa a chiave. Di conseguenza, disponevano solo di pochi minuti per ascoltare tutta la storia.

«La Madre ha avuto Antoine, il primo figlio, nel 1913», cominciò il Cigno.

«Evitiamo di perdere tempo con ciò che sappiamo già.»

«Dieci anni dopo», proseguì l'altro come se non avesse sentito, «è nato Georges. La Ronde era stata creata qualche anno prima. La Madre organizzava dei darshan, conduceva una vita nomade e...»

Mersch ebbe un flash, un'informazione riportata sul necrologio di Jeanne de Texier.

«A quell'epoca aveva inviato i suoi ragazzi in collegio in Francia, no?»

«No. Questa è la versione ufficiale. In realtà lei se li portava sempre dietro dovunque andasse.»

«Perché mentire su questo?»

«Perché la Madre aveva un concezione... molto speciale dell'istruzione.»

Hamsa girava lentamente la testa da destra a sinistra, come il bilanciere di un orologio.

«Era di una severità... di una durezza inaudita, qualcosa che sfociava nel sadismo.»

Mersch fece i suoi calcoli.

«E tu come lo sai? A quei tempi non vivevi accanto a lei.»

«Vero, ma ho svolto ricerche, raccolto testimonianze...»

«Non ce ne frega niente. Parlami dei figli della Madre.»

«Sono cresciuti in quella sofferenza, subendo punizioni crudeli, un indottrinamento... feroce.»

«Frequentavano la scuola?»

«No. La loro educazione era affidata a dei discepoli, e si trattava di un'educazione specifica.»

«In che senso?»

«Era all'ottanta per cento religiosa. La Madre ci teneva che i suoi figli conoscessero alla perfezione le religioni induista, buddhista e cristiana prima di familiarizzarsi con i concetti della Ronde.»

«Per poterle subentrare a capo della setta?»

«No. La Madre auspicava che i suoi figli fossero degli ashramiti come gli altri. Il sangue non dà diritto ad alcun privilegio particolare in seno alla Ronde. È una comunità che...»

«Concentrati su ciò che mi interessa. Dunque i ragazzi sono cresciuti accanto alla madre, che non smetteva di viaggiare e di maltrattarli?»

«Sì. In seguito ha acquistato i terreni di Susunia Hills. Antoine era allora un adolescente e Georges un ragazzino.»

«Che lingue parlavano?»

«Il francese, l'inglese e il bengalese.»

Mersch fece a un tratto una domanda di buonsenso.

«E i loro padri, che ruolo avevano?»

«Non contavano. Gli uomini non hanno mai contato nella vita della Madre.»

Mersch non faticava a immaginare quella fanatica in sari che divorava i suoi poveri mariti come una mantide religiosa per poi sputarne con disdegno i resti. Fortunatamente per loro, i due avevano preso il largo in tempo.

«Torna a parlarmi dei ragazzi.»

«Hanno manifestato precocemente una predisposizione alla spiritualità. Ma mentre Antoine propendeva più per il cristianesimo, Georges era attratto dall'induismo.»

«Dov'era il problema?»

«Quale problema?»

«Sostieni che quelle due creature erano sottoposte a punizioni una via l'altra... Perché la Madre li tormentava tanto se loro seguivano le sue orme?»

«La Madre non era mai soddisfatta. Aveva delle pretese sconfinate. I piccoli dovevano conoscere a memoria intere pagine della Bibbia o dei Veda.»

«Che genere di castighi infliggeva loro?»

«Non so esattamente, ma certe punizioni erano molto simili alle mortificazioni praticate dai sadhu... Il digiuno per esempio, o l'esposizione al sole, restare a lungo in piedi su una gamba sola o in una posizione dolorosa... E, naturalmente, percosse, sempre percosse...»

Una strana guru, non c'è che dire. Apostola della pace e della serenità per tutti, adepta della tortura e della violenza per i propri familiari...

«I due ragazzi hanno proseguito la loro educazione religiosa nel Regno?»

«Certo. E le loro differenze non hanno fatto che accentuarsi. Antoine sempre più cristiano, Georges più induista...»

«Odiavano entrambi la Madre?»

«No, soltanto Georges.»

«Perché?»

«Perché di colpo la situazione si è aggravata. I due fratelli erano uniti, ma molto diversi. Verso i diciassette anni Antoine ha chiesto di andare a studiare in una scuola di gesuiti in Francia. Dal canto suo, Georges voleva perfezionarsi nelle arti: la musica, la danza...»

La danza. Quella particolarità sconcertante riferita da Nicole a proposito del suo aggressore. Il ritratto del figlio della Madre rinviava al profilo dell'assassino... *Aspettiamo ancora un po'...*

«Georges suonava il sitar e praticava la danza indiana.»

«Che c'è di male?»

«È una danza riservata alle donne.»

«E allora?»

«Sotto un certo aspetto, Georges era una donna.»

Altro flash. Pierre Roussel era omosessuale. Un peccato agli occhi della Madre?

La storia continua.

«Non mi trovavo a Susunia all'epoca, ma posso immaginare l'orrore che deve avere provato Madre. Lei che predicava una mente aperta in fatto di religioni era intransigente sul piano della sessualità. La filosofia della Ronde si fonda sull'evoluzione biologica e lo sviluppo della comunità: i suoi accoliti devono congiungersi e procreare. Per la Madre, un omosessuale non era altro che un rifiuto inutile, una deformità della natura che andava contro il senso della vita.»

«E il fratello dov'era?»

«Antoine aveva lasciato il Regno per seguire l'insegnamento dei gesuiti in Francia. Georges si ritrovava da solo al cospetto della Madre, che era ossessionata dall'idea di riportarlo sulla retta via. A rendere tutto ancora più difficile, nel Regno è arrivato qualcun altro.»

Mersch tentò inutilmente di deglutire. Con i tempi che correvano, la saliva era diventata una merce rara.

«Cosa accadde?»

«Nel 1936 Charles Aubenas, che assieme alla Madre dirigeva la Ronde, ha scoperto Goppi.»

«Goppi?»

«Salamat Krishna Samadhi», precisò Nicole.

«Corretto. La Ronde aveva trovato la sua guida spirituale e la Madre aveva occhi solo per quel bambino indù.»

«Lo preferiva a Georges?»

Anche mutilato, Hamsa trovò in sé un residuo di ironia.

«Idolatrava Goppi e odiava Georges. Ogni sera accompagnava suo figlio al bagno.»

«Al bagno?»

«Sì, giù al fiume, dove ciascuno fa le proprie abluzioni. C'è un lato riservato alle donne e un altro agli uomini. La Madre conduceva Georges sulla riva, in un angolo appartato, lo costringeva a spogliarsi e a guardare gli uomini nudi che si bagnavano. Al minimo accenno di erezione, lo flagellava con un ramoscello di salice trovato sul posto. Più tardi hanno raccontato che Georges avesse sviluppato un'attrazione ossessiva per la lavorazione del vimini.»

Altra convergenza. Quando era stata aggredita dall'assassino, Nicole aveva notato la sua arma, una lama ricurva che evocava un attrezzo da cestaio. E lui ricordava chiaramente il falcetto Opinel n. 10 che Guérin, il medico legale, gli aveva mostrato nella sala autopsie, dicendo che a suo parere l'assassino si serviva di quello strumento, in genere usato per lavorare con il vimini e la rafia.

Il killer era un ballerino.

Era anche un cestaio.

Il ruolo svolto in quella vicenda da Georges Dorati, alias Jouhandeau, alias Pierre Roussel si precisava sempre di più.

«È stato allora che sono arrivato nel Regno», continuò il Cigno. «Dopo l'apprendistato in altri ashram, ero pronto per lavorare al servizio della Madre. Lei ha subito apprezzato il modo in cui applicavo i suoi precetti e interiorizzavo i suoi insegnamenti. Mi ha preso sotto la sua ala, affidandomi la missione di aiutarla a preparare l'avvento della Nuova Era.»

«All'epoca», intervenne Mersch, «è corsa voce che Goppi fosse stato stuprato da Aubenas.»

Hamsa cambiò posizione, raggomitolandosi su sé stesso e prendendosi la testa fra le mani, come se gli risultasse estremamente penoso rivangare quell'episodio.

«Sì, Aubenas era un pedofilo.»

«E la Madre lo accettava?»

«Lo ignorava, lo ha sempre ignorato. Dall'alto, a volte, le cose appaiono meno chiare.»

«Charles Aubenas ha stuprato anche Georges?»

«Ma come le viene in mente? Non avrebbe mai osato toccare il figlio della Madre. È successo molto di peggio...»

Mersch finì per sedersi. Da quando erano arrivati lì era l'unico rimasto in piedi. La sua ombra si proiettava sul pavimento come lo stilo di un quadrante solare. Si stupiva che non fossero ancora arrivati i rinforzi, ma forse gli ashramiti avevano paura di entrare nella sala di preghiera...

«Non sono stati Aubenas e Georges a fare sesso insieme, ma Georges e Goppi.»

Mersch si trattenne a stento dal mettersi a ridere. Più che alla vita spirituale lì ci si dedicava alle orge.

Provava quasi compassione per quella vecchia puritana, sadica e picchiata nel cervello, che voleva cambiare la natura del figlio e metteva su un piedistallo un bambino indiano anche se non aveva chiesto niente a nessuno. Tutto quello che aveva ottenuto era una giovane coppia di sodomiti che si amavano teneramente, come cantava Juliette Gréco...

«La Madre l'ha saputo?»

«Quando l'ha scoperto è stato terribile. Ha accusato Georges di avere corrotto Goppi. La rabbia le ha fatto perdere il lume della ragione... e ha commesso l'irreparabile...»

Mersch lanciò un breve sguardo a Nicole e Hervé che, seduti a gambe incrociate come a un concerto rock, stavano ascoltando a bocca aperta.

«La Madre ha trascinato Georges alla vasca delle lamprede e ce l'ha buttato dentro. Armata di una pertica, gli ha impedito di uscirne per un'ora. Ero presente. Lei urlava insulti mischiando le lingue, piangeva e rideva allo stesso tempo. Il povero ragazzino si dimenava nell'acqua mentre quelle orride creature lo divoravano.»

Silenzio. Si sarebbe quasi potuto udire, attraverso il vetro, il sole che scivolava nel cielo. Mersch era inorridito, sebbene avesse appena inflitto la stessa tortura a Hamsa.

La danza.

L'arte del vimini.

E ora le lamprede.

Georges Dorati, quattordici o quindici anni, era rimasto traumatizzato per sempre in seguito al trattamento riservatogli dalla madre con la M maiuscola. Lavorava rami di salici. E riproduceva i morsi delle lamprede. I suoi delitti – i suoi sacrifici – raccontavano la sua storia. Il suo martirio.

«Cos'è successo dopo?» riprese Mersch, cercando di risvegliare l'attenzione dell'interlocutore che appariva allo stremo delle forze.

«Ci sono volute settimane perché Georges si rimettesse dalle ferite. La Madre ha chiesto a tutti i discepoli di pregare per lui. Ha sempre pensato che Georges fosse sopravvissuto grazie a quella forza spirituale.»

«Non gli sono rimaste cicatrici?»

«Sul corpo, ma non sul viso. Appena ne ha avuto la forza, è fuggito.»

«Dove?»

«Nessuno lo sa. Aveva quindici anni. Si è supposto che si fosse recato in Indocina, per raggiungere dei lontani parenti di Jeanne. Dev'esserci rimasto per tutto il periodo della guerra.»

«È stato allora che ha cambiato nome?»

«Sicuramente.»
«Come hai saputo che Georges Dorati era diventato Pierre Roussel?»
«L'India conta centinaia di milioni di esseri umani, ma nessuna informazione va mai persa. Anzi, i messaggi passano da un'anima all'altra, come vibrazioni, e...»
«Vabbè, abbiamo capito.»
Mersch sentiva che Hamsa stava recuperando forze, e non avrebbe tardato a rispolverare i suoi discorsi sull'energia spirituale e la luce delle cellule.
Riportalo sui binari.
«Pierre Roussel ha rivisto Goppi?»
«Non lo so.»
«E Antoine Roger, suo fratello?»
«Non lo so.»
«Che ne è stato di Antoine?»
«Ha condotto una brillante carriera in seno alla congregazione gesuita.»
«Oggi dov'è?»
«A Roma. È vescovo in Vaticano, accanto a Paolo VI.»
Inutile perdere tempo con il figlio prediletto della Madre.
«È stato a causa di questa separazione che Goppi ha voltato le spalle alla Ronde?»
«Ha giocato anche questo, sì. Ma in ogni caso era approdato a una propria convinzione circa le comunità spirituali.»
«Le sette.»
«Le chiami come le pare. Non voleva più sentirne parlare.»
«Pierre Roussel non è morto, vero?»
Silenzio. Mersch diede a Hamsa un'altra botta sulla spalla per evitare che si addormentasse.
«È morto o no?»
«No.»
«Come si chiama oggi?»
«Baba Shumitro Sen.»
«Perché un nome indiano?»
«Lui pensa di essere indiano. A Varanasi, si muore, si brucia, si rinasce.»
«Perché baba?»

«È diventato guru. Vive sempre a Varanasi, facendo il male come altri fanno l'elemosina.»

«Il male?»

«Pratica un tantrismo molto pericoloso. Una fede che attinge le sue forze dalle tenebre.»

«Conosci il suo indirizzo?»

«Tutti lo conoscono. Continua a gestire la sua biblioteca musicale, studia i testi sacri e dirige la sua malefica setta. Indossa la veste arancione. La veste della conoscenza e...»

Mersch non ascoltava più. Un'altra setta, un'altra città pullulante di gente e fanatica... "Questa storia non finirà mai..."

Nella sala di preghiera non era ancora arrivato nessuno in soccorso di Hamsa. Alzandosi in piedi, Mersch notò che la stanza tutta bianca era immersa nell'ombra.

«Sai se è stato lui ad ammazzare Krishna?» domandò per pura formalità.

«Sì.»

«E le due ragazze a Parigi?»

«Sì.»

«Pensi che uccida anche a Varanasi?»

«Sì.»

«E lo lasci fare?»

«Rientra nella sua missione. Nessuno può ostacolare il cammino spirituale di...»

«Basta così. Adesso chiamiamo i tuoi amici e ti consiglio di lasciarci andare via senza fare storie.»

128.

Fuori, come il giorno prima, aspettavano gli ashramiti radunati tranquilli attorno al cortile. Il loro modo di accorrere in soccorso del maestro era molto particolare: pregavano. In ginocchio, la testa a toccare il suolo, oppure in piedi, il viso rivolto verso il cielo, sembravano in preda a una sorta di estasi abbagliante.

Mersch, Nicole e Hervé si aprirono un varco in mezzo a loro senza che nessuno trovasse da ridire. A quel punto, la devozione rasentava veramente l'apatia.

E adesso il piano.

Scovare la jeep che li aveva portati lì e scappare via con quella.

Una volta a Calcutta, saltare su un aereo e raggiungere Varanasi.

Potevano anche provare ad andarci in macchina, ma percorrere settecento chilometri sulle strade indiane, con in giro dei pazzi che ti sorpassano su due ruote gridando «Kali!»... no grazie.

Restava un'ultima cosa da fare prima di partire.

Trovarono un telefono nell'ufficio contabilità completamente deserto. Anche il personale amministrativo doveva essere accorso a mormorare dei mantra davanti al palazzo.

Il poliziotto chiese all'operatore un numero che conosceva a memoria e, con l'aiuto di Nicole, si destreggiò per essere messo in attesa. Nel Bengala erano le sei del pomeriggio, in Francia le due e mezzo.

Dopo diversi minuti di crepitii e frammenti di frasi in un pessimo inglese, udì la voce che sperava.

«Chi parla?»

«Jean-Louis.»

Di colpo la linea fu sgombra da interferenze e la voce di Simone Valent risuonò nella cornetta come in una cattedrale.

«Jean-Louis...» ripeté la Santa Madre dei Poveri. «Ero molto preoccupata.»

«Va tutto bene», ribatté Mersch, dando prova di un formidabile senso dell'umorismo.

Aveva posato il ricevitore sulla scrivania, orientato verso il soffitto, per coinvolgere Nicole e Hervé.

«Rientrerete presto?»

«Ci sono ancora delle cosette da sistemare. L'ultima volta mi hai proprio preso per i fondelli.»

«Jean-Louis...»

«Sorvoliamo. Ti chiamo per parlarti di Pierre Roussel.»

«Pierre?» ripeté lei come se ci fosse un'eco sulla linea.

«O, se preferisci, Georges Dorati.»

«Georges?»

«Non hai mica intenzione di ripetere tutto quello che dico! Quando hai conosciuto Pierre Roussel a Parigi, nel 1946, cosa è successo esattamente?»

«Lo sai benissimo cos'è successo. Hervé è lì con te?»

«Sì, ti sta ascoltando.»

Un breve silenzio, sottolineato da scariche elettrostatiche. Era comunque esaltante potersi parlare a ottomila chilometri di distanza.

«Pierre Roussel non era uno studente di lingue orientali», riprese Mersch. «Sul bengalese o sull'induismo ne sapeva più di qualsiasi professore della facoltà. Come l'hai conosciuto?»

«In quel periodo m'interessavo alla mistica indiana e mi ero aggregata a una... setta.»

«Che setta?»

«Piuttosto un gruppo di pensiero, guidato da Pierre...»

La loro madre era nata nel 1917, Georges Dorati, sei anni dopo. Nel 1946 Simone era quindi vicina alla trentina e il suo amante aveva ventitré anni. Mersch faticava a immaginarli insieme.

«È diventato il tuo guru?»
«No. Era solo un uomo pieno di fascino, molto brillante e molto... attraente.»
«Al punto di farci sesso?»
Ci fu uno strano rumore nell'apparecchio, forse dei crepitii, forse la tosse di Simone, che era sempre mezzo indisposta, alla mercé dei germi dei suoi pezzenti.
«Non parlarmi così. Mi devi portare rispetto.»
«Non ti devo proprio niente. Perché sei andata con quel finocchio?»
«Per salvarlo.»
«Salvarlo?»
«Lui non era... be', non era normale.»
«Nel senso che era omosessuale?»
Silenzio. Dopo le maniere forti della Madre, la dolcezza di Simone... Due donne convinte che bisognava «raddrizzare» il grande Georges.
«Quindi ci sei andata a letto per guarirlo?»
«Era una missione del Signore. Ho sentito la sua voce che...»
«Racconta il seguito.»
Mersch immaginava il suo viso dalla pelle bruna, le cicatrici, le labbra esangui, che curiosamente lo facevano sembrare una donna berbera cotta dal sole.
«Si è rivelato un uomo pericoloso... All'apparenza era un esteta, raffinato, dolce come un agnellino, ma nascondeva un altro essere, un'anima tormentata, crudele e assassina.»
«Assassina?»
«Sì. Voglio dire che a volte dava l'impressione di poter uccidere, così, senza l'ombra di un rimorso. C'era in lui una potenza che definirei "biblica". Una violenza sacra.»
«Gliel'avevi detto che eri incinta?»
«Sì, gliel'avevo scritto. Era mio dovere. Ma me ne sono subito pentita.»
«Perché?»
Lei se ne uscì in una sorta di «risata», una parola che non andava d'accordo con la figura di sua madre. Di una perso-

na che non ride mai si dice che «ride quando si brucia», ma nel suo caso era la risata a bruciarla, nella stessa maniera in cui l'acqua benedetta ustiona una posseduta.

«Pierre mi aveva raccontato la sua orribile infanzia, il dramma che aveva vissuto con Goppi. Non voleva mettere al mondo dei figli, per non perpetuare la stirpe della Madre.»

«Conoscevi la Ronde?»

«Certo. Era una comunità molto importante già allora.»

«L'ultima volta mi hai detto che Roussel era tornato a Parigi per riconoscere suo figlio.»

«Ho mentito. Sono stata io a registrarlo all'anagrafe.»

«Sotto il nome di Jouhandeau?»

«Sì.»

«Da dove salta fuori questo nome?»

«Sii paziente.»

Mersch riepilogò mentalmente i fatti: Georges Dorati, diventato Pierre Roussel, apprende di avere un figlio. Torna a Parigi con l'intenzione di ucciderlo, ma vede sul suo braccio il simbolo della Madre e fugge. Oggi ritorna. Perché? E perché uccidere tre giovani donne prima di affrontare il proprio figlio, che è, fra l'altro, la reincarnazione della Madre? Sì, gli serviva proprio una buona dose di pazienza.

«La notizia del ritorno di Pierre ci ha gettate nel panico, me e vostra nonna. Abbiamo passato in rassegna tutte le possibili soluzioni: nascondere Hervé, cambiargli il nome, trasferirlo in un orfanotrofio...»

«Eri sicura che Georges volesse eliminare suo figlio?»

«Assolutamente. Pierre era un potenziale assassino. L'educazione impartitagli da sua madre l'aveva reso folle e lui non voleva avere figli.»

«Cos'è accaduto?»

«Pierre è tornato quando Hervé aveva quasi un anno. Si è presentato in casa nostra, con quel suo coltello ricurvo che si portava sempre dietro. Un falcetto da cestaio.»

Mersch pensò al delirio sotto acido di Hervé.

«Rammenti se quel giorno indossava un berretto?»

«Ne portava sempre uno quand'era a Parigi. La sera della sua visita era fasciato in una calzamaglia nera. Un incubo.»

Gli si rizzarono i capelli in testa: esattamente quello che aveva visto Hervé nel corso del suo trip – e nei suoi sogni.

«Perché non ha ucciso Hervé?»

«Per via del segno sul braccio. La macchia a forma di svastica. Pierre ha creduto che lo spirito della Madre fosse già entrato nel bambino. Non poteva più fare niente.»

«Ma era una semplice voglia, un segno di nascita!»

«Non di nascita, non...»

Una pausa. L'orrore viaggiava tranquillamente sulle scariche elettrostatiche della linea.

«Sono stata io a incidergli la carne, a fargli quel disegno con il coltello.»

«Cosa?»

«Soltanto la Madre poteva trattenere Pierre. Ho avuto questa idea per proteggere mio figlio. La svastica, il simbolo della Ronde.»

Il poliziotto lanciò un'occhiata a Hervé che si stringeva istintivamente il braccio. Piangeva. Non grandi singhiozzi o gemiti rumorosi. Un pianto silenzioso, come un cero che fonde, con lacrime dense e lattiginose.

«Ma se Pierre Roussel voleva uccidere Hervé per porre fine alla stirpe della Madre», obiettò Mersch, «il segno sul braccio era un'ulteriore ragione per eliminarlo, no?»

«Non tieni conto della profondità del suo trauma. Non aveva problemi ad ammazzare un bambino del suo stesso sangue, e quindi anche della Madre, ma non poteva infierire su di lui. La macchia di Hervé era la prova che la Madre abitava ormai in lui.»

Rivelazione: all'epoca Pierre Roussel si era arreso, terrorizzato dalla presenza della Madre, ma oggi era un guru potente e poteva affrontarla.

«Cos'hai fatto in seguito?»

«Sono andata dalla Madre.»

«In India?»

«No, a Parigi. Nel giugno 1947 era di passaggio nel suo appartamento di rue de Médicis. Malata, era venuta a farsi curare.»

«Ci sei andata con Hervé?»

«Sì.»

La donna in un interno anni Trenta, i suoi passi ticchettano sul pavimento. Questi dettagli si erano impressi nell'inconscio del fratello.

«Jeanne de Texier soffriva di crampi, no?» domandò Mersch.

«Era affetta da una rara forma di neuropatia.»

«Come Hervé?»

«L'ho sempre saputo. Un'eredità di sua nonna.»

Mersch guardò il fratello: sul suo volto si leggeva il sollievo. Non era la reincarnazione di una guru sciroccata ma semplicemente suo nipote... oltre che il rampollo di un predatore.

Il sollievo era quindi relativo...

«Come ti ha ricevuta Jeanne de Texier?»

«Con disprezzo, all'inizio. Tutto quanto riguardava il figlio omosessuale non l'interessava più. Ma quando ha visto il segno sul braccio ha mutato atteggiamento. Non ha sospettato per un solo istante che non potesse essere naturale, anzi, ha subito visto in Hervé il suo successore, un essere pronto ad accogliere la sua anima allorché lei avesse deciso di abbandonare il suo corpo vecchio e malato.»

L'idea di Simone di recarsi dalla Madre era risultata vincente.

«Ha accettato di proteggerci», aggiunse.

«In che modo?»

«Facendoci cambiare nome. Si era nel dopoguerra e l'amministrazione era un vero caos. Gli ebrei si stavano riprendendo dopo la liberazione dai campi, le vedove facevano richiesta della pensione che spettava loro, diversi bambini nati durante la guerra, probabilmente di padre tedesco, venivano registrati sotto il cognome del padre ufficiale. Per farla breve, una donna potente come Jeanne de Texier (aveva simpatizzanti persino nel governo, in particolare fra i massoni) non ha incontrato alcuna difficoltà a raggiungere il suo obiettivo.»

«Quindi Valent non è il tuo vero cognome?»

«Mi chiamo Bouvard di cognome, come mio padre. Odette e io l'abbiamo cambiato in quella circostanza.»

«E perché Hervé si chiama Jouhandeau?»

«Questo cognome è una pura invenzione.»

«E io, perché Mersch?»

«Questo è il solo elemento di verità di tutta la storia: è il cognome di tuo padre, che ti ha riconosciuto.»

Ecco il quadro che lui aveva davanti: due fratelli passati alla macina e spappolati. Infanzie precarie, maturità sfigate, identità incasinate. Due ragazzi che ne erano usciti alla bell'e meglio, all'ombra di una tragedia tabù.

Non si costruisce sulla sabbia.

Però Mersch cominciava a guardare con occhi diversi la madre e la figlia Valent, pardon, Bouvard. Simone l'aveva parcheggiato in collegio per tutti quegli anni, ma lo aveva fatto per la sua sicurezza, e Odette non aveva mai manifestato il minimo interesse per lui, anche questo per prudenza. Contro ogni attesa, quelle due donne, che aveva sempre considerato indegne, erano in realtà delle eroine amorevoli...

«Perché la Madre non vi ha inviati all'estero?»

«Sapeva che il giorno in cui Pierre avesse trovato il coraggio di sopprimere la propria madre – vale a dire suo figlio – Parigi sarebbe stato l'ultimo posto dove ci avrebbe cercati.»

Jeanne de Texier aveva visto giusto. Gli anni erano passati. Forse Pierre/Georges si era scordato di suo figlio. O invece sentiva crescere dentro di sé la forza di affrontare sua madre, ma non sapeva dove vivesse.

C'era voluto quell'incredibile caso fortuito – la visita di Hervé, su suggerimento di Suzanne, all'ashram di rue de Paradis – per scatenare quella guerra degna di un'epopea indiana.

Era arrivato il momento di riempire le ultime caselle.

«Pierre Roussel è tornato a Parigi», cominciò Mersch.

«Salamat Krishna Samadhi mi ha avvisata.»

«Conoscevi Krishna?»

«Sì, eravamo alleati.»

Come l'aveva conosciuto? Non c'era tempo di chiarire

quei dettagli. Mersch era letteralmente in un bagno di sudore.

«A Calcutta, Baba Shumitro Sen ha ucciso Krishna. Ha anche eviscerato Abha, sua sorella», continuò Mersch. «Tre giovani donne sacrificate... È il numero di porte che bisogna aprire?»

«Immagino di sì. Io non pratico il tantrismo ma, per come la vede Georges, un cerchio di tre vittime dovrebbe essere sufficiente.»

«Il prossimo a morire allora deve essere Hervé?»

«Sì.»

Breve sguardo al fratello, che ora aveva gli occhi asciutti. Asciutti e fissi come quelli di una vecchia bambola.

Toccò a Simone rilanciare il dialogo.

«Dove vi trovate adesso?» domandò.

«Nel Regno. Forse è qui anche Pierre.»

«No, non è lì.»

«Come fai a esserne sicura?»

«Se fosse lì, Hervé sarebbe già morto.»

«Pensi che sia a Varanasi?»

«Pierre è rientrato nella sua tana. Vi aspetta.»

«Cosa ci consigli di fare?»

«Siete arrivati fino al Regno. Proseguite ora la vostra strada fino a Varanasi e affrontate il diavolo. Non avete altra scelta.»

Mersch era sorpreso da quelle esortazioni bellicose.

«Sei un uomo forte, Jean-Louis», aggiunse lei come se avesse indovinato il suo stupore. «Sei cresciuto lontano da me, lontano da tutto. Sei l'unico in grado di battersi contro questo mostro.»

Commosso dal complimento...

«Eppure l'ultima volta mi hai detto che era fuori dalla mia portata.»

«Mi sbagliavo. Sei un avversario alla sua altezza. Ma ti avverto, il mostro ha diverse vite.»

«Cosa vuoi dire?»

«Hai sentito parlare della Kundalini?»

Il serpente arrotolato alla base della colonna vertebrale.

Il nucleo di energia vitale. Mersch si era ormai fatto una cultura.

«Sì», rispose sobriamente.

«Il vostro nemico è un po' una Kundalini del male.»

«Non capisco.»

«Un serpente. Bisognerà tagliarlo a pezzi prima che cessi di vivere.»

Simone Valent era lanciatissima. Mersch salutò sua madre e riappese.

Senza una parola, uscì dal bugigattolo dove i tre complici avevano lasciato qualche litro di sudore. Un caldo veramente infernale, un forno per cuocere le anime.

«Cosa facciamo?» domandò Hervé alle sue spalle. Jean-Louis si voltò e osservò i suoi due compagni.

«Hai sentito, no?» rispose con l'aria più naturale del mondo. «Si fila a Varanasi. Bisogna sempre seguire i consigli della mamma.»

IV
VARANASI, CITTÀ SANTA

129.

Varanasi era grigia.

Grigia come gli stracci. Come il cemento. Come cenere tiepida. Calcutta dava l'impressione di un immenso formicaio. Varanasi, più modesta, evocava un bazar, un bric-à-brac senza capo né coda, ma il suo senso, solenne e indiscutibile, risiedeva nel fatto che era la città del Gange, il fiume sacro. *Ganga!*

Dedicata a Shiva, la città accoglieva tutto l'anno milioni di pellegrini che venivano a immergersi nel più santo dei sette fiumi sacri dell'India. Varanasi, la Mecca indiana. Impossibile essere indù senza andarci regolarmente in pellegrinaggio. Vi si acquisivano indulgenze e il favore degli dei. A forza di preghiere e abluzioni ci si assicurava un karma con i fiocchi, trovando la via della liberazione dal ciclo delle rinascite.

Poco importa che la città avesse l'aspetto di una gigantesca bidonville, ci si sentiva al caldo, più vicini al nucleo del reattore, il vortice dove turbinavano milioni di dei...

Alla fin fine avevano deciso di andarci in auto. Mersch si rifiutava di lasciare la sua pistola e quell'orribile coltello che aveva avuto la meglio sulle lamprede. Impossibile superare i controlli di sicurezza degli aeroporti con quella chincaglieria.

Per quarantotto ore si erano dati il cambio al volante della jeep, affrontando piogge dense come melassa, sbandando tra pozzanghere larghe come crepacci, guadando acquitrini melmosi. Le condizioni erano come minimo ostili, ma a peggiorare le cose, siccome le divinità indù calcano sempre la mano, c'erano anche camion che li superavano inclinandosi come torri di Pisa, auto che letteralmente gli contendevano le distese di fango che faticosamente percorrevano, pedoni che gli si paravano all'improvviso davanti e naturalmente le vacche sacre, che bisognava schivare a tutti i costi per non rischiare di essere linciati.

Avevano tutti e tre la patente di guida, ma qui si trattava piuttosto della patente di morte. Viaggiavano in totale incoscienza. Appena uno di loro lasciava il volante, si addormentava profondamente, senza paura né rimorsi. A dire il vero, non c'era molta differenza tra quel sonno prossimo al coma e il loro stato di ipnosi. Due volti dello stesso incubo, uno con i fari, l'altro senza.

Sabato 8 giugno, alle cinque del pomeriggio, arrivarono a Benares. Le date e le ore non significavano più nulla, ma Nicole si aggrappava al calendario come un impiccato alla corda. Mersch guidava. Hervé dormiva. E lei guardava il paesaggio senza vederlo. Da quando erano partiti, era ossessionata da un'immagine: nel Regno, gli ashramiti non avevano alzato un dito per vendicare il loro maestro o impedire a loro di rubare la jeep. Si erano accontentati di riunirsi sul ciglio della strada per guardarli partire – come al loro arrivo.

Con un'unica differenza: tutti avevano la testa nascosta sotto un foulard. Nicole ignorava la ragione di quel rito, ma la vista di quei discepoli senza volto che salmodiavano una preghiera era un'immagine che non sarebbe mai riuscita a dimenticare.

«Dobbiamo trovare un albergo», disse Mersch.

Dietro la sua determinazione c'era tutta l'incertezza di quel gioco d'azzardo da ricominciare sempre da capo: vagare in una nuova città avendo come unico punto di riferimento qualche riga di una guida ammuffita, inoltrarsi nell'ignoto come in un labirinto senza fine. Alcuni lo chiamavano «turismo» e ne traevano un piacere perverso. Nicole lo vedeva piuttosto come un angosciante gioco a mosca cieca dove il minimo passo falso poteva essere fatale.

Fu lei ad aprire il vano portaoggetti dove aveva infilato la guida, di cui scorse le pagine dedicate a Varanasi, cercando le indicazioni su DOVE ALLOGGIARE.

Mersch guidava lentamente (non poteva fare altrimenti, tutti sembravano avanzare remando), sollevando onde d'acqua. Nicole, con il dito puntato sulla cartina, gli dava indicazioni esitanti, che in normali condizioni climatiche non li avrebbero portati lontano, ma che in quel torrente di fango e pozzanghere, di pedoni e tuk-tuk (qui c'erano soltanto risciò a pedali) si rivelavano sempre provvidenziali.

L'unica certezza era ignorare gli alberghi vicini alle sponde del fiume. Bisognava restare alla larga dal mostro in piena.

Fu Hervé a vedere per primo l'insegna – CHACONE HOTEL – in alfabeto latino. Quello o un altro... A farli decidere bastò un particolare: su un lato dell'edificio c'era un cortile che poteva fungere da parcheggio.

Posteggiarono la jeep, presero le borse e procedettero sguazzando nel fango fino alla porta sul retro. Era già calata la notte e, d'istinto, ognuno aveva sollevato il suo bagaglio sopra la testa, come un gruppo di schiavi che attraversano un fiume africano.

L'albergo soddisfaceva gli standard indiani. Pallide lampadine sotto abat-jour pencolanti, linoleum appiccicoso infestato di scarafaggi, pareti lucide di umidità...

L'addetto alla reception – baffuto e placido, un altro standard – spiegò loro che c'erano soltanto due camere libere, una doppia e una singola. Nicole scambiò qualche banalità sulla stagione delle piogge e la piena del fiume prima di presentarsi. Erano francesi, stavano attraversando l'India da nord a sud in jeep, avevano stabilito un itinerario e non sarebbe stata la pioggia a fermarli. Con un largo sorriso, l'indiano (tinto di rosso dalla piccola lampada sul banco) diede loro le chiavi come se fossero due cartucce per una partita di roulette russa.

Primo piano. Hervé si diresse istintivamente verso la camera doppia.

«No», lo fermò Nicole. «La prendo io con Jean-Louis.»

Hervé la squadrò con aria sorpresa.

«Cos'è questa stronzata? Hai paura?»

Nicole scoppiò a ridere. Che razza di domanda!

«Un po', forse.»
Lo superò d'autorità, entrò nella stanza e accese la luce.
«Quindi sarò io a dormire da solo?»
«Hai visto forse qualcun altro?» replicò lei.
Hervé entrò malinconicamente nella camera accanto e si chiuse la porta alle spalle.
Nicole si guardò attorno. Carta da parati scolorita, letti da ospedale, mobili in compensato, come a sottolineare che era tutto per divertimento.
«Aspetta ad aprire il bagaglio», disse Mersch, «usciamo subito.»
«Vuoi cenare?»
«Telefonare.»

130.

Nell'albergo non c'era il telefono. Dovettero uscire per cercare una cabina, ossia una nicchia all'interno di un'oscura baracca davanti alla quale una marea di indiani faceva la coda. Hervé si era rifiutato di andarci, rimanendo barricato nella sua stanza come in un bunker, e loro due si erano ritrovati da soli come una coppia d'innamorati, per così dire.

Ma l'ambiente non era quello giusto. Proprio per niente. Camminarono in silenzio, testa bassa, ciascuno immerso nei suoi pensieri, o piuttosto nella sua stanchezza e nel suo abbrutimento. Le quarantotto ore di viaggio li avevano stremati in ogni fibra del corpo. Erano come quegli incidentati apparentemente indenni ma con tutte le ossa sminuzzate.

Nelle strade inondate ci sarebbero voluti degli stivali di gomma, ma in mancanza di meglio Nicole aveva optato per un paio di sandali e a ogni passo sentiva l'acqua tiepida e il fango insinuarsi tra le dita dei piedi. Davvero uno schifo.

Scorgeva, o meglio immaginava, gli artigiani che si affaccendavano in fondo alle loro botteghe alla luce di una debole lampadina. Grazie all'effetto combinato dell'acqua e del buio sembravano figure ambrate degne delle icone del monastero di Santa Caterina. Malgrado le attività e le caste diverse, parevano tutti forgiati dallo stesso fuoco, un fuoco basso con sfumature color cognac e rum.

Finalmente trovarono una cabina.

Senza esitare, Mersch passò davanti a tutti. Contava sulla placidità generale e sulle proprietà lenitive della pioggia, che aveva ricominciato a cadere fitta. Tutti si erano infatti messi al riparo e il poliziotto, fedele all'arroganza francese, lavorò di spalle per raggiungere il telefono. Gli indiani, rassegnati, non protestarono.

«Berto?»

Nell'udire quel nome, Nicole vide apparire davanti ai suoi occhi Parigi, la brigata criminale, gli eventi di maggio... Si avvicinò al ricevitore per sentire.

«Mersch?» diceva il sostituto all'altro capo della linea. «Dove sei, Cristo santo? È da una settimana che...»

«Ascoltami bene. Voglio che chiami Air India e verifichi tutti i voli da Varanasi a Parigi degli ultimi due mesi.»

«Vara... come?»

Mersch gli fece lo spelling e continuò: «Cerca Georges Dorati, Pierre Roussel o Shumitro Sen».

Berto emise un fischio.

«Chi sono?»

«Non ho il tempo per spiegartelo, ma il nostro uomo si nasconde dietro quei tre nomi. Voglio sapere quando è arrivato a Parigi e quando è ripartito per Calcutta.»

«Dove sei in questo momento? A Calcutta?»

«No, a Varanasi. Una città nel Nord dell'India. Penso che l'assassino sia qui.»

«Cavoli, amico mio...»

«A che punto siete a Parigi?» chiese Mersch nel suo tono freddo e serio da poliziotto.

«L'inchiesta è a un punto morto e sono stato trasferito altrove.»

«Dove?»

«Sempre a Beaujon, ma a sbrigare noiose pratiche d'ufficio. La festa è finita, Mersch. Gli studenti stanno togliendo i loro striscioni, gli operai tornano al lavoro. De Gaulle ha ripreso il controllo. Ieri c'è stata molta agitazione a Flins, alla direzione della Renault, ma nell'insieme è tutto finito. Dove posso richiamarti?»

Mersch gli dettò il numero incollato al muro sopra il telefono.

«Chiedi agli operatori della prefettura il prefisso dell'India e dello stato.»

«Quale stato?»

«Uttar Pradesh.»

Mersch dovette fargli di nuovo lo spelling. Berto sembrava sopraffatto.

«Ti lascio un messaggio?»

Con la cornetta incastrata nell'incavo della spalla, Mersch lanciò un'occhiata agli indiani che gestivano il negozio.

«Nessun problema. Ho una segreteria di prima classe. Sbrigati. Voglio quelle informazioni domani mattina.»

Dopo aver riagganciato, Mersch sbuffò. Erano al riparo, ma l'acqua era dappertutto. All'esterno e all'interno dei corpi. Un bagnomaria in cui la pentola era la loro carcassa.

«È stata utile questa telefonata?» domandò Nicole. «Ormai quei dati non ci servono più, no?»

«Al contrario. Voglio delle certezze. Per il momento tutta la nostra indagine si basa su una serie di ipotesi e dicerie, ma non abbiamo nulla di consistente... Voglio qualcosa di concreto. Come il nome di un assassino su un elenco di passeggeri, per esempio.»

Alle loro spalle qualcuno brontolò. Quei due bianchi stavano monopolizzando il posto e non usavano nemmeno il telefono... Nicole fece un cenno di scusa e tirò Mersch per la manica.

Quando furono nel vicolo, Jean-Louis aggiunse: «È per questo che domani mattina andremo a parlare con la polizia».

«Conti di chiedere il loro aiuto?»

«No, voglio una conferma. Shumitro Sen non ha aspettato di essere a Parigi per farsi la mano. Ha sicuramente ucciso delle donne anche qui, a Varanasi. La polizia deve avere un dossier su quegli omicidi.»

«Cosa ti induce a pensare che ti daranno delle informazioni?»

«Lo vedremo. Mukherjee è stato piuttosto conciliante. Chissà. Forse qui saranno altrettanto collaborativi.»

«Ma è il sistema migliore per farci individuare!»

«Tanto meglio. Visto quello che ci aspetta, avere la polizia alle calcagna potrebbe essere una buona cosa...»

Nicole era perplessa: non avevano nessuna legittimità in

quel paese, nessun diritto. Raccontare la loro storiella alla polizia era il sistema più sicuro per farsi riaccompagnare alla frontiera.

Ma in fondo, l'esperto era lui e...

Non riuscì a concludere il suo pensiero. All'improvviso la pioggia si mise a scrosciare più forte, trasformando il vicolo in un fiume nero. Nicole non reagì subito. Era come ipnotizzata dalla vista della strada che luccicava sotto il rovescio. Miliardi di scintille crepitavano dappertutto come una profusione di stelline sfavillanti.

Mersch le prese la mano, facendola sussultare.

«Vieni», rise, già bagnato fradicio come un annegato. «Rientriamo in albergo.»

131.

Così, *mutatis mutandis*, come diceva suo padre, quella notte, nella città santa di Varanasi, rifugiati in una piccola camera il cui arredamento sembrava una scenografia, fecero l'amore.

Nicole non se ne rese conto subito.

Quando si sogna una scena centinaia di volte e finalmente si avvera, non se ne colgono sempre i segni né le caratteristiche. Il mondo reale è una costante disillusione rispetto ai nostri sogni, ma non ci lascia mai il tempo di essere delusi perché subito ci travolge con imperiosa autorevolezza.

Quando Nicole allungò la mano nel buio per accendere la luce e Mersch gliela afferrò, lei si disse: *Ci siamo.* Si sentì fluttuare sul letto senza più sapere dove si trovasse.

Poi avvertì come un bruciore alle labbra. Nel mondo delle parole si chiamava bacio, ma in quel momento il suo lessico mentale era polverizzato. Era in preda al panico, uno spavento che la annichiliva, e al tempo stesso soggetta a una dolcezza ipnotica. Il rumore della pioggia all'esterno, l'odore di muffa all'interno, le pieghe del lenzuolo sotto la nuca, come le onde di un fiume... *Maledizione, concentrati, ragazza mia...*

Nicole reagiva ai baci e alle carezze, rispondendo con un misto di impegno e improvvisazione. Si sforzava di rievocare le sue scarse conoscenze: quello che aveva letto sulla questione, tutte le idiozie, i miti e i pettegolezzi che aveva potuto scambiare con le amiche, ormai morte, peraltro. Ma questo non le era di alcun aiuto. Al contrario...

Restavano soltanto il suo corpo vergine e i suoi gesti da

prima volta. Tutto ciò rivelava la debuttante, la novellina, ma lei contava appunto sulla propria freschezza, un'autenticità, intuendo che in questo campo nulla poteva sostituire la spontaneità, la purezza di una sorgente scoperta in quel momento...

Lui le tolse la camicia e poi i jeans. Mani senza volto, ricordava a malapena il suo nome. I suoi pensieri non andavano al di là delle sensazioni, e queste ultime erano violente, improvvise da togliere il fiato

Un'insegna in strada fungeva da luce di scena per la loro intima performance. All'improvviso, nel bagliore rosso del neon, Nicole vide la sua pupilla, scintillante. L'avversario era premuroso, tenace, persino ossessionato...

Nicole era nuda. Nulla di così grave, si disse. Sotto le sporche dita di quello sbirro, che uccidevano e torturavano, si sentiva più vestita che mai, come se si bagnasse nell'acqua verde di un lago o calpestasse l'«erba azzurra» di una poesia di Rimbaud.

Non provava né piacere né ebbrezza, soltanto il conforto di un corpo a corpo familiare, benevolo, tranquillo... Non fu sorpresa da quell'assenza di godimento. Era come un addestramento, una verifica di tutte le posizioni, di tutti i punti sensibili, per una prossima volta. Reagiva, sì, ma per la voluttà ci sarebbe voluto un ripasso. Non c'era alcuna speranza di raggiungere il settimo cielo nel clima di panico interiore che la possedeva.

Al contrario, adesso sentiva un dolore, come uno stiramento, una spinta, la tensione di un'intimità che opponeva resistenza. Lui stava entrando dentro di lei...

Nicole voltò la testa, non riusciva più a respirare. In quell'istante, come in boulevard des Invalides, quando lui non era andato fino in fondo, ebbe l'impressione di bere l'oscurità, le quattro pareti della camera, la pioggia all'esterno. Sfuggendo alle sue mani, si dissolveva nell'ombra, scorreva lungo il letto, si alzava in volo verso il soffitto...

All'improvviso l'occhio di Mersch la cercò di nuovo – un guercio, con il ciuffo di capelli che gli copriva come una benda l'altro occhio. Nicole gli afferrò la nuca, emettendo piccoli gemiti. Lui le stava comprimendo a tal punto il petto che non aveva bisogno di sforzarsi... Presto il dolore diventò intollerabile e Nicole pensò che si sarebbe messa a urlare... ma fu lui a farlo. Qualcosa in lui si lacerava, qualcosa di duro come un osso che si spezzava in modo orribile.

E tutt'a un tratto, pensieri pragmatici si affacciarono alla superficie della sua coscienza, come un crepitio di pioggia sul davanzale di una finestra. Quel bruto sarebbe venuto dentro di lei! In quell'istante la voce di suo padre – *Ciao, papà* – riecheggiò in fondo al suo cranio, recitando la pessima battuta che era solito ripetere: «Nelle ragazze, quando succede, inizia con dei ritardi di poco conto e finisce con un ritardo di parecchie settimane...».

All'improvviso Nicole sollevò le gambe, puntando i talloni contro l'inguine di Mersch e spingendo con tutte le sue forze. Attraverso l'oscurità percepì il suo stupore, lo smarrimento di un acrobata che ha mancato il suo trapezio. Un attimo dopo sentì un fiotto caldo sulla coscia sinistra.

Mersch si lasciò cadere su un fianco e Nicole pensò alle vicissitudini della fisiologia. Si aveva un bel dire, un bel fare, evocare tre millenni di passioni, poesie, toni lirici, ma tutto finiva sempre con quello schizzo caldo che colava lungo la gamba rassicurandoci di avere evitato il peggio.

Nicole era elettrizzata. Il piacere? Ne esistono diversi tipi. La gioia segreta che aveva provato, tra dolore e sorpresa, apparteneva al suo essere più profondo, quello che un giorno avrebbe viaggiato in altri corpi e in altri tempi. Una data decisiva nel suo karma...

«Scusami.»

La voce era risuonata nella camera in modo così inatteso che Nicole si chiese se si fosse addormentata e poi svegliata all'improvviso.

«Per cosa?» mormorò.

Parlare a voce bassa, in quei momenti, era la prassi.

«Ho spinto troppo.»

Mersch si accese una sigaretta, dimenticando di offrirgliene una. Nel bagliore del fiammifero lei vide il suo splendido viso, una vera bomba, pensò, che evocava il Che, gli eroi della rivoluzione e quelle belle facce latine che lottavano per i miserabili e che l'avevano tanto fatta sognare...

Sorrise nelle tenebre che avevano inghiottito di nuovo le mani di Mersch. In quella camera fetida, al suono della pioggia scrosciante, aveva varcato il misterioso fiume dell'età adulta.

Mersch si voltò verso di lei e posò la testa sul suo avambraccio piegato. Ogni suo minimo gesto le sembrava un cliché.

«Hai paura?»

Nicole provò un senso di sollievo – le aveva risparmiato la domanda «Ti è piaciuto?».

«Paura di cosa?» rispose, e le parve di vedere un punto di domanda tracciato nella penombra del soffitto. La pura allucinazione di una giovane donna in piena metamorfosi.

Lui fece una risatina soffocata.

«La scelta spetta a noi... Affrontare l'assassino... Essere arrestati dalla polizia di Varanasi... Beccarci una malattia sconosciuta prima di poter rientrare a Parigi...»

Lei non disse nulla. Non aveva affatto paura. La sua era la mera incoscienza di una donna nuova, trionfante e leggermente ebbra. Si rese conto tardivamente di avere mentito quando erano arrivati all'albergo: non era stata l'inquietudine a convincerla a condividere la camera con Mersch, bensì semplice premeditazione...

«Ci porterai con te?»

Nicole conosceva già la risposta. Sapeva che Mersch voleva uccidere Baba Shumitro Sen senza alcuna forma di processo. E intuiva anche che, per una ragione ignota, li avrebbe costretti ad assistere all'esecuzione.

«Come vorrete voi», rispose invece Mersch.

«Giochi con la nostra pelle», mormorò lei.

«Sono superstizioso.»

«Non vedo il nesso.»

«Voi mi portate fortuna. Vinceremo questa guerra, e la vinceremo insieme.»

Nicole sentì il cuore balzarle nel petto come una pallina da tennis. Quelle parole, totalmente stupide e deliranti, la colmavano di gioia. Molto più delle acrobazie di poco prima, confermavano il patto che avevano suggellato a Parigi. Erano una squadra, una forza organizzata, cacciatori in marcia nella giungla indiana…

«Ti amo», si sentì sussurrare Nicole nell'oscurità.

Ma non era l'esatta verità. Quello che amava era la forza che c'era in lui, quell'energia che li aveva portati tutti e tre fino alle soglie del terrore.

Per tutta risposta, Mersch le afferrò bruscamente la faccia e la baciò in modo ancora più brutale. In quel preciso istante, e soltanto allora, Nicole si sentì invadere da un'onda di piacere che non aveva mai provato prima.

132.

Dall'altra parte del muro, lui li aveva sentiti.

Curiosamente, non gliene importava nulla. Né gelosia, né amarezza. Niente di niente. I suoi sentimenti per Nicole erano stati spazzati via da quello che aveva provato per Abha e tutto era svanito in un turbine di violenza e di sangue.

E adesso?

Adesso, niente.

Durante il viaggio, aveva continuato a stringere i denti. Si sentiva come una pietra che rotola sul fondo di un fiume: l'acqua era limpida e, nel movimento, vedeva tutto con grande chiarezza. Era come una notte stellata. Con quel fiume in piena che scorreva davanti a lui, con i suoi mulinelli e le sue trappole d'argento, ogni particella del quadro brillava come un frammento di minerale.

Il padre non gli era mai mancato, era una di quelle idee banali che si insinuano nelle nostre menti: abbiamo tutti bisogno di una madre e di un padre… Lui ne aveva fatto a meno e se l'era cavata lo stesso. Era cresciuto all'ombra di un mistero, ai piedi di un muro cieco, ma ne era venuto fuori. Grazie a Odette, che aveva saputo interpretare tutti i ruoli simultaneamente, come l'attrice di una troupe al verde.

Ma oggi il muro era crollato e lui ne era ancora scioccato. Un padre assassino. Una nonna mezza dea e mezza strega. Guarda che famiglia…

Hervé era seduto dritto sul suo letto, come un condannato alla ghigliottina che aspetta il barbiere. Abbassò gli occhi e contemplò ancora una volta, come si guarda un animale da compagnia, la .45 che aveva sottratto a Jean-Louis. Impugnando l'arma con la mano sinistra, fece scorrere lungo la canna l'indice della destra e chiuse gli occhi.

Domani sarebbe stato lui a uccidere suo padre.

133.

Niente jeep, per quel giorno.

Troppe pozzanghere, troppo fango, troppo di tutto.

Ma il fango più vischioso era ancora quello che colava nella sua testa. Maledizione! Cosa gli era preso con quella ragazzina? Già dopo la prima sbandata, a Parigi, si era ripromesso di non toccarla mai più. Aveva soltanto ventidue anni. Pardon, ventitré. Era stato un incosciente. Non era migliore di quei debosciati incapaci di controllare le proprie pulsioni che sfilavano nella sua topaia a quai des Orfèvres.

Era dall'alba che Mersch cercava di trovarsi delle scuse. Colpa di quella città, di quella specie di sogno sbrindellato, annegato nell'acqua sacra del Gange, che gli aveva dato alla testa. Oppure dell'ebbrezza del momento. Erano ormai a pochi passi dall'assassino – dalla conclusione. Forse, come in tempo di guerra, aveva provato l'urgenza di fare l'amore, di celebrare la vita, prima di finirla una volta per tutte.

No, bisognava ritornare al corpo del reato…

Una giovane donna diafana, rossa e bianca. Lo faceva pensare a un procuratore generale, porpora ed ermellino, i due colori del giudizio… Una ragazza che sperava di non aver traumatizzato troppo con il suo desiderio brutale, agli antipodi di quello che lei di certo immaginava: un principe azzurro dall'aria efebica, con fiori nei capelli e una chitarra tra le mani.

«Andiamo o no?»

Mersch sussultò. Nicole si era fatta la doccia e ora indossava una nuova tunica color lavanda, con ricami ai lati, come le incisioni sul calcio di un fucile inglese. Lui aveva trovato, nel cortile sul retro, una baracca con un tubo di zinco assolutamente vintage da cui colava un filo d'acqua senza dubbio infestata da amebe. Ma alla fine si era lavato e aveva infilato una camicia pulita, quella che preferiva quando veniva convocato dalla procura, una Oxford giallo pallido con i bottoncini sul collo.

A mo' di colazione avevano condiviso un po' di chapati inzuppati nel tè, senza scambiare una parola. Hervé? Chiuso nella sua camera. Alcuni fanno lo sciopero della fame, lui faceva lo sciopero di non si sapeva cosa.

«Andiamo», rispose Mersch.

La disinvoltura di Nicole lo sconcertava. La notte prima, dopo il sesso, si erano addormentati sperando che il sonno sarebbe passato come un colpo di spugna sopra quanto era accaduto. Ed ecco che quella mattina la ragazza non manifestava il minimo imbarazzo. Avevano consumato insieme la colazione come se non fosse successo niente.

Ma Mersch non era così, e in fondo nemmeno Nicole lo era. Quello che avevano fatto non era una cosa da nulla. Jean-Louis era uno di quegli uomini che credono ancora nell'amore, o perlomeno pensano che tutto ciò che ha a che fare con i sentimenti, pratiche sessuali incluse, sia importante.

E malgrado la loro differenza d'umore quella mattina, lei tutta pimpante come un fiore, lui scorbutico come un calabrone, erano sulla stessa lunghezza d'onda, ne era sicuro. Una semplice sbandata? Oppure, al contrario, una svolta decisiva?

Spiegò a Nicole che con la jeep si sarebbero impantanati nelle strade allagate. Senza pensarci due volte, lei fece un cenno a un indiano che sonnecchiava, appollaiato come una scimmietta, sullo schienale del suo risciò. L'uomo reagì prontamente saltando a piedi uniti nel fango e alzando il tettuccio del suo mezzo perché aveva già ricominciato a piovere.

Il tuk-tuk, a differenza di quelli a trazione umana di Calcutta, era trainato da una bicicletta. Si installarono sotto la capote e si diressero al commissariato centrale di Benares.

«Cosa dirai ai poliziotti?»

Seduta al suo fianco, Nicole si appoggiava alla sua spalla e aveva infilato un braccio sotto il suo, come se fossero una vera coppia. Perché no? In fondo, non lo erano? Perlomeno sul sentiero di guerra...

«Ci penserò», rispose lui tranquillo.

Ebbe tutto il tempo di pensarci. Alla stazione di polizia di Sadar nessuno parlava il francese. A malapena l'inglese. Bisognava aspettare l'arrivo di un ufficiale superiore. Uscirono dall'edificio per fumare una sigaretta.

Visto dall'esterno, con i muri dipinti di bianco e azzurro cielo, il commissariato sembrava un minimarket, oppure una stazione di servizio, con la pompa della benzina e i motorini parcheggiati davanti. Quella facciata era soltanto il muro di cinta. Dietro, nel cortile, c'era una fila di box separati da pareti di mattoni, anch'esse bianche e azzurro cielo. Gli uffici avevano l'aria di chioschi dove si potevano acquistare biglietti della lotteria o di visite guidate. Ma il cortile era mezzo allagato, e in quella stagione i poliziotti si rifugiavano all'interno dell'edificio.

Finalmente arrivò il viceispettore generale, e fu Nicole a interpellarlo. Mersch era impressionato dalla sua sicurezza quando si esprimeva in inglese. Riconosceva in lei tutte le stratificazioni di un'educazione di prim'ordine, raffinata, che le conferiva una straordinaria fiducia in sé stessa.

«*Follow me*», disse alla fine l'ufficiale.

134.

Il viceispettore, in cerata gialla, portava a tracolla un enorme walkie-talkie che non smetteva mai di crepitare. Sembrava drogato, o in qualche modo alterato. Gli occhi neri sporgenti – pupille e iridi color inchiostro di china – si dilatavano sotto le palpebre come macchie di Rorschach. Per il resto, niente di straordinario: baffi a manubrio, carnagione color mogano, capelli da apache...

Lentamente, accompagnato dagli scricchiolii della cerata, infilò la mano sopra il walkie-talkie e posò sulla scrivania un biglietto da visita girato verso i suoi ospiti.

Mersch tese il collo per leggere:

SHRADDHA BHATIYA
DEPUTY INSPECTOR GENERAL
UTTAR PRADESH POLICE STATE

Poi, ricambiando il gesto, estrasse il suo tesserino della polizia nazionale e lo posò accanto al cartoncino dell'indiano. Erano alla pari. In ogni caso, nonostante non l'avesse mai sperimentata, contava sulla sacrosanta solidarietà tra tutti i poliziotti del mondo.

L'altro non si degnò nemmeno di guardarlo, il tesserino, e con un cenno del capo li invitò a parlare. Il cenno implicava anche che era il caso di sbrigarsi.

Nicole prese la parola. Il giorno prima avevano preparato insieme un copione: una serie di omicidi, a Parigi e poi a Calcutta, li avevano portati fin lì, a Varanasi. Poco importava come o perché, ma la loro indagine doveva concludersi in quella città, con, se era possibile, la collaborazione della polizia locale.

L'indiano sembrava non capire. O forse aveva capito perfettamente, ma rimaneva impassibile. I suoi occhi da ipnotizzatore erano fissi sulla straniera, che sproloquiava in un perfetto accento di Cambridge. Si stava di certo domandando come liberarsi di quei due svitati, che sembravano ancora più allucinati degli hippy che si arenavano sui *ghat* della città.

Ci fu un istante di silenzio.

«Hai parlato del *modus operandi?*» sussurrò Mersch.

«Non ancora.»

L'indiano continuava a fissarli, in bilico tra curiosità e sfinimento.

«Parla delle lesioni, dei morsi», si spazientì Mersch. «Chiedigli se a Benares ci sono stati casi simili.»

Nicole non ebbe tempo di aprire bocca. L'indiano la batté sul tempo. Il suo inglese non aveva nulla a che vedere con il suo sguardo. Faceva cozzare tra di loro le sillabe che schioccavano come le palline di un pallottoliere.

«Dice che il ruolo della polizia è quello di arrestare i criminali», tradusse Nicole, «quelli che hanno infranto la legge, commesso atti di violenza e versato sangue...»

Se non riuscivano a cavargli altro, erano andati fin lì per niente.

«Ma cosa si può fare quando l'assassino è Dio stesso?» aggiunse l'indiano. «A Varanasi si muore nelle strade, sotto i portici, nei canali di scolo, ai piedi dei *ghat*... La morte viene a sorprendere i pellegrini, gli asceti, i bambini, i vegliardi, chiunque... I colpevoli sono la fame, il tifo, la lebbra, la tubercolosi, i veleni, l'inquinamento...»

Nicole traduceva senza riprendere fiato.

«Dove vuole andare a parare?»

Nuova salva in inglese, nuova traduzione.

«Senza contare tutti quelli che vengono a morire qui volontariamente. Farsi bruciare sulle sponde del Gange aumenta le loro possibilità di accedere al *moksha*...»

«*I don't understand!*» lo interruppe con foga Mersch.

L'ipnotizzatore sorrise come un iniziato che si sforza di

fare il modesto ma che sotto sotto non può impedirsi di disprezzarti.

Un'altra raffica di parole.

«Vuole dire che a Varanasi la ricerca degli assassini è relativa. La gente muore così spesso, e in modi talmente diversi, che un omicidio è soltanto una malattia come le altre.»

Il viceispettore fece un gesto che Mersch aveva già notato nei bengalesi: un modo di aprire la mano e ruotare il polso verso l'esterno, un atto con un che di effeminato cui gli indiani erano particolarmente affezionati e che sembrava esprimere una verità evidente.

Jean-Louis si frugò nella tasca e posò sulla scrivania le solite foto: i cadaveri di Suzanne e Cécile in versione obitorio. Le portava sempre con sé, come se fossero delle banconote. La sua moneta di scambio nel paese del diavolo.

«Ha già visto dei cadaveri ridotti in questo stato?»

Nicole si apprestò a tradurre, ma il poliziotto la fermò e si chinò sulle fotografie lisciandosi i baffi.

«*Yes*», rispose, sgranando gli occhi intorpiditi.

Mersch trasalì, pensando di avere finalmente ottenuto una risposta utile: erano arrivati nella città del mostro, nella sua riserva di caccia.

«Spesso?»

Nicole non ebbe bisogno di tradurre, l'altro aveva capito.

«Una decina di volte.»

«Avete condotto delle indagini?»

Bhatiya girò di nuovo il polso, come per dire: "Forse sì, forse no, comunque non sono affari suoi".

Mersch riprese le sue foto. In fondo, se ne infischiava di sapere se le autorità cercavano o no di porre fine a quei delitti. Loro erano lì per questo. I migliori difensori dei nostri interessi siamo noi stessi.

«Conosce Pierre Roussel, un musicologo francese morto nel 1964 a Varanasi?» domandò all'improvviso il viceispettore.

«Conosco Baba Shumitro Sen», rispose Mersch a mo' di provocazione.

Bhatiya parlava ora più lentamente, articolando con cura

ogni sillaba. Gli schiocchi del pallottoliere erano adesso meno frequenti, più controllati... Faceva i conti in modo accurato, meticoloso...

«Baba è un fantasma, o uno spirito, se preferite.»

«Dove possiamo trovarlo?» chiese Jean-Louis in inglese.

«Forse nel palazzo di Sarayamah, dalle parti di Dashashwamedh Ghat.»

Bhatiya conosceva quindi il colpevole e il suo indirizzo. Perché non l'aveva arrestato? Per mancanza di prove? Per paura del guru? Forse, per la polizia di Varanasi, Shumitro Sen era semplicemente un intoccabile che non si poteva avvicinare senza rischio di contaminazione...

In ogni caso, a quel punto l'indiano li congedò.

Mersch e Nicole si alzarono, prontamente imitati dal poliziotto.

«Andate da Jérôme», aggiunse Bhatiya quando erano già sulla soglia.

«Chi è?»

«Un barcaiolo francese. Lavora lungo Assi Ghat, a sud della città.»

«Perché?»

Mersch comprese distintamente l'ultima frase

«*Nothing related to ghats is foreign to him...*»

135.

Come tutti, Mersch l'aveva visto in fotografia.

Il sole del mattino, il Gange dorato, la nebbia che lambiva gli scalini dei *ghat*, i palazzi di arenaria rosa, rossa e grigia affiancati gli uni agli altri e affacciati sul fiume, le barche a forma di mandorla, i pellegrini che si immergevano nell'acqua scintillante...

Ma oggi non c'era nulla di tutto questo.

Il Gange, gonfiato dal monsone, era salito fino agli ingressi dei palazzi, se non addirittura alle finestre, inghiottendo gli scalini, allagando le entrate, inglobando nella torba tutta la vita, tutte le preghiere... Era la versione sopraffatta, sommersa, di Varanasi, la stagione che i turisti disertavano e che soltanto i devoti più motivati affrontavano...

Nel corso della loro breve conversazione il padrone dell'albergo aveva spiegato che in quella stagione il fiume poteva arrivare fino a due chilometri di larghezza. E aveva aggiunto, poiché l'India resta sempre l'India, che gli abitanti di Benares erano grati per quegli allagamenti, considerandoli come una prova del potere degli dei, sempre generosi nei loro doni agli uomini. Dopotutto, quelle piogge erano sinonimo di fertilità...

Assi Ghat si trovava in fondo a un'ansa del fiume. Avevano preso ancora una volta un tuk-tuk e poi avevano proseguito a piedi inoltrandosi in vicoli stretti e sinistri.

La puzza lasciava senza fiato: zaffate di fogna, melma putrida e acqua stagnante aleggiavano tra i muri, anch'essi coperti di fango, licheni e alghe. Un mondo a metà tra la terra e il fiume che marciva come un innesto che non ha attecchito...

Ora si trovavano sul *ghat*, di cui solo pochi scalini emergevano dall'acqua. Voltandosi, si poteva comunque contemplare la falesia, con la sovrapposizione di palazzi, torri e balconi, che aveva reso celebre la città santa.

Ormai la maggior parte degli edifici era in rovina, le torrette collassavano, le terrazze pendevano come barche sfondate. A deturpare ancora di più l'insieme, delle impalcature coprivano una buona metà dei palazzi. I lavori di ristrutturazione dovevano essere stati interrotti dalle piogge.

Sulla sponda, detriti, spazzatura, frammenti di legno carbonizzato si accumulavano come i resti di un naufragio trasportati dalla risacca. Alcune mucche affondavano il muso nell'immondizia, mentre esemplari della razza umana – uomini, donne e bambini – sguazzavano nel pantano, lavando i loro indumenti, pregando, urinando...

Naturalmente c'erano anche dei sadhu, sputati dall'Himalaya come grumi di catarro sanguinolento, seduti a gambe incrociate, intenti a qualche inquietante conciliabolo, o diretti di corsa, impazienti, ossessionati, verso le acque sacre.

Sotto quel cielo pesante e grigio, era la scena più desolante che Mersch avesse mai visto. E poiché erano in India, avevano diritto a un piccolo sovrappiù: i cadaveri dei bambini e delle donne che avrebbero dovuto scomparire in fondo al fiume affioravano in superficie perché la violenza dell'inondazione aveva spezzato la corda che li legava alla loro pietra.

Al posto della foschia, quella mattina c'era il fumo delle cremazioni che, nonostante il monsone, funzionavano a pieno regime. Un'emissione nera, carica di particelle, si appiccicava ai loro vestiti, insinuandosi tra le pieghe del tessuto. *Grasso umano*, pensò Mersch. Alzò gli occhi al cielo e vide gli avvoltoi volare basso, alla ricerca di qualche pezzo di carne scivolata lungo i gradini. In quell'istante, inciampò in un piede carbonizzato sospinto fin lì dalle onde del fiume. Rabbrividì e si spostò tre scalini più sopra.

Bhatiya aveva detto che Jérôme era un barcaiolo. Questo significava che effettuava il trasporto dei morti fino al luogo della cremazione, compito esclusivo degli intoccabili, ma dopotutto, in India anche uno straniero era meno che niente, un fuori casta.

Si sedettero sugli scalini decrepiti, in mezzo all'odore di loto e cenere. Jérôme era l'unico barcaiolo occidentale in quel tratto del fiume e avrebbe finito per apparire...

«Vuoi che ne parliamo?» chiese all'improvviso Mersch.

Si vantava di avere nervi d'acciaio, ma il solo fatto di essere seduto accanto a Nicole, davanti al fiume che si fondeva con il cielo in una grigia eternità, gli era pressoché insopportabile.

«No», rispose lei posando semplicemente la testa sulla sua spalla.

Il poliziotto trasalì. Più ancora che l'atto sessuale, temeva ogni forma di tenerezza. In materia di affetto e dolcezza non aveva avuto buoni maestri.

All'improvviso una voce risuonò in mezzo al fumo.

«Udite! Udite! Brava gente! Sono il traghettatore! Il barcaiolo del Gange a ogni stagione!»

Mersch e Nicole balzarono in piedi. Quella voce strascicata che emergeva dalla nebbia come la sirena di un battello era il segnale che attendevano.

Prima che avessero il tempo di cercarla, una barca senza colore (che sembrava piuttosto un tronco alla deriva), affusolata come una foglia di cannabis, si materializzò nella bruma e venne a urtare il bordo del *ghat* a pochi centimetri dalle loro scarpe inzuppate.

Udirono una risata e poi scorsero un vecchio in piedi a poppa dell'imbarcazione. Vestito soltanto di un *lungi* e di uno scialle sulla spalla, l'uomo era magro come uno sciacallo, con lunghi capelli da strega e una barba interminabile.

«*Where do you come from, fellas?*»

«Siamo francesi», lo informò Mersch.

«Ottima notizia!» approvò l'uomo ridendo di gusto.

«Vogliamo parlarti.»

«Ancora meglio», disse lui avanzando verso la prua della barca e lanciando una cima a Mersch.

Il poliziotto l'afferrò con un attimo di ritardo mentre il barcaiolo continuava a ridere. Era una risata finta, stridente, un'ilarità che oscillava tra il delirio di un drogato e la demenza senile di un vegliardo.

«Salite! Salite! Niente cerimonie tra di noi. In questa stagione è piuttosto raro incontrare dei compatrioti!»

Mersch tirò la cima a due mani mentre Nicole, più leggera della mussola che indossava, saltava a bordo. Non portava i pantaloni, la lunga camicia indiana fungeva da vestito.

Il poliziotto distolse lo sguardo. Il suo cervello riluttava a riconoscere il miracolo di quelle gambe nude con ai piedi un semplice paio di sandali. Il loro pallore gli ricordava il latte che andava a prendere alla fattoria vicino al collegio, quel latte nauseante che lui non poteva bere e la cui purezza, non sapeva perché, gli faceva male…

«Sali, o devo dirtelo cantando?»

«Pardon.»

Con la cima in mano, Mersch saltò sulla barca e si sedette accanto a Nicole, raggomitolandosi come se avesse freddo. Tremava, aveva la gola serrata e la pelle d'oca. Quella ragazza lo faceva impazzire.

«Dove vi porto, compaesani?»

«Dove vuoi tu», borbottò Mersch. «Vogliamo soltanto parlare.»

«Alla buonora», fece l'eremita, spingendo sul suo remo. «Sono un tipo piuttosto loquace.»

Si inoltrarono nel fumo nerastro. Alla mente di Mersch affiorò subito un'immagine. Jérôme era Caronte, il traghettatore agli Inferi della mitologia greca. E lui e Nicole? I dannati, ovviamente, un ruolo che calzava loro perfettamente.

136.

A bordo dell'imbarcazione, Mersch ebbe modo di osservare nel dettaglio il loro nocchiero, di una bruttezza senza pari. Dietro i piccoli occhiali rotondi alla Gandhi, due occhi prominenti come palle di Natale, sopracciglia e lunghi capelli cespugliosi, peli dappertutto. Il naso seguiva una linea spezzata che zigzagava fino alle labbra troppo spesse, come disgustate da una nausea permanente: non era più un'espressione, ma una cicatrice.

Il corpo era talmente magro da ricordare quei reportage televisivi sulla guerra in Biafra, che dall'inizio della primavera del 1968 toglievano l'appetito a tutta la Francia. Sembrava che l'avessero scorticato vivo per poi ricucire la pelle direttamente sulle ossa, senza preoccuparsi troppo dei particolari.

Quanti anni poteva avere? È possibile attribuire un'età a una pietra? A una corda? L'uomo apparteneva al regno minerale più che a quello del tempo che passa. Una certezza: aveva preceduto i primi hippy, quelli degli anni Sessanta...

Si era seduto a poppa e aveva impugnato due remi. Un vero canottiere di Argenteuil, ma intessuto di tele di ragno.

«È da un po' che sei a Benares, vero?» esordì Mersch, entrando in argomento.

«Puoi ben dirlo! Sono arrivato nel 1932!»

«Cosa ti ha portato fin qui?»

«L'avventura! O la droga. Oppure gli dei. Tutto tranne le donne, perché qui per farsi una ragazza bisogna alzarsi di buonora!»

Mersch si sentiva a suo agio con quell'energumeno mezzo sadhu e mezzo monello parigino. Remava con una cadenza regolare, sporgendosi verso di loro, i pugni serrati sui remi, per poi raddrizzarsi in un movimento fluido, che eseguiva con grande naturalezza.

Il poliziotto non aveva voglia di approfondire, ma gli chiese comunque: «Come sei arrivato a fare questo… lavoro?».

«La preghiera, amico. Ho avuto il mio periodo mistico, non mangiavo più, non mi muovevo più, passavo il tempo sulle scalinate a ripetere i miei mantra. Dopo un po' mi sono detto che potevo remare e pregare allo stesso tempo, non c'era nulla di male, nessuna offesa… E voi, cosa ci fate da queste parti?»

«Cerchiamo un uomo. Un francese.»

«Come si chiama?»

«Pierre Roussel.»

«Pierre Roussel è morto.»

«Poco importa. Cerchiamo informazioni su di lui. Tu l'hai conosciuto?»

Il rematore scoppiò a ridere, crepitando come una scacciacani.

«Se l'ho conosciuto? Eravamo come due fratelli.»

«Raccontaci quello che sai.»

Jérôme non rispose subito. La pelle del suo viso che emergeva dalla barba e dalla chioma sembrò ritrarsi in fondo a quella caverna pelosa.

«Ricordo ancora il suo arrivo. Aveva l'aria di un folle in versione catatonica. Non c'era modo di cavargli una parola di bocca. Aveva ferite sul viso e su tutto il corpo. Come se fosse stato azzannato da un branco di iene.»

«Che anno era?»

«Il 1938, direi. Forse il '39.»

Georges Dorati fuggiva dal Regno, dalla Madre, dalle lamprede…

«Da dove veniva?» chiese comunque Mersch.

«Non si è mai saputo. All'inizio ha vissuto della carità dei bramini. A poco a poco ha ritrovato l'uso della parola e si è rimesso a mangiare. Le ferite si sono cicatrizzate. Parlava francese, bengalese e un po' di hindi. E anche sanscrito, il che era piuttosto bizzarro.»

«Com'era? Voglio dire il suo aspetto, il suo atteggiamento.»

«Molto alto e molto magro, con un'aria da persona raffinata.»

«Era... effeminato?»

«Effeminato?» Jérôme scoppiò di nuovo a ridere. «Se mi stai chiedendo se era frocio, la risposta è sì. Manierato, ricercato, sempre a ridacchiare per qualsiasi inezia, completamente fuori di testa...»

«Dove viveva?»

«Con i bramini. Pierre si era trovato un maestro di musica. Un famoso musicista che abitava in uno dei palazzi affacciati sul Gange.»

«Cosa suonava?»

«La *vina*, uno strumento a corde. Una sorta di liuto, suonato in genere dalle donne... Quel musicista l'aveva adottato e lui si era installato nel suo palazzo...»

«Erano amanti?»

«Su questo non c'è alcun dubbio. Il vecchio era un noto pederasta, un vizioso che frequentava i bordelli con ragazzini. Anche Pierre era ossessionato dal sesso. Dopo una lunga giornata dedicata alla musica, andavano tutti e due a caccia di ragazzini nel quartiere a luci rosse di Benares, vicino alla stazione, oppure optavano per quelli venduti nei templi. Qui la prostituzione può essere sacra. I bambini sono sposati a una dea e accordano i loro favori ai devoti. C'è anche il tantrismo, ma rinuncio a spiegarvi tutte queste stronzate... Pierre veniva tutte le mattine a fare le sue abluzioni nel Gange. Era diventato più induista degli indiani. Si rifiutava di parlare una lingua che non fosse l'hindi o il sanscrito. Quando non suonava il suo strumento trascorreva le giornate pregando, praticando yoga, brunendosi la pelle al sole come un sigaro. Lo rivedo ancora, quell'idiota che ride come una nobildonna, sempre pronto a strimpellare un pezzo o a rimorchiare un minorenne dietro un tempio. Aveva anche un'altra abitudine. Di tanto in tanto si faceva condurre sull'altra sponda, nella laguna, dove spariva per parecchi giorni, tagliando giunchi e canne con un falcetto, per poi intrecciare con le sue lunghe dita piccoli oggetti che riportava qui come un gatto riporta i topi che ha catturato...»

Era avvincente assistere alla formazione di un profilo, sullo sfondo della bruma e della laguna, che corrispondeva punto per punto a quello dell'assassino.

«Davvero un fenomeno, te lo giuro. Ma quello che lo faceva andare più fuori di testa era la danza.»

«La danza?» ripeté Mersch, individuando in quella parola la prova definitiva.

Jérôme voltò la testa, remando con una sola mano per schivare un frammento di statua che galleggiava nell'acqua.

«Quando gli saltava in testa, danzava sulla riva del fiume. Diceva che era il suo modo di onorare gli dei... Volteggiava in mutande tra i sadhu e i pellegrini, esibendosi in spaccate e salti intrecciati sugli scalini dei *ghat*. Persino in un posto come questo, era decisamente insolito...»

Il cestaio.

Lo yogi.

Il ballerino.

Mersch collocò queste scene nel contesto cronologico del mondo umano, ovvero del mondo razionale.

«Ma c'era la guerra, no?»

«Certo... Ma io e Pierre eravamo imboscati, come si direbbe in gergo militare... Il consolato ci lasciava in pace. E comunque, in India la seconda guerra mondiale è stata un vero bordello. Il paese era ancora sotto la dominazione britannica e lottava contro le potenze dell'Asse, ma molti nazionalisti indiani si rifiutavano di andare a farsi trucidare per gli inglesi. Avevano persino formato un'armata pro Giappone... In quel periodo io e Pierre ce ne stavamo tranquilli. Pregavamo, praticavamo lo yoga. La nostra comunione era... totale.»

«Andavate a letto insieme?»

«Ah, no. Sono un traghettatore, ma non sono mai approdato su quella sponda.»

«Ha mai parlato delle sue origini?»

«No. Un autentico mistero. In realtà, non avevamo più delle origini. Eravamo indù e trascorrevamo il tempo a eseguire *pujas*...»

«Alla fine è tornato in Francia, vero?»

Il vecchio si raddrizzò sul sedile, come a simulare la sorpresa di allora.

«Come lo sai? Sì, l'ha deciso all'improvviso. Non ho mai capito perché. Ha detto che dopo la guerra voleva vedere la Francia liberata. Non era da lui, la geopolitica non l'aveva mai interessato. Ma comunque, sì, è rientrato...»

«Per quanto tempo?»

«In realtà è partito due volte. La prima ci è rimasto un anno, la seconda qualche mese.»

«E poi?»

«All'inizio degli anni Cinquanta è cambiato. Aveva acquisito una certa notorietà come suonatore di *vina.* Ha cominciato a raccogliere spartiti di musica indiana. Non so esattamente chi lo avesse finanziato, ma viveva al Sarayamah – lo chiamano Sarayamah Mahal –, un decrepito palazzo che ha ristrutturato da cima a fondo per ospitarvi una scuola di musica e una biblioteca specializzata... È diventato un notabile, insomma...»

«Pensi che i mecenati fossero i suoi amanti?»

«Certo. Come ti ho detto, Pierre aveva un insaziabile appetito sessuale. Si è fatto sicuramente dei ricchi inglesi, dei principi indù... I soldi gli cadevano dal cielo come per magia...»

«Frequentava sempre le sponde del fiume?»

«Non ha mai lasciato il *ghat.* Il suo palazzo è affacciato sul Gange a pochi passi da qui... Pierre ci veniva ogni giorno. Pregava, offriva l'acqua del fiume al sole e diventava sempre più... misterioso.»

«In che senso?»

Jérôme fece un'espressione particolare, venata di diffidenza.

«Il tantrismo.»

«Vai avanti.»

Jérôme non aggiunse altro. Remando con una sola mano, stava accostando alla riva.

«Non vuoi dire nulla al riguardo?»

Lui continuò a remare in silenzio per qualche istante.

«Sono scivaita da oltre trent'anni. Ci sono cose di cui non

si può parlare. Da noi, nominare le cose è come farle apparire. Non posso evocare certi argomenti.»

Inutile insistere.

«E poi, cosa ha fatto Roussel?»

«Ha continuato le sue ricerche musicali e si è progressivamente allontanato da me, da noi tutti. Si è rinchiuso nel palazzo a dedicarsi alla sua religione segreta... E poi...»

«Sì?»

«È morto, nel 1964.»

«Lo credi davvero?»

Jérôme li aveva riaccompagnati verso il *ghat.* Alle sue spalle riapparvero i palazzi, i chioschi, le torrette.

«Forse il suo corpo ha cessato di esistere, ma la sua anima non è mai stata così viva. Questa morte non è stata altro che una rinascita. Qui si dice che la *māyā*, il mondo delle apparenze, è come un drappo scintillante dai riflessi ingannevoli. Raggiungere il *moksha* significa trovare una breccia nel velo per accedere all'aldilà, alla verità cosmica.»

Mersch ebbe una visione... Su quei templi traforati e quei palazzi cesellati si allungava un'ombra minacciosa, quella di Roussel, armato del suo falcetto.

Sicuramente Bhatiya si era imbattuto in cadaveri che portavano la sua firma ed era al corrente dell'esistenza di un assassino multirecidivo con un terrificante *modus operandi*, ma la polizia indiana non poteva fare nulla contro un simile predatore. Era un mago, un demone, un *rakshasa*, una parola che aveva letto nella sua guida e che denominava i diavoli della mitologia indù.

Si accostarono alla riva. Lo scafo della barca urtò gli scalini semisommersi producendo rumori di noce di cocco infrante e gargarismi... Mersch saltò sulla banchina e aiutò Nicole a scendere. Porse a Jérôme una mazzetta di rupie senza nemmeno sapere a quanto ammontassero.

«Un'ultima domanda.»

«D'accordo», accettò Jérôme, stringendo le banconote tra le dita.

«Credi che Baba Shumitro Sen abiti nel Sarayamah Mahal?»

Jérôme sputò a terra, la cima ancora in mano come se fosse il guinzaglio di un cane.
«I fantasmi vivono nascosti, è nella loro natura.»
«Ma questo fantasma sarebbe potuto rimanere nella casa di Pierre Roussel, no?»
Il traghettatore fece un sorriso: non dovevano restargli molti denti, dato che le sue labbra sembravano aspirate dalla bocca.
«I fantasmi hanno le loro abitudini, certo», rispose, facendogli l'occhiolino. «Dopo la morte di Roussel nessuno si è più arrischiato a mettere piede là dentro.»
«Chi ci abita oggi?»
«Di sicuro dei discepoli, ma vivono nascosti perché la legge del tantrismo li obbliga a rendersi invisibili...»
«Grazie, Jérôme, ci hai davvero aiutati.»
Il traghettatore gli strizzò ancora l'occhio.
«Non ringraziarmi. Vi ho soltanto regalato un biglietto per l'inferno.»

137.

Una piccola canna per il viaggio.

Se dovevano essere incoscienti, tanto valeva esserlo fino in fondo.

Il pomeriggio erano tornati ad Assi Ghat. Il sole aveva squarciato le nuvole, come per aiutarli a individuare i luoghi. Affacciato sul Gange, il Sarayamah Mahal, che era appartenuto a un maharaja dell'India orientale, esibiva una lunga facciata costellata di finestre e nicchie, sormontata da torrette a forma di granata: le famose *sikharas*, che simboleggiano le cime delle montagne e ospitano lo spirito della divinità. Su quel lato non c'era nessuna via d'accesso possibile, perché le mura affondavano dritte nell'acqua come una falesia.

Fecero il giro del perimetro, lungo vicoli bui e umidi, incrociando ancora portatori di cadaveri e sadhu, e raggiunsero l'entrata del palazzo. Tutte le finestre avevano le imposte chiuse, non lasciando trasparire alcun segno di vita. La sontuosa dimora sprofondava come un incrociatore abbandonato dai suoi marinai. Il confronto reggeva perché le terrazze, le nicchie e le guglie suggerivano le torri, i camini e i cannoni di una nave da guerra, il tutto dipinto di un rosso antico, ma si trattava in realtà di mattoni che avevano perso il loro rivestimento.

Non si erano fermati, e soprattutto non davanti al portale ad arco, sepolto sotto rami di edera fangosa. C'era un solo modo per entrare nel palazzo: attraverso quella porta... A meno di staccare una delle grate traforate che schermavano i vani delle finestre.

Mersch non aveva fatto commenti, ma doveva averne in

mente una delle sue. Nicole si fidava di lui. Erano rientrati in albergo e avevano atteso.

Adesso erano le undici di sera e, naturalmente, aveva ricominciato a piovere. Mersch era uscito senza dire dove andava. Nicole si sforzava di non perdere la calma e tirava boccate dal suo bidi, abbandonandosi agli effetti benefici della cannabis. Aveva l'impressione che la sua mente si fosse liberata di ogni gravame, di ogni ansietà, come quando si toglie la sottile pellicola che protegge l'adesivo di uno sticker. Presto, anestetizzata dalla droga, sarebbe stata pronta per il raid fatale...

All'improvviso Mersch rientrò in camera proprio come un poliziotto che fa un'irruzione.

«La mia pistola è sparita.»

«Cosa?»

«Mentre tu facevi la doccia, ho controllato dappertutto, non c'è più. Ho appena dato una strapazzata all'albergatore. Ma lui non c'entra, ne sono sicuro. È stato qualcun altro a prenderla.»

«E adesso cosa facciamo? Rinunciamo?»

In piedi nella stanza, ben piantato sulle gambe, Mersch non dava l'impressione di essere disposto a fare marcia indietro.

«Ho sempre il mio Ka-Bar.»

Era in pieno delirio. Nicole sentiva che quel confronto era diventato per lui un'ossessione. Non si trattava più di arrestare l'assassino – in nome di quale autorità, poi? No, lui voleva la sua pelle, come un cacciatore folle che insegue in Africa un elefante o un rinoceronte leggendario.

Aveva perso di vista il fine e le modalità dell'indagine, scordato il suo status di poliziotto e travalicato lo spirito della giustizia. Era un predatore, e l'unica cosa che contava ormai era l'abbattimento della preda.

Dio, un semplice coltello...

Bisognava distoglierlo dai suoi vaneggiamenti, rimettergli la testa sulle spalle.

«Non si può agire così», obiettò Nicole. «Dobbiamo andare dalla polizia.»

«L'abbiamo appena fatto. Non ci aiuteranno mai.»

«Non si tratta di aiutarci, ma di fare il lavoro al nostro posto. Siamo sul loro territorio. È di loro competenza e...»

«I poliziotti di Varanasi non si muoveranno mai in base a semplici supposizioni. Per non parlare del fatto più importante.»

«Che sarebbe?»

«Baba Shumitro Sen è un mago, un demonio. Gli indù non affrontano mai questo genere di personaggi. Spetta a noi agire.»

Nicole si alzò e andò a piazzarsi davanti a Mersch. La stanza era piccola e la disposizione dei letti riduceva ulteriormente lo spazio di manovra. Riuscivano a malapena a muoversi.

«È un suicidio», decretò Nicole.

«Nessuno ti obbliga a seguirci. Dopotutto, questa storia riguarda la nostra famiglia.»

La ragazza alzò la mano per schiaffeggiarlo, poi il suo braccio cambiò idea, e lei gli afferrò la nuca e premette la sua bocca su quella di lui. Al solo contatto, le loro labbra si schiusero come fiori che sbocciano e le loro lingue si lanciarono in una quadriglia scatenata.

Dopo qualche secondo, lei si staccò per riprendere fiato.

La porta della camera si aprì ed entrò Hervé, magro e pallido come un cero. In pochi giorni era completamente cambiato. Sembrava ripercorrere la propria storia come un avventuriero che cerca la sorgente di un fiume, a rischio di perderci la ragione.

«Andiamo?»

Mersch si asciugò le labbra sulla manica. Molto elegante.

«Sì, andiamo.»

Dentro di sé, Nicole capitolò. Bisognava comunque portare a termine quel viaggio nella follia, e lei era ancora abbastanza giovane (e incosciente) per crederci. Non avrebbe fatto la rivoluzione, ma partecipato a una vendetta privata, una cosa che in quel momento le sembrava molto più eccitante.

Afferrò la cerata e gli stivali di gomma che avevano comprato quel pomeriggio e seguì i due fratelli.

138.

Scrosci di pioggia si abbattevano sulle strade come se le nuvole si fossero schiantate le une contro le altre, svuotandosi di tutto ciò che avevano nel ventre.

Le tre silhouette avvolte nelle cerate sbattevano le loro suole di gomma nelle pozzanghere e abbassavano la testa per proteggersi dalle gocce rabbiose che le perseguitavano anche qui, anche ora, nel cuore di Varanasi, capitale della tormenta.

Bene o male, trovarono la strada. Da lontano, vedendoli avanzare con i loro cappucci rasentando i muri, si sarebbero potuti scambiare per degli intoccabili che rientravano nel loro tugurio dopo una giornata miserabile fra le tante.

Raggiunsero l'ingresso del Sarayamah Mahal. Nicole ricordò che quelle strutture di ispirazione musulmana si chiamavano *iwan*. Perché le era tornato in mente in quel momento, in mezzo alla tempesta? Forse per aggrapparsi a un sapere razionale, qualcosa di familiare, i suoi libri, i suoi studi, la sua casa, prima di tuffarsi nell'abisso...

Sotto il diluvio, il Sarayamah Mahal appariva enorme, circondato da piccole case di cemento dipinto e baracche con il tetto di lamiera ondulata. Nicole ebbe di nuovo la visione di un naufragio: il grande palazzo che sprofondava nel suolo, un po' di sghembo, mentre l'acqua traboccava da ogni parte, dal cielo, dal fiume, dalle grondaie...

Sollevò gli occhi e guardò l'edificio rosso scuro. Alcune finestre erano protette da grate, altre da assi di legno inchiodate. I chioschi pensili, sormontati da cupole, ruscellavano come fontane Wallace. Le torri erano inghiottite dal cielo nero, i cornicioni gorgogliavano, riversando sul marciapiede getti d'acqua tinta di rosso dal rivestimento della facciata... Un'autentica pioggia di sangue...

Nicole si rese conto in ritardo che Mersch si era arrampicato e stava staccando la grata traforata che schermava una finestra facendo leva con il coltello. Il pannello cadde a terra. Via libera.

Hervé salì per primo, allungando in verticale il suo metro e novanta di altezza come la corda di un fachiro. Poi Mersch, accucciato nel vano della finestra, tese una mano a Nicole. Il suo viso brillava come una scultura in marmo bianco.

«Vieni o no?» le gridò.

Senza rispondere, lei afferrò le sue dita e si issò fino a posare i talloni sul cornicione del primo piano, poi spinse sulle gambe e si aggrappò al bordo della finestra.

Disse mentalmente addio al padre e salutò la nuova Nicole, una Kali dai capelli rosso sangue e la pelle bianca come un sudario. Le dita si conficcarono nel legno umido e Nicole esultò: non ci sarebbe più stato modo di tornare indietro.

139.

La finestra non si apriva all'interno di una stanza, ma su un loggiato che circondava un patio allagato. Alla luce dei lampi, e nonostante la pioggia che scrosciava senza sosta, quella gigantesca pozzanghera scintillava come una stampa gigante immersa nel bagno di sviluppo. Quale immagine sarebbe apparsa?

Nicole delirava, combattuta tra l'eccitazione e la paura, nella quale s'insinuava stranamente una sensazione di distacco. In realtà, si affidava a Mersch, che aveva assunto il ruolo di protettore, come era solito fare suo padre in altre circostanze. Si sentiva audace, intrepida, perché seguiva le orme di un eroe la cui sola presenza la rendeva invincibile.

In fondo si stagliava l'edificio principale, quello affacciato sul Gange. Al centro, una fontana crepitava nelle tenebre, come una raffica di petardi cinesi. Una raffica senza fine. I tre intrusi rimasero al riparo, cercando ispirazione.

Fu loro offerta da un battito sordo che percepirono dopo qualche istante. I loro timpani, come gli occhi che si adattano all'oscurità, cominciarono a distinguere quel ritmo grave, come un gigantesco cuore imprigionato in fondo a un pozzo.

Si scambiarono un'occhiata. Nascosti sotto i loro cappucci non avevano l'aria di giustizieri né tanto meno di eroi. Sembravano piuttosto dei monaci o degli addetti alla manutenzione delle fogne che si apprestavano a calarsi in un pozzo. Svoltarono istintivamente a destra, risalendo il loggiato nella direzione di quel rumore martellante. Una parola affiorò alla mente di Nicole: *hortator*, il capo dei rematori nelle galere romane, che esortava la ciurma a remare all'unisono percuotendo un tamburo di cuoio.

Arrivarono davanti a una grande porta, si fermarono. Mersch posò la mano sulla maniglia – in ottone cesellato, notò Nicole. Era aperta. Il ritmo divenne tormentoso, coprendo il fragore della tempesta.

Mersch si tolse il cappuccio – i capelli ondulati imperlati di gocce – e avanzò. Nicole lo seguì asciugandosi gli occhi, non dalla pioggia, ma dal sudore.

All'improvviso le tornò in mente la scomparsa della pistola di Mersch, ma si rassicurò pensando che nemmeno l'assassino doveva averne una. Preferiva di certo l'arma bianca, il rito, l'esoterico. In un flash vide Mersch e lui affrontarsi con il coltello. La visione le fece venire voglia di urlare e, grazie al joint, partecipare al combattimento.

Attraversarono una grande sala immersa nella penombra, su cui gli sporadici lampi gettavano una luce bianca, frammentando lo spazio e il tempo in sottili, accecanti lamelle. Un soffitto molto alto, lampadari di cristallo, su entrambi i lati stanze con porte a giorno. Un harem con le sue alcove intime e segrete...

Un altro lampo rivelò un ballatoio lungo la stanza. In fondo, una scalinata in marmo, larga e solenne, consentiva l'accesso e sembrava attendere un maharaja e il suo corteo.

Il rumore pulsante proveniva dal primo piano. Lassù doveva essere in corso una cerimonia, un concerto o un'orgia, ma le percussioni evocavano una trance, un'estasi, una danza ipnotica.

Raggiunsero il corridoio, sulla cui parete erano allineate migliaia di libri. Il ritmo, sempre più forte, entrava nei muscoli e nelle ossa. Sotto i colpi sordi si sentivano ora quelli più acuti delle tablas, le cui pelli dovevano essere tese al massimo, brucianti...

Un'altra porta, riccamente decorata: fiori, stelle, volute intarsiate nelle nervature del legno, quasi fossero solchi naturali, segni della foresta...

Mersch estrasse il coltello – cosa voleva fare? – e aprì la porta: nessuna resistenza.

La sala era occupata da una grande vasca centrale. Si sarebbero potuti immaginare dei petali di rosa gettati sui bordi immacolati e lisci di quel rettangolo d'acqua…

Ma la realtà era ben diversa.

Innanzitutto, la vasca era vuota. O quasi. Sul parapetto, dai cadaveri di animali decapitati – capre, daini, cani, non si vedeva bene – colavano lunghe scie di sangue.

Ma il peggio era all'interno.

Una decina di coppie – indiani, uomini, donne, nudi, sembravano a prima vista lottare. Coperti di sangue, accucciati, seduti o raggomitolati due a due, si stringevano, si allacciavano, si affrontavano. Guardando meglio, si accorsero che stavano fornicando come capre, un'analogia inevitabile con quelle teste insanguinate che erano rotolate ai loro piedi e il cui sangue impiastrava i loro corpi.

In materia di sesso Nicole non sapeva nulla. Non riusciva a capire a cosa stesse assistendo. Tanto per cominciare, il fumo dell'incenso offuscava tutto (si riusciva a malapena a respirare quell'aria intrisa di effluvi di salvia e di mirra). E poi i corpi insanguinati si univano e si mescolavano così vicini che non si poteva dire esattamente cosa stessero facendo.

A Parigi, quando sognava dell'India, Nicole guardava delle fotografie – le sculture erotiche dei templi di Khajuraho – e sfogliava libri – il *Kamasutra,* che nell'Europa del 1968 simboleggiava la liberazione dei sensi. Ma fino a quel momento, tutte quelle posture, tutte quelle fantasie avevano popolato soltanto la sua immaginazione.

Adesso, invece, le sculture si animavano sotto i suoi occhi, le rappresentazioni prendevano vita con contorsioni e capriole, il tutto accompagnato dai musicisti seduti sull'altro lato, di cui si distinguevano soltanto i turbanti e le tuniche cangianti.

Nessuno faceva caso ai tre estranei in cerata che si erano intrufolati in quella cerimonia tantrica, avanzando in mezzo ai brandelli di carne insanguinata e ai cadaveri degli animali sacrificati.

Nicole osservò alcune coppie. Una donna, appoggiata sui gomiti, teneva le gambe in verticale – una posizione yoga chiamata *sirsasana*, se ne ricordava – mentre un uomo, in piedi davanti a lei, la penetrava. Un'altra coppia prediligeva una variante, con lui inarcato e lei che lo cavalcava dandogli le spalle...

Nessuno dei partecipanti sembrava provare il minimo piacere. Si trattava di qualcos'altro: una febbre convulsiva che passava attraverso i corpi per trasportare le anime chissà dove. Seguendo il ritmo, lubrificati dal sangue degli animali, i partecipanti si esibivano in prodezze atletiche, dando vita a improbabili figure, in cui braccia, gambe e teste non avevano alcuna logica...

Nicole non riusciva più a pensare, il frastuono pulsante dominava i suoi battiti cardiaci, palpitava sotto le sue tempie. Quel basso... le evocava il mantra più grave, il più potente, l'*Om*, la sillaba sanscrita, la vibrazione vitale che fa risuonare tutto il corpo e che è considerato il suono primordiale, a partire dal quale sarebbe stato strutturato l'universo...

Un suono martellante, scandito come un respiro delle origini, sul quale si innestava – ora lo sentiva distintamente – un brulichio di cembali, di percussioni acute, come se una miriade di aghi si fosse conficcata nella sua testa.

Nicole perse l'equilibrio e si aggrappò al braccio di Mersch. Alzò gli occhi e vide la sua paura riflessa in quelli del compagno. Si aspettava un segno di sollecitudine, di gentilezza, ma il poliziotto le chiese soltanto: «Dov'è Hervé?».

140.

Si era infilato in una porta laterale e aveva raggiunto un altro corridoio. Sulle pareti antiche pitture raffiguravano posizioni del *Kamasutra*, come quelle praticate da quei dementi nella vasca sguazzando nel sangue e nella depravazione...

Non c'era tempo di fermarsi.

Si era liberato della cerata e degli stivali di gomma che facevano un baccano d'inferno. A piedi nudi, stringeva nella mano ancora bagnata la .45 del fratello. Istintivamente, aveva capito che Roussel non era tra i partecipanti all'orgia insanguinata. Doveva trovarsi in un santuario privato, intento a pregare, danzare o sgozzare qualche ragazza.

Un Barbablù in salsa induista, ecco chi era suo padre.

Il corridoio si biforcò. Hervé era in stato di trance. La sua .45 lo stava attirando verso le tenebre, lui non faceva altro che seguirla, tenuto al laccio da quella pistola che non sapeva nemmeno usare. Le uniche immagini che la sua mente riusciva ancora a evocare erano i volti appassionati di Suzanne e Cécile alla Sorbona. Non ci sarebbe stato nessun arresto né processo. Hervé era la mano di Dio, il giudice e il carnefice...

Svoltò di nuovo. Dove diavolo portava quel corridoio? Una serie di porte, ognuna delle quali dava su una camera buia che puzzava di chiuso. A volte, per pura congiunzione astrale, un lampo ne illuminava una, facendo apparire ombre gigantesche, mobili ammucchiati, sedie impilate, quadri...

Alla fine arrivò davanti a una massiccia porta di legno con borchie d'ottone. Sembrava emanare un potere speciale, una forza magnetica. Hervé capì di essere giunto al *sancta sanctorum.*

Con la mano sinistra – la destra era incollata al calcio della pistola – afferrò la maniglia, senza neanche lontanamente sperare che la porta non fosse chiusa a chiave.

E invece non lo era.

Hervé tremava a tal punto che gli sembrava di levitare. Sempre con la sinistra, riuscì a tirare indietro il carrello e armare la pistola, come gli aveva insegnato un giorno il fratello in campagna. «Seduta di allenamento», gli aveva detto, e Hervé non era riuscito a centrare nemmeno una volta il bersaglio.

Tese il braccio armato e spinse lentamente la porta...

Non comprese subito cosa stesse vedendo.

La stanza era immersa in una penombra dorata. Decine di candele ardevano ai quattro angoli, come nelle cappelle dove si accendono ceri esprimendo un voto. L'analogia però si fermava lì. Al centro, una giovane indiana nuda era appesa al soffitto a testa in giù. Imbavagliata, sembrava svenuta, pronta per il sacrificio. Al suo fianco, di spalle, un uomo, anche lui nudo, armeggiava davanti a un mobile carico di oggetti metallici che emettevano riflessi ramati, ma di cui Hervé non riusciva a distinguere l'esatta natura. Parevano essere strumenti chirurgici o qualcosa del genere.

Avanzò, affascinato dal corpo dell'uomo. Imponente, longilineo, era coperto di sangue. Sotto la pelle, i muscoli formavano degli intrecci, nodi, liane...

Ancora qualche passo.

La sua mano tremava più che mai, la canna della Colt oscillava come la bacchetta di un rabdomante. Doveva sparare. Subito. Soprattutto, non doveva lasciare che l'uomo si girasse o reagisse...

L'attimo dopo aveva un gancio conficcato nella mano che impugnava la pistola. Hervé urlò, ma un tuono coprì il suo grido. Baba Shumitro Sen avanzava verso di lui, con le braccia tese, come se volesse abbracciarlo. Hervé si rifiutò di credere a quello che stava vedendo. L'uomo aveva una bocca smisurata, circolare, costellata di denti appuntiti che tappezzavano non solo le gengive, ma anche il palato. Erano moltissimi, disposti a spirale, e scintillavano alla luce vacillante delle candele.

Hervé indietreggiò. La sua mano sanguinava, ma stringeva ancora la pistola. Premette il grilletto. Nessun risultato. Lo rifece. Niente. Tentò più e più volte. Il grilletto scattava a vuoto. Nessuna detonazione.

Shumitro Sen era sempre più vicino, la mostruosa bocca spalancata, pronta a dilaniargli il viso. Hervé non poteva crederci, ma allo stesso tempo cominciava a capire: si era infilato una sorta di apparecchio dentale, un aggeggio cilindrico munito di punte che gli deformava la mascella.

Hervé perse l'equilibrio e cadde all'indietro. Shumitro Sen si gettò su di lui per morderlo al volto, ingoiare i suoi occhi o succhiargli le ossa. Hervé abbassò le palpebre, non pensava più, voleva semplicemente non vedere ciò che lo aspettava.

Un tuono, seguito da un urlo bestiale. Hervé aprì gli occhi e non capì. Il *baba* era davanti a lui, in ginocchio, le mani sul ventre da cui fuoriuscivano sangue e visceri.

Sopra lo squarcio, riconobbe la lama vischiosa del Ka-Bar. Un altro lampo e accanto a lui apparve Jean-Louis, immobile, con la sua cerata e gli stivali di gomma.

Aveva avuto la meglio sul nemico.

E questa idea sembrava letteralmente pietrificarlo.

141.

«Immagino che abbiate sentito parlare del sistema delle caste. I miei uomini, tutti sikh, non lo rispettano. Il sikhismo si fonda sul concetto di eguaglianza fra tutti. Per quanto mi concerne, in qualità di giainista, nemmeno io lo rispetto. Al tempo stesso sono un bramino... È un po' complicato. Comunque, non contavo di essere io ad arrestare Baba Shumitro Sen...»

Hervé fissava stancamente Ravi Mukherjee, l'agente federale che sembrava un notaio. Le ultime ore della notte, dopo l'incursione al Saraymah Mahal, erano state come le precedenti: irreali, intollerabili. Le aveva vissute come un incubo a occhi aperti.

Dopo l'esecuzione di Baba Shumitro Sen, Ravi Mukherjee, l'uomo del Central Bureau of Investigation incontrato a Calcutta, era spuntato come un fiore al Saraymah Mahal. A quanto pareva, non aveva mai perso di vista i tre, seguendoli fin lì, a Benares, e aspettando tranquillamente che Mersch e i suoi compagni fermassero l'assassino tantrico «con tutti i mezzi necessari».

Un piano rischioso, ma Mukherjee non pareva preoccuparsi troppo che qualcuno ci lasciasse la pelle. Dopotutto, si trattava di stranieri, fuori casta e non giainisti. Era come dire che l'assassino e gli investigatori si equivalevano. Degli zero al quadrato. La cosa più importante era sbarazzarsi di quel criminale che terrorizzava i fedeli di Varanasi.

Mukherjee e i suoi uomini avevano arrestato i discepoli di Shumitro Sen e fatto il punto sulla situazione: quella notte era morto un uomo, ma non era così grave poiché lo era già da quattro anni.

Li avevano quindi portati negli uffici del CBI, vicino alla stazione ferroviaria centrale. Un edificio rosa che sembrava disegnato con il gesso.

«Ci avete lasciato fare il lavoro sporco», commentò Mersch, ancora con gli stivali ai piedi, alle sei del mattino.

Avevano medicato la mano di Hervé – una ferita superficiale, il gancio era affondato nello strato di grasso tra l'indice e il pollice –, poi si erano lavati e cambiati, e adesso, nell'ufficio di Mukherjee (quello vero, questa volta, con i suoi attestati e le statuette giainiste sugli scaffali), sembravano dei turisti che avevano perso il passaporto.

Mukherjee tese le mani scure davanti a sé.

«Devo ammettere che non mi sono mai sentito a mio agio con i criminali...» Sollevò lo sguardo e fissò JL sorridendo. «Sapete che a Varanasi ho aperto una clinica per uccelli?»

Di fronte al silenzio dei suoi ospiti, sollevò le mani in un gesto condiscendente.

«Lasciamo perdere. Mi avete reso un grande servizio. Era da parecchio che sorvegliavamo Pierre Roussel, che aveva finto di essere morto e ormai si faceva chiamare Baba Shumitro Sen... Io ho una vasta esperienza – sono sicuro che lo ricordiate – di sette. Quella di Sen era pericolosa, molto pericolosa... Innanzitutto perché era una setta segreta, e poi perché era sovversiva, fino a un punto che non abbiamo ancora potuto stabilire... La cosa certa è che Sen uccideva con accanimento. Nell'ambito della sua pratica tantrica o per il proprio piacere, non lo sapremo mai.»

«Perché non l'ha arrestato lei stesso?» intervenne Hervé. Quell'uomo gli dava sui nervi.

Mukherjee tese di nuovo le mani, con i palmi rivolti verso gli interlocutori.

«Non avevamo abbastanza prove e i nostri uomini si rifiutavano di seguire Baba Shumitro Sen.»

«Perché?»

«Semplicemente per paura. Forse di essere stregati, contaminati o uccisi...»

«Allora, ci aspettavate come il messia», ribatté ironicamente Mersch.

Mukherjee storse la bocca sotto la barba.

«A noi indiani non piace scherzare sulla religione...»

Hervé cominciava a rilassarsi. Quella notte aveva affrontato la più grande paura della sua vita. Al tempo stesso aveva constatato i propri limiti e testato la sua capacità di schierarsi in prima linea, anche se equivaleva al suicidio.

Nel fondo di quell'abisso, un particolare l'aveva sconvolto: l'ultimo gesto di Sen, che gli aveva aperto le braccia, come per una riconciliazione. Voleva davvero assassinarlo? Dopo tutto quel tempo, uccidere sua madre attraverso il proprio figlio? Hervé non ne era più così sicuro.

Mukherjee posò i palmi aperti sulla scrivania.

«In ogni caso, lei ha salvato la vita di una giovane indiana...» Scorse un fascio di fogli dattiloscritti. «Harimati Azmi, diciassette anni, originaria del Bihar. Una mendicante che il nostro uomo aveva rapito due giorni prima. Anche solo per questo, penso di poter fare uno sforzo per semplificarle le pratiche burocratiche.»

«Come sarebbe a dire?» chiese Mersch, senza manifestare la minima riconoscenza.

L'indiano fece schioccare le labbra, quelle spiegazioni sembravano costargli.

«Possiamo ragionevolmente concederle la legittima difesa. La... protesi indossata da Baba Shumitro Sen costituiva un'autentica minaccia, senza contare le armi bianche a portata di mano. Inoltre, ha salvato la vita anche a suo fratello e a quella giovane ragazza. Un caso come questo dovrebbe essere preso in esame dal giudice tra qualche settimana e, naturalmente, prima di quella data lei non potrebbe lasciare il paese.»

«È impossibile!»

«La capisco perfettamente. È per questo che le sto proponendo una procedura semplificata. Nel pomeriggio, un giudice appositamente nominato convaliderà il suo fascicolo e lei sarà libero di rientrare in Francia.»

Mersch sbuffò, abbassando lo sguardo, e poi tornò a fissare i grandi occhi neri del suo interlocutore.

«Grazie.»
«Non c'è bisogno di ringraziarmi. Sono i piccoli privilegi di cui godiamo noi della polizia federale.»
L'inglese con forte accento indiano di Mukherjee navigava sempre in acque torbide in cui le sillabe galleggiavano a fatica.
«Possiamo andarcene?» domandò tutt'a un tratto Hervé.
«Dopo aver firmato qualche documento potrete rientrare in albergo. Poi dovrete aspettare la mia chiamata per l'incontro di questo pomeriggio con il magistrato. Soltanto allora vi lasceremo prendere il vostro volo.»
Queste ultime parole produssero un effetto ineffabile su Hervé. Una sorta di febbre languida, infinitamente dolce e piacevole, che gli attraversò tutto il corpo, come un'iniezione di eroina. Sarebbero tornati in Francia, lasciandosi alle spalle tutto questo...
«Non so cosa dire», concluse Jean-Louis. «In questo genere di cose, anche quando tutto è finito, nessuno può gioirne.»
Mukherjee annuì, scuotendo la barba come uno spolverino passato sul petto, e si alzò. Il suo vestito nero era troppo stretto, teso ai lati quasi stesse per strapparsi. Una specie di misirizzi sul quale era stata avvitata la testa di un rabbino.
Non era granché come ultima immagine dell'India, ma Hervé la preferiva a quella della bocca a forma di sega circolare del guru assassino.
Mukherjee si spostò di lato a piccoli passi, girando attorno alla scrivania.
«Conto su di voi per avere questo pomeriggio tutti i particolari, perché nonostante i nostri sforzi non abbiamo in mano elementi significativi a carico dell'occupante del Sarayamah Mahal... Le vostre testimonianze saranno quindi fondamentali. Integrando il nostro dossier, gli indizi e le prove che avete potuto accumulare diventeranno elementi validi per la nostra giurisdizione, capite?»
Hervé, Mersch e Nicole annuirono. La priorità era darsela a gambe. Trovare un nuovo albergo. Chiamare una compagnia aerea. Lasciare quel subcontinente maledetto.
Mentre stavano uscendo, Mukherjee li richiamò. Dovette-

ro rientrare nell'ufficio e questa volta, stranamente, il poliziotto federale chiuse la porta. Non aveva finito.

«Un'ultima cosa... È possibile...» mormorò il giainista sollevando l'indice in segno di avvertimento, «che questa storia non sia affatto finita.»

«Cosa intende dire?»

«Come senza dubbio saprete, il vero nome di Baba Shumitro Sen non era Pierre Roussel ma Georges Dorati.»

«Lo sappiamo.»

«Era il figlio di Jeanne de Texier, la Madre dell'ashram della Ronde.»

«Tutto questo lo sappiamo!» protestò Mersch, impaziente.

«Forse Baba Shumitro Sen non ha agito da solo.»

«Sta alludendo ai membri della sua setta?»

«No, pensavo piuttosto a quelli della Ronde.»

«Lei è male informato», intervenne Hervé. «Aveva tagliato i ponti con la Ronde da parecchio tempo.»

Mukherjee fece oscillare la testa, sbattendo la barba sul petto.

«È quello che si dice, sì. Ma voi lo sapete, in India...»

«In India cosa?»

«Due verità contraddittorie possono essere vere entrambe.»

«Si spieghi meglio.»

Mukherjee aprì le sue piccole mani.

«Non c'è nulla da spiegare. In questa indagine vi siete spinti molto più in là di me. Ma non dimenticate che sono molto esperto di sette, e posso dirvi che in questo campo non si finisce mai di scoprire collegamenti inattesi, ramificazioni nascoste...»

Nicole troncò quelle vaghe insinuazioni.

«Baba Shumitro Sen non aveva più nulla a che vedere con il sincretismo sostenuto dalla Ronde... Si era convertito da anni al tantrismo, e quello che abbiamo scoperto nel suo palazzo dimostra che le sue pratiche erano in totale disaccordo con la disciplina della Ronde...»

«Molto bene, io non ho detto niente», commentò Mukherjee, alzando le mani. «Ma ricordatevi della Kundalini...»

«Cosa c'entra la Kundalini in tutto questo?»

«È un serpente che chiede soltanto di essere risvegliato.»
«E allora?»
«Se gli tagliate la testa, il suo corpo si muoverà ancora.»
«La smetta di parlare per enigmi!»
«Non posso dirvi altro, ma se fossi in voi, cercherei ancora. La bestia cui date la caccia potrebbe avere due teste.»

142.

Il parco dell'hotel Taj Nadesar Palace, che proteggeva i residenti dalla miseria della città dietro un muro di cinta bianco e guardie sikh, era un lungo prato perfettamente curato che digradava fino a un laghetto. Una sorta di vasta scalinata coperta di moquette verde che avrebbe potuto condurre a uno stagno per le anatre.

Erano circa le quattro pomeridiane. Hervé aveva dormito tutto il pomeriggio. Non ricordava di essersi assopito e nemmeno di essersi svegliato. Come se avesse perso conoscenza, tutto lì. Jean-Louis e Nicole avevano dovuto fare a meno della sua presenza per firmare le testimonianze davanti al giudice. Mukherjee era davvero tollerante. E soprattutto, aveva fretta di imbarcarli sul primo aereo per Parigi.

Hervé scese i gradini del prato superando cespugli di ortensie e ibiscus, costeggiando le palme e i bambù che presidiavano come sentinelle ogni dislivello. Riordinava le idee, ma in realtà cercava con lo sguardo i due compagni, era l'unica cosa che poteva fare.

Li scorse vicino al laghetto, il cui colore profondo evocava un immenso fondo di bottiglia disseminato di ninfee. Erano seduti a un tavolo da giardino.

Quando si avvicinò, Jean-Louis, con indosso una nuova camicia azzurra, gli chiese, senza manifestare la minima sorpresa: «Cosa bevi?».

Hervé guardò il tavolo. Avevano ordinato delle limonate.

«Un caffè», rispose. «Per svegliarmi un po'.»

Prese posto su una sedia dopo aver verificato che non fosse bagnata – a Varanasi, nel mese di giugno, nulla, assolutamente nulla, era asciutto – e poi lanciò una breve occhiata a Nicole. Anche lei si era cambiata: indossava una camicia alla corsara con le maniche a sbuffo e una minigonna di jeans.

Questi particolari gli confermarono che erano già partiti, avevano lasciato il pianeta di Pierre Roussel, del tantrismo, degli omicidi e si trovavano in un altro spazio-tempo che si augurava fosse quello del mondo normale.

Dal fratello, però, giunse subito una sinistra smentita.

«Sei arrivato al momento giusto», disse. «Si rifletteva con Nicole sulle ultime parole di Mukherjee: "La bestia cui date la caccia potrebbe avere due teste".»

«Fesserie da poliziotto indiano.»

«Gli indiani hanno forse il gusto dell'astrazione, ma non parlano mai a vanvera.»

Portarono il caffè. Hervé cinse la tazza con le mani come per impedire che gliela rubassero.

«E allora?»

«E allora, ripercorrendo la vita di Georges Dorati...»

«Non vorrai ricominciare.»

«No, dico soltanto che, pensandoci bene, quell'uomo sembra aver sempre beneficiato di un aiuto misterioso. Un aiuto al tempo stesso finanziario, politico, diplomatico.»

«Doveva scegliersi con cura gli amanti...»

«È quello che ci hanno detto, ma, in fondo, non abbiamo mai ottenuto un nome, una circostanza precisa...»

Hervé bevve il suo caffè tutto d'un fiato – una sorsata di magma vulcanico.

«Che cosa intendi dire?» chiese, sbattendo la tazza sul tavolo.

Il fratello non gli rispose subito. Si prese il tempo di gustare un po' di limonata. Bisogna ammettere che non sembrava avere l'aria di uno che è arrivato a un epilogo soddisfacente. Aveva piuttosto una faccia da cadavere, con le guance scavate, l'espressione tormentata, come in un disegno di Egon Schiele. Guardando il suo viso, si aveva l'impressione di assistere a una lotta fra tic e rughe, per vedere chi avrebbe avuto la meglio. Alla fine, con un cenno del mento indicò Nicole.

«Io e lei stavamo pensando a qualcuno che sarebbe un buon candidato per questo ruolo di uomo dell'ombra...»
«E chi sarebbe?»
«Il fratello maggiore, Antoine Roger.»
«Il prete?»
«Lo definirei piuttosto un pezzo grosso del Vaticano.»
Hervé li fissò alternativamente con occhi ardenti.
«State parlando seriamente?»
«Diciamo soltanto che forse è il caso di verificarlo.»
«Verificare cosa?»
«Se tutti questi orrori sono stati commessi con la benedizione di monsignor Roger.»

V
EPILOGO: ROMA

143.

Da bambino, ogni anno Hervé trascorreva le vacanze estive con la nonna in una casa malandata del Perche. Neanche il minimo comfort, tempo orrendo, biciclette sgangherate... Per due mesi giocava con i bambini delle case vicine, faceva incetta di lumache e mangiava pastasciutta. Non si lamentava, del resto, a dieci anni non ci si lamenta mai.

E poi finalmente si tornava a Parigi, con la gioia quasi estatica di ritrovare la propria città, la propria casa, la propria camera. Conservava tuttora nelle vene le vibrazioni della 4 CV dovute al selciato, la sensazione di vertigine che gli procurava place de l'Étoile, l'odore acido dei vapori di benzina che contrassegnava il suo ricongiungimento con la vita vera.

Si ricordava in particolare delle alte facciate degli edifici in mattoni del suo quartiere, che si elevavano l'uno accanto all'altro formando dei canyon rossi e rettilinei. Era un cowboy che rientrava all'ovile, un pioniere dell'Ovest che tornava nella sua valle d'origine...

Era esattamente ciò che provava quel mercoledì 12 giugno nell'attraversare il grande cortile di cemento del complesso abitativo igienista di boulevard Soult. Gli sarebbe piaciuto rientrare da solo, abbracciare la nonna e gustarsi un buon caffè.

JL aveva deciso diversamente, perché, secondo lui, era urgente mettere sotto torchio Odette Valent/Bouvard e strapparle tutti i dettagli nascosti della faccenda. Commozione ed effusioni commosse potevano aspettare...

A Orly avevano preso un taxi – roba di lusso, una DS che odorava di cuoio dotata di cambio laterale – ed erano filati dritti da *mamie*. Abbronzati, silenziosi, ancora traumatizzati, i tre salirono nel vecchio ascensore Roux-Combaluzier, di legno verniciato e con le grate dipinte di nero.

«La saluti e mi lasci parlare», ordinò Mersch al fratello non appena misero piede sul pianerottolo.

«Ma...»

L'altro gli allungò una pacca amichevole.

«Non bisogna assolutamente mollare. Siamo sempre a Varanasi, afferri l'idea? L'indagine non è finita...»

Suonò con insistenza tenendo gli occhi fissi sul fratello. Dopo un minuto Odette Valent venne ad aprire. Hervé si sentì sciogliere di commozione. Sua nonna, sempre la stessa, ma trasfigurata ai suoi occhi da ciò che era venuto a sapere in India. La piccola parigina tutta amore e buonsenso, salda nelle sue certezze, era ormai diventata per lui un'autentica eroina.

Avrebbe voluto baciarla, stringerla fra le braccia, lodarla per tutto quello che aveva fatto. Aveva saputo proteggerlo, lei, una semplice modista, da un mostro indescrivibile, una forza che travalicava la ragione.

Invece non fece proprio niente.

Da parte sua, Odette li baciò con sobrietà, forse versò una lacrima o due quando abbracciò l'amato nipote, ma la dignità ebbe la precedenza su tutto. Fu lei la prima a mostrarsi impassibile, quasi formale, non lasciando minimamente trasparire il sollievo che provava.

Si sedettero attorno al tavolo della sala da pranzo. Per poco Hervé non si sciolse in lacrime al solo vedere quella tela cerata sulla quale aveva mangiato tante bistecche con patate fritte e neri in camicia.

Odette portò caffè per tutti e distribuì lo zucchero in base alle preferenze di ognuno. Aveva sempre quell'atteggiamento un po' altezzoso che non c'entrava niente con la sua naturale bonomia e faceva parte piuttosto di una diffidenza cronica. Viveva nella paura da quando era nato Hervé.

«Non farà più del male a nessuno», disse all'improvviso Jean-Louis.

«Mai più?» insistette lei, come se si aspettasse quella notizia.

«Mai più.»
«Molto bene.»
Stringeva il pugno, gomito poggiato sul tavolo. Aveva uno strano modo di raggruppare le dita, con il pollice all'infuori, come chi soffre d'artrite.
«Vuoi che ti racconti nei dettagli?» domandò Jean-Louis.
«No.»
Hervé si chiedeva se le notizie dell'assassinio di Salamat Krishna Samadhi o della morte di Baba Shumitro Sen fossero già apparse sui giornali francesi, ma era certo di no. Erano solo storie indiane per gli indiani. Del resto le loro pagine erano sicuramente ancora monopolizzate dagli eventi di maggio, diventati ormai quelli di giugno.
«Rimane però una questione in sospeso», riprese Mersch.
Odette si accigliò. Il suo labbro superiore sporgeva leggermente e si aveva l'impressione che si mordesse l'altro, come a esprimere contrarietà o, di nuovo, diffidenza.
«Sembra che qualcun altro sia implicato nella storia. E che si muova dietro le quinte.»
«Non capisco.»
«Una figura che avrebbe aiutato Georges Dorati, alias Pierre Roussel, per tutta la sua vita.»
«Chi hai in mente?»
Un breve silenzio e poi, con un tono quasi distratto, Mersch aggiunse: «Hai conosciuto Antoine Roger, suo fratello?».
«Certo.»
«In quali circostanze?»
«È tuo padre», rispose Odette senza alcuna esitazione.

144.

«Tutto è iniziato nel 1933.»

«Un anno prima che io nascessi.»

«Esatto.»

Hervé osservava Jean-Louis, colpito dalla strabiliante rivelazione. S'incominciava bene! Significava che loro due erano al tempo stesso fratellastri e cugini, e soprattutto legati dallo stesso incubo. Ogni storia individuale era soltanto il secondo atto di una vicenda iniziata molto tempo prima, sotto il doppio segno di un prete che infrange i voti e di un guru malefico.

«A quel tempo tua madre aveva sedici anni. Lavorava alla cioccolateria Menier ma faceva anche del volontariato presso la cappellania della nostra parrocchia e prestava il suo aiuto nelle opere di assistenza ai bisognosi delle Figlie della Carità. Aveva anche pensato di farsi suora.»

«C'è altro?»

«Sì. Seguiva dei corsi all'Istituto cattolico di Parigi, in rue d'Assas. Era appassionata di teologia.»

«Aveva già fatto la maturità? A sedici anni?» intervenne Hervé.

«No. Frequentava i corsi come libera uditrice, ci andava tutti i mercoledì. E lì ha conosciuto un giovane professore di teologia, Antoine Roger.»

A quel punto Odette si alzò e si diresse verso una grande credenza dagli sportelli bombati che ospitava una vetrinetta: l'«armadietto dei medicinali» l'aveva sempre chiamata Hervé. Su due mensole di vetro si allineavano cognac, rum, kirsch, whisky e altri veleni... Era lì che aveva sgraffignato qualche bottiglia per le sue prime sbornie. Non erano bei ricordi.

La donna posò sul tavolo una bottiglia di porto. Per far digerire le cose che doveva raccontare ci voleva qualcosa di più forte del caffè. Prese anche quattro bicchierini, che dispose l'uno accanto all'altro: sembravano dei ditali trasparenti.

Senza interpellare nessuno, li riempì e li distribuì, sempre con quell'espressione glaciale in volto.

«Antoine aveva compiuto gli studi al collegio dei gesuiti a Jersey», riprese. «Vi aveva svolto il noviziato e pronunciato i voti di povertà, castità e obbedienza. Dopo una laurea in Filosofia scolastica, aveva conseguito un dottorato con una tesi su Gregorio di Nissa e ottenuto una cattedra di Storia del cristianesimo all'Istituto cattolico, dove figurava come il professore più giovane. Era alto, snello, molto seducente nel suo abito nero. Sempre amabile e appassionato, era un vero pozzo di scienza. Sapeva recitare a memoria interi brani della Bibbia, della *Legenda aurea* di Jacopo da Varagine o della *Somma teologica* di Tommaso d'Aquino.»

Hervé era allibito nel sentire quei nomi in bocca alla nonna, aveva sempre pensato che la sua cultura si limitasse ai romanzi di A.J. Cronin e ai dischi del fisarmonicista André Verchuren.

«Simone mi parlava spesso di lui. Per quel futuro prete provava sentimenti non appropriati e io avevo un bel metterla in guardia, lei non mi dava retta. Voleva presentarmelo, voleva assisterlo quando lui avesse iniziato la sua missione di uomo di chiesa...»

Jean-Louis era stravolto. Anche Hervé ci era passato. Aveva risentito anche lui dell'assenza del padre, vissuta come un disagio, una fonte d'ansia, un enigma, ma in fondo qualcosa cui si sopravvive. Nel loro caso non era tanto la domanda a essere crudele quanto la risposta...

«Tuttavia, un po' di tempo dopo, Simone mi ha confessato i suoi dubbi...»

«Che dubbi?»

«Passavano ore a discutere di teologia nei giardini dell'Istituto cattolico o al Luxembourg. All'apparenza Antoine era una figura alla Mauriac o alla Bernanos...»

Altri riferimenti che stupivano Hervé.

«Ma dietro quella maschera si celava un altro volto... Mentre sciorinava le sue conoscenze, Antoine teneva un comportamento sempre più fuori luogo. Simone ne era terrorizzata, ma al tempo stesso soggiogata.»

«Ti raccontava tutto questo?»

«Vostra madre non ha mai avuto segreti per me.»

«Era vergine?» chiese brutalmente Jean-Louis.

«Aveva sedici anni.»

«Cos'è accaduto alla fine?»

Odette si concesse un altro sorso e si servì di nuovo. Il liquore sembrava sangue nero, un sangue che non sarebbe mai venuto a contatto con l'ossigeno, un sangue che avrebbe rivelato la sua vera natura, il lato diabolico dell'uomo...

«Simone non aveva un fisico in armonia con la sua vocazione.»

«Dici sul serio?» replicò ironico Jean-Louis.

Odette si sforzò di sorridere, forse era l'effetto del porto.

«Tu vedi soltanto la donna che hai sempre conosciuto: magra, poco curata nell'aspetto, con quelle cicatrici sul viso. Non è stata sempre così, anzi, a sedici anni era una ragazza formosa e sensuale che piaceva molto agli uomini. Le sue curve li provocavano, li affascinavano. Simone non se ne rendeva conto e non giocava mai le sue carte.»

Altro sorso di porto. La voce e la narrazione di Odette si fecero più fluide. Il porto agevolava la confessione.

«Vieni al punto», si spazientì Jean-Louis.

«Nel maggio del '33 Antoine è stato ordinato sacerdote. Per festeggiare, ha invitato Simone nel suo appartamento in rue de Médicis (sua madre era proprietaria dell'intero immobile). Hanno bevuto. Antoine si è fatto pressante e persino osceno. Simone voleva andare via, ma lui l'ha bloccata, trascinata in camera afferrandola per i capelli, riempita di botte e stuprata. Simone era in stato di shock ma ancora innamorata del suo aguzzino, al punto che, dopo un trattamento di tale violenza, è andata a cercare del ghiaccio per dare sollievo alle mani di Antoine, martoriate dai colpi che le aveva inferto...»

Jean-Louis era livido.

«È da lì che vengono le sue cicatrici?»

«Già. Quando è tornata a casa era sfigurata. Siamo andate all'ospedale. Aveva il naso rotto e la mandibola slogata. Hanno contato ventuno fratture...»

«Avete sporto denuncia?»

«No. Provavamo vergogna. Eravamo spaventate. Noi non eravamo nessuno: io, vedova e modista, Simone, piccola apprendista... Antoine proveniva da una famiglia prestigiosa, era un sacerdote. Sarebbe stata la sua parola contro la nostra. Non avremmo ottenuto niente.»

Il bicchiere di Hervé era ancora intatto. Si decise a prendere un sorso. Stomachevole. Proprio come ai tempi in cui cercava di sbronzarsi a tutti i costi con quei liquori e finiva irrimediabilmente per correre al cesso.

«Qualche settimana dopo», riprese Odette, «Antoine è venuto da noi.»

«Per scusarsi?»

«Per esorcizzare Simone, poiché, secondo lui, era posseduta, suscitava la concupiscenza e distoglieva le anime pure come la sua dalla retta via...»

«Che cosa avete fatto?»

«L'abbiamo cacciato e siamo andate ad abitare altrove, lasciando Romainville per Noisy-le-Sec. Non era molto lontano, ma ritenevamo che sarebbe stato sufficiente per sfuggirgli, e in effetti ci ha lasciate in pace per diversi mesi.»

«Ma Simone era incinta, vero?»

«Sì.»

«Antoine lo sapeva?»

«No. Lei ha deciso di tenere il bambino e di farne la sua unica ragione di vita...»

Jean-Louis continuava a incassare i colpi e scoprì di non essere stato un bambino abbandonato, né un ragazzo sacrificato, come si era invece sempre immaginato, bensì l'oggetto di tutte le attenzioni di sua madre.

«E dopo?» domandò, sentendosi come il pugile che si rialza prima che l'arbitro termini il conto alla rovescia.

«Antoine è stato chiamato a Roma per ricoprire il ruolo di segretario di un vescovo spagnolo, monsignor Zahera. In quel momento noi però non lo sapevamo. Abbiamo vissuto nel terrore il periodo della gravidanza e la tua nascita, ma non è ricomparso. Simone ha ripreso il lavoro alla fabbrica Menier, a Noisiel. Da parte mia, ho proseguito la mia attività di modista in casa per poter vegliare su di te.»

Hervé vedeva sobbalzare il pomo d'Adamo del fratello: decisamente non riusciva a deglutire. Jean-Louis aveva costruito sé stesso su quell'immagine di ragazzino solitario, di duro che non doveva niente a nessuno, ma la verità era più complicata.

«Perché mi chiamo Mersch?» chiese con voce rauca. «Al telefono, qualche giorno fa, Simone ci ha assicurato che era stato mio padre a...»

«Lascia perdere queste storie di nomi. Sono cose senza importanza. Abbiamo fatto il necessario per nasconderti, sottrarti a ogni sguardo...»

Jean-Louis si abbandonò contro lo schienale della sedia: non aveva più la forza di condurre l'interrogatorio.

«Sono passati diversi anni senza problemi», proseguì Odette, «ma stavamo sempre in guardia. Poi è subentrata la guerra. L'abbiamo accolta con sollievo: avrebbe cancellato le nostre tracce in modo definitivo. Ci siamo trasferite in campagna, in una fattoria, a Saluns, dalle parti di Amiens.»

Nella sua mente, Hervé vide scorrere alcune immagini d'archivio. La guerra, l'Occupazione, lo Sbarco, la Liberazione... Visualizzava le truppe americane che sfilavano, le facce gioiose dei francesi...

«Finita la guerra, ti abbiamo mandato in collegio. Io sono tornata ai miei cappelli e Simone ha deciso di dedicarsi ai poveri e ai malati. Per tanti anni era vissuta nella depressione e ora che stava meglio voleva aiutare gli altri. Si vedeva un po' come una martire la cui missione era fare del bene.»

Hervé fece il conto degli anni.

«Dev'essere stato il momento in cui ha fatto la sua comparsa Pierre Roussel, giusto?»

«Giusto. Siamo tornate a Parigi e ci siamo trasferite nel XX arrondissement, vicino a place Gambetta. Simone pensava di andare a fare la missionaria, forse in Africa, ma s'interessava anche all'India. Si è messa a seguire dei corsi all'Istituto di lingue orientali e a frequentare una setta induista.»

Hervé stentava a crederci.

«Il suo incontro con Pierre Roussel è stato accidentale?» domandò.

Odette fece un risolino sinistro che calò su di loro come un colpo di frusta.

«È una parola che non userei mai quando ci sono di mezzo quei due. Penso al contrario che fosse tutto pianificato.»

«Intendi dire che è stato Antoine a organizzare l'incontro fra Simone e Pierre?»

«Ci ha sempre sorvegliate. L'interesse di Simone per l'induismo era un'occasione da non perdere. Pierre non doveva fare altro che incrociare la sua strada...»

«Ma qual era lo scopo dei due fratelli?»

«Ingravidare la stessa donna.»

«E perché lei?»

Odette bevve un sorso. Nei suoi occhi, i riflessi color caffè del liquore.

«Simone era una specie di santa. Una creatura di fede e purezza...»

«E allora?»

«Sono dei diavoli. Miravano a violare le leggi di Dio, calpestare la morale e il bene... Volevano procreare nel sacrilegio.»

Agitandosi sulla sedia, Jean-Louis si reinserì nel discorso. Le parole sembravano scottargli sulla lingua.

«Sapevate in quel momento che Pierre era il fratello di Antoine?»

«Impossibile ignorarlo. Si assomigliavano come due gemelli.»

«E Simone non era terrorizzata da quel sosia?» s'intromise Hervé. «Non temeva che tornasse Antoine? O che Pierre fosse perverso quanto il fratello?»

«Sì, assolutamente, ma Pierre sosteneva di non avere nessun contatto con Antoine. L'ha persino convinta di essere stato inviato da Dio per porre rimedio alle colpe del fratello maggiore.»

«Assurdo.»

«Non così tanto. Pierre era l'opposto di Antoine. Per un gesuita il desiderio costituisce una debolezza. Per Pierre era invece una forza. Tutto il resto è stato il risultato di questa contrapposizione: Antoine era tormentato, angosciato e brutale, mentre Pierre era dolce, accattivante e radioso.»

«Ma anche lui è diventato a sua volta violento.»

«Sì, molto violento. Ma, ripeto, all'inizio era un seduttore e Simone si è lasciata conquistare.»

C'era però un'altra enormità di cui tenere conto.

«Pierre era al cento per cento omosessuale», sbottò Hervé. «Come si spiega la sua attrazione per Simone?»

Altro sorso di porto. Curiosamente quel liquore pareva aiutare Odette a rimanere lucida. Sembrava ragionare meglio via via che la bottiglia si vuotava.

«La cosa importante era condividere la stessa donna. Perciò Pierre ha fatto... uno sforzo.»

A Hervé venne un'idea.

«C'è la possibilità che la Ronde abbia svolto un ruolo in tutto questo?»

«Non c'è dubbio. Penso che sia stata un'idea della Madre pianificare le vostre due nascite.»

«La Madre? Cosa c'entra lei?»

«Voleva che i suoi figli condividessero la stessa creatura innocente, che il loro sangue corrotto si mescolasse a quello di un essere immacolato. Un sincretismo orribile fra Dio e il demonio...»

«Ma ha rinnegato Georges!»

«Questa è la versione ufficiale. In realtà la Madre ha trasmesso il suo sapere ai due figli e li ha messi sulla via del male. Li ha formati lei. Torturandoli, certo, ma solo per inculcargli una morale al contrario, valori demoniaci...»

Non c'era dunque più un assassino, ce n'erano due. Non c'era più un paria, c'erano due figli cresciuti dalla madre nel culto del vizio. Quindi la Ronde era una setta satanica?

No. Erano andati nell'ashram, avevano visto i discepoli. Potevano rimproverare loro molte cose, ma non questo.

Simone, giovane e innocente, si era concessa prima a un prete e poi a un omosessuale: due unioni impossibili, all'insegna della violenza e della crudeltà. E tutto questo sotto il perfido sguardo di una madre dall'anima nera.

«Simone è stata prima presa con la forza da Antoine e poi ha ceduto consenziente alle avances di Pierre», riepilogò Hervé. «Nei due casi è rimasta incinta. Piuttosto assurdo, no?»

«No. Era stato tutto predisposto secondo un piano minuziosamente studiato. Sono sicura che i fratelli conoscessero persino il periodo di ovulazione di Simone.»

«Com'è possibile?»

«Non ne ho la più pallida idea. Quegli esseri erano dei veri e propri... geni del male.»

«Quando le abbiamo telefonato», intervenne Jean-Louis, «Simone non ci ha parlato di Antoine...»

«Sono successe molte cose spiacevoli, non valeva la pena gettarvi addosso tutta la verità.»

Jean-Louis si alzò, con il piglio di chi è pronto a battagliare.

«E già, ci ha raccontato delle scempiaggini! Si è inventata che Pierre minacciava Hervé, che tu sei andata a cercare aiuto dalla Madre, che il segno sul braccio l'aveva salvato, che...»

«È tutto vero. Quando Hervé è nato, Pierre è riapparso per ucciderlo. Non abbiamo mai capito perché. Simone ha scarificato suo figlio per far credere che fosse la reincarnazione della Madre, e lo stratagemma ha funzionato. È andata da Jeanne de Texier con Hervé, le ha mostrato il segno e lei ha deciso di aiutarci. Bisognava proteggere il bambino eletto...»

«Quindi il piano di Pierre era uccidere Hervé? Perché?»

«Ti ho detto che non lo so.»

«E perché io sarei stato risparmiato? Antoine non voleva eliminarmi?»

«Non lo so! In questa storia ci è sempre sfuggito qualcosa.»

Jean-Louis ricadde sulla sedia, sconfitto.

Hervé riprese il testimone.

«La prima volta, dopo l'episodio di Antoine, non avete considerato l'idea di cambiare identità?»

«No.»
«Da dove viene il cognome Mersch?»
«Tuo fratello non aveva un padre e allora gliene abbiamo inventato uno.»
«La seconda volta, in compenso, tu e Simone avete cambiato cognome.»
«Sì, con l'aiuto della Madre.»
«Ma perché, se aveva pianificato tutto, ha accettato di aiutarvi?»
«Non lo so. Ti ripeto che diversi fatti sono sempre rimasti... indecifrabili.»
Calò il silenzio. Odette Valent/Bouvard sembrava essere rimasta senza fiato, come del resto i suoi visitatori. Domande? Ora come ora, le pareva di avere detto tutto...
Jean-Louis prese tuttavia la parola, con una voce diversa. Un timbro cupo, metallico, senza traccia di umanità.
«Abbiamo sistemato la questione indiana. Conti su di noi per risolvere quella italiana?»
«In ogni caso, quella "italiana", come la chiami tu, ve la ritroverete addosso.»
«Che cosa vuol dire?»
«Hervé ha risvegliato l'interesse della Ronde. Credimi, presto o tardi succederà qualcosa.»
«Cioè?»
«Se Pierre è riuscito a scovare Hervé, adesso Antoine sa dove trovare te. La minaccia si è solo spostata, tutto qua. Andate all'attacco. Battetelo sul tempo. Prendetevi almeno il vantaggio della sorpresa.»
I due fratelli si scambiarono uno sguardo per poi girarsi verso Nicole, e fu nei suoi occhi verde pallido che videro l'unica risposta possibile.

145.

«Vi offro un caffè», annunciò Mersch uscendo dall'abitato scarlatto. «Bisogna pulirci la bocca da questo dannato porto.»

Presero posto proprio di fronte, a uno dei tavolini all'aperto di un bar sopraelevato di qualche scalino. Tre caffè e, nell'attesa che arrivassero, silenzio.

In fondo, Mersch non era sorpreso da quella valanga di sordide rivelazioni. Una vocina gli aveva sempre sussurrato che qualcosa non andava nel suo passato, nella sua famiglia. Nonostante tutti i loro sforzi, Odette e Simone non ce l'avevano fatta a dissimulare la profondità dei loro traumi. I bambini sanno leggere fra le righe, percepire il non detto e, più di tutto, smascherare le manovre dei grandi per nascondere loro la verità...

Hervé aveva avuto la sua dose, adesso toccava a lui. Sì, era stravolto, ma anche compresso, concentrato su sé stesso, in pieno possesso delle proprie facoltà. Era quel genere di uccello che prende slancio sui venti contrari, che tira fuori il meglio di sé nelle circostanze avverse...

Non c'erano dubbi, bisognava andare a Roma per saldare il conto. Avevano ucciso un padre mostruoso, perché non uccidere anche il secondo? Dopo l'incubo indiano Mersch non si sentiva sfinito ma, al contrario, elettrizzato. I due fratelli erano sempre stati incompleti: ora stavano portando a compimento il loro destino, nella violenza e nella distruzione.

Arrivarono i caffè. Con il vento tra i capelli, Hervé e Nicole bevvero il loro a piccoli sorsi bagnandosi appena le labbra, come un veleno. Mersch non lo toccò nemmeno. Assaporava invece la quiete di boulevard Soult immerso nel sole.

Quella strada non offriva niente di speciale, ma la sua ampiezza, la calma e l'aspetto – edifici allineati, rossi come le uniformi degli ussari – avevano qualcosa di familiare, di rincuorante.

«Si parte per Roma domattina», annunciò.

«Quale sarebbe la tua idea?» reagì subito Nicole. «Piombare là e ammazzare un prelato?»

«È l'unica soluzione.»

Lei fissava le auto che sgusciavano via nella luce come carpe argentate.

«È strano che, come poliziotto, tu non parli mai di arrestare qualcuno.»

«Si arrestano i colpevoli quando si possiedono delle prove, quando sono suscettibili di essere giudicati e condannati. Non credo che ci troviamo in questo tipo di situazione.»

Una pausa e, in sottofondo, il ronzio delle auto e il luccicare nelle loro carrozzerie, riflesse dai vetri del bar.

«Dobbiamo provarci», insistette Mersch. «Forse siamo un passo avanti rispetto a lui.»

«Ma guarda.»

«Può darsi che Antoine non sia ancora al corrente della morte del fratello, non sappia che abbiamo vinto la prima *manche.*»

«Hai uno strano modo di esprimerti.»

«Cerco di sdrammatizzare.»

Senza muovere la testa, Nicole gli lanciò uno sguardo sprezzante, giusto una sbirciata di sfuggita. Lui la fissò con durezza: non era nello stato d'animo di sopportare la supponenza della ragazza...

Fu Hervé a riprendere il discorso.

«Che cosa proponi?» domandò.

«Ripeto: partenza per Roma domattina. In macchina.»

«Perché non in aereo?»

«Perché sarò armato. Non è il caso di correre rischi.»

«E dopo? Una volta che siamo là?»

«S'improvvisa.»

«Sei già stato a Roma?» ribatté Nicole con una risatina.

«No.»

«E in Italia?»
«No.»
«Il Vaticano è una fortezza, sorvegliata da centinaia di poliziotti e guardie svizzere. Non so se ne sei al corrente, ma è uno stato a sé.»
«Ci aiuterà qualcuno.»
«Chi?»
«Un amico italiano.»
«Un amico italiano?»
«Un mercenario. L'ho conosciuto durante la guerra d'Algeria.»
«E cosa fa oggi?»
«Il poliziotto.»
Breve cenno del capo. Nicole immaginava che Mersch contasse di ripetere la furbata di Mukherjee, lo sbirro che ti aiuta senza sporcarsi le mani. E aveva ragione: era esattamente l'idea di Jean-Louis.
«Abbiamo la notte per mettere insieme le informazioni su Antoine», disse Mersch posando le mani sul ripiano di formica.
«Dove dormo stasera?» chiese di punto in bianco Hervé.
«A casa tua, no?»
«No.»
Con un po' di ritardo Mersch comprese il suo smarrimento: dormire dalla nonna dopo quella selva di rivelazioni era come rannicchiarsi in un nido di serpenti.
Hervé aveva bisogno di respirare... e di digerirle.
«Dormirà da me.»
Mersch guardò Nicole di traverso.
«Il mio appartamento è grande», proseguì lei. «Non sono nemmeno sicura che i miei genitori siano rientrati. Ci sono diverse stanze per gli ospiti.»
«In tal caso...» fece Mersch da gran signore.
Si chiedeva se quei due ragazzi sarebbero finiti a letto insieme. Geloso? No, non credeva proprio. E poi, nessuno che si trovasse a transitare fra due inferni sarebbe stato dell'umore adatto per soffermarsi su quel pensiero. Nemmeno lui...

146.

Guidare sulle strade indiane era praticamente un suicidio. Però neanche le strade italiane scherzavano.

Erano partiti il giorno prima, all'alba, imboccando l'A6, la nuova autostrada che arrivava fino ad Avallon (niente a che vedere con Avalon, l'isola leggendaria di re Artù). Avevano proseguito spediti fino a Mâcon sulla nazionale 6 per poi dirigersi a est, verso la frontiera svizzera.

La prima giornata, Nicole e Hervé si erano dati il cambio al volante, mentre Jean-Louis, che aveva visibilmente sgobbato sugli archivi sino a notte fonda, aveva dormito per tutto il tragitto.

I conducenti italiani avevano un certo stile, ma era uno stile di cui bisognava diffidare. Quando li superavano, i camion passavano loro così vicini che ogni volta la Dauphine decollava da terra, risucchiata dal vuoto d'aria. Quanto ai clacson «cucaracha», ti si insinuavano sotto la pelle, nelle vene, come l'ago di una flebo. Nicole si teneva stretta al volante, cambiando marcia con lo stesso piglio di quando si riarma una Winchester. Dal punto di vista meccanico, la Dauphine si difendeva bene, ma bisognava regolarmente fermarsi per permettere alla signorina di raffreddarsi.

Quando avevano attaccato i ripidi passi delle Alpi, Nicole era ormai inebetita. O guidava con il pilota automatico, limitandosi a movimenti riflessi, o dormiva dietro, aprendo un occhio di quando in quando per trovarsi di fronte a un nuovo tunnel... Erano arrivati appena fuori Milano nel cuore della notte. Ottocento chilometri in circa venti ore, niente male. Avevano dormito fino all'alba. Non in un posto al riparo, e tanto meno in un albergo, ma nella Dauphine, come dei *routards* sderenati, che era poi quello che erano diventati loro malgrado.

Ora, in quel venerdì radioso, sfrecciavano su altre strade che si arroventavano sotto il sole come micce per esplosivi. Il sole – bianco, accecante – brillava furioso sulla campagna riarsa. In quel deserto, Nicole continuava ad aggrapparsi al volante, la testa vuota.

Nei dintorni di Firenze, Jean-Louis, ormai rimesso in sesto, si degnò di riepilogare le informazioni trovate il giorno prima sul quotidiano «Le Monde». Una biografia telegrafica di Antoine, poche frasi succinte senza alcun riferimento alle date.

Nascita in India. Infanzia nel Regno, sui verdeggianti pendii di Susunia Hills. Trasferimento in Francia, dai padri gesuiti a Jersey, poi cattedra di Storia del cristianesimo all'Istituto cattolico di Parigi. Chiamato in Vaticano presso monsignor Zahera, fa carriera nella città papale. Negli anni Cinquanta è nominato vescovo titolare di Taormina, vale a dire che non esercita il suo ufficio e rimane presso la Santa Sede. Quando prende il via il Concilio Vaticano II, nel 1962, Antoine viene consultato in quanto *peritus* («esperto») in teologia. Nel 1965, alla fine del grande evento, viene fatto cardinale dal papa del momento, Paolo VI.

«Quindi irreprensibile?» concluse Nicole.

«Proprio così.»

«Forse ha voltato pagina», azzardò lei.

«Lo vedremo. Prima di partire ho fatto una telefonata al mio amico e gli ho chiesto di verificare alcune cose.»

«Pensi che Antoine sia anche un assassino?»

«Ne sono sicuro.»

«Perché?»

«Una questione di educazione, se così si può dire.»

«Antoine non è stato torturato dalla Madre.»

«Questa è la versione di Hamsa, ma io sono convinto che anche lui abbia avuto diritto al suo bagno in mezzo alle lamprede. La Madre non lo ritiene un castigo, ma una gratificazione, una purificazione necessaria per raggiungere il livello più alto, vale a dire il più basso.»

Nicole annuì senza comprendere. Fissava la strada. Quel grande chiarore senza inizio né fine che la invadeva sino in fondo all'anima. Aspettava che in quella luce si profilasse qualcosa.

D'un tratto, una figura.

Non era nera, era rossa.

Portava la porpora cardinalizia.

147.

Hervé conosceva bene Roma. Non la città, l'impero. Aveva studiato a fondo l'antichità e la genesi di quella potenza straordinaria che aveva segnato mille anni di storia. Per un periodo si era interessato anche al Rinascimento e la sapeva lunga sull'edificazione di piazza San Pietro o della cappella Sistina, per non parlare dei papi.

Certo però che non aveva mai messo piede in quei luoghi. Fino a quel momento aveva vissuto solo nei libri, le cui pagine gli impreziosivano l'anima così come le foglie d'oro fanno scintillare i buddha. E adesso che si trovava lì, trasecolava davanti alla bellezza della città...

L'amico poliziotto di Jean-Louis aveva consigliato loro un piccolo albergo nei pressi di piazza del Popolo. Dopo una rapida doccia, lui se l'era svignata di soppiatto. Voleva prendere contatto con la pietra capitolina, la sua grana, il suo calore, il suo sudore...

Erano le sette del pomeriggio. Hervé stava scendendo lungo via del Corso: facciate rosa e selciati neri, un'arteria rettilinea ancora riscaldata dal sole che andava via via ritirandosi come un mare di luce lungo una fenditura d'ocra.

In quel fine giornata si sentiva avvolgere da qualcosa di indefinibile. Un sentore misto di terracotta, spirito antico, ceneri vulcaniche. Quella città gli dava l'illusione che tempo e spazio fossero stati invertiti. Il tempo si stava dispiegando sotto i suoi passi, in strati, pieghe, sedimenti, mentre lo spazio gli scorreva tra le dita, dissolvendosi nella via, sino alla fine dell'eternità...

Giunto in largo Carlo Goldoni, imboccò a sinistra via dei

Condotti e la seguì fino a piazza di Spagna. L'improvvisa apertura sul cielo porpora e i gradini ambrati lo fece vacillare. Tutto era immerso in una luce ramata, torbida e porosa. Al centro della piazza, una fontana decorata di sculture raffiguranti soli e api zampillava placida.

Hervé ammirava soprattutto la scalinata monumentale che saliva fino a raggiungere una piazza molto lontana, molto in alto, a sua volta sovrastata da una gigantesca chiesa bianca fiancheggiata da due campanili che, visti dal basso, avevano un che di ispanico...

Sui gradini oziavano gruppetti di turisti, ma anche, e soprattutto, degli hippy, che lo fecero ripensare alle sue peripezie a partire da Chez Martin fino ai *ghat* di Varanasi, passando per il *gurdwara* dei sikh... Quei giovani sfigati, felicemente randagi o drogati di dolore erano stati il filo conduttore della loro avventura: una specie di sogno, una sarabanda floreale e funerea al tempo stesso, che collegava l'Europa all'Oriente e sostava ovunque ci fosse un marciapiede dove sedersi e un fosso dove vomitare...

La mano alzata a schermare gli occhi, Hervé li osservava dicendosi che quell'appuntamento lui l'aveva mancato. Non aveva capito quei nomadi che viaggiavano animati da troppe speranze. Non aveva colto il significato di quell'esperienza, perché nella sua testa pesava già un'altra storia: la sua.

Finì per andarsi a sedere vicino a loro. Incrociò le dita dietro la nuca e si stese sui gradini, come un venditore abusivo che srotola alla chetichella il suo tappeto per poi disporci sopra la mercanzia. Certo, lui aveva ancora qualche sogno da vendere, ma per il momento lo teneva per sé.

Il viso rivolto verso il sole rosseggiante, chiuse gli occhi e si soffermò a pensare al predatore che avrebbero presto affrontato. Ci aveva preso gusto al pericolo. La sua vita non gli era mai sembrata così intensa, così concreta, come da quando era appesa a un filo...

148.

«Mi sono informato sul tuo tizio.»

Savini gli aveva dato appuntamento nello spazio all'aperto di un bar vicino a palazzo Madama. Portava un completo di seta blu marino fatto su misura e una cravatta jacquard a disegni cashmere anch'essa di seta. Tuttavia, con quella mascella quadrata e il sorriso da contadino, emanava qualcosa di diverso dalla semplice eleganza italiana: il profumo di un passato molto lontano, il fascino potente degli eroi della mitologia antica. Savini era un centauro, un Ercole. O, più semplicemente, un vasaio etrusco o un maniscalco umbro.

«Allora?»

«Niente. Il tuo uomo è pulito. Fa parte della crème del Vaticano. Ha persino svolto un ruolo importante durante il Concilio Vaticano II e...»

«Tutto questo lo so. Contavo su di te per scovare qualche chicca nascosta...»

Savini scoppiò a ridere. Mersch conosceva quella risata. Una raffica di denti. Un lampo di gioia che illuminava all'improvviso un viso massiccio e taciturno. Il segno che, anche nel cuore del carnaio dell'Algeria, il buonumore esisteva ancora. *Jésus, que ma joie demeure...*

«Qualche chicca nascosta, eh?» ripeté il poliziotto italiano. «Siete tutti uguali. Credimi, i segreti del Vaticano, i maneggi dei papi e dei cardinali eccetera eccetera sono tutte fantasie pagane...»

«Qual è oggi la sua funzione?»

Dalla sua cartella a soffietto, senza dubbio di cuoio cucito a mano – dopo l'Algeria l'italiano si era decisamente raffinato, come il parmigiano stagionato –, Savini estrasse un portadocumenti contenente dei fogli dattiloscritti e dei ritagli di giornali e lo posò sul tavolino fra i due caffè.

«È tutto quello che sono riuscito a trovare in ufficio. Ho anche fatto, per i tuoi begli occhi, un salto all'archivio della "Repubblica".»

«Grazie.»

Mersch sfogliò i documenti: erano tutti scritti in italiano. Indovinava comunque una fitta trama di fatti impeccabili, il percorso di un uomo brillante, dalla fede ineccepibile.

«Di cosa lo sospetti di preciso?»

Mersch sollevò lo sguardo.

«Lo sai già, no?»

Sospirando, Savini frugò di nuovo nella cartella e ne tirò fuori un secondo dossier, più spesso del precedente.

«Qui c'è tutto», dichiarò, picchiettando con l'indice il raccoglitore cartonato. «Una ventina di omicidi, a partire dal 1956.»

Azoto liquido nelle vene, roba che raggiungeva i duecento gradi sottozero e pietrificava la circolazione. Il 1956 era l'anno in cui Antoine era arrivato in Vaticano.

Mersch aprì il fascicolo, verificò le date dei ritrovamenti dei corpi – fin qui niente di speciale – e scorse brevemente i processi verbali. Non aveva bisogno di sapere l'italiano per rendersi conto che la polizia non era approdata a niente. Era il solito buco nero... Di tanto in tanto un killer colpiva, si lasciava dietro una vittima e spariva...

Si concentrò sulle fotografie scattate sui luoghi dei crimini. Le posizioni delle ragazze assassinate erano diverse da quelle delle vittime di Roussel. Facevano riferimento alla storia cristiana.

Una delle ragazze, Maria Pasarelli, ventitré anni, uccisa il 6 maggio 1959, si presentava a piedi uniti e braccia aperte, come se fosse stata crocifissa. Un'altra, Laura Pellegrini, diciannove anni, era in ginocchio, le mani giunte in un'ultima preghiera. Una terza, Doretta Tavazzi, ventun anni, era seduta come una Madonna che, al posto del Bambino Gesù, teneva tra le braccia i propri visceri...

Mersch alzò gli occhi. Sentiva le lacrime premergli contro le palpebre.

«Ventuno omicidi e non avete raccolto un solo indizio?»

«*Ragazzo*, io non lavoro alla *squadra omicidi*...»

«Scusami, ma sono sorpreso...»

«Tutte queste ragazze erano delle prostitute», disse Savini sporgendosi sul tavolino.

«E cosa c'entra?»

«Fai il poliziotto, no? Sai quante puttane si fanno ammazzare ogni anno?»

Mersch radunò un po' di fotografie.

«E il metodo operativo? Queste poverette sono state uccise dalla stessa persona. Anche un cieco se ne accorgerebbe! Sono...»

Si bloccò nel notare all'improvviso un dettaglio in un'immagine. Ne controllò un'altra, poi un'altra ancora. Non c'erano dubbi: su tutte le vittime si vedevano i morsi tipici della lampreda. I due fratelli avevano subito lo stesso trauma e nel momento di versare del sangue si erano serviti della stessa protesi...

Mersch lasciò cadere le fotografie e si prese la testa fra le mani. Varanasi. La notte decisiva. Il palazzo sterminato. L'uomo nudo con la bocca mostruosa. Rivedeva l'abominevole orifizio, i denti che tappezzavano il palato molle sino alla gola...

Stava ancora sfogliando i documenti quando incappò in una foto che gli assestò il colpo finale.

«E questo cos'è?»

«In italiano si chiama *falcetto*, un attrezzo usato dai cestai, dagli intrecciatori di vimini... Per gli investigatori questa è l'unica cosa certa: il killer massacra le sue vittime con questo genere di strumento...»

Stessi traumi, stessi insegnamenti della Madre... Due destini e un solo passato... Rammentò le parole di Mukherjee: «La bestia cui date la caccia potrebbe avere due teste». Sì, certo, ma distanti ottomila chilometri l'una dall'altra.

«Sinceramente, che diavolo sei venuto a fare a Roma?»

contrattaccò Savini. «Pensi sul serio che l'assassino sia il cardinale Antoine Roger? Hai delle prove?»

Mersch osservò il poliziotto italiano, incerto se raccontargli tutto. Savini era un fratello d'armi. Avevano rischiato la pelle insieme e, peraltro, per qualche oscuro motivo, Savini era convinto che Mersch gli avesse salvato la vita. A essere franchi, lui non se lo ricordava. Nel caos della guerra, era difficile dire chi salvava chi... Ci si preoccupava di salvare sé stessi, e anche di questo, oltrepassato un certo limite, non si era più tanto sicuri.

«*Ragazzo*», mormorò Savini chinandosi verso di lui, «non puoi agire per conto tuo... Un assassino fa fuori delle povere ragazze. Se hai delle informazioni, devi passarcele, devi...»

Mersch si decise a parlare. Gli omicidi parigini. Calcutta. La Ronde. Varanasi. I due fratelli... Omise di proposito soltanto un elemento (i panni sporchi si lavano in famiglia): il legame di parentela che lui e Hervé avevano con i predatori.

Quando ebbe finito, il sole era scomparso e la piazza era rischiarata da mille piccole luci, come tante lucciole che creavano un'atmosfera di gioia e di festa. La notte romana non aveva niente a che vedere con l'oscurità o il riposo. Segnava piuttosto la nascita di un nuovo giorno, iridescente, fitto di bagliori...

Savini si riservò qualche secondo di silenzio per avere il tempo di digerire tutta la storia, poi, scuotendo la testa, osservò: «Anche se avessi ragione per quanto riguarda Antoine Roger, non potrai dimostrare nulla».

«Non sono venuto qui per dimostrare alcunché...»

Savini scoppiò di nuovo a ridere, ma quella risata era l'opposto della prima. Lugubre e funesta.

«Sempre il giustiziere solitario, eh? Anche se non hai nessuna certezza?»

«Tu e io lo sappiamo che la violenza è una risposta che fa a meno della domanda.»

«Ben detto, *ragazzo.* In Algeria siamo stati la soluzione quando nessuno era d'accordo sulla natura del problema.»

«Come faccio a mettere le mani su Antoine?»

«Difficile. Si reca ogni giorno in Vaticano, in uffici soggetti a rigidi controlli.»

«Come ci va?»

«Sotto scorta. Ha due guardie del corpo.»

«Dove vive?»

«In un palazzo all'esterno della Santa Sede ma sotto la piena potestà del Vaticano, vale a dire che vi vige la stessa immunità diplomatica di cui gode la città.»

«Vai avanti.»

Savini lasciò passare qualche secondo, come se stesse scuotendo un paio di dadi nell'incavo della mano, poi lanciò il suo doppio sei.

«Ogni sabato, monsignore confessa le sue pecorelle in una chiesa della città papale.»

«Vuoi dire... domani? Qual è la chiesa?»

«Sant'Anna dei Palafrenieri, a nord di piazza San Pietro. È gestita dai monaci agostiniani.»

«Occorre prendere appuntamento?»

Savini rise di nuovo.

«Hai vissuto troppo tempo con i socialisti, ragazzo mio. Nella casa del Signore vai e ti accolgono, è tutto.»

«Sul serio?»

«Comunque, Sant'Anna dei Palafrenieri è l'unica chiesa del Vaticano dove non ti serve un'autorizzazione.»

«Ci sarà molta gente?»

«Non credo. Antoine è potente, ma solo all'interno della curia. Non ha un'immagine pubblica.»

I figli della Madre erano veramente scaltri. Quegli assassini erano entrambi diventati delle ombre: l'uno, non esitando a darsi per morto pur di sottrarsi a tutti gli sguardi; l'altro, rifugiandosi fra le mura del Vaticano.

«Posso tenere i dossier?» domandò Mersch alzandosi.

«Sono copie carbone. Ti dovevo un favore.»

Sempre quella convinzione che Mersch gli avesse salvato la vita. Di avere ucciso, di quello sì si ricordava, ma di avere salvato qualcuno? A quell'epoca non era una cosa all'ordine del giorno...

«*Grazie mille*», replicò Mersch, battendogli sulla spalla.

Riprese la via del ritorno con il faldone sottobraccio, alla luce fioca dei lampioni che stentavano a illuminare la via lastricata di nero. Ignorava se Dio stesse dalla sua parte, ma sapeva per certo che davanti a lui il diavolo gli faceva l'occhiolino.

149.

Nicole era la sola dei tre a essere già venuta a Roma. Diverse volte, fra l'altro. Suo padre era un appassionato della pittura rinascimentale, del Quattrocento in particolare, ma anche della deliziosa pasta che qui veniva servita a ogni angolo di strada. Ecco perché, quando gli aveva annunciato che sarebbe ripartita l'indomani per l'Italia, il padre aveva accolto la notizia con malumore ma senza mettersi a urlare.

Aveva ritrovato con piacere la città, ma non provava la minima curiosità. Si lasciava trasportare dalla Città Eterna, come quando ci si lascia galleggiare sul mare e si è cullati dalle dolci oscillazioni delle onde...

Ora stava fumando una sigaretta sul minuscolo balcone della camera. Sporgendosi verso destra poteva scorgere piazza del Popolo, ma al momento se ne stava a occhi chiusi, le mani posate sulla ringhiera di ferro, a respirare l'odore di Roma, un misto di pietra tiepida, vapori di benzina, resina di pino...

D'un tratto si girò verso Hervé, intento a sfogliare una guida sul letto.

«Credi che ci pianterà in asso?»

Hervé sollevò lo sguardo. Bastava mettergli un libro in mano per fargli ritrovare la sua imperturbabilità da cervellone.

«Lascialo fare.»

«Ma pensi che abbia in mente di risolvere questa cosa senza di noi?»

«Se ci ha portati con lui è per agire insieme.»

Sempre ingenuo il fratellino... Mersch era capacissimo di attaccare il Vaticano da solo, con la Colt in pugno e il Ka-Bar fra i denti, e poteva averli imbarcati nella sua Dauphine per semplice abitudine...

Nicole si rimise di vedetta e tirò una nuova boccata. Che sentimento provava per quello sbirro assassino? Non ci capiva niente. Un'attrazione fisica, questo era sicuro, qualcosa di immediato, istantaneo, animalesco. Quando c'era lui, la sua vita cambiava la propria intrinseca natura. Tutto diventava allo stesso tempo più intenso e più leggero, più profondo e più labile...

Merda: erano anni che leggeva i più celebri romanzi d'amore ed ecco che al momento della grande svolta non sapeva cogliere il minimo segnale. Era roba da farti odiare la letteratura, senonché, contemporaneamente, da quella confusione traeva una strana soddisfazione: si rendeva conto che stava vivendo la sua esistenza invece di limitarsi a sognarla.

150.

«Ristretto.»

Gli piaceva quella parola. Tre sillabe che schioccano sotto la lingua. Del resto, ora come ora, a Hervé piaceva quasi tutto di Roma. Gli era piaciuto moltissimo anche il suo sonno. Per quanto possa risultare incredibile, dopo una cena a base di pasta al ragù e l'ascolto distratto dei progetti bellicosi del fratello, aveva dormito una decina d'ore, come gli altri, senza traccia di sogni o di sussulti.

Adesso, sabato 15 giugno, alle nove del mattino, erano seduti a un tavolino all'aperto di un bar situato alla sommità della scalinata di piazza di Spagna, all'ombra della chiesa di Trinità dei Monti.

Hervé si godeva la potente influenza di quella città che era capace di fargli scordare la ragione del viaggio, la natura del pericolo che li minacciava, la catastrofe del loro destino. Sì, Roma era potente, ma senza clamore. Offriva loro un'eco attenuata, languida, delle sensazioni troppo violente che avevano dovuto sopportare in India. La vampa del sole diventava carezza luminosa, la folla formicolante cedeva il passo ai turisti tranquilli, e ai profumi nauseanti delle spezie e dei fiori si sostituivano quelli dei pini e dei gas di scappamento, ben noti e quasi graditi dalle strade tiepide e soleggiate...

«Allora ti vai a confessare?» saltò fuori a dire Nicole.

«Sì», rispose Jean-Louis.

«Da tuo padre?»

«Esatto.»

Hervé rovesciò la testa all'indietro. Una tragedia antica,

nessun dubbio. O forse una di quelle storie di cui la Bibbia conserva il segreto. Un faccia a faccia fra un padre cardinale e il figlio poliziotto, separati da una caterva di cadaveri... Una scena che non aveva niente da invidiare a quella dell'uomo-lampreda di Varanasi, nudo e coperto di sangue, che affrontava il suo rampollo armato di una pistola inceppata.

«Non capisco», proseguì Nicole indispettita. «Uscirai allo scoperto così? Che ne è stato dell'effetto sorpresa di cui parlavi?»

Jean-Louis fissava il fondo di caffè nella tazza. Quel residuo nero riassumeva bene il suo stato d'animo.

«Sono stato troppo ottimista. È sicuro che Antoine ci aspetta. Sa che Georges è morto. Sa che siamo a Roma.»

Nicole incrociò le braccia. Con i suoi lunghi capelli rossi e lisci, che parevano rubati a una tela del Rinascimento, e gli occhiali da sole alla Janis Joplin, incarnava un curioso mélange, una simbiosi fra la famiglia Medici e la *Swinging London*.

«Che cosa speri di ottenere esattamente da questo incontro?»

«Vedremo.»

Con gesto istintivo, Nicole si portò la tazza alle labbra sensualmente socchiuse, come se dovesse mandar giù qualcosa. Un puro riflesso condizionato: il caffè l'aveva finito già da un pezzo.

«E noi?» domandò in tono imbronciato.

Hervé socchiuse gli occhi e ammirò il paesaggio. Ai piedi della chiesa di Trinità dei Monti scorreva un viale lastricato di pietre chiare che, come un fiume che s'immette in un lago, si apriva a formare una terrazza su Roma. La vista che si godeva da lì in quel momento era quella di una città brumosa, splendida e altera. E bisognava preoccuparsi?

«Aspettatemi qui nelle vicinanze», suggerì Jean-Louis. «Andate un po' a zonzo.»

«Vuoi anche che compriamo dei souvenir?»

«Devo parlare ad Antoine, capire la storia, risalire al suo inizio.»

Jean-Louis aveva alzato la voce e Hervé notò che era madido di sudore, che un velo appiccicoso gli copriva il viso come se avesse la febbre: sembrava un uomo in agonia.

«Spetta a me scendere nell'arena», insistette. «La cosa riguarda me, e me solo.»

Nicole si agitava sulla sedia, incrociava e stendeva le gambe nude, lisce e conturbanti. Questo tornare sempre sullo stesso argomento – cioè che si trattava di un affare di famiglia – le dava veramente sui nervi.

Hervé si sorprese ad ammirarla ancora una volta: rispecchiava veramente i canoni di bellezza della loro epoca, incarnava in modo esemplare la grazia delle nomadi figlie dei fiori della fine degli anni Sessanta.

L'aveva amata, è indiscutibile, ma adesso la contemplava a debita distanza, con pacata ammirazione. Il suo attaccamento per lei era ormai chiuso in un globo trasparente, tipo palla con la neve, che poteva agitare per ricordare i fremiti di altri tempi...

Già in piedi, con la tracolla della borsa fotografica che gli correva di traverso sulla schiena come una cartucciera, Jean-Louis li salutò con un breve cenno del capo e girò sui tacchi, per poi allontanarsi con il suo passo deciso, la schiena leggermente curva, nel bagliore del sole. Assomigliava proprio a un uccello del malaugurio, a un lugubre corvo in un luogo sacro.

Hervé si stiracchiò e sorrise a Nicole.

«Ti va un altro caffè?»

151.

Aveva deciso di raggiungere a piedi piazza San Pietro, distante circa due chilometri secondo la piantina. Camminando di buon passo ci avrebbe messo mezz'ora. Attraversò il Tevere sul ponte Regina Margherita e imboccò via Cola di Rienzo. Niente da segnalare. Sole, alberi, facciate rosse. E chiese, ovviamente. Non ne aveva mai viste tante in vita sua. Da credere che da quelle parti il Signore avesse giocato alle biglie con gli uomini, facendo loro pagare un sacco di pegni.

Prendendo a sinistra, girò intorno a piazza del Risorgimento con le sue palme e prese via di Porta Angelica. Adesso costeggiava il muro cieco della Santa Sede. Era certamente un caso, ma tutt'a un tratto le campane si misero a far tremare il cielo con una sinfonia di timbri, vibrazioni, rintocchi sordi e ondeggianti: una batteria da cucina celeste...

Dovette fermarsi. Era fradicio di sudore, senza fiato e sfinito. E quelle campane che gli martellavano il cervello... Dio suonava l'allarme.

Di colpo, misurava la portata di ciò che si apprestava a fare... Si chinò fra due macchine e vomitò la paura che lo attanagliava. Qualcosa di acido, corrosivo e rovente gli torceva lo stomaco e gli devastava la gola, nell'attesa di divorargli il cuore.

Barcollante, si rimise in cammino lungo quel muro che con il suo color rosa baby evocava una prigione per gli angeli. Vide finalmente sulla sua destra Sant'Anna dei Palafrenieri, proprio di fronte alla caserma della Guardia Svizzera. Oltrepassò il cancello di ferro battuto ornato delle insegne del Vaticano. Ignorava il perché, ma qui le guardie svizzere non vestivano il loro abituale costume variopinto bensì un'uniforme blu con colletto bianco, senza dimenticare il tradizionale basco.

Le *bodyguards* del cardinale attendevano accanto a una vettura scintillante. Non si scherzava con la sicurezza di quel modesto confessore... Mersch salì gli scalini del sagrato. Anche se non era molto ferrato in fatto di architettura, quel grosso edificio bianco con la sua cupola e i suoi campanili a colonne, i suoi pilastri e le sue gallerie non c'entrava nulla con il romanico o il gotico. Apparteneva sicuramente a uno stile più tardo. Gli venne in mente la parola «barocco». Il che dimostra che anche gli sbirri socialisti possono possedere qualche residuo di cultura...

Detergendosi la fronte, spinse la porta del santuario. Stava meglio ora che aveva sputato il suo bolo di paura e si ritrovava in un luogo fresco. Si sentiva svuotato, gagliardo, pronto ad affrontare il padre.

L'interno rispecchiava l'esterno, con la sua profusione di ornamenti e le pareti bianche striate di nero. Tutta la superficie, ellittica, sembrava rigata, tratteggiata da quelle nervature colorate. L'edificio simboleggiava alla perfezione una fede tortuosa e ipocrita capace di ogni possibile compromesso con il Signore. Nulla a che vedere con l'austerità severa dell'alto medioevo.

I confessionali. Ce n'erano due, sui due lati opposti della navata, incastrati nelle pareti come grotte, schermati da porte a giorno.

Savini aveva ragione: poca gente. Mersch si avvicinò e si fermò vicino a un grappolo di ceri. Osservava i parrocchiani raccolti, inginocchiati sui banchi. Più che l'odore d'incenso, la frescura della pietra o la luce parsimoniosa che filtrava dalle finestre in alto, l'elemento caratterizzante di quel luogo era l'umiltà. Si pregava, si bisbigliava, ci si alzava quand'era il proprio turno e, a testa bassa, facendo scricchiolare il legno, si risaliva con discrezione lungo le file di banchi, pronti ad aprire la propria anima nell'ombra del confessionale.

All'opposto, Mersch si sentiva arrogante e forte, anzi fortissimo. Aveva impostato la modalità «combattente». Colpire di brutto, tutto qua.

«Scusi, parla francese?»

Aveva scorto un prete che passava di là, non un pezzo grosso ma un semplice prete in tonaca nera e colletto bianco.

«Sì.»

Evidentemente... In Vaticano si praticava l'universalità.

«Qual è il confessionale di monsignor Antoine?»

«Quello a sinistra.»

Mersch inquadrò la porta verniciata e tentò di deglutire. Fatica sprecata.

In quell'istante il battente del confessionale si aprì. Mersch si precipitò. Il sudore gli colava in fondo alla schiena, inumidendo il calcio zigrinato della pistola. Alla sua destra si stava già alzando una donna. Mersch la bloccò con un gesto (non aveva brandito il tesserino della polizia ma lo spirito era stato quello). Per essere un po' più gentile, alzò l'indice, come per dire: "Solo un minuto".

Poi si tuffò nella cabina. Oscurità, legno odoroso, tavole scricchiolanti. Si sistemò sull'inginocchiatoio.

«Ti aspettavo, figliolo.»

Mersch ignorava se fosse un modo di parlare – i preti pensano che il mondo intero sia una grande famiglia – oppure l'espressione letterale di un padre malefico che si rivolgeva alla sua progenie.

Intravide l'abito porpora attraverso la griglia lignea. Un flash, arrivato da chissà dove: quel colore simboleggiava il sangue versato dal Cristo.

«Sono io», si limitò a sussurrare, senza fornire alcuna precisazione. Sperava che quelle due parole bastassero a comunicare tutta la travagliata vicenda che l'aveva condotto fin lì.

E in effetti la voce rispose: «Lo so, Jean-Louis. In un certo senso, ti ho sempre aspettato».

152.

«Sei venuto a confessare i tuoi peccati?»

«A parlare dei tuoi, piuttosto.»

L'uomo, di profilo, fece una breve risata.

«Hai la battuta pronta, vedo. È una cosa ottima... La parola è la prima forza dell'uomo.»

La sua voce: dolce, lievemente effeminata, soave come un liquore.

«Sono di ritorno da Varanasi», attaccò Mersch.

«Lo so. Mi è giunta notizia.»

«Georges ti saluta», disse Mersch non potendo impedirsi di provocarlo.

L'ombra rossa non rispose. Adesso riusciva a vederlo un po' meglio: le pieghe dell'abito, il profilo affilato, il copricapo scarlatto. Un altro flash: i cardinali sono i principi della chiesa.

«Perché sei venuto qui?»

«Per finirla, una volta per tutte.»

«Hai tagliato un ramo a Benares, ora vuoi tagliarne un altro. Così non fai che rinforzare l'albero...»

La metafora preferita degli eugenisti, quelli che aspirano a eliminare gli handicappati, i pazzi, i semplici di spirito, tutti coloro che non hanno la fortuna di stargli simpatici... allo scopo di «fortificare» la razza umana.

«Voi non siete i rami del male, ne siete le radici.»

«Sempre pronto alla replica, molto bene, molto bene...»

Il tono era quasi incoraggiante. Mersch non aveva mai sentito la voce di Pierre Roussel ma era certo che i due assassini condividevano lo stesso timbro, la stessa inflessione melliflua.

«Hai parlato con Hamsa?» chiese il cardinale.

«Sì, Hamsa ha vuotato il sacco», rispose Mersch, usando, sempre per essere provocatorio, il gergo dei poliziotti.

«Non credo proprio.»

A ripensarci, Mersch era d'accordo: il Messaggero aveva sofferto, pianto, se l'era vista brutta, ma non aveva detto tutto, su questo non ci pioveva. Gli aveva lasciato credere che se Georges, l'omosessuale, era stato il figlio reietto, Antoine, il mistico, era stato il prediletto. Nella realtà i due figli erano stati cresciuti alla stessa maniera, sotto il segno della tortura e del sacrificio.

«Hamsa era il segretario personale della Madre», proseguì il prelato con la sua voce vellutata. «Soltanto lui conosceva la verità, ma la regola fondamentale della Ronde è il segreto.»

Alla morte della Madre, Hamsa era fuggito con i suoi appunti, il messaggio lasciato ai posteri dalla leader spirituale. Gli adepti ne erano rimasti sempre all'oscuro. Sicuramente Hamsa aveva affidato il manoscritto ai due figli, i soli che avessero accesso al Male.

«Quale verità? Quale segreto?»

«La verità primordiale. Quella che si situa prima delle religioni, quella che è comune a tutte le confessioni...»

«Non capisco.»

Il religioso sospirò.

«Negli ultimi anni della sua vita la Madre si è chiusa in sé stessa. Non parlava più, non si rivolgeva più ai suoi fedeli. Si limitava a meditare. Aveva messo a punto uno... yoga mentale. Cercava la scintilla divina...»

Mersch picchiò sulla parete di legno che li separava.

«Non sono venuto qui per sentire simili idiozie! Io...»

«Taci!»

Il cardinale aveva gridato, bizzarramente, a bassa voce. JL si ritrasse, come se dalla grata fosse guizzato fuori un serpente.

«La Madre era malata ma è riuscita a vedere la luce che scintillava in fondo a ognuna delle sue cellule. Lavorava ogni notte a questa ricerca, descriveva a voce alta il suo metodo, la sua missione, il suo percorso. Allora Hamsa prendeva nota...»

Doveva lasciare spago al porporato, forse ne sarebbe uscito qualcosa, una verità che avrebbe dato un senso ai suoi crimini. Dopotutto, qui non si trattava di aderire alle idee balzane di quello svitato ma di individuare il suo movente...

«Allora Madre ha capito. Il bagliore in ogni cellula, la scintilla superiore, era una luce spezzata. Una luce nera. Era il... Male, capisci? Che cosa hanno in comune tutte le religioni? Che cosa è stato sempre presente in tutte le credenze umane fin dall'origine della nostra specie?»

Mersch si scostò ed ebbe l'impressione di scendere in uno di quei vecchi ascensori intarsiati d'inizio secolo. Sentiva il cigolio delle pulegge, i gemiti dei cavi. Come si chiama un montacarichi che porta i minatori nelle viscere della terra? Gabbia... Esattamente: era prigioniero di una gabbia.

«Satana, figliolo. La sola potenza sulla quale tutti concordano. La Madre l'aveva trovato negli strati più profondi del suo essere, Satana...»

«Non so perché ti stia ad ascoltare...»

Antoine fece un risolino, una specie di *hmmm hmmm* a labbra strette. Mersch lo vedeva sempre di profilo, con la testa bassa, ma era una posizione che non esprimeva né modestia né contrizione, bensì forza e supremazia.

«La Madre ci ha insegnato a vedere la luce in ogni essere umano. La luce delle cellule...»

Mersch capitolò. Non servivano processi né pene carcerarie per Antoine. Bisognava soltanto rinchiuderlo e gettare la chiave nel Tevere. Un cardinale che voleva introdurre il Male nella Santa Sede? Qualsiasi psichiatra avrebbe firmato l'ordine di internamento in cinque minuti.

«Quando l'ho conosciuta», continuava Antoine, «Simone brillava di una luce... abbagliante. Le sue cellule urlavano letteralmente la sua fede, la sua innocenza, la sua dedizione al Bene...»

Mersch decise di stare al gioco.

«Che cosa ti piaceva di lei, visto che disprezzi la sua purezza?»

«Tu non capisci. Cos'è il Male? La violazione dell'innocenza, la vittoria delle tenebre sulle menzogne fruste, sulle false illusioni. Non appena l'ho vista, all'Istituto cattolico, con la sua piccola cartella c quello scintillio sotto la pelle, ho saputo che dovevo distruggerla. Meglio ancora, che dovevo produrre, annientando le sue cellule, un bagliore vero: quello del diavolo.»

«Non capisco niente delle tue stronzate.»

«Dovevo farle avere un figlio. Il Male trae la sua forza dalla profanazione, dal sacrilegio. Partorendo, Simone avrebbe prodotto il frutto di un meraviglioso oltraggio, una sorta di blasfemia di carne e sangue...»

Mersch non respirava più. Apnea all'italiana. Il cardinale parlava di lui, del piccolo Jean-Louis, nato da uno stupro diabolico.

Il principe della chiesa agguantò la grata che li separava. Mersch vide con orrore le sue dita che sporgevano dal reticolo. I suoi anelli percuotevano il legno: era come se qualcuno bussasse alla sua porta. *Toc toc toc! Chi va là? Lucifero in persona...*

Doveva riacquistare la ragione, in fretta.

«Sei in arresto, cardinale dei miei coglioni. Racconterai tutto questo agli psichiatri, tu...»

«Sta' zitto! Tu non capisci niente. Non sai niente. Tua madre mi ha dato del filo da torcere, eccome, ma ti ha messo al mondo, e questa era la sola cosa che contava. La carne della mia carne. Un cancro espulso da un grembo profanato. Magnifico!»

Un pensiero, uno solo, per il fratello.

«E Hervé?»

«Georges aveva scelto un'altra opzione: l'induismo, il tantrismo... Perché no? Te lo ripeto, noi siamo al disopra delle credenze e delle religioni, perché tutte le strade conducono al diavolo... Georges è venuto a Parigi. Mi surclassava sotto tutti gli aspetti: perverso, dissoluto, pederasta, stupratore, stregone... Gli mancava soltanto un figlio. Un flagello nato dal suo seme...»

Nebulosamente, Mersch intravedeva la logica di quei due dementi condizionati da una strega persa nel suo yoga nefasto...

«A Parigi ci sono migliaia di donne. Perché scegliere tutti e due la stessa?»

«Lo scintillio, figliolo. Simone brillava di una purezza morbosa, di un'ingenuità delirante... Volevamo sporcarla, degradarla, pervertirla! Lei sola poteva darci un figlio maledetto fin dalla nascita, segnato dalla corruzione del suo sangue.»

Il cardinale strepitava contro la grata di legno, con una voce non più soave né effeminata, ma autoritaria, convulsa. Sotto i panni del prelato si nascondeva un altro personaggio, feroce e brutale.

«Siete solo degli imbroglioni», controbatté Mersch. «Degli ipocriti. Incarnate il Male? Be', allora avanzate a volto scoperto invece di nascondervi dietro a religioni che vi servono da alibi.»

«Tu vedi soltanto la superficie, ma noi operiamo in profondità. Il diavolo si annida in Vaticano, ed è lì che dispiega le sue ali. Prima di diventare un assassino, Gilles de Rais era l'uomo più pio del mondo...»

Mersch ignorava chi fosse Gilles de Rais ma capì una cosa fondamentale, ossia che Antoine non avrebbe potuto trovare per sé una situazione migliore: viveva in Vaticano, consigliava il papa, aveva partecipato al concilio... Era il verme nel frutto, il demone infiltrato... Era l'occhio del diavolo, in una posizione privilegiata...

«Cosa vi aspettate da noi?»

«Siete i nostri figli, siete il seguito della storia. Dovete entrare a far parte della Ronde.»

Come potevano sperare che un poliziotto e uno studente di storia diventassero i loro perfidi eredi?

Decise di passare ad altro.

«Perché hai ucciso quelle prostitute? Perché Georges ha assassinato quelle studentesse?»

«Sempre la Ronde, figliolo. Prima di accedere al Regno è necessario creare delle porte, che a loro volta formano un cerchio... Il mondo della Madre è circolare, come indica il nome "Ronde". Per penetrarvi bisogna aprirsi un varco, bisogna incidere la purezza nello stesso modo in cui si incide un ascesso.»

Ecco cos'era stato in ballo a Parigi, sullo sfondo degli eventi di maggio: l'ingresso di Hervé nel Regno della Madre...

«È assurdo», obiettò Mersch. «Mio fratello non ha niente a che spartire con i vostri deliri.»

«Lui è ormai dei nostri! Grazie al sacrificio di quelle giovani donne.»

«E io? Intorno a me non ci sono stati assassinii! In ogni caso mai tanto orribili.»

«Dimentichi l'Algeria.»

Mersch si sentì precipitare nel vuoto, come quando nell'addormentarsi si ha l'impressione di cadere e si sussulta spaventati nel letto.

«Fra gli innumerevoli cadaveri in cui ti sei imbattuto durante quegli anni», spiegò Antoine, «c'erano le vittime della tua pattuglia.»

«Le hai uccise tu?»

«Alla fine degli anni Cinquanta mi sono recato in Algeria per procurarmi dei documenti antichi legati al cristianesimo. Dovevo svolgere delle ricerche teologiche in vista del concilio. Ho così avuto modo di seguirti e di sacrificare delle donne in tuo nome.»

«Chi erano? Come si chiamavano?»

«Non ne ho idea, e neanche tu le conoscevi, ma erano là, vicino a te. Pensa ai massacri che avete attribuito ai ribelli, alle operazioni di rappresaglia che costavano la vita a donne e bambini. In quel carnaio, c'erano le porte che io ho aperto e che ti hanno permesso di accedere all'universo della Madre.»

La sua partecipazione alla guerra d'Algeria era sempre stata considerata da Mersch come una maledizione. Non aveva avuto idea di quanto quella maledizione fosse stata efficace...

C'era però qualcosa che non quadrava e faceva inceppare il meccanismo.

«Aspetta un momento...» mormorò. «Come facevi a sapere che ero stato chiamato alle armi in Algeria? Conoscevi il mio nome? È impossibile, Simone...»

«Ti prego, fammi la grazia di non prenderci per degli imbecilli. Soltanto tua madre ha potuto pensare che un cambio di identità ci avrebbe impedito di ritrovarvi. Del resto, la Madre ci ha avvisati subito. Simone era la nostra Eletta, capisci?»

Mersch in fondo lo preferiva. Quella storia del cambiamento dei nomi, della vita in incognito a Parigi non stava in piedi. Sarebbero state sufficienti un paio di telefonate per scovare Simone.

«Quindi avete sempre saputo chi eravamo e dove vivevamo?»

«Naturalmente.»

«Ma quella chiamata di Gupta a proposito della voglia sul braccio di Hervé?»

«L'abbiamo presa come un segno. Era giunto il momento di agire, di farlo entrare nel cerchio... Sapevamo che avrebbe scoperto il cadavere di Suzanne, o perlomeno che avrebbe saputo molto in fretta dell'assassinio. Pertanto ti avrebbe coinvolto e sareste risaliti fino a noi. Il diavolo non assilla le sue prede, ma lascia che vengano a lui...»

Mersch ricordò improvvisamente qualcosa. Un dettaglio infimo, ma lui non scordava mai i dettagli. *Parola di poliziotto.*

«Il giorno in cui Hervé è andato da Suzanne ha incrociato un prete sulle scale... Eri tu?»

«Sì.»

«Hai ucciso tu Suzanne?»

«No, sono semplicemente andato a vedere se era tutto in ordine, se il corpo rappresentava al di là di ogni dubbio il primo anello della catena...»

Quei pazzi dovevano obbedire a regole note solo a loro e alla Madre. Non valeva la pena approfondire.

«Ormai siete con noi», concluse il cardinale. «Il resto è solo questione di tempo. Siete già molto forti, come paradossalmente dimostra il fatto che avete sconfitto Georges...»

Mersch era profondamente turbato. Possibile che fosse davvero passato dall'altra parte? Pensava agli uomini che aveva ucciso in Algeria, a quei bastardi del SAC che aveva freddato senza battere ciglio… Aveva torturato Hamsa, pugnalato Shumitro Sen… Cominciava a prenderci gusto?

No, no, no: era un poliziotto, agiva per il bene e la giustizia. Premette la bocca contro la grata e avvertì il respiro caldo del demone dall'altro lato.

«Ti sbagli», sussurrò. «Ti sbatto in galera, stronzo, e da lì potrai sempre invocare la Madre o chissà quale altra verità del cazzo… Ti…»

«Certo, certo…» lo interruppe il prelato con indulgenza. «È ancora troppo presto. Aspetta, ho qui qualcosa…»

Preso in contropiede, Mersch ci mise un secondo di troppo a reagire. Vedeva le immagini scomporsi, come proiettate al rallentatore. Il cardinale si chinava, si portava qualcosa alla bocca, scardinava la grata. E fu solo quando questa cadde che Mersch allungò la mano dietro la schiena.

Antoine scattò mentre Mersch, finalmente, afferrava la .45, ma l'arma gli sfuggì dalle dita madide di sudore come una saponetta. Antoine aprì la bocca, mettendo a nudo un orifizio circolare costellato di denti. Mersch scivolò dal banco. Fu ciò che lo salvò: la bocca si richiuse sul vuoto. Accovacciato nella cabina, Mersch cercava l'arma.

Un ruggito.

Sollevò lo sguardo e vide distintamente il cardinale trasformato in lampreda sporgersi attraverso la finestrella del confessionale per morderlo. Mersch si rintanò sotto l'inginocchiatoio. Oltre un certo livello di paura, non si riesce più a gridare. Il corpo non risponde più.

In quel momento ebbe una folgorazione. Quel volto con tutti i denti esposti, terrorizzante e terrorizzato, l'aveva già visto. A Varanasi, ma anche altrove: in fotografia. La bocca spalancata, il copricapo, la veste… Non è che conoscesse molti dipinti, ma quello lo conosceva. Un prelato che urlava seduto su un trono, le mani contratte sui braccioli. Un'opera firmata Francis Bacon…

Ebbe d'un tratto l'impressione che tutta la storia dovesse convergere verso quell'immagine, che in qualche modo il dipinto dell'artista inglese fosse la sola conclusione possibile…

Orripilato e impietrito, diviso tra l'istinto di sopravvivenza e l'impulso a reagire, aveva lasciato spazio a queste riflessioni solo per qualche centesimo di secondo. Ma quando infine premette le dita sul calcio della pistola, il mostro era scomparso.

Con un ginocchio a terra, Mersch tentò di aprire la porta del confessionale, senza riuscirci. Prima di fuggire, Antoine aveva chiuso a chiave il battente. Lasciò cadere l'arma e si prese la testa fra le mani. Tremava come una foglia. Passò qualche secondo prima che si rendesse conto che quei sussulti erano singhiozzi, e che non era il sudore a inondargli il viso: erano lacrime.

153.

Nicole si sarebbe sempre ricordata di quella stanza.

La lampadina che pendeva dal soffitto come un bulbo incandescente. Una luce sporca e giallastra che illuminava una scena non meno deprimente: un vecchio armadio che cadeva a pezzi, tre letti scomodi, un tavolino tutto storto con sopra una brocca sbrecciata, senza tralasciare le crepe sulle pareti e la carta da parati a tratti scollata... Quella camera apparteneva al mondo delle nonne, delle case di campagne poco confortevoli, delle pensioni scalcinate...

A dire la verità, erano solo le quattro del pomeriggio e fuori il sole impazzava, ma, calati nel ruolo dei cospiratori, avevano chiuso d'istinto le persiane...

Mersch era tornato stralunato dalla «confessione» e si era rifiutato di dire una sola parola sul fatidico incontro. La sua ossessione – eliminare il cardinale Antoine – si era ulteriormente rafforzata.

«Conti di fare come a Varanasi?» domandò Nicole.

«La situazione è la stessa. Non c'è motivo di cambiare strategia.»

Mersch era seduto a capo del suo letto, addossato alla parete, con le gambe incrociate stile sadhu. Nicole e Hervé si erano accoccolati all'altra estremità. Hervé rollava una canna, Nicole giocherellava con i ciondoli del braccialetto. Il consiglio di guerra era immerso nella luce burrosa della lampadina, che faceva sembrare fatti di pergamena i loro visi.

«È un miracolo se la volta scorsa ci siamo salvati!» esclamò Nicole.

«Bisogna credere ai miracoli», ridacchiò Jean-Louis, «soprattutto a Roma. Non costringermi a ripetermi: non disponiamo di nessuna prova, nessun indizio, né di un qualsiasi elemento che accusi Antoine. Non possiamo permetterci di imbarcarci in un'indagine che andrebbe avanti per anni e sfocerebbe in un nulla di fatto.»

«Jean-Louis ha ragione.»

Hervé stava lisciando il suo joint con due dita come se avesse in mano un proiettile di mitragliatrice. Il ragazzo aveva acquistato sicurezza, probabilmente grazie all'esperienza del dolore.

«C'è una sola soluzione», insistette. «Attaccare.»

«Siete fuori di testa.»

«Tu puoi restare qui», sbottò Mersch.

Lei ignorò questa nuova provocazione. Intanto Hervé stava accendendo la canna a forza di emettere nuvolette di fumo odoroso.

Mersch tirò fuori dal taschino un foglio piegato in quattro.

«Antoine abita qui. Un palazzo nel rione Borgo, accanto alla Città del Vaticano, su via della Conciliazione. Ci ho fatto un giro e ho visto che ci sono due guardie svizzere all'ingresso e basta.»

«Quindi?»

«Conto su di voi per distrarle, giusto il tempo di intrufolarmi all'interno.»

«E dopo?» chiese Hervé, offrendo lo spinello.

«Il dopo è affar mio.»

«No! Non se ne parla proprio che noi ce ne restiamo lì come due fessi davanti all'edificio mentre tu fai la tua scena madre davanti ad Antoine.»

«Antoine è pericoloso», tornò alla carica Nicole, che aveva appena preso lo spinello teso da Hervé. Il consiglio di guerra fumava il calumet della pace. «Importa poco che abbia o no delle guardie del corpo. È lui il problema.»

«Sono pronto ad affrontarlo», ribatté Mersch con quella luce un po' folle nello sguardo, che non lo aveva mai lasciato da quando era tornato da Sant'Anna.

Nicole tirò una boccata, tanto per ravvivare un po' i suoi pensieri.

Mersch pareva aver perso il suo equilibrio, già di per sé precario. E lei e Hervé non erano messi meglio. Stavano programmando l'esecuzione di un cardinale a pochi passi dalla basilica di San Pietro, e intanto si fumavano tranquillamente una canna.

A Varanasi avevano beneficiato della fortuna del principiante. Ma adesso?

«Scusate se ve lo ricordo», tagliò corto Nicole, «ma sono la sola qui a conoscere Roma.»

«Ce la caveremo.»

Il fumo li separava, il fumo li confondeva.

«Via della Conciliazione è una delle più frequentate della città. Gremita di turisti. Anche a mezzanotte. Anche alle due del mattino.»

«Tanto meglio. Sarà più facile distrarre le guardie. Nel frattempo io m'introdurrò nel...»

«Sai in quale parte del palazzo abita?»

«No.»

«Tutto questo è ridicolo», commentò Nicole restituendo lo spinello a Hervé.

«E tu cosa proporresti?» sbottò Mersch.

Nicole aprì le mani. I suoi anelli catturavano la luce giallastra e disegnavano dei filamenti nella stanza, come in quelle foto a lunga esposizione del traffico stradale che andavano di moda da qualche anno.

«Andiamo là. Adesso. Facciamo un'ispezione e troviamo un'altra uscita. Le cucine. Il parcheggio. L'accesso per le consegne. Qualsiasi cosa. Entriamo nell'edificio e aspettiamo.»

«Che cosa?»

«Che il cardinale rientri. Appostandoci vicino alle scale o all'ascensore, sapremo a che piano sono situati i suoi appartamenti.»

Mersch inalò il fumo con tutte le sue forze. Nicole pensò a Marlon Brando, Kirk Douglas, Lee Marvin. A tutte quelle facce tormentate di attori americani che facevano perdere la testa alle ragazze, lei compresa. Mersch era di quel calibro.

«Mi sembra tirato per i capelli.»

Nicole scoppiò a ridere, era completamente fatta.

«Ma tutto è tirato per i capelli nella nostra storia! A partire dal primo secondo in cui ci siamo lanciati in questa indagine!»

Hervé rise a sua volta, Mersch fu costretto a cedere. Risero tutti insieme e fecero girare ancora la canna, con gli occhi pieni di lacrime.

Sì: c'era davvero di che divertirsi... E la cosa più curiosa era la loro incoscienza. Andavano avanti, persuasi della giustezza della loro causa, senza mai realizzare, alla fin fine, che si trattava di uccidere o morire. Forse c'era di mezzo l'ebbrezza della guerra, o della rivoluzione.

O semplicemente il fatto di essere giovani.

In ogni caso, non erano altro che ragazzi che tentavano invano di prendersi sul serio.

154.

Nicole non aveva voluto fare la saputella sulla storia di Roma, ma conosceva la genesi di via della Conciliazione. Costruita sotto Mussolini negli anni Trenta, questa ampia arteria che connetteva il cuore di Roma al Vaticano non godeva di buona reputazione perché simboleggiava il fascismo e i deliri del Duce. D'altra parte, però, contrassegnava anche la riconciliazione fra il Regno d'Italia e la Santa Sede.

Per quanto la riguardava, a Nicole era sempre piaciuta un'architettura massiccia e lineare, pulita, senza fioriture, come quella dell'EUR, quartiere fantasma uscito dritto da una tela di Giorgio de Chirico.

Qui però era diverso. Le file di edifici, pesanti e insieme astratti, le cui linee dure si contrapponevano alla dolcezza e omogeneità dei colori – beige, bruno, rosa, ocra, bistro, sabbia, caramello –, mantenevano un'aria di famiglia, una bonomia tutta romana. Soprattutto, questa via si sviluppava in modo rettilineo fino a piazza San Pietro, come un fiume di sabbia verso un oceano dorato.

Per farla breve, eccoli tutti e tre «sul posto», come dice la polizia, o comunque era così che si esprimeva Mersch. Avevano preso a destra, via dell'Erba, costeggiando il muro ocra del palazzo di «Sua Eminenza il cardinale presbitero Antoine», le cui finestre al pianterreno erano rigorosamente protette da solide grate in ferro battuto. A mezza strada avevano individuato una porta. Più modesta dell'imponente portale che affacciava sulla via principale, doveva essere l'entrata di servizio.

Con aria disinvolta, erano rimasti là davanti ad aspettare

che il battente si aprisse per lasciar passare un fattorino o, perché no, un prete o un diacono. L'aria era come una medicina, li aiutava a riprendere il controllo nel più stretto anonimato. Lì, a pochi metri da piazza San Pietro, il flusso di turisti sembrava inesauribile e loro tre – Hervé con la camicia leggera, Mersch con la macchina fotografica e lei con la sua tunichetta di mussola – si confondevano perfettamente con gli altri.

Finalmente, alle sei in punto, arrivò un uomo in grembiule per consegnare scatoloni di generi alimentari. Nicole riuscì a infilarsi dentro dietro di lui poco prima che la porta si richiudesse. Avevano deciso di fare entrare lei perché sarebbe apparsa la meno sospetta dei tre, ma forse non era stata una buona idea: la donna non è esattamente la specialità della curia romana.

La ragazza imboccò un corridoio buio che odorava di aglio e origano – le cucine non dovevano essere lontane – poi aprì una porta, un'altra e un'altra ancora. Lì regnava un profumo d'incenso. Piccoli ambienti piastrellati in bianco e nero, costellati di crocifissi e candelieri, dove si respirava quell'atmosfera rustica tipica degli oratori e delle canoniche.

Lei spingeva le porte, entrava, si aggirava senza riflettere: qualcosa sarebbe pure emerso da quel dedalo. E così fu. All'improvviso si trovò in quello che doveva essere l'atrio del palazzo, una immensa sala dove andavano e venivano decine di figure in tonaca. Per sua fortuna, vi circolavano anche un bel po' di impiegati in completo nero e numerosi «civili», venuti qui per qualche imprecisata incombenza.

Nicole scorse una panca di legno e si sedette. La sala era grande almeno trecento o quattrocento metri quadrati. Ospitava dei piccoli uffici allineati lungo le pareti dove uomini in abito talare o in maniche di camicia accoglievano i visitatori. Il Vaticano rilasciava visti? Indulgenze? Quel viavai era perfetto per il suo piano. Dalla sua panca poteva tranquillamente studiare il posto senza destare sospetti.

Al primo piano, un ballatoio che correva sui quattro lati della sala doveva dare accesso agli appartamenti privati. Come sapere qual era quello di Sua Eminenza? Dovevano rivedere i loro piani, almeno trattenersi per diversi giorni in modo da familiarizzarsi con i luoghi. Era già decisa ad andarsene quando lui arrivò.

Uno spettacolo veramente singolare. Come se gli uffici della Previdenza sociale fossero improvvisamente attraversati dal pontefice in persona. Attorniato da preti in abito nero, seguito da due guardie del corpo in completo scuro, il prelato nella sua veste rossa ispirava rispetto e timore. Un'aura di sacralità e autorevolezza avvolgeva il corteo.

Non c'erano dubbi sull'identità dell'uomo in rosso, che Nicole aveva avuto modo di vedere in fotografia. Il gruppo raggiunse la grande scalinata situata in fondo al salone a destra, e salì i gradini senza degnare di uno sguardo le persone che si affaccendavano davanti ai vani degli uffici o ciondolavano su una panca come lei.

D'istinto Nicole si fece piccola piccola, fingendo di cercare qualcosa nella borsa – i trucchi più semplici sono i migliori, ma va detto che in quell'istante non gliene veniva in mente un altro.

Spiando attraverso il manico della borsa e la ciocca di capelli rossi che le scendeva sul viso, teneva d'occhio il gruppo che saliva, augurandosi che Dio, o il destino, o la giustizia stessa, le desse un'altra spintarella... Quando il cardinale fece la sua comparsa sul ballatoio, Nicole seppe che il suo appello non era caduto nel vuoto.

A metà del percorso il prelato si fermò, parlò brevemente con il suo seguito e si dileguò. Per poco lei non gridò: ora sapeva dov'era l'accesso ai suoi appartamenti.

Adesso il problema era come introdursi nel palazzo durante la notte. L'ingresso di cui si era servita poco prima sarebbe sicuramente stato chiuso a chiave. Quanto a entrare dal portale principale sfruttando l'idea di Mersch, alquanto ingenua, di spedire loro due, lei e Hervé, a distrarre le guardie... be', era una strategia degna di un film di serie B.

La sola possibilità era quella di farsi chiudere dentro. Tornò sui suoi passi, ripercorse il dedalo di passaggi e rimise il naso fuori, mantenendo aperta la porta con il piede. Gli altri due non c'erano. Le arrivò una zaffata di sudore che le tolse il fiato. Cosa combinavano, dannazione? C'era un flusso continuo di passanti e lei non poteva restare troppo a lungo con un piede dentro e uno fuori.

Finalmente comparvero, all'angolo di via della Conciliazione, e lei si sbracciò per richiamare la loro attenzione. Che andassero a farsi friggere gli aloni di sudore sotto le braccia! Si sentiva sporca, liquefatta e sfinita. Li fece entrare nel vestibolo, dove un Cristo appeso alla parete sembrava guardarli con disprezzo. Nicole espose brevemente la sua idea.

«Hai individuato un nascondiglio?» ribatté subito Mersch.

«Sì, ho visto uno sgabuzzino. Venite.»

Nicole si guardava ansiosamente intorno, aspettandosi di vedere comparire all'improvviso un fattorino, un cuoco, una domestica o un diacono che li avrebbe interpellati in italiano e cacciati fuori a calci nel didietro.

Ma non successe. Risalirono una serie di corridoi fino a raggiungere lo stanzino scovato da Nicole. Aprirono la porta. Era uno spazio esiguo ma sufficiente ad accogliere tre francesi che si spacciavano per giustizieri metafisici. Si infilarono tra i secchi, gli stracci e le scope. Erano dunque a quel punto della loro vita: ridotti a passare una manciata di ore in un bugigattolo, spalla contro spalla, sudore contro sudore, aspettando di compiere la loro operazione da commando.

«Dove vi eravate cacciati?» bisbigliò Nicole.

Senza parlare, con gesti ridotti al minimo (riuscivano a malapena a muoversi), Mersch tuffò la mano nella borsa della fotocamera e le tese un oggetto avvolto in un panno.

«Che roba è?»

A giudicare dal peso, non c'erano dubbi sulla sua natura. Scostando i lembi del tessuto, Nicole si trovò davanti una pistola. Uguale a quella di Calcutta, ma in una versione più attendibile. Una Colt .45.

Alzò gli occhi sul poliziotto, con una faccia che passava dal verde al blu.

«Chi te l'ha data?»

«Un amico.»

«Un amico ti ha dato una pistola in piena Roma?»
«L'italiano di cui ti ho parlato.»
Il peso dell'arma l'attirava verso il basso. Le cedettero le gambe. Si accovacciò e strinse con entrambe le mani la pistola. Si stava sciogliendo in lacrime. No. Sudava. La paura di morire. La sconfinata solitudine. Il furioso desiderio di finirla...

Per quanto ci provasse, non riusciva a immaginare il seguito degli eventi, ma era troppo tardi per rinunciare. Forse le rivoluzioni si erano svolte alla stessa maniera: uomini travolti dal loro slancio che non riuscivano più a fermarsi, ancora meno a tornare sui propri passi.

Una certezza: pensassero pure gli sbarbatelli di Parigi di poter rovesciare il mondo, ma i soli veri eroi della primavera del '68 erano tre, che ancora una volta avrebbero rischiato la pelle quella notte del 15 giugno.

155.

Stavano lì in piedi nello sgabuzzino da quattro ore e ormai rischiavano l'asfissia. C'era stato un sacco di trambusto: andirivieni di gente che smontava dal lavoro, conversazioni in italiano, rumori soffocati del personale di servizio. Il momento delle pulizie era stato il peggiore. Chiusi nella loro scatola di sardine, temevano che qualcuno aprisse la porta alla ricerca di un secchio o un detergente...

Adesso il silenzio era totale. Cosa aspettavano a uscire dal loro buco? Che arrivasse mezzanotte, forse. La decisione spettava a Mersch... D'un tratto fu l'una del mattino. Nicole si rese conto di essersi addormentata. Incredibile, a pochi istanti dallo scontro... Finalmente Mersch aprì la porta. Nicole uscì dal bugigattolo come una pallina da flipper. Quella sera lei fungeva da pallina extra.

«Da che parte?» domandò Mersch, i cui occhi febbrili ardevano come fiamme nella penombra.

Lei fece strada. Porte, corridoi, sala dei passi perduti (adesso che era vuota sembrava due volte più vasta). Un grande drappo scuro, sorretto da un'infilata di colonne, sovrastava il pavimento bianco e nero.

Nicole sollevò lo sguardo. Le luci notturne consentivano di scorgere il ballatoio e le sue porte. Adesso la ragazza aveva le idee molto chiare, le sembrava addirittura che brillassero nell'oscurità.

Salirono in silenzio la scalinata di marmo. Nicole riandava con il pensiero alla notte in cui si erano confrontati con Pierre a Varanasi. Stessa sala, stesso ballatoio, stessa scalinata...

Al primo piano Mersch prese il comando. Dovevano esserci delle guardie a pattugliare quell'area, ma per il momento non si vedeva nessuno. Sarebbero stati baciati dalla fortuna come a Varanasi? Ne sarebbero usciti vivi? A Nicole non erano affatto chiare le intenzioni di Mersch. Lui faceva ormai parte del mondo degli eroi maledetti e solitari, quelli della mitologia greca, che uccidono il padre, vanno a letto con la madre, ammazzano i figli...

Si fermarono. Un istante dopo Nicole si rese conto che erano arrivati davanti alla porta da lei designata, quella degli appartamenti di Sua Eminenza.

«La tua pistola», ordinò Mersch a bassa voce.

«Cosa?» bofonchiò Nicole.

«Tirala fuori.»

Nicole rivolse a Hervé uno sguardo supplice, ma vide che anche lui impugnava una pistola. Quell'arma gli si confaceva come un paio di giarrettiere a una monaca. Lei frugò automaticamente nella borsa dove aveva infilato l'altra.

«Sai usarla?»

«Secondo te?»

Il poliziotto le prese di mano la .45 e con un colpo secco arretrò il carrello per far salire il proiettile in canna. Nicole osservava inebetita quella meccanica sconosciuta, quel sistema alieno...

«Al minimo movimento sospetto, spari.»

«Sparo.»

«Non correre il minimo rischio. Non esitare un secondo. Premi il grilletto e basta.»

Lei deglutì. La sua saliva sapeva di metallo.

Mersch girò la maniglia e la porta si aprì. Nicole lanciò un'occhiata da destra a sinistra. Non pensò, come si dice nei film, «via libera» o «pronti per attaccare». La sola cosa che le passò per la testa fu che quell'infilata di porte le ricordava il corridoio di un albergo di Berlino Ovest dove aveva soggiornato.

Un secondo dopo ebbe un primo assaggio dello spazio privato di un cardinale presbitero della Santa Sede. La stanza in cui si trovavano era a metà fra una cappella e un museo. Al centro c'era un lungo tavolo con sopra due grandi candelabri i cui ceri accesi diffondevano una luce soffusa. Alle pareti, dipinti antichi, ocra e oro, rappresentanti santi, madonne e martiri, tutto il corredo di sofferenze ed estasi proprie della religione cattolica.

A guardia di tutto, un'infinità di crocifissi rilucenti posati un po' ovunque. Sui vari cassettoni erano disposti libri antichi, cofanetti, sculture di madonne in atteggiamento raccolto o di adorazione... Ogni mobile evocava un altare, ogni sedile un trono vescovile. Si era avvolti da un forte profumo d'incenso che pareva mormorarti: «Tu che entri qui, prosternati e chiedi perdono...».

Passando nella seconda stanza, Nicole si rese conto che la prima non era altro che la sala da pranzo: questa era invece il soggiorno, e qui l'impressione di trovarsi in una cappella era ancora più forte. Su un camino di marmo bianco troneggiava un immenso dipinto raffigurante un Cristo martoriato che grondava sofferenza.

Di fronte a lei, un semplice inginocchiatoio, sul quale probabilmente il cardinale pregava ogni sera.

«Di là.»

Altri ceri accesi, come se avessero voluto tracciare per loro la strada. E forse era proprio così.

Altra porta, un ufficio. Dov'era la camera da letto?

«Tu ci aspetti qui», sussurrò Mersch.

«Ma...»

Il poliziotto si accostò l'indice alle labbra e poi, lentamente, avvolse con le sue le mani di Nicole e le premette sul calcio della .45. Il messaggio non poteva essere più chiaro: al primo segnale di pericolo...

I due fratelli s'infilarono in un corridoio buio. Riuscì appena a distinguerli quando aprirono un'altra porta giù in fondo, e subito dopo il battente si richiuse alle loro spalle...

Nicole rimase là come un'idiota, sola, pietrificata, respirando a fatica in quel mondo ramato e doloroso. E così l'avevano esclusa dall'ultimo atto. *Che bastardi*... All'improvviso, il ricordo di un dettaglio la raggelò: Mersch non impugnava una pistola. Contava di eliminare il cardinale senza fare rumore usando il suo Ka-Bar, come Tchen, un personaggio della *Con-*

dizione umana di André Malraux, che pugnala un uomo nel sonno già nel primo capitolo del libro.

Preferiva non immaginare la scena. La lama che tranciava la gola, il sangue che sprizzava fuori come un bengala, il...

Una mano le premette la bocca. Una mano rugosa, secca come un'ostia in fondo alla gola.

«Che gioia chiudere il cerchio con te...» sussurrò una voce dietro di lei.

Il prelato, alle sue spalle. Il falcetto sulla sua gola. Il contatto del metallo – l'anello del cardinale – sulle sue labbra. Percepì anche il fruscio del tessuto rosso: la veste color porpora stava per inghiottirla, dissolverla.

«Chiuderemo il cerchio, tu e io, in memoria di mio fratello...»

Nicole provava un senso di torpore. La voce la appagava come una dose... Un'anestesia che l'avrebbe privata dei suoi ultimi momenti... No. Riprese il controllo e si concentrò sulla stanza in fondo al corridoio: i due fratelli ne sarebbero usciti e l'avrebbero salvata.

Il cardinale le lesse nel pensiero.

«La porta è bloccata dall'esterno», sussurrò. «Un lavoretto semplice semplice.»

Come a conferma delle sue parole, si udirono colpi sordi e cigolii di una maniglia. Mersch e Hervé erano chiusi dentro, impotenti, raggirati, ridicolizzati.

«Jean-Louis e Hervé sono stati piuttosto... sconsiderati in questa vicenda, no?»

La mano era sempre premuta contro le sue labbra.

«È ingiusto che sia tu a morire quando non hai niente a che vedere con questa storia. Ma i miei devono vivere, capisci?»

Nicole girò la testa e liberò la bocca.

«Georges...» mormorò (era inutile gridare). «Georges voleva uccidere Hervé...»

«Mai e poi mai! Voleva portargli il bacio... Il bacio di benvenuto...»

Adesso lei si torceva come una biscia per cercare di districarsi dalla stretta dell'ombra rossa. I suoi pensieri viaggiavano in tutte le direzioni. Perché non si era tolto la veste rossa? L'avrebbe sventrata? Pensò allo scontro con l'uomo in calzamaglia nell'appartamento degli Invalides... Il nero e il rosso...

«Mio fratello era il Ballerino, io sono il Predicatore», spiegò il religioso, come se le stesse leggendo ancora una volta nel pensiero. «Vedrai che non resterai delusa dal cambio di guardia.»

Stava per affondare la lama nella sua carne. Pensare. Riflettere. Agire. Fintanto che era viva, una speranza avrebbe fatto battere il suo cuore. D'un tratto si rese conto del miracolo: il cardinale non aveva notato che lei impugnava un'arma. Non poteva pensare che Mersch si fosse procurato una pistola a Roma, né immaginare che quella fragile creatura tenesse una Colt .45 nel palmo della mano.

La detonazione lacerò il silenzio come un lampo che squarcia un cielo buio, caricando di elettricità le nuvole e abbrustolendo il culo degli angeli. Il cardinale urlò. Dopo un attimo Nicole, libera dalle sue mani grigie, balzava in avanti e si voltava, con la Colt spianata.

Il suo avversario si teneva la gamba. Sangue sull'abito color porpora, ma i due colori erano indistinguibili. Mersch le aveva detto: *Non correre il minimo rischio. Non esitare un secondo. Premi il grilletto e basta.* Coprì la mano destra con la sinistra, chiuse gli occhi e tirò cinque o sei volte.

Dall'altra parte della porta i fratelli urlavano, battevano, si dimenavano. Lei sollevò le palpebre. Fumo. Candelabri rovesciati. Tele bucate. Un vaso in frantumi. Antoine era scomparso.

Senza soffermarsi a liberare Jean-Louis e Hervé, Nicole corse verso l'uscita dell'appartamento. Lo scorse sul ballatoio, aggrappato alla balaustra, come se l'intero palazzo si stesse ribaltando. Puntò di nuovo la pistola. Le restava un colpo per finirlo.

La testa infossata nelle spalle e una smorfia orribile stampata sulla faccia, il cardinale sembrava un ragno. Aprì la bocca e urlò: «Non sparare! Pensa al tuo karma!».

«Il Signore non lo metterà sul mio conto, ne sono certa.»

Nicole alzò il cane dell'arma e chiuse un occhio – uno solo stavolta – per prendere bene di mira l'uomo in rosso.

«Come vuoi tu.»

Antoine scavalcò il parapetto e saltò nel vuoto.

Un istante prima della caduta mormorò, Nicole ne era sicura: «Tornerò».

Hervé e Jean-Louis piombarono lì in quel momento e tutti e tre insieme videro la fiamma scarlatta volteggiare nell'oscurità dell'immensa sala, la veste porpora di un cardinale che fluttuava in picchiata come un aquilone che ha perso quota.

Nessuno di loro udì il colpo sordo dell'impatto sul pavimento di marmo. La veste aveva soffocato il rumore: alla curia romana si sa morire con discrezione. Eppure, quasi subito, si aprirono delle porte, risuonarono dei passi, mentre il panico si diffondeva dappertutto.

Lei si sentì sradicare dal pavimento. Mersch le aveva preso la mano e correva verso la scala. I piedi di Nicole toccavano appena terra mentre guardava oltre il parapetto la grande pozza di sangue che si allargava attorno al corpo, dando l'impressione che la veste del prelato si ampliasse sempre più.

Avrebbe voluto mormorare una preghiera, ma non trovò le parole.

156.

Roma, città aperta.

Anche se non aveva mai visto il film di Roberto Rossellini, Nicole conosceva il significato di quell'espressione. Si riferiva a un luogo che in tempo di guerra veniva risparmiato dai belligeranti a motivo del suo patrimonio storico o dell'entità della sua popolazione. Roma era stata dichiarata «città aperta» nel 1943.

Perché le veniva in mente una cosa del genere quella domenica mattina del 16 giugno 1968, mentre se ne stava seduta con Hervé e Jean-Louis a un tavolino all'aperto di un caffè vicino a piazza del Campidoglio?

Perché quella notte Roma non era stata risparmiata.

La città aveva subito un attacco discreto, privato e legittimo da parte di tre compagni decisi a fare giustizia a ogni costo mettendo in atto una vendetta radicale. Quel mattino, però, Roma era più che mai aperta al cielo, alla speranza, all'allegria.

A Roma si cammina, si passeggia, si visita, ma il posto di osservazione migliore è il dehors di un caffè inondato dal sole, dove si può semplicemente lasciare che la città venga a te, sentire la sua ricchezza, la sua forza e la sua dolcezza. Quando si nuota nel Mediterraneo si intravede, in trasparenza, il proprio corpo diluito nel sale e nell'oro, ci si sente leggeri, eterei, trasfigurati. Roma ha lo stesso potere: la città ti attraversa, ti trasporta, ti sublima...

Quella notte Nicole aveva ucciso, o quasi, un cardinale. Aveva toccato con mano l'essenza stessa dell'incubo. Aveva pagato, come si suol dire, la sua quota, dato il proprio contributo bellico all'avventura che si era conclusa sotto il sole di Roma.

I tre erano riusciti a fuggire senza che qualcuno sbarrasse loro la strada. La fortuna sorride agli audaci... Si erano rifugiati in albergo e avevano guardato sorgere il sole l'uno accanto all'altro, tremanti sotto la coperta che condividevano, nonostante la temperatura fosse già sui trenta gradi...

Avevano finito per addormentarsi. La meccanica del corpo umano è fatta così: poco importa aver profanato palazzi episcopali, sparato a prelati, viaggiato fino in capo all'inferno, eh be', quando è ora, si fa la nanna... Raggomitolati nello stesso letto, in posizione fetale, erano sprofondati nello stesso nulla, nello stesso riposo...

Alle undici si erano svegliati, fatti la doccia e vestiti senza scambiare una parola, poi erano usciti nella culla di luce della mattinata romana. Allora lei aveva sentito, realmente sentito, sì, la terra girare sotto i suoi passi. Era in piedi, viva, al meglio delle sue possibilità, e non poteva succederle più niente.

I giornali non parlavano ancora dello scandalo. Troppo presto. Sicuramente alla radio avevano già diffuso la notizia, ma loro non disponevano di un transistor. Avevano gironzolato a caso per le vie della capitale, come normali turisti...

A cosa pensava lei in quel momento, mentre il gusto amaro del caffè ristretto le bruciava la gola? Pensava a Suzanne, a Cécile, ad Abha... Tre giovani donne che avevano formato un girotondo, un po' come avviene nel dipinto di Henri Matisse, *La danza*, ma in una versione mortifera... Suzanne, in cima alle barricate, Cécile, quadrata come il disegno del tessuto del suo kilt, e Abha... No, Abha no. Non l'aveva conosciuta da viva e non voleva ricordare l'orribile cadavere rinvenuto nella villa di Krishna.

Pensava soprattutto all'esistenza spezzata di quelle giovani donne, a quel vuoto magnetico che attirava la sua coscienza come un buco nero, un nulla difficile da affrontare se non attraverso il pianto...

Prese sottobraccio Hervé e Jean-Louis che se ne stavano seduti immobili e silenziosi accanto a lei e scrutavano il cielo come due grifoni scolpiti ai piedi di un antico palazzo. Sentiva il loro calore, la loro presenza, la loro forza, e in quell'istante provò un sentimento di immensa gratitudine.

Finito di stampare nel mese di ottobre 2024
presso Grafica Veneta – via Malcanton 2, Trebaseleghe (PD)

Questo libro è stampato col sole

Azienda carbon-free

PEFC
PEFC/18-31-226

Certificato PEFC
Questo prodotto è realizzato con materia prima da foreste gestite in maniera sostenibile e da fonti controllate
www.pefc.it